天津大码头

TIANJIN DAMATOU

肖克凡 著

只要大运河还被人们称为“御河”，那么就有水。有水，河的故事就有得可讲了。当然，还有那一座座浮桥。

中国青年出版社

(京)新登字083号

图书在版编目(CIP)数据
天津大码头/肖克凡著. —北京:中国青年出版社,2011.9
ISBN 978-7-5153-0047-4

Ⅰ.①天… Ⅱ.①肖… Ⅲ.①长篇小说—中国—当代
Ⅳ.①I247.5

中国版本图书馆CIP数据核字（2011）第121968号

责任编辑：程黧眉

*

中国青年出版社 出版 发行
社址:北京东四12条21号 邮政编码:100708
网址:www.cyp.com.cn
编辑部电话:(010)57350521 门市部电话:(010)57350370
三河市君旺印装厂印刷 新华书店经销

*

700×1000 1/16 26.75印张 2插页 480千字
2011年11月北京第1版 2011年11月河北第1次印刷
印数:1—6000册 定价:39.00元

目录

目录 天津大码头

开篇引言

我的曾祖父据说是河南人。河南什么地方呢，好像是河南彰德府。彰德府在河南绝非寻常之地，清朝末年安阳地方出了一位袁宫保，后来竟然还当了八十三天的洪宪皇帝，可惜命不久永，身后在天津留下几座大宅子以及风流才子袁克文。当然，我的曾祖父只是一个水手，他跟人家袁项城共饮一河之水，却毫无关系。光绪年间这位操着一口河南乡音的穷苦水手跟随船队抵达九河下梢的天津卫，立即被天津人称为“侉子”。

我曾祖父的名字叫赵古里。

那时候的天津卫，有着很多的水。正是由于有着很多的水，那时候的河南船队浩浩荡荡驶入津门，才不是什么新奇事情。如今，你在《中国地图》上肯定寻找不到那条大河的踪迹了。人间不过百年，一条千帆竞发万舸争流的大河竟然蒸发得无影无踪，当然还包括丁玲女士的桑干河以及朱老忠同志闹事的千里堤。前几年我去山东临清一带寻访义和团早期领袖赵三多的遗迹，看到的只是一条长满枯黄野草的河床——这就是北方大运河僵硬的尸体。

那时候有水。那时候，水手赵古里跟随船队出河南过山东入直隶，行驶在白浪滔滔的大运河上。那时候，由于官方疏浚，无论被称为卫河的南运河还是被称为潞河的北运河，在天津方言里统统被称为“御河”。多年之后当御河被天津人称为“大运河”的时候，那已经没有什么水了。

很显然，“御河”就是皇家的河。皇家的河里行驶着挂有大清龙旗的船队，民间称之为“龙船”。被天津人称为“侉子”的水手赵古里到达天津后并没有返回河南老家，他在出产百年老醋的独流镇住了下来。光绪十九年，这位河南侉子娶了一位当地姑娘为妻，落户津门了。

赵古里属于外省移民，这位河南移民的家乡口音终生未改，只是嘴里增添了几个天津词语，譬如“二哥吃菜瓜”和“羊肉氽丸子”什么的。到后来，御河里没了龙船，但赵古里还是操着河南口音称它为“御河”，颇有几分天津保皇党的味道。

天津发生壬子兵变（北洋乱兵冲进估衣街，高呼“袁宫保不能走”并且哄抢商家，其实这是向孙文的南方政府示威）那年的春天，华历四月二十八，一大早儿赵古里为了呼吸几口新鲜空气，出门独自行走在御河大堤上，一声接一声咳嗽着，用力清理着喉咙里的痰涎。这时他无意之间看到御河里一条大船上有人落水，溺水者拼命挣扎着。

我的曾祖父赵古里，那时候已经瘸了一条腿，人称“瘸赵”。看见有人落水瘸赵站在御河岸上大声呼喊救人，可惜四周没人回应。滔滔御河水裹挟着赵古里的呼喊声，奔腾而去流向百里之外的天津大码头。

苍天在上。赵古里因此成为这次神秘落水事件的唯一目击者。他老人家不知道落水者名叫卢德发，也不知道他留下一个两岁的儿子卢振天，更不知道那个把卢德发推入水中的人名叫虞荫堂以及其中隐情。赵古里只好站在御河边上撒了一泡臊尿，说了声“死生有命”然后转身回家了。赵古里解裤撒尿的地方，正是当年义和团首领曹福田的遇难处。据说这位烟瘾极大的“拳匪”大师兄正是静海人，庚子事败之后他落荒而走，在御河岸边被一路举刀追杀而来的乡勇活活剁成一摊肉泥。看上去仿佛是谁家丢失的一大团过年包饺子的肉馅。

义和团的另一位大师兄，攻打天津紫竹林英法租界的“坎字营”首领张德成，庚子事变之前本是直隶白沟的一名普通水手。当年的水手张德成有一次在津西古镇杨柳青停船靠岸，还找赵古里借了二十文钱，说是口渴了去茶馆喝一壶香片。多年之后中国实行社会主义市场经济，白沟这地方名噪一时成为中国北方的日用小商品批发市场，一派改革开放大好形势，只是没人知道张德成了。

落户津西独流镇的侉子水手赵古里在人生的最后岁月里日复一日站在高高的御河大堤上，注视着奔腾不息的河水，感慨万千。其实这跟“子在川上曰：逝者如斯夫，不舍昼夜”的圣哲感叹，有着天渊之别。

公元一九三八年腊月二十九，六十八岁的赵古里弥留之际，口中念念不忘的最后一句话竟是“义和拳的张德成还欠我二十文茶钱呢”。

现场没人认为这是一笔应当写进中国近代史的债务。于是耿耿于怀的瘸腿老人赵古里便撒手西去了。

只要大运河还被人们称为“御河”，那么就有水。有水，河的故事就有的可讲了。当然，还有那一座座浮桥。

1 隆昌海货店

歌谣云："天津卫，三宗宝，古楼炮台铃当阁。"这是表述事物的存在。后来又有歌谣云："古楼拆，炮台倒，大火烧了铃当阁。"这是描绘事物的终结。人间事物都是这样，有始就有终。

俗话说，先有大直沽，后有天津卫。这是说元代海津镇即有漕运了。可论起天津的真正发祥地，应当还是在卫河、潞河、白河的三岔河口别名"小直沽"的地方。明清以来，光阴荏苒，到了袁世凯在著名的三岔河口修建金钢桥的时候，他已经荣任直隶总督，同时还兼着北洋大臣。袁氏志存高远，一九〇二年实行"新政"，开发了天津的"河北"，而且修建了当时被称为"新站"的天津铁路北站。至于坐落在三岔河口的金钢桥则堪称袁大人实行新政的标志性建筑。

三岔河口修建铁桥之前，天津卫这地方，水道纵横，河流网布，水旱交通，多为浮桥，津门因此有"浮梁驰渡"之壮景。就说北门外御河上的钞关，即人们俗称的"北大关"也是一座浮桥。南运河改弯裁直，"老铁桥"移建到这里，取名"金华桥"。这是一座水平开启式的铁桥，看着很是壮观。金华桥的桥南路西，有一幢十分气派的大楼，这便是天津著名的隆昌海货店。

民国二十二年的华历四月二十八。一大早儿，隆昌海货店的伙计们便打开店门。只见有的伙计端着铜盆洒水，有的伙计挥动扫帚扫地，不声不响却是一派忙碌景象。临近上午八点半钟，当班的大胖襄理出现了，他吃力地抱着一块红漆大招牌，吭吭哧哧将它立在隆昌海货店门口。人们看到红漆大招牌上写着四个大字：虞府待茶。

海货店居然操办茶事，看来四月二十八不是寻常日子。很快，伙计们清扫完毕，有的端着铜盆有的拖着扫帚，陆续回到店堂里去了。大胖襄理并不拾闲，他指挥着伙计们搬桌挪椅洗壶刷碗，还摆放了几盆鲜花，不一会儿工夫就将宽大的店堂布置成为一个喝茶歇脚的好地方。

隆昌海货店一河之隔，对岸被称为河北关上。俗语"关上关下，大混混儿康八"其实是说咸丰年间的景象。清帝逊位，康八也死了八期，然而前清大混混儿争险斗狠的遗风不但连绵不绝，而且新人辈出，青胜于蓝。

临近上午九点钟，北门外大街上的人流明显稠了起来。无论乘车还是步行，过了金华桥人们纷纷奔南而去，进了北门继续向南，出了南门脸儿仍然不改方向，一窝蜂朝南而去好像是奔赴一个共同约会。而从南向北而来的人流，很是稀疏。

原来四月二十八这一天是民间的药王诞辰。天津城南三十里地方有一座峰山药王庙，据说很灵。峰山药王庙每逢四月二十八举办庙会，祭祀药王孙思邈。届时，天津四城八乡的父老乡亲们为了驱灾却病健体强身，一大清早儿便争先恐后奔向城南峰山药王庙进香许愿。一路上人山人海，成为津门一景。

尽管人们成群结伴奔向城南三十里参加峰山药王庙会，地处北大关的隆昌海货店的生意并未因此显出冷清。临近九点钟的时候已然来了几拨顾客，其中不乏操着关外口音前来贩货的东北老客儿。隆昌海货店的大伙计身穿青布大褂儿拱手行礼站立在店铺门外，频频朝着顾客们表示歉意，然后指着立在门口的红漆招牌说，今日虞府待茶，敝号遵嘱，头晌暂不营业。

顾客里有人听说隆昌海货店头晌“虞府待茶”，立即连连点头做出恍然大悟的样子，说了声后晌再来，转身走了。

看起来，这年年岁岁四月二十八的虞府待茶，好比年年岁岁四月二十八的药王庙会，早已成为隆昌海货店的惯例。

此时，金华桥畔的御河里更是一派繁忙景象。有船靠岸一声吆喝挂缆，苦力们忙着卸货，也有船儿扬帆起航，满载货物而去泛起一道道浪花。俗话说鲜鱼水菜。老世年间天津的鲜鱼码头，卸货地点主要在河北娘娘庙一带。海椰头们趁着渤海涨潮逆流而上，载着满舱黄花鱼驶进陈家沟子，交给鱼锅伙。而津西古镇杨柳青一带出产的蔬菜则主要依靠内河水运，金华桥一带码头的繁忙也就不舍昼夜了。

也是临近九点钟的光景，有一条平底快船自西向东行驶在御河上。它顺风顺水很快抵达金华桥左岸，然后喊着拴缆。一个身穿蓝缎棉袍的青年男子站在船头，鹰鼻鹞眼，鼠嘴猴腮，那相貌就跟评书里说的一样，绝非等闲之辈。船儿落帆靠岸不等停稳，这位青年男子一纵身便跳到岸上，落地无声，面不更色。那两个水手模样的小伙子一身短衣打扮，手脚也很敏捷，泊船之后随即登岸，大脚阔步，紧紧跟随着“蓝缎棉袍”朝着金华桥走去。

这一年是闰三月，因此四月天气已经暖和，棉袍儿应当换季了。“蓝缎棉袍”手里摇着一柄黑色折扇走在金华桥上，这种不伦不类的打扮越发显得不合时宜，引人掩口而笑。然而此公目不斜视如过无人之境，一步三摇过了金华桥，径直朝着隆昌海货店走来。

身穿青布大褂儿的大伙计站立在隆昌海货店门前，朝着这位顾客拱手行礼笑容满面说，对不起敝号早晌虞府待茶，暂停营业。

来者根本不理睬大伙计，手里摇着黑色折扇大步走进隆昌海货店，然后十分响亮地咳了一声。站在柜台里的小伙计笑了，因为这声音很像澡堂里的浴客泡在热池里发出的响咳，而这里却是隆昌海货店。

这一声响咳惊动了大胖襄理，他扭动着肥胖的身躯走出柜台，注视着鹰鼻鹞眼鼠嘴猴腮的青年男子，觉得这位顾客十分眼生。

这位爷，早晌这里虞府待茶，我们暂停营业，劳您大驾请过了晌午再光临敝店。

这位“爷”清瘦的脸庞透出几分野心勃勃的朝气，他不理不睬当班的大胖襄理，只是一语不发站在柜台前面，注视着挂在迎面墙上的鱼翅。

说起这鱼翅，隆昌海货店还是很有名气的。民国初年开业的“先得月”和“聚合成”，这两家天津风味的大饭庄使用的鱼翅，常年从这里进货。天津人是腥猫儿，吃海货很是在行。方圆几十里没人不承认隆昌海货店是一块金字招牌。

这位爷，我已然跟你说了，敝店今天有应酬，虞府待茶，因此头晌暂停营业，请你多多包涵。大胖襄理脸上露出不悦之色，一板一眼继续说着。

虞府待茶？今天我要是连虞府一块儿收了，你也就用不着暂停营业啦。身穿蓝缎棉袍的青年男子满嘴杨柳青口音，说罢嘿嘿冷笑着，一屁股坐在店堂里“虞府待茶”的太师椅上。这天津与杨柳青不过二十多里路程，口音却是大不相同。

当班的大胖襄理什么人都见过，此时还是难以判断这位操着杨柳青口音的“蓝缎棉袍”的底里，只得以守为攻，扬手说了声上茶，顺势给柜台里“穿着木头裙子”的伙计递了个眼色。隆昌海货店的学徒们，一个个都赛人精。

一个小伙计双手捧着一碗热茶迈着小步儿走上前来，笑容满面说您请用吧这是新沏的香片。

这时候，店堂里的大座钟咣地敲了一响，已经上午九点半钟了。

“蓝缎棉袍”并不理会这碗热气腾腾的茶水，掏出怀表不言不语地看了看时辰，好像根本不相信隆昌海货店的大座钟。

当班襄理一眼看出这镀金怀表是西洋“舶来品”，口气缓和了几分说，你需要什么请撂下一张单子，过了晌午我们保证一样儿不差把东西送到您府上。

从我一进门儿你就哇啦哇啦没完没了，跟话痨似的。我求你别说了行吗？你一说话我这耳边儿就跟飞来一只苍蝇，再说也没见过你这么肥实的苍蝇啊！嗡嗡嗡吵得人心烦意乱。我看啊，你该干嘛就干嘛去吧，让我一人坐这儿歇会儿得啦。

身穿蓝缎棉袍的青年男子操着纯正的杨柳青口音，性情暴躁地朝着当班襄理一口气说出这样一番话语，说完之后频频摆手，那表情仿佛真是在驱赶一只令人厌恶的绿头苍蝇。

既然你老人家不乐意坐这儿招苍蝇，那就赶紧明示吧。这一大早儿就顶门儿进来了，你是要燕窝儿呢还是要鱼翅啊？当班的大胖襄理左手掂着右手，满脸怨气说。

我要鱼翅——啊。身穿蓝缎棉袍的青年男子拖着长腔说道。

当班襄理突然放声大笑说，你既然是来买鱼翅的，我就不能让你空手回去。隆昌海货店的鱼翅三六九等，今天是随你挑随你选。伙计们，现在就把咱们最好的鱼翅拿来，请这位小爷过一过目。不过，我得斗胆问一句，你老人家在哪一座大宅门里发财呢？

我就知道你们生意人是看人下菜碟儿。身穿蓝缎棉袍的青年男子一板一眼说着，似乎是在炫耀着自己的杨柳青口音。我告诉你吧，大宅门，我常走，一座宅儿门一码头。

当班的襄理估计对方沾有几分青帮背景，挪动大胖身子伸手礼让说，既然如此这位爷请您看货吧。

柜台里，大伙计立即捧出一只红绒衬底的玻璃匣子，小心翼翼递给柜台外的小伙计。只见这只玻璃匣子里躺着一只大鱼翅。当班襄理知道这是隆昌海货店的头等货色。

这位年轻的顾客并不急于看货，他稳稳当当将屁股坐在太师椅上，慢慢悠悠呷了一口茶水，缓缓仰起脖子咕嘟咕嘟漱了漱口，一扭头噗地一声将满口茶水吐在地上。

当班的襄理见多识广，但还是拿不准这位小爷究竟属于哪一路鸟儿，只得嘿嘿笑着说，这是我们隆昌海货店的上等鱼翅，你过目吧。

身穿蓝缎棉袍的青年男子听了这句话，突然伸手啪地一拍大腿说，您瞧我这记性，今天我不是来买鱼翅的，我是来买燕窝的。

当班的襄理顿时气得脸色泛青，知道今天遇到了祸头。他眯起双眼注视着面前这位来历不明的年轻顾客说，我现在要是真的把燕窝拿来，你不会改嘴说你今天是来买虾酱的吧？

身穿蓝缎棉袍的青年男子脸上露出几分无赖的笑容，笑而不语。

当班襄理说着递了一个眼色给那位大伙计，大声说快把燕儿窝拿来。柜台里大伙计立即端出一盆晒干的海蛏子，递给柜台外的小伙计。小伙计接在手里吆喝了一声“上等的燕儿窝来啦”，转身将海蛏子递给了当班襄理。

这可是上等的燕儿窝啊，请你老人家过目吧。当班襄理端着这盆海蛏子大声说，脸上却挂着几分冷笑。

这位年轻顾客一派见多识广的样子。他扭过脸去瞥了一眼，然后漫不经心地伸手从盆里捏起一颗海蛏子，满脸鄙夷的表情。这就是头等燕儿窝啊？这种货色你们竟然宝贝似的拿出来给我看，我看你们真是一群臭要饭的，这隆昌海货店赶紧关门歇业吧。

这位爷，这可是货真价实的上等燕儿窝啊！你就是走遍天津卫，也买不到比它更好的货色。大胖襄理一本正经地说着，尽情戏弄着这位装腔作势的顾客。

伙计们伸手捂住自己的嘴，强憋着不敢笑出声来。

当班襄理凑上前来故意压低嗓音说，这种燕儿窝当年可是前清贡品，除了光绪和西太后谁敢吃啊！

当——当——当，隆昌海货店的大座钟敲响了。

十点钟了。当班襄理不由侧身朝着窗外的大街望去。华历四月二十八上午十点钟，此时应当是“虞府待茶”的时辰了。

身穿蓝缎棉袍的青年男子手里捏着一颗海蛏子，表情尖刻地说，无商不奸，你说这是上等燕儿窝，我可信不过。我必须亲口尝一尝。

说着，他将这颗海蛏子放在嘴边，伸出舌头舔了舔。

这位年轻的顾客居然将海蛏子当做燕儿窝，并且冒充内行伸出舌头舔了舔，这煞有介事的样子活像一只大尾巴鹰。隆昌海货店的伙计们注视着这位不懂装懂的活宝，实在是忍无可忍了。

店堂里终于嗡地一声爆发出一阵哄堂大笑。

当班襄理冷笑着问道，这位小爷，你身上这件蓝缎棉袍是赁来的吧？这上等燕儿窝你老人家也尝过了，我看你赶紧脱了棉袍吧省得捂出一身痱子来。

2 针市街

每年华历四月二十八这天上午，金华桥迤西的御河南岸必然上演一出好戏。一时间这里被围得水泄不通，人山人海，煞是热闹，成为天津城北一大景观。有童谣云：四月二十八，城南庙会看药王，比不过城北祭河的虞荫堂。说起这位虞荫堂，此人正是城北这一出好戏的主角。他的“正昌商行”坐落在针市街上，远近闻名。每逢四月二十八他率领全家前来这里祭祀河神，已成定规。

说起虞荫堂祭河谢恩的掌故，其实内容并不复杂。那是二十二年前的四月二十八，春天里年轻力壮的虞荫堂乘船前往山东贩货，离开天津不久驶入独流境内，航行在御河上突然翻船落水，生意伙伴卢德发不幸罹难，虞荫堂却奇迹般生存下来。获救之后虞荫堂认为此乃“天恩河赐”，随即将四月二十八视为自己的“重生日”，每逢此日他年年率领全家来到御河岸边，隆重举行盛大仪式以谢河神。虞氏这种感恩戴德的行为，为他在天津商界赢得了很好的口碑。

虞荫堂的四合院，坐落在天津城里的大费家胡同。这条胡同据说是由于明朝末年出了一位费宫人而得名。家住在大费家胡同的虞荫堂年过六旬已成鳏夫，近几年更是体弱气衰，即使风和日丽也很少出门，正昌商行的生意主要交给一位人称“钦三”的账房先生打理。这位钦三先生跟随虞荫堂三十年，属于绝对可靠的心腹之人。

虞荫堂还有一个多年不改的习惯，那就是每年四月二十七的当天夜里他总要住在正昌商行账房里。然后第二天一大早儿他长袍马褂率领浩浩荡荡的祭河队伍从坐落在针市街的正昌商行出发，一路上神色庄严地前往御河岸边。

家喻户晓的虞荫堂祭河仪式，年年都是很有看头的。四月二十八往往是早晨八点半钟，浩浩荡荡的祭河队伍便走出正昌商行大门，一路吹吹打打沿着针市街朝西走去，拐弯向北，热热闹闹直奔御河岸边而去。这时候，围观的人们紧紧跟随上来，有家住附近的寻常百姓，也有专程从远处赶来的穷人。

虞氏祭河的队伍以执事开路，举着旗锣伞扇什么的，挺气派。紧随其后是一班道士，咿咿呀呀念唱着，经曲悠扬。道士们后面是一桌子鲜花和一桌子翠柏，鲜花翠柏之后四个伙计抬着一只香味四溢的烤全羊，这只烤全羊后面是一桌子祥德斋点心，点心后面是一桌子五花肉，总共十六刀摆成一个“谢”字，后面便是四只巨大的笸箩了，小船儿一般。每只大笸箩里都盛着二百个热气腾腾的大馒头，每个大馒头里都包裹着一块银元。这四只大笸箩里是八百个大馒头，这八百个大馒头里包裹着八百块银元。这四只大笸箩后面，行走的便是虞荫堂以及家人了。虞荫堂老先生有两个儿子。大儿子名叫虞金诚，文质彬彬的样子，一看就知道是白面书生；二儿子名叫虞云隆，身高体壮一派武把子形象。走在队伍最后的是一班和尚，身披袈裟一路诵经不止。

每年临河谢恩仪式之后，这位著名绅士回家途中必然在隆昌海货店歇脚小憩，呷几口热气拂面的香茶，随即起身打道回府，这就是隆昌海货店一年一度的“虞府待茶”。有人说这是摆谱儿。

今年的四月二十八，一大早儿御河岸边聚了一大群人，有男有女有老有少，一心一意等待着虞荫堂举行祭河谢恩仪式。他们翘首以待，其实等待的是那八百个包裹着银元的大馒头。时间渐渐到了九点钟，人们的表情紧迫起来。每年的这种时辰，虞氏的祭河队伍应当走出针市街了。

今年，却大不一样了。临近十点钟，御河岸边还是不见祭河队伍的踪影。人群一时躁动起来，有人居然开始骂街了。

老子天不亮就从三义庄跑到这里，还不是为了抓到几个馒头掰出几块银元来，怎么还不见姓虞的人影啊？

他妈的，今天虞荫堂一定是不来啦！四月二十八祭河谢恩？我看他这是假装慈悲。

我听说虞荫堂年轻的时候，吃喝嫖赌四样儿全沾，根本就不是一只好鸟儿！

御河岸边人们议论纷纷，从坚忍的等待渐渐变成无聊的谩骂。天津人骂街力度很壮，往往是一镐头刨到底，不见泥汤子不罢休。

十点钟了。一个衣裳褴褛的汉子突然大声喊道，十点钟啦，往年这时辰虞荫堂已经坐在隆昌海货店里喝茶啦。

人群嗡地一声，动荡起来。失去耐心的人流向金华桥方向拥去，很快就要演变成为一群寻衅滋事的乱民。

这时突然传来一阵悠扬舒展的鼓乐，正是“行街”慢板。混乱不堪的人流顿时停住脚步，一起回头朝着西面望去。

来啦来啦！虞荫堂祭河谢恩的队伍真他妈的来啦。衣裳褴褛的汉子大声嚷嚷着，仿佛看到了一只只大馒头里包裹着一块块银光闪闪的洋钱。

人们立即欢呼起来，撒腿朝着西面跑去。

虞氏的祭河队伍迟到了，阵势却不减，依然是八个执事开道，其后是一桌桌供品，乐队紧随，演奏的《行街》。一班道士吟诵着经文，气氛很是庄重。看热闹的人流很快弥散在御河堤岸上，焦急地等待着祭河仪式开始。说起御河的这段河堤，正是当年红灯照大师姐林黑儿乘坐“黄莲圣母号”停船的码头。

那位衣裳褴褛的汉子猴子似的爬到一棵大树上，居高临下注视着热闹的场面。咦，敢情只来了虞大少爷虞金诚和虞二少爷虞云隆，今天怎么没见虞荫堂老先生的身影呢？

是啊，一成不变的四月二十八，每年主角虞荫堂那是从未缺席的。唯独今年的祭河仪式虞荫堂本人居然没有露面。人们小声议论着，感到很惊奇。

虞荫堂没来，今天的临河谢恩只得由虞大少爷虞金诚主祭。一张宽大的供桌摆在河堤上，香炉里青烟缭绕。十几个伙计忙着将供品摆上供桌，无外是祭祀河神的干鲜果品。和尚们与道士们，开始轮班诵经了。

虞金诚细长身材，清瘦的瓜子脸，目光炯炯有神，穿着一件蓝布大褂儿，显得朴素大方。虞云隆则是一张圆脸，五短身材穿了一套黑色中山服，看上去不大像学生，反而觉得他正在武馆里学艺。

虞金诚长虞云隆四岁，今天他是主祭。

钦三先生这人不胖不瘦不高不矮，虞府伙计们在这位中年男子的干练的指挥下很快就布置好祭祀河神的场面。诵经声声笼罩着御河堤岸。虞金诚手持一纸祭词，似乎有些心不在焉。二少爷虞云隆也东张西望，一脸漫不经心的表情。

御河岸边伴着阵阵诵经声，大少爷虞金诚亲手放生，将两桶活蹦乱跳的鲫鱼倒进御河里。二少爷虞云隆随后亲手放了两笼子黄雀儿。这群小鸟儿一溜烟飞走了。

这时候一位身披紫色薄呢斗篷的年轻女子悄悄挤进御河堤岸的人群里，出神地注视着远处的虞大少爷——虞金诚。

诵经声戛然而止。虞金诚开始大声朗读“祭河神赋”。这是一篇文采飞扬的文章，首先回顾了当年四月二十八虞荫堂乘船遇险落水不死的史实，然后对河神进行了感恩戴德的歌颂，末尾则是祈祷众神保佑虞氏家族平安昌盛兴旺发达云云。

虞金诚是土生土长的天津娃娃，毕业于私立南开学校，正准备报考北洋大学预科。由于受过正规教育，他朗诵祭文操着标准国语，丝毫没有天津口音里的“齿音字”，听起来字正腔圆，优美文雅。那位身披紫色薄呢斗篷的年轻女子目光痴迷，不由得朝前走了几步。

有人小声说，别挤啊别挤，现在还没往河里扔馒头呢。

虞金诚大声读罢“祭河神赋”，无意之间抬头朝着身披紫色薄呢斗篷年轻女子的方向投来一瞥。她很敏感，立即低头转身挤出人群，很窘的样子。

钦三先生主持祭祀仪式，虞金诚和虞云隆并排跪在御河堤岸上，一连叩了三个响头，以谢河恩。这时候，虞府的十几个伙计大声吆喝着“谢——恩——啦！”然后便将祭品投入水流湍急的御河里。

首先投入河里的是那一只烤全羊，激起一团浪花，然后是鸡鸭鱼肉以及一只只包裹着银元的大馒头还有一包包祥德斋的大八件点心，接二连三地投入水中。这时候，御河两岸腾地沸腾了。今天人们从四面八方赶到这里，等的就是这个时刻啊。只见那个衣裳褴褛的汉子率先跳入御河，顺流追逐着漂浮在水面上的一只只大馒头。紧接着，一群半大小子争先恐后跳进水里，奋力朝前游去。其中一个男孩儿快速游动着，顺流追击着那只烤全羊。

此时人们心里明白，烤全羊纵然不错，可御河里漂浮的一只只白馒头里分明包裹着一块块响当当的银元。

几个中年妇女竟然也跳进水里，伸出双手急切地去抓水里漂浮的馒头。

一时间，这河里人头攒动手臂挥舞，吵吵嚷嚷乱成一锅热粥。

人们惊叫起来。原来一个捞取烤全羊的男孩儿被激流卷走，一时没了踪影。这男孩儿的母亲站在岸边大声尖叫着，一边哭号一边向着三岔河口跑去。

御河堤岸上，主持祭祀仪式的钦三先生请大少爷虞金诚大声宣读着虞荫堂今年的“许愿”，为了方便御河两岸百姓，虞氏愿意出资捐银在这里修建一座浮桥，以此善举酬谢河神之恩。这座即将修建的浮桥暂时取名“虞家桥”。

人们根本没有心思听取虞荫堂的善举了，一拥而去朝着三岔河口向方狂奔——那个为了捞取烤全羊的男孩儿，已经淹死了。

钦三先生神色慌张，立即压低声音对虞金诚说，大好日子居然淹死一小孩儿，这兴许不是吉兆，我看还是赶紧打道回府吧。

虞金诚忧心忡忡说，那孩子若真给淹死了，一定不要忘了给他家送几袋白面去。

二少爷虞云隆早就不耐烦了，一个劲儿嘟囔着催促钦三先生赶紧宣布祭河仪式到此结束。

虞氏祭河队伍终于打道回府，笙管笛箫响起，锣号鼓钹齐鸣，虞金诚和虞云隆并排行走着，就这样面无表情地回到了针市街正昌商行。

御河岸边有消息传来，说为了捞取烤全羊的那个男孩儿，真的已经淹死了。

这时候的针市街上，走动着几个形迹可疑的汉子。

3 耳朵眼炸糕

还是在隆昌海货店，那位身穿蓝缎棉袍的青年男子起身脱去棉袍，立即露出一身月白色春绸裤褂——赵云的长靠变成了武松的短打扮。

隆昌海货店的伙计们，面面相觑。

你以为我真的把海蛏子当成燕儿窝啊？实话告诉你们，今天我在贵店这里软磨硬泡就是等候虞荫堂的大驾光临。现在都十点半啦，姓虞的那老东西怎么还没来啊？

当班襄理听罢蓝缎棉袍的这番话，也觉得纳闷。是啊，此时已然十点半钟了，怎么还不见虞荫堂他老人家的身影呢？

请问，您在这里等候虞荫堂老先生，究竟有何公干啊？当班襄理转动着肥胖的身躯，询问对方。

身穿蓝缎棉袍的青年男子冷笑了。这关你屁事儿！今天要不是我大事在身，非给你这身肥肉减减膘儿不可。

当班襄理的脸色倏地变得惨白。

这时候，四条陌生壮汉鱼贯而行，大步走进隆昌海货店大门，一起朝着身穿蓝缎棉袍的青年男子拱手行礼，表情十分恭敬。其中一位镶着大金牙的汉子说，卢大少爷，今天祭河啊敢情虞荫堂根本就没露面，听说那老家伙病了，此时正躺在正昌商行账房里喝汤药呢。

他妈的，虞荫堂怎么病啦？被称为“卢大少爷”的这位青年男子听罢随从的报告，不由得皱眉思忖。他伸手缓缓从那只大盆里捏起一颗海蛏子，猛地一甩手嗖地一声——这颗海蛏子便准确地击中了当班襄理的额头。这位大胖子疼得一声唉哟，立即伸手捂住面孔大声喊叫起来。

走！咱们去掏虞荫堂的老窝儿。卢大少爷伸手从太师椅上拿起蓝缎棉袍给自己披上，一声喊喝出了隆昌海货店，一步三摇行走在北门外大街上。四条壮汉紧紧跟随着，早已隐蔽在各个角落的十几个打手这时也露面了，都紧跟在四条壮汉身后，一起朝着针市街方向走去。

北门外大街上的行人，纷纷闪开了道路。

针市街东口的对面，有一条极其狭窄的胡同，人称“耳朵眼胡同”。这条胡同口有一间很小的店面，便是夫妻经营的增盛成炸糕铺。这里店面虽小，货色倒是人人称道。久而久之，“增盛成”的字号变得无人知晓，“耳朵眼炸糕”却叫响了，多年之后中国进入改革开放大时代，这“耳朵眼炸糕”居然进入天津卫食品“三绝”而远近闻名。

卢大少爷身披蓝缎棉袍一派混星子形象，大步来到增盛成炸糕铺门前。店主刘万春立即迎将出来，热情地跟这位年轻顾客打着招呼。卢大少爷回头问那四位壮汉，你们也该吃点儿东西啦？壮汉们纷纷点头表示饿了。十几个打手更是热烈响应，说肚子已经饿得咕咕响了。

你给我拿二百个炸糕。卢大少爷伸出两个手指说。店主刘万春听罢又惊又喜，只得摆手说一时做不出两百个炸糕。

你废话少说。弟兄们在杨柳青上船的时候就说要吃天津卫北大关的炸糕。这二百个炸糕我限你半个钟头做出来。卢大少爷恶声恶气说着，伸手从铁箅子上拿起一个热炸糕，贪婪地吃了起来。他大口咀嚼着，被炸糕烫得咝咝吸着凉气。

刘万春夫妇忙不迭地操作起来。一只只白色糕团投入嗤嗤作响的油锅，渐渐炸成金黄颜色。增盛成炸糕铺门前仿佛来了一群蝗虫，操着杨柳青口音的壮汉们十分放肆地吞咽着。

临近正午时分，身披蓝缎棉袍的卢大少爷嘴里嚼着耳朵眼炸糕走进针市街，快步来到正昌商行大门前，抬头注视着天津书法家杨无怪题写的“正昌商行”的匾额，不由得冷笑了。

几个望风的汉子凑上前来，纷纷跟卢大少爷打招呼。卢大少爷低声问了一句，大金牙汉子立即报告说正昌商行的午宴马上就要开始了。卢大少爷笑了笑，说这最后一顿午宴就让虞家父子吃饱喝足吧。

大金牙汉子遵命，转身朝着远处一招手，几个汉子立即搬来一套桌椅，大大方方摆在正昌商行门前。很快有人送来一壶热茶。卢大少爷落座之后随即跷起二郎腿，悠然品味着香茗。

这一切显然经过了细心策划与周密安排。针市街东口的耳朵眼炸糕固然好吃，正昌商行大门外的空气还是显得非常紧张。

4 正昌商行

虞家的队伍从御河岸边归来，一路行走回正昌商行，四月二十八这天的祭河活动就算结束了。钦三先生给念经的和尚与道士结了账，然后给“打小阔儿”的人们分发了铜子儿，人们四散而去。

虞金诚和虞云隆一前一后走进正昌商行后院，一个老妈子端着铜盆迎上前来，请大少爷二少爷洗脸。进门洁面，这是虞荫堂多年的规矩，无人敢于违反。虞金诚撩水洗了把脸，心里却惦记父亲的病情，扔下毛巾快步走账房，给父亲请安。

虞荫堂性格内向，自幼在天津商号里学徒，长大成人创业成功，生活依然保持低调，与外界也是疏于往来。尤其是正昌商行后院，平时几乎没有什么响动。

宽敞明亮的账房里，面孔清瘦的虞荫堂正襟危坐，看外表似乎不像病人。这恰恰是虞荫堂的性格，无论什么时候他都比较注意自己的形象。

钦三先生正在向老东家禀报，说今年四月二十八还是老规矩，不受礼，不请客，一桌家宴您跟大少爷二少爷一起吃饭。

虞荫堂说，你让厨子老陈给我熬一碗小米粥吧，多放几块山药，补一补气。钦三啊，我怎么听说御河里淹死一孩子呢？

钦三先生愣了愣，立即满脸堆笑说，老东家您千万不要多想。老天爷哪年不在挂甲寺收几个童子呀？这在九河下梢天津卫，是常事儿啊。

虞荫堂突然剧烈地咳嗽起来。

钦三先生趋身问道，我给您请个大夫来吧？

虞荫堂眉头紧皱说，治得了我病，治不了我命啊！你现在就把大少爷叫进来吧。

二十多年了，这是虞荫堂首次缺席四月二十八的祭河仪式。因此，他老人家格外关心今天临河谢恩的情况，即使一个琐碎的细节也要问得一清二楚。虞金诚走进账房垂手恭立在父亲面前，一一回答着。

虞荫堂忍不住咳嗽了两声，问大儿子在祭河的时候是否替他许了愿。虞金诚说当场就许了愿，正昌商行捐资筹款在御河上修建一座浮桥，取名虞家桥。虞荫堂点了点头，对金诚的回答表示满意。

云隆呢？虞荫堂颇不放心地问道。

他……虞金诚一时不知如何回答。是啊，兄弟俩一前一后走进正昌商行，云隆眨眼之间就不见了，活像一只难逮的蛐蛐儿。

金诚啊，云隆这小子生性涣散，你身为兄长一定要严加管教才是啊。咱们虞家的正昌商行在天津卫很有名声，这样大的一摊子家业我迟早是要交给你们兄弟二人的。当然，还有钦三先生辅佐你们呢。

虞金诚连连点头，说请父亲放心。

虞荫堂似乎还想说什么，可一时又说不出口，便起身在屋里踱步，说吃饭吧吃饭吧。

虞金诚十分孝顺，立即应声说吃饭吧，然后走出账房在前面引路，陪着年老体衰的父亲穿过后院，一前一后朝着餐厅走去。

这又是虞荫堂的多年规矩，每逢四月二十八祭河归来，正午全家人必须一起用餐，美其名曰“重生谢恩餐”。说是全家人一起吃饭，总共也只是父子三人而已。

伙房里，厨师老陈已经备下一桌酒饭，香气四溢。美酒是天津大直沽聚永烧锅酿造的直沽高粱酒，佳肴则以河鲜海货为主，真正的天津风味。老陈是正昌商行的新聘厨师，手艺还是不错的。此时，虞云隆已经独自坐在餐厅里。厨师老陈将一盆颜色微黄的香汤摆在桌上，说请二少爷洗手。

虞云隆大大咧咧在香汤里涮了涮手，抬头对老陈说你快端一碗茶水来，我要漱漱口。

老陈端上四个凉菜，同时递来一碗茶水。

虞云隆抄起筷子夹起一块水晶肘花儿甩进嘴里，立即变了脸色。这是水晶肘花啊？你这新来的厨子手艺实在是太潮啦！

虞金诚陪着父亲穿过后院朝着餐厅走来，猛然听到虞云隆吵吵嚷嚷的，仿佛是在兴师问罪。哥哥揣摩这是血气方刚的弟弟又在招惹事端，急忙快步跑进餐厅。

果然，餐厅里虞云隆气势汹汹的样子，正在激烈地指责着厨师老陈。可怜老陈连连躲闪着，好像随时都会遭受虞二少爷的一顿殴打。

云隆！你这是干什么？虞金诚三步并作两步，冲上前去拉住怒火满腔的弟弟。

虞云隆根本不理睬哥哥的劝阻，伸手指着老陈继续大骂不止。你还算是厨子啊？这菜不京不淮不川不鲁，到底是哪家子味道！这一桌子山珍海味我看全让你给糟践啦，他妈的，我现在就让你滚蛋！

虞荫堂走进餐厅，看到这个场面惊诧不已。他注视着虞云隆穷凶极恶的形象，感到十分陌生。然而，父亲的出现并未使得虞云隆有所收敛，反而伸手揪住老陈，马上就要动手打人了。

虞荫堂一时气得浑身颤抖不止。

云隆，你这混账东西！虞荫堂颤颤巍巍指着自己的二儿子，一时说不出更多话语。

虞云隆只是侧脸朝父亲投来一瞥，并不买账的样子。厨师老陈看到这种场面实在难以收拾，只好走到虞荫堂面前，躬身作揖连声赔罪，老东家，全怪我手艺不好得罪了二少爷，请您老人家多多原谅。

不等虞荫堂说话，虞云隆不依不饶说，老陈你算什么玩意？我刚才已经说了，你现在就给我滚蛋！

老陈毫无办法，默默解下围裙，眼含泪花转身走出餐厅。

虞荫堂脸色煞白，仿佛刹那之间衰老了十岁。虞金诚伸手搀住父亲。虞荫堂气喘吁吁问道，金诚啊你告诉我，你弟弟他什么时候变成这个样子啦？

虞云隆冷笑着说，老陈的手艺实在太潮了，我看他只配去做猪食。说着，虞云隆大步走出餐厅，颠儿了。

虞金诚搀着父亲落座，说您千万不要生气。虞荫堂指着满桌子酒菜说，这么好的东西云隆却非说是猪食，你说我能不生气吗？

虞金诚反身跑出餐厅，追回弟弟。虞云隆站在院子里操练着一只石锁，极不情愿地哼了一声。

云隆啊，今天是四月二十八祭河谢恩的日子。父亲年岁大了，每年只有这么一天，你为什么还要惹他老人家生气呢？今天咱哥俩儿一定要好好陪父亲吃这顿饭，你别闹了行吗？

虞云隆转身看了看哥哥，脸上流露出几分无赖的表情说，好吧我给你这个面子，你说咱俩好好陪父亲吃顿饭，可厨师老陈做的猪食我实在咽不下去啊。

虞金诚笑了，说好吧我亲手给你烧菜，今天我保你酒美菜香心满意足。

哥哥，你什么时候学会了炒菜啊？我可不相信你虞大少爷愿意干这种烟熏火燎吃苦受累的活计。

哥哥笑了笑说，人活一辈子哪里有光享福不受罪的道理啊？就说大明皇帝朱元璋吧，当初不也是沿街乞讨嘛。说罢他拉起弟弟的胳膊朝着餐厅走去。

正昌商行的餐厅，不供外人吃饭，因此挺清静的。虞荫堂坐在圆桌前，阴沉着脸色，心里还在生气。他大半辈子经商应当说是走南闯北了，什么样儿的人物全都见过，如今年逾花甲万万没有料到二儿子在自己的眼皮底下竟然变成一个蛮不讲理的粗人。当年送虞云隆去中营小学念书，曾经花费多少心血啊。念完小学这小子就是不肯念中学，于是这就这样待在家里，有时还练练把势，胳膊根儿挺粗。云隆一混就是几年光景，如今长成二十岁的大小伙子，还没有正经事由。虞荫堂此时内心好生悔恨，想当初真应该硬逼着云隆去念初中，那样这小子就不会变成一块顽石了。

虞云隆走进餐厅，隔着桌子坐在父亲对面儿，那表情就跟没事儿人似的。虞荫堂心里更加窜火，坐在桌前呼呼喘着粗气。虞金诚快步走进餐厅，腰间系着白围裙，头上戴着白帽子，肩上搭着白毛巾，全然一派厨师打扮。虞荫堂抬头看到自己的大儿子换了这一套行头，不由愣住了。

金诚，你唱的这是哪一出啊？

虞金诚只是朝着父亲笑了笑，然后伸手撤去已经上桌的四个酒菜，说老陈的手艺不合口味，今天我亲自下厨烧几个菜请您品尝品尝。

金诚，敢情你还会做菜啊？虞荫堂越发不解，困惑地注视着这位准备报考北洋大学的大公子。

虞金诚不言不语，转身走进了伙房。

不消片刻时光，虞金诚亲手制作的四个凉菜上桌了。这四个凉菜各有名号：银汁鸭掌、龙门酥虾、仙姑脆鸽、八珍鱼尾。

虞云隆耸了耸鼻子，乐了。

虞荫堂还是疑惑地注视着这四个新颖别致的凉菜，心里以为虞金诚是在变什么戏法。

伙房里，虞金诚继续操作。他站在灶前，手里抖动着火光闪闪的铁勺，好一通煎炒烹炸，直累得满头大汗。

八个热菜陆续上了桌面：莲子虾仁、麦苗金雀、荷叶蟹黄、菊花面筋、清汁猴头、油浸河鳗、红爆地羊、清炒南鸽。

这一桌子山珍海味真好比从天而降。内心迷惑的虞荫堂与颇感惊讶的虞云隆，面面相觑。

虞金诚打开一坛窖藏多年的大直沽高粱酒，说今天四月二十八是父亲的重生日，咱爷仨儿先敬河神一盅吧。

虞云隆咕咚咽下一团口水，哥哥，你什么时候学会了炒菜啊？

我在南开学校念书时候，没事儿就跑到伙房里给大师傅打下手儿，有位厨师当年伺候过袁世凯，我就偷偷跟他学了几手。虞金诚谦虚地说着。

虞荫堂心里特别喜欢金诚这股子勤奋好学而且不事声张的劲头儿。他老人家接过儿子递来的酒盅，说了一声感谢河神救命之恩，低头便将这盅水酒泼在地上，表情挺真诚的。

这时候，钦三先生神色慌张跑进餐厅。虞金诚很懂礼貌当头就说，钦三先生您也喝一盅吧。

钦三先生气喘吁吁说，坏啦坏啦，咱们正昌商行大门外来了一群人，吵吵嚷嚷要闹事儿！

虞荫堂紧紧握住手里的酒盅问，来人是谁啊？

钦三先生似乎深知隐情，轻轻叹了一口气说，姓卢。

虞荫堂顿时变了脸色，放下手里的酒盅，缓缓站起身来。

虞云隆乐了。管他姓炉还是姓锅，八成是一群臭要饭的。钦三先生你去赏他们一把铜子儿，告诉他们马上滚蛋！

会不会是祭河淹死的小孩儿家大人找上门来了啦？虞金诚猜测着说。

虞荫堂摇了摇头说，如果是小孩儿家长找上门来，马上给人家钱。谁让那孩子是捞咱家的供品淹死的呢。

钦三先生极其肯定地说，大门外这拨人全都是杨柳青口音，我看跟祭河淹死的小孩儿毫无关系。

虞荫堂思忖着说，杨柳青口音？这么说他的后人归其还是来啦。

5 一场武戏

正昌商行大门外，卢大少爷身穿蓝缎棉袍坐在露天地儿里喝茶，几个满嘴杨柳青口音的汉子双手叉腰大声叫骂，气焰很是嚣张。

虞荫堂你这老东西，今天我们卢大少爷大驾光临，你不要假装缩头乌龟不敢出来！

一个伙计跑出正昌商行大门，大声责问着。你们到底是什么人？光天化日跑到这里来撒野，你们还有没有王法啊？！

卢大少爷站起身来伸手指着这个伙计说，你马上告诉虞荫堂，就说我卢振天找他算账来啦。

你名叫卢振天啊？那你到底是什么人！伙计梗起脖子大声发问。

卢大少爷噗地一口吐了这个伙计满脸唾沫星子。你现在就叫虞荫堂滚出来见我！

这时候，天津估衣街有名的袍带混混吉小楼乘坐一辆“胶皮”来到正昌商行大门外。这位外号“了事大王”的五短汉子从车里跳出来，朝着卢振天拱了拱手，不言不语。

钦三先生慌里慌张跑出正昌商行大门一眼看见吉小楼，心里顿时明白了。刚才只有卢振天坐在大门外喝茶，此时却是全神下界——闹事儿的来了，了事儿的也来了。看来这宗搁了二十多年的历史旧账，今天一定是要彻底清算了。

你就是正昌商行的账房先生钦三吧？二十多年过去了。我爹死的那年我只有两岁，前几天我在他老人家的遗物里还看见了你名字。按说你应当是个好人啊，怎么你的良心也让狗给叼去啦？卢振天眯缝着眼睛注视着这位账房先生，目光里充满仇恨。

钦三先生低声说，卢大少爷，请您不要出口伤人。

我出口伤人？你现在就把虞荫堂那老棺材瓤子给我叫出来。我要跟他当场对质二十年前我爹落水死亡事件！

钦三先生急了，几步走上前来大声说，卢德发落水死亡属于天灾，我亲眼所见人家虞荫堂没做什么手脚啊。

卢振天突然仰天大笑，钦三啊钦三，亏你还记得卢德发这个名字啊。大笑之后他脱了蓝缎棉袍拎在手里，露出一身月白色春绸裤褂，人也显出几分洁净。

天津卫著名的“了事大王”吉小楼乐呵呵走过来说，钦三啊今天这阵势你也看见啦，天津卫讲话发昏挡不住死，你赶紧把虞荫堂请出来吧。

卢振天呼地一声抖开这件蓝缎棉袍。钦三先生一眼看到棉袍里面写着很多字。卢振天咬牙切齿说，钦三你知道吗？这件棉袍里面是我爹当年亲笔写下的遗嘱。

钦三看罢抹着满脸汗水说，既然如此我只能请虞家父子出面了，这二十年的恩怨你们当场了断吧。

这时候，虞荫堂咳嗽了一声走出正昌商行大门。他居然身穿黑绸裤褂，一眼望去显得庄严肃穆，似乎是在祭祀着什么人。虞荫堂身后，紧紧跟随着他的两个儿子，左边是文绉绉的长子虞金诚，右边是愣头青似的二儿子虞云隆。

卢振天注视着虞氏父子，嘿嘿笑了。他转身将蓝缎棉袍摊开，铺在一张桌子上，然后从腰后抻出一把菜刀，稳稳当当拎在手里。

虞金诚立即说，卢大少爷，如今是民国了，你光天化日之下动刀动枪的可不许呀。

“了事大王”吉小楼还是乐呵呵的样子，他手里拿着当年虞卢两家当年合办正昌商行的契书说，俗话说白纸黑字，这张纸二十多年已经变黄了，可是铁证如山啊。这正昌商行两家合股，虞家拥有一半儿股本，卢家也拥有一半儿股本啊。卢德发当年落水身亡，今天咱们暂不追究他到底是不是被人害死的，就说卢家那一半儿股本吧，已经被虞家独自侵吞了二十年。如今是青天白日朗朗乾坤，人心自在，公理自明，这正昌商行理所应当由卢德发的儿子卢振天收回吧?

虞云隆冲上前来，指着“了事大王”吉小楼的鼻子大声说，你胡说八道!这正昌商行压根儿就是我们虞家的，你们这群混混儿休想动它一根毫毛!

吉小楼仍然笑呵呵地说，你这小毛孩子懂得什么?当年虞荫堂侵吞卢德发家业的时候，你还在娘胎里呢。

虞荫堂脸色变得灰白，他嘴唇开始颤抖，一时说不出话来。虞金诚扭脸注视着父亲，压低声音问了一句。虞荫堂摇了摇头，满脸痛苦表情。

虞云隆突然狂躁起来，吼叫着朝卢振天扑过来。卢振天呼地举起手里的菜刀大声说，姓虞的，既然你们面对当年虞卢两家合办正昌商行的契书还是死不认账，今天咱们只能按照江湖码头的规矩，自己给自己放一放血啦!

好吧，今天咱们就真刀真枪的练一练!虞云隆毫不示弱。

虞荫堂有气无力喊了一声，云隆!你千万不要胡闹啊。这喊声似有似无，已经被虞云隆和卢振天的怒吼淹没了。

吉小楼开始操持了。他将那件写着卢德发遗嘱的蓝缎棉袍收拾起来，十分利落地铺好一块白色桌布。有人端来一只大海碗，里面盛满了云南白药。

虞云隆固然鲁莽，却是正经良家子弟，他看不懂吉小楼摆出的是什么阵势，脸上露出几分茫然表情。

卢振天站在桌前将自己的左手摆在白色桌布上，笑了笑说，我若不先放血，恐怕夺不回卢家的正昌商行。好啦!说罢他右手挥起菜刀啪地一声剁掉了自己的左手食指。

鲜血四溅。白色桌布上立即绽开一片殷红色的花朵。

吉小楼站在一旁大声解说着。诸位老少爷们儿，你们可都看明白了，今天卢振天卢大少爷绝不是前来挑事儿打架的，我们也不是没事儿跟着看热闹儿的闲人。今天这阵势大伙心里明镜儿，就是卢家找虞家论一论正昌商行的产权!

虞荫堂一头栽倒在钦三先生怀里，只说了一句“这是报应啊”就晕厥过去了。

天津针市街上，一场鲜血迸溅的武戏，终于大打出手了。

6 天津《国事报》

天津卫的小报社多如牛毛，就说南市一带吧就有三十几家。其中《国事报》在华界地区颇有几分名气。取名“国事报”这张报纸恰恰不谈国事，而是以猎取社会各界艳闻秘事为己任，还专门为妓女大做广告，什么“豫产嫩韭今日上市，请欲尝鲜者拨打电话二局五九四”云云。因此发行量不小，总共三千多份吧。该报记者骆小山更是猎奇高手。除了桃色新闻，此公最喜欢报道血腥事件，白天动刀夜里动枪，外加滚钉板跳油锅，恨不得每年都要吓死几个读者。这就是小报记者骆小山的名声。

华历四月二十八发生在天津针市街正昌商行门外的“断指事件”，第二天《国事报》头版“本埠新闻”专栏立即做出长篇报道。

这五千多字的充满血腥气味的长篇报道当然出自骆小山之手。

骆小山文笔不错，有几个段落写得非常准确：“市人皆知，享誉津门的正昌商行生意兴隆财源茂盛，它是虞家产业，昨日正午时分一场鲜血迸溅的武戏突然在针市街开演，由此改变了这家著名商号的姓氏。据悉，是日操着杨柳青口音的血性男儿卢振天已经夺回正昌商行，并且成为这里的新主人。”

骆小山在长篇报道里详细描写了这场武戏的高潮，那就是卢德发之子挥刀自残其指。卢振天看到虞氏父子面对当年虞卢两家合办正昌商行的一纸契书竟然一声不吭，只得采取天津卫多年流行的光棍儿手段，一刀砍掉自己左手食指。

“卢振天将负伤的左手按在那只盛满云南白药的大海碗里止血，面不更色大声说道，姓虞的我献了一根手指头，现在轮到你们啦。虞云隆毫不示弱，哇哇大吼冲上前来，伸出左手从地上抓起那把菜刀。”

骆小山这样描写虞氏兄弟的表现：“虞云隆虽然抓起菜刀，却一时茫然无措。他抬头看了看卢振天，目光里流露出几分迟疑神色，然后紧握左手举起菜刀。原来，虞云隆是个左撇子。左撇子虞云隆左手高高举起菜刀，可他并没有将自己右手展开平摊在桌面上，于是这种假门假式的身段看上去便显得很傻，现场的围观者哄地一声大笑起来。据笔者观察，现场围观者这种颇具讥讽意味的哄然大笑极大地刺激了虞云隆。他啪地一声将自己的右手摆在桌面上，左手紧紧握起菜刀。正昌商行大门前的空气，再度紧张起来。”

“这时候虞金诚冲到虞云隆身后，嘭地一拳打掉弟弟手里的菜刀，然后伸出两条胳膊紧紧抱住弟弟。就这样，虞云隆仿佛被两道铁索死死箍住，动弹不得。虞金诚大声喊叫说，云隆，人家手里拿着当年的契书，这一回咱们败啦。你就是剁光了自己的十根手指，那也是没有用处的！”

“虞云隆气得哇哇大叫。然而无论他如何挣扎，根本无法从哥哥那两道铁索般的胳膊里突围。虞云隆只能破口大骂自己的哥哥。虞金诚你这个废物！你就这样看着人家从咱们手里夺走正昌商行啊！”

“虞金诚从身后紧紧抱住自己的弟弟。云隆啊云隆，咱爹已经昏死过去啦！俗话说留得青山在，不怕没柴烧，你今天就是使出浑身解数也斗不过这一群杨柳青来的混混儿！”

“卢振天哈哈大笑，毛腰从地上拾起那把沾着鲜血的菜刀。他仍然右手握刀，将淌着鲜血的左手摆在桌面上，抡起菜刀啪地一声剁掉左手中指。一股鲜血噗地喷涌出来，染红桌布。卢振天再次将左手按在盛满云南白药的大海碗里，强忍疼痛冷笑着说，姓虞的，我已经献上两根手指头。正昌商行究竟姓虞还是姓卢呢？你们要是不服气，我就接着剁下去，剁光了手指，咱们接着剁胳膊！”

骆小山不愧是小报记者，行文至此突然笔锋一转，写出一个大场景：“卢振天挥刀连断两指，四周围观的人们立即大声叫好，好似听到京戏名角的精彩演唱一般。当场晕厥的虞荫堂此时渐渐苏醒，他伸手指了指卢振天，似乎说了一句什么，突然一口鲜血吐在钦三先生怀里，又是人事不知了。”

《国事报》这家小报儿唯恐天下不乱，还在“本埠新闻”左下角配了一幅插图，画的是“了事大王”吉小楼一屁股坐在正昌商行的门槛上，手里抱着一只盛满药水的玻璃瓶子，瓶子里泡着卢振天的两根手指头。

这幅极力宣扬暴力行为的插图还配了一句话：“卢氏振天以两根手指头，当场夺回正昌商行；虞氏兄弟皆不敢接招儿，无奈奉送祖传家产。”

当天的《国事报》居然卖出五千多份，由此可见充满血腥气味的混混儿故事在天津卫还是颇有读者的。

不仅仅是《国事报》。第二天在河北鸟市儿的金裕茶园说书艺人杨瞎子为了抓鲜儿，便将这场发生在正昌商行大门口的“卢振天断指事件”当做“垫活儿”以招徕听众。

杨瞎子开场说道：“天津卫是大明天子渡河的地方，五百多年以来，本埠的奇人奇事，那真是数不胜数。眼下就说正昌商行的虞氏兄弟吧，二人看外表是一黑一白，一粗一细，一弱一壮，一文一武，可是孔武有力的弟弟虞云隆企图挣脱外表儒雅的哥哥虞金诚的搂抱，硬是挣脱不开。这是何道理？诸位听来此处有分教，话说人的内力功夫，不是三天五晌午练就的。就说这位虞大少爷吧，他竟然能够牢牢将弟弟抱住，两只胳膊胜过两道铁箍，足以说明此人一定是个练家子。俗话说，真人不露相，露相不真人。俗话又说，咬人的狗不露齿，不咬人的狗才乱汪汪呢。话说正昌商行大门口，那虞云隆在哥哥的搂抱之中仍在拼命挣扎。这条鲁莽的汉子，双目充满血丝，哇哇大叫不止，一口气竟将虞金诚拖出五六丈开外，还是难以挣脱。事已至此，'了事大王'吉小楼看准时机，大步走上前来，这位袍带混混儿操着一口天津话大声宣布，虞卢两家二十年前的纠纷，一纸契书尚在，白纸黑字，无法抵赖，自有公断。今儿卢振天依照天津卫的码头规矩，挥刀连断二指，他为自己讨回了公道。姓虞的不敢自残，众目睽睽之下，尿啦。俗话说公理自有公理在，从今往后，正昌商行归还卢振天所有，这也是苍天有眼实至名归啊。"

评书艺人杨瞎子的这段"开场白"，当天至少为他吸引来六成书座儿。

7 玉华春饭庄

天津的城南洼，早先芦苇丛生，了无人烟，一派荒凉。到了二十世纪二十年代末，城市重心由北向南移动，出现了"三不管"游乐场。由于毗邻日租界，这里土地渐渐升温，终于掀起了房地产开发热潮，正式取名南市。一时间，领地填坑，开路建房。军阀开办实业，江苏督军李纯的东兴房地产公司花钱开发了东兴大街。外国财团进入，日本建物株式会社则投资开发了建物大街。然后是慎益、清和、福顺、永安、聚福……不出几年时光，南市这地方出现了二十五条街道。饭庄、旅馆、戏院、茶楼、浴池、车行、当铺、赌场、烟馆、妓院、报社、书局、鸟市、粥厂……这繁华景象，中国北方数第一。

南市这地方，还有一条荣业大街。

荣源是末代皇帝溥仪的岳父，这位泰山大人跟盐业银行总经理岳乾斋合股建立荣业房地产公司，大兴土木，平地起楼，荣业大街因此得名，这条大街也与皇亲国戚有了关系。

荣业大街北起南马路，人们称为"南门东下坡儿"。这里乃当年的天津城墙，天津城墙在"庚子事变"之后被八国联军的"都统衙门"强行拆除，城基形成南马路。从这里下坡儿往南有“官沟街”和“闸口街”。官沟街因清朝官府挖沟而得名。闸口街的得名则是由于东头有通往海河的水闸。

闸口街口迤东旧有协成印刷局，中学时代的周恩来在南开学校编辑《敬业》，多次到此校对稿件。闸口街口迤西是杨家柴场，这里出了个名叫杨小凤的女孩儿，她就是后来的著名评剧演员新凤霞。

继续南行，荣业大街上有两家装修豪华的大饭馆，西侧便是先得月，东侧则是聚合成，这两家饭庄均经营天津菜，燕窝鱼翅，熊掌鹿尾，你山珍我海味，相互竞争，各显神通，每天这两家饭庄都要引来一拨拨食客，堪称天津美食大世界。

就在这两家名重一时的大饭庄的夹击之下，荣业大街上竟然还有一家饭馆生存着，那就是由玉姑经营的玉华春饭庄。

玉姑人称玉姑奶奶，二十出头儿的年纪，却已经大名鼎鼎了。据说她是娼寮的丫头，曾经在天宝班里干粗活儿，幸逢贵人相助成为“唱手”，后来自赎自身迈出苦海，几经周折做起“勤行”生意。她经营的玉华春属于“二荤馆”，固然没有满汉全席，卖的却是“缺宝儿”。单说她的“辣豆儿”和“肉皮冻儿”吧，那在天津是找不到第二份的。还有她的“扒白菜”，大冬天的就连家住河西土城的食客也专程赶来，品尝这一口儿。

华历四月二十八这一天，玉姑一反常态，悄无声息地起了一个大早儿。素常她起床之后的头等大事便是喝茶，因此使女小翠儿睡眼惺忪拎着茶壶一溜小跑儿奔了龙二水铺。水铺龙二抬头看了看天色尚早，以为小翠儿起冒了，大声告诉她锅里水还没开呢。十五岁的小翠儿嘟嘟哝哝，说玉姑奶奶今儿是撒呓挣啊，天还没亮就起床了。

水铺龙二加紧烧火，锅里水终于开了。小翠儿拎着沏满热水的茶壶一路快走回玉华春菜馆的后院，亭亭玉立的玉姑梳妆打扮完毕，正站在屋里照镜子呢。

小翠儿目不转睛地注视着玉姑，真以为这是天女下凡了，柳叶眉、杏核眼、樱桃口儿红灿灿。光彩照人的玉姑扑哧一声笑了，伸手戳了一下小翠儿的脑门儿说，你傻啦？小心眼珠子掉在茶碗里！

小翠儿咧嘴笑了，缺着两颗门牙说，玉姑奶奶今儿你真俊啊就跟月份牌上大美人儿似的。

玉姑当然得意，手里拿着一面小镜子照了照自己的脸蛋儿说，喝茶吧喝了茶你去给我叫一辆胶皮，我今儿得去一趟北大关。

小翠儿感到大惑不解。今天是四月二十八药王生日，人家鸿济堂大药铺早般儿就订了两桌酒席。玉姑奶奶今天你可不能误了咱们正午的生意啊。

闭嘴，我还不知道今儿是四月二十八啊。小翠儿啊你赶紧把那件紫色薄呢斗篷给我找出来，一会儿我穿着它出去。

上午八点钟一过，身披紫色薄呢斗篷的玉姑乘坐一辆胶皮沿着荣业大街一路北上，往北大关方向去了。

玉姑乘坐在胶皮进了南门，逆着前往城南参加峰山药王庙会的人流，向北而来。今天这位玉姑奶奶究竟揣着什么心思，没人知道。然而她乘兴而来的心情，那是没错的。

胶皮一路小跑，很快出了北门。时间尚早，玉姑坐在车上远远望见隆昌海货店的招牌，立即吩咐车夫过了烟卷楼子就停车。

烟卷楼子前面，身披紫色薄呢斗篷的玉姑打开钱袋买了一盒红锡包，从里抻出一支香烟夹在手里，烟卷楼子的伙计立即递火点烟。玉姑悠悠地吸了几口，转身不紧不慢走向隆昌海货店。

隆昌海货店大门前，一位正在清扫台阶的伙计笑着告诉她今天上午是“虞府待茶，暂停营业”。

玉姑吸了一口香烟说，我还不知道今天上午虞府待茶呀！你赶快把大胖子给我叫出来。

当班襄理气喘吁吁跑出来，这大胖子敢情是色鬼，一看见玉姑竟然激动得浑身肥肉乱颤，连声说欢迎玉姑奶奶光临欢迎玉姑奶奶光临。

这才几天不见啊你老人家又添膘啦。玉姑不无揶揄地说，我知道你虞府待茶呢，这几天你安排伙计给玉华春送二十斤海参吧，我可要好东西啊。

当班襄理鸡啄碎米一般连连点头，伸出两道贪吃的目光使劲儿舔着玉姑。玉姑奶奶，屋里有茶，你进来坐一坐吧。

今儿虞府待茶，我改日吧。玉姑说着转身离开隆昌海货店，朝着金华桥走去。

时间还早。没人知晓玉姑的心思。这位开饭馆的玉姑奶奶一大早儿跑到这里，购买海参只是顺路而已。她早就知道今天上午正昌商行的老东家虞荫堂率领两位少爷临河谢恩。玉姑在大街上见过虞云隆，一个愣头青而已。虞金诚则不曾谋面。她知道虞金诚是个白面书生，心中早怀爱慕之意，只是平素没有什么往来。恰恰由于平素没有什么往来，玉姑的心思反而越发强烈，今天她混迹于人群之中，就是想好好看一看这位虞大少爷。

这时候，一个身穿蓝缎棉袍的青年男子走上金华桥，从北向南款款走来，手里还摇着一把黑底金字的折扇，一派不伦不类的样子。玉姑经营饭馆见多识广，什么模样的花脸狗熊她都见过。尽管如此还是觉得这个人好像一只外国鸡，她忍不住笑了。身穿蓝缎棉袍的青年男子回头瞪了玉姑一眼，眼神里流露出几分混混儿气息。玉姑当然不愿答理这种角色，转身径直将目光投向南运河。

御河里升帆解缆，桅去船去，一派繁忙的运输景象。玉姑身披紫色薄呢斗篷，一心一意等待着虞家祭河队伍的出现。她站在御河岸边的身影，使人想起戏台上王母娘娘身旁暗暗思凡的小仙女。

虞家祭河的队伍吹吹打打着终于出现了。玉姑迅速挤入人群，选了一个不远不近的地方，观察着虞金诚。虞金诚操着标准国语朗诵今年的临河谢恩祭文，她听得很是入神。

就这样，玉姑目不转睛注视着身穿蓝布大褂儿的虞金诚。

不知道为什么，她只觉得耳热心跳，眼前的场景也渐渐变得模糊起来。后来她听到虞金诚代父许愿，说是为了连通御河两岸出资修建一座浮桥——虞家桥。

玉姑觉得自己快坚持不住了，便扭身挤出人群，快步朝着远处跑去。此时，她并不知道自己已经爱上了虞金诚，只觉得心里乱哄哄仿佛长了一堆小草儿。大街上她扬手叫了一辆胶皮，乘车离开这里。

这时候，跳进御河抢捞祭品的那个小男孩儿，刚巧被水流卷走了。御河岸上传来男孩儿母亲的哭声。

玉姑乘坐胶皮回到南市荣业大街的玉华春饭庄，已经临近正午时分了。她径直走进后院，一头扎进她那间小屋，脱掉紫色薄呢斗篷，趴在梳妆台上嘤嘤哭了起来。

小翠儿手里端着一壶热茶，站在小屋门外一时不知如何是好。

玉姑奶奶你别哭了，你是丢了钱啦还是丢了物啦？这钱啊物啊是生不带来死不带去啊，你就别哭啦。小翠儿以自己的人生经验揣度着玉姑的心思，说出这么一套人生格言来。

其实，玉姑也不明白自己为什么一头扎进屋里，抹泪儿。可能这就是思凡吧。

不须片刻时分，玉姑走出小屋。这时候她面无泪痕，目光闪烁着平日的光采。小翠儿试探着问道，玉姑奶奶你是不是肚子疼啊？

你才肚子疼呢。玉姑说罢大步向前，奔玉华春菜馆的店堂去了。

小翠儿端着一壶渐渐降温的茶水，心里还在寻思着。玉姑她三年五载也不掉一滴眼泪呀，今儿房檐流水这到底怎么啦？

玉华春饭庄的店堂不大，南北两大雅间。南边的大雅间里，鸿济堂大药铺的两桌酒席，已经坐齐了。玉姑满面春风前去跟客人们寒暄了几句，反身往北。这时候，一群男人大步走进门来，满脸杀气。

北边的大雅间，空着。玉姑伸手引导着这群男人往北边大雅间里走，连声说请坐。

一个大金牙汉子大声喊渴，玉姑看了他一眼，心里说这一群驴早就该饮了，便使个眼色吩咐伙计沏茶。

大金牙汉子落座之后大声说，虞云隆倒是一条汉子，拼命挣崴不肯罢休，可他哥哥虞金诚真是废物，死死搂住他弟弟就是不撒手。我看只要虞荫堂一咽气，虞家哥俩儿必然反目成仇。这就叫窝里反啊！

几个汉子议论说，是啊是啊，虞家只要发送了虞荫堂，我看血气方刚的虞云隆一定会动手宰了他哥哥。虞金诚这人，真他妈的是个尿海！

听到虞金诚遭到这伙人的如此奚落，玉姑简直惊呆了。她走到桌前端起茶壶问，虞荫堂死啦？

大金牙汉子说了一句地道的天津话，没错，虞荫堂格尔屁啦！此时虞金诚那废物正坐在家里缝孝帽子呢。

玉姑的胸脯一起一伏，脸色变得煞白，她目光如锥盯着大金牙汉子说，对不起老几位，这两桌已经订出去啦，你们赶快到别的饭馆去吃饭吧。

大金牙汉子感到意外，抬起头来看一看玉姑。玉姑手里端着茶壶突然残忍地笑了，大声说你们赶快到别的饭馆去吃饭吧。

我们要是不走呢？大金牙汉子阴阳怪气问着玉姑。

玉姑抿了抿嘴角，伸手端起茶壶毫不犹豫地将一股子热茶浇在大金牙汉子脸上。

大金牙汉子哇地叫了一声，纵身跳了起来。

卢振天左手裹着渗血的白色纱布大摇大摆走进玉华春菜馆店堂，他看到大金牙汉子被热茶浇头这个场面，愣了愣，随即哈哈大笑说，好男不跟女斗，既然如此咱们不跟这臭娘儿们一般见识，走吧走吧，换一家饭馆吃饭。

你们站住！玉姑厉声喊叫起来，俊秀的脸庞挂着几分罕见的杀气。

卢振天双脚站定板着面孔反问道，你拿茶水浇我的弟兄我都没怪你，你倒没完啦？要不是我今天大获全胜好心情，饶不了你！

你说你饶不了我？好吧，我卖你一手儿！玉姑随即举起茶壶，哗地一声将热茶全浇在自己脑袋上。

我告诉你吧，这叫好女不跟臭男人斗！玉姑说罢将这只空空荡荡的茶壶啪地一声狠狠摔在地上。长相俊美的玉姑，此时的做派令人想起戏台上叱咤风云擂鼓作战的南宋女将梁红玉。卢振天没辙，只得领着弟兄们走了。

小翠儿看出玉姑今天反常，低头寻思着原因，怎么也想不明白。

8 虞宅之丧

虞荫堂吐出一口鲜血倒在钦三先生怀里，这时候“了事大王”吉小楼走上前来凑在正昌商行老东家耳边说，人家卢德发的儿子得胜啦，虞老先生三天之内您乖乖交出正昌商行吧。这句话如针似锉，一下刺中虞荫堂的要害，性命难保了。

钦三先生将虞荫堂抱进正昌商行账房，这位老东家已然进入弥留之际。他紧紧拉住账房先生的手，叫了一声钦三。这是东伙之间多年不改的称呼，钦三先生听罢潸然泪下，扑通跪在病榻前。

虞荫堂表情渐渐安稳，言语也清晰起来，分明处于回光返照之际。钦三啊钦三，虞卢两家这二十年的恩怨全都装在那只盒子里啦！我死之后你就是唯一的知情人啦！金诚性格温和，云隆脾气暴躁，这哥俩儿恐怕难以维持祖传基业，咱们是老东老伙，你一定帮助他们打理正昌商行的事务啊。

钦三先生跪地发誓，说鞠躬尽瘁也要辅佐虞氏家族，死而后已。

虞荫堂微笑着，内心颇感欣慰，钦三你现在赶紧把金诚和云隆叫来，我有话要跟他们说。

三步并作两步，钦三先生跑出账房，一下却被院子里的场面惊呆了。原来哥儿俩还在纠缠不休。虞金诚的前胸紧紧贴住弟弟的脊背，哥哥的两只胳膊仍然铁索一般牢牢箍住弟弟。俩人就这样不声不响僵持着，显然都是精疲力竭了，一动不动地黏在一起，仿佛变成一尊双人雕像。

大少爷，你赶快松手放了二少爷吧，老东家他就要归天啦！钦三先生尖声喊叫着。

虞云隆身体猛然挺直，怒目圆睁。虞金诚嘭地松开双手，哥儿俩同时摔倒了。虞金诚抢先从地上爬起，跌跌撞撞跑进账房。

爸爸！您不能走啊！虞金诚跑在病榻前，朝着父亲大声呼唤。

虞荫堂用尽最后气力说着，金诚啊，你一定记住我的话，无论如何也不要让云隆跟那个卢振天刀枪相见……

院子里传来虞云隆的大声叫骂，我操他姓卢的八辈子祖宗，我虞云隆今生今世跟姓卢的不共戴天！

金诚！一口鲜血从嘴里涌出，虞荫堂顿时气绝身亡且带着满腹心事驾鹤西去。一步扑到父亲遗体前，虞金诚放声哭号。

父亲啊父亲，您没把话说完怎么就走了哇？我真的成了不孝子啦！

大少爷您节哀吧，如今咱们正昌商行内外交困，您就是哭得泪水淹了金华桥也无济于事啊。钦三先生一旁劝说着，伸手去拉跪在地上的虞金诚。

虞金诚目光呆滞注视着父亲遗容说，父亲，我知道您老人家的遗愿，我一定捐资筹款在御河上建起那座浮桥，我一定给它取名虞家桥！您老人家就放心走吧……

虞云隆突然冲进账房，扑到虞荫堂遗体前一连磕了四个响头。这正是天津卫有别于外埠的规矩，俗称“人三鬼四”。徒弟认师傅，活人拜活人必然连磕三个响头，谓之人三，活人给死人行礼，则必须四次叩头，这就是鬼四了。

拜了父亲遗体，虞云隆转身扑向虞金诚，一把揪住哥哥，破口大骂。虞金诚，你这个废物！你要是敢站出来跟卢振天叫板，咱爸也不会一命归西！

钦三先生急忙劝解说，云隆啊云隆，金诚毕竟是你亲哥哥，你怎么以小犯大呢？你快松手吧云隆！

以小犯大？虞金诚你身为兄长，眼巴巴看着姓卢的把正昌商行给抢走了，反而死死抱住我不放手！你算什么东西？尿货！

虞金诚不急不恼说，好弟弟，我看这件事情咱们还是要从长计议吧，你松手你松手啊。

虞云隆极其鄙夷地一把搡开了虞金诚。从长计议？我真没想到你没有一点儿血性！我现在就去找姓卢的，把咱家的正昌商行夺回来！

云隆，人家手里拿着契书呢，这二十年来咱虞家独占了正昌商行啊！

呸！虞云隆一口唾沫吐向虞金诚。你这是吃里扒外，我看你根本就不配姓虞！说罢，虞云隆冲出账房奔向伙房，然后拎着一把菜刀跑了出来吼叫着说，虞金诚，你要还是虞氏子孙，你现在就跟我去找卢振天把正昌商行夺回来！一起祭祀咱爹的亡灵！

虞金诚摇了摇头说，咱爹有遗嘱，绝不允许你跟卢振天刀枪相见。

虞云隆冷笑了。既然如此，你我之间的手足亲情也就到此终止啦。从今往后我没有你这个哥哥，你也没有我这个弟弟！

这时候，钦三先生大声禀报，大少爷二少爷，有人前来吊唁啦！

身披黑色斗篷的玉姑鬓角佩着一朵白花儿走进账房。她的突然出现一下子缓解了这里剑拔弩张的紧张气氛。虞金诚注视着这位素不相识的年轻女子，一时不知所措。

玉姑身后还跟随着两位年轻女子，手里各抱着一只白色花篮。玉姑显然认识虞云隆，伸手指了指他说，既然虞老先生归天了，那就赶紧料事后事吧。虞二少爷你身为孝子就应当一门心思治丧，可你手里拎着一把菜刀上蹿下跳的，这算是哪一路英雄啊！

虞云隆脾气火爆，却是个极爱面子的“外场人”。他立即跪在玉姑面前，磕头行“孝子礼”。这是天津卫多年习俗，无论丧考丧妣，孝子逢人便跪，意在请求免罪。因此本埠有“孝子头，遍地流”之说。孝子们的膝盖，往往不出三天就跪烂了。

虞云隆给玉姑行了孝子礼，呼地起身跑出门去。钦三先生追赶着说，二少爷，咱们天津卫有例儿，起灵之前孝子不许出门啊！

虞云隆跑了。玉姑朝前走了两步注视着虞金诚说，人殁如灯灭，虞大少爷您请节哀顺变吧。

哦。虞金诚终于清醒过来，立即双膝跪地，也叩“孝子礼”。

我是玉华春饭庄的玉姑。虞金诚磕头的时候听到这样一个亲切的声音。

玉姑又说，虞大少爷，您马上派人到估衣街上的谦祥益抱几匹白布回来，你们得赶紧穿孝衣啊。还有这灵堂到底设在哪儿，你也得有个定规啊。

钦三先生连忙作揖。我的玉姑奶奶您真是贵人啊。今天您要是晚来一步，我家二少爷兴许就跟大少爷动手啦！

玉姑面孔一板说，钦三先生你告诉虞云隆，人有人情，事有事理，我玉姑不许他动不动就闹丧！

虞金诚听罢，抬头注视着这位口快心直的玉姑奶奶。

9 跪哭二道街

天津城里的二道街，东起东马路，西至南门内大街，不长，然而这里却出了不少名人，书法家华世奎、小说家刘云若、京戏名票王君直、书画家杨无怪、甲骨文学者王襄，还有北洋大总统徐世昌……那是举不胜举的。就在二道街西头有这么一座高台阶宽门楼的大宅院，人称“苗府”。

说是苗府，其实根本没有什么功名。天津卫这地方不比人家北京，北京是皇城，有方有圆，万事万物都离不开规矩。你家里无论趁多少钱，对不起，在北京那是不可以随便号称府第的。天津卫是九河大码头，城市沿河而建，随弯儿就弯儿，没正形，只认左右不识南北。走在大街上呢是人不是人的也敢自称为爷，坐在家里头呢有爵没爵的也敢自称为府。天津人不是胆量大而是没规矩。这二道街上的苗府正是如此。苗府里住着一位苗六爷。苗六爷何许人也？货真价实的本埠土产——前清宣统年间一老混混儿而已。

这一天，淡出江湖的苗六爷怀里搂着一把二胡坐在自家庭院里正在给新娶进门的三姨太伴奏。三姨太是彩唱，扮相俊美，身段舒展，字正腔圆，唱的是“苏三离了洪洞县”。这段子选得真是贴切，三姨太原本出身娼门，只是苗六爷远远不比人家王金龙潇洒罢了。

苗六爷摇头晃脑拉着二胡，对三姨太的演唱很是欣赏。这正是：婊子无情，戏子无义，老混混儿家里唱大戏。

一个看门儿的小子悄悄溜到苗六爷身后，小声禀报着什么。

苗六爷停下手里胡琴，双眉一拧大声说，你放狗屁！我爹我妈早就死啦，哪儿来报丧的！

看门儿的小子表情委屈地说，反正他身披孝袍子跪在大门外，这不是报丧的是干嘛的？

嘛事儿呀？鸡一嘴鸭一嘴的。三姨太极不情愿地停止演唱，满脸不悦地责问着。

苗六爷摆摆手说，嗨，他非说大门外跪着一个披孝袍子报丧的！跪在大门外的这孝子甭是求您舍一口棺材吧？三姨太撇了撇嘴，扭摆着腰肢坐在桌前嗑起了瓜子儿。

看门儿的小子说，那孝子跪在大门外说今天要是见不到您，他就不走啦。

苗六爷动了好奇心，放下胡琴起身朝着大门走去。看门儿的小子，一溜小跑儿前面引路。

苗府大门外，虞云隆身披一件白色孝袍，长跪不起。旁边站着一帮看热闹的。说起闲人看热闹，天津人在全中国那是数第一。大街上发生什么事情，无论武戏还是文场，一会儿就能聚集一大群无聊的看客儿。

长跪苗府大门外的虞云隆，当然也要引起看客们的议论。

当年伍子胥长街吹箫，那是为了找吴国借兵伐楚，为父兄报仇。今儿这位小爷长跪不起这唱的是哪一出啊？

伍子胥灭了楚国，还把平王的尸体从坟墓里拉出来打了三百鞭子。可他的同学申包胥万里西行跑到咸阳跪哭秦廷，就是为了找秦国借兵恢复楚国江山。今儿这位小爷跪哭苗府，八成是效法当年的申包胥吧？

苗府大门吱扭一声响，走出鬓发斑白的苗六爷。看门儿的小子立即长了行市，大声发问。我说长跪不起的孝子，你一哭就是没完没了的这到底是怎么档子事儿啊？

虞云隆抬着看了看苗六爷，突然号啕大哭，然后一边哭一边说，我是正昌商行的二少爷虞云隆，我今儿要拜苗六爷为师！我拜苗六爷为师是为了长能耐，我要是长了能耐就能光复祖业，从姓卢的手里拿回正昌商行！

苗六爷挥了挥手说，去去！我早就关了山门，不收徒弟啦。说罢，转身走进苗府，吱扭一声关了大门。

虞云隆并不起身，长跪大哭。看热闹的人们觉得乏味，也就纷纷散去了。

第二天一大早儿，看门儿的小子打开苗府大门，吓得哎哟叫了一声。天啊，虞云隆仍然跪在大门外，一夜之间仿佛变成一块大石头。看门儿的小子好像发现了重大新闻，一转就跑进去了。

苗六爷正搂着三姨太睡觉，只听得看门儿的小子在院子里叫唤说，六爷啊大事不好啦，昨儿那小子敢情还跪在大门外呢。

三姨太从苗六爷的怀里滑出，笑了。正昌商行的这位虞二少爷真够各色的，真的赶上跪哭秦廷的申包胥啦！

我听说虞家的正昌商行是让卢德发的儿子给夺回去啦。虞云隆这小子身穿孝袍子就想中兴家业呀？真他妈的是个急性子！苗六爷打着哈欠，披衣而起，隔着窗户大声吩咐站在院子里的看门儿小子。

你赶紧告诉虞云隆，天津卫办丧事讲究入土为安，他小子要真想拜我为师，就叫他“七期”以后再来见我！

苗六爷的口信儿传到大门外。一夜长跪的虞云隆朝着大门外的石头台阶一连狠狠叩了三个响头说，谢谢六爷！谢谢六爷！

看门儿的小子跑回正房报告苗六爷，说虞云隆一连咚咚叩了三个响头，额头鲜血流淌。

苗六爷叹了一口气说，当年争码头咱们手下要是有虞云隆这样一员猛将，我苗六也不至于早早就金盆洗手退出江湖啊。

三姨太一旁插言，说就怕虞云隆这小子有勇无谋啊。

10 大出殡

天津这地方的豪门富户，多为前清盐商。盐商们依仗着皇家颁发的“龙票”吃饭，基本属于暴发户性质。暴富之后他们穷奢极欲的生活方式深深影响了天津卫的风气。譬如婚丧嫁娶，他们往往非常注重排场，极尽铺张奢侈之能事，一场红白喜事办下来，恨不得花去一座金山才是。

虞金诚做主，停灵三日就出殡了。家门双重不幸，丧事不宜久拖不决。虞家并非世家因此没有祖坟，钦三先生托人在天津西营门外买了一块阴宅，风水很好。

虞家为虞荫堂出殡，心里还是闷了一口气的，因此那场面不小，出殡队伍很是浩大，前面是十位骑着自行车的黑衣巡警开道。虎型与仙鹤童子在前；之后是轱辘车上的“开路鬼”；紧跟着是两尊大神：方弼、方相；铭旌之后是全套执事：旗、锣、伞、扇，总共三十六人；跨蟒鞭背箭笼的童子，戴着黑红相间的帽子；一口柏木棺材，京式杠，三十二人抬；一棚和尚经十三人，一棚尼姑经八人，一棚道士经十五人；三堂吹手；官轿一乘，鲜花桌一抬，松圃一堂……出殡的队伍铺排开来，首尾不见。虞家孝子走在竹竿高挑四角落地的白纱孝棚里，成为引人瞩目的人物。尤其是花重金请来的撒纸钱儿高手“一撮毛”，他沿途撒出的纸钱儿花样繁多，“一鸣冲天”啊“满天星”什么的，沿途引爆一阵阵喝彩。

这种规模浩大的出殡场面，真是胜过一场庙会，往往给天津小市民们带来极大乐趣，那叫“开眼”。为了虞荫堂身后尽享哀荣，虞家的出殡队伍走到十字路口，还要向围观的人群施舍一番，以示丧主谢意。那民国的纸币迎风一撒，穷人们埋头便抢，这场面真是八面威风。

环绕四面城，然后出了西门奔向西营门，进入坟地，安葬。

入土为安。出殡的队伍离开坟地，这时候场面冷清多了。一路上弟弟根本不睬哥哥。虞金诚几次跟他说话，虞云隆连哼也不哼一声。其实虞金诚是想跟虞云隆商议一下新衰守制的事情。然而他不知道，耿耿于怀的虞云隆心里已然有了打算。他更不知道，一场暴风骤雨般的大变故，近在咫尺了。

一路无语回到针市街正昌商行，虞金诚安排几桌酒席，真心真意犒劳正昌商行的伙计们。这一场丧事办下来，正昌商行的伙计们劳苦功高。虞金诚身为少东家，这谢意还是要表达的。为了表示谢意，虞金诚亲自下厨烧了一道大菜，当场取名“诸神归位”。这道菜的内容，很像“李鸿章杂烩”，鱿鱼海参鲜玉兰片贝什么的，汁醇味厚，足以令人大快朵颐。

厨房里，灶火彤红，映照着虞金诚英俊的面庞。烟熏火燎之下，他抖动着炒勺给每桌烧制一道“诸神归位”，直累得汗流浃背。他的行为感动了正昌商行的伙计们，纷纷称赞虞大少爷的仁义。

正昌商行的院子里，摆了六桌。虞金诚挨桌儿给伙计们敬酒，钦三先生站在一旁暗暗摇头。正昌商行改名换姓，虞大少爷您真是生不逢时啊。

主食是捞面，三鲜卤儿，煮青豆儿、焯菠菜、绿豆菜、拌香椿四样儿菜码。为什么吃面条儿呢？天津卫讲究“短迎长送”，也就是团圆饺子散伙面。正昌商行即将改换门庭，吃一碗面条儿取“长送”之意，也就很明显了。

酒是喝得差不多了。一盆盆热面条儿端上桌子。钦三先生告诉伙计们说，这顿饭是大少爷犒赏大伙的，诸位辛苦诸位辛苦，最后吃一碗热面条儿吧。

虞金诚亲自端来一大盆三鲜卤儿摆在桌上，表情很是镇定。

钦三先生按捺不住，眼含热泪说，吃了这顿散伙饭，诸位好自为之吧。

突然传来一声冷笑，半块青砖嗖地飞进盛满热卤的大盆里，嘭地一声溅了钦三先生满脸卤汁子。

钦三先生烫得一声惊叫，抬头看见身披孝袍子的虞云隆。二少爷你疯啦？这青砖要是砸在脑袋上那不就开啦！

虞云隆突然出现在院子里，手里握着另外半块青砖说，你不是说这顿是散伙饭吗？谁敢说正昌散伙我就跟谁没完！我虞云隆今天告诉你们，我哥哥虞金诚是软蛋是废物是尿货，我不是！我只要还有一口气，就要把正昌商行从姓卢的手里拿回来！

说罢，虞云隆一声大吼掀翻了桌子。

众人吓得面面相觑。

这时候，只听见大门咣当一响，一群人拥进了正昌商行的院子。

哈哈，哪位爷站在这儿说大话啊？我听着怎么就跟螃蟹吹气冒泡似的！

这群人为首者正是左手缠着纱布的卢振天。他身上仍然穿着那件蓝缎棉袍，身后跟着四个身穿黑色制服的警察。钦三先生一眼认出，其中一位是警队的马队长。

马队长指着虞云隆说，弟兄们，你们先把这位虞二少爷给我捆上！姓虞的霸占姓卢的产业都二十年啦，你们他妈的还不快点儿给人家滚蛋啊？

两个黑衣警察上前伸手摁住虞云隆。虞金诚大声说，事有事头，债有债主，不许你们动我弟弟！

虞云隆挣扎着，却反口大骂，虞金诚我不是你弟弟！虞金诚你更不是我哥哥！

卢振天笑了，你们亲哥俩儿这不是狗咬狗吗？

卢振天你不要骂人。虞金诚郑重说道，既然你有白纸黑字的契书，并且还断了两根手指头，我无话可说。这正昌商行一草一木我都不会动的，我很快就从这里退出去。

左手负伤的卢振天再次哈哈大笑起来。我说虞大少爷，你八成还在做美梦呢！我告诉你吧，你不但要从正昌商行退出去，就连你们住在大费家胡同的那套四合院，也是我卢家的产业！

什么！虞金诚刷地变了脸色，目光如炬注视着卢振天。

马队长手里举着一张颜色泛黄的契书说，虞大少爷，这就是当年卢德发老先生留下的房契！

卢振天，你胡说八道！你手里的房契一定假造的，我操你八辈儿祖宗……虞云隆破口大骂，被两个警察押解着困兽似的叫着走出了正昌商行，进局子反省去了。

钦三先生走上前去，伸长脖子看着警队马队长手里的房契，嘴里念叨着，渐渐变了脸色。马队长，依您这么一说，虞家不单失去了正昌商行，就连大费家胡同的住宅也得腾出来啊？

马队长嘿嘿笑了。钦三先生啊，您老人家真是个明白人，既然如此那就赶紧给人家腾房搬家吧？

卢大少爷，我有一句话要问问你。虞金诚走到卢振天面前，注视着对方。

有什么话趁着明白你就赶紧问吧。卢振天一派大获全胜的样子，显得很得意。

我们虞家跟你们卢家老辈人之间的恩恩怨怨，我一点儿都不清楚。我今天只问你一句话，你手里这张大费家胡同的房契不是假造的吧？你要担保它不是假造的，今天就当众发个毒誓。只要你敢发这个毒誓，我三天之后我保证给你腾房搬家！

卢振天与虞金诚对视着，目光里毫不示弱。他一板一眼说，虞大少爷，我也看出来啦你真是一个书呆子。好吧，那我当众给你发个毒誓吧，你听着，我手里这张大费家胡同的房契不是假造的。这房契要是假造的，我卢振天将来不得好死！

好吧。虞金诚点了点头，如释重负。既然你发誓这房契没有造假，父债子还，我没有二话。既来之则安之，一个时辰之后你来接收正昌商行吧！至于大费家胡同的四合院，三天之后我保证腾房搬家！

卢振天哈哈大笑，率领着一班人马退出正昌商行，往北大关金华茶园听曲儿去了。

正昌商行的伙计们呆呆注视着少东家虞金诚。

虞金诚转身走进账房，马上抱出一只青花大瓷瓮，叭地一声摔在地上。大瓷瓮粉碎了，银元哗啦啦地散落一地。

虞金诚指着散落满地的银元说，正昌商行的伙计们，咱们东伙多年，彼此相处很好。这银元你们大伙分了吧，今儿算是依依惜别啦！

钦三先生一旁大发感叹说，虞大少爷您真是一个大老实人啊！就这么轻而易举把正昌商行和大费家胡同住宅统统交给人家啦？做生意还讲究讨价还价呢。这样一来，您不但没了商行，而且无家可归啦！

虞金诚笑了笑，然而神色惨然地说，钦三先生，这件事情我们虞家理亏啊！

正昌商行的伙计们听了虞金诚这番话，谁也不忍心毛腰去捡散落满地的银元。他们目光里饱含着感激之情与怜悯之心，注视着这位既仁厚又迂腐的虞大少爷。

钦三先生叹了一口气。唉，虞家就这么败啦！

正昌商行的伙计们，一个个不声不响流下了眼泪。

11 改朝换代

华历五月初一，没几天就要吃粽子了。天津卫端午节，江米粽子大致有馅儿的和枣儿的两种，馅儿的主要是豆沙馅儿，枣儿的主要是金丝小枣儿。这说的是天津华界普通市民。天津外国租界里的洋行买办们则大不相同，什么宁波帮啊广东帮啊，他们端午节吃的粽子还有猪肉馅儿的，外加香肠什么的。这种外江派的玩意儿，天津人别说吃，就是看见这大油大腻的东西就受不了，说是"闹"。天津卫这地方无论五月节还是八月节，都讲究一个素净。待到秋风一起，进补，便不避讳腥荤凶。可天儿一热，老天津人保准不喝馄饨了，担心肉馅儿不新鲜，吃了不顺序。

既然都快吃粽子了，卢振天翻了翻黄历，决定端午节那天悬挂新匾。新任谋士名叫罗九，也是卢家大院大管家。这位罗大管家献言说，五月初五那天的日子太毒，不好。卢振天根本不听，说五月初五就五月初五。日子太毒？日子再毒还有我卢振天毒啊？

话说到这份儿上，罗九不敢言语了。

舍了两根手指头儿，大名鼎鼎的正昌商行就这样轻而易举拿了回来，卢振天心情很好。然而他左手伤口还是感染发炎——孬发了。他只得走进东南城角外头，坐落在曙街上一家名叫斋藤诊所的小医院里就诊。斋藤诊所的大夫是日本人。这个日本大夫蓄着一小撮胡须，就跟仁丹广告牌子似的。东南城角这地方属是日租界的边缘，这小日本儿在此地开设诊所，就是为了赚中国人的银子。

你们日本人大老远跑到我们中国来赚钱，要说也挺不容易的。我听说中国东三省都让你们日本人给占啦？

日本大夫不言不语，手里拿着镊子夹起一只酒精棉球，擦拭着卢振天左手伤口的边缘。

你是一个中国武士吧？日本大夫突然问道。

武士？卢振天没念过几天书，不大明白武士的含义。

你自己砍掉自己的两根手指，而且没有接受外科缝合手术，这说明你具有很强的忍受能力。日本大夫操着流利的汉语说着，使人觉得他根本就不是日本人。

你们日本武士也这样吗？卢振天忍受着酒精浸润伤口引发的疼痛，好奇地询问。

日本大夫平静地摇了摇头说，我们日本武士跟你们截然不同。我们日本武士舍生取义杀身成仁，完全是为了国家和民族的伟大利益。

卢振天呵呵乐了。人为财死，鸟为食亡。无论我们中国人还是你们日本人，我看都是一个德行。我给你讲一个故事吧。当初刘罗锅儿陪着乾隆皇帝微服私访到北京天桥游玩，那地方吃喝玩乐真是人山人海啊。乾隆爷就说啦，这地方怎么这么多人啊？刘罗锅儿说，不多不多，只有两个人啊。乾隆爷不明白，两个人？怎么只有两个人呢！刘罗锅儿连连说，是啊天底下其实只有两个人，一个姓名，一个姓利。

日本大夫毫无表情地说，天下熙熙，皆为名来；天下攘攘，皆为利往。

这个日本大夫说的中国古语，卢振天这个中国人都不懂。清洗伤口、换药、重新包扎，他对这日本大夫的手艺还是比较满意的。

你们中国的云南白药，很好。但是它比竟是草药，如果直接用于外伤止血，往往难以避免伤口感染。日本大夫表情郑重地说。

没错，你们日本的生鱼片我们中国人吃了也容易闹肚子窜稀。

走出斋藤诊所，卢振天在大街上叫了一辆胶皮，说是去南斜街的李记木匠铺，他要看一看那块花钱订做的牌匾。

南斜街上，卢振天坐在胶皮上迎面遇见一白胡子老头儿胸前横挎着一只玻璃盒子，不言不语朝前走来。他看见玻璃盒子就猜出这白胡子老头儿是卖药糖的。可天津卫走街串巷卖药糖的，没有一个不吆喝的。这白胡子沿街卖药糖竟然一声不吭，这是卢振天的最新发现。

见到新鲜事儿，卢振天忘记了左手疼痛，大喊一声停车，紧跟着纵身跳下胶皮，笑嘻嘻站在白胡子老头面前。

白胡子老头儿胸前横挎着的玻璃盒子里装满了各式各样的药糖。看到突然有人阻挡道路，老人家伸手一捋将玻璃盒子斜挎在一侧，打算迈步绕过这一只从天而降的拦路虎。

这天津卫卖药糖的，没有一个不是咋咋呼呼地玩命儿吆喝，你怎么不言不语跟哑巴似的。卢振天挡住去路，操着杨柳青口音好奇地问道。

白胡子老头儿笑了笑说，俗话说姜子牙直钩无饵钓鱼——愿者上钩。我寻思，凡是想吃我药糖的人，那是必然要追着我买的。

追着你买？哈哈，我看你想得倒美。你就这样不言不语走吧，走出八十里地，恐怕也没人答理你。

白胡子老头儿满脸迷惑不解的表情。不对啊，我卖药糖的别说走出八十里，这眼眉前不就有人拦着路不让我走吗？

卢振天愣了愣，随即明白了。好哇你这白胡子老头，涮我？好啦好啦，你走吧你走吧。今天我卢大少爷不跟你一般见识。

白胡子老头儿伸手拍了拍挎在胸前的玻璃盒子，然后和颜悦色说，既然今天你我有一面之缘，那我就多说两句。你脸色丰润面庞饱满，百日之内财水旺盛，可谓滚滚而来。不过，不过你一定要当心自己的财水漫堤而过淹了自家的田园啊。

白胡子老头儿说罢，侧身快步而去。

卢振天望着他悄然远去的背影，心里寻思起来。我一定要当心自己的财水漫堤而过淹了自家的田园？他妈的，这卖药糖的老梆子真会胡说八道。

天津人称老者为“老梆子”乃是一种贬称。梆子是一种被乐手敲打的响器。称老者为“老梆子”，似乎含有久经敲打之意。然而这位卖药糖的“老梆子”，并没有给卢振天留下多么深刻的印象。

卢振天来到李记木匠铺的院子里，伸脖儿瞪眼儿看了看订做的牌匾，心里惬意得很。他强调这牌匾必须做成黑底金字，三天之内必须交活。李木匠连连作揖，表示不会误了卢大少爷的大事。

吃粽子的节日，一迈步就到了。

端午节这天，卖花儿的把势一大早儿就挑着担子来到针市街上，大声吆喝着“艾蒿艾蒿，菖蒲叶儿菖蒲叶儿”。天津卫风俗是五月初五这天避毒驱邪，家家户户都在门前悬挂艾蒿和菖蒲，前者散发着奇异的气味，可以避毒；后者叶子酷似刀剑，可以驱邪。

卢振天今天心情不错，他派大管家罗九走出商行大门，一句话就把一担子艾蒿和菖蒲，全都收下了。

卖花儿的把势乐得咧开大嘴连声称赞说大户人家就是大户人家，一出手花钱哗哗似流水啊。

大管家罗九面孔精瘦，一身里脊，这身瘦肉绝对是“爆三样”的好材料。他平日黑衣黑裤，乍看好像一个还俗的道士。罗大管家此时嘿嘿笑着对卖花儿的把势说，我们卢大少爷从杨柳青来到天津卫，他还没有来得及施展身手呢。你小子逢年过节就往这儿送花吧，卢家大少爷保证亏待不了你。

卖花儿的把势说了声谢谢，欢天喜地走了。

临近上午十点钟，一声吆喝几个伙计抬着一张大桌子走出商行大门，摆在大街边的阴凉地儿里。

卢振天一身春绸裤褂坐在桌前，包裹着纱布的左手插在衣兜儿里，右手举起宜兴紫砂茶壶悠悠饮着，表情得意。他大声发号施令，让罗九赶紧吩咐伙计们把糖水沏上。

这时候立在一旁的水铺掌柜闻声动弹起来，伸手将二十几只粗瓷大碗摆上桌子。然后，他往每只碗里捏上一撮子白糖。两个伙计拎着铜壶走上前来，二话不说就往粗瓷大碗里沏水。这两个伙计动作利索好像演杂耍儿，一眨眼之间二十几只粗瓷大碗就沏满了糖水。

水铺掌柜朝着卢振天拱了拱手，说卢大少爷糖水沏好啦。

卢振天咧嘴乐了，好啦，你们一边儿凉快去吧。

针市街上的过往行人不知内情，注视着摆满大碗的桌子，只觉得这场面很像是摆摊变戏法儿的，就驻足围观。卢振天似乎非常喜欢热闹，人来疯似的哈哈大笑。

卢振天大声问罗九，我说罗九啊，小孩子们都来了吗?

大管家罗九哈了哈腰，连声说马上就到。

卖药糖的白胡子“老梆子”站在看热闹的人群里。这老者目光犀利远远看着卢振天，自言自语说，唉，汉献帝无能，让白脸儿曹操夺了江山啊!

罗九引领着十几个吹鼓手组成乐队，来到商行大门前。几个伙计抱着一挂挂鞭炮，沿着针市街铺展开去，一字长蛇阵似的。罗九一招手，苏记棚铺派来的伙计们搬着梯子立在商行大门前。一个长腿儿伙计猴儿似的爬上梯子，从滑轮上拉过一条麻绳拴在原先“正昌商行”的金字大匾上，然后朝着卢振天做了一个鬼脸儿。

卢振天哈哈大笑，说一定要重赏这小子。罗九趁着卢大少爷好心情小声请示道，卢大少爷，现在就摘匾吧。卢振天一挥手说，摘吧摘吧，旧的不去新的不来嘛。

罗九转身，伸长脖子吆喝着。摘——旧——匾——啦!

长腿儿伙计站在梯子上双手一端，拴着麻绳的“正昌商行”金字大匾便被摘下了，晃晃悠悠吊在空中。

落!落!苏记棚铺的伙计们站在下面，吆喝着。就这样，悬挂了几十年的正昌商行大匾被两道麻绳捆着，死刑犯似的缓缓落地。

卢振天坐在桌前朝罗九挥了挥手。罗九得令，转身大声吆喝着。

正昌改盛昌，前清改北洋，挂——新——匾——啦!

随着罗九的一声吆喝，四个壮汉抬着一块红绸包裹的大匾走出正昌商行大门，朝着卢振天走来。

鞭炮炸响了，一股股青烟升腾而起，噼噼啪啪震耳欲聋。围观的人们捂起耳朵，纷纷说过年的时候也没听过这么猛烈的爆竹声。

乐班的吹鼓手们立即响应，哇啦哇啦奏响了喜乐。鞭炮响，喜乐奏，卢振天起身走向大匾，伸手掀开包裹的红绸——黑底大匾露出四个金字“盛昌商行”。

罗九再次拉长嗓音，吆喝着：

正昌改盛昌，挂——新——匾——啦！

镌刻着“盛昌商行”四个金字的大匾缓缓升起，稳稳挂在商行的门楼儿上。

围观的人们议论纷纷。

这正昌商行怎么改成盛昌商行啦？

兴大清国改成中华民国，就不兴正昌商行改成盛昌商行啊？刘伯温在推辈图里说得明明白白，这叫改朝换代。

什么改朝换代，这不是换汤不换药嘛。

这时候来了两个身穿黑色制服的警察，说是维持治安的。盛昌商行大门前越发热闹起来。前来贺喜的人们一拨拨走来，罗九应酬着。左手缠着纱布的卢振天得意扬扬，目光在人群里寻找着卖药糖“老梆子”的身影。

卖药糖的“老梆子”已经走了。

其实卢振天很想跟老梆子聊几句，详细问问“自己的财水漫堤而过淹自家的田园”这句话到底什么意思。可“老梆子”一转眼就没了踪影。这老家伙兴许就是世外高人呢。

这时候，十几个小男孩儿一路跑来，气喘吁吁站在桌前，目光贪婪地注视着那二十几只大碗里的糖水。

卢振天看见孩子们来了，立马儿兴奋起来。他右手伸进嘴里打了一个响哨，吸引了孩子们的目光。

宝贝儿们，今儿请你们来就是给你们糖水喝的！别急别急，这糖水我管够，你们想喝多少就喝多少，别撑爆了肚子就行！

十几个小男孩儿哄地一声笑了。卢振天继续说，糖水管够，可是有一节，你们喝足了糖水不许随便撒尿，你们听见了吗？

一个男孩儿大声说，光让喝水不许撒尿，你想憋死我们呀？

卢振天笑了，我让你喝，你就喝，我让你尿，你再尿！你们都听明白了吗？

这十几个小男孩儿都是从附近幼稚园里拆兑来的学童。他们操着课堂上的音调整齐地回答，听——明——白——啦！

卢振天挥手下令说，好啦，宝贝儿们，现在就喝糖水吧！

孩子们一拥而上，围着桌子站了一圈儿，端起大碗咕咚咕咚喝了起来。

这时候临近正午时分，端午节的阳光照耀在十几个孩子身上，突突突散发着热气。糖水味道很甜，孩子们争先恐后一碗接一碗喝着，唯恐自己落后于别人。

卢振天哈哈大笑，连声夸赞这是一群河边喝水的小牛犊子。孩子们受到表扬，抖擞起“人来疯”的劲头儿，继续大口喝着。

水铺掌柜手里拎着铜壶嘿嘿笑着，一碗接一碗沏着糖水。孩子们一碗接一碗喝着，十几个孩子的肚皮涨得好像十几只牛皮鼓。伸出小手一拍，嘭嘭作响。

罗九气喘吁吁跑来，告诉卢振天前来祝贺开业的客人们已经入席，此时只等待主家敬酒了。卢振天心思没有放在酒席上，他响亮地咳了一声说，罗九啊，你赶紧把正昌商行的那块大匾，给我扔到西边阳沟里去！

罗九不解其意，呆呆注视着卢大少爷。卢振天瞪了罗九一眼，你傻啦？赶紧把正昌商行的那块大匾，给我扔到西边阳沟里去！

罗九无奈，只得毛腰将金字黑底的“正昌商行”大匾抱起，嘿哟一声扛在肩上，快步朝着西边阳沟走去。罗九暗暗嘟哝着，你堂堂卢大少爷放着那一群前来祝贺开业的客人不管，却领着一群小孩儿喝水撒尿，真是不着调。嘟哝归嘟哝，罗九还是嘿哟一声将“正昌商行”的大匾扔在阳沟坡底。

阳沟，天津方言里排泄积雨的水沟。雨天走水，晴天干涸。端午节还没进雨季，“正昌商行”的大匾不声不响躺在干沟里，孤儿似的。

一大群喝足了糖水的男孩子憋得闹哄起来。有几个坏小子伸手从裤裆里掏出小鸡儿，叫嚷着撒尿。

罗九大声对那几个孩子说，你们先问问卢大少爷让不让你们撒尿！

十几个孩子七嘴八舌叫嚷着，说要撒尿。

卢振天十分开心地笑了，指着西边阳沟说，孩子们，今儿我卢大少爷行善，请你们喝糖水。你们不是都喝饱了吗？好吧，现在一个个都给我往西边阳沟撒尿去！

一大群孩子在卢振天的率领下，来到西边阳沟前。卢振天大声喊着说，你们就站到阳沟边上，往正昌商行大匾上撒尿，谁往正昌商行大匾上撒得尿多，我就奖赏谁！

只听得卢振天一声令下，十几个孩子站在高处掏出小鸡儿朝着躺在沟底的“正昌商行”大匾哗哗哗滋尿。

人们立即围拢过来，观看着这十几个童子撒尿。

卢大少爷，你让孩子们往正昌商行大匾上撒尿，这里面有嘛讲究吗？

卢振天解开衣襟大声回答说，这里面没嘛讲究，我只想用这童子尿冲一冲虞家的煞气。冲去他虞家的煞气，我卢家的财气当然就旺上加旺啦。

十几个孩子撒了尿，肚皮瘪下去了。卢大少爷指着罗九对孩子们说，你们都去找罗大管家吧，无论尿多尿少，一人给一个布老虎。

罗九拿腿就走。孩子们追逐在他身后，嘴里喊着布老虎布老虎。

卢振天得意地笑了，一步三摇朝着盛昌商行大门里走去。

12 以身赎匾

庆贺盛昌商行开业大吉的酒席，摆在商行大院儿里。大院儿里搭了凉棚，高大宽阔，那是苏记棚铺的手艺。酒席呢，不多不少总共十八桌，各界宾客外加狐朋狗友，纷纷前来庆贺。俗话说，车船店脚衙，没罪也该杀。就说车夫船家吧，行走江湖，沿途勾结，见风使舵，无不奸猾；店家呢心里往往盛着一兜子坏水儿，看人下菜碟儿，胆子大了还敢开黑店，见财起意，杀人越货；脚行吃地盘抢码头，打打杀杀，屡生祸端；衙役则好比警察，营私舞弊，徇赃枉法，心黑似煤。

坐落在针市街上的盛昌商行开业酒席，恰恰离不开这五宗行业。卢振天操着杨柳青口音，首先敬了广开车行的范掌柜和小火轮公司的侯董事长三盅酒，然后跟大东旅馆的刘总经理干了杯。他绕到第三桌找到脚行头子黄七爷，说了一番掏心换腹热肠子的话，又喝了一个满脸通红。第四桌是清一色的黑衣警察。

打从没了大清国，也就是没了衙役。没了衙役，有了警察。身穿黑色制服的警察就是中华民国的衙役。这一桌黑衣警察酒过三巡菜过五味，还没弄明白喝的嘛酒。

胖警察端着酒盅问瘦警察，我说兄弟，今儿咱们吃的是谁的酒席啊？

瘦警察皱眉寻思着说，正昌商行改名盛昌商行。五马换六羊，我也闹不清谁对谁。今儿你就放开肚囊子吃啊喝啊。管他张三还是李四的酒席呢！

胖警察说，对，吃啊喝啊，酒足饭饱咱们就开路。

卢振天端着酒盅前来敬酒，大声说，几位副爷赏光，我卢某不胜荣幸。我这里一盅薄酒不成敬意啊。来，咱们干啦！

胖警察打量着卢振天，这位老板，您是正昌还是盛昌？

卢振天抿了抿嘴角，笑着说，原先这里是虞家的正昌商行，从今往后这里是卢家的盛昌商行啦！

瘦警察一边咀嚼着一边说，您贵姓？我这人天生记性不好，借了钱总想不起来还人家。

卢振天笑了笑说，一回生二回熟，以后各位副爷常来喝茶呀。

这卢振天挨桌敬酒，已然有四两白干儿下肚了。他的酒量本来不大，半斤就是一大关。今天既然成了盛昌商行的东家，心里特别高兴，酒量也有长进。他拎着酒瓶子去给合记洋行的李先生敬酒，可半路杀出一个罗九，小声禀报着一件大事情。

卢振天支棱着耳朵听了罗九的禀报，乐了。罗九啊，这酒席你找人替我照应着，我得出去看一看这西洋景儿。

说着，卢振天手里拎着酒瓶子穿堂过殿，哼哼唧唧走出盛昌商行的大门，满脸挂着得意忘形的微笑。

走出盛昌商行大门往西拐，卢振天向着阳沟那边走去。他远远看见虞金诚站在阳沟边上，仿佛恶狼看见绵羊，嘿嘿笑着。

虞金诚身穿一件灰布大褂儿，这是天津卫富家子弟服丧的标志。他撩起大褂儿毛腰从沟底抱起尿液浸泡的“正昌商行”的大匾，嘿哟一声扛在肩头。

卢振天站在阳沟边上阴阳怪气说，哎哟，这不是虞大少爷吗？

虞金诚不言不语，扛起大匾沿着阳沟朝前走去。

卢振天急了，追了几步大喊了一声，虞金诚，你站住！

罗九也赶来了，跟着大声喊叫，虞金诚，你站住！

虞金诚肩头扛着大匾，转身回头看了看罗九。

罗九嘎坏地笑了笑，我说虞大少爷啊，你先把大匾撂下，我家卢大少爷有话跟你说呢。

虞金诚将大匾立在自己身旁，抬头注视着卢振天。

卢振天走上前来，围绕着虞金诚转悠了一圈儿。我说虞大少爷，这块正昌商行的大匾臊气冲天，你还要它干嘛用呀？

虞金诚不卑不亢说，这正昌商行的大匾是我虞家的，我不能把它扔在街头不管。

一群看热闹的闲人围拢上前，哄地一声大笑起来。

卢振天举起瓶子咕咚喝了一口白酒，哈哈大笑说，真他妈的怪事儿！正昌商行改成盛昌商行，它一草一木都姓卢了，这匾，你还说它是虞家的，虞金诚你脑子有毛病吧？

卢大少爷，既然你把它当做破烂儿扔在阳沟里，我就能把它捡回去。常言道，人弃我取嘛。

罗九走上前来，指着虞金诚说，人弃我取？这块匾我们拿它当劈柴烧了，你今天也休想拿走！

虞金诚表情迷茫，注视着卢振天。卢大少爷，天津卫讲话，惹不起，躲得起。这正昌商行的大匾在你眼里已然不值分文，你却一路追赶纠缠不休，这到底是想干什么呢？

卢振天被虞金诚问住了，一时语塞。

罗九接过话茬儿说，虞金诚我实话告诉你吧，我们卢大少爷就是想拿你找一找乐子！你明白吗？

虞金诚苦笑了。

卢振天突然沉下脸色，两眼盯着虞金诚说，虞大少爷，你真的想要这块臊气冲天的破匾啊？

虞金诚点了点头，说我真的想要正昌商行这块匾。

罗九趁机讽刺，问虞金诚是不是想拿这块臊气冲天的破匾当成传家宝。虞金诚并不理睬罗九的挑衅，目光径直投向卢振天。

卢振天笑了笑告诉虞金诚，你真想拿这块臊气冲天的破匾当成传家宝，我可以赏给你。不过，你必须答应我一件事情。

虞金诚立即询问，我必须答应你什么事情？

卢振天转身命令罗九说，你现在就到酒席上把吉小楼给我请来。

罗九笑了笑，快步朝着盛昌商行大门跑去。

虞金诚不解其意，注视着卢振天。

围观的闲人们七嘴八舌挖苦着虞金诚。这场面应了天津卫的一句俗语：墙倒乱人推，鼓破乱人捶，好人倒霉也成了贼。

我说虞大少爷你家都败了，还非得要这块破匾干什么呀？

你没地方睡觉想拿这块破匾当做铺板吧？

这块破匾睡觉硌骨头，我看给虞金诚停尸最合适。

虞金诚站在阳沟边，任凭人们讽刺挖苦，不言不语。

吉小楼跑出盛昌商行大门，跟随着罗九跑了过来。卢振天指着吉小楼哈哈大笑说，吉小楼你是天津卫的了事大王，你看看这件事儿怎么了断啊？

吉小楼围绕着虞金诚转了一圈儿，指着那块臊气冲天的大匾颇为阴险地朝着卢振天努了努嘴说，卢大少爷这是怎么回事儿啊？

卢振天说，虞金诚爱上了这块匾，扛起来就走。我觉得这事儿不那么简单，必须请你这位了事大王前来公断。

吉小楼挤眉弄眼煞有介事说，天津卫谁不知道正昌商行的大匾出自名家之手，字字千钧。虞金诚你可不能扛起来就走啊。

虞金诚苦笑着说，你们说这匾字字千钧可又把它扔在阳沟里让孩子们浇尿，我把这匾扛走你们又说必须公断。卢大少爷，我真是无所适从了。

卢振天恼羞成怒，一下变了脸色。虞金诚我告诉你，既然你非要正昌商行这块大匾，我就答应你了。可你必须答应我一个条件儿。

什么条件儿？虞金诚认真地问道。

你听我说。你要想扛走“正昌商行”这块大匾，必须到我卢家大院去当半年伙计，挑水扫地啊，烧火拉车啊，反正跑跑颠颠的一揽子杂活儿，全归你。虞金诚，这个条件儿你答应吗？

虞金诚听罢卢振天这一番话语，脸色刷地变得煞白。

围观的闲人们大声议论着，故意刺激着这位家道败落的虞大少爷。

虞金诚，正昌商行的大匾即使一字千金，你也不能卖身为奴啊。

家业事小，气节事大。虞金诚你知书达理识文断字，为了这块破匾不至于辱没祖宗吧？

罗九一旁帮腔。哎我说虞金诚，我家卢大少爷的话你听明白了吗？

虞金诚的脸色从煞白渐渐变成通红，低头不言不语。

你哑巴了我说虞大少爷？卢振天得势不饶人，大声追问着。

虞金诚毛腰抱起大匾说，我要是不答应呢？吉小楼走上前来嘻嘻笑着说，虞金诚，这事儿明摆着呢，你要是不答应那就休想拿走这块大匾！

卢振天急了。姓虞的你还敢跟我叫板啊？你要是不答应我他妈的就先废了你！

虞金诚一下冷静了。他抬着看了看天上的云彩，脸色渐渐恢复正常。好吧卢大少爷，我答应当你的条件儿，心甘情愿去卢家大院给你当半年伙计。

说罢，虞金诚抱起大匾嗨哟一声扛在自己肩头。

罗九立即大声嚷嚷起来，空口无凭，立据为证！

虞金诚扛着大匾注视着这位大管家说，罗九，你家主子还没说话，你就咬我啊？

吉小楼伸手拍了拍虞金诚的肩膀说，虞大少爷，既然我来公断，那就以口为凭吧。虞金诚去卢家大院当伙计，挑水扫地，烧火拉车，跑跑颠颠，一揽子杂活儿。半年不多，半年不少，总共一百八十天。

咱们是君子一言，驷马难追！罗九说。

虞金诚扛起大匾走出几步转身说，我这人从来说话算话。过两天我就到卢家大院去当伙计。

虞金诚说完，扛着大匾大步朝着南运河畔走去。

13 割袍断义

天津北大关迤西的南运河畔，大清帝国时代曾是繁忙的货运码头。因此这里有一块地势平坦的河滩。运河北岸距离针市街很近，运河南岸居民稀疏，地名“赵家场”。

虞金诚扛着大匾沿针市街往西走，顺势右转来到了河边。他的灰布大褂儿被汗水湿透。尿液浸泡的大匾散发着难闻的气味。他快步走过河滩，甩掉脚上的两只布鞋，径直走进水里。河水浸没了脚面。五月初五河水还是有些凉意。冰凉的河水使得虞金诚的精神为之一振。他毛腰将扛在肩头的大匾卸下，浸泡在河水里。这时候他看到“正昌商行”四个金字漂浮在水波上，只觉得心窝一酸，几滴热泪落入河里。河水滔滔东去，汇入白河，流向大海。

虞金诚忍着眼泪，哗哗掬水洗刷着正昌商行的大匾。他自言自语说着，留得青山在，不怕没柴烧。只要虞家还有后人，正昌商行必然东山再起。

一条来自杨柳青的平底快船从西向东顺风顺水驶向北大关码头。这条船头站着玉姑。她一眼看见站在水边洗刷大匾的虞金诚，挥着手绢叫了一声。虞金诚埋头洗匾，并没有听见这女子的召唤。学生出身的虞金诚此时哪里知道，玉姑内心对他产生了爱慕之情。

虞金诚哗哗哗洗净了正昌商行的大匾，然后脱下汗水浸透的灰布大褂儿，放在河里洗了。他身穿短裤涉水上岸，使劲儿将大匾立在河滩上，再将自己的灰布大褂儿挂在大匾上，任凭阳光晒着。此时虞金诚想到自己一介书生竟然沦为贩夫走卒模样，心情挺苍凉的。

这里就是今年祭河之时虞金诚代替父亲许愿修建“虞家桥”的地方。多年以来河南河北两岸百姓过往不便，一生谨慎行事的虞荫堂终于表示愿意出资修桥。可从四月二十八到今日，短短不过十天光景，父亲亡故，家业易主，兄弟反目，人间竟然发生了如此天翻地覆的变化，真是世事难料啊。

尽管父亲驾鹤西去，他老人家许下的心愿，我身为虞氏长子责无旁贷，一定要在这里修建一座“虞家桥”，以了却父亲生前遗愿。站在南岸的虞金诚心里这样寻思着，心情颇为怅惘。这时候从北岸投来一块石头，咕咚一声落在河里。虞金诚抬头看见弟弟虞云隆身穿灰布大褂儿双手叉腰站在北岸，满脸怒气。

云隆啊，你这是干什么呀！虞金诚身为兄长，召唤着对岸的弟弟。

你住口！你不是我哥哥，我也不是你弟弟。一河之隔，虞云隆伸手指着虞金诚，大声喊叫着。虞金诚，你这个没出息的尿海，我听说你居然答应了卢振天的无理要求，去他家当小伙计？你堂堂虞家大少爷去卢家当奴才，真他妈的不要脸面！

云隆，我还不是为了保住咱们虞家这块大匾。俗话说，人在矮檐下，岂能不低头。只要保住虞家这块大匾，咱们就能够东山再起！虞金诚隔河大声解释着。

虞云隆火气冲天，继续大声指责哥哥。你放屁！男子汉大丈夫顶天立地，你要想保住虞家这块大匾，那就白刀子进去，红刀子出来，虞金诚你用不着去给人家当奴才！

云隆，你不要这么大火气。我是哥哥，你是弟弟，一笔写不出两个虞字。如今咱们商行没了，宅院也没了，光剩下咱们兄弟二人。兄弟情深，你可不能跟我离心离德啊！

虞云隆站在北岸哈哈大笑说，兄弟情深？我跟你这种没钢没火的熊货还讲什么兄弟情深！今天，我就跟你割袍断义，绝了今生的兄弟情分……

说到这里，虞云隆从怀里抽出一把刀子，左手撩起大襟，右手挥起刀子刷地一划，一块灰布就这样割了下来。

虞金诚当然知道虞云隆的这个举动意味着什么，大声喊着说，云隆啊，你不要这样任性，咱们还是一奶同胞的亲兄弟！

虞云隆随手将那块灰布大襟扔进河水里，随即号啕大哭。虞金诚！苍天在上，我虞云隆跟你割袍断义，从今往后，你不是我哥哥，我不是你弟弟，你不欠我的，我也不欠你的，咱们就是两姓旁人啦！

虞云隆一边哭一边说，悲怆地转身离开河岸，大步朝着赵家场方向走去。

云隆！你永远是我亲弟弟，云隆！你永远是我亲弟弟……虞金诚无法控制自己悲恸欲绝的心情，赤着双脚扑进水里，企图抓住弟弟扔进河里的那块灰布大襟。云隆！云隆！虞金诚哗哗蹚着河水，向对岸奋力扑去。河水渐渐深了。虞金诚忘了自己不习水性，一个劲儿向前猛冲。

一步踏空，他落入水里。他挣扎着，仍然喊着虞云隆的名字。

河水淹没了虞金诚。

“正昌商行”那块大匾，此时孤零零矗立在运河南岸。还有那件灰布大褂儿。

14 评书片段

评书艺人杨瞎子在河北鸟市儿金裕茶园演出，为了招徕听众这位评书艺人总要指名道姓说上几段天津卫的真人真事，美其名曰“时事评述”。尤其他在河北鸟市儿演出，往往插入“美女救英雄”片段，很受下层听众欢迎。有那么一段时光，杨瞎子的时事评述，讲的正是刊登在《国事报》上的玉姑搭救虞金诚的故事。

杨瞎子的评书，高潮迭起，悬念丛生，环环相扣，密不透风，尤其“美女救英雄”涉及本埠的真人真事，更是吸引了大批听众。

杨瞎子是这样说的。

“都说英雄救美女，我说美女救英雄。话说这天下午，就在北大关迤西的御河南岸，只听得扑通一声，一男子掉进河里。有言道，河边走几回，多见落水鬼。这话是说九河下梢天津卫，淹死几个人那是寻常事情。就跟吃打卤儿面难免遇见臭鸡子儿一样。不然，说书人从来不说寻常事。您说掉进河里的这位男子是什么人呢？当然不是寻常之人。既然不是寻常之人，那么必然遇到不同寻常之事。没错。只见那位落水男子顺流而下，扑扑腾腾直奔三岔河口。嘛玩意？扑扑腾腾直奔三岔河口，那人早就淹死啦！

“列位，这落水男子是万万不能淹死的。这位爷要是淹死了，我这说书的也就没饭吃啦。再者说人家玉姑也不答应呐。玉姑是谁？嘿，这玉姑可有几分来历。那位先生说了，玉姑不就是南市荣业大街玉华春饭庄的东家嘛。不对，您是肉眼凡胎看不透，这位玉姑奶奶呀，出身风尘，号称女光棍，乃樊梨花转世，杨排风投胎，梁红玉重生，好似穆桂英的表妹，花木兰的亲姐姐。嘿，那才是鸟中凤凰兽中麒麟——女中豪杰啊。

“话说这天下午，玉姑奶奶去津西名镇杨柳青走亲戚，返津之时她乘坐一艘平底快船回到北大关码头。停船靠岸，两位结拜的姐儿们来到码头接船。一个佟三姐，一个余大妹子。这两位女子也都不是寻常之人。玉姑站在船上扬手跟姐妹打招呼，这时候她听见两岸乱哄哄喊叫，说有人落水啦。玉姑转身一眼看见滔滔运河里一个男子顺流漂去，扑扑腾腾直奔三岔河口。她啊地大叫一声，飞身跳进河里，朝着那落水男子奋力游去。

“那位先生又问，这玉姑会水啊？会！这玉姑自幼在水边长大，水性很好。她本是江南扬州人氏。她八岁跟随父母来到天津，落户城里的葫芦罐。可人生无常，父母相继去世，玉姑进了班子苦熬苦业成为唱手。二十岁那年她自赎自身，脱离苦海，干起了勤行。话说玉姑奋力朝前游去，只见河里漂着一块儿灰布，她一把抓住这块儿灰布将它叼在嘴里，朝前游去。这时候她看见有东西漂过来，伸手一抓原来是一个大活人！这落水男子得救啦。玉姑好水性，三扑腾两扑腾将他拖上岸来，人们立即认出这位落水男子是正昌商行的大少爷虞金诚。这就叫，常见英雄救美女，今日美女救英雄。说来无巧不成书。虞金诚被救上岸，可巧一位卖药糖的老梆子路经此地，随即给这位失魂落魄的虞大少爷看了看相，只说了一句此公乃韩信转世也，便扬长而去了。

“不出半天时光，天津卫就传开了，虞金诚乃大将韩信转世。当年韩信甘受胯下之辱而终于被刘邦拜为大将军。这虞金诚日后要是在国民革命军里弄个督军司令的职位，也未必可知。一时间，虞金诚成了人们议论纷纷的中心人物。您要是问我这虞金诚到底是不是韩信转世呢？反正我不是项羽。天长久地长久人也长久，咱们下一回再说。”

杨瞎子这段评书，似乎暗示了虞金诚的命运，也暗示了玉姑对他的感情。

15 不眠之夜

虞金诚一连数日内火攻心，失足溺水及时遇救，但还是昏迷过去了。春水乍暖还寒，虞金诚被冷水一激，受了病。玉姑毕竟自幼在水边长大，懂得几招紧急救护的手段，她命令两个汉子将虞金诚肚皮朝下搭在桥栏上，哇哇吐净了喝进肚子里的黄澄澄河水，然后叫了一辆胶皮快速送虞金诚去一家坐落在芦庄子附近的白俄诊所。这白俄大夫是沙皇时代高尔察克队伍里的军医，为了躲避十月革命逃到中国。据说他的拿手好戏是刀劈斧砍炮炸枪打的硬伤，其名声更像一个屠夫。天津三不管儿的混混儿打架斗殴，血肉飞溅那是寻常事情。混混儿疗伤，折胳膊断腿的找老中医苏大夫正骨，捏巴捏巴贴上膏药就好了；皮开肉绽呢则找这位白俄医生缝几针，一准比鞋匠强得多。

两个大汉抬着虞金诚走进小诊所，这位长满络腮胡须的白俄大夫一眼看见溺水者，首先想起自己家乡的顿河，心里泛起“日暮相乡关何处是”的感慨。

白俄大夫毕竟是正宗西医，他拢了拢络腮胡须，命令两个大汉将虞金诚抬进观察室，躺在病床上接受常规检查。这时候虞金诚已经清醒了，不言不语注视着这位老毛子。

小伙子，你喝了很多河水吧？白俄大夫拿起听诊器，满脸漫不经心的表情。

虞金诚毕业于南开学校，西语很好。他压低声音操着英语说，我喝干了一条河水。不知道为什么只要操持英语说话，这位虞大少爷立即增添了几分幽默感，好像天生就是吃洋饭的坯子。白俄大夫四海漂泊粗通几国语言，他听懂了虞金诚的英国话，笑了笑。白俄喜欢幽默的中国人。你留在这里观察一下吧。白俄大夫遇见会说英语的虞金诚，如获至宝，竟然要求这位身体并无大碍的溺水者留诊观察。是的，因为我担心你第二次跳进河里喝水。

一个人是不会两次跳进同一条河水的。脸色苍白的虞金诚仍然操着英语，小声说出英国哲学家贝克特大主教的名言。

年轻人，你应当信奉我们的东正教。白俄给虞金诚查了查体温，笑眯眯说着。于是，白俄大夫跟中国患者就这样亲切地聊了起来，很有缘分似的。

噔噔噔响起一阵脚步声，玉姑风风火火走进俄国诊所大门。她当头就问这位老毛子，虞金诚先生没事儿吧？

哦，白俄大夫注视着躺在床上的白面书生说，原来您就是正昌商行的虞金诚先生？我真是久仰大名如雷贯耳啊。

虞金诚腾地红了脸。

玉姑出面解围说，什么正昌不正昌的，老毛子你给虞金诚先生拿几瓶驱邪扶正的洋药吧，我现在就接他回家调养身体了。

俄国大夫嘿嘿笑了。

玉姑在大街上叫了一辆胶皮车，搀扶着虞金诚上了车。这种人力车，北京叫洋车，天津叫胶皮，上海则叫黄包车。虞金诚虽然接受新式学堂教育，然而男女授受不亲的传统思想毕竟根深蒂固。因此他被玉姑搀扶着上了胶皮，表情很窘。

玉姑满不在乎的样子。芦庄子距离玉华春饭庄不远，她徒步跟在胶皮后面，行走着。这种情形当然引起一路行人的议论。虞金诚坐在胶皮上听到路旁几个女人小声议论着。

哎呀，玉姑奶奶在大街上捡了个爷儿们，还是白面书生呢。

那白面书生就是虞金诚，这一辆胶皮把这位落拓败家的大少爷拉回家去，玉姑兴许就跟他成亲了吧？

是啊，虞金诚没地方吃没地方住，这样一来可得救啦。

因败家而一夜成名的虞金诚觉得脸面发烧，只得紧闭双眼，一路颠簸任凭人们议论着。

一叫花子看到这场景，马上打起手里的牛胯骨唱了开来：一辆胶皮车，两好凑一好，小伙子倒插门儿，那就白头到老。

经过叫花子这么一唱，一桩无中生有的姻缘，仿佛成了真事儿。坐在胶皮车里虞金诚羞得满面绯红，恨不得马上找到一条地缝儿钻进去，躲藏起来。

玉姑似乎并不在意。她大声呵斥着叫花子，而语气里却充满欢喜。我说叫花子你闭嘴吧，什么白头到老？你不懂得捆绑不成夫妻啊！

捆绑不成夫妻？虞金诚蓦然明白了玉姑的心思，顿时紧张起来。这位虞大少爷面对玉姑的援手之情，一时不知如何是好。他睁开眼睛望着天边云彩，身体越发感到虚弱。家不家业不业的，我虞金诚一介书生今后究竟身居何处呢？

车夫一路行走，终于驶进南市荣业大街，缓缓停在玉华春饭庄大门口。一群看热闹的闲人嗡地一声围了上来，嘻嘻哈哈注视着落魄公子虞金诚。

玉姑的结拜姊妹从玉华春饭庄大门里跑了出来，一个是佟三姐，一个是余大妹子。玉姑一见来了援兵，伸手拨开围观的人群大声说，三条腿儿的蛤蟆你们没见过，这两条腿儿的大活人你们也没见过呀？散散吧散散吧，一会儿警察就来啦。

人们嗡地一声散开了。虞金诚趁机下了胶皮，鼓起浑身力气迈开步子跑进玉华春饭庄。

这玉华春饭庄的店堂并不十分宽阔，却别有洞天。玉姑引着虞金诚穿堂过厅，径直走进这座饭庄的后院儿。后院儿不小，住房小三间，一方鱼池里有“拐子”，还栽着一棵石榴，养着一架葡萄，小花园似的。

玉姑已经给虞金诚准备了房间，小屋里新褥新被新枕头，屋里裱糊得仿佛雪洞一般。一床大红缎子棉被极其耀眼地摆放在床头，似乎随时都要燃烧起来。虞金诚走进房间双腿一软，身子一歪倒在床前。

玉姑伸手给虞金诚脱鞋。他已经没有任何力气躲闪了，任凭她无微不至地关照着，心里泛起一阵阵感动。玉姑动作利索，三下五除二就将虞金诚安顿好了。她拉过大红缎子棉被呼地盖在他身上，腰肢一扭转身噔噔走出房间。这时候虞金诚感到浑身冰凉，口干舌苦。

响起一阵脚步声，玉姑手里端着一碗姜糖水噔噔噔返回，那模样很像一个跑堂的伙计。她笑着向虞金诚说，你喝了这碗姜糖水瓷瓷实实睡一觉，明天就好啦。

虞金诚挣扎着坐起身，双手颤抖着接过大碗，咕咚咕咚喝了。喝了一肚子烫嘴的姜糖水，虞金诚突然说道，哎呀我的大匾呢？我的大匾在南运河边呢。

你快躺下睡吧，你那宝贝大匾丢不了。我已然派人拿去啦。

心里踏实了，虞金诚很快就睡着了。这时候天色已经黑了。

虞金诚死狗似的睡着。一壁之隔坐着行走江湖的三姊妹，你一言我一语，拉着家常话。佟三姐伸手指着隔壁，压低声音问玉姑究竟什么心气儿。玉姑表情严肃地说，人家虞大少爷遇到了难处咱们岂能袖手旁观。余大妹子认为玉姑根本没说实话。这天下男人数不胜数，帮也帮不过来。除非落难秀才遇到了痴心小姐，就是缘分了。余大妹子这一番话，其实说到了玉姑心坎上。可八字还没有一撇，玉姑碍于面子是不能认账的。

佟三姐颇有感慨说，我们这样的女人见多识广，千万不要轻言嫁人。男人嘛就是男人，他落难的时候你帮了他，他发达的时候必然忘了你。因此女人的心也就一个个凉了。千万不要说儿女情长，人间世物都是过眼烟云。

佟三姐一席话，说得玉姑低头寻思，心情沉重了几分。这时候佟三姐意识到自己言重了，可又没有办法挽回，只得端起茶碗大口喝茶，渴死鬼似的。余大妹子存心打了一个哈欠，说春天犯困，还是回去歇着吧。佟三姐见了台阶儿就下，于是俩人起身告辞，说了声明儿见。玉姑心猿意马，只是蔫蔫地跟随出来，送两位结拜姊妹走出玉华春饭庄大门。

佟三姐回头对玉姑说，你平常做事最有主见，如今也不要犯糊涂啊。余大妹子接着说，咱女人啊往往是小事明白大事糊涂，别人的事儿明白自己的事儿糊涂。玉姑听罢，连连点头，请两位姐妹放心。

佟三姐和余大妹子走了。玉姑无精打采回到玉华春饭庄的后院，一步迈进自己房间，一派茶不思饭不想的样子。

小翠儿心里惦念着玉姑奶奶，小心翼翼推门走进，眨着一双大眼睛注视着她。玉姑不由叹了一口气，说小翠儿你去歇着吧。小翠儿劝玉姑吃点儿东西。玉姑说不饿，就挥手轰走了小翠儿。小翠儿眼含泪水，走了。

黑着灯，玉姑独自坐在屋里，蓦然感到一种深深的牵挂。有生以来玉姑饱尝人间坎坷，面对男人已然司空见惯。然而一壁之隔的这个男人则大不同。自从见到虞金诚，玉姑内心涌动着一股异乎寻常的感觉。这位外表冷硬的铁女子，一下子增添了几分柔肠。她在内心思念着虞金诚，甚至认为自己是在认识虞金诚之后才成为真正的女人的。在此之前她只是一个著名的“女光棍”而已。

她因此而感到庆幸。是啊，一个女人往往由于有了她深爱不移的男人才成为真正的女人的。玉姑此时正是如此。涌动于心底的爱意，使得她茶饭不想坐卧不安意乱情迷。

夜深了。玉姑起身走出自己房间，悄悄来到院子里。夜色深重，白天的景物统统没了体态，那石榴树那葡萄架，完全融化在一派混沌的无形里，令人捉摸不定寻思不透。玉姑的心情也随之混沌起来，一时没了主张。这时候她向虞金诚房间的窗户投去一瞥，心里越发牵挂着那位熟睡不醒的男子。她控制不住自己，轻轻走到虞金诚门前，悄无声响地拉开房门，闪身走了进去。

夜色里，玉姑朦朦胧胧看到虞金诚躺在床上，发出均匀的呼吸声。她不声不响站在床前，久久注视着这位心上人。不知为什么，她心头一酸，眼泪悄悄流了下来。

虞金诚啊，莫非是我前世欠你的今世必须还报吗，我怎么一下子就爱上了你呢？这是命里注定的吧？

虞金诚，你知道我心里有多么喜爱你吗？你呀，你永远也不会知道我心里有多么喜爱你。天若是冷了，我会担忧你着凉；天若是热了，我会担忧你中暑；你若出门在外，我会担忧坏人欺负你；你若居家不出，我担忧你心里委屈，郁郁不得志……虞金诚啊虞金诚，我以前稀里糊涂活着，没心没肺，自从那天认识了你，我猛然明白了我从今往后就是为了一个人才活着的，这个人就是你。我不知道我为什么就相中了你，我也不知道你心里是不是有我这么一个人，反正我真真切切爱上了你。为了你，我六神无主心绪不宁，为了你，我从风风火火的樊梨花一夜之间变成了心事重重的林黛玉。虞金诚啊虞金诚，你是良家子弟，可我曾经是风尘女子，我不知道这件事情应该怎样走下去，我也不知道这件事情以后会有什么结果。我的心完全乱了！虞金诚，今生今世我为什么要认识你呢？虞金诚，你一点儿也不懂得我的心吗？玉姑就这样站在虞金诚床前，喃喃不止，热泪长流。

凌晨时分，使女小翠儿站在院里低声喊叫着玉姑。玉姑奶奶，天都快亮了您去睡一会儿吧。玉姑奶奶，天都快亮了您去睡一会儿吧。

只觉得一阵眩晕，玉姑摇摇晃晃走出虞金诚的房间。她脸色惨白，朝着小翠儿笑了笑。

这是女人的苦笑。

16 一根红线

谁也没有想到坐落在大费家胡同的虞家大院，一场风雨突然之间换了主人，改称卢家大院了。这变故自然要引起胡同里人们一阵好奇。后来得知这是“物归原主”，姓虞的理应变成姓卢的，居民们也就不再惊奇了。俗话说三十年河东三十年河西，就连大河改道也是人间常情。不过大费家胡同的居民们还是对那位虞大少爷颇有微词，认为祖传家产在他手里轻而易举就被卢振天拿走了，实在是软弱无能了。这个世界信奉“胜者王侯败者贼”的弱肉强食逻辑。虞金诚一夜之间成了败家子，只能博得人们的几分毫无用处的同情而已。

说起天津城里的大费家胡同，还有那么一段鲜为人知的来历。话说明朝末年李自成率兵打进北京城，可怜的崇祯皇帝在煤山自缢身亡，宫女四散。其中一位籍贯天津的费贞娥之宫人逃跑不及，落在了李自成部将李虎手里。这位美色可餐的宫女表面逢迎李虎，内心依然效忠大明。一天夜里她暗藏刀刃，杀了李虎。为了纪念这位忠贞报国的弱女子，就在她娘家居住的胡同里立了一块牌子——费宫人故里。这条胡同随之更名为费宫人胡同。后来渐渐被天津人俗称为大费家胡同。有一出京戏《刺虎》，正是费宫人深夜刺杀李虎的故事。

这大费家胡同里居住的多为家境殷实的富户。如今的卢家大院，同样一派富户景象。这是一套四合院，二进式。前出游廊，后出雨厦，正房是明三暗五，厢房也高大宽敞。院子里矗着一座小假山，几块灵璧石颇有几分情趣，假山下面有一水池，游动着十几尾红鲤鱼。前院四株石榴，后院两棵香椿，平添了一派绿意。如此规模的大宅院，悄然透露出几分威风凛凛的气质。只是这座大宅院已经不姓虞了。

这一天上午，卢振天走出大宅院，操着一口杨柳青方言大声吆喝管家罗九拿锤子来。罗九不敢怠慢立即递来一把榔头。卢振天左手仍然包裹着白纱布，右手拿着一块写着“卢宅”二字的牌子，命令罗九把它钉在大门外的门柱上。罗九谄媚地笑着说，卢大少爷您应该往大门上挂一块匾，写上“卢府”二字，那多么体面啊。卢振天哈哈大笑，说卢家世世代代没有功名，我胆敢号称卢府那才是烧包儿呢。

卢振天伤手不能干活儿，他指挥着罗九将这块写着“卢宅”的木牌钉在大门上。

看着“卢宅”二字，卢振天满意地笑了，转身回到客厅里去喂那两只绿毛小龟子。

这时罗九快步跑进来，禀报说虞金诚来了。卢振天呜了一声，右手捏着一根竹签儿，继续给小龟子喂食。玻璃缸里，两只绿毛小龟正在争夺一块生肉。卢振天看得开心，不由得哈哈大笑起来。

虞金诚身穿一件灰布大褂，手里拎着一只旧牛皮箱，身上背着一只帆布缝制的行囊，不言不语站在卢家大院门外等候着，学生身材显出几分单薄。

卢振天扔掉手中竹签，起身穿过院子走到大门口儿，轻蔑地看了看虞金诚，哼了一声。虞大少爷您一大早儿就跑来了有何贵干啊？卢振天只有初小文化却故意咬文嚼字，拖着长腔说话。

虞金诚手里拎着帆布缝制的行囊谦卑地笑着说，因为那块老匾，你不是说要我到贵府来当半年伙计吗？今天我来了。

卢振天做出恍然醒悟的样子说，哎哟，你看我还把这茬儿给忘啦！虞大少爷你真是言而有信的君子。当初要是令尊大人言而有信，恐怕也就不会侵吞我们卢家的股份啦！

虞金诚不卑不亢地说，虞卢两家老一辈人的恩恩怨怨，早已成为过去。今天我来卢家大院当伙计，还请卢大少爷分派活计。

卢振天连连咂嘴，问虞金诚。哎，正昌商行那块老匾又不是你命根子，你为了它真愿意典身为奴在这儿当半年伙计呀？

虞金诚避开这个话题，说我自愿来这儿当半年伙计，请卢大少爷派活儿吧。

罗九伸手指着虞金诚，嘿嘿笑着说，你小子还敢跟我家卢大少爷叫板啊？好吧，我现在就领你去后院儿干活儿去。

虞金诚表情平静，背起行囊朝着卢振天点头示意，然后撩起大褂儿跟随着罗九，向这座大宅院的深处走去。这里的一切对虞金诚来说实在太熟悉了。他自幼在这里长大，春天爬到树上摘香椿，夏天钻进后院儿逮蛐蛐，秋天搬来梯子采石榴，冬天猫在屋里听戏匣子。这里的一花一草一砖一瓦都记载着虞家的历史。然而虞家的历史就这样终结了，变成了卢家的产业。虞金诚内心似火，表情却平静似水。不紧不慢沿着游廊向前走去。

走到影壁前面，罗九将虞金诚交给一个小伙计。小臭儿，这是卢大少爷新雇来的伙计小虞子，从今往后小虞子就归你管辖啦。

小臭儿木木地看着虞金诚，一时不知如何是好。罗九低头朝着小臭儿耳语了几句。小臭儿木木地嗯了一声，然后朝着虞金诚招了招手。

虞金诚跟随着小臭儿，继续沿着游廊朝着大院深处走去。

前面就是虞金诚当年的书房了。触景生情他心头猛然一酸，不由得放缓脚步。冬去春来似流水，多少日日夜夜虞金诚坐在书房里苦读，一连三年全校考试第一名。父亲守旧，非要子承父业不可，否则他已经考入北洋大学土木工程系念书去了。虞金诚的志向是当一名建筑工程师，亲手设计一幢幢摩天大楼。如今，这一切美好的期待都成为泡影了。

虞金诚目不斜视，跟随着小臭儿从当年的书房门前走过。这时候一只红色毛线团儿蹦蹦跳跳从房间里滚了出来。虞金诚根本没有任何思想准备——这一只红色毛线团便缠绕在他的左脚上。房门半敞着，虞金诚沿着红色毛线团的线路将目光投向屋里。

一位眉清目秀的女子坐在屋里桌前，她一身朴素装束，手里握着红色毛线团的另一端，很显然正在编织一件红色毛衣。她的目光与虞金诚短暂对视，便腾地一下红了脸颊，低头不语。

虞金诚也腾地一下红了脸，急忙放下行囊蹲下身子伸手择着缠绕在自己左脚上的红色毛线团。这正是天津出产的著名的“抵羊牌”毛线。虞金诚拆解着缠在脚上的红色毛线，这时候一册书籍从他的行囊里滑出，落在地上。那位眉清目秀的女子起身，目光投向这册书籍。

你懂洋文？她脱口问道。虞金诚连忙点了点头，伸手将这册滑落而出的《高级英文教程》放回行囊里，表情很窘。

小臭儿已经走出十几步，回头看见虞金诚被一团红色毛线纠缠，立即跑了回来，站在房门外叫了一声大小姐。

大小姐？虞金诚听到这称呼不由一愣，他将缠绕在自己左脚上的红色毛线团择开，伸手将它递给坐在屋里桌旁的这位大小姐。

虞金诚心里揣测，这位大小姐应当就是卢振天的妹妹卢玉洁。

卢玉洁起身伸手欲接，却又缩了回去，表情疑惑地询问说，您是哪位啊？

我是新来的伙计小虞子。大小姐您有什么事情尽管吩咐。

什么，您是新来的伙计？卢玉洁眨着一双大眼睛注视气质文雅的虞金诚，表情越发疑惑。

小臭儿一旁证明说，大小姐，他是新来的伙计，他叫小虞子。

小虞子？卢玉洁看着小虞子手里的红色毛线团，低头寻思着。

小臭儿，你安排小虞子什么活啊？卢玉洁突然发问，似乎对这位新来的伙计很是关心。小臭儿回答说，罗大管家让我安排小虞子在后院儿里拾掇煤堆。还说今儿要是拾掇不完就不给他饭吃。

卢玉洁的使女胖姐儿气喘吁吁跑来，她从虞金诚手里接过红色毛线团说，大小姐啊我跑了几家广货铺都没有您要的那种花边儿。胖姐儿说着转脸注视着虞金诚。哎哟，你就是心甘情愿来卢家大院当伙计的虞金诚吧？

卢玉洁极其惊讶地叫了一声。哎呀，你就是正昌商行的虞金诚啊？

虞金诚表情不卑不亢，点头说是。卢玉洁腾地红了脸。你当年在南开学校读书吧？

虞金诚点了点头，然后跟随着小臭儿朝着大院深处走去。

胖姐儿发现卢玉洁神色异常。大小姐，您这是怎么啦？

卢玉洁心不在焉地嗯了一声。

大小姐，您以前认识虞金诚啊？胖姐儿小心翼翼继续问着。

17　金玉之缘

虞金诚在南开学校读书时，曾演剧队充当小生B角。主演是A角，B角上场演出的机会不多。南开学校允公允能，强调接触农工，经常去纱厂和附近村镇演出文明戏，很受老百姓欢迎。有一次南开演剧队前往津西名镇杨柳青演出《春风又绿江南岸》，受到当地文明士绅董世渺的热情接待。可巧那天A角生病，B角虞金诚出场了。虞金诚平时上场演出的机会不多，因此表演起来格外投入。他扮演的三少爷一咏三叹令人倾倒，顿时好评如潮。南开演剧队连演三场然后前往别处，杨柳青镇的名门闺秀们一个个牵肠挂肚，时隔多日仍然对那位舞台上的三少爷思念不已。

那一天挤在人群里看戏的就有卢玉洁。这姑娘文化不高却是高小毕业，知书达理识文断字，这在杨柳青已经是知识女性了。就这样，卢玉洁牢牢记住了舞台上的三少爷形象，但不知道这位演员名叫虞金诚。后来的一段时光里卢玉洁常常幻想着自己考进了南开学校，并且在校园里邂逅“三少爷”。那时候哥哥卢振天紧锣密鼓地筹划着复仇，变卖家产招募打手，花销很大。他听说妹妹要去报考南开学校，立即勃然大怒，指责她不识大局不顾大体。卢玉洁自幼受接受旧式教育，有父从父，无父从兄。她看到卢振天如此大发雷霆，只得闭口不语。卢玉洁心目之中的南开学校，就这样远去了。

卢玉洁暗暗认为，只要她能够进入南开学校读书就会重新见到那位“三少爷”。然而事与愿违。没去报考南开学校无疑成为卢玉洁内心永远的痛。她以为今生今世再没有机会与“三少爷”重逢了。因此，她做梦都不曾想到，正昌商行大少爷虞金诚居然就是当年《春风又绿江南岸》里的那位“三少爷”。而这位落魄为奴的虞金诚居然跟话剧里的“三少爷”一样，时运不济家道败落，以身赎匾走进卢家大院成了一个唯唯诺诺的伙计。

望着虞金诚背影，卢玉洁的内心感慨不已。人生路上变幻无常，从文明戏舞台上的三少爷到卢家大院的伙计，虞金诚的遭遇真是不可思议啊。这样寻思着，卢玉洁手里拿着红色毛线团，心事重重地走回自己的房间，不言不语坐在桌前。

厨师老冯来了，这个大胖子问卢玉洁晚饭想吃什么。这是卢振天吩咐的，一日三餐必须请问大小姐。卢玉洁知道哥哥虽然是炮仗脾气沾了火星儿就炸，但身为兄长他对妹妹还是颇为关爱的。

卢玉洁告诉厨师老冯，中午她想吃香椿炒鸡蛋。大胖子老冯笑了笑，遵命而去。厨师老冯做事认真，举凡大小姐的食谱，一日三餐一丝不苟写在墙上，就好像唱戏的水牌子。罗九做事更是滴水不漏，厨房重地，经常光顾，他认为人世间疾病十有八九是吃出来的，万万马虎不得。

厨师老冯将大小姐午饭要吃香椿炒鸡蛋的消息报告罗九。罗九立即扛着梯子立在香椿树下，做出身先士卒的样子。伙计小臭儿伸手拦住罗大管家，抓住梯子就往上攀。罗九一肚子坏水儿往外冒，此时眼珠儿一转悠，嘿嘿笑了。

你马上去后院儿把虞金诚给我叫来。罗九小声对小臭儿说。

虞金诚此时正在后院儿里干活儿。他的活计看上去很简单，那就是将煤块儿拣出，堆放在一旁。煤屑呢用水拌均匀，然后用一只模子打成煤砖。虞金诚原本不是体力劳动者，打煤砖这活计对他来说，很是繁重了。为了正昌商行的老匾甘愿受这份洋罪，虞金诚这书呆子确实有点儿傻。小臭儿叫来这个傻子。虞金诚两手黢黑，表情严肃地来到香椿树下。

罗九说了一声虞大少爷辛苦了，然后扬手指着树梢儿说，你登梯子上树给我摘几把香椿芽子，不够一斤你别下来。这可是大小姐要吃香椿炒鸡蛋啊。

大小姐？虞金诚看了罗九一眼，挓挲着胳膊说洗手。罗九也觉得虞金诚一双黑手上树摘香椿不太卫生，就同意虞金诚马上去洗水。

这座大宅院不久之前还是虞家大院，因此虞金诚对这里的水源很是熟悉，沿着游廊他向不远处的救火水缸快步走去。

举凡大宅院总要有那么一尊救火水缸。这一尊救火水缸里总要有那么一缸救火用水，当然冬天除外。可是虞金诚走到卢家大院那一尊救火水缸前面，没水。他感到意外，抬头环视着四方。

胖姐儿端着一盆清水，朝着虞金诚走来。虞金诚并不认为这盆清水跟自己有关，愣愣地看着这位卢大小姐的使女。你傻啦？伸手洗呀。胖姐儿嘴巴厉害，当头就呲挞虞金诚。

虞金诚慌忙伸出手来。胖姐儿将一盆清水缓缓浇下，一股清流冲洗着虞金诚黢黑的双手。洗净了，虞金诚甩着水珠儿轻轻说了声谢谢。

胖姐儿送水给虞金诚洗手，这很出乎罗九意料。他急声急语催促着“小虞子”赶紧去摘香椿。虞金诚不敢怠慢，登梯子爬高去摘枝头的香椿嫩叶儿，目光却投向远处游廊的卢玉洁房间。卢玉洁果然站在房间门口，远远注视着虞金诚采摘香椿的场面。

小臭儿举着一只篮子，承接着虞金诚采摘的香椿嫩叶儿。很快篮子就满了。小臭儿喊了一声“够了”。虞金诚似乎没有听见，还在不停地采摘着。

罗九阴险地抿了抿嘴角，伸手使劲一拽梯子，虞金诚哎呀一声便从高处跌了下来。罗九和小臭儿看到小虞子一屁股跌坐在地上，同时哈哈大笑起来。

虞金诚表情尴尬从地上爬起，一瘸一拐朝着后院儿走去了。

黄昏时分，厨师老冯依照菜谱准备着晚饭。卢大少爷两菜，一荤一素，荤的是熘肝尖儿，素的是炒小白菜儿，主食是大馒头。卢大小姐的饭菜也很简单，一盘香椿炒鸡蛋配着一张小饼，一碗清汤。卢振天坐在桌前抄起筷子猛吃，使劲儿嚼着大馒头，腮帮子鼓出一个大疙瘩，好像饿死鬼投生的。卢玉洁的香椿炒鸡蛋摆在桌上，散发出诱人的香气。卢振天很快就吃下两个大馒头，然后伸出筷子指着那一把空椅子问大小姐怎么还不来吃饭。厨师老冯搓着双手表示遗憾，认为香椿炒鸡蛋这道菜，凉了吃就没有味道了。

卢振天是个粗人，伸出筷子从妹妹的碟子里夹了一块儿香椿炒鸡蛋放进自己嘴里，嚼了两口立即连声叫好。这么可口的饭菜，妹妹居然不来吃。卢振天吩咐老冯去闺房请大小姐前来吃饭。这时候胖姐儿跑来了。

胖姐儿向卢振天禀报说，大小姐说不饿，大小姐说晚饭就不吃了。厨师老冯感到委屈，说香椿炒鸡蛋是大小姐亲自点的时令菜，怎么说不吃就不吃了。

卢振天心里非常疼爱自己的妹妹，他二话不说端起饭菜就朝卢玉洁的房间走去。胖姐儿阻拦不得，扭儿扭儿跑去报信儿了。

卢玉洁听说哥哥来了，起身迎出房间。卢振天端着香椿炒鸡蛋站在妹妹闺房门口，问她是不是身体不舒服。卢玉洁连忙解释说身体没有不舒服，就是不饿。

小洁啊你是不是有什么心思？卢振天突然发问。卢玉洁连声掩饰说没有什么心思，然后指着胖姐儿说，今天一连跑了几家广货铺都没有买到花边儿，心里起急。

卢振天将一碟子香椿炒鸡蛋递给妹妹，说吃饭吧吃饭吧，明天我派一辆胶皮，送你去估衣街走一走，那里一百多家商号什么样儿的花边儿都有。

胖姐儿壮了壮胆子说，大少爷呀，平时您对大小姐管教那么严，大门不让出呀二门不让迈。今儿太阳是从西边出来啦？

卢振天笑了笑，并不解释，只是催促妹妹吃饭。

那就谢谢哥哥啦。听说明天去逛估衣街，卢玉洁情绪当场好转，她主动从哥哥手里接过那一盘香椿炒鸡蛋，端到鼻前嗅了嗅，说了声真香。

香？那就快吃吧。卢振天颇为满意地看着妹妹，转身走了。

看着哥哥走了，卢玉洁立即侧身将这盘香椿炒鸡蛋放在桌上，轻轻叹了一口气。胖姐儿一旁察颜观色，发现大小姐似乎真的有了什么心思。大小姐，这盘儿香椿炒鸡蛋可是您亲自点的菜啊，您怎么不吃呢？

卢玉洁叹了一口气说，我哪里吃得下去啊。

大少爷不是已经说啦，明天给您派一辆车，我呢陪着您出去散散心，咱们逛逛估衣街。我听说外头这几天可热闹呢，还有庙会呢。胖姐儿主动换了话题，为了改变卢玉洁低迷不振的情绪。

卢玉洁若有所思地点了点头。然而那盘香椿炒鸡蛋她到底也没有吃。它静静摆在屋里桌上——仿佛成为一份颇具含义的供品。

18 特殊车夫

北京城管人力车叫“洋车”，天津卫称呼人力车为“胶皮”，这是以轮胎为特征的说法。从前的车辆皆为铁箍硬木车轮，行驶起来轰隆隆作响，仿佛来了坦克。著名的河北“三条石”路面上的沟儿啊槽儿啊，恰恰就是这种硬式车轮碾轧出来的，留下历史痕迹。后来天津卫大街上出现了橡胶充气轮胎，已经很是时髦了。

虽然心情忧郁没吃那一盘香椿炒鸡蛋，一觉醒来卢玉洁还是不愿意放弃外出逛街这样的美事儿。上头有个脾气不好的哥哥管束着，卢玉洁几乎成了“室内动物”，很少外出。既然哥哥开恩，卢玉洁一大早儿就起了床，不声不响坐在桌台前面，开始梳妆。胖姐儿倒起晚了，这丫头一进门便装扮出掌嘴的姿态，连声说奴才该死奴才该死，似乎是大内一宫女。卢玉洁知道胖姐儿假装活宝是为了掩饰自己睡懒觉的过错，就扑哧一声笑了。

卢玉洁自幼即失怙恃，心地善良。即便手下使女出现什么过失，她从无呵斥责骂，对此胖姐儿很是感动，认为自己卢家大院当差遇到了一个好主子。

正是暮春季节，卢玉洁特意穿了一件毛蓝布大褂，这样子显得很朴素，女学生一般。她知道自己并非出身世家，只是哥哥挥刀断指夺得正昌商行而成为殷实人家而已。因此卢玉洁无论为人处世还是言谈举止，都是比较低调的。

胖姐儿知道这种毛蓝布大褂是女学生们的装束，也知道外出读书是大小姐的心愿。这件毛蓝布大褂无疑说明了卢玉洁积存内心的多年向往。分明受到大小姐的朴素影响，胖姐儿穿了一件素花大袄，看上去也很普通。

她陪着大小姐去厨房吃早饭。女儿家外出就是麻烦，描眉打鬓不说，为了不在外面如厕，都不敢多喝一口水。因此卢玉洁早饭只吃了一个小馒头，连稀饭也没喝。

厨师老冯收拾碗筷的时候趁机询问昨晚的那盘香椿炒鸡蛋味道如何，以期得到大小姐的赞扬。卢玉洁回答说香椿炒鸡蛋很好，只是采摘香椿的时候存心摔伤伙计，那就很不好了。厨师老冯知道大小姐是在谴责一肚子坏水儿的大管家罗九，事不关己便不言语了。

拿着手帕，卢玉洁款款走到前院儿。她一眼看见香椿树旁边，虞金诚身穿一身月白色衣裳弓背驾着一辆崭新的胶皮车，正在等待着。卢玉洁颇感意外，小声询问着胖姐儿。胖姐儿告诉卢大小姐，这是罗大管家的安排。

卢玉洁走到胶皮车前，表情显出几分踌躇。这时罗九嘿嘿笑着走到卢玉洁面前，说虞金诚既然是卢家大院的伙计，无论挑水扫地还是拉车烧火，那必须听从大管家调遣。

胖姐儿大声对罗九说，虞金诚一介书生，这辆胶皮他拉得动吗？

虞金诚大声说，请大小姐您上车吧。我拉得动。

罗九指着虞金诚说，大小姐您千万不要小看这位书生，他的干巴劲儿能抵一头毛驴呢。

卢玉洁看了看虞金诚，轻轻叹了一口气。胖姐儿搀着卢玉洁，坐到胶皮车上。虞金诚点了点头，抄起车把缓缓拉起胶皮车，稳稳当当驶出卢家大院。

出了大费家胡同，胖姐儿跟在胶皮车后边，快步走着。车子上了二道街，朝着西边驶向南门内大街。卢玉洁坐在车上回头看了胖姐儿一眼，脸色绯红。

胖姐儿似乎看懂了卢玉洁的心思，说大小姐害什么羞啊，您就朝前走吧。这时候车子上了南门内大街，胖姐儿扬手在大街上叫住一辆胶皮车，她撅着屁股爬到胶皮车上大声说，快着，跟上前面我家大小姐那辆车！

就这样，两辆胶皮车一前一后，朝着北面驶去了。

前面不远就是天津城的鼓楼。虞金诚拉车疾走，头也不回地大声询问卢玉洁去什么地方。卢玉洁毫无思想准备，坐在车上一时说不出去向。

走近鼓楼了。虞金诚再次大声询问卢玉洁去什么地方。卢玉洁慌不择词，说你拉我去什么地方我就是去什么地方。虞金诚不由停住脚步，回头看了看卢玉洁。卢大小姐腾地红了脸，说你快走啊你快走啊。

这时候，两个学生打扮的小伙子走出鼓楼横过马路，一眼看见驾驶胶皮车的虞金诚，极其惊异地叫了一声。

虞金诚同学，你怎么成了车夫啊？

是啊，你怎么成了车夫啊！虞金诚同学？

卢玉洁坐在车里看不到虞金诚的表情，只是听到了他的声音。

马青良同学，罗宏赋同学，你们好。我……我此时在一家大宅院给人家当伙计，今天拉车上街。虞金诚不由低下头，如实回答着。

什么！你给人家当了伙计？这两位同学听罢虞金诚的陈述，面面相觑，一时不知道说什么好。

二位同学，你们要是没有什么事情，我先走啦。虞金诚说着，弓身用力拉起胶皮车，朝着东边拐了过去。他拉着胶皮车一路疾跑，气喘吁吁过了文庙，出东门奔水阁，朝着东浮桥方向疾驶而去。

虞金诚，你停车，你停车。卢玉洁小声喊着。虞金诚继续狂奔不止。虞金诚虞金诚，你停车歇一歇吧，你停车歇一歇吧。卢玉洁稍稍提高嗓音，立即引起了大街两侧行人关注。

胶皮车一路疾驶到达海河边，虞金诚渐渐放缓脚步，终于停了下来。胖姐儿乘坐的胶皮车被甩在后面，远远地追赶上来。

虞金诚呼呼喘着粗气，双手架着车把，一动不动站在河边。虞金诚不回头，卢玉洁也不说话，一个拉车的一个坐车的，俩人就是这样僵持着。

你遇到的这两个人是南开学校的同学吧？卢玉洁终于小声问道。虞金诚并不回头，只是嗯了一声。卢玉洁注视着虞金诚的背影，轻轻叹了一口气。虞金诚啊虞金诚，你为什么非要到卢家大院来当这个伙计呢？你这不是自找苦吃嘛。

你怎么知道我在南开学校念过书？虞金诚突然问道。

我当然知道。当年你们学校演剧队去了杨柳青，我还看过你演的三少爷呢！

什么？你是说《春风又绿江南岸》！拉车的虞金诚感到非常意外，扭头注视着坐车的卢玉洁。这时胖姐儿乘坐第二辆胶皮车终于追赶上来。她气急败坏跳下车，气喘不止地跑到虞金诚面前。虞金诚！我问你，你小子又不是大骡子大马，怎么动不动还惊车啊？

虞金诚已经冷静下来。他向胖姐儿抱歉地笑了笑，说对不起，请你问一问大小姐，现在咱们往哪儿去。

卢玉洁坐在车上不急不躁地说，今天我就是出门逛街，你拉我去什么地方我就去什么地方。

虞金诚听了卢玉洁的话，弓身用力重新拉起胶皮车，快步沿着海河往南，一路朝着日租界方向走去。

胖姐儿爬上第二辆胶皮车，紧紧跟随在卢玉洁后面。

胶皮车沿着海河到了闸口，虞金诚向东折去，紧擦着日租界的边缘继续前行。前面不远就是南市地界了。胖姐儿超车赶上来，坐在车上大声指责虞金诚。虞金诚！你停车你停车，大小姐明明要去估衣街，你怎么把她拉到南市来啦？

虞金诚被迫停车，回头看了卢玉洁一眼。卢玉洁坐在车上拦住气势汹汹的胖姐儿说，胖姐儿你不要闹了，这是我让虞金诚拉到南市来的。虞金诚你朝前走吧，不过你千万可不要拉我去三不管儿。我哥哥说三不管儿不是我们女眷去的地方。

虞金诚点了点头，拉着胶皮车朝着南市方向走去。

一进南市牌坊，虞金诚抬头看见玉姑从一家鲜花店里走出，后面跟随着佟三姐和余大妹子。这三姐妹鬓戴鲜花手捧香草沿着大街一侧迎面走来。虞金诚连忙低头拉车，暗暗加快了脚步。

胖姐儿坐在后面的胶皮车上大声喊道，虞金诚！虞金诚！你不要拉我们去三不管儿啊。

玉姑听到大街上有人召唤虞金诚的名字，又惊又喜，立即抬头四处寻找。这时候虞金诚的胶皮车恰恰驶到玉姑一行人面前。佟三姐眼光尖锐，指着迎面驶来的胶皮车说，玉姑你快看呀，敢情虞金诚他当了车夫！

余大妹子更是惊讶地喊道，玉姑玉姑，这虞金诚怎么变成了拉胶皮的下三烂啦？

玉姑惊诧不已，呆呆注视着迎面走来的车夫虞金诚。虞金诚加快脚步，低头从玉姑面前跑了过去。

玉姑注视着虞金诚被汗水浸透布衫的背影，心头一酸眼窝儿里几乎涌出泪水。虞金诚啊虞金诚，你不辞而别离开了玉华春饭庄，一下子没了踪影，我万万想不到你竟然成了一个车夫。这真是知人知面不知心啊，我怎么看上你这么一个不求上进的家伙呢？

玉姑心情很是沉重。佟三姐懂得她的心思，走上前来说前面日租界的旭街上有一家鲜花店，那里有很好的芭兰花。余大妹子附和着，拉起玉姑朝前走去。

一个报童跑过来，大声叫卖着《国事报》。看报啦看《国事报》啦，著名记者骆小山报道，正昌商行的大少爷虞金诚，家业败尽无路可走，没皮没脸进了卢家大院当伙计啦！虞家兄弟都是大草包啊……

玉姑伸手叫住报童说，哎你手里有多少份《国事报》，我都买啦！佟三姐和余大妹子目光相视，惊讶之余同时叹了一口气。是啊，无论如何玉姑心里还是深深爱着虞金诚的。

这时候，虞金诚拉着胶皮车驶过上平安电影院，吃力地跑上了南马路的电车道。

又一个报童迎面吆喝着。看报啦看《国事报》啦，记者骆小山专稿，败家子虞金诚自卖其身走进卢家大院当伙计，天津卫首屈一指——这是真正的没羞没臊啊！哥哥无能，弟弟狗食，虞家出了两位败家子啊！

卢玉洁接连喊了两声停车。车夫只得放慢脚步，虞金诚将车停在路旁。这时胖姐儿乘坐的胶皮车追赶上来。卢玉洁坐在车里吩咐胖姐儿说，你坐着胶皮围着四面城转悠吧，遇到叫卖《国事报》的你就全包了，一份也不许落下。我的话你记住了吗胖姐儿？

胖姐儿坐在另一辆胶皮车上，连连点头。

卢玉洁将一只包裹钞票的手帕扔给胖姐儿。给你钱，你快去吧，记住了一份报纸也不许给我落下！

胖姐儿应着，乘坐胶皮车朝着南门脸儿方向驶去。

虞金诚双手架着车把，头也不回地问大小姐到什么地方去。卢玉洁轻轻抽泣着说了一句话，咱们哪里也不去了现在就回家吧。

虞金诚明白卢玉洁的心思，拉着胶皮车朝着大费家胡同走去。一路上，卢玉洁不停地抽泣着。临近卢家大院了，坐在车里的卢玉洁突然说，从今往后要是罗九再派你出门拉胶皮，你千万不要去啊！我的话你记住了吗虞金诚？

虞金诚停住脚步，满怀感激地回过头去，目光炽热地注视着卢玉洁。他突然发现卢玉洁有一双十分好看的丹凤眼。卢玉洁被他看得羞涩起来，低头避开他的目光小声说，虞金诚你看我干什么，我有什么好看的呀虞金诚。

虞金诚没头没脑地说，大小姐，您要是愿意学习英文，我教给您！卢玉洁腾地红了脸，也没头没脑地说，我听说你还是烹饪高手呢。

我在南开上学的时候跟伙房大师傅学了几天。虞金诚自谦地说着，竟然忘记了拉车。

虞金诚，你在南天学校演剧队的时候去杨柳青总共演了三场《春风又绿江南岸》。

你真的看过我演戏？虞金诚似乎仍然不相信这是真的。那三场我都去看了，人山人海呀。你演的三少爷真实感人，真是令人难忘啊。卢玉洁羞得红了脸，坐在车上低头说着。

这一男一女之间一场突如其来的对话，开始了虞金诚与卢玉洁之间的特殊交往。

19 虞云隆叫板

大街上目击虞金诚沦为拉车苦力，佟三姐和余大妹子终于忍耐不住，还是当场说了玉姑几句。说什么呢？无外乎是奉劝玉姑一时不要糊涂，走错了人生道路。佟三姐说，虞金诚不过就是一介书生，肩不能挑担，手不能提篮，家道中落只是一个没囊没气的小白脸而已。余大妹子则说，不是一家人，不进一家门。虞金诚毕竟是读书人，咱姐儿们是女光棍，不是一路鸟干脆就别往一个树林子里飞。

玉姑听着，并不反驳。她心里知道这一句句奉劝全是良言。良言归良言，心思归心思。玉姑换了一个话题，问佟三姐和余大妹子这顿午饭去什么地方吃。佟三姐说天合玉，余大姐子说鸿宾楼。玉姑笑了，说那两家饭庄都是我的死对头。这时候，玉姑扬手在大街上叫了三辆胶皮，说是去日租界曙街的樱花料理。

樱花料理坐落在日租界曙街，曙街与旭街平行，靠近海河右岸比较清静。中国人来这里吃饭，其实并未受到歧视。日本人做生意同样是为了赚钱。至于赚中国人的钞票还是赚日本人的钞票，其实是一样的。天津人心目之中的钱还有另外一个爱称——王八蛋。

玉姑请两位姐妹吃日本料理。尽管她们都是见过世面的女人，佟三姐和余大妹子还是对日本料理不敢恭维。佟三姐吃一块寿司，说这是鸟儿食。余大妹子看着生鱼片，坚决认为小日本都是没开化的野人，生吞活剥。

这一顿午餐花钱不少，三姐妹却吃得不饥不饱的，就跟过家家儿似的。走出樱花料理馆，佟三姐和余大妹子还有别的事情，叫了两辆胶皮走了。玉姑腋下夹着十几份《国事报》独自一人沿着曙街向南市走去，心里蓦然想起了虞金诚。唉！

从曙街樱花料理馆走回南市荣业大街的玉华春饭庄，不消一刻钟时间。这时候已经临近下午三点钟了，大街上行人不多。

虞金诚失足落水遇救，住在玉华春饭庄后院儿调养身体，玉姑可谓用心良苦。可是虞金诚竟然不辞而别，玉姑多方打听没有下落，心里很不得意。今天她在大街上居然看见虞金诚变为拉胶皮的苦力，真是丢人现眼。尤其是《国事报》刊登的消息，使得败家子虞金诚的名声更是臭了街。玉姑是个爱好脸面的女子，一想起虞金诚她心里就觉得沉甸甸的。

回到玉华春饭庄，玉姑走进大堂看见一位顾客坐在那里独斟独饮。她抬头看了看挂钟，已然下午三点钟了。这位爷怎么喝起酒来没完没了呢。走近一看，这位酒客儿敢情是虞家二少爷虞云隆。

玉姑没言声。虞云隆自从跟哥哥虞金诚反目成仇，便在天津卫的大街小巷里游荡。说是叩了苗六爷为师，可苗六毕竟已经退出江湖。因此虞云隆的这次拜师并没有给自己找到一座坚实的靠山。人逢逆境，往往放任自流，虞云隆变成一个东游西逛的“无乐忧”，处处不受人们待见。此时，虞云隆一个人大模大样坐在玉华春饭庄里喝大酒儿，自己拿自己当成大人物看待。

玉姑将一沓子报纸放在柜台里，转身走到虞云隆桌前伸手当当敲了敲桌沿儿。虞云隆醉眼惺忪，抬起头来看了看玉姑。虞二少爷，这不当不正的钟点儿，晌午早就过啦，晚晌还没到来，你没完没了喝的这是哪一顿啊？

虞云隆板着面孔，露出几分凶狠的表情说，你问我这是哪一顿儿？反正我就知道一天三顿饭，三饱儿一倒儿！

玉姑轻蔑地说，虞二少爷你年纪轻轻的，这样混下去混到什么时候算一站呢？

虞云隆咕咚灌下一口白酒，嘿嘿笑着说，我年纪轻轻的，玉姑你岁数也不大呀！我看咱俩倒挺般配的。玉姑见过大世面，这种小打小闹的场面她根本不放在心里。她拉了一张凳子坐在虞云隆面前伸手指着他说，据我所知你处处跟你哥哥虞金诚过不去，那天他掉进河里也是你逼的。虞二少爷你怎么这么浑呢？

玉姑，我告诉你不要护着虞金诚那个废物蛋！我知道你把他从河里救上来啦，还拉着他去白俄医院治病，你是他的救命恩人。可虞金诚他算个什么东西？我跟他势不两立不共戴天！你多余救他，死了省心！

虞云隆！我告诉你吧，虞金诚他无论如何也是你一奶同胞的哥哥，俗话说一笔写不出两个虞字儿。可你处处说你哥哥的坏话，我看总有一天你会后悔的！

虞云隆抄起酒瓶子握在手里，扯开嗓子叫了一声玉姑。你说一笔写不出两个虞字儿？我虞云隆活在世上就是为了重振家业，夺回正昌商行。他虞金诚呢？败家之后竟然跑到卢家大院去当伙计，真他妈的不要脸！

说着虞云隆从怀里掏出一份《国事报》扔到玉姑怀里说，你看看记者骆小山是怎么写的吧，他虞金诚心甘情愿当了卢家大院的一走狗！

看到《国事报》，玉姑的气势一下子弱了下去，压低声音说，虞云隆你不要胡吣！

小翠儿这时候挎着篮子跑进玉华春饭庄的大堂，神色张皇地告诉玉姑说，玉姑奶奶大事不好啦，满大街都在议论虞金诚的事儿，说他没羞没臊没脸没皮进了卢家大院去给人家当奴才。

玉姑啪地一拍桌子。小翠儿你别说了，你整天唠唠叨叨的烦人不烦人啊！说罢，玉姑快步穿过大堂，跑进后院儿了。

虞云隆哈哈大笑指着玉姑的背影说，《国事报》这一次可真的戳了玉姑奶奶的心头肉啊！唉，我看玉姑奶奶是瞎了眼啦。

小翠儿走到桌前气急败坏说，我说你快结账吧，往后你就别在我们这儿添乱啦！

虞云隆结了账，怏怏走出玉华春饭庄大门，自言自语说着，我虞云隆人穷志不短，你虞金诚即使发了大财也是没骨头的熊货。虞金诚你根本不配是虞家的子孙！有朝一日我夺回正昌商行，我头一件事儿就是除了你的名册，清理我们虞家的门户！

虞云隆骂骂咧咧朝前走着。这时候一个报贩子迎面走来，大声吆喝着。看报啊看《国事报》啊，虞金诚败家之后又有新闻，他投身卢家大院去当伙计啊！堂堂七尺男儿甘心为奴，虞金诚是天津卫头一份啊！

虞云隆哈哈大笑。好啊好！这一回虞金诚真是露了大脸也现了大眼啦！

20 深夜锤声

卢家大院的大门缓缓打开，虞金诚拉着胶皮车驶进大门。卢玉洁稳稳当当坐在车里，以手帕遮着自己的面孔。

罗九迎上前来谄笑着说，大小姐您回来啦？您这是担心怕晒黑了吧？下次我一定给您带一把洋伞。

卢玉洁面无表情地走下胶皮车径直走了。她担心罗九看出自己脸上的泪痕，因此快步走向自己房间。

哎，胖姐儿呢？罗九觉得出了问题，朝着大门口望了一眼，还是没有见到胖姐儿的身影。

我派胖姐儿满大街买东西去了。卢玉洁转身告诉罗九。罗大管家你就不用操心了。胖姐儿一会儿就回来啦。

罗九笑了。那好那好。大小姐这一趟玩得怎么样？大少爷在家还担心累着您呢。

沿着游廊，卢振天笑着走上前来说，妹妹，这一趟出去玩得高兴吧？卢玉洁笑了笑说，哥哥，我平时总也不出门，一出去看见什么都觉得新鲜。

卢振天似乎有些内疚，说那就经常出去逛一逛嘛。卢玉洁有些顽皮地说，哥哥你怎么不管着我啦？

我不管着啦。卢振天颇为感慨地说，妹妹，我以前我对你管得过于严厉了。从今往后我是一定要改一改的。

谢谢哥哥。卢玉洁似乎受到了哥哥的感动，说罢就转身回自己房间去了。

虞金诚将胶皮车停放在车房里，然后掏出手巾擦拭着额头上沁出的汗珠儿。罗九肚子里不知憋着什么坏水儿，凑到虞金诚面前说，小虞子，这一趟胶皮你拉得怎么样啊？

虞金诚不卑不亢地说，罗大管家，你有什么事情请吩咐吧。

罗九嘿嘿一笑说，我还能有什么事情呀，让你干活儿呗！你看见东跨院儿里墙角那堆煤块了吧？你统统给我砸成小核桃块儿。不能太大也不能太小，你把这堆煤块儿都给我砸完了，才许吃饭！

虞金诚不言不语，注视着大管家罗九。

吃晚饭的时候，卢振天发了脾气。这位厨师老冯的手艺其实不错，当年还在同福楼饭庄当过大师傅呢。可不知为什么，他今儿做的“焦熘里脊”就是得不到卢大少爷认可。不但得不到认可，而且还影响了卢振天的心情，一挥手竟然将这盘“焦熘里脊”从窗户里扔了出去，大声说这菜不是人做的。

老冯只得重新烧了一份，小心翼翼端上桌去，卢大少爷伸出筷子只尝了一口，又急了，拂袖而去。

罗九慌了，埋怨了老冯几句，一时毫无办法。

卢大小姐在胖姐儿的陪同下，来吃饭了。卢振天给卢家大院立下了规矩，无论什么人均不许在自己房间里吃饭。因此卢玉洁一日三餐都要出现在这里，按时用餐。

看到厨师老冯一派尴尬的样子，卢玉洁向他询问原因。老冯哭丧着脸告诉她一盘“焦熘里脊”惹得大少爷怒火冲天。卢玉洁感到奇怪，就让老冯端来那盘“焦熘里脊”，她拿起筷子尝了尝，觉得味道还是不错的。

老冯啊，我哥哥不是跟你的“焦熘里脊”过不去，这几天他上焦有火，口味也就变了。老冯你不要往心里去啊。好啦，这盘儿“焦熘里脊”我吃了，你去给我盛一碗米饭来吧。

老冯怀着感激不尽的心情连连朝着卢玉洁鞠躬，说我入勤行三十年，这次差一点儿马失前蹄，多谢大小姐您为我救场，让我落了个正脸儿。胖姐儿笑着说，卢大小姐心眼儿特别好，老冯你赶紧下厨去做一个热汤吧。

卢玉洁的晚饭就这么一菜一汤，吃得很好。这时候罗九来了，他拐弯抹角询问胖姐儿为什么买回那么一大摞报纸。胖姐儿说大小姐有专门的用处。罗九笑了笑，不敢追问了。

厨房后边传来一阵叮叮当当的声响，听着挺烦人的。卢玉洁为人处世很是宽容，极力忍耐着这种噪声的干扰。她小声叮嘱胖姐儿去厨房后边看一看，究竟什么地方发出这种叮叮当当的响声，吃饭的时候讨人嫌。

放下筷子，卢玉洁离开餐厅回到自己房间。一会儿胖姐儿跑回来了，满脸神秘表情。

大小姐啊罗九这家伙真不是东西。他命令虞金诚在厨房后边砸煤，无论煤块儿多大，都必须砸成核桃大小，不许大，也不许小，叮叮当当就这么砸，什么时候砸完什么时候给饭吃。我问了，这会儿虞金诚已经砸了三个钟头啦。

卢玉洁连忙问，三个钟头，你估摸虞金诚这会儿快砸完了吧？

胖姐儿摇了摇头说，那么大一堆煤块儿，他还不得砸到半夜啊。

罗九这人真是心术不正，身为大管家还一肚子坏水儿，变着法儿整治别人。卢玉洁小声说着，毫不掩饰自己愤愤不平的心情。聘请这种人做大管家呀，我看是长久不得啦。

胖姐儿立即揭发，说罗九一个劲儿跟她打听《国强报》的事儿。卢玉洁恼了，起身走到桌前说，胖姐儿，你现在就把那个罗九给我叫来，今儿我得好好问问他，为什么总是憋着一肚子坏水儿。

胖姐儿反而比较冷静。大小姐您可不能跟罗九那种人一般见识。再者说他还是大少爷的红人儿啊。

你快去叫罗九吧。这里是卢家大院不是罗家大院。

胖姐儿很快就回来了，说罗大管家一会儿就来。卢玉洁等待着，那一阵阵锤响声声在耳，可就是不见罗九身影。卢玉洁在屋里走来走去，心里很不是滋味。她站在书柜前随着拿出一本书，一看是俄国作家柴霍甫的《装在套子里的人》，随手再拿一本，是法兰西作家嚣厄的长篇小说《悲惨之世界》。

那个装在套子里的人置身于这个悲惨世界里，他将怎么生存下去呢？卢玉洁这样想着，心情越发沉闷起来。她喜欢西洋小说，而且总是爱拿小说里的事情跟身旁的事情对比，渐渐成了性情中人。

罗九来了，站在门外叫了一声大小姐。卢玉洁放下《悲惨之世界》，迈步走出门去。

大小姐，这么晚了您有什么吩咐啊？罗九皮笑肉不笑地说着。

是啊，这么晚了你还让伙计叮叮当当砸煤，吵得我没法儿休息。罗九我告诉你，你马上给我停了。

罗九嘿嘿地笑了，说砸煤这事儿是大少爷安排的，别人可不敢说停下来就停下来。

卢玉洁挥了挥手。既然如此，罗九你不要管了，好啦好啦，这儿没你事儿了。说着，卢玉洁沿着游廊大步走向哥哥的房间。

罗九在后面跟随着。卢玉洁停住脚步转身说，罗九！我告诉你这儿没你事儿啦，你还跟着我干什么呀！

平日里卢玉洁性情温和，说话从来没有粗音大嗓。此时她的勃然作色，这令罗九深感意外并且受到震撼。他顿时萎了，不敢继续跟随卢大小姐。

气咻咻走到卢振天房间门外，卢玉洁听到哥哥正在屋里跟别人说话。平时遇到这种情况她是不会贸然打搅的，何况哥哥此时正在会客。今天情况大不相同，她顾不得许多，站在门外轻轻叫了一声哥哥。

卢振天在屋里跟客人聊着，根本没有听到门外妹妹的声音。

她听到哥哥的声音，说一是人好，二是门当户对。卢玉洁听罢寻思着，好像哥哥正在给人说媒。

她又轻轻叫了一声哥哥。这时候卢振天听到了，他推门走出看见了妹妹，讳莫如深地笑了。卢玉洁见到哥哥顿时感到十分委屈，竟然泪水涟涟。卢振天看到妹妹突然哭泣，连忙询问原因。卢玉洁哭诉着。卢振天听罢，笑了。

好吧，妹妹你回去吧。一会儿我告诉罗九，这么晚了那就让虞金诚停工吧。

哥哥，你现在就去告诉罗九。你的这位大管家也太不像话啦，整天憋着一肚子坏水儿。卢家大院要是让这样的大管家管着，我看早晚得败家。卢玉洁小声嘟哝着。

好啦好啦，什么罗八啊罗九的这些事情你就不要管了。反正你也不会在咱卢家大院里住很久啦。卢振天乐呵呵说着。

什么，我不会在卢家大院里住很久啦？哥哥，你这是什么意思，往外轰我呀？告诉你我就是要在这卢家大院里住一辈子。

妹妹你不要说傻话了，俗话说女大当嫁嘛，难道你一辈子就不出嫁啦？好啦你回去歇息吧。我现在就吩咐罗九让他去告诉虞金诚停下来，无论什么活计明儿再说。

卢玉洁回到自己房间，那锤声还在一声声响着，仿佛一下下砸在她的心头。她坐在屋里侧耳静听，一心一意等待着锤声停止。胖姐儿站在大小姐身旁，表情很是紧张。这时从后院儿传来的锤声，一声声并未停止。

这锤声怎么还没有停止呢？我哥哥不是吩咐罗九让虞金诚停下来歇息吗？卢玉洁心神不定，自言自语着。莫非我哥哥骗我，他根本就没吩咐罗九让虞金诚停下来。不行，我得去后院儿看一看。

胖姐儿犹豫了。大小姐，我去看一看吧您还是不要动弹啦。胖姐儿没有拦住，卢玉洁起身走出房间，迎着夜色循着锤声走向后院儿。正是月圆之日，月光满地倾泻，给人间镀了一层薄薄的银色。月色下罗九迎面走来，叫了一声大小姐。卢玉洁极其气愤地说，这么晚了你怎么还不让人家虞金诚歇息呢？罗九你不要为富不仁，以为你是卢家大院的大红人儿就在这里欺负人啊！

罗九哭丧着脸说，大小姐您真是冤枉好人啊，我已经告诉虞金诚不要砸煤啦，可他根本就不听，一言不发咣当咣当接着砸，没完没了。我遇上这种人您说怎么办啊我的大小姐！

哦。卢玉洁听了罗九的禀报，心情平缓下来。她轻蔑地看了罗九一眼，说既然如此这事儿你就不要管啦。

好吧好吧。罗九巴不得解脱，应声转身而去了。

卢玉洁走进后院儿，月色里她看到煤堆前蹲着一个人，手持锤子正在砸击着煤块儿。卢玉洁心头一颤，叫了一声虞金诚。

汗流浃背的虞金诚并不停下手里的活计，低头继续砸击着煤块儿。卢玉洁走到他旁边，缓缓蹲下身子。虞金诚，罗九已经告诉你停工了，莫非你天生愿意吃苦不成？

虞金诚稍有迟疑，但还是缓缓举起锤子。卢玉洁伸手一把抓住他手里的锤子。虞金诚！难道你就这样任凭罗九欺负你啊？

他侧身看了她一眼，轻轻叹了一口气。卢大小姐，我谢谢你的好意。既然一开始罗九说了，必须一锤一锤把这一大堆煤块儿都砸完了，我才能吃饭。我还没砸完呢。这活儿，我是一定要干到底的。虞金诚说着挥动锤子，继续干了起来。

不知为什么，面对外表平和如水内心倔犟如铁的虞金诚，卢玉洁心底居然泛起一股敬佩之情。是啊，男子汉就应当这样，既然吃苦就要吃出几分名堂。不达目的，绝不罢休。这样想着，她将一条白手帕扔给虞金诚，悄然起身走了。

叮叮当当的锤声，就这样响彻卢家大院的夜空。子夜时分。卢振天披衣来到后院儿，大声斥责着。虞金诚！这大半夜的你叮叮当当的还让不让别人睡觉？罗九不是告诉你啦，让你停工别干了！

虞金诚缓缓站起，抬头注视着对方说，卢大少爷，你不是说不干完活儿不让我吃饭吗？

卢振天急了，虞金诚现在我改主意啦！你他妈的马上给我停下来，洗手吃饭去。

卢大少爷请您等一等，我这儿是最后一块儿煤。一个人做事情总是要善始善终嘛。说着虞金诚举起锤子，狠狠砸了下去。嘭地一声，煤末四溅，随即染上了血色。虞金诚的双手已经磨出一层血泡。那锤柄，也已经染成红色。

卢振天惊了，转身快步离去。

喘了一口气，虞金诚站起，他感觉自己的腰已经折了，便摇摇晃晃朝前走去。他抬头看了看天上月亮，脸上挂着几分残忍的笑容。

他几乎站不住了，伸手扶了扶墙壁，咬紧牙关走进厨房。厨房里，胖姐儿端着一只托盘走上前来大声说，虞金诚我告诉你，这可是我家大小姐亲手给你做的三鲜面汤。

伸出满是血泡的双手，虞金诚颤抖着接过盛满三鲜面汤的大碗。

谢谢大小姐。虞金诚嘴里吐出这么一句话。

21 杏仁茶

厨师老冯一大早儿便摆了一桌子好吃食，干的有油酥烧饼和套环果子，咸的有腌鸭子儿和卤果仁儿，甜的有蜜麻花和枣儿切糕，稀的有浆子、豆腐和锅巴菜。

卢振天走进伙房隔壁的小餐室，围着桌子转悠了一圈儿，笑了。他左手的伤势已经痊愈，只是短缺了两截手指头。用饲养蛐蛐术语来说他不是“全须儿全尾儿”了。这位卢大少爷手伤痊愈，胃口更好，他伸手位了一张凳子坐在餐桌前，大嘴一张，开吃。

这位卢大少爷真是好饭量。他一顿早点总共吃了两个油酥烧饼四个套环果子，一个腌鸭子儿一把大乌豆，两个蜜麻花外加一条枣儿切糕，喝了三碗浆子两碗锅巴菜。这种饭量的男人在天津卫，如果没有真本事，那就是“吃货”。好在卢振天挥刀断指夺回祖产，英雄本色无疑，就是饭量大点儿。

厨师老冯站在一旁看着卢大少爷的吃相，心中颇为欣慰。这位大师傅的乐趣就是看嘴。若是主家吃得香，那就是厨师的业绩。若是主家吃两口就撂筷儿了，这厨师可就没了脸面。老冯是天津娃娃，注重名声爱好脸面，最不愿意被人家瞧不起。你若说他长得丑，他没事儿。你若说他手艺潮，他的脸子呱嗒一声就撂下来了。这就是天津卫的手艺人。

这一顿早点，卢振天吃得腰腹滚圆，赛一头小驴儿。他伸手松了松裤腰带，然后点燃一颗烟卷儿。他本是粗鲁之人，无论吃相坐相还是睡相，都显得无所顾忌。他抽着烟卷儿吩嘱老冯，哎你快去给我沏一壶香片来。老冯奉命转身而去，沏茶去了。

天津人所说的香片，其实就是茉莉花茶。天津卫著名的正兴德茶庄配制的花茶，行销“三北”地区。卢振天平时爱喝“小叶儿”。天津卫的有钱人，都喝小叶儿，因为品茶必须有闲工夫。天津卫大街上跑的粗人，都喝茶叶末儿。喝茶叶末儿不耽误工夫，一例儿味就出来了，喝完了就走。

喝了两碗小叶儿沏的热茶，卢振天跷着二郎腿儿，剔牙，突然想起妹妹。他坐直了身子说，哎老冯，都这钟点儿啦大小姐她怎么还没来吃早点啊？你去请一请吧。

一会儿工夫老冯就跑回来禀报说，大小姐躺在屋里说不饿，还说中午饭她都不想吃啦。

什么，中午饭大小姐都不想吃啦？卢振天皱着眉头，思忖起来。这时候罗九跑进来，凑到近前压低声音报告敌情说，大少爷，有人在门口叫阵呐！

卢振天顺手扔了牙签问道，谁呀一大早儿就堵到门口学驴叫？罗九一板一眼说出三个字儿：虞——云——隆。

卢振天立即摆了摆手说，虞云隆？这是一败军之将，咱别搭理他！罗九眨了眨眼睛说，您不搭理他那是您的大度，可这癞蛤蟆爬到脚面上，他给您添堵啊！

卢振天不吃这套激将法，看了看自己伤残的左手说，既然是癞蛤蟆我就更不能搭理他啦，你赶紧想办法把他虞云隆给我轰走。

大管家罗九点头哈腰，转身去了。

这罗九可不是个好饼，他沿着游廊朝着大院门口走去，一路上小声哱嘟囔着，哼，你卢振天受穷的时候，十个手指头都敢剁下来玩儿命。这一旦富啦，连一根汗毛都怕伤着。

游廊拐角的地方，罗九跟虞金诚撞了个满怀。罗九气急败坏，可灵机一动又冒出一股子坏水儿。我说虞大少爷，你兄弟虞云隆此时正在门外叫阵呢。你不出去劝一劝他啊？

虞金诚一身伙计打扮，他撩起围裙擦了擦手，转身走向大院门口。罗九难以置信，追着说，虞金诚你真的去劝虞云隆啊？

虞金诚停住脚步回头说，对，他是我弟弟啊。罗九愕然说，你弟弟前来叫阵，这明明为你们姓虞的出气，你怎么胳膊肘往外扭反而去劝他呢？

虞金诚面无表情说，罗九啊，这你就不懂啦。远处，卢玉洁不声不响走出闺房，表情很是关切地望着虞金诚的背影。

虞金诚毫不犹豫地走向卢家大院门口。卢家大院门外，虞云隆手里拿着一份《国事报》正在破口大骂。

姓卢的你出来！你夺了我家的正昌商行和宅院，还花钱买通《国事报》记者骆小山写这种骂人的文章！卢振天你听着，你若是英雄好汉就走出来，姓虞的爷儿们今天要陪你练一练！

大门开了，卢家大院里走出了虞金诚。虞云隆愣了，没想到一通大骂没有骂出仇人反而把哥哥给骂出来了。卢家大院门外围着一大群看热闹的闲人。

卢振天你买通记者写文章这叫什么本事？真有本事你走出来，今天咱们会一会。你四两棉花纺（访）一纺（访），我虞云隆如今是苗六爷的关门大弟子！虞云隆继续骂着。

虞金诚走到弟弟面前说，云隆，事已至此，你就是站在这儿骂上三天三宿，也没嘛用处。我劝你还是回去吧，这人世间的事情咱们都要从长计议。

虞云隆无声地笑了，然后眯起眼睛看着身旁的围观者说，这人是谁呀？人模狗样儿的站在这儿说话，我听着怎么跟放屁一样呢！

弟弟如此嘲讽哥哥，人们哄地大笑起来。

一个看热闹的汉子不解地问，虞云隆，他是你哥哥虞金诚啊，你这弟弟怎么连哥哥都不认识啦？

他是我哥哥？狗屁！他自愿到仇人家里当奴才，还给人家拉胶皮，他根本就不配姓虞！今生今世我虞云隆孤独一枝，没有这个哥哥！

虞金诚上前一步说，云隆，我来这里当伙计是为了赎回正昌商行的老匾……

虞云隆呸地啐了一口。胡说八道！正昌商行让人家夺了去，你都一声不哼，还觍着脸说是为了赎回虞家老匾。我告诉你虞金诚，今儿我是来找姓卢的算账，我跟你这种臭不要脸的人说话，还真怕脏了我自己的嘴！

虞云隆说罢，转身走了。虞金诚叹了一口气，注视着虞云隆远去的背影。

罗九连忙跑回上房，去给卢振天报信儿。卢振天听说虞家哥儿俩如此火并，眨了眨眼睛还是捉摸不透。

白天的时光就这样过去了。黄昏时分厨师老冯掌勺，一通煎炒烹炸，小餐室里八个好菜先后摆上桌子。此时正是天津卫吃“快鱼”的尾声，塌目鱼还没正经上市。天津卫吃塌目鱼必须是数伏季节，俗称“伏塌目”。今天的晚餐老冯以红烧快鱼为主菜，浓汁重色烧了一桌子时令菜，其中包括大小姐平时喜欢的炸青虾和樱桃肉。

卢振天依然胃口不错，一步三摇走进卢家大院的小餐室，大声说饿了。这时候胖姐儿传来口信儿说大小姐还是不想吃饭，晚饭就免了吧。

这时候卢振天猛然想起，敢情妹妹已经一天没吃饭了。他忧心忡忡坐在饭桌前，叫来了大管家罗九。罗九啊，这大小姐一天没吃饭，她是不是有什么心思啊？

大少爷，人家大小姐是女眷，她的心思我罗九哪里知道。我看您还是问问胖姐儿吧。

好吧，那我吃了饭再说吧。卢振天一旦饿了，见了饭菜就好比恶狼扒心。他抄起筷子端起碗，甩开腮帮子呼呼吃了起来。

罗九站在一旁，看得咽下了一团团口水。这罗九出身低微，小时候卖过饭馆的“折罗”。他看见好饭好菜永远直不起腰来。

卢振天扭脸看了看罗九，说既然大小姐不来吃饭，你就坐这儿吃吧。罗九忸怩着，还是坐下了。

汤呢汤呢？卢振天已经吃饱了，抬头催促厨师老冯上汤。老冯端来一大碗芫荽紫菜汤。色香味俱佳。卢振天端起汤就喝，梁山好汉似的。罗九抄起筷子连声夸赞大少爷好饭量，趁机夹了一块儿樱桃肉。

罗九，你看虞金诚这人怎么样啊？卢振天叼着牙签问道。

罗九往碗里进而夹了一块儿红烧快鱼，放下筷子回答说，虞金诚这人，我看不是等闲之辈。今儿大白天虞云隆站在大院门口一通叫骂，他竟然出面劝解他弟弟不要闹事儿。您说这种人是不是世间少有啊。

噢，这种人世间少有？卢振天思忖着，突然转换话题，朝着厨师老冯开了炮。我说老冯啊，你这大厨师的手艺不错，可大小姐就是不爱吃你做的饭菜，这怎么办呢？今儿她一天水米没沾牙，老冯你得安排夜宵啊！要是夜宵大小姐还是没胃口，我看明天一大早儿你这位大厨师就另谋高就吧！说罢，卢振天起身走出了小餐室。

老冯慌了，连忙朝着罗九作了一个揖，说罗大管家你可得主持公道啊。大小姐她身子不爽，这一整天不吃不喝的，可不能全怪我手艺不好啊。大小姐有病，这怪不得厨子，那得赶紧看大夫去啊！

罗九天生就是落井下石的人，他夹了一只虾仁儿吧嗒一声放进嘴里说，老冯啊今儿这顿夜宵你可大意不得哟。到时候大小姐眉头一皱撂了筷子，嘿嘿，我看就是皇上二大爷也救不了你，明儿一早你卷起铺盖走人吧。

厨师老冯听着，那脸色刷地白了。罗大管家，我家八十岁老母可不愿意丢了这份差事啊。

那你就全心全意给大小姐预备这顿夜宵吧。罗九说着，也学起卢振天的样子，嘴里叼着一根牙签儿走了。

唉。老冯叹了一口气。天渐渐黑了，他担心自己马失前蹄一下子丢了饭碗。他在卢家大院当厨子，远远比在外面耍手艺赚钱多。老冯心疼这份好差事，舍不得丢了。

虞金诚挑着两桶泔水，一颤一颤地向着跨院角门走去。厨师老冯望着虞金诚的背影，感到十分惊异。这位曾经衣来伸手饭来张口的虞大少爷竟然能够挑起一担泔水，这真是怪事儿啊。寻思着，厨师老冯动手为大小姐操持夜宵了。大小姐一天没吃东西，这夜宵到底吃什么呢？这真是巧妇难为有米之炊啊。做了十几年厨师的老冯绞尽脑汁，独自蹲在伙房门槛上吧嗒吧嗒抽着烟袋。

这夜宵我索性就做上十样儿八样儿的，大小姐她总会相中一样儿吧？只要她相中一样儿开了胃，我这一关就算闯过来啦。老冯这样想着，心里渐渐有了底数。

临近晚间十点半钟，老冯已经做出一桌子吃食。他本着成龙配套的思路，精心安排弄出了六样儿夜宵。一、珍珠饼配小馄饨。二、四碟小菜儿配银丝汤面。三、炸麻团配小豆粥。四、小笼烧麦配甩果儿汤。五、果子羹配荷叶饼。六、全素点心配茶汤。

一桌子夜宵，摆在伙房里有山有水有风景。老冯笑了。兵法上说以少许胜多许，那叫本事。我没能耐，只能以多多许胜少少许。只要这六套夜宵里有一样儿博得大小姐喜爱，我的差事就保牢了。走出伙房抬头看了看天上的月亮，老冯乐观起来。

找出红木提盒，老冯开始往大小姐屋里送夜宵了。他满怀信心将珍珠饼配小馄饨送到大小姐房间门外。胖姐儿面无表情地接过提盒，说了声冯师傅辛苦了。不知为什么老冯心里一阵慌张，转身就走。他沿着游廊返回伙房。他前脚进门，胖姐儿后脚就到了。

胖姐儿还是面无表情，将手里红木提盒往桌上一放说，大小姐不吃。说完，胖姐儿转身走了。老冯急忙了追出伙房连声说，胖姐儿你别走，我给大小姐换一样儿夜宵。说着，他将胖姐儿拉回伙房，指着满桌子美味佳肴说，求求你告诉我大小姐她到底想吃什么呀？

胖姐儿苦笑着说，老冯啊你别忙乎了，大小姐她什么都不想吃。你就是做出满汉全席来，这也是白搭。

那可不行。大小姐她要是什么都不吃，我这厨子的饭碗可就砸啦。只有大小姐吃饭，我才有饭吃啊。老冯说着小心翼翼地将四碟小菜儿和一碗银丝汤面放进提盒，催促着胖姐儿回房。胖姐儿无奈，毛着腰弯了弯胳膊，挎着提盒走了。

老冯双手合十嘟嘟囔囔念叨着，大小姐求您开开胃吧，我家里可有八十岁老母啊。

一袋烟的工夫，胖姐儿挎着提盒扭儿扭儿回来了。老冯迎到伙房门口，满脸焦急表情。胖姐儿，大小姐她还是不吃啊？

老冯我说你就别忙乎了。大小姐她不想吃东西，你还能去撬她的嘴啊？胖姐儿轻描淡写说着，放下提盒转身就走。老冯无可奈何地叹了一口气，连声说完了完了。

这时候，罗九装着一肚子坏水儿，嘿嘿笑着走进伙房。我说老冯啊，这大小姐横竖不吃你做的饭，明儿一早儿我看你就扛着铺盖卷儿回家吧。这可是卢大少爷的命令。

厨师老冯哭丧着脸，辩解着。我说罗大管家，大小姐不吃我做的饭，那是她不开胃。她不开胃，这也不是我的罪过呀。再者说人家卢大少爷大仁大义，还能真的辞了我？

罗九脸色一沉。老冯，依你这么说是我假传圣旨啦？我告诉你，今儿你要是做不出让大小姐喜欢的夜宵，从我这儿先辞了你！

说罢，罗九转身走了。

唉，阎王好躲，小鬼儿难搪。老冯走出伙房不知路在何方，内心颇为感慨。他深知罗九为人尖刻，自己恐怕难逃此劫了。这时大院深处传来一阵响动。老冯眯缝着双眼朝前走去，突然看见一个人影儿。

这是虞金诚的背影。老冯悄无声响地凑过去，渐渐看清夜色里的虞金诚独自一人站在大树下，嘴里念念有词。

老冯仔细听着。虞金诚滴里嘟噜说着，没有一句像中国话。老冯使劲儿咳了一声，叫了一声虞金诚。这时虞金诚的嘴里停止滴里嘟噜，转身看了看厨师老冯。夜色里虞金诚的目光闪烁着奇异的光芒，这令老冯感到几分惊异。

我说虞金诚，你这是修道成仙还是顺气消食呢？老冯小心问道。

虞金诚其实是在背诵当年的英语课文。他流畅的英语背诵被老冯打断，只得苦笑着说，我一个凡夫俗子怎么会修道成仙呢？人就是人，人是不能成仙的。

人不能成仙，可也不能成鬼啊。我现在都快变成倒霉鬼啦。老冯表情沮丧地说，这不，大小姐不知犯了什么心思，就是不吃东西，我使尽了浑身解数做了十几种花样儿，可她就是不动筷子。

大小姐她兴许不饿吧？虞金诚小声问道。

大小姐不饿？我不信。俗话说，人是铁饭是钢，一顿不吃饿得慌。我看大小姐就像京戏里唱的，茶不思饭不想，一病恹恹不起床。

老冯，这么说大小姐她病啦？虞金诚急忙问道。

我看她是心病。老冯开始抱怨说，大小姐有心病，可我得跟着倒霉啊！罗大管家跟我说了，大小姐要是到明儿一早还不吃饭，我这个厨子就要扛起铺盖卷儿，滚蛋。我家上有八十老母，下有一群小崽子，辞了工我们全家人去喝西北风啊？虞金诚你给评评理，罗九这不是欺负人是什么？大小姐不吃饭，我老冯又不是她肚子里的蛔虫！

虞金诚注视着老冯说，这么说你心里很着急，是吧？

我何止心里着急呀，我肝里肺里肠子里都着急。虞金诚我看你也帮不上我什么忙。我老冯只能认倒霉，明儿一大早我扛着铺盖卷儿，辞工回家啦。

老冯你不要着急。既然你跟我说了这么多话，那我就想办法帮一帮你。后院有一棵杏树你知道吧，那树上还有几颗熟透的杏子没摘，你把它们摘了吧。

厨师老冯就这样听着，显得呆头呆脑。我说虞金诚啊，那树上的几颗杏子已经烂了。

老冯你现在就去摘吧，你除去腐料杏肉给我几颗杏核儿就行。你快去啊，你去晚了那杏儿可就让神仙给摘走啦。

你真的有办法帮我？老冯将信将疑地看着虞金诚，然后跺了跺脚说，事到如今我只能死马当成活马医啦。老冯奔后院去了。

虞金诚不紧不慢进了伙房，径直走到米缸前，伸手掀起缸盖儿从里面抓了两把大米。这大米，是正宗的天津小站稻。

小站稻这东西，好吃，那是因为它属于北方寒稻，一年一季，养分很高。说起天津东南的小站地区，当年那是李鸿章大人屯兵训练北洋新军的地方。李少荃不光培养军队，还从西洋引进了清淤河道的吸泥机，沿途吹泥填地，肥了人称“海下”的两岸土地。于是军民共建，屯田在此试种水稻，创出远近闻名的“小站稻”。于是，小站这地方不但出产大米，还出产了袁世凯、段祺瑞、徐世昌、赵秉钧、冯国璋、曹锟、张勋、倪嗣冲、鲍贵卿等一大批北洋武将。这一拨儿北洋武将得势之后纷纷把持着中国各省军政大权，社会上有“会说天津话，就把洋刀挎”之说。于是天津小站稻的美名也跟随这一群大权在握的督军，走向四面八方。

虞金诚将两撮子小站稻米放在一只盛满清水的大碗里，泡着。这时候厨师老冯双手捧着几颗杏子脚步噔噔走进伙房。虞金诚并不回头，说老冯你把杏核儿砸开，我要四颗杏仁就行。老冯不知道虞金诚变的这是什么戏法儿，遵命做了。虞金诚又嘱咐说，老冯啊你把四颗杏仁捣烂了，拿一块纱布滤去渣子，我只要杏核儿榨出的汁儿。

老冯遵命行事不敢怠慢，那中规中矩的模样儿很像一个小伙计。

半个时辰之后，虞金诚将泡在大碗里的稻米捞出，在热锅里轻轻一炒，散去了水分。他将泡得发胀的大米粒摊在案板上，拿起一根擀面杖，咯吱咯吱反反复复擀了起来。很快，那泡胀的大米粒就被擀碎了，最后成了一堆大米面儿。

虞金诚命令老冯拿来一只细眼儿铜丝罗，他将一堆大米面儿罗了罗，雪白的米粉纷纷落下，变成一小堆儿精细的大米面儿。

这不就是熬粥的大米面儿吗？老冯不解地问道。

是啊，这就是熬粥的大米面儿。虞金诚说着，端来一只沙锅将大米面儿兑水调成糊状，开始熬粥了。

这粥，你是熬给大小姐喝的？老冯小声询问着。虞金诚点了点头，不说话。他定定站在火苗跳跃的灶台前，注视着沙锅里渐渐沸腾的白色米粉粥，然后使劲儿耸了耸鼻子。

老冯，你这时候闻见大米的香味了吗？虞金诚轻声轻语问着，似乎沉浸在独自享乐的世界里。老冯听了，只是朝着那只沙锅远远投去一瞥，偷偷撇了撇嘴，并不认为这一锅米粉粥有什么奇异之处。

虞金诚将杏仁儿制成的白色汁液倒入沙锅里。一时间，一股清香的味道顿时弥散开来，渐渐充满了伙房。老冯耸着鼻子嗅了嗅，表情惊诧。老天爷，这就是你做的杏仁粥？

它不叫杏仁粥，它叫杏仁茶。虞金诚一板一眼回答说。

老冯大喜过望，撒腿跑出伙房召唤胖姐儿去了。虞金诚站在伙房门口望着夜色里老冯激动的背影，苦笑了。他擦了一把脸上的汗水，转身走进自己居住的小屋里去了。

片刻，老冯领着睡眼惺忪的胖姐儿来了。他将虞金诚制作的杏仁茶盛在一只青花大碗里，递给胖姐儿。胖姐儿嗅着充满伙房的杏仁儿香气说，我的妈呀这是什么味道啊？

厨师老冯郑重其事地说，天津卫独一份！咱也不要淹没了别人的功劳，这是虞金诚亲手下厨给大小姐做的杏仁茶。

胖姐儿二话不说拎起提盒，一串小碎步儿给大小姐送夜宵去了。老冯似乎想明白了，因此得意地笑了。

夜色深沉。那间小屋里，虞金诚已经睡着了。

第二天一早儿，厨师老冯在伙房里操作着，给卢家大院的人们制作早餐。大管家罗九悄无声响走进伙房，然后使劲儿咳嗽了一声。

老冯转身注视着罗九，急忙捧起那只青花大碗，大声表白说，罗大管家呀，大小姐她吃了夜宵啦吃了夜宵啦。

罗九嘿嘿一笑说，老冯你命大，就算你躲过了一劫！

老冯不敢怠慢说，全凭罗大管家关照啦。

上午临近九点钟，卢振天一步三摇走进小餐室，吃早饭来了。老冯备下的一桌子早餐，有山有水有风景，还是非常适合卢振天的胃口的。其实卢振天自幼在社会底层生活，饮食并不讲究。只见他坐在桌前，抄起一只油酥烧饼就吃。哎哟，里面还夹着牛肉馅啊？卢振天大喜，抬头看了老冯一眼。老冯笑着说，大少爷这是北京风味。

卢振天大口咀嚼着，问大小姐为什么没来吃早饭。老冯立即解释说，早饭已经送到大小姐屋里去了。卢振天点了点头，伸出筷子夹了一口正昌酱园的八宝小菜儿。

胖姐儿挎着提盒扭儿扭儿走进小餐室。老冯立即迎上前去，小声问大小姐胃口可好。胖姐儿面无表情地将提盒放在桌上，然后缓缓打开。卢振天一眼看见，摆在提盒里的大小姐的早餐纹丝没动，原样儿被胖姐儿拎了回来。卢振天吧嗒一声撂下脸色说，大小姐她为什么不吃早点呢？

老冯慌了，一时不知如何回答。

胖姐儿伸手指着摆在窗台上的那只青花大碗说，今儿一大早大小姐就说了，从今往后她只吃这一个人做的饭。

卢振天看了看那只青花大碗，不解其意。罗九一步走进小餐室，伏身在卢大少爷耳前，低声说了几句。卢振天恍然大悟说，噢，那杏仁茶敢情是虞金诚的手艺啊？依你这么说这小子还会做饭？操，这不成了文武全才啦！

胖姐儿接过话茬儿说，当然是文武全才。大小姐说虞金诚不但会做饭，那杏仁茶做得特别有味道。

卢振天呼地站起身，不假思索地大声说道，既然如此那就让虞金诚上灶抖勺吧。

罗九上前一步，打着折扣说，那虞金诚一介书生，主灶当厨毕竟属于半路出家，从今天开始就让他在伙房里给老冯打下手儿。他虞金诚究竟是骡子是马，咱们遛一遛再说吧。

胖姐儿听罢终于抑制不住内心喜悦，咧嘴笑了。

22 家 厨

旧时的天津卫，举凡大户人家都聘有厨子，专门给家眷们做饭，俗称“家厨”。坐落在天津法租界老西开一带的著名餐馆“周家食堂”就是津门望族周家的私家伙房，后来周家开门办店向社会开放，遂即成为生意火爆的好地方。周家食堂的名菜当数“佛跳墙”。然而最为喜闻乐见的大众菜肴则是人见人爱的“周家排骨”。

相比之下，卢家大院的“家厨”老冯，手艺就一般般了。他的拿手好菜一是独面筋，二是炒虾仁，这都是天津卫的大路菜。好在卢振天出身粗鄙，关于烹饪技艺他只能品出一个“香”字而已，譬如蒸扣肉和拆烩鸡什么的。

其实卢振天指派虞金诚充当卢家大院的“家厨”，当时并没有经过什么周密的思考。家厨嘛，就是给家眷们烧灶做饭罢了，下人而已。然而胖姐儿却喜不自禁，一溜烟跑向大小姐卢玉洁的闺房，报信儿去了。

卢玉洁静静坐在梳妆台前。胖姐儿看见大小姐不施胭脂不搽粉，却目不转睛地读着一本书。胖姐儿走进门笑着说，大小姐，我给你报喜来啦！

卢玉洁的目光从李易安的《漱玉集》挪开，抬头看了胖姐儿一眼说，这喜从何来啊？

大小姐我告诉您啊，大少爷已经发话了，从今儿开始虞金诚就成了咱卢家大院的厨子啦。

卢玉洁心头一阵惊喜，却故作矜持地问道，这是真的吗胖姐儿？

这还能是假的？胖姐儿撇了撇嘴，然后扑哧一声笑了。我说大小姐啊，从今往后你天天都能吃上虞金诚给做的饭菜啦。

卢玉洁却伤感地叹了一口气。唉，虞金诚堂堂正正一位书生，竟然沦为卢家大院的厨子。这真是斯文扫地啊。

胖姐儿走到梳妆台前，开始给卢玉洁梳头。大小姐，您说虞金诚这种人真是人间少有。论打吧，他打不还手；论骂吧，他骂不还口。要说他跟卢家是仇人吧？可又甘心情愿跑到这里当伙计。这人啊真是让咱们捉摸不透啊。

坐在梳妆台前的卢玉洁若有所思地说，虞金诚这种秉性的男人，我好像在哪出戏里见过。

胖姐儿脱口说道，没错，就是河边乞食胯下受辱的韩信！

卢玉洁继续思忖着说，除了韩信，好像还有那位三番五次替白胡子老头儿捡鞋的张良张子房。

胖姐儿很有感慨地说，大小姐您说的这些人物可都是胸怀大志腹有良谋的英雄啊。说到这里胖姐儿话锋一转，我说大小姐啊，戏台上讲究英雄配美女，怪不得王宝钏为了薛平贵，住在寒窑里等了他十八年呢。

卢玉洁扭头问道，胖姐儿，你这话是从何说起呀？胖姐儿突然笑着说，我猜大小姐你一定是看上虞金诚啦！

卢玉洁脸色绯红伸手捂住眼睛说，胖姐儿你瞎说什么呀！胖姐儿你瞎说什么呀！

胖姐儿哧哧笑着，给卢玉洁梳头。她觉得今天是个好日子，就擅自做主给大小姐梳了一个新式样。这是从上海那边流传过来的“丹凤朝阳”。

第二天中午，老冯就靠边儿站了，主动成了配角。初试身手的“家厨”虞金诚在卢家大院的伙房里烧了一桌“全素席”。这桌全素席，分为四凉八热一汤，美其名曰“烧老鸭”啊“炒雏鸡”啊“煎肥牛”什么的，却没有一丝腥荤，皆以豆腐丝豆腐皮豆腐干顶替，素席荤吃，荤面素底，令人大快朵颐。

卢振天城府不深，一边吃一边叫好，满头大汗很是满意。卢玉洁吃相斯文，她不吃“烧老鸭”和“四喜丸子”，却对一盘名叫“金银丝”的素菜颇有兴趣。其实这盘菜就是将绿豆芽和黄豆芽合炒，取名“金银丝”罢了。

只有罗九沉着面孔独自站在伙房的门口儿，不怀好意的样子。

喝汤的时候，卢振天满脸兴奋的表情。他招唤罗九把虞金诚从伙房里叫来，说是有话要问。一声招唤，虞金诚解下围裙拿在手里，气喘吁吁来到了小餐室。卢玉洁抬头看了看这位家厨，腾地红了脸。

卢振天看了看满面绯红的妹妹，感到有些莫名其妙，然后指着满桌子的碟子碗儿说，虞金诚你的手艺真不错啊。虞金诚不卑不亢说，承蒙夸奖。

我有一件事儿不明白，今儿当众问一问你。我听说从前你在南开学校念书，你这位公子哥儿什么时候学会了烹饪手艺啊？

虞金诚表情有几分茫然，说卢大少爷对我的履历很感兴趣啊。这时候罗九尖刻地说，卢大少爷问你嘛你就回答嘛，哪儿来这么多废话。虞金诚看了看罗九，又苦笑了。罗大管家，既然我说的都是废话那还是闭口不语为好。

罗九慌了，说你赶紧回答卢大少爷的问话吧。

虞金诚转向卢振天说，我在南开念书的时候，经常自愿到学校伙房里帮厨，厨师老广是中餐西餐的多面手，他教给我几手烧菜的本领。我就这样学会了烹饪。

噢，原来如此。卢振天得意地笑了。你说的那位厨师老广，我愿意出大价钱请他到卢家大院来给我当家厨，一会儿就派罗大管家去南开学校找他。

虞金诚再次苦笑了。卢大少爷，那位老广是不会到卢家大院给您当家厨的。他早年在保定讲武学堂毕业，然后去日本早稻田大学留学。世事沧桑看破红尘，出家五年之后还俗，他后来在南开学校的伙房里当厨师，其实是归隐。

归隐，是烟瘾还是酒瘾？卢振天大大咧咧问着，又喝了一口汤。

哥！你不要说了，这驴唇不对马嘴的，多丢人啊。卢玉洁感到颜面尽失，呼地站起身快步走出小餐室。

走出小餐室门口，卢玉洁停住脚步反身大声说，虞金诚真是对不起，请你不要跟我哥哥一般见识。

卢振天一时不知错在哪里，扭脸看着罗九。罗大管家，无论烟瘾还是酒瘾，我妹妹急赤白脸的到底是怎么一回事儿啊？

罗九很油滑，嘿嘿笑着说，大小姐是您的亲妹妹，她这是跟您使性子呢。

卢振天对罗九的回答很不满意，转而询问虞金诚。你告诉我，我妹妹为什么说着说着就跟我急啦？

虞金诚一身书生气说，大小姐的意思是说，南开学校的厨师老广不是烟瘾也不是酒瘾，那是仕途之后的归隐。大隐隐于市啊。

好啦好啦，卢振天嘴里叼着牙签说，什么龟瘾蛇瘾的，我看你这个家厨不错，赶明儿你把跟南开老广学的绝活儿亮几手给我看看。我这人吃东西口重，到时候你多放一勺儿盐就行啊。

卢振天说着，起身大步离开了小餐室。罗九追了出去，一串儿小步跟随着说，卢大少爷卢大少爷，军粮城的小圣姑总算答应给您算命啦，就是还没有准日子。

卢振天站在院子里沉着面孔说，这小圣姑的架子也太大啦，答应当给我算命又没有一个准日子，这不是吊着我嘛！

我的卢大少爷啊，小圣姑吐口儿给你算命，这已经求之不得啦。您知道每年请求算命的人无计其数，可她一年顶多看上十个二十个的。卢大少爷您能排上一号，这已经是难上加难啊。

罗九，那你说我到底什么时候能够让小圣姑给我算命呢？卢振天不耐烦地问道。

如今已经夏至了。我估摸着只能等到秋凉儿了。您知道小圣姑她不爱财，我上次去给她送礼，人家根本不受。

这天底下还有不爱财的人？接着给她送银元！卢振天说罢，哈哈大笑起来。

这时候，小臭儿跑来报告说，大少爷，媒婆子来啦！

哪个媒婆子？卢振天不解地问道。小臭儿说，就是住在北门里的果婆子。

北门里的果婆子？卢振天寻思着说，果婆子她跑来有嘛事啊？

罗九终于笑呵呵凑上前来。卢大少爷，这果婆子八成是给您提亲来啦。

卢振天恼了。他虽然好色，但不急着娶亲。因此他大声抱怨说，果婆子给我提哪门子亲啊！我卢振天不缺心眼儿，咱还想一个人儿自由自在多玩几年呢。

果婆子的到来，显然是罗九安排的。卢大少爷的拒绝令这位大管家毫无办法。他嘿嘿笑着，劝说着卢振天。

行啦行啦，你也不要让果婆子白跑一趟，给她车钱，请她回吧。卢振天说着拂袖而去。

当天的晚餐，是天津卫传统的“八大碗”，一桌子都是解馋的菜肴。卢振天张开大嘴吃得很是欢畅。上汤的时候虞金诚突然说，其实这都是老冯的手艺。卢振天听罢，颇为欣赏地瞥了老冯一眼。老冯一时激动得不知如何是好。

刷锅洗碗的时候，老冯小声对虞金诚说，虞先生，多谢您的大恩大德啊。

从此，老冯私下称虞金诚为“虞先生”。一个厨子称另一个厨子为先生，天津卫少有。

23 军粮城

话说天津卫东郊的军粮城，那历史不短了。宋时，天津的海河是宋辽对峙的界河，两边都驻扎着军队，但弱宋就是打不过人家强大的契丹人，就这么耗着。到了明朝永乐初年筑城建卫，天津更是军事单位，属于军民共建的性质。然而无论宋朝明朝，这军粮城都是存放军粮的重地，因此小有名声。天津军粮城自清朝以来，官方组织屯垦，规划洼地开荒，之后广植水稻，被人们称为“排地”。这地方其实也出产稻米，但没有“小站稻”那么出名。

天津卫这地界，九河下梢七十二沽，河汊纵横，地势低洼。举凡坐落在大洼里的村落，地势较高而大多被称为“台儿”。王台儿、杨台儿、侯台儿、陈台儿、蔡台儿，不一而足。最为著名的当然庚子事变清军将领聂士成殉难的“八里台儿”。天津东郊军粮城附近有“刘台儿”村，就属于开洼里的一座台子，算命大师小圣姑就住在刘台儿村北的一座青砖大瓦房里。口碑很好。

小圣姑并不小，一位六十多岁的妇女了。她算命很准，几乎百发百中，因此远近闻名。据说她当年患有癔症，根本没有什么法力。突然有一天她仰面朝天跌倒路旁，翻白眼儿吐白沫，浑身一个劲儿颤抖，酷似抽羊角风。可醒来之后，她居然得道了。她指着邻家一个八岁男孩儿说这是太上老君身旁跑出来的童子啊，假若不烧上几道黄符恐怕不会久留人间，果然没几天那男孩儿便走了。之后，她一连预言了几桩生老病死的大事，无不应验。一时间，方圆百里小圣姑名声大振，说是顶了“大仙”随即成为前知五百年后知五百年的人间圣姑。

罗九找到小圣姑请她给卢振天算命，人家就一口答应了。可为什么罗九说得如此云苫雾罩呢？那是他在卢振天面前卖关子而已。从古到今，凡在大宅院里当管家的人，为人处世无不八面玲珑，练就一身油打滑蹭的真功夫，否则饭碗难保。罗九这位大管家，内心深谙天津卫的人情事理，见人下菜碟儿，见风使舵把子，活脱脱一个天津卫的“鬼难拿”。为了从中赚取钱财，罗九早早就跟小圣姑预定了算命的日子，但他谎报军情，高高吊起卢振天的胃口，弄得这位卢大少爷心急气躁。这样一来，主子就被奴才操纵了。

事已至此，罗九从从容容在柜上支了一张银票，说是卢大少爷急着请小圣姑算命，他要去打点打点。其实罗九根本没去军粮城，转身去了南市青楼巷的窑子里，找到当年相好小桂红，泡了两天。第三天掏空了身子的罗九一副风尘仆仆的模样，大汗淋淋回到卢家大院，报告说小圣姑见了钱票终于答应三天之内给卢大少爷看相算命。

卢振天不由大喜。这位为人处世浑不懔的卢大少爷为什么急着让小圣姑给自己看相算命呢？道理十分简单——自从挥刀断指夺得商行，其实卢振天心里并不踏实，他涉足商海，自知经验不足阅历有限，急于得到高人指点津梁，告诉他下一步棋究竟是跳马还是出车。

第三天一大早儿，罗九套了一辆马拉轿车，陪着卢振天前往军粮城的刘台儿村。从天津往东去，要说乘船也行。然而罗九故弄玄虚，说前去拜谒小圣姑要沾土而避水。于是一辆马拉轿车就这样离开天津老城里，一路奔东去了。

春深夏浅的季节，天气往热里转了。卢振天穿了一件春绸大褂，鸭蛋青的颜色。粗鲁汉子若往细致上打扮，也会有几分斯文效果。不过这种季节穿春绸大褂，好像早了点儿。当初他从杨柳青乘船下卫前来争夺正昌商行，大春天里还穿着蓝缎棉袍呢。这就叫一二三四五六七，卢大少爷乱穿衣。

一路上，这位卢大少爷坐在轿车里闲着没事儿，光剩下抽烟卷儿了。他抽烟与众不同，不朝肺里吸。那烟儿在嗓子眼儿一打转儿，就吐出来了。因此罗九暗暗认为，卢大少爷抽烟那才叫花钱糟践东西呢。

到了。罗九为了对小圣姑表示敬意，请卢振天在村口下车，两人徒步走到小圣姑门前。一位四十多岁的妇女迎了出来，自称是小圣姑的女儿，说了声“屋里请”就拎着白瓷壶沏茶去了。卢振天天生不怯场，他环视着这座鹤立鸡群的青砖大瓦房，说了一句敢情算命也能发财啊。罗九立即小声制止。这时候，从屋里传出一个女人声音，清脆而响亮。我说，卢家大少爷请进来吧，老身我敬候多时啦。

卢振天二二乎乎地朝着罗九笑了笑说，老身？我听着怎么跟戏台上的老旦一样啊。

罗九赔着笑脸说，我的卢大少爷，这都什么时候啦您少说几句行吗？

卢振天并不在乎，伸手撩开门帘儿，大摇大摆正要走进屋去。这时候他看见竹帘子上落着一只大青蝈蝈，就顺势捏在手里。

罗九跟在后面大声说，这一路行走到了军粮城，我家卢大少爷给小圣姑请安来啦。

24 小圣姑算命

小圣姑端坐在一条大炕上，面皮鲜嫩，发若青丝，根本不像六十岁的人。卢振天走到她老人家面前，大大咧咧朝着这位算命大师躬了躬身子，权作行礼。罗九立即拉过一只凳子，请自己主子落座。

小圣姑的女儿拎着一只白瓷茶壶走进来，挨个儿给客人斟了茶水，站到一旁去了。小圣姑眨着明亮的眼睛注视着卢振天，不说话。卢振天也注视着小圣姑，更不说话。局面就这么僵着，好像坐了一屋子哑巴。

罗九终于嘿嘿笑了，起身要打破这僵局。小圣姑指着罗九说，你闭嘴别说话。

罗九立即闭嘴，变成一尊泥胎。卢振天看了看闭口不语的罗九，又看了看桌子上的茶壶，不由暗暗笑了。这时候盘腿坐在炕上的小圣姑终于张了嘴。

这位卢大少爷，您一路风尘仆仆跑到刘台儿村，打算求什么啊？

看见小圣姑开了金口，卢振天心里高兴，笑了。小圣姑啊，我在你门帘子上逮了一只蝈蝈，送给您就算是见面礼吧。

小圣姑大惊失色，从炕上出溜下来大声说，卢大少爷你带着响动就进来了，贵人啊。

我带着响动就进来啦？卢大少爷一头雾水，东瞅西瞧寻找着小圣姑所说的“响动”。

小圣姑说，卢大少爷你不要东寻西找了，你手里的蝈蝈不就是响动吗？一进门就带着响动，我看你这辈子一定是风风光光热热闹闹。卢振天听罢，一扬胳膊释放了捏在手里的那只大青蝈蝈。大青蝈蝈扑愣扑愣飞着然后落在窗户上，果然吱吱啦啦叫了起来。

卢大少爷你说吧，您大老远的跑到这儿来到底是求什么？

嘿嘿，反正我跑到这儿不是来求蝈蝈的。

小圣姑立即赞扬说，好！拿得起，放得下，这才是真正的男子汉。

卢振天不以为然地笑了，拿得起放得下？那不就是一只蝈蝈嘛！小圣姑我看您就别往天上捧我啦，到时候掉到地下还不把我屁股摔成八瓣儿！

罗九沉不住气了。我说卢大少爷，人家小圣姑问您一趟来这儿到底想求什么，您快说吧。

噢。我这一趟到这儿来，有两求，一是想求一求我妹妹的婚姻，二是想求一求我自己的前程。小圣姑请您给算一算吧，我必有重谢。

小圣姑突然笑了，满脸慈祥表情。一求你妹妹的婚姻，二求你自己的前程。好吧，天不早了，那就先摆上桌子吃饭吧。

吃饭，吃饭干嘛？您这儿又不是饭馆。您要是想吃饭，我在天津卫聚合成请您，燕窝儿鱼翅，满汉全席。卢振天拍着胸脯说。

满汉全席我可消受不起。卢大少爷，无论如何你也要我这里吃一顿饭。吃完饭，无论你妹妹的婚姻还是你的前程，我都会一样儿一样儿告诉你。

卢振天听不明白，就扭脸看着罗九。这时小圣姑的女儿走前来解释说，卢大少爷，别人算命，有看手相的有看面相的还有看骨相的，我们这儿算命，光看吃相。你要是不在这儿吃饭，我们怎么看您的吃相啊？这饭，您还是要在这里吃的。不过您放心，我们是粗茶淡饭从来不收客人饭钱的。

这倒是一件新鲜事儿。不看手相不看面相也不看骨相，看吃相！好吧，这一路折腾我还真饿了，那就摆桌子上菜吧。卢振天乐乐呵呵说。

说话之间走进来两个半大小子，变戏法儿似的搬来一张硬木圆桌，摆在屋子当央。一眨眼的工夫，一盘醋熘土豆丝一盘葱花炒鸡子儿就端上来了。紧跟着是主食，玉米面饼子和白面卷子，稀食是小米粥。

小圣姑盘腿坐在炕上，手里拿着一个大烟袋，吧嗒吧嗒抽了起来。

卢振天与罗九，一时不知道怎么下筷子。

吃吧吃吧，还愣着干嘛。小圣姑催促着客人，张开嘴巴吐出一口浓烟。

吃就吃。卢振天撩起春绸大褂儿，毛腰拉过一只凳子一屁股坐在桌前，抄起筷子夹了一口葱花炒鸡子儿，嚼了嚼说，哎呀我口重，这菜不够咸，赶紧给我切一碟子咸菜端上来，没有八宝小菜儿疙瘩头也行，别忘了淋上香油。卢振天说罢拿起一只玉米饼子，咧开大嘴吃了起来。

小圣姑目不转睛注视着卢振天说，吃吧吃吧，这玉米饼子是新粮食做的。

卢振天伸出筷子又夹了一簇土豆丝儿说，小圣姑我吃这一顿饭您要是看不出子丑寅卯，那我就住下来，吃上它十顿八顿的请您老人家看个明白。

罗九小心翼翼喝了一碗小米粥，一时看不透小圣姑的葫芦里卖的什么药，于是表情显出几分紧张。

这一顿饭，宽肠大肚的卢振天总共吃了两个玉米面饼子，三个白面卷子，喝了四碗小米粥。当他喝第二碗小米粥的时候，已经彻底忘记了这是算命。他的心思完全集中在这一顿有滋有味的农家饭上了。你家的醋熘土豆丝儿炒得不错，可惜用的不是白醋。卢振天吃得肚子滚圆，打着饱嗝大声说。

两个半大小子走进来，风卷残云似的收拾着桌子。又是一眨眼的工夫，那杯盘狼藉的局面不见了，桌面上换成了一盘黑瓜子，一盘杏脯，一盘金丝小枣，一盘冰糖，还有一壶热茶。卢振天乐了，小声说我怎么觉着这跟陈士和的评书《聊斋》似的，说变就变了。

罗九小声说，卢大少爷您就少说两句吧。

那只趴在窗户上的大青蝈蝈，又吱吱呀呀叫唤起来了。小圣姑突然颇为感慨地叹了一口气说，一个人还不如一只蝈蝈啊。

人不如蝈蝈？嘿嘿。卢振天平时很有几分不信鬼神的气魄，此时面对小圣姑，他还是很收敛的。小圣姑啊，我吃也吃了，喝也喝了，您老人家就给我说说吧。

小圣姑表情严肃起来。好吧，我看你是一个爽快汉子，送给你几句真言吧。你妹妹的婚配，请你记住我的四句话，天下第一家，处处都用他，谁都说他小，四月里开白花。

我的天啊，您这是什么意思？卢振天听得如堕五里迷雾，瞪大眼睛看着小圣姑。

小圣姑说，卢大少爷，我说的这四句话你记住就是了。到了你妹妹嫁人的时候，你就明白了。

卢振天转脸对罗九说，我一脑袋糨子，罗大管家你可得帮我记着这四句话啊。

罗九立即点头说，您放心吧，我就是忘了自己姓嘛，也忘不了您这四句话。

小圣姑又说，你记住四月里开白花就是了。

这就是我妹妹的婚姻啊？好吧好吧，那您看一看我的前程。卢振天转而问到自己的前途远景，表情认真起来。

你的前程，不错。不过有几件事情我还是要嘱咐你的。一呢你的前程只有等到你妹妹出嫁之后，才会水落石出的。二呢你凡事用力太猛，尤其要远离一个“火”字。你命里这三把火，好生了得啊。

远离一个“火”字？小圣姑您跟我详细说说，这一个“火”字究竟都包括什么东西，火爆脾气算吗？

火爆脾气不算。我说的这个“火”，既属于阴阳五行之火，也包括日常起居的意思。你当心就是啦。

您说我命里有三把火，请您告诉我这是三把什么火呢？

小圣姑板着面孔说，卢大少爷你问得太多啦，好啦，送客吧！

卢振天不高兴了，小声嘟囔着。小圣姑您老人家怎么是急性子呢？我有事儿还没问，您就轰我们走啊！

卢大少爷，该说的我都说了，你走吧。小圣姑挥了挥手，生气了。

卢振天并不停止询问，小圣姑您告诉我吧我命里那三把火都是什么火呀？我既然大老远的跑来求您，您就应当多嘱咐我几句啊。

小圣姑盘腿坐在炕前，闭目养神了。

罗九伸手扯了扯卢振天的袖口，小声说大少爷咱们走吧。卢振天撩了撩春绸大褂然后站起身来，怏怏走出小圣姑的房间。

罗九朝着闭目养神的小圣姑深深鞠了一躬，说了声谢谢，然后将一张大钞票放在桌上，转身追随卢振天去了。

走出小圣姑的院子，卢振天内心大为不满，认为这位算命大师不肯指点出路。罗九告诉卢振天，小圣姑玄机多多，只是不能一语道破天机罢了。

卢振天听罢，心情渐渐释然。他坐在马拉轿车里，打道回府。一路行走，经过一大片玉米地。早玉米已经成熟，等待采摘。卢振天自幼在杨柳青长大，也算是农村娃娃。他看见成熟的玉米一时兴趣大起，说是要吃“烧棒子”，纵身跳下马车，冲进那片玉米地。

罗九看见卢振天跳下马车，大惊失色。他随即下车紧紧追赶。一眨眼卢大少爷就跑进了玉米地深处，没了踪影。

一会儿，卢振天怀里抱着十几根鲜嫩的玉米，兴冲冲地走出青纱帐。罗九迎上前去大声说，卢大少爷，这可是人家的玉米地，咱们不能乱采乱摘啊。卢振天一副天不怕地不怕的表情说，无论谁的玉米地，咱们给他钱就是啦。说着，卢振天呼啦一声放下怀里抱着的玉米，开始四处搜寻“烧棒子”的柴火。

罗九帮着卢振天捡来一堆柴禾。卢振天从身上摸出一盒洋火，递给罗九，说了声烧吧。罗九点燃柴火。卢振天撩起春绸大褂蹲在地上，将一根根鲜嫩的棒子架在火上，笑了。

“烧棒子”的香味，渐渐散开出来，引诱着人们的食欲。卢振天从火里拿起一根烧熟的玉米，张开大嘴就啃。

这时候，罗九闻到一股焦糊的味道，随之一声尖叫。卢振天被罗九的尖叫吓了一跳，立即站了起来。他猛然发现自己春绸大褂的下摆，已经烧着了。

罗九扑上前来，拍打着灭火。

卢振天却哈哈大笑起来。他妈的，小圣姑真灵验，她说让我避火，我这不是被烧了吗？

罗九看着被烧掉下摆的春绸大褂说，是啊是啊，小圣姑就是灵验。我说卢大少您要一定要避火！

卢振天手里拿着一根烫手的“烧棒子”，继续啃着。

一个看场汉子手里拎着一根棍子从远处跑来，大声嚷嚷着。你们胆子太大啦，大白天就敢进人家的玉米地！

卢振天啃着烧棒子扭脸问罗九，这人谁呀？

罗九注视着愈走愈近的汉子说，我们给你钱，不就是几个棒子嘛。我们不找你赔大褂儿就不错了。

25 火神爷诞辰

春天过去，天气骤然热了。马路上卖“雪花落”的多了起来，一个人站在大木筲前面，双手不停地摇晃着一只浸泡在盐水里的铁芯桶，大声吆喝着：“冰凉，败火！冰凉，败火！”

这是天津卫夏令时节的主流冷饮。天津卫这地方，春季往往缩水，很短的，一晃就热了。天津人的习俗，笑冬不笑夏。你冬天穿得不体面，那必然是有人笑话的。一到夏天，你穿得多么寒碜也没人笑话你。当然赤身裸体就不行了。天津人管夏天叫热天。热天最为常见的饭食是捞面，麻酱花椒卤，黄瓜丝绿豆芽的菜码儿，再弄上一头大蒜，吃起来凉森森地开胃，那爽劲儿远远胜过四川凉面。

华历六月初六那天，依照津门习俗，饮豆汤，食面。居家过日子的俗人们，这一天都要晾晒衣服，寺庙里的和尚们则曝晒经书。这一天，卢家大院照例煮了一锅绿豆汤，午餐捞面。六月初六这一顿麻酱花椒卤捞面，卢家大院的人们吃得胃口大开。只有卢振天坐在桌前不动筷子，仿佛“把斋”了。

卢玉洁惦记着哥哥，专门关照伙房给卢振天改善伙食。这可愁坏了厨师老冯。尽管如今虞金诚主灶，可名义上老冯毕竟还是卢家伙房的大师傅。他跟虞金诚商量了几次，想方设法改变食谱，卢振天仍然茶不思饭不想，既省水又省粮食。

一连好多天过去了，卢振天都不愿意吃东西，心里总想着小圣姑说的那三把火。卢玉洁终于忍耐不住了，私下里派罗九去亚洲大药房请来了坐堂先生王介臣。这王介臣是丰润县官宦人家的后代，自修医道终于成为一代名医。王介臣的后世传人王云翩，也是后来的天津名医。

王介臣这位大名医很是古怪，虽然已经进入胶皮车时代，他出门仍然骑驴。此公行走在天津卫的大街上，远看以为是张果老来了。

罗九去亚洲大药房请王介臣，知道人家老先生素常很少出诊。为了表示恭敬之意罗九亲手为老郎中牵驴。亚洲大药房在南市。白胡子老汉王介臣骑大青驴从南往北一路走来。

没到南门脸儿，就看见城里一股股浓烟升腾而起，说是一家店铺失火，救火队正在扑火。断了交通，罗九堵心，只得牵着大青驴站在南门外等候着。

南门这地方很有几分故事。当年八国联军攻城，汉奸李三从北京赶回天津，告密说南门迤西临近大水沟的地方，那城墙有一道裂纹，一炸就开。于是日本敢死队就在李三指认的地方炸开了城墙，长驱直入攻陷全城。此时罗九站立的这地方正是当年南门瓮城，通往南关老街的地方。

王介臣大汗淋漓，骑在驴背上大发感慨地说，城门失火，殃及池鱼。这火可不是闹着玩儿的啊。

火？罗九听罢，牵着大青驴寻思着。这时候他想起了军粮城的小圣姑，灵机一动说，王老啊，我看甭等了，咱们躲着这把大火往东边绕道儿走吧。王介臣颔首微笑。于是罗九牵着大青驴沿着南马路往东走去。南马路上有一间小布铺。罗九从小布铺门前走过，无意之间看见胖姐儿正在里面挑选布料。大管家罗九顿时心里起了疑惑。这胖姐儿是伺候主子的小丫环，她上街一定是给卢玉洁买东西。可依照卢大小姐的身份即使添置针头线脑的也应当去估衣街上的瑞蚨祥绸缎庄啊。这种小布铺里的上等布料也是不值钱的府绸。这真是怪事儿。

一路行走一路寻思着，罗九将这件事情牢牢记在心里。牵着大青驴走进大费家胡同，远远看见小臭儿等候在大门外，罗九知道卢振天不耐烦了。他扶着王介臣下了驴，一串儿小跑前面引路，引着老郎中走进了卢家大院。

罗九请王介臣走进客厅落座，转身跑向卢振天的住室。卢振天虽然肠胃不开，却没有忘记玻璃缸里的小龟子。他手里拿着一根牙签儿，正慈祥地给那两只绿毛龟子喂食呢。

卢大少爷，我把王介臣老先生给您请来啦。罗九毕恭毕敬地说。卢振天瞥了瞥罗九说，这都几点啦我还以为你顺着海河漂到塘沽去啦。罗九立即解释说，我牵着大青驴走到南门脸儿没承想遇到火烧店铺，这一绕道儿就耽误了工夫。

着火啦？这可是不花钱看景致啊，一共烧了几间店铺啊？卢振天说着起身离开玻璃缸，脸上挂着几分幸灾乐祸的表情。

火烧独门儿。罗九回答着，陪着卢振天走出屋门，沿着游廊朝着客厅走去。

走进卢家大院的客厅，卢振天朝着王介臣老先生拱了拱手，道了辛苦。王介臣注视着卢振天的脸色，不言不语将脉枕摆在红木桌上。卢振天坐在桌前，伸直胳膊亮出手腕子，等待老郎中把脉。王介臣并不急于把脉，一语不发环视着客厅，然后扭头看了看窗户说，你这宅院也要当心火灾啊。

卢振天颇感意外，看了看罗九说，我让你请来的看病的郎中啊怎么给我看起风水啦？

王介臣看了卢振天伤残的左手说，卢大少爷我只是随便一说，你呢你随随一听，千万不要往心里去就是了。

王介臣并不多言，把脉。看舌苔。老郎中挥笔给卢振天开了药方子，然后做出起身告辞的样子。卢振天急了，说老先生我到底什么毛病啊？王介臣嘴里吐出两个字儿：上火。

上火？卢振天寻思着，一时不知说什么。

你派人到药铺抓上七副汤药，泻一泻就好啦。说着王介臣起身，径直走出客厅。罗九慌了，快步追了出去。王老先生，我们好不容易把您请来，您怎么茶没喝一口就走啊？

老郎中并不停步，沿着游廊向着大门口走去。罗大管家你赶紧派人去抓药吧。这七副汤药泻了你家卢大少爷的火，就好啦。王介臣脚步很快，说着走出卢家大院。

罗九是在卢家大院的大门外拉住那头大青驴的，他从袖口里掏出一张钞票递给老郎中。王介臣果然是大名医，接过钞票看也不看就掖进怀里，抬头指着卢家大院的门楼说，这座宅院缺水啊，那客厅就跟拔火罐似的，我屁股根本坐不住。

王介臣说罢骑着大青驴，扬长而去了。罗九看着老郎中远去的背影，心里犯了寻思。这时候胖姐儿扭儿扭儿回来了，只见她胳肢窝里夹着一卷子青洋布，沿着胡同墙根儿溜了过来。罗九故意转过身去。胖姐儿趁机快步跑进了卢家大院。

罗九扭脸看着跑进大院里的胖姐儿的背影，满脸狐疑。这时候卢玉洁跑出大门，连声问王老先生怎么走啦。罗九解释说王介臣有急事，走了。卢玉洁说，我就想问一问王老先生我哥哥肠胃不开到底是什么毛病。罗九笑着说王介臣给开了七副汤药，喝了就好啦。卢玉洁似乎并不相信，朝着王介臣远去的方向张望。罗九这时突然说，大小姐你放心吧胖姐儿她已经回来啦。卢玉洁听了这话，一愣，不言不语转身走进了卢家大院。

罗九回到客厅里，卢振天坐在太师椅上，优哉游哉喝着香茶。罗九从桌上拿起药方子，眯缝着眼情看了起来。罗九，你追到大门外边，王介臣他又说什么啦？卢振天漫不经心问道。

王介臣说喝了这七副汤药就好啦。俗话说，有钱难买六月泻。

卢振天点了点头说，好啊，只要我没得“噎隔”就行。我听说恒久商行的老掌柜得了“噎隔”，不到仨月就格尔屁啦。

卢大少爷您真会说笑话，您怎么会得“噎隔”呢？就是我得了“噎隔”您也不会得啊。罗九说着，拿起药方子说去药铺抓药。厨师老冯站在客厅门外，叫了一声大少爷。大小姐差我来问一问大少爷，这晌午饭您想吃点儿嘛呀？

卢振天站起身来问，今儿晌午原打算吃嘛呀？

老冯回答说捞面。罗九手里拿着药方子说，怎么又是捞面呀？老冯这几天你掉到面条儿地里啦！

回禀罗大管家，今儿全天津卫家家户户都吃捞面。今儿是六月二十一，六月二十一是火神爷的生日。

卢振天乐了。怪不得今儿南门脸儿的店铺着火呢，敢情今儿是祝融的生日！小圣姑说的三把火原来在这儿等我呢。好啦好啦，那就捞面吧捞面吧。

老冯一看大少爷有了胃口，乐了，转身给伙房送信儿去了，连声说捞面捞面。

罗九拿着药方子走出卢家大院，前往天年药铺抓药。这天年药铺是百年老字号，坐落在北门内大街。

敢情今儿是火神爷的生日，一把火两把火三把火，怪不得天津卫处处都是火呢。罗九心里这样念叨着，走进了天年药铺。

26 七尺裤子八尺袄

天气大热起来。然而比天气更热的是卢玉洁的一颗心。当年她在杨柳青念书虽然中途辍学，但没有停止看书。她看的书，范围很广，甚至还有《说岳全传》什么的，相比之下，她还是最爱西洋文学，尤其是林琴南翻译的外国小说，人称“林译小说”。随着这种阅读的深入，卢玉洁渐渐懂了很多道理，她懂得了世界很大，大得无边无际，同时也懂得了世界很小，小得比针孔还要小。她性格内向含蓄，持久的阅读使她变得悲天悯人容易感伤，秋风里有时候看到几片落叶便偷偷落泪，为树木动情。

卢玉洁往往容易走进幻想的世界里，那世界大得很，充满温情，一任自己流连不返。这时候她暗暗滋生了爱的渴求，期待着有朝一日能够做一个男人的妻子，得到属于自己的情感生活。譬如话剧《春风又绿江南岸》里的三少爷。

正是虞金诚的出现，宛若一石投湖而激起片片涟漪。她知道，自己暗暗爱上了他。她当然不便表达，这真应了“爱在心里口难开”那句歌词。这时候胡蝶啊王人美啊袁美云啊的唱片，已经从上海卖到了天津。“爱在心里口难开”，已然成为青年男女的内心世界的真实写照。卢玉洁将一个“爱”字看得很重，因此显得心事重重。

胖姐儿人小鬼大，一双小眼睛滴溜溜转悠。她早就看出卢大小姐的心思，故意说天热了虞金诚没有几件儿换洗的衣裳，一条光棍多可怜啊。卢玉洁内心其实早有此意，只不过找不到适当的机会罢了。这时候她红着脸庞说，胖姐儿你去小布铺扯两丈青洋布，我给虞金诚做一身换洗的衣裳。胖姐儿很懂事体，郑重地点了点头说，大小姐这事儿可不能让外人知道。卢玉洁胸有成竹地说，你只要避开罗九就是了。于是，胖姐儿趁着罗九去南市请大夫那天，一早儿就溜出卢家大院，专门选南马路上的一家小布铺，挑来挑去买了两丈布料。然而，人算不如天算。胖姐儿哪里知道她的行动还是被罗九意外地发现了。

俗话说，七尺裤子八尺袄。这两丈青洋布给虞金诚做一身衣裳，足够了。余下五尺青洋布，卢玉洁打算给虞金诚做两双布袜子。胖姐儿笑了笑说哪有青布做袜子的，人家都是白布做袜子。卢玉洁小心翼翼说，青布就青布吧千万不要让我哥哥知道就行。

就这样，火神爷诞辰这天，胖姐儿从外面买来布料。卢玉洁悄悄动了水，她在闺房里将这两丈青洋布泡在一只木盆里，缩一缩水。第二天一大早儿，她不敢将这两丈布料晾出去，那样就露馅了。她和胖姐儿一起动手在自己闺房里拉了一根绳子，不了大半天工夫布料就晾干了。卢玉洁将这两丈青布叠了又叠，不知为什么她的心情突然激动起来。我今生今世除了给哥哥做过两件汗衫和四双袜子，这可是第一次给一位陌生男人做衣裳啊。这样想着，卢玉洁的心儿咚咚咚蹦到嗓子眼儿，额头全是汗水。

天黑了，卢玉洁走出闺房，前往哥哥卧室问安。她站在窗户外面小声说，哥，我听说今天罗大管家给你抓了七副汤药回来，你喝了吗？

卢振天很在意自己的妹妹，他披衣走出房间笑着说，玉洁你放心吧，那老大夫王介臣说我上火，没事儿。老妈子一会就给我熬药，我喝上几服药就好啦。

卢玉洁叮嘱哥哥夜里睡觉千万不要着凉，然后转身沿着游廊走了。这时候天色已经黑得很彻底了，她远远看到一个身影走进后院，似乎正在往绳子上晾衣裳。卢玉洁不由得停住脚步，一眼认出那身影就是虞金诚。

她内心已经完全熟悉了虞金诚的身影。这可能就是爱，无论虞金诚的举手投足还是他的言谈话语，卢玉洁一目了然。这时候她静静站在夜色里，忘情地注视着远处的虞金诚。是啊，他没有换洗的衣裳，身上穿的今儿晚上洗，明儿一大早儿必须穿上。卢玉洁眼窝儿一潮，几乎落泪。

远处的虞金诚只穿着一件裤衩儿，赤着上身。他将洗净的湿衣裳晾在绳上，转身朝着卢玉洁的方向看了一眼。夜色里他根本看不见她站在那里。卢玉洁还是慌了，转身就跑。一口气跑进了自己的闺房。她知道虞金诚学生出身，很讲卫生的。他每天晚上都要将这身衣裳洗得干干净净，晾在后院的绳上，第二天一大早儿就干了，穿在身上。胖姐儿端着一盆洗脸水走了进来，她看见卢玉洁气喘吁吁的样子，一愣。大小姐您满头大汗这到底是怎么啦？

卢玉洁勉强地朝着胖姐儿笑了笑，说没事儿。胖姐儿哪里肯信，轻轻放下水盆小声说，大小姐您一定有事情瞒着我，您告诉我吧我替您做主。

听了这话，卢玉洁扑哧一声笑了。你替我做主？我不知道谁替你做主呢！

胖姐儿也觉得自己说了大话，不好意思地笑了笑说，反正从今往后无论大小姐什么时候遇到难处，我都不会袖手旁观的。

胖姐儿你过来。卢玉洁招了招手，叫胖姐儿凑到近前，小声说了几句话。胖姐儿听罢立即拍手跳脚，说这不正是大好时机吗？我现在就去把虞金诚的衣裳偷来，您量好了尺寸我再悄悄挂到绳子上去，这就叫不言不语办大事儿！

卢玉洁欣慰地笑了，说胖姐儿真是忠臣。

胖姐儿走出大小姐的闺房趁着浓浓夜色溜进后院，她根本没有想到罗九潜在暗处监视着自己的一举一动。

两株香椿树之间拴着一条长绳儿，上面晾着一条裤子一件袄，皆是月白色的。胖姐儿个头不高，只得高高扬起双手从长绳儿上摘下这一裤一袄，潮乎乎地抱在怀里转身就跑。

罗九躲在藤萝架后面，喂饱了两只蚊子。他伸手搔着痒处注视着胖姐儿远去的背影说，原来大小姐让你买来两丈青洋布是为了给虞金诚做衣裳啊。好啊，这后头就应该有好戏看啦。

怀里抱着湿乎乎的衣裳，胖姐儿快步跑进卢玉洁的房间，满脸欢喜地说大小姐啊我得胜归来啦。看见胖姐儿抱回来的湿衣裳，卢玉洁腾地红了脸。她指着摆在房间角落里的铁熨斗说，胖姐儿你快去烧个热烙铁来，我得先把这衣裳烙干了再量尺寸。

好咧。胖姐儿笑着拎起铁熨斗，一扭身就朝屋外走去。卢玉洁低声说，胖姐儿你可一定要多加小心啊。

您就放心吧我的大小姐。胖姐儿一阵风跑走了。卢玉洁走到门口朝外面看了看，然后关严房门，转身快步走到桌前，摊开那一身月白色的湿衣裳。

虞金诚啊虞金诚，你一个读书人怎么沦落到这么一步田地啊。卢玉洁疼爱不已，眼含热泪说着。

胖姐儿拎着一只热熨斗脚步匆匆跑回来。卢玉洁立即问道，有人看见你烧烙铁吗？胖姐儿漫不经心地说，罗大管家问我天这么晚了还烧烙铁干嘛，我说大小姐熨斗衣裳，就给搪过去啦。

卢玉洁思忖着，从胖姐儿手里接过热熨斗。这么晚了罗九怎么还四处溜达啊？

罗九这人阴阳怪气的，前几天趁着没人他还伸手捏我屁股呢。胖姐儿气不忿地说着。

我们一定要小心提防罗九这个人。卢玉洁说着，动手熨衣服了。

当天夜里，卢玉洁按照虞金诚衣裳的尺寸，画了一个样子，然后手持剪刀给自己的心爱之人裁了一条青洋布裤子。她唯恐出现差错，很是小心。胖姐儿站在一旁夸赞大小姐心灵手巧，卢玉洁再次脸色绯红，不言不语裁剪着虞金诚的上衣。七尺裤子八尺袄，这句民间俗语果然不假，富余的五尺青洋布完全能够缝制两双袜子。

卢玉洁幸福地笑了。胖姐儿一旁打趣说，大小姐看您这高兴劲儿就跟抱了金娃娃似的！

唉。卢玉洁反而轻轻叹了一口气。

27 泻 药

却说天津的老城区，有东城贵、北城富、南城贫、西城贱之说。东城贵是因为当年这里官衙林立，官帽子很多。北城富是由于这里店铺林立，尤其以金店和首饰楼居多。南城贫当然是指这里居住着大量的平民百姓。西城贱则贱在这里本是拾破烂儿的棚铺区，实在是等而下之。天年药铺坐落在北门内大街上，这可是老城厢的好地方。

罗九是上午时分来到天年药铺给卢振天抓药的，当然他还有自己的目的，那就是他想配制壮阳补肾的药丸子，趁机询问一下价格。罗九的好色那是非常隐蔽的，完全达到了人不知鬼不觉的境地。他跟住在石桥胡同的张寡妇相好三年了，隔三差五就要睡一睡那娘儿们。张寡妇高乳圆臀，罗九最爱吃这种肥肉。另外他在河北关上还有一相好的二秋儿，长得又高又瘦，罗九将她搂在怀里仿佛抱了一捆晾干的柴火。这一肥一瘦仍然不能满足罗九的欲望，他还经常到妓院寻花问柳，跟窑姐儿们彻夜鬼混。如此巨大的付出，人到中年的罗九只得偷偷依赖“金枪不倒”药丸的大力支撑。

天年药铺的掌柜朱先生一身书生气质，表情沉静。这种人在生意场上是极其罕见的。商家往往唯利是图，只要有钱可赚那是无所顾忌的。这位朱先生与众不同，开业以来从不配制这样那样的春药。他信奉天然法则，认为男人之精力那是定数，床笫之欢总有精竭力尽之时。凡以药力焕发性欲者，皆有违天道。罗九不知朱先生的为人，以为凡是肉铺里就卖猪屁股，走进天年药铺为卢振天抓了七副汤药之后，开始询问“大力丸”的事情。

对不起，《金瓶梅》我倒是看过，但敝店从来不制售那种穷奢极侈的玩意儿。朱掌柜不卑不亢回答着，表情里含有几分轻蔑。

操，还他妈的假装正经。罗九碰了一鼻子灰，只好土头土脑拎着七副汤药回到了卢家大院。没有春药，他往往阳痿不举。没有春药，他到二秋儿家里去也就无所作为了。罗九心里憋着这股子邪火，却没有地方发泄。心里一下子阴暗起来。

他将目光紧紧盯在胖妞儿身上。关于这位胖妞儿，其实罗九心中早有所想，十七八岁，白白嫩嫩的真是一块好肉啊。可这小丫头是卢玉洁的使女，不是说玩就能玩的。罗九平日里处处留心胖妞儿的把柄，可惜抓不着。这一次他意外发现了胖妞儿外出购买布料，认为有了进攻这个小丫头的小辫子。然而，他还是有贼心无贼胆，这毕竟是在卢家大院。

抓回来这七副汤药，罗九将它交给老妈子。当晚，老妈子在水房里给卢大少爷煎制汤药，气味扑鼻。罗九来了。这位大管家不言不语转了一圈儿，走了。

煎好了汤药，老妈子将头例儿倒在一只海碗里，添了凉水开始煎制第二例儿汤药。这时候她看到罗九蹲在大院的黑灯影儿里，那样子就跟獾似的。

我的妈呀。老妈子心里一惊，继续埋头煎药。当她端着煎好的汤药送往卢振天的房间的时候，发现罗九的身影已经转移到藤萝架下，从獾形变成鬼影。

老妈子深知凡是大宅院里就是一潭浑水，而且浑不见底。于是她端着一碗药汤子径直从藤萝架前走过去，装出一派万事不知的样子。

罗九浑身上下抹了避蚊药，就这么蹲在黑灯影儿里，等待着胖妞儿的出现。

夜色降临了。胖妞儿快步跑来，伸手从绳子上摘走了虞金诚的衣裳。潜伏多时的罗九蹲在藤萝架下终于笑了，暗暗叫了一声好。过了半个时辰，罗九看到胖妞儿跑回来，将虞金诚的湿衣裳重新晾在绳子上。罗九心里说，果然不出我之所料。既然抓住了胖妞儿把柄，罗大管家心情大悦，他顶着夜色不声不响溜出卢家大院，往外面找女人去了。

话说卢振天喝下了汤药，凌晨三点钟便躺不住了，他提着裤子深一脚浅一脚往厕所跑。这位卢大少爷在厕所里蹲了足足半个钟头，还是站不起来。

他开始叫唤，说肠子都拉出来啦。老妈子跑到厕所门外，就是不敢进去，只好大声招呼罗大管家。山呼海唤了好一阵子，仍然不见罗九身影。

这一宿罗九睡在张寡妇家里，玩得挺美。第二天一早儿，折腾了一宿的罗九筋疲力尽地回到卢家大院。老妈子当头告诉他卢大少爷半夜跑肚拉稀的事儿。罗九听罢，一惊。

这二十多年他不声不响玩了三十多个女人，这一次也不能露馅啊。罗九立即奔向上房，站在卢振天的房间门外，候着。

卢振天拉了一宿，有气无力地躺在床上。上午十点多钟，这位卢大少爷终于哎哟啊呀地爬了起来，说是要去衙门口儿去状告杀人庸医。罗九站在门外搭话说，俗话说痼疾须用猛药，卢大少爷您可怨不着人家王介臣老先生啊。

这是猛药啊？这是他妈的穿肠毒药，这是他妈的刮腹钢刀！卢振天在屋里大声说着，罗九！你他妈的昨儿夜里跑到哪家窑子里去啦？我看你迟早得了杨梅大疮死在窑姐儿身上！

罗九撩起门帘，一步迈进卢振天的房间。大少爷您不要冤枉好人，您容我有下情上禀。

卢振天坐在床沿上说，你有屁快放！罗九笑了笑说，大少爷，昨儿夜里我在藤萝架下蹲了大半宿，后半夜实在太乏了，我就去河北关上的温泉浴池泡澡去了，一下子就睡到了大天亮。

卢振天看了看可怜巴巴的罗九，不解地问道，你昨儿夜里在藤萝架下蹲了大半宿？你逮蛐蛐呢！

罗九故弄玄虚地说，大少爷有一件事儿我必须告诉您，不过您可千万不能生气着急啊！

卢振天穿上绸裤绸褂说，你说吧总不至于八国联军又回来了吧？罗九凑上前去，小声说了起来。卢振天支棱着耳朵，认真听着罗九的讲述。罗九则添油加醋，从胖姐儿买布到卢玉洁裁剪衣裳，极尽渲染之能事描述着虞金诚与卢玉洁之间的所谓隐情。

什么！你说我妹妹跟虞金诚搞到一块儿去啦？卢振天说着霍地站起，指着罗九鼻子说，我妹妹是一黄花大闺女，你这是胡说八道！

罗九并不着急，指着自己的脑袋说，我要是有半句虚言，我老婆养活孩子没有屁眼儿！

卢振天不耐烦地挥了挥手说，好啦你就绝户一辈子吧。罗九，你现在就把胖姐儿给我叫来，我要亲自问一问她。

罗九立即献计说，卢大少爷您先不要着急。俗话说捉贼捉赃，您等到大小姐她把那身衣裳做成了虞金诚穿在身上的时候，就铁证如山啦。

卢振天思忖着，眉头拧成一个疙瘩。罗九等待着卢振天的吩咐。

卢振天突然伸手指着罗九说，我告诉你罗大管家，我妹妹将来还要嫁人呢，我不能坏了她的名声。这件事儿你要是胆敢走漏半点儿风声，我就把你骟了让你去当老公！

罗九愣了，一时不敢言语。他缓了一口气扑通一声跪在卢振天面前大声说，大少爷您还记得小圣姑那天是怎么跟您说的吗？火！火呀！您必须提防一个火字啊！

卢振天毕竟粗中有细，立即冷静下来说，罗九，你说一说这火字到底是怎么回事儿？

火就是伙！伙就是厨子！卢大少爷您还不明白，这火已经烧到大小姐的闺房里去啦。您怎么还不明白呀！罗九抖出一剂猛药儿。

火就是伙？伙就是厨子？卢振天终于听明白了。他沉吟着，目光倏地变得冷峻起来，直刺得这位大管家脸皮生疼。

卢振天反思着说，是啊，当初虞金诚说是想讨回正昌商行的老匾，我随口说让他到卢家大院当半年伙计。其实我是想当众羞辱羞辱他。没承想这小子真的来了。来了就来了吧，没承想这个绵里藏针的人物竟然迷上我妹妹。唉，我这是引狼入室啊。

不但是狼，还是一只色狼。罗九趁机火上浇油说，我估计大小姐她不出三天就会做好虞金诚的那身衣裳。

既然如此，我就更不能打草惊蛇啦。卢振天自言自语说。

罗九虚张声势说，万一虞金诚跟大小姐有了那种见不得人的事情，咱们可怎么办啊？

不会这么快吧？我妹妹可不是那种水性杨花的女子。

卢大少爷，您知道什么叫一见钟情吗？罗九阴险地笑了。

28 贴身儿的衣裳

小臭儿跑来禀报罗九，说大门口有一位女子求见，名叫玉姑。罗九坐在屋里正看《肉蒲团》，读到精彩之处不由浑身燥热，根本不愿意搭理小臭儿。小臭儿这孩子死心眼儿，就又如实禀报了一遍。

什么，玉姑在大门口要见虞金诚？罗九拉开连三桌子的抽屉，将《肉蒲团》收起来，转身注视着小臭儿，思忖着。

小臭儿，这事儿我知道啦。你该干嘛就干嘛去吧。罗九支走了小臭儿，站在桌前继续寻思着。

嗯，我不妨借这个机会试探一下虞金诚这小子，看看他究竟是不是那位坐怀不乱的柳下惠。

这样想着，罗九走出屋门来到后院伙房。伙房里，虞金诚手里捧着一册大书，正哇啦哇啦念着呢。虞金诚念书的气力很足，伙房里的锅碗瓢盆都跟着发出嗡嗡的回响。

罗九注视着虞金诚念书的背影，不由得心头一悚。他妈的，这小子八成就是卧薪尝胆的越王勾践。

不声不响站在虞金诚背后，罗九看到这小子念的是一本厚厚的洋文书籍，心里越发警惕起来。他伸手拍了拍的虞金诚的肩膀，说大门口儿有人找你。

虞金诚合起手里的《高等英文教程》扭头看了看罗九说，大门口儿有人找我，那我就不见了吧？

你还不知道是谁找你，怎么就敢说不见呢？罗九质问着。

您告诉我大门口儿究竟是谁不就结了嘛。虞金诚说。

玉——姑。罗九拖着长腔说出来访者的名字。

玉姑？不就是玉华春饭庄的女东家嘛。那我更不能见她了。她一定是来聘我去她饭庄里当大厨子。我在卢家大院当伙计，这半年期限还有三个多月呢，此时走不成啊。罗大管家您去告诉玉姑一声儿，说我正在伙房里忙活着呢，改日再见吧。

罗九困惑不解地注视着虞金诚，一时捉摸不透他的心思。这时虞金诚走到灶台前向罗九禀报说，今儿晌午饭是六菜一汤，六菜是四荤两素，一汤是金钩儿海米冬瓜汤。主食是小站稻米饭和白面千层饼。

罗九哪里有心思听取虞金诚报告菜谱，转身走出伙房，朝着大门口快步走去。他要看一看玉姑此行究竟有什么何目的，他还要听一听玉姑此行到底有什么说辞。

卢家大院的大门外，玉姑穿着绸质的黑衣黑裙站在门房里。罗九看见玉姑这种打扮，心里吃了一惊。天津卫这地方，下里巴人的丧事，孝服使用白色，然而颇有身份的家庭，黑色往往用于孝服。玉姑突然造访而且穿着黑衣黑裙，罗九一时就想起了丧事。

玉姑奶奶，您别来无恙啊？罗九迎上前去，大声说着。

玉姑笑了笑，不无挖苦地说，您是谁呀？您这么一说就好像我跟你有八百年交情似的。

罗九很能吃话，解释说，我是这卢家大院的管家罗九啊。玉姑奶奶您真是贵人多忘事啊。我知道您是来找虞金诚的，可实在对不起您呐，虞金诚说他不见您，此时他正在伙房里忙活着呢。

罗九，你不是跟我编瞎话吧？我大老远的跑一趟，虞金诚他不能不见我吧？玉姑满怀狐疑地说。

这事儿我犯不上跟您编瞎话，我看您还是回去吧。您就只当虞金诚蹲了半年监狱，再有三个多月就出去啦。

玉姑脸上挂着几分难以掩饰的失落表情。罗九，虞金诚流落卢家大院当伙计这是命中注定，你要是敢欺负他，可别怪我找一帮子人跟你耍光棍儿！

罗九立即拱手送客说，玉姑奶奶，您的名声远近皆知，我可不敢惹您生气。您走好吧我就不远送啦。送走了玉姑，罗九转身朝着卢振天的房间跑去。他上气儿不接下气儿跑到门口，扯着嗓子叫了一声大少爷。

屋里传出卢振天的声音。罗九啊，你这声儿我听着怎么就跟踩了鸡脖子似的？你快进来吧一会儿就没气儿啦。

撩开竹帘子罗九一闪身走进卢振天的房间。他抬头看见卢大少爷躺在木榻上，正在吟唱小曲儿，“中街夜如水啊，鼓楼月正圆，我从东浮桥上过，今宵醉无眠……”。

一口黏痰卡住嗓子眼儿，卢振天停止吟唱，起身噗地一口将黏痰吐在木榻前面的黄铜痰盂里，然后端起水碗，咕咚喝了一口，笑了。他妈的，我十几年没唱曲儿了，这嗓子不给使唤！

罗九知道不能坏了卢振天的兴致，就赔着笑脸站在一旁。卢振天意犹未尽，指着罗九问道，哎你知道那首《七十二沽》怎么唱啊，说七十二沽其实是七十二个姑娘，它怎么唱你还记得吗？罗九摇了摇头说，我起小儿在杨村长大，后来去了河西务。天津卫的小曲儿，我知道的不多。

卢振天显然没有遇到知音，挺扫兴的。他起身坐在木榻前，瞪着一双大眼珠子，发愣。

我说卢大少爷，我这儿有一件小事儿要跟您禀报禀报。

卢振天抬头看着罗九。嗯，你说吧我这儿正想听点儿新鲜事儿呢。

罗九说，卢大少爷，古语云，当断不断，必受其乱。我看这一回您可要拿大主意啦。

卢振天不耐烦了。我说罗九啊，你有话就说啊，我就腻味你这没说话先卖关子的臭毛病。行啦行啦，你有屁快放吧。

罗九这人城府极深，无论受到什么打击从不气馁。他缓了缓情绪，朝着卢振天笑了笑，突然表情紧张起来。我说卢大少爷，你知道刚才谁来了吗？玉姑来啦！

卢振天不以为然地说，操，玉姑来了也犯不上大惊小怪啊。

卢大少爷你有所不知啊。玉姑来探望虞金诚，按理说他应当出去见一见吧？可他偏偏不见，这就叫绝情断意啊。虞金诚他为什么对人家玉姑绝情断意呢？那一定是心里有了新人啦。这新人是谁呀，不就是卢大小姐嘛！

卢振天听罢愣了愣，然后点了点头。罗九你接着说吧，有几分道理。

罗九趁机进一步激起卢振天的火气，我说卢大少爷，人世间的男女之情，那是棒打不开的。过两天您看看吧，虞金诚一定会穿上大小姐亲手给他做的那一套贴身儿的衣裳！

卢振天啪地划着洋火，点燃一颗烟卷儿。罗九等待着卢振天说话，可这位卢大少爷偏偏不说话了，坐下抽烟。罗九一时摸不透卢振天的心思，没话可说了。

你走吧你走吧。卢振天抽了一颗烟卷儿，朝着这位罗大管家挥了挥手。罗九觉得挺没趣的，只得悻悻而去。罗大管家前脚刚走，卢振天就捂着屁股跑出门去，奔厕所泻肚去了。王介臣老先生的泻药，弄得卢振天差一点儿住在厕所里了。

第二天，卢振天专门去了一趟伙房。他看见虞金诚穿着一身月白色衣裳站在木墩前切菜，突然颇有感慨，就伸手拍了拍对方的肩膀。虞金诚啊，我说你真是一个人物。别人在南开学校念书，拿了文凭就算不错了。你不但拿了文凭，还学会了勤行的手艺，奇才啊奇才。

虞金诚停住手里的菜刀，抬头看着卢振天说，卢大少爷，这说明我天生就是当伙夫的材料，南开学校那算是白念了。

卢振天看了看虞金诚被汗水浸透的衣裳，转身走了。

又过了两天，黄昏时分卢振天从厕所出来，觉得自己瘦了。他远远看见后院里站着一个身穿黑衣黑裤的人，就走上前去。近了一看，这个身穿青洋布衣裤的男子，正是卢家大院的厨师虞金诚。好！是疖子就有出脓的时候。卢振天走到虞金诚面前，好像看到了西洋景。

虞金诚看着卢振天，心里很迷惑，不明白对方为什么这样儿。卢振天伸手摸了摸拍虞金诚的袖口说，虞金诚，你小子本事挺大哇。虞金诚表情茫然，注视着卢振天。

当天晚上，卢振天坐在客厅里喝茶，脸色铁青。罗九知道够了火候，于是火上浇油说，虞金诚已然穿上了大小姐给他做的贴身儿衣裳，如今应当是铁证如山了吧？

卢振天看了看自己伤残的左手，又狠又恨地说，大小姐不是给虞金诚做了一身青洋布的衣裳嘛，那就让这小子穿着这身黑色装裹去死吧。

罗九立即问道，大少爷您的意思是……

我引狼入室已经后悔不迭啦。我的意思是既来之，则安之，这种事情急不得恼不得，我们必须找到一个好机会，人不知鬼不觉就把事情办了，你明白吗罗九？

我明白！罗九大声回答。

当务之急，我必须把我妹妹嫁出去才是啊。卢振天思忖着。

29 洋教李

说起天津老城厢的石桥胡同，确有那么几户家境殷实的李姓人家。“瓷器李”啊“律师李”啊还有“茶园李”什么的，其中“洋教李”也很有几分名声。这“洋教李”什么意思？就是信奉洋教的李家。说起洋教李家的历史，当年可谓穷鬼一个。然而李家早在光绪初年就信了法国传教士的天主教，天津卫称为“教民”。成为教民当然就有洋人给你撑腰。撑腰归撑腰，人家洋教也有洋教的规矩，什么受洗啊祈祷啊礼拜啊，让你当一个顺民而已。教民有时候家里揭不开锅，教堂也不会袖手旁观，无论大人孩子保你饿不着肚皮。可教民要想发大财，那也绝非易事。人家洋人传教士大老远地跑到中国来，抛家舍业水土不服已经够辛苦了，你一个中国人信了洋教就想发财暴富，没那美事儿。

石桥胡同“洋教李家”的发迹，那是庚子年间的事情。庚子事变之前，义和团的乩语是：“神助拳，义和团，只因鬼子闹中原，天无雨，地焦干，全是教堂止住天。”义和团从山东涌进直隶，打出扶清灭洋的旗号，烧教堂打租界杀洋人，同时也杀了不少教民。按说教民皆是中国人，炎黄子孙可以不杀。可教民信奉洋教就是“二毛子”，义和团对待二毛子是照杀不误。庚子年家住天津老城厢石桥胡同的“洋教李”的当家人李金山就这样死在义和团的刀下。那时候义和团啊红灯照啊占领了天津城，半路上打死李金山这样一个教民，就跟捻死一只臭虫差不多。李金山的儿子李守基当年二十八岁，在一家英国洋行里当伯役。血气方刚的李守基眼巴巴看着亲爹给人打死了，自然不敢怒也不敢言。那时候的教民能够保住自己一条性命就烧高香了。

“老洋教李”李金山死了。年轻力壮的“小洋教李”李守基就这样藏在自家的水缸里，逃过了人生一劫。

八国联军攻破天津打进了北京，慈禧太后西狩，端王载漪和军机大臣刚毅获罪，义和团也成了祸国殃民的乱民拳匪。天津沦陷之后，八国联军成立了“都统衙门”，统治天津一年零八个月。就在庚子事变之后，人家八国联军可没闲着，立即向清廷提出索赔战争损失，即“庚子赔款”。于是各国在天津开设的洋行也纷纷行动起来，竞相开列“战争损失赔偿单”，趁机狮子大张口讹诈清廷。一时间，就连洋行里的清洁夫也成了“战争受害人”，放着“大头”不吃，那才叫不讹白不讹呢。

李守基天生是一棵小秧子，胆儿小，面对这种乱哄哄的局面只知道站在一旁看热闹。他媳妇可不是省油的灯，找人执笔，替李守基写了一份索赔战争损失的账单。李守基回家一看这内容庞大的“战争损失赔尝单”当场就吓尿了裤子，湿了家伙。

这份账单里声称，庚子之乱使得李守基损失巨大，包括出口德国猪鬃六百大包、出口日本麻油三百八十大桶以及进口英国轧花机八台。李守基吓得不敢动弹。他媳妇却理直气壮跑到英国洋行将这份账单递给了襄理。英国人看到中国人自己啃噬自己的肉，当然不会反对。就在八国联军都统衙门管辖津郡事务的第三个月，李守基竟然如数得到了“战争赔偿”。“洋教李”就这么一下子暴发了，一夜之间成为老城厢石桥胡同的首富。

发了国难财的李守基心虚胆怯，整天忧心忡忡的。既然发了国难财他便不敢久住华界。李守基在英租界的伦敦路买了一座带花园的小洋楼，携妻急匆匆搬走了。搬进英租界多年，李守基终于喜得贵子，这三代单传的宝贝儿子取名李文卿。李文卿还没出满月，妈妈便得了暴病嘎呗一声死了。这死讯传回华界老城厢的石桥胡同，人们私下议论说这是她谋取不义之财的报应。然而“现世报”还在后头——李文卿长到十岁，李守基发现这孩子患有先天癫痫症。先天就是“胎里带”，癫痫就是抽羊角风。

李守基心里明明白白，自己中年丧妻是报应，好好的日子摊上这么一个病儿子也是报应。于是他信奉天主教越发虔诚，暗暗发誓以自己的善行善举弥补从前犯下的罪错。同时，他还学了几句洋文并且将自己经营的公司更名为“天津华商首善有限公司”。

久而久之，迟暮之年的李守基先生成了英租里颇有名声的华人天主教徒。他满头白发身材清瘦，清心寡欲淡泊名利，最大的心思就是给儿子李文卿说合一门亲事，成家立业并且传宗接代。中国人即使信奉了洋教，仍然注重自家香火的传承。李守基深知三代单传的李文卿必须结婚，结婚之后必须添丁进口，否则，“洋教李”家可就绝了后人。

虽然学会放几句洋屁，李守基知道那只能用在生意场上。他为自己的儿子相亲，目光还是投向华界。中国人娶中国媳妇，生出孩子来就不会是杂种了。

住在西南城角黄家粪场的媒婆儿满大姑，大胖子。她是天津卫有名的说合儿高手。无论什么样儿的残男剩女，即使瘸驴配破磨，只要她一出马十有八九也成了。满大姑的口头语是，鱼配鱼，虾找虾，乌龟许王八，天底下没有不能成双配对的事情。

这一次，满大姑听说当年住在石桥胡同的“洋教李”家要说儿媳妇，竟然雇了一辆胶皮主动跑到英租界的伦敦路，当面向李守基请缨来了。面对这位天津华界闻名的大媒婆，李守基表情很是拘谨。

我说满大姑啊，如今民国了，国民呢还要讲究新生活。我信奉天主教。中国人说男大当婚女大当嫁。无论信不信孝，犬子今年二十有四，总是要结婚成家啊。既然您主动找上门来，我就拜托您啦。不过小儿自幼身体不好，您可要做到门当户对啊。

满大姑听罢李守基这一番话，拍着大腿哈哈大笑，浑身肥肉乱颤。李老先生啊，什么自幼身体不好，我看贵公子身体一点毛病也没有。这天津卫老城厢的大闺女，哪个胖哪个瘦哪个高哪个矮哪个黑哪个白，全都在我心里装着呢。李老先生您既然把这件事儿交给我办，您就擎好儿吧。

中国人在戏台底下掉眼泪，“天河配”啊“英台抗婚”什么的，往往是被古人感动了。古人呢都是死去的人，坐在底下看戏的都是活人。满大姑认为，活人们的婚姻跟戏台上梁山伯与祝英台那是大不一样的。说是男婚女嫁过日子，其实婚姻本身就是一笔大生意。无论男方还是女方，这一笔大生意必须做到有赚而不赔。否则人世间还要媒婆儿做什么？媒婆儿就是婚姻掮客而已。

婚姻掮客满大姑坐着胶皮返回华界，扭动着大胖身子进了家门。不出一个时辰，“洋教李”的当家人李守基要给儿子李文卿说媳妇的消息不胫而走，就连河北金家窑儿那边儿都知道了。一时间，满大姑家的门槛子都被人们踢破了。这位大媒婆儿创下天津卫一项纪录，那就是“媒婆家中坐，人人来送货”。请看这一拨拨人流里，有河北粮店后街“大糖堆儿石家”、南市“金水茶园”钱家、河东地道外的“郭傻子布铺”、西头“鸡鸭崔家”、炮台庄“铁厂杜家”以及东马路上的“五金蔡家”……真是数不胜数，纷纷派人拿着自家闺女的生辰八字儿来了，这里虽然没有名门子弟官宦人家，却也都属于殷实富户。

满大姑乐了，说这一次“洋教李”家的小王八蛋可有了行市。

这消息很快传到了住在英租界伦敦道花园洋房的李守基耳朵里，这位以发国难财而进入外国租界的李老先生当然高兴，同时也暗暗佩服媒婆儿满大姑的高超手段。他想，如果自己公司里的职员们都具有满大姑这般上天入地的能耐，那真是财源滚滚了。

李守基觉得，一旦儿子李文卿成家立业娶妻生子，他就应当着手写遗嘱了。他认为自己一个年届花甲的老人随时随刻都会受到上帝招呼的。

30 说 媒

天津卫都知道，说起“白事大王”当数祖居河北大街的魏小辫儿，论起“红事大了”那首推人家“王十七爷”，而满大姑在媒婆界的成就，更是不可小觑。为“洋教李”的儿子说亲，这第一步只是这位媒婆儿小试牛刀而已，真正的本事还没有抖搂出来。满大姑认为，人世间举凡大生意就好比蒸干饭，必须“焖一焖”以免夹生。火候不到就揭了锅，说天津话那是傻巴儿。

满大姑的第一招儿，便是将李守基老先生高高“吊起来”。她三天之后又去拜访李宅，说河东大王庄包家的四小姐有意与“洋教李”攀亲。同时还轻描淡写地说，包家的老爷子小站练兵出身，后来当过外省督军。李守基一听大惊失色。我的老天爷啊，包家的千金愿意跟我“洋教李”攀亲，这可是耀祖光宗的盛事啊。李守基激动得双手颤抖，一时找不着北了。

满大姑一看李守基上了套儿，立即将其吊了起来。我说李老先生啊，昨天我找人给你家李公子和人家包四小姐合了合八字儿，大事不好啦，这男女双方是时时相克处处相克，既克小又克老。我知道你们老李家三代单传，即使他们包家乐意，你们李家也不会乐意啊。即使你们李家乐意，我满大姑也不会乐意啊。我当了一辈子媒婆说了一辈子亲，老了老了竟然说成这么一门处处相克的亲事。这日后要真是有个三长两短，岂不毁了我一辈子名声吗？不行不行，包家的这门亲事就是不行。不过，另外还有一家也特别乐意跟你们老李家做亲，那就是永达汽车行的谢家，谢家的小老姑那可是天津卫百里挑一的美人儿啊。

一会儿是包四小姐，一会儿是拥有八十辆汽车家底儿的谢家小老姑，经过满大姑这么一煽乎，李守基老先生真的被满大姑给高高地“吊了起来”。既然吊了起来就好办了。您老先生就先在上面吊着吧。什么时候吊得您受不了啦，我再来跟您说事儿。

之后，满大姑又跑去煽乎了李守基老先生两次。一次是告诉李守基，说宁家大桥的大粮商祝家有千金待嫁。第二次是跟李守基说，大华百货商场的秦老板的老妹子正在寻找婆家。反正李守基被越吊越高，久久等待着满大姑的消息。他老人家哪里知晓，这位满大姑一嘴食火，一桩桩一件件都不会有任何结果。一个多月时光就这样白白滑过去了，却不见满大姑的影子。李守基有些着急了。他派人去找满大姑，当然有催办的意思。满大姑装出一肚子苦水的样子，表示为难。

第二天满大姑便主动跑到英租界拜见了李守基。她说，这一程子我给贵公子说合的一个个都是名门千金，这一来二去的，别人哪还敢上前啊？我呢也更不好意思为贵公子说合寻常人家啦。

李守基已经被这位大媒婆吊得上气儿不接下气儿了，他连忙摆手说，我们洋教李家本来是小门小户，犬子结亲也不愿意高攀，您就给我说合寻常人家就是啦。

满大姑笑了。李老先生您真是明白人。有言道自古侯门深似海，寻常人家最有福。既然您这么说，我把盛昌商行的卢大小姐说给贵公子吧，这才是天造的一对，地设的一双呢。

盛昌商行？李守基对这家字号似乎感到陌生。满大姑告诉他，盛昌就是过去的正昌，如今换了大东家，从虞家改成卢家。这盛昌商行专做南货北销的生意，针市街上第一家啊。

李守基感觉不错，说这事儿就拜托满大姑吧。说罢，请女管家金嫂送给这位大媒婆一只南方小竹篓。满大姑拎在手里感到沉甸甸，就知道里头装的不是鲜货，而是一颗颗袁大总统的脑袋。

满大姑的第一招儿得了银子，胜了。她的第二招儿，那当然要使在卢振天身上。前一程子卢家大院的罗大管家跑来找她，说是卢大少爷拜托，请满大姑给妹妹卢玉洁寻思一门亲事。如今，天上吧叽掉下这么一个大馅饼，满大姑心里喜悦不已，叫了一辆胶皮朝着卢家大院来了。

卢振天确实派罗九去西南城角找过满大姑，为自己的妹妹说亲。自从卢振天得知卢玉洁暗暗爱上虞金诚，便动了尽快让妹妹出嫁的念头。嫁出去的女子，泼出去的水。卢振天认为说一千道一万，只有赶紧把卢玉洁嫁出去那才是上策。卢振天这一程子忙着盛昌商行的生意，他从福建进了一大批南货，转手卖给了一河北老客儿，着着实实赚了一大笔钱。手里有了钱，卢振天的气儿也粗了。一旦卢玉洁有了婆家，他一定要大办喜事，风风光光地将妹妹嫁出去。

满大姑走进卢家大院，卢振天亲自跑到大门口儿迎接，哈哈笑着拱手说满大姑光临敝舍四壁生辉。满大姑心里有数，老腰板儿挺得笔直，不卑不亢不冷不热走进客厅。罗九亲自斟了碗热茶，笑眯眯捧到她面前。满大姑心里说，这卢家一丁点儿世面也没见过，拿我一个媒婆子当了神仙，真是棒槌。

这媒婆坐在客厅里，手里举着一个大烟袋。这烟袋一尺多长，乌木杆，白玉烟嘴儿，黄铜烟锅儿。满大姑将烟袋锅伸进烟荷包，装满一袋关东烟叶儿，然后啪地一声打起火镰，噗地一口气吹着火绒，点燃了大烟袋，吧嗒吧嗒抽了起来。满大姑这人有个毛病，不怕鬼不怕神，就怕洋人。这烟袋，她去英租界伦敦道的洋教李家，那是根本不敢拿出来的。可是回到华界进了卢家大院这样的地方，她胆量就足了，好比大兵掏出手枪，一派天不怕地不怕的烟民气概。据说天津卫的老娘儿们惧怕洋人，大多是庚子年间作下的毛病。

抽足了一袋上等的关东烟儿，满大姑撩起眼皮看了看坐在对面的卢振天，目光停留在他伤残的左手上。

我说卢大少爷啊敢情您也是闯荡江湖见过大世面的人啦，我一看您这一身英雄气概，就知道您妹妹也是百里挑一的人尖子。可话又说回来了，这越是人尖子的婚姻，越不好说合。这好比上等绸缎必须配上等丝绵，那才能做出来上等小棉袄。您说呢我的卢大少爷？

听罢满大姑这一番话，卢振天哈哈大笑。满大姑您真是明白人，听您这一番话，不胜读十年书也胜蹲十年大狱，真长见识啊。我妹子的婚事，那当然是上等绸缎配上等丝绵。您可别忘了，一边是上等绸缎一边是上等丝绵，这中间呢还有您这个上等成衣铺呢。罗大管家啊你快把票子拿来吧，这就算是我跟满大姑的见面礼。

罗大管家转身走出客厅，往柜上拿钞票去了。满大姑立即压低声音说，我说卢大少爷，您这么急急火火要把妹子嫁出去，莫非说卢大小姐她暗暗相中了哪位公子？

卢振天笑了。满大姑您真是孙猴子的火眼金睛，我服了。我实话告诉您吧，我妹子相中了谁，我才不管呢。我只请您尽快给她说一家婆家，把我妹妹从这卢家大院里嫁出去。不过，我把丑话说在头里，我妹子那是真正的上等绸缎，您可不许找一堆破棉花来对付我们！

满大姑笑了。卢大少爷，做媒婆也是一行生意，我要是给上等绸缎里絮了一堆破棉花，也就别在天津卫混啦。

又瓷瓷实实抽了一袋烟，又咕咚咕咚喝了一碗茶，又正正经经地咳了一声，满大姑突然注视着卢振天说，您听说过早先住在石桥胡同后来搬到英租界伦敦道的洋教李吗？

卢振天伸出拳头轻轻叩打着脑门儿说，我影影绰绰好像听说过这一户人家。

罗九这时候气喘吁吁跑进客厅，满脸郑重表情径直将钞票递到满大姑手里。满大姑那一张老倭瓜脸上的抬头纹都开了，眯缝着双眼注视着这一张面额颇大的票子。她不识字，不知两汉也无论魏晋，唯独认识钞票上的数目字儿。

卢大少爷，您要是没有别的吩咐我就告辞了，不出三天五晌午，我兴许就给您报喜来啦。满大姑说着，抄起黄铜烟袋屁股离开红木太师椅，快步走出客厅。

卢振天大声说，罗九啊你替我送一送满大姑！

满大姑走出卢家大院出了大费家胡同，扬手叫了一辆胶皮，直奔官银号兑她的银元去了。这位大媒婆坚决认为，钞票是纸的，只有洋钱那才是银的。

31 遗书

经过满大姑这么一折腾，卢振天给自己的妹子说亲的事情，几乎无人不晓了。可唯独卢玉洁本人还蒙在鼓里，浑然无知。胖姐儿每天出来进去好几趟，竟然也没人跟她提及此事。当然这局面都出于卢振天的安排，他知道卢玉洁心里喜爱虞金诚，为妹妹说亲的事情自然要瞒着她本人。一旦生米成了熟饭，揭锅之后就由不得卢玉洁了。

这一天的大清早儿，卢玉洁晨读之后心情迫切地对胖姐儿说，今儿去后院的小餐室里吃早饭吧。胖姐儿人小鬼大心眼儿多，知道大小姐读的是《西厢记》。我说大小姐啊，您是想看一看虞金诚穿您做的那套衣裳合身儿不合身儿，对吧？

卢玉洁眨了眨一双丹凤眼，转过身去不说话了。胖姐儿知道大小姐心思越来越重，也不敢开玩笑了。就这样，胖姐儿陪着大小姐走出闺房，朝着小餐室走去。

这一程子，卢玉洁很少到小餐室来吃饭。她终于品尝了这样的痛苦，那就是既然暗暗爱上一个人，反而不敢见他了。今天她实在熬不住了，非要看一眼虞金诚不可。

沿着游廊走向小餐室，卢玉洁的心情很不平静。她文化虽然不高，但大量的读书使她颇明事理。她的内心痛苦不在于她的糊涂，恰恰在于她的明白。卢玉洁深知自己对虞金诚的暗恋，几乎不会有什么结果。然而她不认头，她期待着出现奇迹，让她与他的感情能够获得一个美好结果。有时候她知道自己这是白日做美梦，应了“心比天高，命比纸薄”那名民间俗话。有时候她又坚信“精诚所至，金石为开”这句千古名言能够在自己身上得以兑现。信命又不信命，这种矛盾交织在卢玉洁心底，越缠越乱。

走进小餐室，卢玉洁大失所望——虞金诚不在。她心不在焉地环视着四周。老冯连忙收拾桌子。这位厨师说，大少爷吃完早饭前脚儿走，大小姐您后脚儿就进来啦。卢玉洁很想知道虞金诚的去向，又不好意思张口。胖姐儿毕竟心有灵犀，立即向老冯打听。老冯说，虞先生一大早儿就出门了，说是找图书馆借的书到了日子今儿必须归还。看来这老冯还是十分敬重读书人的，私下里仍然称虞金诚“虞先生”。

心上人不在，卢玉洁的心气儿受到很大挫折。她只是慢慢啜粥，显出口味很差的样子。老冯一旁偷眼看着，误以为大小姐对这顿早餐不满意，于是走上前来赔着笑脸。

大小姐，您要是想吃嘛就吩咐一声儿，我现给您做都来得及。过几天大少爷要在家里摆桌酬谢满大姑，我正寻思着菜谱呢。

胖姐儿嘴快，说满大姑不就是住在西南城角的那个媒婆嘛，大少爷为什么要酬谢她呀？老冯听罢胖姐儿这一番话，乐了。

大少爷托嘱满大姑给大小姐说亲。这不是说成了嘛，洋教李家的公子李文卿。因此大少爷要在家里摆宴，一是订婚，二是酬谢媒婆满大姑。

胖姐儿听罢，惊得瞪圆了一双眼睛注视着卢玉洁。卢玉洁此时心里思念着虞金诚，坐在餐桌前根本就没有听见老冯说出的这一番话。

大小姐，您这是怎么啦？胖姐儿以为卢玉洁受了刺激，绕过餐桌蹲在她面前，小声问着。卢玉洁收回思绪，不好意思地朝着胖姐儿笑了笑，说了声没事儿。胖姐儿越发困惑不解，小声询问着。大小姐您听见老冯说的这档子事儿了吗？

卢玉洁抬头看了看老冯，表情茫然。老冯你说什么啦？

老冯撩起围裙擦着双手，不好意思地呵呵笑着。胖姐儿附在卢玉洁耳前，小声说着。卢玉洁听着听着，渐渐变了脸色。胖姐儿说罢，转身看着老冯。老冯啊，你说的订婚这件事儿，到底可靠不可靠？

卢玉洁缓缓站起，焦急地等待着老冯的回答。

老冯表情委屈起来，大声说这事儿恐怕没人不知道，大小姐您要是真的没听说，那只能怪我多嘴惹事儿啦！

卢玉洁听罢这个消息，双手捂脸快步冲出小餐室，朝着闺房方向跑去了。胖姐儿向老冯说了声作孽，快步去追卢玉洁了。

老冯哪里知道个中原委，呆呆注视着胖姐儿远去的背影。

卢玉洁没有跑回自己的闺房，径直来到卢振天的房门口儿，大声叫着哥哥。她叫了几声不见动静，便推门走了进去。

卢振天的房间里空无一人。卢玉洁心里委屈，扑身坐在太师椅上埋头嘤嘤哭了起来。

胖姐儿脸色焦急地追了进来，叫了一声大小姐。卢玉洁停止哭泣，无可奈何地说，胖姐儿你说老冯说的那件事儿不会是真的吧？

胖姐儿的表情更加无可奈何，说大小姐您千万不要着急，这件事儿您必须自己拿主意啊。

自己拿什么主意啊？卢振天撩开帘子走了进来，乐呵呵注视着妹妹。卢玉洁看见哥哥回来了，坐在太师椅上哇地一声哭了起来。卢振天大步走上前来问道，我说妹子这是谁欺负你啦？

胖姐儿急了，跳脚儿指着卢振天说，大少爷你不要假装没事儿人啦，明明是你欺负了大小姐嘛！我看天底下就没有你这样当哥哥的。

卢振天看着胖姐儿急赤白脸的样儿，更乐了。我说胖姐儿啊，你怎么跟一条小狗儿似的，逮谁咬谁啊？

这时候卢玉洁抬起头来泪眼汪汪看着卢振天说，哥，你瞒着我就把我的终身大事给定了，你真是想委屈死我呀！

卢振天扬起伤残的左手抹了抹鼻尖儿汗珠说，我说妹子啊，你知道大名鼎鼎的洋教李吗？我托付满大姑给你说了一个好婆家，哥哥我怎么会委屈你呢？过几天就订婚啦。

哥哥，我不管什么洋教李还是洋教张，反正我不想出嫁！这婚也就用不着订啦。卢玉洁赌气地说着。

卢振天依然呵呵笑着说，你不想出嫁，那你想在家里当一辈子老姑娘啊？女大当嫁嘛，过几天就订婚吧。

平素性情温和的卢玉洁霍地站起，急声急语说，哥哥，你不要说了，如今讲求婚姻自由，我就是不愿意嫁给什么洋教李家！

婚姻自由……这话你是听谁说的？卢振天变了脸色，追问起来。

我是从书上看来的。如今民国了，当然要讲求婚姻自由。卢玉洁毫不示弱，大声说着。

胡说八道！卢振天火了，抬起胳膊指着妹妹说，我告诉你吧，什么婚姻自主啊恋爱自由啊，那纯粹都是扯淡。古语云，有父从父，无父从兄。玉洁啊，你的婚姻就是我说了算。我是你一奶同胞的亲哥哥，你摸着心口好好想一想，我能害你吗？我让你嫁给洋教李家，那是不会错的。洋教李家开着自己的大公司，那是住在英租界里的高等华人！你嫁给洋教李家，进了门就是大少奶奶，一辈子吃穿不愁啊。

卢玉洁根本不愿听哥哥的絮叨，起身跑出卢振天的房间，身后留下一串悲戚戚的哭声。

胖姐儿跟随着跑出去，她刚刚迈出门槛就被卢振天一把抓住。胖姐儿我告诉你，这几天你一定要看住大小姐，她要是有个三长两短，我拿你问斩！

胖姐儿紧紧咬住嘴唇，梗着脖子不说话。

你这个小丫头性子还挺犟，好吧只要大小姐出了嫁我也给你说一个好婆家。卢振天笑着说。

胖姐儿挣脱了卢振天的拉扯，跑了。

闺房里，卢玉洁反锁房门，扑倒在自己床前，低一声高一声地哭了起来。

胖姐儿站在门外，一个劲儿劝说着。她门外劝说的声音不小，但还是盖不过屋里大小姐的声声哭泣，这就等于是白白劝说。胖姐儿焦急地在门外走动着，仿佛一只出入无门的小动物儿。

这时候，那位老妈子扭摆着腰肢朝着这里走来。这位风韵犹存的老妈子笑着告诉胖姐儿说，大少爷专门派我来照顾大小姐，这的事儿你就不管啦。胖姐儿感到意外，说我已经伺候大小姐三年多啦，她的事儿我必须管。你是跑上房的老妈子，大小姐是不会用你的。

老妈子变了脸色。我说胖姐儿，我是大少爷发话来这儿伺候大小姐的，这在卢家大院就好比圣旨。胖姐儿你快往一边儿凉快去吧。

屋里突然传出卢玉洁的声音。好吧，既然你是来伺候我的，现在你就去厨房告诉他们给我做一碗桂花莲子羹！

老妈子听罢一愣，然后连声应答。哎，大小姐您放心，我现在就去厨房。

胖姐儿指着老妈子说，桂花莲子羹你快去啊，你快去啊桂花莲子羹。

老妈子看了看胖姐儿，表情显出几分疑惑，可她又敢违命，只得转身沿着游廊小步颠儿颠儿跑向厨房。老妈子一走，卢玉洁立即打开房门。胖姐儿闪身进了大小姐闺房，咣当一声锁了门。这一主一仆，两人立即叽叽咕咕说了起来。

过了一袋烟的工夫，老妈子端着一碗桂花莲子羹来到大小姐的闺房门前，胖姐儿已经笑盈盈站在门口候着她了。

我告诉这里没你的事儿啦，你呀赶快找个没苍蝇的地方凉快去吧！胖姐儿得意地说着，从对方手里接过桂花莲子羹，扭身关了门。老妈子听了这话气得脸色泛白，小声咒骂胖姐儿“小骚货”。可就是进不去屋子。

吃罢晚饭，胖姐儿看到大小姐情绪渐渐稳定，脸上甚至有了几丝笑容，她觉得没事儿了，就自己去睡了。她哪里知道这是卢玉洁的缓兵之计。这位自幼即失怙恃的大小姐由于深受西洋小说影响，尽管生活在卢家大院这样的环境里她仍然悄悄成了一个爱情至上主义者。

子夜时分，卢玉洁坐在梳妆台前，眼含热泪，开始研墨。她从小临摹的帖子是欧体的“九宫成”，字体圆润，笔意丰满。她研墨垂泪，抬头看了看镜子里的自己，自言自语着。她表情悲苦，动手铺开毛边纸，提笔写下“遗书”二字。性格内向的卢玉洁认为自己的生命已经走到了尽头。

这封遗书的台头儿是写给虞金诚的。此时，纯情的卢玉洁并没有去想对方是否爱她，她只知道自己深深爱着对方。因此她在这封遗书里深情地回顾了当年在杨柳青观看南开学校学生剧团演出话剧的情景，虞金诚饰演的“三少爷”形象令她终生难忘。她的遗书写得很简单，几乎没有什么儿女情长的词句，尽管如此她还是隐隐约约表达了自己对虞金诚的爱慕之情，并且表示自己只能以死来抗拒这桩令人难以接受的封建婚姻。

写罢遗书，卢玉洁意外地发现面对死亡自己竟然如此冷静。她穿了一身白色，那是质地优良的绸衣绸裤，很是柔软。她站在镜子观看着自己，并没有改变自杀的念头。她轻轻将遗书揣进怀里，坐在床边拿出一条夹被，她一条条地撕扯着，然后搓成一条绳子。上吊自尽，无论男女那是必须使用一条绳子的。

凌晨时分，卢家大院处于深度睡眠之中。卢玉洁轻劲推开房门，探出身子朝着四外看了看。夜色浓重，天地变成一块无形的大墨，染得人间没了颜色。卢玉洁放心了，她怀里揣着遗书，手里拿着自己搓制的绳子，溜出门去，沿着游廊朝着夜色浓重的大院深处快步走去。

她朝着那棵高大的香椿树走去。这棵树是她决定上吊自尽之后暗暗选中的，因为她自幼喜欢春天里香椿树嫩芽的味道，而且虞金诚也在这株树上为她采摘过香椿。她要在这棵香椿树下结束自己年轻的生命。

来到了香椿树下。她毫不犹豫地将手里的绳子抛向空中，一次次却不能搭在树杈上。她气喘吁吁但并不气馁，夜色里使足力气又一次投出绳子。

自己亲手搓制的绳子终于搭在粗大的树杈上。卢玉洁高兴极了，认为自己接近了成功。她立即将绳子结成一个扣子，猛然发现自己脚下缺少一只凳子。是啊，脚下没有凳子那是死不成的。卢玉洁环视着四周。四周漆黑一片。这时候，她突然想起了虞金诚。

伙房里有凳子，小餐室里也有凳子。虞金诚就住在伙房旁边的那一间屋子里。不知为什么，卢玉洁此时非常想念虞金诚，情不自禁地朝伙房方向走去了。

夜色越发浓重。卢玉洁感到自己分明被漆黑的夜色融化了，感到脚步很黏稠。她的呼吸急促起来，懵懵懂懂便来到了伙房门前。

虞金诚居住的小屋就在伙房旁边。天儿热，隔着敞开的窗户卢玉洁分明清晰地听到了虞金诚沉睡之中发出的轻微鼾声。这鼾声是轻微的，几乎令人难以察觉。卢玉洁还是能够敏锐地感觉到虞金诚的呼吸。这毕竟是爱的力量。

就这样静静地站在虞金诚窗外，卢玉洁忘情地听着他的呼吸声。

虞金诚居住的小屋门外摆着一只凳子。这显然是他晚间乘凉之后遗留在这里的。卢玉洁睁大眼睛看到这只凳子，不禁一阵心跳。是啊，我要踏着他的凳子上吊自尽，这也是非常美好的事情啊。这样想着，她如获至宝似的毛腰搬起这只凳子快步离开了伙房。

搬着凳子来到香椿树下，卢玉洁内心居然荡起几分欢喜。她还年轻，并不真正懂得死的含义。面对死亡她内心产生的阵阵快意，正是由于她对虞金诚的深爱。一个年轻的女子不声不响为自己的爱人而自尽，卢玉洁认为自己死得其所。

摆好凳子，卢玉洁毫不犹豫地站了上去。她将绳扣拴在颈上。这时候她好像听到一阵脚步声，心里一慌双脚用力一蹬，身体便挂在香椿树上了。

只觉得耳边传来一阵尖叫。好像是那位老妈子的声音。不好啦不好啦！大小姐上吊啦，大小姐上吊啦！

卢玉洁感到自己已经死了。只听到嘎扎一声巨响，她的身体似乎跌落了，沉重地落在地上。她感到自己满身露水，很清凉。这时候她想伸手去摸一摸揣在胸前的那封遗书。眼前一黑什么也不知道了。

32 情丝未了

一大早儿，卢振天倒背双手在客厅里踱步，活像一只焦躁不安的饿狼。罗九垂手站在一旁，目光跟随着卢大少爷的脚步移动着。俩人仿佛上演着一场木偶戏。

客厅里的空气，有些紧张。罗九张口叫了一声大少爷，却被卢振天粗暴地打断了。他指着摆在茶几上的卢玉洁写的遗书说，罗九，你睁开你那两只瞎窟窿看一看，事情怎么会闹到这步田地！

罗九看了看那封遗书，摊开双手表情无奈地说，事情怎么会闹到这步田地呢？好在大小姐保住了性命。要不是老妈子及时报信儿，那麻烦可就大啦！

卢振天伸出伤残的左手指点着罗九的脑门儿说，我告诉你罗大管家，大小姐上吊这件事儿，只有天知地知你知我知，尤其不能让英租界的洋教李家知道！这事儿要是让外人知道了，我妹妹可就嫁不出去啦。

罗九连连点头。大少爷您放心，老妈子的嘴我已经贴了封条，一张钞票呗。大小姐这件事情，只有天知地知你知我知。

这样就好。卢振天的口气和缓下来，指着摆在茶儿上的卢玉洁写的遗书说，罗九啊，你不用照本宣科，把这封遗书的意思再给我说说就行。卢振天非常疼爱妹妹，因此他一定要吃透这封遗书的全部含义。

罗九伸手拿起卢玉洁的遗书说，从这封遗书里看，大小姐死心塌地爱上了虞金诚，她不惜以死殉情啊。

卢振天连连咂嘴。你说这事儿邪兴不邪兴。我妹妹一不呆二不傻三不缺心眼儿，她怎么就一眼看上了虞金诚呢？

大少爷，我说话您别不爱听，大小姐对虞金诚啊这就叫一见钟情。罗九小声说。

一见钟情？我妹妹真是有眼无珠，晕头转向！人家洋教李家住在英租界里，开着大公司，小轿车家里就趁两辆。他虞金诚算什么东西，家不家业不业的，一条丧家狗而已！

罗九毕竟是罗九，笑着解释说，这一见钟情啊，往往不讲究贵贱贫富，那王宝钏等待薛平贵，寒窑一住就是十八年。她万万想不到自己有大登殿那一天啊！还有梁山伯与祝英台。

罗九你别打这比方！最后我妹妹跟虞金诚变成这只蝴蝶一块儿飞啦？卢振天低头寻思着，真犯了寻思。

罗九依你这么说，这事儿的毛病全在我妹妹身上？既然这样，我暂且不动虞金诚一根毫毛，等我妹妹身体嘛时候安康了，我嘛时候再办他。

罗九谦卑地笑了。我说大少爷啊，其实我倒有一万全之策。

万全之策？你有好主意就赶紧端上来，闷在肚子里就馊啦。卢振天毫不客气地说。

罗九压低声音说，俗语云，快刀切乱麻，斩草要除根。我看这件事情必须这样做……

罗九的声音愈来愈小。卢振天大声说，你说话怎么跟蚊子叫唤似的我根本听不清楚。

罗九只得提高嗓门儿说，一不做，二不休，从根儿上办了他！

过午时分，小臭儿来报信儿，说大小姐醒过来了。卢振天急不可耐，起身前往妹妹房间去了。

卢玉洁躺在床上，脸色惨白。卢振天大步走到床前，叫了一声妹妹。卢玉洁嗯了一声，眼泪就流了下来。玉洁啊，你年纪轻轻的怎么会走这一步呢？要不是树杈断了把你摔了下来，你就没命啦。你要是真的有个三长两短的，我这个当哥哥的怎么对得起咱们死去的父母呢？你一朵鲜花还没盛开就自寻短见，我看你是一脑袋糨子，净办糊涂事儿。你先好好保养身体吧，过几天你身子骨硬朗了，你心里有什么话都一股脑说出来，哥哥都答应你。我这几天生意太忙，你一定好好养着，不要再往死胡同里钻了。

卢玉洁强抑泪水，躺在床上朝着哥哥点了点头说，反正我不愿意嫁给洋教李家。

卢振天笑了。玉洁你不要说了，你的心思我都知道，咱们兄妹之间，无论什么事情都好商量。说完，这位卢大少爷叮嘱胖姐儿一定要细心照顾大小姐，转身大步咚咚走了。

什么事情都好商量？胖姐儿追到门口儿注视着卢振天的背影，然后转身走到床前表情疑惑地说，大小姐，我怎么觉得这是不祥之兆呢？

卢玉洁有气无力地嗯了一声，问什么不祥之兆。胖姐儿继续说，大少爷天生火爆脾气，走路擂鼓，脚步咚咚，说话办事，利落脆生，从来没有含含糊糊的时候。可今儿他却说兄妹之间无论什么事情都好商量，笑面虎似的。我觉得挺怪。大少爷他要是逼着您嫁给洋教李家可不会轻易改变主意啊。

胖姐儿，你说了这么一大堆话到底是嘛意思？卢玉洁不解地问。

胖姐儿果然人小鬼大，侃侃而谈说，大小姐，我觉得这是大少爷的缓兵之计！今儿一大早我从大少爷门前走过，听见罗九嘀嘀咕咕说什么一不做二不休，可狠毒啦，那口气好像是要害了虞金诚！

一不做，二不休？卢玉洁躺在床上，紧锁眉头思索着。胖姐儿，我哥哥这人一就是一，二就是二，有勇无谋，有口无心。罗九这人可就深了，看皮儿见不着瓤子。这几天你一定要盯着他，千万别让罗九的坏水儿害了虞金诚。

胖姐儿点头说，您放心吧大小姐。我不会让罗九得逞的。可您的这桩婚事，我看是改不了啦。哎，我寻思洋教李家的公子李文卿兴许也挺不错的。

卢玉洁面无表情躺在床上注视着天花板说，李文卿我根本不认识他，用不着有什么挂念。现在我最惦记的就是虞金诚。我的那封信遗落到我哥哥手里，弄不好虞金诚就受了我的牵连。为了保护虞金诚，我也不能再寻死了。

我说大小姐，我现在去伙房让虞金诚给你做一碗杏仁茶吧？趁机探一探动静。胖姐儿说着跑了出去。胖姐儿毕竟年轻，说悲就悲说喜就喜。她一路小跑儿来到伙房，径直来到灶前。大热天儿，虞金诚身穿青洋布裤褂，坐在屋里埋头读书呢。

胖姐儿伸手一把抢过虞金诚的书本，一看全是洋文，笑了。虞金诚我问你，这中国的书成千上万你偏偏不看，为什么天天读洋文呢？

虞金诚站起身伸手从胖姐儿手里拿过《高等英文教程》反问道，胖姐儿你找我有事儿啊？

虞金诚，你知道我家大小姐的事儿吗？胖姐儿小声问着。虞金诚毫不知情地眨着眼睛说，你家大小姐她怎么啦，胖姐儿？

胖姐儿急了，你真的不知道大小姐她出事儿啦？

大小姐她出什么事儿啦？虞金诚站起身来，《高等英文教程》掉在地上，也不捡。胖姐儿气得扑哧一声笑了，你真是个不食人间烟火的书呆子，行啦行啦，你赶紧给大小姐做一碗杏仁茶吧。

噢。虞金诚转身走进伙房，伸手从一只篮子里抓出几只杏核儿。胖姐儿我告诉你，制作杏仁茶必须有好杏核儿，有了好杏核儿才会砸出好杏仁儿。砸出好杏核儿才能澄出好杏仁汁儿。胖姐儿你回去等着吧，一会儿我做好了杏仁茶去叫你。

胖姐儿实在忍耐不住了，横着身子站在虞金诚面前压低声音说，虞金诚我告诉你吧，大小姐她夜里寻了短见！

虞金诚一惊，呆呆注视着胖姐儿。胖姐儿继续说，大小姐她上吊，可巧树杈断了把她摔得昏了过去。大小姐现在还没缓过来呢。

虞金诚表情沉静地问，胖姐儿，你家大小姐她为什么要寻短见呢？

还不是为了你！胖姐儿气哼哼地说着，使劲儿一跺脚。

虞金诚表情迷茫，朝着胖姐儿投来不解的目光。这时胖姐儿伸手指着虞金诚身穿的青洋布衣裳说，虞金诚我告诉你吧，我送给你的这身衣裳就是大小姐一针一线亲手给你缝的！

虞金诚认真听着，然后跟胖姐儿说，那你一定要替我谢谢大小姐。

胖姐儿走近一步表情郑重地说，卢大少爷逼着大小姐嫁给英租界的洋教李家，可大小姐就是不愿意。她这一寻短见，事儿闹大啦，当然也牵扯到你。大小姐专门要我嘱咐你，这几天一定要多加小心，当心罗九的坏水儿！

虞金诚表情平静地点了点头，然后不言不语地制作杏仁茶。这时候厨师老冯回来了，手里拎着一条两尺多长的大鱼，是黄鲇。

老冯也不知道大小姐私寻短见的事儿，因为卢振天让罗九对卢家大院的人们统统封锁了消息。老冯满脸堆笑对胖姐儿说，我从海河边买了这条大黄鲇，无论清蒸还是红烧，大小姐她一定都爱吃。

胖姐儿面对老冯的好意，当然不便说什么，勉强笑了笑转身走了。

正午时分，卢玉洁喝了虞金诚亲手制作的杏仁茶，感觉舒服多了。她心里仍然担心虞金诚的安全，就派胖姐儿去请卢振天，说自己有话要跟哥哥说。

经过这么一折腾，卢玉洁知道自己对虞金诚的一番情意只是一番情意而已，最终恐怕难有结果。所谓有情人终成眷属，那大半是美丽梦想罢了。她知道自己是一个苦命女子，根本无权安排自己的婚姻，到头来只能由哥哥做主。此时她认为自己手里还有最后一张牌，其目的就是要保护虞金诚的生命安全。这恰恰是一个女子对一个男人的真正爱情。一个女人真正爱一个男人，往往没有任何缘由而且不求丝毫回报。卢玉洁对虞金诚的爱，正是如此。此时她在心底默默祝愿虞金诚人生路上一帆风顺，首先要确保生命安全，不要阴沟翻船。

胖姐儿回来禀报，说大少爷外出了大概傍黑儿才能回来。卢玉洁只得躺在闺房里耐心等待着，思前想后不觉得泪流满面。

就这样到了黄昏时分。胖姐儿轻手轻脚走进来，看见大小姐睁眼儿醒着，胖姐儿颇为神秘地凑到床前，说虞金诚特意询问大小姐晚饭想吃什么。卢玉洁听罢泪水又涌流出来，说虞金诚果然是一个有心人啊，我没有白白为他寻死。这时候小臭儿来到门外，大声禀报说大少爷回来了。卢玉洁立即起身坐在梳妆台前，她从镜子里看到一个面容憔悴弱不禁风的女子，使她暗暗下定决心一定要求哥哥给自己一个承诺，那就是虞金诚的安全。梳妆完毕，她让胖姐儿在前面领路，朝着哥哥的会客厅走去。身体虚弱的卢玉洁走起路来宛若风摆荷叶，看上却楚楚动人。

卢振天虽然为人粗鲁，对待自己的妹妹还是非常疼爱的。他看见卢玉洁下床行走，心里当然高兴，哈哈大笑着迎上前来。

哥，我找你有事儿要说。卢玉洁由于心思很重，说话的表情也显得紧张。卢振天请妹妹落座，关切地询问她身体怎么样了。卢玉洁开门见山，张口就向哥哥打听自己的婚事。

谈到妹妹的婚事，哥哥表情一下子热烈起来。卢振天告诉卢玉洁说，前些天他到军粮城的刘台儿村请小圣姑给妹妹算命，小圣姑随口说了四句诗："天下第一家，处处都用他，谁都说他小，三月开白花。"最后尤其叮嘱一定要记住"三月里开白花"这句话。

三月里开白花？卢玉洁不解其意，注视着哥哥。

卢振天哈哈大笑。今儿我去南市办事儿，遇见高人啦。这位高人就是华乐茶园的华经理。我把小圣姑这四句诗给人家一说，华经理一听就乐了，说四句诗正是《百家姓》的开篇赵钱孙李啊！我一寻思，果然不错。天下第一家，赵呗，宋朝皇帝姓赵。处处都用他，钱啊，你说谁能离得开钱呢？谁都说他小，孙哇，姓儿的也比姓孙的大一辈儿。最后一句是三月里开白花，李树呀，李树三月里开白花。就这么四句话，暗合着赵钱孙李四大姓。

卢玉洁并没有理解哥哥说话的真正含义，仍然不声不响注视着卢振天。

妹子啊，你怎么还没听明白？三月里开白花，李呀！这次经过著名媒婆满大姑的说合，给你许配的人家就姓李啊。小圣姑这真是神算，告诉你必须嫁给姓李的。我看你这门婚姻是命中注定，天作之合啊！

哦，我必须嫁给姓李的。卢洁终于听明白了，毫无表情地应了一声。

好妹子，我已经选定了黄道吉日，六月二十六摆酒订婚。订婚之后再选一个好日子，你就坐轿出阁啦！

卢玉洁脸色惨白坐在太师椅上，低头听着。卢振天看到妹妹情绪低落，起身大声解释说，玉洁啊，嫁汉嫁汉，穿衣吃饭，哥哥给你找了洋教李这样一户人家，这可都是为了你好啊。

哥哥，无论三月里开什么花，反正这桩婚事我应了。卢玉洁轻声轻语说出这一番话。卢振天听到妹妹应允了这桩婚事，瞪大眼睛注视着卢玉洁，大喜过望。

玉洁，这桩婚事你真的答应啦？卢振天不敢相信又追问了一句。卢玉洁惨烈地笑了笑，缓缓起身慢声细语说，哥，我答应了这桩婚事，你也必须答应我一件事情。卢振天再次哈哈大笑，伸出伤残的左手啪啪拍着胸脯说，好妹子，别说一件事情，就是十件事情哥哥也答应，你尽管说吧！

妹妹朝前走了两步，目光盯着哥哥。哥，你必须答应我的这个要求，那就是无论什么时候都不许你加害虞金诚。

卢振天愣了愣，然后无可奈何地摇了摇头。我说好妹子，莫非你真的被那个败家子给迷住啦？

哥，你必须答应我的这个要求。卢玉洁继续说着，表情很是坚定。

这时候，罗九气喘吁吁地走了进来。卢玉洁认为正是大好时机，指着罗九对卢振天说，哥，你同着罗大管家的面，必须答应我的这个要求。你要是不答应，咱们卢家大院还有第二棵香椿树呢。

好啦好啦。卢振天连连摆手说，玉洁啊，同着罗大管家的面，我答应你的这个要求，行了吧？

卢玉洁并不满足，追问说，哥，你必须重复一遍我说的话。

卢振天看了一眼罗九，然后极其不耐烦地说，好吧，无论什么时候我都不会加害虞金诚，行了吧我的好妹子？

卢玉洁点了点头，眼睛里含着热泪。哥，那桩婚事我依了你，今天你说话可一定要算数啊。你要是说话不算数，咱俩都没有好下场。

罗九趁机插言说，大小姐，卢大少爷什么时候说话不算数啊！你就放心吧，一个小小虞金诚，我们害他干嘛？又不赢金子不赢银子的，我们害他还不如捻死一只蚂蚁呢！

卢玉洁瞥了一眼罗九说，请你闭嘴！然后快步走出了哥哥的会客厅。

罗九指着卢玉洁的背影小声对卢振天说，我说卢大少爷啊，大小姐爱上了虞金诚，这缘已尽，可情未了啊！

卢振天沉着面孔，呜了一声说，什么缘不缘啊情不情的，我先把我妹妹嫁出去，就一了百了啦！

33 毒药

订婚宴席的时辰设在华历六月二十六中午，说是李氏父子一块儿来。卢玉洁已经知道了，李家外号“洋教李”，李父名叫李守基，李子名叫李文卿。李家住在英租界伦敦道的一座花园洋房里。

从华历六月二十这天，卢家大院便开始准备订婚宴席。伙房当然以老冯为主，但六月二十二那天一大早儿，罗九来到伙房传达了卢振天的命令，说六月二十六的订婚宴，还得由虞金诚主灶。老冯一听表面没说什么，转脸来找卢振天，那表情仿佛一个受了八辈子委屈的小媳妇。卢大少爷，虞金诚原本是干粗活的伙计，不就会做一碗杏仁茶嘛。我是正经厨子出身，无论红事儿白事儿盯个十桌八桌的，就跟玩儿一样。您放着我一正经厨子不用，凭嘛让一半路出家的棒槌掌勺儿主灶啊？

卢振天放下茶碗转身点燃一支烟卷儿说，你不是恭恭敬敬管虞金诚叫虞先生吗？今儿怎么又跑来刨他呢？我看你小子为人挺不地道。你问我为什么选中虞金诚掌勺儿，这自有我的道理。我的道理能告诉你吗？无论你心里多委屈，到了六月二十六那天啊还是由虞金诚主灶。我的话你听懂了吗？

老冯心里掂量着卢大少爷这一番说理，连连点头不再多嘴，唯唯诺诺退了下去。

当天晚上，卢玉洁坐在闺房里看书，不知为什么一阵心烦意乱，好像有什么大事即将发生似的。她放下书本轻声叫来了胖姐儿，说心里不舒服。胖姐儿当然知道卢玉洁的心思，她毕竟不愿意嫁给李文卿啊。可一时又不知如何劝慰大小姐。

胖姐儿啊，我总觉得心里乱乱哄哄的，就跟长了小草儿似的。我还是担心虞金诚不安全，虽然他在卢家大院里只当半年伙计，可谁能保证剩下的这三个月里不出事儿呢？

胖姐儿只得宽慰说，您不是让大少爷立了保证嘛，无论什么时候也不许加害虞金诚。我说您就放心吧大小姐，虞金诚如今是一个穷光蛋，谁还有心思害他呀！哎大小姐呀，我听说六月二十六的订婚宴席，大少爷还是让虞金诚主灶掌勺儿。

卢玉洁思索着说，这就更让我放心不下了。胖姐儿你现在就到伙房里去一趟，一定要嘱咐虞金诚，时时处处事事都要多加提防。俗话说，君子容易躲，小人可难防啊。

我说大小姐您是不是多虑啦？胖姐儿认为卢玉洁心思太重，轻描淡写地反问了一句。

胖姐儿，你现在就给我去伙房，一定要趁着没人把我的意思明明白白说给虞金诚。你千万不要大大咧咧的，那可就误了军机大事。卢玉洁一丝不苟地说。

胖姐儿遵命前往伙房。可巧厨师老冯不在，伙房里只有虞金诚一人。他趴在案板前面，正在一笔一画写着什么。胖姐儿走上前去，叫了一声“虞先生”。虞金诚闻声扭头看了看胖姐儿，颇有礼貌地叫了一声胖姐儿。这时候胖姐儿突然觉得虞金诚并没有什么过人之处，不知大小姐为什么偏偏要爱上这样一个人。于是隔着一条案板，胖姐儿坐在虞金诚的对面，注视着这个厨师打扮却原本一介书生的小伙子。她问虞金诚写什么东西呢。虞金诚笑了笑说为六月二十六那天的订婚宴席写菜单儿，而且是中英文对照的。胖姐儿很惊讶，拿过已经写好的一份菜单，问虞金诚为什么写成中英文对照的。虞金诚解释说，听说李家是做洋行生意的，他们一定懂得英文的。

胖姐儿看着用精美宣纸写成的菜单，不但上面的英文她不认识，中国字她也不认识，就扑哧一声笑了。你这个书呆子，无论做什么事情都是书呆子。你把菜单写成洋文这有什么用呀，到时候不还是一个吃字儿嘛。

虞金诚并不反驳，小声说胖姐儿你把这份菜单转交大小姐，这就算是我给她留的一个纪念吧。这时候天色已经晚了。胖姐儿起身说，这菜单我一定转交大小姐。不过大小姐让我嘱咐你，在卢家大院里无论什么事情一定要倍加小心，睡觉都得睁着一只眼。

虞金诚似乎心领神会，默默地点了点头。胖姐儿手里拿着一份书写工整的菜单，走出伙房穿了二道门儿，沿着游廊朝着卢玉洁的房间走来。这时候她看到卢振天的会客厅里还亮着灯光，便蹑手蹑脚凑到窗前，屏住呼吸支棱起一双耳朵，偷听。

会客厅的窗户里，传出卢振天和罗九的对话。胖姐儿一字一句听着，脑袋嗡地一声就大了。之后，胖姐儿浑身颤抖起来，双脚仿佛钉在原地，就是迈不开步子。她蹲下身子，使劲儿咬住自己的嘴唇，渐渐冷静下来。

终于能够挪动双脚了。胖姐儿缓缓站起身来，一路上踉踉跄跄朝着大小姐的闺房奔去。

进了大小姐的房间，胖姐儿几乎是扑倒在卢玉洁面前的。卢玉洁被胖姐儿狼狈不堪的样子吓了一大跳，尖叫了一声。

大小姐，大事不好啦。胖姐儿勉强爬起来，伸手抓住卢玉洁的胳膊。这时候卢玉洁看到她手里拿的菜单，就接了过来。

卢玉洁扶着她坐在桌前，转身给惊魂甫定的胖姐儿倒了一碗水。胖姐儿接过，咕咚咕咚喝了起来。

卢玉洁小声问道，胖姐儿你五官都挪位啦！我猜你一定是在大少爷客厅门外听到了他们说话，对吧？

胖姐儿点了点头。大小姐啊，我听见大少爷向罗九交办一件事儿，说一定要在六月二十六那天在虞金诚烧的菜里做手脚，然后顶一个罪名把他交给警察局法办！

卢玉洁大惊失色，失神地坐在床边。天啊，我哥哥他怎么这么歹毒？他明明答应我保证不加害虞金诚，他说话不算话呀！

胖姐儿气喘吁吁，手里端着茶碗说，生意人说话没有算数的，大小姐您就死了这条心吧。

卢玉洁急不可耐说，胖姐儿啊，人家虞金诚已经家破人亡，我哥哥他为什么还死死揪住人家不放呢？

胖姐儿此时很是清醒，说还不是因为您为虞金诚殉情自尽闹的嘛。因此大少爷暗暗恨上了虞金诚，斩草必须除根啊。

是啊，归根结底还是我害了虞金诚。卢玉洁颇为感慨，抓住胖姐儿的手说，这是人命关天的大事情，咱们必须暗暗保护着虞金诚，不能让他中了我哥哥的奸计。

胖姐儿点了点头说，您放心吧大小姐，这事儿只要咱们多加提防，就不会让罗九他们得了手！再者说，罗九不是要去天年药铺买毒药吗？这事儿咱们就好办啦。

说起天年药铺的掌柜，就是罗九前去配制性药却碰了钉子的那位朱先生。朱先生洁身自好，不制售春药，这是天年药铺的多年规矩。然而朱先生不售春药却售毒药，这也是天年药铺的多年规矩。关于这多年的规矩，必须从朱家的老一辈人说起。

朱家的老一辈人，起初并不是开生药铺的。朱家的老一辈人来自直隶省的献县，乃是走街串巷叫卖耗子药的。朱家的耗子药是祖传秘方，选用开洼野地里的一种名叫“倒倒草”的植物，加工提炼之后成为一种白色粉末，香味扑鼻却毒性极大，专门毒杀老鼠，堪称一绝。这鼠药的配方秘不示人，朱家出售这种耗子药渐渐发家，后来开起了天年药铺。天津卫的生药行业瞧不起朱家，概因于此。庚子前后，人们只要提起天年药铺的朱家，就笑着说那是专卖耗子药的地方。随着时光流逝，人们渐渐淡忘了朱家的出身，虽然开洼野地里的“倒倒草”愈来愈少，但天年药铺仍然保留着祖传秘方，每年总要配上那么二三十副耗子药，专门卖给老主顾。

胖姐儿偷听到卢振天叮嘱罗九，就是要去天年药铺买耗子药。至于买到耗子药卢振天打算如何使用，胖姐儿就不得而知了。

六月二十二那天下晚儿，胖姐儿身穿花绸小褂儿葱绿绸裤走出卢家大院，朝天年药铺去了。她的这身儿打扮不穷不富更不“夸”，一看就是大宅门的使唤丫头。胖姐儿心里有事，因此脚步很快，走到天年药铺门口儿，身上小褂儿都湿了。她抹了一把鼻尖儿上的汗珠儿，走进药铺叫一声“朱掌柜的”。

可巧，朱先生站在柜台里，应了一声。胖姐儿跟朱先生很熟，前几天她还来这里买了二两皂角回去洗头呢。

胖姐儿站在柜台外面，朝着朱先生笑了笑，说生意好吧。朱先生说药铺的生意应时利节，这一阵子闹肚子的不少，抓小药儿的居多。

有耗子药吗？胖姐儿突然问道。

朱先生面露惊异之色。胖姐儿你也要买耗子药啊？上午罗大管家来买耗子药，我告诉他没货。胖姐儿听罢心头一惊，故作镇定说，这一阵子卢家大院里总闹耗子，你没货怎么办呀？

你别急。我上午告诉罗大管家过两三天再跑一趟，那时候耗子药就配好啦。朱先生一板一眼说着。胖姐儿的心儿绷得紧紧的，她咬了咬嘴唇极力抑制着自己的紧张心情，跟天年药铺掌柜笑了笑。我说朱先生啊，假如我来您这里买耗子药不是为了杀鼠，这耗子药您还卖给我吗？

朱先生淡淡一笑说，你不去杀鼠也不会去害人吧？胖姐儿点了点头。朱先生，假如我买耗子药是去害人呢？那么您还会卖给我吗？

朱先生不笑了，立即板起面孔说，我当然不会卖给你。可话又说回来了，我这柜台外面整天人来人往的，我知道哪位是杀鼠的哪位是害人的啊！

胖姐儿伸长脖子，睁大眼睛注视着朱先生说，我要是告诉您究竟是谁买了耗子药去害别人，您会怎么样呢？胖姐儿说着，将一只装着十块大洋的小布兜儿放在柜台上，用力朝着朱先生一推。

朱先生伸手挡住这只小布兜儿，冷笑着说，胖姐儿，请你把袁大头拿回去！你以为我见钱眼开呀？我告诉你吧，你杀鼠，我当然要卖给你真正的耗子药，如果有人想用我的耗子药去害人，我卖给他的耗子药只能是加了香精的滑石粉！

说罢，朱先生将那只装着银元的小布兜儿使劲儿扔给了胖姐儿，转身走到柜台后面去了。胖姐儿欣慰地笑了。她大声朝着柜台后面说，朱先生你越倔越是好人。这年头坏人都是笑面虎啊，就跟罗九似的。哎朱先生，六月二十六我家大小姐订婚，我请您去吃酒席！

柜台后面传来朱先生的声音。胖姐儿，我滴酒不沾吃什么酒席啊。再者说罗大管家他也未必请我呀！

胖姐儿意味深长地说，六月二十六那天罗大管家可是大忙人啊。我就盼望他忙里忙外，最后白忙乎啦！

朱先生从柜台后面走出来面无表情地说，胖姐儿你就放心吧，罗大管家六月二十六那天，他一定是白忙乎啦！我的耗子药光灭鼠不杀人。

朱先生，人命关天，我替我家大小姐在这儿谢谢您啦。胖姐儿感动地说。

朱先生板着面孔说，谢我干嘛？我可什么事儿都不知道！

34 前 夜

卢玉洁自从拿到虞金诚亲手书写的订婚酒席菜单，竟然几天不敢细看。她将这份菜单放在梳妆台的抽屉里，仿佛藏起一只小兔子。她自从得知订婚酒席由虞金诚掌灶，心情又悲又喜。悲，是悲六月二十六那天吃着心中爱人烧制的美味，自己将许配给了别人。喜，是喜嫁给别人之前自己能够品尝心中爱人烧制的佳肴，那也是莫大享受啊。

这一悲一喜，就这样笼罩着卢玉洁的心头。

胖姐儿从天年药铺捎回来一个消息，说朱老板是好人，不爱财不贪色，无论如何也不会帮助罗九的。这消息令卢玉洁松了一口气，然而她还是放心不下，几次叮嘱胖姐儿一定要紧紧盯住罗九的一举一动——这家伙随时随地都会冒出坏水儿的。

罗九确实很忙。他指挥着伙计们将四只大红灯笼挂在大院儿的四周，八条大红绸子挂在游廊柱子上，延绵不断。罗九还指挥着伙计们捧出一条大红毡子演练了一番，说是六月二十六那天将这条大红毡子铺在当院里，从大门口儿一直铺到客厅，以这种极其隆重的方式迎接李氏父子的到来。

六月二十五了，明天就是卢家大院订婚的日子。罗九忙乎了大半天，临近下晚儿他还是没有忘记那件大事儿。他告诉小臭儿带领大家往院子里洒水，然后彻底清扫。这时候的罗九根本不知道胖姐儿的目光一直暗暗跟随着他。

罗九洗了一把脸，喝了一口茶，披上衣裳走出卢家大院大门，往天年药铺的方向走去。他了解朱先生的为人，既然说妥的事情那是不会食言的。罗九心里盘算着，决定把这件事情办妥之后，就不声不响去找老相好二秋儿。这一阵子太忙了，他足有十几天没去睡这个风情万种的女人了。这样想着，罗九走进了天年药铺的门槛儿。

胖姐儿远远地跟着。她看见罗九进了天年药铺，就在马路边儿的一个小摊前落座，要了一杯梅汤慢慢喝着。这梅汤是天津卫夏天消暑的饮料。主要原料是乌梅啊杏干儿啊还有梨片儿什么的，兑水煮成浓浓的紫色放入冰糖然后沿街出售。胖姐儿心里想着耗子药，这梅汤愈喝愈不是滋味。这时候，她看见罗九空着双手走出天年药铺。胖姐儿猜得出，罗九这家伙一定是将蜡纸包装的耗子药藏在贴身儿的地方。

胖姐儿自然不敢怠慢，告别了卖梅汤的小摊，不远不近跟随着罗九的背影，迎着夕阳回到了卢家大院。已经是临近晚饭的时候，这时候院子里干活儿的伙计们已经散了，显得很清静。空气里飘来一阵阵炒菜的香味，引诱着人们饥饿的胃口。罗九也饿了，沿着游廊大步走向后跨院儿的伙房，一路上竟然没有遇见一个人。胖姐儿悄悄跟随着，目不转睛盯着这位大管家的背影。

罗九轻轻走到院子的拐角处，停住了脚步。他看了看墙角上的砖缝儿，表情有些犹豫。他原本打算吃罢晚饭天黑之后将耗子药藏在这里，可此时四处竟然没有一个人影儿，不觉正是天赐良机。于是罗九从怀里掏出那一包蜡纸包装的毒药，伸手拨动那块墙角的活砖儿，顺手便将这包毒药塞进了墙角。罗九轻轻将活砖儿复原，一步三摇哼哼着小曲儿洗手去了。

胖姐儿看得清清楚楚。哦，原来墙角的那块砖是活的，罗九伸手一抠居然将耗子药藏在里面了。哼，罗九你别美啦，朱先生卖给你的是一包假耗子药！胖姐儿仿佛得胜还朝的大将军，转身前往大小姐的闺房报信儿去了。

卢玉洁听到胖姐儿的消息，当然欢喜不已。明天就是订婚的日子，今儿晚饭她都顾不得吃，一直忙着在闺房里试衣服。女人就是这样，无论愿意不愿意订婚，总是比较在意自己的衣着。卢玉洁果然好身段，两条大长腿，小细腰儿，不胖不瘦一身白肉。这果真应“杨柳青出美女”的民间俗语。胖姐儿几乎看呆了，啧啧称赞着大小姐是柳叶眉丹凤眼儿的大美人儿，好比戏台上的崔莺莺似的。

卢玉洁听罢夸赞便不好意思地笑了，竟然言不由衷地说自己长很丑。胖姐儿急了说，大小姐啊，您要是长得丑，我们还有活路吗？卢玉洁听罢颇有几分自得地笑了笑，说长得俊又有什么用呢？嫁鸡随鸡，嫁狗随狗，想寻死都死不成，女人还不是天生的命苦。

看卢玉洁试衣服累得出了一身汗，胖姐儿劝她吃了晚饭再说。卢玉洁也觉得应当歇一歇了，就停下来喝了一口水。胖姐儿，今儿晚饭你陪我去小餐厅吃吧。

胖姐儿立即点头称是。她当然知道，大小姐今儿晚饭去小餐厅，那一定是想看一看虞金诚，再者就是想看一看那藏着毒药的墙角"活砖儿"。大小姐这人，天生心细。可心细的人往往心累，那是一辈子操心受累的命。

天色黑了。胖姐儿陪着卢玉洁走出闺房，去小餐室吃晚饭。沿着长长的游廊朝前走着，卢玉洁的心情渐渐激动起来。有父从父，无父从兄。看来自己的婚姻只能如此了。好在平素卢玉洁读了很多西洋小说，懂得漫漫不尽人生路，处处充满变数的道理。正是由于内心深藏这种信念，寻死不成的卢玉洁决定活下去。她仍然爱着虞金诚，因此她苦苦等待着人生转机。就是人们常说的柳暗花明又一村。

走到拐角处，胖姐儿轻轻嗯了一声，伸手指了指墙角那块活砖儿。卢玉洁瞪大眼睛看着坏人罗九暗暗留下的机关，会心地点了点头。

进了小跨院，伙房里飘出的饭香扑面而来。看见卢玉洁来了，厨师老冯迎将上前笑着说，大小姐您来吃饭真是赏我脸啊。说着拉开小餐室的门儿，毕恭毕敬。胖姐儿深知大小姐心思，便向老冯打听虞金诚的去向。老冯说，明天是大小姐订婚的日子，掌勺主灶的大师傅必须文明卫生，罗大管家指派虞金诚到南市玉清池洗澡去了。

胖姐儿转身去看卢玉洁的脸色。老冯讨好地说，罗大管家就是爱出幺蛾子，文明卫生也用不着跑那么远去洗澡啊。我看这是馊主意。

卢玉洁转身就起。老冯急了，追了两步说，大小姐你还没有吃饭呢。胖姐儿说，老冯你给大小姐做一碗素面汤就行了，一会儿我来端。

卢玉洁走出小跨院沿着游廊往回去。小臭儿迎面跑来，说大少爷请大小姐去客厅有事儿。胖姐儿没好气说，有嘛事儿？大小姐这还饿着肚子呢。

小臭儿笑了笑说，大小姐去了就饱啦。卢玉洁不解其意，奔哥哥的客厅走去。

会客厅里灯火通明，却显得安安静静。卢玉洁叫了一声哥哥，推门走进。卢振天身穿靠纱小褂儿，笑呵呵的。妹妹，你还没吃晚饭吧？你看，哥哥从外面叫了十几样儿吃食，你愿意吃就吃愿意喝就喝。

会客厅里摆着一张能够容纳十二位客人的大号八仙桌子。卢玉洁举目一看，各式各样的吃食满满一桌子，甜的咸的荤的素的，南味的京味的，琳琅满目。胖姐儿抢先惊叫了一声，这是稻香村搬家啊！

嘿嘿，不光稻香村啊。卢振天指着满桌子吃食说，这是天宝楼的小酱肉，这是冠生园的油浸黄鱼，这是清心斋的全素什锦，这是维格多得的鹅肝酱，这是德利馨的京八件儿，这是天昌酱园的八宝小菜，这是玉生香的蜜供，这是月中桂的馅儿烧饼，这是小白楼儿的希腊面包和莫斯科红肠，这是日租界樱花料理馆的寿司，这是安南婆子酿的桂花米酒，这是天合玉的奶黄包儿，这是马家馆的小烧麦，这是全聚德的卤水鸭胗……反正这一桌子都是咱天津卫的好东西，妹妹你想吃就吃，不想吃就扔！

卢玉洁惊讶不已。哥哥，你这是干什么啊？

卢振天充满关爱地说，玉洁，明天是你订婚的日子。订婚之后是结婚，结婚之后是生儿育女。因此你必须有个好身体啊。哥哥今儿晚上给你预备了一桌子吃食，就是为了让你开心开胃，多吃一点儿东西。

卢玉洁受到感动，说了声谢谢哥哥。卢振天笑着递给卢玉洁一只托盘说，你挑选几样儿喜欢吃的端回自己屋里，要是还想吃就让胖姐儿来给你拿。

胖姐儿笑了，拿起筷子夹了一块寿司放在托盘里说，这小日本儿的东西就是各色，小不丁点儿跟鸟食似的。

卢振天趁机又说，玉洁啊，明天的订婚宴席，李守基带领他儿子李文卿一块儿来。他们洋教李家是吃洋饭的，见过世面。到时候你一定听哥哥的话，千万别使性子啊。

卢玉洁点了点头，话里有话地说，哥，到时候只要你别节外生枝，我是不会闹出什么乱子的。

卢振天似乎听出话里有话，着着实实看了妹妹一眼，笑着说，明儿是你订婚的大喜日子，我当哥哥的怎么会节外生枝呢？

这时候，胖姐儿满满当当弄了一托盘吃食，连声说大小姐咱们回屋吧。卢玉洁朝着哥哥打了招呼，从会客厅里退了出来。

见妹妹稳稳当当走了，卢振夫开始召唤罗九。一连招唤了好几声，就是不见人影儿。小臭儿跑进来禀报说，罗大管家出去了，说是插大门之前一定回来的。

卢振天暗暗骂道，这老色鬼不定又钻进哪个女人裤裆里去啦。

果然，晚间十点多钟罗九悄悄回来了。卢振天坐在会客厅里等着这位大管家，肚子气鼓鼓的。罗九一走进会客厅，卢振天当头就骂道，你离开老母猪就活不了啦？哪天我拿刀把你劁了！罗九满脸堆笑赔着不是，谎称自己一亲戚身子不得劲儿，他拎着一兜子鲜货去看了看病人。

卢振天换了话题，小声问罗九明天的大事是不是准备停当了。罗九立即拍着精瘦的胸脯说，明天的大事我万无一失。还有，我调虎离山已经把虞金诚支出到玉清池洗澡去了。

那件事儿你必须做到滴水不漏。卢振天沉着脸色说。

卢玉洁闺房里。胖姐儿一边劝大小姐吃点儿东西，一边大口吃着奶黄包儿。心事重重的卢玉洁看到胖姐儿这吃劲儿，忍不住笑了。

胖姐儿又拿起一块儿蜜供咬了一口说，大小姐你别笑话我，反正我上辈子是饿死鬼投生的。我跟您说吧，人这一辈子无论遇到什么难处，千万不要耽误了吃！有一句俗话说，吃饱了不想家。还有一句俗话说，人死也要落个饱肚子。大小姐你吃一块儿寿司吧，我看小日本儿这玩意倒是挺清淡的。

我真羡慕你的胃口。卢玉洁说着，拉开抽屉从里面拿出了虞金诚亲笔书写的中英文对照的订婚宴席的菜单。胖姐儿趁机又吃一只小烧麦，满脸美餐之后的微笑。

卢玉洁低头看着“菜单”。胖姐儿继续咀嚼着。因此她们谁也没有听到此时卢家大院的大门吱扭响了一声，缓缓打开。这是被罗九派到玉清池洗澡的虞金诚从外面回来了。

小臭儿打开大门问站在门外的虞金诚为嘛这么晚了才回来。虞金诚不理睬小臭儿，回头跟一个人打招呼告别。夜色里小臭儿瞪大眼睛仔细一看，那人原来就是玉华春饭庄的玉姑。玉姑站在黑灯影儿里不言不语注视着虞金诚。虞金诚一脚跨进大门槛回头对她说，玉姑你请回吧，谢谢你送我回来啊。

玉姑终于忍耐不住，小声发问道，金诚，你在卢家大院当伙计，要到什么时候啊？

还有三个月吧。虞金诚说着向玉姑挥了挥手，转身走进了卢家大院。小臭儿朝着玉姑做了一个鬼脸，然后吱扭一声关了大门。

小臭儿转身追上虞金诚，颇为神秘地问道，我说虞金诚你好大排场啊，人家玉姑奶奶在南市可是个人物啊！道儿这么远，天儿这么黑，她竟然把你送了回来。啧！

虞金诚回头瞥了小臭儿一眼，似乎想说什么，却没说。他顶着夜色径直向伙房小跨院走去。

明天就是六月二十六——卢玉洁订婚的日子。

35 订婚宴会

六月二十六一大早儿，天气晴朗。卢振天心里高兴，认为万里无云的天气，这是吉兆。订婚嘛，就是要好天气，倘若是淅淅沥沥不停地下雨，那可就堵心了。天儿好，卢振天吃了早饭走到妹妹闺房门外，打了个招呼。卢玉洁在屋里应了声。卢振天从妹妹的声音里没听出什么异样，便认为天下太平。既然天下太平，那虞金诚离倒霉就不远了。

罗九提前两天跟英租界的洋教李家联络，约定了李守基六月二十六上午十点钟准时抵达卢家大院。罗九毕竟是大管家，六月二十六的日程他一分一秒都做了安排。关于伙房的事情，他全权交给了小臭儿。这正是罗九的金蝉脱壳之计。无论伙房里发生什么事情都跟他没有关系。可怜小臭儿一无所知，只能替罗九顶雷了。

罗九做了周密安排，心里踏实了。卢玉洁却在闺房里焦急万分。坐在梳妆台前她正在描眉，蓦然想起一件大事。她起身叫了一声胖姐儿，好似着了火。胖姐儿不知屋里出了什么事情，一头冲了进来。

胖姐儿啊，我猛然想起一件事儿来。你说万一天年药铺的朱先生卖给罗九的是真耗子药，吃饭时当场放倒了几个，虞金诚还不是死罪啊？

哎哟！您这么一说我心里也毛啦。胖姐儿拍着脑门儿说，这事儿怨我疏忽大意啦！大小姐你说现在咱们怎么办啊？

卢玉洁毕竟是大小姐，遇事多少尚有几分定力。她寻思着说，咱们理应提前偷出一点儿耗子药，找一只猫啊狗啊试一试就好了。现在来不及了，大院里人来人往的，一点儿机会都没有了。

胖姐儿宽慰地说，大小姐你放心吧，我想天年药铺的朱先生是不会出现丝毫差错的。卢玉洁叹了一口气说，怪不得男人瞧不起女人呢，这算计来算计去啊，女人就是成不了大事。不过事已至此，咱们只能听命由天了。胖姐儿悔恨地说，我要是提前把罗九藏在墙角里的毒药抠出来扔了，也就万无一失啦。

卢玉洁摇了摇头说，你要是那样做兴许就打草惊蛇了。咱们听命由天吧。

这时候院子里传来了罗九的大声吆喝，大意是临近十点钟了，无论前院的还是后院的，各就各位。今儿是大小姐订婚的大好日子，活儿干漂亮了，大少爷有赏！活儿干砸了，开除！

卢玉洁和胖姐儿听罢，脸色不由紧张起来。卢玉洁鼓励胖姐儿说，胖姐儿你别怕，他有千言万语，咱有一定之规。胖姐儿也反过来鼓励卢玉洁说，大小姐，你中午坐席的时候，一定不要慌张，该吃就吃，该喝就喝，天即使塌下来也是先砸着大个儿的。

胖姐儿和卢玉洁彼此鼓励，彼此都笑了。

上午十点钟了，罗九站在卢家大院门口儿，等候着李氏父子的光临。这大费家胡同比较宽阔，小轿车可以直接开到卢家大院门前。罗九估计李氏爷子一定是从南边过来，就伸长脖子望着。十点两刻了，还是不见踪影。罗九有点儿慌了，跑进卢振天的会客厅报信儿。卢振天坐在会客厅里喝茶，也是满脸焦急神色。

我说罗大管家，李家不会把咱们给蹲了吧？卢振天问道。罗九连连摇头说不能，姓李的凭什么涮咱们。这时候外面有人喊叫，说小汽车来啦。罗九驳头就往外跑。

果然一辆黑色小轿车停在卢家大院门前。罗九不敢怠慢，伸手去拉车门。车门开了，“洋教李”家的当家人李守基老先生一身西装革履走出汽车，手里拎着一根文明棍儿。

一群看热闹的闲人聚在附近，小声议论着。

这洋教李家果然是吃洋饭儿的，大热天儿还一身西装，也不怕捂出痱子来啊。

罗九伸手去拉另一扇车门儿，只见从车里伸出一双小脚儿。罗九一愣，车里走出来小脚儿媒婆满大姑。

罗九连声吱应着说，满大姑您可是贵人啊，里请里请。说着罗九伸长脖子往小轿车里看，怪事儿，怎么不见李文卿的身影呢？

这时候卢振天已经迎出大门口儿，跟李守基老先生热烈寒暄着。几个伙计将大红毡子铺在地上。卢振天引着李守基踏着大红毡子走进卢家大院的会客厅。

罗九趁机问满大姑说，这订婚的大喜日子，李家大少爷怎么没来啊？满大姑毕竟老江湖，笑着说李大少爷有重大公务啊。罗九不便再问，心里却嘀咕起来。

大门口儿，既爱看热闹儿又爱管闲事儿的天津人还在议论着。大意是说无论洋教李家还是商行卢家都是暴发户，今儿腰缠万贯，兴许明儿就是要饭花子。

这种议论对李卢两家来说那是很不吉利的，因为今天毕竟是交换龙凤帖子的大喜日子。又来了两个要饭的，一高一矮站在卢家大院门口儿打着牛胯骨唱起了数来宝。

哎，数来宝，走得急，听说今儿个是大喜，我们哥儿俩来赶局，来赶局，要送礼，说个段子最喜利，哎最吉利！

卢家大院里跑出小臭儿，大声说二位别唱啦等到了中午给你们端两碗喜面不就结啦。

两个要饭的不乐意了。高个儿的说，两碗喜面就结啦？你真拿我们当要饭的！

矮个儿又唱了起来。哎，天地缘，先订婚，龙凤帖子赛乾坤，乾是阳，坤是阴，两碗喜面才几斤？

小臭儿看出这两位叫花子绝不是两碗喜面能够打发的等闲之辈，只得从怀里掏出一大把铜子儿。高个儿的立即摘下草帽往前一递，一大把铜子儿哗啦啦全收走了。见钱眼开，两个要饭的立即合唱起来。大吉大利好乾坤，订婚之后就结婚！结婚之后就有喜啊，大胖小子七八斤！两个叫花子唱罢，扬长而去。

再说卢家大院的会客厅里，宾主两方落座，香茶奉上。天热儿，客厅的四个角落里摆着四只大木盆，里面盛着消暑的冰块儿，散发着丝丝凉意。李守基老先生坐在花梨木制成的太师椅上，目光透过水晶茶镜看到罗九与卢振天耳语着，心里也能猜出八九分。

满大姑坐在一侧，已经拿出大烟袋无所顾忌地抽了起来。关东烟叶散发出来的味道，使得会客厅的空气顿时浓烈起来。李守基毕竟老有经验了。他不等卢振天发问便以守为攻，率先说明了李文卿缺席的原因。

卢先生啊，今天是令妹与犬子订婚的大喜日子。可是非常抱歉，敝公司与德国阿克法公司有一笔小生意，今天上午十点钟必须签约，我儿文卿只得前往英租界的利顺德大饭店会晤德商，故而不能出席订婚仪式，还请卢先生海涵。

卢振天原本属于喜怒必形于色的粗鲁之人。他听到李守基这一番话，心中自然不悦。你跟德国人做生意，事大，可你儿子订婚也不是小事情哇。生意可以一笔笔做，可婚姻一生没有二回。心里这样想着，卢振天脸上却挂着笑容。李老先生不必客气，咱们中国人讲究父母之命媒妁之言，有您老人家亲临主持，再有满大姑贵人相助，这订婚仪式照样进行。我现在就请我妹妹出来见过李老先生您看好吗？

卢振天一番话，说得严丝合缝儿，颇有大仁大义之气度。李守基心里发虚，连忙站起拱手行礼说，卢先生真是大人不与小人怪。老朽我能够与卢先生结亲，真是我们李氏人家三生有幸啊。

您过奖啦您过奖啊。卢振天连连摆手，表示谦逊。

满大姑心里明白，李文卿哪里是跟什么德国人谈生意啊。今儿九点钟临近出门，这位李大少爷犯了老毛病，两只眼睛往上一翻，嘴里吐着白沫，抽起了羊角风。李文卿每次犯病，没有两三天缓不过来。李守基老先生当机立断决定让李文卿留在家里休养，他谎称儿子去利顺德大饭店跟德国阿克法公司洽谈生意，毅然来到卢家大院出席订婚仪式。不过李守基是天主教徒，他坐在卢家大院的客厅里忐忑不安，自己信奉上帝却在儿子的订婚仪式上撒了弥天大谎，这是大罪过。

关于李文卿身患顽疾的这一层内幕，只有满大姑心知肚明。她坐在客厅里观看四方，知道事不宜迟，趁机举起大烟袋快言快语说，今儿即使李大少爷没来，我看这也是两好凑一好，缘分啊。李卢两家既然如此投缘，不如趁着吉利时辰把龙凤帖子换了，一会儿华界商会的哈会长就到了吧？咱们大伙把订婚喜酒一喝，不就万事大吉啦。

媒婆子这番话说得有失文雅，但很爽快，深得李守基之意。其实卢振天也不想再磨蹭了，立即召唤罗九把专程聘来书写龙凤帖子的吕先生请进客厅。这位吕先生当年是一家报馆主笔，写得一手好颜体，如今卖文鬻字，天津卫颇有几分名声。

李文卿缺席的消息这时已经传到卢玉洁闺房。胖姐儿报信儿说只有李守基和满大姑进了会客厅，压根儿没见李大公子的身影。

卢玉洁听罢一愣，说订婚订婚就是一男一女的事情，这有女没男不就成了独轮车啦。胖姐儿转而劝慰说，大小姐你心里不要别扭。卢玉洁突然笑了，说我心里才不别扭呢。人们都说能嫁到英租界里是大福大贵的命相。可是，我跟李大公子连面儿都没见过，一下子就定了终身。你说我能愿意嫁给他吗？我巴不得这门婚事泡了饼汤。

性格爽快的胖姐儿听大小姐这么说话，就嘻嘻笑了起来。一主一仆说着话，闺房门外来了罗九。这位大管家站在门外恭恭敬敬叫了一声大小姐，说大少爷请大小姐到会客厅去，拜见李守基先生。屋里传出胖姐儿的声音，说罗大管家今天是大小姐订婚的日子，可不是你冒坏水儿的日子啊。

罗九嘿嘿笑着说，胖姐儿你催一催大小姐吧，李守基老先生可在会客厅里候着呢。

其实卢玉洁一大早儿就穿戴整齐了。她一袭粉红色衣裙，乃是上等春绸。款款走出闺房，光彩照人的卢玉洁朝着罗九说，好啦，你前边带路吧。

罗九一溜小跑前面带路，引领着卢玉洁走进会客厅。李守基看见卢玉洁走进来，便投来慈祥的目光。这是李守基第一次见到未来的儿媳妇，卢玉洁的美貌令他感到满意。李守基很有自知之明，“洋教李”虽然开着公司颇有几分财势，可儿子李文卿毕竟患有终生难以治愈的顽疾，如果讨上卢玉洁这样的媳妇，也算他造化了。

卢玉洁很有礼貌，径直走到李守基面前深深鞠了一躬，说李老先生好。然后卢玉洁朝着媒婆满大姑点头示意，淡淡一笑。这时，天津华界商会的哈会长大笑着走进会客厅，连声道歉说迟到了一步。卢振天起身说哈会长我们是万事俱备了。李守基指着商会哈会长说，这东风扑面而来啊。众人哈哈大笑。这时候吕先生已经写成了订婚的龙凤帖。卢振天小声对哈会长说，劳您大驾，请主持订婚仪式吧？

卢玉洁感到一阵眩晕。她知道，今天的订婚仪式就这样开始了。会客厅里的气氛热烈起来。卢玉洁懵懵懂懂的，仿佛一只任人摆布的玩偶，让她往北她就往北，让她奔西她就奔西。不知过了多长时间，她听到罗九招呼大家入席，这才渐渐清醒过来了。

订婚酒席就设在会客厅里。这次订婚仪式，卢振天并没有大操大办，他深知自己功夫尚浅，在天津卫的商界混事儿，初期不可张扬。因此会客厅里只摆了一张大八仙桌子，正好坐了十二位宾客。卢玉洁坐在李守基右侧，紧挨着未来的老公公。沿着游廊从伙房一路跑来的伙计很快就端上来四碟甜品，然后就是四道凉菜，而且依次报了菜名。这四道凉菜分别是初春明月，仲夏风光，深秋果鲜，隆冬甘醇，一年四季也就齐了。看着这四道凉菜，卢玉洁想起虞金诚亲笔书写的那份中英文对照的菜单，心头倏地一紧。不知道罗九憋着什么坏水儿呢，反正今天绝对不能让他们加害虞金诚的阴谋得逞。

卢玉洁心不在焉，抬头看了看会客厅窗外，胖姐儿的身影一闪而过。她心里踏实了几分。胖姐儿在外面巡逻呢，这样无论是谁也难以下手。

院子里，老妈子愤愤不平小声跟胖姐儿发着牢骚。这洋教李家是不是仗着家大业大跟咱们摆臭架子呀？订婚订婚，哪有男方不露面儿的？这不成了隔山买老牛嘛！我看要是这样下去，将来大小姐过了门子也得受气！

胖姐儿心里盛着大事，不言不语警惕地环视着四周，没看出什么异常情况。

客厅里的酒席上，卢振天开始敬酒了。这位出身乡野的汉子虽然摇身一变成了商界绅士，浑身的江湖气质还是难以掩饰。他端着酒盅却说不出什么文雅之词。只是一个劲儿说干杯干杯。李守基显然不太适应这种场合，微笑着说自己不胜酒力，只是象征性地抿了抿酒盅而已。

华界商会的哈会长举起酒盅说，今天是卢小姐跟李公子的订亲之日，我们前来助兴，祝愿李卢两位早结连理，相伴白头啊。李守基端起酒盅说，我家信奉天主教，生活习惯跟诸位有所不同。不过我还是依照咱们中国人的习惯，这订婚的酒是一定要喝的。说着，李守基主动干了一盅。

卢振天来了豪气，说了声好，也跟着干了一盅。卢玉洁默默看着这场面，心里很想离席而去，可又一时不敢离去。她心里惦记着虞金诚的安全。

卢家大院的游廊此时已经成为一条繁忙的通道，跑堂的伙计们一个个端菜上桌，跑得大汗淋漓。

李守基品尝了四道凉菜之后，感觉“春夏秋冬”确实很有特色，便停住筷子由衷地夸赞道，这菜烧的味道很好哇，请问是从哪一家大饭庄请来的厨师？

卢振天听罢哦了一声，继而得意起来。李老先生，这是我们卢家大院的家厨手艺，这位家厨原本南开学校毕业，身为学生竟然无师自通学会了烹饪手艺。怎么样，让您老人家见笑啦。

哪里哪里。李守基起身脱去西装上衣，露出雪白的衬衣配以紫色领带。看来这四道凉菜打开了李守基的胃口，颇有轻装上阵饕餮一番的趋势。哈会长试探着问道，李老先生果然美食家啊？

不敢不敢，我这几年做洋行生意，以西餐为主。今日遇到如此具有特色的中餐厨师，老朽真想尽情离享受一番口腹之乐啊。

卢振天情绪高涨起来，连声击掌叫了来了罗九。我说罗大管家，李老先生夸奖虞金诚的菜烧得好，你到伙房跟他说一声儿，叫他把真正的本领都使出来！哎，今儿最后一道大菜什么来着？

罗九心领神会地说，龙凤呈祥。

卢玉洁从罗九的表情里读出了特殊的内容，他突然起身大声说，罗大管家！这最后一道大菜你可怠慢不得啊。

罗九毫无思想准备，愣住了。这时候卢振天挥了挥手，该上什么菜就上什么菜，罗九你赶快去安排吧。

酒席上只有卢玉洁能够听懂卢振天说话的含义。她侧脸注视着哥哥，那表情活像一只生气的小母鸡。卢振天很善于闪躲，随即端起酒盅向华界商会的哈会长敬酒，根本不理会妹妹尖锐的目光。

一个跑堂的伙计吆喝着上菜，来啦——雾里看花！

罗九沿着游廊走向伙房，这时候又一个跑堂的伙计端着一只大盘子迎面走来，嘴里吆喝着报出菜名，来啦——天地玄黄！

擦肩而过，罗九朝着大盘子里瞥了一眼，看见虾仁、鲜贝、蟹肉、鱼脯什么的，鲜鲜艳艳热热闹闹地散发着诱人香气。他咽了一团口水，暗暗骂了一句虞金诚，大步走进跨院一头钻进伙房。

大灶前，火苗照耀着虞金诚的脸庞。他正在给一只仔猪过油。沸油浇在仔猪身上，渐渐变成焦黄的颜色。罗九不声不响站在这位厨师身后，观察着。

虞金诚放下仔猪，转手抄起热勺。他似乎并没有感到身后有人，一心一意操作着。

罗九这不酸不凉地说，大厨师辛苦啦。虞金诚回头看了罗九一眼，淡淡一笑，然后继续炒菜。罗九嘿嘿笑着说，今儿是大小姐订婚的宴席，无论一道菜一道汤，那都是不能出现丝毫闪失的。尤其最后那道大菜龙凤呈祥，你可一定要多加小心。

虞金诚擦了擦汗水，猛然一抖炒勺——又一道热菜出锅了。罗九问这道菜是嘛呀？

虞金诚大声答道，九河归海！

这时候一个跑堂的伙计走进伙房伸手端起这道色香味俱佳的菜肴，转身大步奔向客厅上菜去了。罗九突然话锋一转说，虞金诚啊，我听说你弟弟虞云隆拜在苗六爷脚下，发誓要把商行从卢大少爷手里夺回去，有这事儿吧？

虞金诚摇了摇头说，我们兄弟之间已然断了往来。即使虞云隆志存高远誓言铮铮，那也只是他自己的事情。这跟我没有丝毫关系。

好啊。罗九眼珠儿滴溜一转，笑了。我说虞金诚，今儿宴席我安排好了，最后上汤的时候，我亲自端上去，以表示对来宾的敬意。

虞金诚郑重地看着罗九说，罗大管家你说错了，依照咱们天津卫的习俗最后是厨子亲自上汤，以讨赏金。这规矩你怎么不懂呢！人家贵宾也会笑话你的。

罗九无言反驳。他知道天津卫确实有这样的规矩，尤其是红事儿，最后是厨子出马亲手端着汤池上桌，这时候主家看赏，当场递给厨子一份红包，以此对其厨艺表示赞赏。其实也是厨子的一笔外快。

好吧。罗九答应了。他心里想，虞金诚啊虞金诚，今儿你亲自上汤等不到讨得赏金，那警察就把你掐监入狱。你小子光剩下倒霉啦。

炒勺里一团火光嘭地亮起。虞金诚连续抖动炒勺，又一个热菜出锅了。他兴奋地向跑堂伙计报出菜名，百——年——夫——妻！

跑堂的伙计端起这盘热菜，拉着长腔跑出伙房，大步奔向宴席餐桌。来啦，百——年——夫——妻！

宴席上，卢玉洁听到跑堂的伙计拖着长腔报出菜名，不由心里一惊。百年夫妻？今儿虞金诚报出的菜名，真是颇有含义啊。

罗九走出伙房大步走到拐角处，趁着四周没人伸手抠出了那一小包儿毒性很强的耗子药，顺势掖在怀里，预备着。

胖姐儿远远朝这里投来一瞥。

伙房里，虞金诚正在制作最后一道大菜“龙凤呈祥”。说是龙凤呈祥，这龙，就是一条条银条子鱼而已。这银条子鱼是海河特产，初夏时节出水上市，不过十天光景，因此十分珍贵。凤呢则是一只只铁雀儿。虞金诚手持漏勺将一条条银条子鱼从油锅里捞出，摆在一只椭圆形盘子里。他转身走到灶前，一抖热勺开始爆炒一只只红色铁雀。这时候从窗外伸进一只大手，将一撮子白色药粉撒在一条条银鱼上。这白色药粉立即就溶化了。

虞金诚炒好了铁雀儿盛到装着银鱼的盘子里，然后勾芡浇汁儿。这时候，伙房外面传来罗九的吆喝声。

准备上菜啦，龙——凤——呈——祥！

随着罗九的吆喝声，这位大管家在两位伙计的陪同下走进伙房来到灶前。他伸手端起这最后一道大菜——龙凤呈祥，朝着虞金诚颇有含义地笑了笑，转身走了出去。

随行的两个伙计沿着游廊一起吆喝着。来啦，罗大管家给诸位贵宾上菜啦，龙——凤——呈——祥！

就这样，最后一道大菜龙凤呈祥由罗九亲手端上了宴席。这位大管家朝着卢振天使了一个眼色。卢振天会心地笑了。

李老先生，这是最后一道大菜取名龙凤呈祥，那就请您先动筷儿吧。卢振天恭恭敬敬地说。李守基在卢振天的热情邀请之下，只得举起筷子说，诸位请吧诸位请吧。

天津华界商会的哈会长说，长者为尊，尊者为贵，李老先生请您动筷儿吧。

那老朽就承让啦。说着，李守基伸出筷子，突然问道，咦，这道菜为什么叫龙凤呈祥呢？卢振天抬头看了看罗九。罗九咧嘴笑了笑说，我也说不好它为什么叫龙凤呈祥。李老先生，您请用吧。

哈会长这时候说，我寻思这龙凤呈祥的龙啊，其实就是银条子鱼，俗话说鱼化龙嘛。这凤呢原本就是虚拟之鸟，就是这铁雀儿吧。李老先生，这道大菜还要请您开光啊。哈会长的讲解深入浅出，李守基十分满意。他伸出筷子正要夹菜。卢振天突然大声说，慢着慢着，我怎么闻着这菜的味道不对呢？

人们面面相觑。

哈会长不知内情，毫无疑心地说，这菜是你们卢家大院的家厨烧制，没事儿吧。

罗九立即插言说，龙凤呈祥这道大菜是我亲手端上来的，也是最后一道大菜。要是真的有个三长两短，我可担当不起。再者说今儿是大喜的日子，还是多加小心为好。既然卢大少爷闻着有味儿，诸位暂且不动。

这事儿好办，把那只大花猫抱来吧！一试不就行啦。卢振天假装大大咧咧的样子说。

显然是事先有所准备。罗九话音刚落，小臭儿就抱着一只大花猫走了进来。卢玉洁面色煞白，神色紧张注视着这只大花猫。李守基没想到出现这种场面，一时不知所措。

卢振天伸出筷子从那盘“龙凤呈祥”里夹出一条银条子鱼和一只铁雀儿，

放进一只小碟子里，递给罗九。罗九将这只小碟子摆在地上。那只大花猫嗅到荤腥味道，扑上来就吃。

卢振天提醒大家说，这盘儿菜里要是有毒，大花猫当场翻倒！

大花猫眨眼之间将一碟子里的东西吃得一干二净，然后长长地伸了一个懒腰。

哈会长不知内情，长长出了一口气说，没毒没毒，要是有毒大花猫当场就得翻倒啦。

大花猫喵地叫了一声，跑了。

卢振天满脸愠恼之色，目光如锥盯了罗九一眼。罗九满头大汗，耷拉了脑袋。

李守基这时候说话了。啊，原来是虚惊一场，原来是虚惊一场。

罗九立即解释说，这是误会这是误会。卢大少爷他唯恐大家吃不好，大喜的日子里闹了一场虚惊。请大家多多原谅，请大家多多原谅啊！

卢玉洁抑制不住内心的喜悦，笑了。

然而，经过大花猫验证的那盘压轴大菜“龙凤呈祥”却摆在桌子无人问津，败坏着宴会的气氛。

这么一闹腾，订婚宴席倏地进入尾声。卢振天问罗九后面还有什么。罗九张口正要回答，站在外面的伙计们齐声吆喝起来。

诸位贵宾，大师傅亲自上汤来啦！

卢振天听罢，颇感意外。李守基生活西化，对最后的厨师亲自上汤也感到不解。还是商会的哈会长经多见广，笑着说这是咱们天津卫的老规矩啊。

外面的伙计们再次齐声吆喝起来。来啦，大师傅上汤来啦！

李守基这时候已经明白了厨师上汤的含义，微笑着说，这一桌子菜烧得真是太好了，我正好借这个机会见识一下这位大师傅。

卢玉洁内心激动起来。她抬头注视着门口儿。这时候虞金诚双手端着一只托盘，托盘里摆着一只汤钵，不紧不慢走了进来。

卢玉洁目不转睛注视着虞金诚。虞金诚并不回避，目光与卢玉洁对视着。

虞金诚走上前来，双手将托盘放在桌上，然后从托盘上端起一只汤钵，稳稳摆在卢玉洁面前。大小姐，我给您上汤啦。虞金诚恭敬地说。

卢玉洁克制着激动的心情，问道，虞先生，我向您请教一件事儿。最后这道菜为什么叫龙凤呈祥呢？

虞金诚毫无表情说，因为有龙有凤，因此取名龙凤呈祥。卢玉洁问道，什么为龙？什么为凤？

虞金诚回答，银条子鱼为龙，铁雀儿为凤。

卢玉洁不解地发问，明明是银条子鱼，你怎么说成是龙呢？依我看啊，这鱼就是鱼，那龙就是龙。

虞金诚终于笑了说，大小姐您说得对，可如今这种世道，泥沙俱下，鱼龙混杂。因此一条小鱼儿也就成了大龙。

李守基一旁听着，竟然连连点头称是，颇为赞同的表情。卢振天不愿妹妹多说话，大声邀请诸位立即喝汤。

卢玉洁拦住哥哥，继续发问，虞先生，你做的这是什么汤啊？

虞金诚看了卢玉洁一眼，然后一板一眼说道，这汤名叫金玉良缘。

什么？卢玉洁一惊，追问了一句。

金玉良缘。虞金诚一板一眼重复了一遍。

金玉良缘？卢玉洁的眼窝里突然涌出热泪，声音哽咽着说，这汤真是太好了，马上给大师傅看赏。

胖姐儿走进来，伸手将事先备好的红包儿递给卢玉洁。卢玉洁接过胖姐儿递来的红包儿，抬头看着虞金诚说，虞先生，金玉良缘这名字取得好哇。说着，她站起身来将红包儿递给了虞金诚。

虞金诚将红包儿接在手里，躬身朝着卢玉洁深深鞠了一躬说，大小姐，谢谢您的奖赏。

卢振天终于急了。虞金诚，大小姐既然已经赏了你，你他妈的就快退下去吧！

卢振天原本就是粗人。粗人一急，自然骂了粗口。这粗口令李守基极其感到意外，表情很是难堪。这位虔诚的天主教徒面对粗口一时不知如何是好，只得伸出调羹喝了一口“金玉良缘汤”，然后轻轻点头说，金玉良缘，好啊好啊，这汤味道很不错啊。

投毒的阴谋没有得逞。罗九只得灰头土脸地溜了出去，跑到大门外拱手行礼，冲那两位事先请来逮人的警察连声说着包涵，当场塞了几块大洋，打发这两个黑狗子走了。

一场蓄谋已久的阴谋就这样流产了。卢振天为妹妹举行订婚仪式也就这样落幕了。

当天晚上。虞金诚独自坐在灯下，从怀里掏出卢玉洁奖赏的红包儿。他缓缓打开，一层红纸包着一层红纸，总共包了三层。这时候他终于看到一块银元。啊，这是一块残缺了一角的银元。

虞金诚自言自语说，哦，原来是天缺一角啊。

虞金诚找来两件儿工具，坐在灯下在这块残缺一角的银元上钻出一只小孔。他找出一根红丝线，眯起眼睛将红丝线穿进小孔，打了一个结，便系成了一只护身符。

脱去青洋布衣裳，虞金诚赤裸着身子将这块残缺一角的银元制成的护身符挂在自己胸前。

是啊玉洁，天缺一角是真情啊。

半夜时分，有人咚咚叩击窗户。虞金诚起身在屋里问道，谁呀？

窗外响起罗九的声音。虞金诚你听着，明儿一大早，你他妈的立即滚蛋！

为什么？我半年的期限还没到呢。虞金诚披衣走出小屋。

他一出门便迎面吃了罗九一拳，眼前一片模糊。

你要是明儿一大早不滚蛋，活不到晌午我就让你格尔屁！

格尔屁是天津土话，就是死亡的意思。

虞金诚知道这是卢振天恼羞成怒了。今天的订婚仪式上他几乎惨遭暗算。他心里明白是卢玉洁暗暗救了自己。要是没有卢玉洁施以援手，他此时已经背着黑锅蹲在警察局的小屋里了。

36 后会有期

一大早儿，虞金诚收拾了行李，准备离开卢家大院。毕竟学生出身，他有牛皮提箱和帆布兜子的家当，这多少显示了昔日虞大少爷的身份。得知虞金诚即将离去，厨师老冯的心情比较复杂。他拉着虞金诚的手说，虞先生，我当了几十年大师傅从来没见过你这样的人。喝了一肚子墨水还会说英国话，偏偏做了厨子这一行。唉，太可惜了。

虞金诚告诉老冯，人的一辈子，谋事在人，成事在天。自己在卢家大院当了四个月厨师，阴差阳错而已。

老冯还是感慨不已。他坚决认为虞金诚并非等闲之辈，只是时运不济罢了。虞金诚背起帆布兜子，拎着牛皮箱子，走出小跨院，前往会客厅与卢振天道别。

卢振天坐在客厅里，专心致志给两只绿毛龟子喂食。虞金诚前来告辞这很出乎卢振天的意料。罗九深更半夜驱逐虞金诚，而且还迎面打了这小子一拳。卢振天以为虞金诚一大早儿悄悄溜走就是了，没承想对方竟然大大方方前来告辞。操，看来读书人真是孔圣人的弟子，礼数周全。

虞金诚走进会客厅。卢振天故意不睬，假装一心一意喂龟。虞金诚不急不躁说，卢振天先生我告辞了，咱们后会有期。

卢振天假门假式扭头看着虞金诚说，哎哟，你怎么说走就走啊虞大少爷？

我就告辞了。这四个月多谢您的关照。虞金诚说着躬身兜子礼，转身就走。

慢着！卢振天起身笑着说，今儿咱们是真人面前不说假话。我有几句话还要问一问你呢。卢振天眯起眼睛寻思着，然后抬头盯视对方。其实我只想问你一句话，你竟然认头来卢家大院当伙计，你心里到底怎么想的？

虞金诚笑了笑说，卢大少爷您真是小题大做了。当初我只想把正昌商行的老匾拿回去。您非要我来卢家大院当半年伙计。我只能遵命啊。

卢振天腾地变了脸色，不由自主朝前走了两步说，你能屈能伸能折能弯能上能下，恐怕不光是想讨回正昌商行那块老匾吧？

虞金诚朝着卢振天拱了拱手说，您实在是高抬我了。我就此告辞吧。

卢振天注视着虞金诚的背影，信步跟随着走出会客厅。虞金诚拎着牛皮箱子扛着帆布兜子，竟然走向大院正房。

罗九不知从什么地方蹿出来，急赤白脸说，虞金诚这小子太过分了，他跑到大小姐门口告别去啦！这是蹬着鼻子上脸啊！

小臭儿跑过来添了一把柴火说，我找几个小伙计打他一顿吧？叫虞金诚满脸是血离开卢家大院！

卢振天反而冷静下来，连连摆手表示反对。咱们如今毕竟是生意人，耍混混儿可不行。再者说人家虞金诚规规矩矩站在大小姐门口儿告别，这也不犯律条啊！行了行了，不就这么一会儿工夫嘛，他跟大小姐告了别，就让他走吧。

这时候，虞金诚跟卢玉洁告了别，从从容容沿着游廊向着大门口儿走去。小臭儿在前面领路，其实是监视。

卢振天透过会客厅的窗户注视着虞金诚。他妈的，这个人真是让我捉摸不透啊。

罗九反而劝慰卢振天说，这小子已经滚蛋了，您就不要跟他置气啦。

小臭儿送走了虞金诚，一路小跑儿前来报告。卢大少爷，虞金诚去跟大小姐告别，没多言多语，只说了那么几句话。倒是胖妞儿跟着插嘴，一只小母鸡似的。

虞金诚到底怎么说的，你一句一句给我学舌。卢振天表情很是认真。小臭儿回忆着说，虞金诚跟大小姐说了两句诗，好像是什么青山遮不住，毕竟东流去。

那大小姐说什么呢？卢振天急着问。

小臭儿继续回忆着说，大小姐也说了两句诗，好像是感时花溅泪，恨别鸟惊心。紧跟着虞金诚又说了两句诗，道路漫漫马踏沙，山远水长路多花。

卢振天听罢，扭脸看着罗九。罗九撇了撇嘴，说听不懂。卢振天也撇了撇嘴，说读书人就是毛病多，见了面不说人话，光念诗，别人谁懂啊。

罗九不无挖苦地说，我看过这么一出戏，男的叫陆游，女的叫唐婉儿。这俩人一见面就作诗，我记得后来好像也没成，男的娶了别人，女的也另嫁啦。

你们都给我滚出去！卢振天不知为什么起了火，一挥手把罗九和小臭儿一块儿轰了出去。

中午，卢振天没吃饭，一个人坐在屋里不声不响抽烟。老冯跑来探了探，也不敢说什么，缩了回去。傍黑儿了，卢振天的情绪好像有所好转，信步来到院子里，朝着妹妹房间走来。此时胖姐儿站在卢玉洁房间门口儿，正在收拾晾在门外的手绢。她看见卢大少爷向这里走来，立即小声报告了卢玉洁。

卢玉洁落落大方，撩起竹帘子迎将出来，叫了一声哥哥。卢振天看到妹妹表情如此自然，心里竟然怯了。他朝着妹妹笑了笑，笑得很不自然。玉洁，今儿晚上咱们一块吃饭吧。

卢玉洁极其镇定地说，哥哥，昨天最后一道龙凤呈祥，你怎么那样偏心送给大花猫吃了呢？好端端一盘大菜就这么糟践了。

卢振天突然心里一凉。从前如果遇到这种事情，卢玉洁必然当头质问哥哥，从不拐弯抹角。此时她却变得尖酸刻薄，一下子没了以往的亲情。卢振天感到极其失落，一时不知如何应对。

胖姐儿依然快人快语，口无遮拦。大少爷您说话不算话。当初让人家虞金诚来当伙计，说是半年。可你又容不下人家，四个月就把人家轰走了。哼！

胖姐儿这一番话反而给了卢振天台阶下。他笑着对卢玉洁说，哥哥一天没吃东西了，晚饭我请你去吃西餐吧？

卢玉洁摇头谢绝，说不喜欢洋饭。胖姐儿插嘴说，洋人的东西大小姐只喜欢他们的小说，一宿宿捧着看。卢振天趁机说，玉洁你就是看西洋小说看的，满脑子不切实际的东西。

厨师老冯跑来请示晚饭的菜谱。卢玉洁突然问老冯，你会做金玉良缘汤吗？

老冯尴尬了，说从十二岁人勤行学徒，出师二十三年从来没学这个汤。

卢玉洁不急不躁地说，怪了，人家虞金诚怎么就会做呢？

大小姐你有所不知。虞金诚他不是正经厨子，他没宗没派没师没承没规矩更没菜系，因此敢想敢干敢扑腾，我那能跟他的野路子相比啊。老冯抱怨地说着。

卢玉洁竟然咯咯笑了起来。卢振天吃惊地注视着妹妹，就跟注视陌生人似的。玉洁以前笑不露齿，一笑都是伸手掩唇的。如今好像变了一个人。

老冯啊我告诉你，你说虞金诚是野路子，我看只有野路子才会烧出好味道。你倒不是野路子，一年三百六十五天都是一个味儿的。卢玉洁一口气说着。

老冯无言以对只得小声嘟囔着说，那您还是把虞金诚请回来吧。

卢振天说了句那就在家里吃晚饭吧，走了。胖姐儿轻轻扯了扯卢玉洁的袖口说，大小姐今儿您是怎么了，敢说敢讲啦？

不知为什么卢玉洁受到深深触动，她的眼睛里竟然闪烁着泪光说，胖姐儿啊我也不知道自己怎么突然变成这样了。

大小姐，你变成这样儿，挺好！胖姐儿一本正经说着。

37 天津“话痨”

过午的阳光将虞金诚的影子投到脚下，几乎不成人形儿。夏日的太阳就挂在脑袋上头，一派嘎坏的样子，见谁烤谁。虞金诚离开卢家大院一路行走，半道上买了两个烧饼，一边嚼着一边顶着大太阳，径直奔向南门外的菜桥子。菜桥子迤西有一条南关老街，它始于当年的南门翁城，向南一直通往炮台庄。炮台庄就是当年天津炮台的遗址。这炮台被八国联军逼着拆了，光剩下一个干干巴巴的地名而已。天津卫这种地方很多，譬如东门外的水阁大街，水阁早就没了，地名还在。再譬如东局子，李鸿章创建的机器制造东局早就被八国联军烧了，可如今这地名还是挂在天津人嘴头子上。天津卫就是这样，嘴上的东西挺多，往往有名无实。

虞金诚肩上挎着帆布兜子手里拎着牛皮箱子彳亍而行走过南门脸儿，迎面一家照相馆里走出五六个青年学生模样的小伙子。他低头绕行，却被这几个人给发现了。哎，那不是虞金诚吗？

于是，这五六个人一起喊叫起来。虞金诚同学！虞金诚同学！

流落街头的虞金诚只得停住脚步，立即强作热情地跟昔日同学们打着招呼。

一个男同学大声说，虞金诚同学，这几天同学聚会，我们到处找你不到。这一程你到底跑到哪里去啦？

虞金诚略显窘迫地说，我出了一趟远门儿，这不刚刚回到天津嘛。又一个男同学说，我们几个同学考上了北洋大学预科，今天在一起合影留念。虞金诚同学，你考大学了吗？

没有没有，我不想上大学啦。虞金诚故作落后姿态说。

虞金诚你不考大学多可惜啊，你英语考过全年级第一呢。虞金诚你的国文也很好啊，还是学校周刊的编辑呢。虞金诚你应当考大学读理科，你的数学一直很好哇。

虞金诚连连摆手说，同学们，我有急事要去办，咱们改日再见吧！说着，他疾走几步回头朝同学们挥了挥手，匆匆离去了。

同学们一起注视着虞金诚的背影，心里都很伤感，竟一时无言无语。

这时候，虞金诚眼里含着泪水大步朝前走去。已经走得很远了，他突然操着英语大声安慰着自己。

生活就是这样，过去的事情就让它过去吧！我们没有别的办法只能向前走去！

走着走着，大街旁边有一家小澡堂，澡堂门口儿立着一个猴模猴样的小伙计。年岁不大，十七八的样子。他听见虞金诚大声用英语说话，立即龇着一口白牙笑嘻嘻说，哎，这位小爷，我听你说的一定是鸟语吧？三不管儿说评书张杰鑫讲过，老世年间中国有一位通晓鸟语的奇人复姓公冶，名叫公冶长。你八成是他后代吧？

虞金诚听罢哭笑不得，只好郑重地告诉这位见面就熟的澡堂小伙计说，兄弟，我说的不是鸟语是英语。对方一听就惊了，瞪大一双小眼睛朝前走了几步说，敢情你还会说英国话呀？那你怎么不去外国洋行混个阔事儿呢？

虞金诚抬头看了看这家小澡堂的招牌，明江浴池。这小伙计伸手拉了他一把说，哎我是这明江浴池的伙计，我们掌柜的这会儿不在，你赶紧进去洗一个吧，白洗我不找你要钱。

虞金诚表情疑惑，驻足不前。这位澡堂小伙计急了，操着一口纯正的天津话大声说，我叫猴七儿，我是看你会说英国话才搭理你的。你呀，将来必定是个大人物。说评书的讲过，古往今来凡是大人物当初都有背运之时，苏秦当初她嫂子根本就瞧不起他，韩信当年根本就不受待见，连一口吃的都混不上。再有就是朱洪武，一臭要饭的当了大明皇帝。刘邦不就是一亭长嘛，后来把楚霸王都打败了。当然，项羽一把大火烧了阿房宫那是太过分了。可有一举啊，他乌江自刎正是报应。我说你快进去洗一个吧，我就想交你这么一个朋友，将来一鸣惊人我也跟着露脸。我告诉你，当年陈胜在田头儿干活，跟身边庄稼汉说苟富贵，毋相忘。你日后要是富贵发达了，在外国洋行里混个总账啊襄理嘛的，可不能忘了我这澡堂小伙计。你快进去洗一个吧，洗完了在这儿睡一觉，到时候我叫醒你就是了。

虞金诚欣喜地注视着滔滔不绝的澡堂小伙计，感到非常亲切。天津卫这地方管这种不停地说话的人叫“话痨”。虞金诚知道天津卫这福地盛产话痨，可像猴七儿这样年纪轻轻的话痨，他平生还是头一次遇到。

猴七儿拎起虞金诚的牛皮箱子说，你快进去洗一个吧，我们掌柜的一定是逛窑子去了，且回不来呢。就这样，虞金诚在猴七儿的声声催促下，走进明江浴池。

这家浴池果然不大，池子里泡着五六个人，就显得满腾了。虞金诚虽说沦落社会底层，但身上还残存着公子哥儿的毛病，那就是洁癖。他端了一只木盆接满了热水，坐在木凳上往身上撩水，不慌不忙洗着。这时候他低头看见戴在胸前的“护身符”，伸手摸一摸这块“天缺一角”的银元，心头一热，立即想起了卢玉洁。他不由得停止往身上撩水，呆呆坐在木凳上，一动不动仿佛一尊泥塑。猴七儿出现他的身后，使劲儿咳嗽了一声说，我还忘了问你尊姓大名贵府何处呢！

哦。虞金诚收回思绪，扭头看着猴七说，我姓虞，本地人。

姓虞？你是项羽的老婆虞姬的虞。于余俞，据我所知还有姓鱼的，鲤鱼的鱼，唐朝有位大将军叫鱼智德。于谦，明朝的一个大忠臣，最后叫奸人害死了。三皇五帝那阵有个名医俞跗，据说他能割皮断肉专治五脏。姓余的有唱京戏的余三胜，余叔岩就是他的后代，人称小小余三胜。

猴七儿你知道的事儿太多啦。虞金诚颇为感慨，由衷地表示佩服。猴七儿果然是正宗天津卫话痨，打开话匣子继续说，我肚子里的这点儿东西全是由说评书的那儿听来的。三不管儿，河北鸟市儿，地道外，三角地儿。什么姜存瑞啊顾存德的，还有陈士和。我说你赶紧洗吧，洗完了好好睡上一觉。你睡醒了走了，我们掌柜的也该从窑子里回来啦。

说着说着，猴七儿一眼看见虞金诚胸前佩戴的护身符，乐了。敢情你拿银元当护身符啊，这我可是头一回见到。不错不错，银元当护身符好哇，挺不济最后还能拿它把自己发丧了。我说话不吉利，你别跟我这舌头一般见识。我这舌头，天生就是吃咸不管酸的一条肉儿，不过到末了还是窝头脑袋呀！

洗净了身子，虞金诚克制着昔日大少爷的洁癖，光着身子躺在明江浴池的木榻上，居然睡着了。那块“天缺一角”的护身符挂在胸前，闪动着幽暗的光芒，照耀着他的短暂梦境。虞金诚在梦里确实见到了卢玉洁，她笑着告诉他帆布兜子里有两套换洗的衣裳。

不到半个时辰，他猛地醒来了，仰面朝天躺在木榻上仔细回味着梦里景物，心头不免有几分感伤。他侧过身子伸手从木榻的抽屉里拖出帆布兜子，打开一看里面果然有两套崭新的衣裳。这是玉洁什么时候放进来的呢？虞金诚苦思不解，然而他知道女人之爱心，那是无孔而不入的，男人永远难以想象。

既然卢玉洁给我备了换洗衣裳，那就穿吧。他下身穿了一件蓝洋布裤子，上身是一件白绸小褂，人立即显出几分精神。这时候已是过午时分了，太阳隐去，变成假阴天儿。虞金诚感觉不是很热了，起身走出明江浴池的大门。他抬头看见猴七儿站在树荫底下正跟一拉胶皮的车夫聊得火热，说的是《封神榜》里姜子牙走倒霉字儿的故事。

猴七儿说，那时候姜子牙还没成事，穷啊，穷得没词儿，没词儿怎么办呢？干点儿小买卖吧。干嘛小买卖呢？卖白面。这一天他挑着两只木箱子，里头盛着白面，走街串巷一路吆喝，嗓子都喊哑了，也没见一个买主儿。天都快黑了，一座小院里走出一老太太叫喊着买白面。姜子牙乐了，这溜儿溜儿一天了可见着一个主顾啦，放下担子打开白面箱子，做买卖。您猜老太太买多少钱白面？一个小子儿的。买一个小子儿白面干嘛呀？打糨子给小孙子糊风筝。姜子牙一听老太太只买一个小子儿白面，说这也没法儿使秤约啊，干脆您拿个小碗儿自己舀吧。老太太挺高兴，转身回家拿小碗儿去啦。这时候呜地来了一阵大风，把箱子里的白面全给刮走了。姜子牙心里说人若是倒霉喝一口凉水都塞牙，于是引颈仰天长叹道，苍天开眼啊！得，天上落下一摊鸟儿粪可巧掉进姜子牙嘴里。你说这人要是走倒霉字儿就跟姜子牙似的，还能有活路嘛！

这段故事，拉胶皮的车夫听得连连点头。猴七儿讲完故事，扭脸儿看见虞金诚拎着皮箱扛着背囊，连忙迎上来说，我看你先把行李就存我这儿吧，实在没地方住你晚上就来住澡堂子，反正也花不了两大子儿。

虞金诚致谢，说自己在南斜街还有两间房子，今儿就住那儿去。猴七儿听说他有房子住，也就不强劝了。虞金诚说了声后会有期，就跟这位年纪轻轻的话痨告别，朝着南斜街方向走去。说起这南斜街它是一条斜街，东南起日租界的曙街，西北到达东门外的水阁大街。春天里飞扬跋扈的卢振天路遇卖药糖的“老梆子”也正是在这条南斜街上。

这南斜街乃是早世年间的一条废河道，如今已经成为人口密集的居民区。虞金诚携着行李走在南斜街，寻找着记忆之中的小红门胡同。当年父亲在世，在小红门胡同置了三间房产，空闲着无人居住，均为朝阳的北房。此时虞金诚无家可归想起南斜街小红门胡同，内心不禁感激父亲的遗世恩德。

他走进小红门胡同，找到坐南冲北的那座小院。院门虚掩着，他推门走了进去。小院里站着一位老翁，看见虞金诚走进，老翁问他找谁。虞金诚指着那三间北房说，这是我家的房子。老翁问他是不是姓虞。虞金诚点头称是。老翁说，有一位名叫虞云隆的后生，他昨天已经将这三间北房卖给我啦。你看，这是房契。虞金诚接过房契看了看，果然不假，便说了声打扰了，转身就走。老翁追了两步说，这位先生请慢走，请问虞云隆是您什么人？

虞金诚说了声一家人，扛着帆布背囊拎着牛皮箱子，头也不回地走了。

无精打采走出小红门胡同，他默默站在南斜街上，却一时不知去向何方。这时候，后午的阳光越发衰微，一位叫卖药糖的白胡子老头儿胸前挎着玻璃盒子，从西北往东南走来。这正是那位沿街卖药糖的“老梆子”。他那声声吆喝，极为嘹亮。

卖药糖，哪位吃药糖，清痰驱火蜜柑橘，镇咳定喘烟台梨，开胃的红果儿提神的薄荷，菠萝味儿的香蕉啊，最稀奇！

虞金诚受到这声声吆喝的强烈震撼，一时为之愕然。他认为“老梆子”的嗓音，高可入云降龙，低能落地伏虎，真是龙虎皆备，可谓旷世稀有的天赋，此公若是当年去学京戏，那谭鑫培就没饭了。可惜他老人家误入旁门做起了卖药糖的小本生意。这样想着，虞金诚颇有英雄末路的感叹，一心一意站在路旁等待着老梆子走过来。

卖药糖的老梆子身材精瘦而高大，此时又换了一套叫卖的词令，听着短促而有力，苍劲而拙朴。

梆子老，老梆子，我独一份的东西是药方子！老梆子，梆子老，我独一份的东西就是好！

卖药糖的老梆子终于走到虞金诚面前。此时，虞金诚这手拎肩扛的形象，活像一个外埠人。老梆子使劲儿看了他一眼，停住脚步。他手撩开盒盖儿右手操着竹夹子从玻璃盒子里夹出一块绿色药糖递给虞金诚说，小伙子你火太大啦快含在嘴里清凉清凉吧。

虞金诚接在手里看了看，知道这是一块儿薄荷药糖。他随手放进嘴里含着，抬头注视着卖药糖的老梆子。

小伙子还没地方住吧？呵呵，我老梆子送你一句话吧，无论高楼大厦还是低房矮屋，你不要离水太近了。

虞金诚点了点头，说记住了。卖药糖的老梆子说罢哈哈一笑，继续朝前走去。注视着老梆子远去的背影，虞金诚并不想追问什么。他知道这老梆子眼光独具，并非等闲之辈。你问了，那就是多嘴。实事本有，虚事本无，说的正是这个道理。这样思想着，虞金诚信步冲着海河码头的方向走去。

流经天津的这条海河没正形，那河道总是七拐八弯的，好像在跟天津人起腻。你看，海河在东浮桥一带，两岸还被称为河南河北，一眨眼工夫流到大直沽，就变成河东河西了。天津这座城市枕河而建，那叫随弯儿就弯儿，因此是大路不分南北，小街不辨西东，全然没有方向而言，随意乱走。然而，这一带的海河北岸属于意租界，南岸则属于日租界。日租界的南岸位居上游，因此不比下游的英租界，没有几座正式的大码头。虞金诚朝前走着还没到达海河边儿，觉得累了。他看到路边儿有一茶摊，就座了。这种茶摊出售的都是大碗茶，喝茶者皆为引车卖浆贩夫走卒之流，所谓喝茶其实是解渴。虞金诚搁下行李气喘吁吁坐在一条板凳上。他对面坐着一位背着褡裢卖胰子的穷老俄，一边喝茶一边吃着黑面大列巴。虞金诚朝着这位白俄点了点头。这白俄表情木然。这时虞金诚觉得坐在身旁的中年男子有几分面熟，便侧脸看了看对方。

哎哟，这不是钦三先生吗？虞金诚一声大叫，又惊又喜。

坐在虞金诚旁边喝大碗茶的这位，果然是当初正昌商行的账房总管钦三先生。当初穿惯长衫大褂的钦三先生此时也变成蓝布短打扮。他也认出了虞金诚，表情又惊又喜。

虞大少爷，您这是正要外出啊还是刚从老龙头车站下火车啊？钦三先生看了看摆在旁边的行李，关心地问道。

虞金诚尴尬地笑了笑说，我投奔亲戚去啦，可亲戚前几天搬家啦，注角不详，我正好由这儿路过就遇见了您。哎钦三先生，您怎么坐在这儿喝茶啊？

这时候轮到钦三先生尴尬了。他说自从离开正昌商行就没了事由儿，在家里蹲了两个多月。如今在海河边儿给一家脚行管账目，就是管一管每天的份儿钱，混一口饭吃罢了。

同是天涯沦落人。虞金诚心里伤感，却不表露。他端起大茶碗说，钦三先生，先严在世之时，您帮衬了我们多年，劳苦功高。天有不测风雨，正昌商行没了，我们闪了您一下子。实在对不住啊。

钦三先生受到感动，端起大茶碗跟虞金诚碰了碰说，虞大少爷您不要客气。老掌柜在世之时对我恩重如山，我感激不尽。

虞金诚说，俗话说三十年河东，三十年河西。有朝一日金诚重掌商行大权，还指望您老能继续帮助我啊。

虞大少爷，我今年还不到五十岁，说心里话我就盼望着您说的那一天啦。钦三先生激动起来，眼睛里闪动着泪光。

您放心吧钦三先生，我寻思那一天不会太远的。虞金诚说着仍然不失大少爷风度，从怀里掏出零钱扔给茶摊主人，替钦三先生结了茶资。钦三先生当然不能接受，立即掏出零钱表示应当替虞金诚结账。面对这小小不言的两碗粗茶却争先恐后地结账甚至僵持不下，这就是天津人的外场。

一个混得无家可归，一个混得没了事由儿，双方心里都觉得不景气，自然不愿过多叙谈，虞金诚与钦三先生同时起身道别。

长者先行。虞金诚看着钦三朝着海河方向去了，自己起身往南市方向走去。此时他心里去向不明，真正成了一个无家可归的流浪汉。走进南市牌坊，沿平安大街向西，从丹桂戏园子门前走过，然后就是著名的曲艺园子燕乐。天色渐渐暗了，隔教饭馆永元德根本不受天热的影响，照样客满。虞金诚朝西走着，路过东兴大街把角儿恶霸张八的增兴德饺子馆，肚子里咕咕响了起来。

当年的虞家大少爷，那是绝对不吃羊肉的，说膻气。如今从羊肉饺子馆门口儿经过，居然流下了口水。人就是这样，有享不了的福，没有受不了的罪。他闻着羊肉的香味儿继续西去，过了专唱落子的升平戏园，前面就是大舞台了。一个报童跑来，叫卖着《国强报》。虞金诚知道这是杨绍林办的报纸，文艺副刊《鲜货摊》的编辑是沈哀鹃，时有妙文发表，但有时也刊登娼寮广告，什么豫产名妓明日抵津云云。虞金诚掏钱买了一份《国强报》拿在手里，突然无声地笑了。唉，这一天转了一大圈儿，走来走去末了还是朝着菜桥子西边的明江浴池走去，最终依然应了猴七儿的邀请，今儿这一宿必然要睡在人家浴池的木榻上。他认为这是一个怪圈儿，就操着英语自言自语说，这就是宿命的安排，这就是不可抗拒的宿命。

这时候去找猴七儿，太早。你若真想去睡澡堂子也得晚上十一点以后。既为了填饱肚子也为了消磨时光，他在华林旅馆西边的一家小饭馆里要了一盘素炒饼一碗清汤，细嚼慢咽吃了起来。

这家小饭馆里有几个壮汉正在喝酒。从他们言谈话语里虞金诚听出这老几位都是扛河坝的，扛大包过跳板，卖力气拼性命，天天挣着血汗钱。虞金诚听得入了神，举着筷子忘了吃饭。

这位小爷，那牛皮箱子是您的吗？小饭馆的掌柜大声问道。虞金诚猛然醒悟，连声说是，然后低头寻找着。小饭馆的掌柜说，刚才进来一位坐在你面前你不知道哇？虞金诚摇了摇头说我光听这老几位讲扛河坝的事儿呢。是啊，你光听别人讲故事人家还不拎着你的牛皮箱子起身就走哇！

听说自己的牛皮箱子被人家拎走了，虞金诚起身就往饭馆外面追去。外面哪里还有人影儿啊。他跺了跺脚，极其沮丧地返回来，坐在桌前看着那半盘子炒饼却没了吃饭的心思。一个扛河坝的汉子大声劝慰说，小伙子这叫吃一堑长一智，天津卫这地方，不打勤的，也不打懒的，就是专打没眼的。我看你就没眼，所以你往后要是不长眼力见儿，那还是要吃大亏的。

谢谢您教诲。虞金诚很有礼貌地说了这么一句，引得扛河坝的汉子们哄堂大笑。另一扛河坝的汉子说，一听你说话就知道你是富家子弟公子哥儿，还是父母运儿吧？

虞金诚摇了摇头说，父母双亡啦。说着，他起身跟这几位告辞，拎着仅存的帆布背囊，慌里慌张走出小饭馆，朝着西边南关老街上的明江浴池走去。

这一次我可知道锅是铁打的了。前面就是明江浴池，虞金诚益发觉得人生坎坷处世艰难。来到明江浴池门口儿，猴七儿笑嘻嘻迎将出来，说了声回来啦。虞金诚难为情地笑了笑，说南斜街的三间房子已经被弟弟卖给了别人。

猴七儿说，我就知道你得回来住。我已然跟掌柜的说好了，你就长期住在我们澡堂子里，花不了多少钱。说着，一个五短身材的汉子从明江浴池里走出，上一眼下一眼左一眼右一眼，打量着虞金诚。虞金诚被对方看得很不自在。这五短汉子大声问，你是败家子儿吧？我一看就知道你无家可归了。好吧，猴七儿跟我说了，你就住在我们这儿吧，钱不钱的搁在其外，你可别搅了我的生意。

虞金诚点头表示谢意。五短汉子上步三摇地走开了。猴七儿指着帆布背囊说，虞先生，您的牛皮箱子被小绺偷去了吧？虞金诚很是纳闷，侯七爷您怎么知道的？猴七儿拊掌大笑说，我活了二十来年了啦头一回有人管我叫侯七爷。好咧，那我就告诉你吧。你走的时候明明两件行李，回来光剩一件儿了，再者说你肯定舍不得进当铺，你被小绺偷了这不是明摆着的事儿嘛。

于是心里很佩服猴七儿。这位澡堂小伙计只比自己小几岁，却好像已经拥有了八百年阅历，外加二百年道行。虞金诚在学校念书的时候争强好胜，往往自视甚高。如今跟这位猴七儿一比，就其生活本领而言那是成色大减了。

澡堂客人散尽，已是子初时分。头一天走进社会的虞金诚饱尝流落街头的艰辛，侧身躺在木榻上呼呼睡着了。

猴七儿是个“夜里欢”，一见灯泡就来精神儿。送走最后一位浴客，他来找虞金诚聊天儿，一看这位小爷已然睡了，叹了一口气。唉，一介书生沦落市井，你老人家受罪的时候还在后头呢。

沉睡的虞金诚滴里嘟噜说了一句梦话。猴七儿站在一旁听着，很是惊异。哎哟，这小子做梦都说英国话，这一定是吃洋饭儿的好材料啊。要是李鸿章大人在世就好啦，那一准把他弄去干洋务，可如今中华民国了，老蒋定都南京，天津风水不再，咱这地方算是卷子啦。

38 扛河坝

夜晚住在明江浴池，白天外出，乱搭讪。天津话管没事由儿却满世界转悠的，叫打游飞。头一天外出，虞金诚无所事事，漫无目的朝前走。由于牛皮箱子丢了，装在皮箱里的十几本书也丢了。没有书看，他只能坐在边道上读《国强报》，没完没了看着，就跟傻小子似的。这时候有几条壮汉从他面前走过，还问他牛皮箱子找着没有。他抬头一看是昨晚在小饭馆里遇到的那几位扛河坝的汉子，就起身告诉他们牛皮箱子没有找到。说着说着，他就随着他们就往海河方向走去了。

英租界的太古码头，在法国桥以下。英国的，法国的，日本的，只要是外国轮船进了大沽口之后，逆流而上往往停靠在这里。船来船往必然要装货卸货，于是扛河坝的汉子们有了活计。扛河坝也称扛大个儿。干这种活儿是计件挣钱，没有力气那是不行的。码头上当然另有一种不费力气的生计，那就是前来接客儿的窑姐儿。她们的主要服务对象是洋毛子船员。这外国水手们憋了一个航程，急于上岸排泄。前来这里接客儿的天津窑姐儿往往会讲几句英语，这是专门用于跟外国嫖客讲价钱的，很像上海的“洋泾浜英语”。

虞金诚跟随着人流走进英租界太古码头，一时找不着北。这码头完全是按照西洋规格建造的，地面铺的是水门汀，一眼望去平平展展胜过学校的大球场。虞金诚懂得英文，因此这里的事情很快就看明白了。但他不说。他知道自己此时已然沦为扛河坝的苦力，莫说你懂英文，你就是懂爪哇文也没用。

他跟随着人流登上一条外国大船，深入船舱里往外搬运大麻包，一只一只整整齐齐都码放在甲板上。另有一拨人接手从这里扛起麻包沿着跳板走到岸上。那跳板一颤一颤上下起伏，看着就眼晕。虞金诚庆幸没赶上扛麻包走跳板的活儿，弄不好一头栽到水里去了。

满头大汗到了中午。船舱里的货物掏空了。这时候虞金诚从小头目手里领了六个竹牌儿，说是到岸上兑成现钱。他不敢问为什么只给自己六个竹牌儿，那样等待你的一定是工头儿的巴掌。沿着跳板上岸，他回头看了看挂在船尾巴上的旗子，好似一贴大膏药，就知道这是一艘日本货轮。

一拉溜十几辆胶皮车进了码头，车夫们跑得呼哧带喘，就跟赶火车似的。虞金诚一看果然来了一群窑姐儿，打扮得花枝招展的，一个个嘻嘻哈哈下了车，争先恐后往停靠岸边的大货轮走来。一个窑姐儿眼尖看见挂在船尾的那一面膏药旗，哎哟了一声说，敢情是小日本儿的船啊这帮玩意儿最财迷呢，一块钱恨不得掰成两半儿花，咱从他们身上是赚不来钱的。

走在前面的一个妓女朝着站在船舷的一个日本船员招手说，喂宝贝儿，你赶快下来吧，我从昨天就在这儿等你，找个地方玩一玩吧。天津卫这地方，可远远比你们横滨啊大阪啊强多啦。你们的寿司可没有我们的包子好吃。我这儿还有两大白馒头给你预备着呢。

这妓女嘻嘻哈哈说着，一派乐天的样子。站在船舷上的日本船员面无表情，极其呆板地注视着这群中国出产的天津妓女。

虞金诚站在一旁，扭脸看了看这群妓女，又抬头看了看轮船上的日本水手。这时候有几个扛河坝的汉子大声召唤他，他就追着那一群汉子离开了码头。

午饭是在海河边上吃的，大多数汉子们都是大饼卷牛肉，那形状就像一只喇叭，因此这种粗俗的吃法叫“吹喇叭”。当然也有大饼卷猪头肉的。只有虞金诚例外，他干了一上午活儿可手里的六只竹牌儿只兑了几个大子儿。因此他只能光吃烧饼，没肉，有肉也是自己嘴里的舌头。一个汉子粗鲁地问他，你晌午不吃肉浑身没力气晚上回家怎么操娘儿们？虞金诚摇了摇头说，我还没结婚呢。人们哄地大笑起来，七嘴八舌说你没结婚就不能操娘儿们啊？花钱找窑姐儿啊，五毛钱一排。虞金诚不言不语，坐在树底下默默吃了六个烧饼。

真香。他心里说。有生以来没有吃过这么香甜的烧饼，而且一口气吃下六个。倘若再来六个，照样儿镳了。这是因为我当了苦力啦，苦力当然要有苦力的胃口。

远处传来几个外国人的喊话，说的是英语但不是标准的伦敦口音，就好比山东人说北京话一样。虞金诚听懂了他们说话的内容，转脸告诉坐在身边打盹儿的汉子们说，下午两点钟有一艘英格兰货轮叫不列颠号靠岸，咱们要往船上扛荤油，一桶八十斤。

一黑脸汉子极其藐视地说，操，你撒呓挣吧？你又不是孙悟空你连英国人的事情都知道！我看你是满嘴跑火车还不带往里续煤的。人们怪笑起来，纷纷投来轻蔑的目光。虞金诚知道自己必须闭嘴，否则就要吃大嘴巴子了。

这时候，远处呜呜传来两声汽笛。又过了一会儿，脚行的小头目儿就跑来了，说来了一艘英国大船，大伙都去装货。有人问嘛货，小头目儿极不耐烦地说，荤油荤油，都是八十斤一桶的。人们立即将目光投向虞金诚，那意思是说你小子的话应验了。然而虞金诚毫无得意之色，耷拉着脑袋跟着人流往码头走去。

黑脸汉子大声说，操，你小子料事如神，活赛小诸葛啊！

人流朝着这艘英国轮船拥去。这时候码头上摆了一桶桶荤油，仿佛铁桶阵似的。脚行的小头目儿大声招呼着说，你们都动弹起来吧，装船装船，扛一桶从我这儿领一只竹牌儿。天黑之前必须完活儿！

扛大个儿的汉子们不言不语，扛起铁桶走上跳板，往船上装货。这种活计对身单力薄的虞金诚来说真是一个考验，尽管他有南开学校的体育底子。面对这种阵势他心里发虚，然而他更知道自己没有退路，只能扛起一只铁桶沿着跳板走到轮船甲板上去。黑脸汉子此时已经扛了一桶荤油卸在了船上，呼呼带喘沿着另一条跳板返了回来。他看见虞金诚面有怯色站在铁桶旁边立即笑着说，你好比大闺女出嫁，就得让人家操你头一回。来吧，小伙子，这一关你是过也得过不过也得过！说着，黑脸汉子毛腰搬起一只铁桶，大喊一声来吧。虞金诚趁势一蹲，这只装满荤油的铁桶就上了肩儿。他咬紧牙关朝着跳板走去。黑脸汉子吼叫着给他鼓劲儿。小伙子，你心里大声骂我操你姥姥小日本儿，一口气就拱上去啦！

虞金诚挺起脊梁走上跳板，突然发出一声吼叫——我来啦！这一声吼叫就连脚行小头目儿都吓了一跳，以为天兵天将下凡了。

他摇摇晃晃走过跳板，一步迈上甲板。这时候，扛河坝的汉子们纷纷拍手，对白面书生的这两下子鼓掌表示认可。虞金诚迎着这一阵掌声沿着颤颤悠悠的跳板走到码头上。黑脸汉子伸手拍着他的肩膀说，我现在明白了，敢情你小子懂得英国话呀。脚行的小头目儿走过来大声说，小伙子你要是懂得英国话就不用扛大个儿啦，你只要把英国人背着咱们说的话告诉我，我就给你十二只竹牌儿。我的话你听明白了吗？

虞金诚随即指着站在左舷的那两个英国人说，我听他们说只要天黑之前这几百只铁桶都装了船，他们就抢时间再装那两舱核桃。明天一早儿就开船返航。

脚行小头目儿马上就乐了。好！有了这底细就好！我到时候非跟英国人拿糖不可，我就说大伙累了只能明儿一大早再装那两舱核桃，他们一准尿啦。

虞金诚心里很佩服这位脚行小头目儿，他敢跟洋人斗智斗勇玩蔫坏损，天津爷儿们好样儿的。

几百桶荤油，终于装了船。果然，那两个英国人招手将脚行小头目儿叫到甲板上，通过翻译说了几句话。脚行小头目儿早有准备，连连摇头说大伙都累了，那核桃还是明天装船吧。洋人慌了，掏出香烟表示友好，还拍着脚行小头目儿的肩膀，似乎是在说好话。脚行小头目儿说了一番话，显然是占了上风。洋人只得点头答应。虞金诚远远看着，知道脚行小头目儿一定是得了好处。洋人蔫了。

于是，扛河坝的汉子们开始往船上搬运一筐筐核桃。天色渐渐暗了，脚行小头目儿催促着大伙，说卖一把子力气吧天黑之前一定要把这王八蛋的核桃装了船。

天黑之前，这一伙扛河坝的汉子还是装完了那两舱核桃，然而脚行小头目儿却在英国人那里挣足了好处，一派腆胸叠肚的劲头儿，嘴里还呜哩哇啦哼唱着京戏曲牌《得胜令》。扛河坝的汉子们都知道，这是虞金诚的情报起了大作用。

天色大黑了。天津卫这地方举凡吃苦受累的活计，天黑了那是必然要收工的。扛河坝的汉子们手里拎着布衫儿，一个个光着膀子离开码头，出了码头迎面遇到两个英租界的巡捕，他们纷纷穿上衣裳，害怕洋人找碴儿。其实天津人早先是不怕洋人的，咸丰年间烧了望海楼教堂，还杀了法国神甫丰大业呢。后来闹起了义和团，引来八国联军，就连慈禧太后也吓得跑到西安去了。八国联军的都统衙门逼着拆了天津城墙，从此天津卫这地方就受了病，见了洋人心里先怯三分。

虞金诚跟随着扛河坝的汉子们沿着海河往上走，上边那才是中国地，人称“华界”。租界被天津人称为“下边”。这扛河坝的汉子们累巴巴一天，收了工总是要喝酒的。喝酒也是穷喝，若赶上马路边儿有卖炸豆腐的急着下街，他们就花钱把这油锅底买下来，既炸豆腐也炸饽饽，二两小酒儿下肚，然后回家睡觉，或者进门儿先打老婆，然后再睡觉。天津卫的爷儿们打老婆，那是可以没有任何缘由的。俗话说，下雨天儿打老婆，不打也是闲着呗。不知为什么今天人们兴致大增，非说要去下饭馆儿。无论什么事情就怕起哄。就这么一嚷嚷，人们就奔了南市。南市的饭馆多如牛毛。大饭庄就甭说了，二荤馆更多，而且各具风味。就说芦庄子口儿的桂顺斋吧，京剧名角马连良只要到天津唱戏，必然要到那儿去吃早点。南市玉生香糕点铺斜对面的月中桂，有一次梅兰芳先生慕名而来品尝美味，戏迷们闻讯挤得水泄不通，最后梅老板只得从后门撤离。

扛河坝的汉子们在黑脸汉子率领下，一帮一伙走进南市牌坊。这时平安大街已经改名荣吉大街。黑脸汉子大声说去玉华春吃炸刀鱼，人们就往西边大步走去。虞金诚一听去玉华春，扭头儿想溜。黑脸汉子一把拉住他，说别跑啊今儿是我请你，咱不会让你花一分钱的。虞金诚只得苦笑，他一时实在想不出溜号的理由，只得硬着头皮随着大流儿往西边走去。前面就是玉华春饭庄了。

39 遭遇玉姑

天津人称餐饮业为勤行，含有殷勤行业之意。勤行呢又暗暗称顾客为饭座儿，这就是生意经了。饭座儿饭座儿，天天满客，日子好过。其实勤行只要有七八成饭座儿，已然就是大好生意了。

天黑之后的南市灯火通明，各路生意纷纷纳客，好不热闹。此时也正是饭馆上座的时候。玉华春饭庄更是生意红火。由于物美价廉丰俭由人，这里的饭座儿十有八九是常客，生脸儿少。只要来了生脸儿，保证没跑儿，一来二去玉华春也让你变成熟脸儿。做生意若没有这两下子，在天津卫那是根本站不住脚的。

扛河坝的汉子们平时都在街头小饭摊上喝酒吃饭，哪里是玉华春的主顾。然而，站在大门口“瞭高儿”的照样儿笑脸相迎，一口一声爷叫着，高声里请。店堂里立即应声，四面回响，不亚于迎接当年的袁大总统。这正是天津卫饭馆所说的“响堂，鸣灶，哑巴墩”。这一群扛河坝的汉子也不含糊，既然进了玉华春饭庄大门，就径直奔了雅座。天津人穷，穷不怕，就怕没有面子。天津人好面子而且愈是大场合愈好面子。凡是遇到大场合宁可花得一个子儿不剩，回家去喝西北风，认了。这种性格，天津卫称为外场人。一个男人若是没有外场，那就不算人数儿了，就连三伏天儿蚊子都不叮你。因为蚊子心里也知道，你卖血是要找它要钱的。

虞金诚跟随着人流，进了雅座。这一间雅座里能摆两桌。其中一桌已经坐满了顾客，一个个都是文绉绉的模样，显得肚子里颇有墨水儿。这一大群扛河坝的糙人嗡的一声走进雅座，那群文人便面有不悦之色，随即招手叫来伙计，强烈要求换地方。跑堂伙计满脸堆笑说此时雅座全部客满。文人们起身离席，说是不吃了。这时玉姑一阵风似的走进来，笑吟吟说哎哟今儿可是个好日子，文曲星武曲星一块儿降临，文武双全啊。我玉华春是四壁生辉八方明亮。虞金诚一听到玉姑的声音，触电似的转过身去，给她一背影。玉姑这时忙着照应生意，自然没有看见虞金诚混在这一群粗人堆儿里。她大声对那一桌文人说，其实我玉姑也是一粗人。俗话说武安邦文治国，我这粗人开饭馆更得依靠你们这一帮子文人关照啊。

这一席话说得文人们哑了口，面有愠色也只得重新落座——既来之则安之了。稍后便开始点菜。玉姑一看事态平息了，转身走出雅座，忙别的事儿去了。跑堂伙计给这两桌客人都上了茶，报的是香片。虞金诚尝了一口茶水，挺热，除了烫嘴没嘛可说的。

那桌文人们点菜，那是很风雅的，有山有水有风景。这一桌子糙人点菜，乐子就大了。跑堂伙计问诸位爷打算用点儿嘛，扛河坝的汉子们公推黑脸汉子出头。于是黑脸汉子大声说，炸刀鱼！

嘿，这位爷你真会吃，此时正是吃炸刀鱼的大好时候啊。玉华春饭庄的伙计很会说话，一年四季无论你什么时候吃炸刀鱼，他都会这样恭维你。

听说炸刀鱼，这一桌坐了十二位扛河坝的汉子，有十一位跟着一块儿点头说好。

跑堂伙计又问，这炸刀鱼下酒儿正好。余外诸位爷还用点儿什么呀？

黑脸汉子笑着说，我们就认这一个菜，你告诉灶上的厨子，我们要十斤炸刀鱼，要是包圆儿十五斤也行！别忘了火候炸老点儿，不酥不给钱，不够十斤也不给钱啊！

这位跑堂伙计从来没有见过这样点菜的食客，一桌子十几位光点一个菜，往死里吃。他只得尴尬地笑着，说灶上今儿恐怕没预备这么多东西。

黑脸汉子大声说，没事儿，海河又没盖盖儿，逮去呀。我看满海河都是刀鱼，一条差样儿的也没有！说完，黑脸汉子生坏地笑了。

诸位爷喝点儿嘛酒呢？跑堂伙计小心翼翼问道。你就先上二十壶老白干吧。跑堂伙计一听吓得没敢说话，转身去了。这时黑脸汉子小声对大伙说，今儿有乐子，兴许这一桌炸刀鱼白吃，一个子儿不花。同桌的一个长脸汉子摇了摇头说，就你小子这样儿的想在玉华春吃白食，做梦吧？

虞金诚不言不语，闷头喝茶。

酒来了，十壶，摸着烫手。不等黑脸汉子张嘴说话，跟手儿又上了十壶。这时伙计说酒齐啦。话音未落，另一伙计端着刀鱼进了雅座。这炸刀鱼一上桌，香味四溢。虞金诚不声不响看了看东西，不错，火候好，量也大，一大碟子足有一斤半的分量。黑脸汉子乐了，抬头跟伙计说你就照着这样儿的再端十碟子来吧！

虞金诚小声对黑脸汉子说，人家这是饭馆又不是鱼市，再者说刀鱼这东西吃多了也没什么好处，还是点几个差样儿的菜吧。这儿的虾仁面筋不错，就干饭吃正好。

黑脸汉子挥了挥手，你小子毛嫩，还没见过戏园子里伤兵飞茶壶吧？你说戏园子招他们惹他们啦，伤兵们不就是找乐儿嘛。人活着就是要找乐儿。今儿咱们来玉华春吃炸刀鱼，也是找乐儿啊。你小子不要多言多语了，一会儿端上来炸刀鱼你跟着吃就是了，没人拿你当哑巴卖啦。

风卷残云。一大碟子炸刀鱼，一眨眼之间就去了半碟子。虞金诚伸出筷子夹了一条，那碟子就空了。扛河坝的汉子们吃东西，那是赛过饿狼的。只有虞金诚慢慢咀嚼品味着，感觉味道果然不错。看来玉华春厨师的手艺，比卢家大院的老冯强多了。这时几盅白酒下肚，瞪着桌子中央的一只空碟子扛河坝的汉子们纷纷攘攘起来，催促着上菜。上菜其实就是上炸刀鱼。玉华春的伙计闻声跑进雅座，说诸位爷尝一尝我们的拿手好菜吧，玉华春的扒三鲜和爆肉条那可是远近闻名的啊。黑脸汉子猛地一摆手，说我大老黑当了十几年脚行，今儿就吃炸刀鱼，你赶紧上菜吧！

跑堂伙计无计可施，哭丧着脸说今儿刀鱼没了，您老几位换一换菜谱行吗？

不行！我是没娘的孩子就认这口奶，你少跟我废话立马儿把炸刀鱼端上来。

邻桌的文人们一看这一群粗人果然很粗，竟然不敢说话埋头吃饭。伙计知道今儿遇上刺破头了，只得退出雅座，上厨房找大师傅想辙去了。

扛河坝的汉子们喝着酒，一心一意等候着炸刀鱼。二十壶白酒已经喝了一半儿，这时候黑脸汉子急了，大声召唤炸刀鱼。

玉姑大声应承着走进雅座。这时候那一桌文人们已经匆匆吃完饭，说结账。玉姑笑着说今儿饭钱免啦。文人们颇为不解，表示受之有愧。玉姑说，今儿这顿饭吃得赶赶罗罗，让你们受惊了，我不但不收饭钱，改日还要请你们喝茶。好啦，老几位慢走吧，我不送了。

说完这一番话，玉姑转向扛河坝的汉子们这一桌。她一眼看见虞金诚，怔了，但神色随即镇定下来。她侧过脸去并不跟他搭话，那表情就跟不认识一样。

玉姑朝着黑脸汉子说，这位爷好面善啊，从前咱们在哪儿见过面吧？既然我失礼了，那就先敬您一盅吧。

黑脸汉子根本不给面儿，朝着玉姑挥了挥手那表情仿佛是在驱赶一只令人恶心的脏猫。我说你用不着给我敬酒，你闲话少说吧，咱就仨字儿，炸，刀，鱼！

这位爷您今儿是非吃炸刀鱼不可啦？我听伙计说还必须十碟子八碟子的吃，您这可真叫了我的短儿啦。

你的短儿？我这儿可有长的啊。黑脸汉子说了一句内涵十分下流的天津话。玉姑装出浑然不懂的样子说，既然您非要叫我的短儿，我就再给您端一碟子炸刀鱼吧。说完，玉姑看了一眼虞金诚，转身走了。

虞金诚不知玉姑如何闯过这一道难关。这时候他通过跟汉子们闲谈已然得知，黑脸汉子并未寻常之辈，他是有名的“滚刀肉”。此公能耐并不大，只有一手绝活，那就是胡搅，其次才是蛮缠。扛大个儿的属于脚行，黑脸汉子入行多年沾染了死缠烂打的习气。

今儿要不给我们端上炸刀鱼来，这事儿没完！黑脸汉子叫嚷着，唯恐天下不乱。这时传来一声吆喝：油炸刀鱼，来啦！听声音就知道，这是玉姑亲自上菜来了。

话音未落，玉姑托着一张大碟子走进雅座。只见这一张大碟子上蒙着一块红绸儿，仿佛新娘子的红盖头，一时难见庐山真面目。黑脸汉子蒙了，半张着大嘴呆呆注视着满面春风的玉姑。玉姑将大碟子摆在桌上，说这可是一条上等的油炸刀鱼，诸位请吧。

扛河坝的汉子们面面相觑。黑脸汉子指着蒙在大碟子上的红绸子说，哎哟喱，这新娘子可是黄花大闺女呀，我来给它开光吧！说着伸手撩开红绸，不由得啊了一声。

一只炸得焦黄的鱼头，一只炸得焦黄的鱼尾，鱼身呢则是一把没有刀柄的攮子。攮子是天津土话，其实就是一种短而尖的刀子。不过插进鱼头的这把攮子没有刀柄，于是它连接头尾就充当了鱼身。黑脸汉子看清这把攮子，表情一惊但是很快镇定下来，哈哈大笑问玉姑这碟子里摆的到底是什么玩意儿。玉姑不卑不亢说，这还用问嘛，这是一条刀鱼啊！你没看见中间插着一把刀子嘛，刀鱼刀鱼，没有刀子它能叫货真价实的刀鱼吗？

黑脸汉子猛地一瞪眼睛说，这是刀鱼，嘿嘿，那我现在就让你把它给我吃了。你要是吃不下去，它就不是刀鱼。它不是刀鱼，我就要掀你的桌子砸你的饭馆，让天津卫都知道你玉华春饭庄店大欺客。你吃啊，你现在就把它给我吃啦！

玉姑看着黑脸汉子，那表情很是柔和。我说这位爷，我要是当场把它吃下去呢，你又该怎么说呢？

黑脸汉子冷笑了。玉姑奶奶，你要是当场把它吃下去，那它就是一条刀鱼啊。既然它是一条刀鱼，我大老黑必然要爬着从这儿出去。这就叫爬围，你懂吗？

虞金诚不声不响注视着玉姑，表情沉静似水。他知道，玉姑既然端来这样一条“刀鱼”那必然是有她的道理的。这就好比戏台上的角儿叫了一声板，后台胡琴儿一响你是必然要有唱儿的。

玉姑干脆坐在桌前，招手叫伙计给自己端来一碗茶水。她抄起一双筷子从碟子里夹起鱼头，放进嘴里嘎吱嘎吱嚼了起来。黑脸汉子的气焰很高，一屁股坐在玉姑对面盯视着这位女光棍儿。

就这样吃下去了鱼头，玉姑咕咚咕咚喝了一碗茶水，然后伸出筷子再将鱼尾夹起放进嘴里，继续咀嚼着。黑脸汉子嘿嘿笑着，表情很是轻蔑。哎呀，我活了三十年啦头一回见到这么能吃能喝的女人。

是吗？我活了二十多年了头一回见到你这种鹰嘴鸭爪子能吃不能拿的货色。玉姑微笑着，讥讽着对方。对方显然不是好脾气，立即指着她说，你吃了鱼头鱼尾，现在我要看着你把鱼身子吃下去！

所谓鱼身子，就是那把没有刀柄的攮子。这攮子明晃晃泛动着寒光，摆在大碟子里看着挺吓人的。不知玉姑是做戏还是当真，她朝着大碟里投去一瞥，表情里有几分含糊。

扛河坝的汉子们顿时长了精神，没等黑脸汉子说话，七嘴八舌喊叫起来。

玉姑，你把它吃下去吧！这可是好东西啊。

你吃下去它，今儿你就算是吃饱啦！

说话算话哇，你现在就把这把刀子吃下去。玉姑你要是食言，我们砸你白砸！

玉姑伸出筷子去夹摆在碟子里的那把没有刀柄的攮子。这把攮子有点儿分量，她夹不起来，索性伸手拿过来，托在掌心里抬头注视着黑脸汉子。大老黑！你说我玉姑要是把它吃下去，你就从这儿爬着出去，是吗？

君子一言，千里马难追。我大老黑说话算话。你要是吃不下去这把攮子，哼！黑脸汉子霍地站起身说，那我就先把你砸啦！

那好吧。玉姑说着，伸出舌头轻轻舔了舔托在掌心的攮子，一眨眼的工夫便将它含在嘴里了。扛河坝的汉子们根本没有看清，不由得啊了一声。

猛地站起身，玉姑站在扛河坝汉子们面前。这里人们看到那把没有刀柄的攮子已经吞进她的嘴里了。黑脸汉子大惊失色，趋身向前紧盯着这已经发生的奇迹。

玉姑朝着黑脸汉子张了张嘴。果然，她已经将攮子吞下去了。这时候虞金诚忍耐不住起身冲上前去，大叫了一声玉姑。玉姑心里当然知道虞金诚此时担心着她的安全，她朝着他摆了摆手说，虞大少爷您请坐吧。

众人一听虞金诚被这位女光棍儿称为虞大少爷，便知道人家是有来历的人物。黑脸汉子表情诧异地看了虞金诚一眼，说原来你是落拓的大少爷啊，操！

大老黑，你从这儿给我爬出去！玉姑吞下攮子，伸手指着黑脸汉子说。她说话的声音里含有几分金属的回响，似乎忍耐着很大的痛苦。

黑脸汉子似乎难以相信，伸长脖子说玉姑你真的把攮子吃下去啦？玉姑再次朝他张了张嘴，然后指着饭馆大门口儿说，他妈的你现在就从这儿给我爬出去！你算哪棵大葱跑到我这儿装洋蒜来啦？滚吧姑奶奶看见你这路玩意儿就恶心！

虞金诚插言说，玉姑，你让大老黑走就是啦，不用爬。俗话说大人不计小人过嘛。说着，虞金诚朝着身边的几个汉子使了一个眼色，立即上来两个汉子伸手架起大老黑的两条胳膊就往外走。这位人称“大老黑”的黑脸汉子在两个汉子的挟持之下，极力做出挣扎的样子，那意思是表示自己仍然是英雄。扛河坝的汉子们见状也就嗡地一声跟随出去了。一时间，雅座里安静下来，只剩下玉姑和虞金诚，俩人儿。

虞金诚关心着玉姑吞进肚子里的刀子，抢上两步扶着她问候了一声，只见玉姑噗地一声从嘴里将那把攮子吐了出来。那寒光闪闪的攮子上，挂带着几分血丝。虞金诚慌忙问道，玉姑，你受伤了吧？

没事儿没事儿。这是当年我从变戏法的金猴子那儿学来的。你在三不管儿见过江湖艺人吞宝剑吞铁球吧？就是这么一回事儿，我还真吞到肚子里去啊？窍门儿呗！

听了这一番话，虞金诚终于放了心。玉姑却不放心了，问他今儿怎么跟这一群扛河坝的臭狗食混到一堆儿来了。虞金诚苦笑，一时不知如何回答。玉姑说，我明白了你跟他们一块儿扛河坝这是给自己挣饭钱呢。虞金诚仍然苦笑着，说男子汉总得自己养活自己啊。

玉姑笑了。果然是读书人啊，既有远虑又有近忧。金诚，我在真人面前不说假话。你在卢家大院当了四个月零七天的伙计，离开卢家大院又在外面漂了两天，这总共四个月零九天，没错吧？既然你今日班师远朝，我就为你接风洗尘吧。

虞金诚受到强烈震动，玉姑，我的事情你怎么记得这么清楚？

玉姑脸上现出几分柔情说，你的事情我心里惦着呢，因此记得八九不离十吧。虞金诚默默地点点头，心里却想着自己存放在明江浴池的行李。

玉华春饭庄有一后院，不大，也不太小，院里还种着一棵石榴树呢。这里有玉姑的寝室，还有几间空房。上次虞金诚溺水被玉姑救起便在这座后院的小屋里住了两天。因此虞金诚对这里并不陌生。玉姑走在前面引路，虞金诚跟随着，从前面店堂的雅座走向后院。

这时候，久久潜伏在玉华春饭庄大门外的小臭儿已经不耐烦了。他奉卢振天之命监视虞金诚的行动。此时扛河坝的汉子们散去多时，小臭儿却依然不见虞金诚从玉华春饭庄出来。小臭儿心里想，天色这么晚了，我不能在这饭庄门外蹲一宿吧？那样儿我不成了无家可归的野狗啦。

玉华春饭庄后院的那棵石榴树上已经挂果了。夏景天儿，十几颗小石榴牛眼般大小，夜色里挂在树上就像神话里的仙果。玉姑引领着虞金诚从石榴树前走过，树下摆着一只鱼缸。玉姑指着缸里的金鱼说，它们姓鱼，你也姓虞，你们可是一家子啊。虞金诚觉得玉姑的这个说法很有意思，就笑了。

玉姑的寝室不大，九尺见方，摆了一张大床，一张梳妆台，显得简单而实用。小翠儿出现了，叫了一声虞大少爷，然后将一张矮脚小桌摆在床上。这是天津人的习惯，没了炕却不离炕桌儿。虞金诚看到玉姑的使女，立即想起胖姐儿。胖姐儿是卢玉洁的使女。睹人思人，虞金诚心里想起卢玉洁，那心情仿佛如隔三秋。其实他离开卢家大院，不过两天时光啊。这样想着，虞金诚的情绪低落下来。然而面对玉姑的一片盛情，虞金诚内心也很感动。他真不知道应当如何还报玉姑对自己的恩情。

小炕桌上摆了四碟小菜，还有一壶老酒。虞金诚与玉姑相对而坐，目光却不敢对视。玉姑毕竟经历了大场面，神色自如。她拿起酒盅给虞金诚斟满了，双手捧着递给对方。虞金诚看到只有一只酒盅，很是惊异。玉姑，其实我也不会喝酒，根本就没有酒量。

玉姑实实诚诚地说，男人啊还是要喝酒的。以后你在外面混事儿什么场合遇不上啊。你不会喝酒，兴许就错过好多机会。你要是天生没有酒量，就小得溜儿地喝。久而久之就练出来啦。来吧，今天是个好日子，你应当开怀痛饮，我以茶代酒，先敬你一杯。

虞金诚很不理解。玉姑你不喝酒啊？

玉姑淡淡一笑说，我已经在理儿啦，是西头的老公会所。入了理教那是不动烟酒的。你喝吧，我看着你喝酒就跟我自己喝了一样。虞金诚感慨地说，如今做人，不动烟酒可真不容易啊。就说那位在你饭馆里闹事儿的大老黑吧，天天喝醉了回家打老婆。他要是不喝酒，兴许就要拿刀子捅人啦。

玉姑不以为然。这人跟人的心气儿是不一样的。我出身寒微，一步一步挣歪到今天，自己开着一家饭庄，不用仰仗他人鼻息，也算自食其力了。身为一个女流人家，我玉姑也应当知足啦。来吧，我敬你，你喝酒，我喝茶。你一盅我一碗。

于是，俩人是你一盅酒，我一碗茶，就这样喝了起来。虞金诚似乎天生有几分酒量，一壶酒竟然喝空了。玉姑看着他喝酒，内心果然高兴。金诚啊，你好酒量啊，你这酒没喝醉，我这茶可喝醉啦。说着，玉姑让小翠又拿来两壶白酒。小翠很不情愿，嘴里嘟嘟哝哝地说，大半夜的喝哪家子酒啊。玉姑不理睬小翠儿，亲手给虞金诚斟满一盅酒，说今朝有酒今朝醉，金诚你就喝吧。你的酒量啊，我看至少也能喝下这三壶五壶的。

虞金诚其实对自己的酒量也没有底数，笑着问，玉姑你从来没见我喝酒，怎么就知道我的酒量呢？

哎呀，这男人我见得太多啦。一个人能不能喝酒，我一眼就能看出八九。金诚，你喝吧，你在我面前用不着作假。虞金诚端起酒盅说，玉姑我跟你实话实说，我真不知道自己到底能喝多少酒。

那你就放开喝吧，今儿你就知道自己到底能喝多少酒啦。玉姑不乏柔情地说着。

虞金诚受到感动，伸手端起酒盅，仰起脖子一饮而尽。玉姑伸出筷子夹了一口菜，放进他嘴里。虞金诚腾地红了脸。

虞金诚只好动手给玉姑斟了一碗热茶，又给自己斟了一盅酒说，玉姑，我敬你一盅，多谢知遇之恩！虞金诚又是一饮而尽。

玉姑笑着问，这知遇之恩是嘛意思呀？虞金诚将酒盅倒扣在桌上，伸手抹了抹嘴角。玉姑注视着他说，行，这一招一式你已经像个喝酒的男人啦。

虞金诚说，玉姑，我心里有件事儿想跟你说一说。玉姑期待着说，你说吧金诚，我听着呢。

玉姑，我想留在你这儿……

玉姑听了又惊又喜，以为他说到了俩人的前景。她几乎难以自持。金诚！你想留在我这儿？这是真的吗？这可太好啦。

虞金诚接着说，玉姑，我想留在你这儿，在玉华春饭庄给你当一个厨子……

玉姑脸上褪去惊喜之色，沉吟着说道，噢，原来是这么回事儿啊？金诚啊，你是良家子弟读书人出身，你入勤行只怕辱没了你的家门啊。

虞金诚重新拿起酒盅给自己斟满了白酒说，玉姑我跟你实说实说吧，当初我在南开学校念书，一门心思全都放在英文这门功课上啦，其他科目我根本就没下工夫。再有呢就是喜欢烹饪，因此学了几道拿手好菜。无论读书还是炒菜，我认为没有贵贱高低之分，全都是一样的。玉姑你要是觉着你低我高，那咱们今儿就结拜吧！说着他仰脖又饮一盅说，今生今世，我愿与你姐弟相称！你看这样好吗？

玉姑连连摆手，满脸焦急神色，说你要是乐意留在玉华春当厨子，我接受。至于义姐义弟的事情，你就千万不要再提啦。

虞金诚酒力上涌脸色煞白，问道，你我姐弟相称，这有什么不好呢？莫非玉姑你嫌弃我虞金诚是一败家子儿？

玉姑知道这酒不能再喝了，她递他一碗热茶说，金诚啊，这人世间的称呼，其实都是虚的啊。你我只要有真情实意，那自然地久天长啊。

虞金诚掂了掂空空的酒壶说，玉姑你说得太对啦！今儿我真的能再喝下它十壶八壶的白酒……

玉姑转过身去偷偷抹了一把失望的泪水，然后扭过脸来说，金诚啊这酒喝到这份儿上，你也就知道自己的酒量啦！今儿的酒，咱们喝得挺好啊。

虞金诚醉眼惺忪注视着玉姑。此时在他的面前，分明站着两个玉姑。

这时候小翠儿站在院里，心里气不忿儿。小翠儿年岁不大，却看透了玉姑的心思。她原本就是玉姑的崇拜者。此时看到玉姑如此痴迷虞金诚，便认定这不是好事儿。小翠儿认为虞金诚这种小白脸儿是永远也靠不住的。谁爱上他谁倒霉。小翠儿很想劝一劝玉姑，可她又知道玉姑的脾气。她一时不敢言语，半夜里只得站在院里跺脚。

虞金诚随手扔了酒盅，身子一歪醉倒在玉姑的寝室里。玉姑给他脱了鞋袜，还拿来湿手巾给他擦了擦脸。虞金诚醉得全然不知。玉姑默默无语收拾了桌子，独自一人走出屋子，一眼看见小翠儿站在石榴树下，就问她怎么还不去睡。小翠儿气哼哼，你不睡我睡得了吗？

小翠儿说完，转身进了自己的小屋。玉姑突然觉得，小翠儿这丫头忠心耿耿，自己挺对不住她的。

40 我是厨子

小翠儿第二天一大早儿没等玉姑睡醒了，就跑出去了。一出玉华春饭庄大门儿，他看见一半大小子坐在墙角，半睡半醒的样子。她不知道这半大小子名小臭儿，更不知道小臭儿是卢振天派来专门监视虞金诚的。

这小臭儿在玉华春饭庄的大门外蹲了一宿，仿佛一条野狗。天色大亮了他还是没有见到虞金诚出来，心里就骂上了。小翠儿出门儿朝小臭儿投来狐疑的目光。小臭儿心里一虚，便一阵风儿似的跑回卢家大院报告去了。

卢振天为什么要派人监视虞金诚呢，这当然跟卢玉洁有关。自从虞金诚结束伙计生涯离开卢家大院，卢玉洁就称病不出了。一连两天躺在闺房里，几乎变成一具纸人儿。卢振天慌了，心里说我为我妹子订了婚，人家男方择日迎娶，到时候我妹子成了病秧子，那还嫁得出去嘛。当然，卢振天不肯相信罗九的判断。这位阴阳怪气的大管家旁敲侧击，那意思是告诉卢振天，他认为卢玉洁跟虞金诚之间，其实已经接触得很深了。卢振天心里烦，他最担心自己的妹妹已然破身，不是大闺女了。

卢振天虽然粗鲁，但他相信这样一句俗话，不怕贼偷，就怕贼惦记着。他心里明白，当初叫虞金诚来到卢家大院当伙计，真是引狼入室了，妹妹跟虞金诚一见钟情。如今虞金诚离开卢家大院漂泊街头，这未必就不是放虎归山。因此，卢振天派出小臭儿暗暗盯着虞金诚的去向。兵法说知己知彼，百战不败。小臭儿头一天回来报告说虞金诚当夜住在菜桥子附近的一家小澡堂里，卢振天就乐了。他盼望虞金诚从此一步步消沉下去，最终沦为街头狗食。如果真的那样，卢振天此生可就免去了心腹大患。

小臭儿跑回卢家大院报告说虞金诚昨儿晚晌进了玉华春饭庄而且一宿没出来，卢振天心里又犯了寻思。他妈的，莫非这小子跟玉姑弄到一个被窝儿里去啦。玉姑那女光棍儿要是帮衬着虞金诚，这小子兴许就变成一匹要人亲命的卧槽马啊。

卢振天心事重重，走到妹妹的闺房门外，叫了一声玉洁。胖妞儿在屋里应了声，说大小姐她不舒服，今儿就不吃饭啦。听胖妞说话的口吻，阴阳怪气的。卢振天叹了一口气，说人是铁饭是钢，这一天天的不吃饭哪行啊。

屋里传出卢玉洁的声音说，哥，我就想吃虞金诚做的饭，你把他请回来吧。只要是虞金诚做的饭菜，我就吃。

卢振天一听，火儿撞脑门子。他看看四周没人，压低声音冲着妹妹的窗户说，玉洁啊你这么大的姑娘了怎么不顾自己的脸面呢？你已经是订了婚的人啦，没多少日子就要出嫁了。那虞金诚他算个什么东西？再者说你也不能一辈子都吃他做的饭菜吧？

哼，反正我就想吃虞金诚做的饭菜！屋里传出卢玉洁倔犟的声音。

卢振天气得一跺脚，说了句“你这是胡搅蛮缠”，转身走了。他沿着游廊走了没几步，罗九迎面赶来。他看到卢大少爷气咻咻的样子，连忙说今儿天气不错。卢振天指着妹妹房间的窗户说，罗九啊，你看大小姐受病了吧？虞金诚走了，可他阴魂不散啊。罗九点了点头说，虞金诚人走了，可咱们不能高枕无忧啊，有道是除恶务尽，我看要是不把虞金诚办了，您这辈子也就不会安生。

卢振天思忖着，脸色很是阴沉。

再说小翠儿一大早就找到佟三姐，一口气儿把该说的事儿都说了。佟三姐睡得迷迷糊糊，抽了一颗烟卷儿这才醒过盹儿来。

噢，就是上一回差点儿没在御河里淹死的那个虞金诚啊，他怎么又出世啦？这玉姑也是的，她怎么会迷上这么一块儿料呢？好啊，小翠儿你是忠臣。大老远地跑来给我送信儿，你先回去吧，我洗洗涮涮吃了点心，叫一辆胶皮一挪屁股我就到啦。

小翠儿乐了，离开佟三姐的家，又去找余大妹子。她在南市建物街的一条胡同里一连问了几个门儿，终于找到了。玉姑的这位干妹子正在屋里抽大烟，喷云吐雾好似神仙。小翠儿真没见过一大早儿起来就抽大烟的人。大烟鬼往往是晚睡晚起，没有早晨。

经过小翠儿这么一撺掇，没到晌午时分佟三姐和余大妹子便双双驾到了。离着饭口还有一段时间，玉姑正坐在店堂的银柜里嗑瓜子儿，抬头一看干姐姐干妹妹同时驾到，就笑着说你俩是属对虾的，拴一块儿就来啦。

佟三姐当头就说，我在外头听说你相好的来啦就住在这后院里，挺好啊。

余大妹子跟着说，这金童玉女配上对儿啦，你怎么也不跟我们说一声呢？弄得我们蒙在鼓里跟傻巴儿似的！

玉姑听罢当即变了脸色。你俩今儿吃错药了吧？一进门就胡吣。没错，虞金诚流落街头走投无路，住我这儿啦。这大不了的事儿，你们怎么连金童玉女都出来啦？这都哪儿的事儿啊。

佟三姐变成笑嘻嘻的表情说，玉姑，你不要躲躲闪闪的！今儿我俩大老远的跑来就是想劝劝你，鱼找鱼，虾找虾，乌龟找王八。咱们这号人千万不要找小白脸儿。再者说，你一人开着一大饭庄多好呀，根本用不着朝前走一步！

余大妹子说，玉姑，你用不着五官挪位，我这一趟跑来也是想跟你说说，咱们是嘛人啊？咱水的火的都见过，你可不要一念之差迈错了步儿啊。你还记得大座钟的下场吗？

玉姑的表情终于松弛下来，笑着说我怎么会忘了大座钟啊，不是嫁了一画家后来跳楼啦。可今儿你们俩一进门儿就跟审臭贼似的，谁受得了啊？再者说我也没怎么着啊！

佟三姐说，女人啊，说的时候，都明白，可要是做起来就不是那么回事儿啦。女人平常没主意，一旦鬼迷心窍，主意正着呢。

玉姑不再反驳，因此气氛轻松了几分。小翠儿走进店堂给两位来宾沏茶。玉姑一看小翠儿心里嘎噔一下明白了。噢，原来是你这小死丫头搬来的兵啊？

小翠儿当众犟嘴说，我就是不乐意你跟小白脸儿来往。当年我妈就是跟一小白脸儿跑啦，后来死在关外了。

玉姑又气又恼，不由得扑哧一声笑了。你妈是你妈，我是我。我想死在关外还去不了呢。那地界已然让日本人占啦。

这时候，大醉醒来的虞金诚面色苍白从后院走进店堂。酒力还没有完全消退，他步伐不稳，显得摇摇晃晃的。

佟三姐和余大妹子一起将目光投向虞金诚。虞金诚表情很窘，强笑着跟这两位女光棍儿打招呼。佟三姐说话可不客气。我说虞金诚啊，这一大早儿你怎么跟白面儿似的？余大妹子跟着说，我抽大烟都没抽成你这样儿啊？虞金诚你是不是有嘛毛病呀！你要是有嘛毛病可得早治啊，这病可不是耽误着玩儿的。

虞金诚被她们连珠炮给打蒙了，连声解释自己没病。玉姑为了给虞金诚下台阶，大声告诉义姐义妹说，玉华春饭庄已经聘任虞金诚担当厨师了。佟三姐看了看余大妹子。余大妹子看了看佟三姐。俩人同时伸了伸舌头，认为这是天下怪事儿。

虞金诚果然是书呆子，继续向这两位极不欣赏他的女宾说，我离开卢家大院，玉姑给我接风。我过去根本不知道自己能喝多少酒，今儿我总算明白了自己的底细……

余大妹子不无揶揄地说，你知道自己能喝几壶酒了，那你知道自己能吃几碗干饭吗？

玉姑火了，急赤白脸说，大妹子！虞金诚跟虞云隆可不是一号人，我不许你拿他找乐儿。佟三姐唯恐姊妹之间闹僵了不好收场，出面打圆场说，玉姑聘任虞金诚当厨子必然有她的道理，咱们就别瞎掺和了，好啦后院喝茶吧。说着，佟三姐在前余大妹子随后，穿过店堂走向后院。

玉姑转过脸去对虞金诚说，金诚啊她俩说话臭嘴不臭心，你不要介意啊。我看你的酒还没全醒过来，那就赶快回到我屋里接着睡觉吧。等你明天身体恢复了，咱们一定好好商量商量你挂牌主灶的事儿。

虞金诚很听话，转身走了。

这时候临近晌午了，店堂里陆续来了“饭座儿”。玉姑开始照应生意，把佟三姐和余大妹子撂在后院了。她倚着柜台心里寻思着，虞金诚乐意留在这里，好事儿。其实玉姑何尝不愿意他留在这里呢。假使有情人不成眷属，一天到晚能够厮守在一起，也好啊。这样想着，玉姑心里产生了更为强烈的期待，虞金诚乐意留在玉华春饭庄当厨子，这就说明他心里还有这块儿地方。俗话说，日久生情。既然日久能够生情，那就从长计议吧。何况我玉姑心里对虞金诚早已情深意浓了。玉姑心里只盼着两好儿凑一好儿。

玉华春饭庄大门口儿停了一辆胶皮。玉姑隔着窗户往外看，心里一愣。他妈的，卢振天这小子怎么来啦。这时卢振天身穿一件白色丝绸小褂儿青洋布裤子，一阵风似的走了进来。

哎哟，这是哪阵风儿把卢大少爷给吹来啦？玉姑知道来者不善，说着迎上前去。

你说哪阵风？东西南北风啊。卢振天说着，伤残的左手噗一声打开黑底金字的折扇儿，扑打扑打扇了起来。玉姑看到卢振天的折扇儿上写着四个金字儿：有钱没病。玉姑扭脸再看，发现卢振天身后带着膀大腰圆的两个保镖。

玉姑故作惊讶说，哎哟，敢情你还带着两马骈啊？就跟有多大势力似的！

卢振天挥手朝着站在身后的两条大汉说，你俩找个地方喝茶去吧。

两条大汉遵命退下。玉姑笑着问他，哎，你这俩保镖不是租来的吧？卢振天好像心火很盛，连连扑打着扇子说，我这俩保镖就是租来的不也得花钱嘛。这年头有钱能使鬼推磨。我信奉四个字儿，有钱没病。这不全都写在扇面上啦。卢振天说着伸了伸脖子，朝着后院方向张望着，我说玉姑啊，你后院住着贵客呢？

玉姑给自己斟了一碗热茶，端在手里喝着说，卢大少爷，您年纪轻轻的怎么学得跟老娘儿们似的，既然来了有话就说有屁就放，你用不着围着四面城绕圈子，一说话就跟咽药似的。

卢振天哗地一声合上扇子，叫了一声好。玉姑奶奶您为人爽快，果然名不虚传。那我就打开天窗说亮话吧。卢家跟虞家，那是有世怨世仇的。天津卫谁都知道，他虞家吃了我卢家产业，独占了正昌商行。我挥刀断指拿回了商行，改名盛昌，俗话说江山轮流坐，今日到我家。正昌改为盛昌，这叫物归原主。这事儿不是了结啦，没完！如今虞金诚成了丧家之狗，他能不恨我？姓卢的跟姓虞的，那仍然是冰炭不共器，水火不同炉的冤家……

玉姑打断对方话语说，你停停你停停，我听你说话怎么跟说评书似的呢？可你也不是陈士和的徒弟呀。卢振天你听我说一句话行吗？我告诉你吧你们卢家跟他们虞家有仇，这没错，大伙也都知道。要说你跟那个虞云隆势不两立，我信，反正是两个粗人呗。可这虞金诚为人老实巴交，他没招你也没惹你，又在卢家大院里给你当了四个月伙计。你跟人家虞金诚霸哪家子劲呀？

卢振天指着银台旁边的一张桌子说，玉姑，咱们坐着说话吧。

玉姑连连摆手说，别价，俗话说，站着说话不腰疼。你要想不腰疼，那就站着说话吧。

好吧，咱们就站着说话。玉姑啊，天津卫有一句话，说咬人的狗，不露齿。虞金诚就是这样。你乍看他一百斤白面做一个大寿桃——废物点心。其实呀，十个虞云隆也抵不上一个虞金诚。这小子，阴着呐……

玉姑不动声色反问道，卢大少爷你这么抬举虞金诚，是打算请他洗澡哇还是打算请他吃饭啊？

卢振天很有耐心烦儿，心平气和说，玉姑啊，狼崽子不比狗崽子，它永远也喂不熟络。虞金诚这号人，倒霉的时候愿受胯下之辱，得意的时候敢拿人肉包饺子。玉姑你不得不防啊。你要是今儿个收留了他，你早晚得败在他的手里。我劝您把这小子从这儿轰出去，让他在大街喂了狗！

玉姑端起茶碗做出送客的样子说，卢大少爷，你这一番话我都听清楚啦。这会儿正是饭口，我这小饭馆得忙着做生意。咱们改日再聊吧。

卢振天突然啪地一拍桌子说，玉姑我告诉你吧，今儿我来就是要办了虞金诚！

玉姑也啪地一拍桌子。卢振天你还知道你行老儿吗？你他妈的光天化日之下跑到我饭馆里来撒野你还有王法吗？卢振天你要是有种就先办了我吧！你要是没种，那我先办了你！

玉姑说着，就抄起茶壶。

卢振天一愣，立即哈哈大笑说，我跟你开个玩笑玉姑奶奶怎么当真啦？您别着急别上火，咱们接茬儿说话儿，行吗？

佟三姐和余大妹子坐在后院里嗑瓜子，她俩听见前面有响动，扭儿扭儿走进店堂。佟三姐当头就说，这是哪个不知死的光棍儿跑到玉华春撒野来啦？

玉姑顺势说，人家卢大少爷不是光棍儿是文明人，文明人哪会撒野呀，我说三姐啊，您轻易也见不着卢大少爷一回，还不赶紧给卢大少爷上烟啊。佟三姐听了这话，心知肚明，她立即献殷勤儿，恭恭敬敬递上一颗烟卷儿。卢振天接在手里，还挺得意的。

余大妹子此时绕到银台前，她一眼瞥见银台里放着一只小碗儿，碗里盛满了透明的糖稀，心里顿时明白了。余大妹子伸出右手食指，蘸满了透明的糖稀。

银台旁边供奉着一尊关老爷。为了方便食客们随时上香，关老爷脚底下常年亮着一盏海灯。这海灯碗儿里盛满灯油。这时玉姑大声说，大妹子你赶紧给卢少爷点烟啊，这是你多大的造化啊。余大妹应声，走到关老爷面前，伸出蘸满糖稀的手指，沾了沾海灯碗里的灯油，顺手就在海灯上点燃了“手指”。火隔着一层糖稀燃烧，一瞬之间是不会烧疼的。余大妹子将冒着火苗儿的手指伸到卢振天面前，可着嗓门儿说了一声“请吧”。卢振天看着这只火光燃烧的手指，蓦然受惊，烟卷儿随手掉在了地上。

玉姑不慌不忙地说，哎哟我说卢大少爷，这两根手指头都夹不住一颗烟卷儿，浑身哆嗦嘛呀？

卢振天又慌又窘，连忙起身说了声回见，快步朝着大门口儿窜去。

余大妹子立即将燃烧的手指含在嘴里，火苗儿便熄灭了。玉姑咯咯咯笑了起来。佟三姐却不笑，不言不语注视着玉姑。这时余大妹子困惑地说，当初卢振天一把菜刀剁掉自己两节儿手指头，天津卫轰动一时。今儿怎么一见手指头冒火苗儿，立马儿吓尿了呢？这大英雄一下子成了大狗熊。

我告诉你吧大妹子。玉姑回答说，这人啊没钱的时候，那是真敢玩儿命。下油锅啊跳海河啊滚钉板啊，反正穷得都不愿意活着了，没有他不敢做的。可一有了钱成了富户，胆子立马儿变小，特别乐意活着，遇到屁大一点儿事儿，也吓成尿海啦。卢振天就是这路玩意儿。一上来先说大话，以为舌头根儿底下能压死人。压不死怎么办呢？他就尿呗！

余大妹子听了玉姑这一番话，笑得捂嘴弯腰说，你这糖稀还真管事儿，要不我这手指头早就成了烤山芋啦！

佟三姐没笑，终于说话了。玉姑，我也看出来啦，你为了虞金诚真是一腔热血啊。可我还是要劝你一句话。女人这一辈子，就那么一个情字。有人为情所累，有人为情所弃，有人为情所伤，有人为情所蒙蔽。到头来还是旁观者清，当局者迷啊。

玉姑表情郑重起来。咱们姐仨说是义姐义妹，其实就是亲姐妹一样。你俩的心思我明白，你俩大老远跑来劝我，也是担心我一步迈错了地方。你们放心吧，我如今这样护着虞金诚，不光为了他，也为了我自己。你们千万不要以为我聘他在玉华春当厨子是花钱养小白脸儿。我这是生意啊。你们放心吧，到时候一挂牌子你们就知道怎么一回事儿啦。

这时进入正午时分，玉华春饭庄的店堂里热闹起来。佟三姐和余大妹子一起告辞，说下午还有事儿呢。由于感情亲如姊妹，玉姑也没有过分挽留，由着她们去了。

玉华春店堂里的生意火爆起来。玉姑突然感到一阵头晕，起身离开银台走向后院。她真的觉得累了，很想回到自己屋里躺一会儿。猛然想起大醉未愈的虞金诚睡在自己屋里，玉姑便站在后院的那棵石榴树下。

小翠儿走上前来，表情仍然是气哼哼地说，玉姑奶奶你回自己屋里休息吧。玉姑感到惊诧。小翠儿，那虞先生呢？

我已经把东厢房收拾干净了，你的那位虞先生现在就睡在那儿，真跟死狗似的。小翠儿说。

玉姑哭笑不得说，小翠儿，虞先生是我的客人，什么死狗？你往后不许这样说话啊。

小翠儿点了点头问，今儿晌午你吃嘛呀？

玉姑叹了一口气。我嘛都不想吃。行啦，今儿晌午，我把斋啦。

这时候，从东厢房里传出虞金诚说梦话的声音。玉姑侧耳听着，一个字儿也听不懂。小翠儿在一旁撇了撇嘴说，你的这位虞先生真是书呆子，他就连撒吃挣都说外国话，受病啦！

此时，无论玉姑还是小翠儿，谁也不知道睡梦之中的虞金诚操着英语在说什么。这就成了一个谜团。

虞金诚睡醒之后，就连他也不记得自己在梦中说了什么。其实他睡梦之中操着英语大声说了一句话：我是厨子。

第二天，虞金诚走了一趟明江浴池，拿回了自己的帆布背囊。他跟话痨猴七儿道别的时候，心内突然很伤感，就主动告诉对方自己原本是正昌商行的大少爷名叫虞金诚。猴七儿知道北门外针市街上的正昌商行，连声称赞虞金诚是名门之后。我算哪家子名门之后啊，我是一个败家子儿。

41 赌徒虞云隆

虞云隆只小虞金诚一岁半，天津话管这样的兄弟叫“隔年双子”。那意思是说哥哥出了满月正抱在怀里吃奶呢，娘胎里又怀上了弟弟。“隔年双子”的意思是比喻这哥儿俩就跟双胞胎差不多。中国女人，那是很能生育的。

打从正昌商行被人家卢振天拿去改名盛昌商行，这虞云隆的日子一下子从天下掉到地下了。往日虞二少爷一步三摇挑着大拇哥走路的风采，没了。为什么没了，因为没了钱。钱这东西最能改变一个人，尤其是靠钱活着的人，一旦没了钱，就什么都没了。虞云隆当然不甘心，他投奔了老一辈的袍带混混儿苗六爷。天津卫乃水旱大码头，盛产混混儿。混混儿也称混星子，往往都是称霸一方的人物。说起混混儿，老世年间又分光棍混混儿和金胳膊银腿混混儿两种。光棍混混儿全凭自己打江山，真刀真枪从不含糊，正是人们通常所说的“耍光棍儿”，金胳膊银腿混混儿则不同，遇事往往依靠官面儿。然而就在光棍混混儿和金胳膊银腿混混儿之外，还有一种袍带混混儿。这袍带混混儿无论穿装打扮还是行走坐卧，跟正经混混儿没有什么两样，可是他们不占码头不拉势力更没有脚行，他们主要活动在自己家门口儿一带，街坊邻居之间起了冲突生了纠纷，这时候袍带混混儿就出来说事了。说事主要排除冲突解决纠纷，说说道道把事情摆平了为止，一派人五儿人六儿的样子。因此袍带混混儿都是当地有几分地位有几分名望的人物。清末民初天津卫这地界仍然有很多此类人物，譬如天津卫当时著名的救火队长只玉林，就是远近闻名的袍带混混儿。

虞云隆叩拜的苗六爷，当初就是袍带混混儿。虞云隆性急，叩拜苗六爷心里憋着东山再起。东山再起可不那么容易，你总得先找着东山吧，可苗六爷属于过时人物。虞云隆叩到他老人家门下只要提起找卢振天报仇雪恨的事儿，江湖式微的苗六爷只是哼哈而已，从来不动真格的。虞云隆好生烦恼，怀里仿佛揣了二十五只耗子，百爪儿挠心。他自认为自己是一个胸怀大志的铮铮好汉。铮铮好汉胸怀大志而郁郁不得志，这罪过可不好受。虞云隆以酒浇愁。古语说得好，以酒浇愁，愁更愁，一直愁到白了头。走投无路的虞云隆终于走上了赌场。一个人走上赌场又不能自拔，那就是赌徒了。缺乏赌资又赌瘾极大，那就是赌鬼了。虞云隆正是这种没人待见的角色。

赌鬼虞云隆在南市杨家柴场附近的九道湾胡同赁了一间小屋，他跟房东说妥了赊欠三个月房租，到时候一块儿补上。他心里有自己的如意算盘，那就是在赌场上先赢得半年房租，有嘛事儿回来再说。人世间的如意算盘，往往不如意，虞云隆一步迈进赌场，不但没赢，反而欠了一屁股赌债，落入回天无术的境地。

虞云隆经常出入的地方名叫三友宝局。这宝局冠冕堂皇取名三友，绝不是孔孟之道的“友直友谅友多闻”，而是昵友损友恶友聚集一起，你推我搡一起往人间邪路上走，而且是一去不回头。

这天下午，满嘴酒气的虞云隆来到三友宝局，一头扎进后院的赌局里。这后院的赌局，玩儿的是押宝。押宝这种赌法并不复杂。楼下的屋里摆着一张桌子，分出东南西北，也就分出四个方位。无论一个赌徒还是一群赌徒，均可以在这四个方位上任意押宝。楼上有一间与世隔绝的屋子，屋里的烟榻上躺着一个制作宝盒的人，称为“做手”。他亲手制作宝盒。制作宝盒就是在一只木匣子里摆上四张点数不同的骨牌，但这四张骨牌的点数相加之后必须大于四。“做手”做好宝盒用带子系紧，放进篮子里从楼上吊到楼下。这时候“做手”没事儿了，就躺在烟榻上抽大烟了。

宝盒从楼上吊到楼下，有宝倌儿接了篮子当众打开宝盒，亮出四张骨牌。四张骨牌的点数加在一起，连除以四，余数是一，那是押中一门就是赢家，余数是二，那么押中二门就是赢家，以此类推。

赌徒可以独押一门，也可以或“打斜”或“打横”或“打竖”同时押上两门。独押一门叫“古丁”，赌一赢二，其余就是赌一赢一了。

今天虞云隆抱着必胜信念而来，抢得一个吉利位置青龙角，坐在东北方向。今天他认为日出扶桑大吉大利，就在东方的一门上押了五块大洋。这五块大洋对无家无业的虞云隆来说已然是个大数目了，尽管他偷偷卖了南斜街上的三间平房，身上也没见富裕。

这五块大洋是独押一门，输，他就是剩下一条裤衩了，赢呢手里就有了十块大洋。虞云隆坚决认为，输一赢二是他积聚钱财的最佳途径。

虞云隆两眼充满血丝，目光死死盯着宝盒。宝倌儿当众打开宝盒，先除四再减四，出现了最后的余数。宝倌儿高喊道，有啦！去一留四不要二三，开在四门上啦！

又输了。这时候虞云隆酒劲儿上涌。他心里说，这可是五块大洋啊，怎么一眨眼之间就没啦。虞云隆输急了眼，伸手啪地一拍桌子说，他妈的！三友宝局有假，你们在宝盒儿里做了手脚！三友宝局的一个打手走上前来说，操，这宝盒都是在楼上现做的，一点儿撒气露风的地方也没有，它怎么会有假呢？你有钱就在这玩儿，没钱你给我出去，快找个没苍蝇的地方遛遛！

三友宝局几个打手闻声扑上前来，一声叫号儿就将虞云隆从后院轰到前院，从前院轰到大门外面。

出了三友宝局，虞云隆怨气不消，站在门口儿骂大街。这时候一汉子大步走过来，从后面拍了拍虞云隆的肩膀。虞云隆转身回头一看，这是一张陌生的面孔。陌生的面孔笑着说，你在这儿骂出大天来也没用，那边有人跟你说话。虞云隆听罢朝着远处看了看，没人。陌生的面孔又说，拐弯胡同里就是。说着拉着虞云隆的胳膊就走。虞云隆二话不说，跟着就走。

进了那条胡同，一看没人。陌生的面孔又说，拐弯儿胡同里就是。虞云隆一下没了耐心烦儿，很不满意地说你这是跟我玩藏闷儿呢？那人使劲将虞云隆拉进左手一条小胡同里。虞云隆抬头一看，迎面站着五六个汉子。他回头看了看，身后也出现了两三个汉子。他知道今儿自己是被人诓到这里来了，八成不是好事儿。可转念一想自己兜儿里一个大子儿也没有，你们爱怎么着就怎么着吧。

迎面人群里闪出一个人来。这人戴着一副墨光眼镜，上身穿着一件拷纱褂子，下身穿着一条黑色毛派力斯的西式裤子，脚底下是一双黑色八带式皮凉鞋。虞云隆瞧着这身打扮，心里猜测对方一定很有几分来历。可一时认不出庐山真面目，他只得呆呆看着。这时候对方伸手摘去墨光眼镜，虞云隆一下认出这位人物正是赫赫有名的“了事大王”吉小楼。吉小楼在天津华界很吃得开，四大马路围城转，御河两岸全走遍，没有他摆不平捋不顺的事儿。虞云隆记得，当初卢振天前来抢夺正昌商行的时候，吉小楼就是帮凶。所谓了事大王，不光了事，他还惹事挑事滋事闹事，唯恐人间没事。虞云隆毕竟出身良家子弟，此时看到这位“了事大王”出现在自己面前，心里好生纳闷。我也没跟别人套事呀，吉小楼这王八蛋找我干嘛？

鲜衣亮衫的吉小楼嘻嘻笑着走上前来说，虞二少爷别来无恙啊，我吉某人在这里等候多时啦。虞云隆心里警惕着，还是双手抱了抱拳说，吉先生您有何指教啊。

我可不敢指教虞二少爷。不过既然有缘在这条胡同里见面，我还是有几句话奉劝你。天津卫是大码头，九河下梢，吃尽穿绝，八方来客，华洋杂处，抬头见喜，低头捡钱，可真是一个好地方啊。无论是南来的还是北往的，谁到了天津卫都不愿走，恨不能一辈子住在这儿。可话又说回来啦，你小子要是摊上一大堆麻烦事儿，天津卫这地方可就不好混啦。俗话说，识时务者为俊杰。我看啊，凡是摊上一大堆麻烦事儿的，不如趁早滚蛋，离开天津卫这地方。哪里的井水不解渴，哪里的黄土不埋人？虞二少爷，我说这话你听明白了吗？

虞云隆摇了摇头，说我不明白。吉小楼脸上没了笑容，恶声恶语说，我看你这山药豆儿脑袋一时半会儿也明白不了。好吧，我跟你明说吧！有人出钱请你哥哥滚出天津卫，三年五载也别回来。我今天请你给你哥哥捎个口信儿，他要是没有盘缠呢有人愿意出钱。虞二少爷这事儿你看怎么样啊？

虞云隆终于听明白了。他很不服气地哼了一声说，吉先生，这事儿你跟我说不着！

我跟你说不着？虞金诚是你亲哥哥，这事儿我不跟你说还跟狗说去！吉小楼突然发难，指着虞云隆的鼻子大骂起来。虞云隆，我告诉你不要敬酒不吃吃罚酒！

我告诉你吉小楼，你不要欺人太甚。他虞金诚是虞金诚，我虞云隆是虞云隆，他不是我哥哥，我也不是他弟弟。他的事儿你找他说去，我管不着！

吉小楼嘿嘿笑了。虞云隆啊虞云隆，你要是卖梨的儿子不认式（柿）子，可就甭怪我们不客气啦！说着吉小楼一挥手，来啦，给这小子活动活动筋骨！

一声令下，几个大汉前后夹击走上前来，三下五除二就把虞云隆放倒在地上，拳打脚踢起来。虞云隆学着混混儿的样子，双手抱头，双腿弯曲，头冲南脚朝北，身体一叠，躺在地上，任这几个大汉一顿暴打。

虞云隆满脸是血，却学着混混儿挨打的样子，一声不吭。吉小楼急了，大声说往死里打。一个汉子蹿上来朝着虞云隆小肚子狠狠踢了一脚。虞云隆叫了一声就昏死过去了。

两个汉子拖着虞云隆，走出胡同将他扔到了大街上。吉小楼伸脚踏在虞云隆一只手上，狠狠一踩。昏迷之中的虞云隆疼得叫了一声。吉小楼大声说，你告诉虞金诚，三天之内给我离开玉华春滚出天津卫，要是赖着不走，当心我们动手废了他！

虞云隆果然有几分血性，已经被打成这样，他竟然睁开眼睛有气无力地说，吉小楼我操你小妈妈，这事儿我管不着！

吉小楼率领打手们扬长而去。虞云隆再次昏死在马路边上。打手们走了，渐渐围上来一群看热闹的闲人，纷纷议论着。

这人谁呀，怎么给打成这样儿啦？八成要出人命吧！

我看打得够戗，要是不送医院，这口气儿不会长久啦。哎，我怎么看这人面熟呢？

我也看这人面熟，兴许是哪家窑子里的茶壶吧？嫖客打了茶壶，这也是备不住的事儿啊。

不能不能。这年头儿最时兴插杆儿打王八，我还没听说有嫖客打茶壶的。嫖客打茶壶，天底下没有这个道理呀。

我看看我看看。一个尖嘴猴腮的半大小子使劲儿挤进热闹的人群，来者正是人称“话痨”的明江浴池小伙计猴七儿。

猴七儿哎哟一声说，我的妈呀，这是谁呀被人家打成这样儿？兴许是周瑜打黄盖，一个愿打一个愿挨吧？

一个老头儿说话了。哎，这人面熟，这不是正昌商行的二少爷吗？没错，我看他就是正昌商行的二少爷虞云隆！

猴七儿乐了。好啊！他要真是正昌商行的二少爷虞云隆，我马上就能把他哥哥虞金诚找来！你们在这儿等着啊，千万别让人把他直接送到西营门外的乱葬岗了里去！

说着，猴七儿转身就跑了。人们听说有了主儿，立即动手将这个半死半活的人抬到一棵大树下，有人顺手在虞云隆脑袋底下垫了一块砖头儿。这看上去就像是一具死尸了。

不到半个时辰，一辆胶皮拉着虞金诚赶来了。猴七儿跟在后面，一路狂奔。虞金诚满脸焦急地跳下胶皮，一步抢上前来，蹲在弟弟面前。

兄弟，你这是怎么啦？你可说话呀。兄弟！虞金诚看到弟弟被人打成这样，眼睛里闪动着泪光。

虞云隆躺在地上缓缓睁开眼睛，目光冰冷地看了虞金诚一眼说，你来干嘛？我不是你弟弟，你也不是我哥哥。

云隆，你怎么这样狠心呢？无论什么时候我都是你哥哥呀！虞金诚流下了伤心的眼泪。

虞云隆有气无力地说，我就是死了，也用不着你来给我收尸……

虞金诚擦了一把眼泪，起身跑到马路中央拦了一辆胶皮，反身将弟弟抱起，大步奔到胶皮车前。猴七儿惊了，大声说虞大少爷你真有力气啊，我还以为你是一杆拉儿呢。

虞金诚又叫了一辆胶皮，大声说，马上送苏先生诊所！

人们知道，河北金家窑的苏先生专治刀劈斧砍折胳膊断腿的硬伤。虞云隆歪在胶皮车上说，吉小楼让我告诉你，你得马上离开玉华春离开天津卫，你要是赖着不走，他们就废了你……

虞金诚一味地说，兄弟，你先治伤要紧！你先治伤要紧啊！

虞云隆忍着疼痛使劲喊道，虞金诚！大丈夫四海为家，你何必赖在一个女人家里吃软饭儿呢？真他妈的没劲啊！

42 学生菜

京油子，卫嘴子，保定府的勾腿子。这是说北京人说话油腔滑调，天津人嘴馋好吃，保定盛产摔跤好手。天津人讲究吃喝，因此饭馆众多，全都顾了嘴了。

话说玉华春饭庄悄无声息地歇业五天。玉姑雇来工匠整修店堂，又增加了三间雅座。重新开业纳客那天，她亲手将一张招牌立在饭馆门口儿。这张招牌是津门书法家刘半升写的，正儿八经的颜体大字：新聘厨师虞金诚，独创天津学生菜。

学生菜？大热天儿的过往行人无不驻足观看，很是好奇。天津卫这地方，多年以来是以鲁菜为主的，因为津鲁两地同属北方，运河相通口味相近，而且鲁菜不乏海鲜，这就更符合“卫嘴子”的胃口了。天津著名的大饭庄，先得月，聚合成，天合玉，澄瀛楼，无一例外都是鲁系。如今平地冒出一家学生菜，天津人一时摸不着大门。这到底是怎么档子事儿啊？

临近正午的十一点钟，玉华春饭馆门口一串串鞭炮噼噼啪啪响起来了。硝烟散尽，有顾客陆续走进玉华春饭庄，渐渐有了三成座位。这时玉姑走出饭馆大门将一张贴有虞金诚照片的《学生菜介绍》挂在门外墙上。真是闻所未闻，嗡地一声围上来一群人，阅读着这篇介绍天津“学生菜”的文章。

人群里也有不识字的，眼巴巴看着虞金诚的相片，急着向身旁识字的人打听。于是识字的人告诉不识字的人说，玉华春饭庄新聘了一位学生出身的厨子，在南开学校读书期间，学业不求甚解，却乐于伙房帮厨，日积月累向学校伙食团的厨师们偷艺，练就一手好厨艺，集粤鲁川苏各菜系精华，推陈出新，独创本埠学生菜，堪称津门一绝。

这看热闹的人群里，什么人都有。不识字的粗人们听说学生菜的来历，都觉得好玩，嘻嘻笑着说哏儿。其中不乏识文断字之人则连连摇头感慨不已，认为虞金诚进了南开学校不思学业反而学了厨艺，实在可惜，这样下去张伯苓先生的学校岂不成了厨师训练班。

仁者见仁，智者见智。无论人们对虞金诚以及他的学生菜评价如何，玉华春饭庄还是渐渐火爆起来了。玉姑果然是做生意的好手，一连三天，她每天都要推出两道新菜，一下子就吊起了食客们的胃口。天津卫这地方吃东西，其实是很保守的。爆三样儿啊独面筋什么的，八大碗儿一吃就是一辈子。一听说玉华春天天有新菜，天津人就往嗓子眼儿里咽口水了。

这天一大早儿，玉姑笑吟吟走出玉华春饭庄大门，高高挂出了当日推出的两道新菜：漂母烩什锦，韩信鱼鳞汤。

玉姑其实用不着一大早就挂出晌午的菜谱，但这恰恰是她的精明之处。既然是新菜那就让它顶着露水上市，赶早不赶晚。只要消息一传出，中午的饭座就不用发愁了，馋嘴的食客们必然不请自来。果然不出玉姑所料，十一点钟一过，玉华春饭庄就有了人流儿。天津人天生好热闹，一看到“漂母烩什锦”就想起淮阳城外河边的老太婆，一看到“韩信鱼鳞汤”就想起萧何月下追韩信那出戏，还联想到发生在未央宫的故事。就这样，到了正午十二点，玉华春饭庄已然没有几个空座了。凡是来这里吃饭的客人，几乎都点了今天推出的这两道新菜。虞金诚满头大汗站在灶前，手不离炒勺。玉姑派了两个人给他打下手儿，店堂里还是供不应求。好在饭座儿们大多都是回头客，一时还没有听见恶声恶语地催菜。倒是韩信鱼鳞汤能够补肾壮阳生精固本的消息，已经悄悄传开了。

来了一群小报记者，嘻嘻哈哈说是要采访天津“学生菜”的创始人虞金诚。玉姑心里知道这一群油头粉面的家伙是前来蹭饭的，但她表面上还是客客气气，说承蒙抬爱不胜感激。这一群小报记者占了一张桌子，其中就有《国事报》记者骆小山。店堂里就没有空座了。玉姑让小伙计在饭馆门外挂上客满的牌子，一眼瞥见临窗的一张双人小桌前独自坐着一位西装革履的男子。这男子年近五十的样子，手里正在翻阅一本大书。那本大书很厚，远远看着好像他手里捧着一块大砖头。玉姑心里好奇，快步走上前去。玉姑认识几个汉字，她走到桌前一看那本大书上密密麻麻印的全是蛤蟆秧子，就知道这是洋文。此时这位西装革履的先生恰巧抬头，目光很是安详。玉姑一眼看出这是一位颇有身份的人物，便笑着说先生您点菜吧。这位先生笑了笑说已然点了贵号今日推出的两道新菜。玉姑亲手给他续了热茶，说了声“您稍候”转身奔厨房去了。

虞金诚果然仍然忙得脚手不拾闲。他站在灶前连续抖动着手里的炒勺为

"漂母烩什锦"勾兑了芡汁，同时还关照着另一灶火上烧制的"韩信鱼鳞汤"。玉姑走进厨房看到这情景，立即拿出手绢给他擦去额头汗水。虞金诚躲避着，流露出几分窘色。玉姑踮起脚尖儿伏在他肩膀前小声说，外面来了一位西装革履的先生，他跟你一样懂得洋文，手里拿着一本厚书正看着呢。虞金诚笑了笑，抄起小勺往汤池里盛着"韩信鱼鳞汤"，似乎对玉姑带来的消息不感兴趣。玉姑心里有几分失望，伸手扯了扯虞金诚的袖口说，那位先生点了一菜一汤，菜是你的漂母烩什锦，汤是你的韩信鱼鳞汤。一会儿我给那位先生上了菜，你去跟他聊一聊吧。我就爱听你说英国话。

虞金诚觉得玉姑的这种想法很可爱，便笑着点了点头说，你怎么知道那位先生会说英国话？这洋文里头也分好多种呢，除了英文还有法文德文日文什么的，多着呢。

玉姑咯咯笑着说，你说有好多种啊？反正我听着都跟树上的鸟儿叫一样！

那一群小报记者拥进了厨房，乱哄哄说是要采访创立"学生菜"的厨师。虞金诚搪了几句，不愿多说。然而这一群记者人在厨房里打了一晃就出来了，心思全放在白吃白喝上了。无论什么时代这新闻记者们一旦纷纷变成狗食，天津卫的这地方就算完了。

这一群白吃白喝的记者一落座，店堂里便有点儿乱了，一派斯文扫地的气氛。然而那位西装革履的先生处乱而不乱，继续读着那一册厚厚的洋文书籍。玉姑端起托盘亲自将一菜一汤送到那位西装革履的先生桌前，笑眯眯说了声您请用吧。这位先生果然内行，问她这一菜一汤为什么同时端上桌来。玉姑笑着告诉他，这一菜一汤密不可分，必须同时端上桌来。这位先生伸手扯了扯胸前的紫色领带，颇有内涵地说，是啊是啊，韩信初为齐王后为楚王，最终被刘邦贬为淮阴侯，这一起一伏一荣一损，他跟那位漂母果然密不可分啊。这一菜一汤同时端上桌来，搭配得很有道理啊。请问你们这位发明学生菜的厨师是哪里人氏啊？

玉姑说，我们这位大师傅他是土生土长的天津人。你会说英国话吧？我们的大师傅也会说英国话。您二位聊一聊吧？我看您轻易也碰不上一个会说英国话的人。先生你贵姓啊？

我免贵姓刘，刘清岳。这位刘清岳先生笑了笑，一派温文尔雅的样子，显得很有中西文化修养。玉姑不敢打搅人家用饭，欠身退了下来。

中午的顾客太多了。虞金诚一直在厨房里忙碌着，完全忘记了玉姑向他热情推荐的那位西装革履的先生。炒出最后一道菜他站在灶前擦了一把汗水，这时候突然听到身后传来一句英语问候，厨师先生您辛苦啦？

哎哟，这是多么优美的英语啊。虞金诚学习英语多年很少听到这么标准的伦敦口音。他又惊又喜转身望去，只见一位西装革履的先生站在厨房门外远远朝着他挥了挥手，又用英语说了一句“非常感谢”，便转身离去了。

不知为什么，虞金诚自惭形秽，一动不动站在厨房里就是不敢追出去。其实他置身这间烟熏火燎的厨房里，内心是多么渴望与那位先生的一场英语交谈啊。然而他却一时虚荣心作怪，没有胆量冲出厨房去追赶那位先生的身影。是啊，他能够烧制“学生菜”，同时自身也充满了学生的弱点。

繁忙的正午就这样过去了。顾客散尽，店堂歇了晌。不知为什么虞金诚情绪低落，一时闷闷不乐。他独自躺在后院小屋里的床上，猛然想起了卢玉洁。是啊，这炎热的夏季很快就会过去的，卢玉洁很快就会出嫁了，永远成为英租界李家的媳妇。心里思念着卢玉洁，虞金诚还是很激动的。在这个世界上谁也不会知道，就在虞金诚离开卢家大院的前夜，就在那株香椿树下他与卢玉洁有过一次热烈拥抱。夜色浓重，他看不清她的面孔，却能够感觉到她的心儿激烈地跳动，仿佛一只急欲冲破牢笼的小鸟儿。卢玉洁当然也看不清他的面孔。正是由于那浓浓的夜色，才使得他与她同时赢得了拥抱的勇气。他今生今世也不会忘记卢玉洁颤抖着倒在他的怀里，发出轻轻地哭泣。他没有说话，这是因为他没有说话的勇气。她没有说话，似乎一直在抽泣着。她离开他的怀抱跑向闺房之前终于说了一句话。她说的那句话只有七个字，却是字字啼血：今夜等于一辈子。

今夜等于一辈子。虞金诚牢牢记住了卢玉洁的这句话。这句话在那浓重如墨的夜色里越发显出了沉若千钧的力量。回首往事，虞金诚躺在小屋床上注视着糊得雪白的屋顶，觉得远在天边又近在眼前的卢玉洁仿佛化作一朵白云，渐渐升上了天空。他就这样胡思乱想着，渐渐睡着了。他做了一个梦，梦见自己化作一朵乌云升腾而去，跟卢玉洁化作的那朵白云搅和在一起，白云也不白了，乌云也不黑了，乱哄哄变成一个黑白不分的世界。

虞金诚哇地叫了一声，吓醒了。他猛地坐起，看到自己出了一身透汗，就好像从水里捞出来似的。这时候太阳已然偏西了。他听见小翠儿在院里大声说，这时候可不早了，大师傅也该起来干活儿啦。

这小翠儿对虞金诚总是耿耿于怀，就好像前辈子她跟他有深仇大恨似的。虞金诚起身走出小屋十分友好地朝着小翠儿笑了笑。小翠儿根本不买他的账，哼了一声扭过身去。

这时，玉姑手里拎着一只红木提盒走进后院，笑着对虞金诚说，累了吧，实在不行你就歇两天。虞金诚立即摇头说，你以为我是纸糊的啊，我在南开学校读书的时候还参加了国术队呢。玉姑问你会打拳啊。虞金诚笑而不答，目光投向玉姑手里拎着的紫竹提盒。

玉姑掂了掂手里的红木提盒解释说，刚才来了一闺女，一看就是大宅门里的丫环，她说叫几个菜，六点钟来取。她还说菜谱已经写好了，就放在这提盒里。虞金诚一字一句认真听着，越发觉得这只红木提盒有几分眼熟。玉姑并没有看出虞金诚表情异样，说罢将这只提盒递给虞金诚，她转身忙乎别的事情去了。

虞金诚接过这只红木提盒，打开盖子看见盒底放着一张粉红色纸条。他知道这是一张菜谱，拿起来看了一眼，心头不禁一惊。

这张粉红色的菜谱上工工整整写着四菜一汤。这四道菜是：雾里看花，九河归海，百年夫妻，龙凤呈祥。汤则是金玉良缘汤。虞金诚屏住呼吸，心儿咚咚咚疾跳不止。天啊，一手秀气的小字儿，这明明是卢玉洁写的菜谱啊！这菜谱上写的正是那天订婚宴席上虞金诚烧制的四菜一汤啊。没错，那位拎着这只红木提盒前来叫菜的丫环一定就是胖姐儿。

这样想着，虞金诚禁不住热泪盈眶。他伸手抚摸着这只提盒，感觉它非常亲切。此时，他还不知道自从他离开卢家大院之后卢玉洁茶不思饭不想的几乎幽闭的生活。他拎着提盒穿过店堂走向厨房，心里乱哄哄的。他抬头看了看挂钟，已经五点多了。这时候他恨不得马上见到胖姐儿，听她讲一讲玉洁的近况。

玉姑好像看出虞金诚有心事，连忙走过来问候他。虞金诚干脆就坡下驴，掂了掂手里的提盒告诉玉姑说，自己身体有点儿不舒服，只做这四菜一汤就歇了。玉姑笑了笑说，你就专心做这四菜一汤，我知道这是卢玉洁的菜谱。

你知道？虞金诚表情立即窘迫起来，一时不知跟玉姑说什么。玉姑和颜悦色说，我存心跟你把这件事儿说破了。我说破了你就一心一意做这四菜一汤吧，也就用不着跟我遮遮掩掩的了。

听了这话，虞金诚又一次被玉姑感动了。玉姑，你怎么知道这只红木提盒是卢玉洁的？玉姑意味深长地看了虞金诚一眼，说，我不认识这只提盒，我还不认识卢家大院丫环胖姐儿啊？金诚啊你真是个书呆子。好啦你快去做那四菜一汤吧，人家胖姐儿一会儿就来啦。虞金诚说了声谢谢，转身跑向厨房。玉姑望着他的背影，轻轻叹了一口气，满脸无可奈何的表情。

厨房里，虞金诚忙碌起来。一个男人能够为自己心爱的女人做事，那心情当然欢愉不已。可虞金诚此时的心情却是喜忧参半。他站在墩儿前准备材料，卢玉洁那清秀文静的面容又浮现在他眼前。剥虾仁儿，切肉丁儿，泡鱼肚儿，洗鲜贝心儿，虞金诚一边干活儿一边寻思着，根本没听见有人喊他。厨房里面案儿的师傅大声说，喂！玉姑奶奶在外面叫你呢。虞金诚这才如梦方醒，挓挲着双手跑出了厨房。

玉姑强作欢颜指着站在身后的胖姐儿说，金诚你看这是谁来啦。虞金诚迈开大步走上前去叫了一声胖姐儿。胖姐儿明显瘦了，勉强地向虞金诚笑了笑，叫了一声虞先生。虞金诚恨不得立即打听卢玉洁的情况，可碍着玉姑的面子，他一时不好张口。玉姑很识事体，说了声你们说话吧，转身走了。虞金诚急不可待地拉着胖姐儿袖口儿说，胖姐儿你快告诉我大小姐她怎么样啊？

胖姐儿表情一悲，眼睛里随即闪动着泪光。虞金诚猜测情况不好，拉着胖姐儿坐到角落里的一张桌前，低声催促着她。胖姐儿，你说吧大小姐她到底怎么样啦！

胖姐儿抽泣起来。虞先生我跟您说吧，自从你离开卢家大院，大小姐她就不好好吃东西了，一天顶多喝一小碗大米粥，还不如猫食呢。这几天她就连大米粥也不好好喝了，气得大少爷天天站在院里骂街，可骂归骂，他拿大小姐也没有办法。大少爷跟大小姐说，出嫁的日子已经定啦，你这样不吃不喝到底是什么意思？你若想悔婚不嫁给人家李文卿，我告诉你吧没门儿！

虞金诚听罢连忙问胖姐儿说，难道大小姐真要悔婚啊？

胖姐儿摇了摇头说，大小姐根本不愿意嫁给李家，她至今还没见过李文卿呢。可大小姐知道大少爷的脾气，要是悔婚大少爷用绳子把她捆绑起来也要送到李文卿家里去的。如今大小姐是度日如年啊。

虞金诚听到这里耷拉了脑袋，一时说不出话来。胖姐儿继续说，大少爷知道大小姐心里想着你，昨天我还听他跟罗大管家说，一定要找人把虞金诚给除啦。大少爷认为只要把你给除啦，大小姐就死心啦，只要大小姐死了心，天下就太平啦。

噢，大小姐出嫁的日子确定了，到底是哪一天啊？虞金诚思索着问道。胖姐儿当即回答说，大小姐出嫁那天就是今年九月初九呗。听说九月初九是重阳节，重阳节那天是李守基的生日。李守基说选择他生日那天给儿子办喜事，表示什么生命的延续。反正那老爷子满嘴都是新鲜词儿，我一句也听不懂。

听罢胖姐儿一番话，虞金诚叹了一口气说，唉，我连累了卢玉洁啊。倘若没有我的存在，她就没有这么痛苦啊。

胖姐儿笑了。虞先生您真是书呆子。即使没有您，我家大小姐也是不愿意嫁给那个李文卿的，他什么玩意儿啊订婚那天连面儿也不露，我看呐兴许秃神瞎鬼一个！

虞金诚突然打断胖姐儿的絮叨，极其关切地问道，胖姐儿啊既然卢振天看管得这么严，你怎么还敢拎着提盒跑来找我炒菜啊。

胖姐儿松了一口气说，今天中午大少爷又派罗九催促大小姐吃饭，大小姐被他们逼得没有办法，就说要吃虞金诚做的饭菜。没承想大少爷居然答应了。我也闹不清楚大少爷他葫芦里到底装的什么药，反正大小姐亲手写了菜谱，我拎着提盒一路就跑来叫菜啦。

虞金诚听罢点了点头，转身走进厨房炒菜去了。玉姑端来一碗热茶递给胖姐儿。不知为什么今晚的饭座不多，玉姑就跟胖姐儿聊了起来。不到半个时辰，虞金诚就做好了四菜一汤，拾掇好了拎着那只红木提盒走出厨房，远远地叫了一声胖姐儿。胖姐儿跟玉姑聊得十分投机，恋恋不舍的样子。她接过提盒问虞金诚有什么口信捎给卢玉洁。虞金诚想了想，注视着胖姐儿说，留得青山在，不怕没柴烧。你转告卢大小姐，请她多多保重吧。

说罢，虞金诚扭身进了厨房，偷偷擦去了眼泪。

胖姐儿叹了一口气说，大小姐真是苦命人啊。说完便拎起提盒走人。玉姑是外场人，颇有礼貌地将胖姐儿送到大门口儿，说了声回见。胖姐儿匆匆走了。

这时玉姑看到大门外站着一群看热闹的闲人，好像是在等待好节目上演。这是怎么回事儿啊？玉姑走上前去，朝着那一群闲人询问。这一群闲人显然是既想看热闹又怕惹事儿，纷纷朝后面退去。玉姑看到这阵势反而笑了，说我又不是瘟疫你们怕我干嘛？这一群闲人还是朝后退着，一时间玉姑真的成了瘟疫。

玉姑似乎感到出了事情，她朝着荣业大街北头看了看，扭脸又看了看荣业大街南头，倒没有看出什么异样。

小翠儿这时从南边跑来了，气喘吁吁仿佛一只大风箱。玉姑知道一定出了什么事情，快步走进玉华春饭庄大门。这就叫定力，无论外面出了天大的事情，咱们家里说话。小翠儿表情焦急，紧跟着玉姑进了大门。

玉姑倚在银台前，表情很是镇定。小翠儿啊你别着急，先喝两口茶水润一润嗓子。

听了这话小翠儿越发急了，说我又不是唱玩意儿的我润哪家子嗓子啊！玉姑奶奶我告诉你吧，这一回麻烦可大啦，人家又是冲着虞金诚来的！

递过一碗茶水，玉姑不急不躁说，小翠儿你用不着把眉毛撩到脑门子上去。天塌了吗？即使天塌了不是先砸我嘛，你说吧到底出了嘛事儿。

小翠儿渐渐安稳下来，喝了一茶水说，外面乱套了。这一条荣业大街，大街南头站着一群小混混儿，大街北头也站着一群小混混儿，他们嘴里说的都是一样的词儿。说什么呢？说这几天千万不要到玉华春饭庄吃饭，弄不好就溅一身血啊。为什么溅一身血呢？玉华春饭庄的厨子虞金诚做事儿不地道，得罪人啦，人家马上就要动手除了他。这两拨小混混儿站在荣业大街南头北头这么一嚷嚷，谁还敢到玉华春来吃饭啊，那除非长了熊肝豹子胆。

玉姑听了小翠儿一番话，反而嘻嘻笑着说，敢情还是卢振天那小子暗暗使坏啊，这可怪不着我们玉华春的厨子，谁叫他卢振天的妹子卢玉洁看上了人家虞金诚呢。小翠儿啊你去歇着吧，反正今儿晚上没有多少饭座，我就坐在这银台嗑瓜子啦。

小翠儿小声嘟哝着说，既然人家卢玉洁看上了虞金诚，你就别跟着掺和啦。你这一掺和就连咱饭馆的生意都耽误了。这叫怎么档子事儿呢！

小翠儿这几句话终于激怒了玉姑，她霍地站起伸手指着小翠儿的鼻尖儿说，小翠儿！别看你对我忠心耿耿，你要是再敢跟我说三道四的，小心我撕了你的嘴！

哼！小翠儿悻悻而去。

虞金诚走出厨房，不声不响来到银台前面，目光定定注视着玉姑。玉姑佯装没事儿人，嗑着瓜子看着他，一派心情开朗的表情。虞金诚低头看着自己脚上穿的黑礼服呢便鞋说，玉姑啊，外面混混儿堵路的事儿我都知道了，真对不起你啊，是我耽误了你生意。

金诚啊，你挺大一个人啦怎么净说小孩子话呢？我告诉你吧，别说今儿晚上没有饭座，你就是耽误了我一年的生意，我乐意！

虞金诚又说，我看这兴师动众的架势，他们三天五晌也不会善罢甘休啊。

那就让他们来吧，姑奶奶我这儿正闲得没事儿干，别说一年半载没生意，就是一辈子咱也奉陪到底啦。玉姑满不在乎地说着，呱呱呱地嗑着瓜子。

玉华春饭庄门口儿停下两辆胶皮车，佟三姐和余大妹子下了车，手拉手走了进来。玉姑说的话，这姐儿俩听得清清楚楚。

我说玉姑啊，你什么时候学会了说大话啦？一辈子不做生意你喝西北风啊！佟三姐抢先说着，嗓门儿很高。余大妹子接着说，玉姑你为了虞金诚的事情两肋插刀，了不得啊。我看马上就要给你树碑立牌坊，一笔写进《英烈传》啦。

这两姊妹的话语尖酸刻薄冷嘲热讽。站在银台前的虞金诚听了顿时感到无地自容，他僵在那里动弹不得，恨不能找一条地缝儿钻进去，躲过这一场突然来临的难堪。

玉姑同着外人当然不便反驳自己的两位结拜姐妹，只得扭脸对虞金诚说，我们姐仨不见面便罢，见了面就嚼呛，金诚这没你事儿啦，你歇着去吧。

这时候，通风报信的小翠儿躲在一旁偷偷笑了。玉姑明察秋毫地说，小翠儿啊你真是个好孩子，又是你把她们请来的吧？

小翠儿气嘟嘟地说，我知道你看不上我，反正我是忠臣！我就是瞧不起吃便宜饭的小白脸儿。

什么小白脸儿？人家虞先生是我请来的大厨师！我不许你胡说八道。玉姑指着小翠儿说。

虞金诚实在听不下去了，他迈步走出玉华春饭庄大门，快步朝南走去。此时南市大街上，一派灯火通明。

43 出 走

天津卫吃喝玩乐的地方很多，租界就甭提了，除了南市三不管，华界还有河北鸟市啊地道外啊谦德庄什么的，照样儿是日日繁华夜夜销魂。虞金诚离开玉华春饭庄已经三天了，自己却不知道投奔何方。此时他躲在猴七儿掌管的明江浴池，浸泡在热气腾腾的澡堂子里，心里很不是滋味。记得有一卖药糖的老梆子嘱咐我，不要离水太近了，可我如今不住在澡堂子还有容身之所啊。唉，我堂堂七尺男儿躲在玉华春饭馆里混光景，给人家玉姑添了多大麻烦啊。卢振天三番五次前来捣乱，如今又派出小混混儿堵在大街上瞎搅和，存心不让玉姑做生意。我若还赖在玉姑饭馆里不走，那可真成了害人精了。这样想着，虞金诚心头不觉轻松了几分。他深深感激玉姑对自己的仗义，也深深感激玉姑对自己的情分。他内心充满矛盾，仿佛一团乱麻缠绕心间。这漫长的人生道路他一时还不知道究竟如何走下去。他瞪大眼睛注视着浸泡在池水里的躯体追问自己，虞金诚啊虞金诚，你真的爱上卢玉洁啦？

这是白天，浴客不多。他听见猴七儿光着脚丫子吧唧吧唧跑了进来，哗哗抖动着手里的一张报纸。虞先生啊你快看看吧，玉姑奶奶登报寻人，急着找你呢！这可是正儿八经的《益世报》啊！

虞金诚听罢跃身出水，伸手抢过那张《益世报》四处寻找着，终于在右上角“报眼儿”的位置看到了那则以玉姑名义刊出的寻人启事：“虞金诚先生，遍寻津门，难觅下落，恳请屈尊回銮，敝号同仁望眼欲穿，翘首以盼。”这文字显然出自报社编辑的手笔，但玉姑的焦急心情已跃然纸上。读罢，虞金诚心里一阵酸楚。

猴七儿说，虞先生人家玉姑奶奶对你不错，我看你不用怕别人说你吃软饭，现在穿上衣裳赶紧回去吧。

虞金诚摇了摇头说我不能回去。猴七儿见他态度坚决，也就不劝了。他担心虞金诚滑倒，扶着他走出澡池，坐在木榻上穿衣裳。虞金诚穿上白色府绸衬衣蓝色西装裤子，一派学生打扮。猴七儿一旁啧啧地说，你一表人才啊，怪不得玉姑看上你啦。

他伸手指了指猴七儿说，你可不要胡说，人家玉姑见我落难搭救我，那是慈善。我在玉华春饭庄，那是耍手艺，可有人偏偏说我吃软饭儿。我看啊，这人嘴两扇皮，真能把黑的说成白的，把方的说成圆的，把横的说成竖的。这样说着，虞金诚已然穿戴整齐了，随手把洗澡的钱放在木榻上，跟猴七儿道了一声回见。

猴七儿追了两步说，虞先生你到哪儿去啊？我真担心有人死盯着你不放，瞅冷子下手。俗话说，狼吃羊，冷不防。天津卫这地方，放倒一个人可比砍倒一棵树容易多啦。昨天我在开明电影院门口儿就看见一死人，后心插着一把攮子。那阵势真是养活孩子不叫养活孩子，吓（下）人呐！

听猴七儿话痨似的说着，虞金诚内心不以为然。他告诉猴七儿，卢振天的心思是把我赶出玉华春饭庄，流落外埠就是了。既然我从玉华春出来了，他犯不上跟我玩儿命啦。

跟猴七儿道了别，出了明江浴池的大门儿虞金诚朝北，奔老城里方向去了。天津卫的城墙已然拆了三十多年，四面城基变成东南西北四条大马路。这西条大马路上铺了电车道，叮叮当当跑着白牌儿电车，属于比利时电车电灯有限公司。此时虞金诚去意已定，他打算去北站坐火车去北平，投奔一个远门亲戚，然后再作主张。离开天津之前他很想跟弟弟见上一面，毕竟是手足之情嘛。走进南门脸儿，却不知道去哪里才能找到虞云隆。

沿着南门内大街，虞金诚继续朝北走去。这时候迎面遇到一熟人，他就向人家打听虞云隆，那熟人显然胆小怕事，连连摆手说不管这种闲事，然后闪身就走。虞金诚只得苦笑，觉得人若是走背字儿，就连想喝西北风儿都找不着风口。

走近鼓楼，虞金诚看见路边有一茶摊，便拉了一条凳子坐下，说是口渴喝茶其实是打听弟弟的下落。摆茶摊的老头儿当年被八国联军的打断一条腿，人称瘸四儿。他还没问瘸四儿，对方却先开了口。瘸四儿告诉他说，虞云隆前几天坐在这我儿喝茶还骂骂咧咧呢，说家门不幸出了逆子，不但葬送了祖传家产还跑到仇人家里去当伙计，辱没了八辈祖宗。虞金诚听瘸四儿这样说，脸色一红一白，表情很窘。他鼓起勇气打听弟弟的去向。瘸四儿不乏鄙夷地说，虞大少爷啊我劝你别去找虞二少爷，惹急了他就把你给废啦。我看这天底下你的第一大仇人不是卢振天倒是虞云隆。我劝你找个风吹不着雨浇不着的地方忍着吧，就不要东奔西走啦。

离开茶摊，虞金诚放弃了寻找弟弟的打算。他终于明白了，自已与虞云隆的过节，那不是一年两载能够消除的。他必须耐心等时过境迁，再叙兄弟之情了。

这时候有人背后叫了一声虞大少爷。虞金诚回头看见个中年汉子，面孔很是陌生。他迟疑地注视着对方。对方问他是不是要找虞二少爷，他连忙点头说是。陌生汉子指着大街旁的一条小马路说，我看见虞二少爷在一家小酒馆里跟人家划拳呢。虞金诚连声道谢，走进了大街旁边的那条小马路。

这条小马路不宽，却向东深入而去，两侧净是做小买卖的摊贩。虞金诚顺着小马路朝前疾走，一路打听着小酒馆。一个卖泡仁果的小贩儿说，这条小马路上根本就没有酒馆，水铺倒有一家。虞金诚不死心，为了及早见到弟弟，他继续大步朝前走去。这时候那个卖药糖的老梆子迎面走来，大声吆喝着。虞金诚心里有事儿，似乎没有听见老梆子的吆喝声。他只看见路旁有一家馒头铺，挂着魏记招牌。一个瘦小枯干的小伙计沾了满脸面粉，正站在面案前面使劲儿揣碱呢。

一个戴草帽的男子迎面走来，手里托着一个纸包，好像是刚刚买了二斤点心似的。虞金诚朝前走着，并未在意。这戴草帽的男子愈走愈近，突然举起手里的纸包狠狠朝着虞金诚脸上砸去。嘭地一声纸包迸裂，就在虞金诚脸上炸开一团白色粉末。虞金诚大叫一声，伸手捂住双眼。戴草帽的男子指着虞金诚大声斥责说，你小子还敢勾引人家卢大小姐吗？操，这就是你小白脸儿的好下场！说罢，这凶手转身就跑。

虞金诚满脸都是烈性生石灰，倒在地上痛苦地叫喊着。烈性生石灰这东西，力量很大，尤其遇水之后放出极大热量，非把人烧死不可。这时路旁出现了一个小伙子，他大喊了一声救人端起一盆泔水就要朝虞金诚脸上泼去。这时卖药糖的老梆子突然出现，高喊一声住手，伸手一拨便将那只水盆打落，然后一掌就把这个形迹可疑的小伙子推出两丈多远。这小伙子愣了愣，起身就跑。老梆子一脚踢开水盆，顺手从路边魏记馒头铺的面案上抄起两块面团，冲上去捂在虞金诚脸上。老梆子双手不停揉搓着面团，竟然从虞金诚脸上粘下了许多的烈性生石灰。一群人围上前来，看热闹。

老梆子一边揉搓着虞金诚脸上的面团一边大声说，端水盆那小子居心不良啊，这烈性生石灰一旦遇到凉水，这人的脑袋可就烧成烂茄子啦！

一个看热闹的闲人说，扔石灰的跟端水盆的那俩人是一伙的，他们都往西边跑啦。

老梆子又从魏记馒头铺的面案上揪了一大块面团，整个儿捂在虞金诚脸上说，走吧现在咱们看大夫去。说着，老梆子掏出一张小钞票往面案上一扔，说了声打搅啦，牵着虞金诚的手就朝东边走去了。

看热闹的闲人们议论纷纷。一个人说，这一包生石灰扣在脸上可真够悬的，多亏遇到了懂行的人啊！要不那脑袋早就烧成烂茄子啦。另一个人说，那老头儿不就是走街串巷卖药糖的老梆子吗？

人们一致认为，卖药糖的老梆子乃是天外高人。

沿着这条小马路，虞金诚捂着面团跟随着老梆子朝前走去，一路上忍受着满脸阵阵刺痛。他感觉走了很远的路，老梆子终于问他疼不疼。他说疼。老梆子哈哈大笑说，好，你说的是大实话。你能忍住这疼痛吗？能。虞金诚斩钉截铁说。老梆子听罢语气郑重地说，好，看来你不是一个少爷羔子。

终于停下脚步，虞金诚听见有人迎上前来说，哎哟您老人家来啦，这次您又是闭关修行吧？来来来，我给你选一间朝阳的房子。

虞金诚听见老梆子说，不啦不啦。你给我选一间背阴儿的房子吧。这一次我不是闭关修行，只为了躲一躲清静。我说掌柜的，劳你先给我打一碗甜面酱，再来一盅老醋一勺儿粉芡。这事儿你马上就办吧。

这显然是一家客栈。客栈掌柜听罢连声应着，前面引领着来到了房间门前，这了声这间屋子最清静。老梆子牵着虞金诚的手走进屋去，咣当一声关了门。老梆子让虞金诚坐在一张凳子上，伸手揭去捂在他脸上的面团。

睁开眼，张开嘴，鼻子出气儿！老梆子大声说着。虞金诚遵命做了，只觉得口鼻疼痛，眼睛睁不开。这时候老梆子慢声细语说，你知道这是为什么吗？因为你的眼睛里你的鼻孔里你的嘴巴里都是有水汽的，凡是有水汽的地方就会被生石灰烧伤。你就知足吧，要是那小子一盆水真的泼在你脸上，你就全完啦。我看他们就是奔着毁容来的。哎你到底怎么得罪了卢振天啊？

遇到老梆子这种天外高人，虞金诚只得实话实说，我跟卢振天的妹妹卢玉洁两情相悦。老梆子听罢哈哈大笑，随手往虞金诚嘴里掖了一块儿薄荷药糖说，好，你小子敢情还是性情中人啊。

嘴里含着这块儿薄荷糖，虞金诚啊地叫了一声说，您在大街上跟我说过，嘱咐我不要离水太近。如被拍了生石灰，差一点儿就毁在那一盆水里！老前辈您真是活神仙啊。

老梆子呵呵笑着，不说话。这时候，客栈小伙子送来了甜面酱和醋什么的。老梆子更高兴了，拍了拍虞金诚的头顶说既然有了这些东西我保证你这脸蛋儿上落不下什么疤。不等虞金诚说话，老梆子噗地一声朝着虞金诚脑袋上喷了一口醋。然后将一大碗甜面酱倒在他的脑袋上。这就是北京人用来吃烤鸭的那种甜面酱。天津人通常用它炸酱捞面。这时候甜面酱一股子一股子朝下流淌着，老梆子顺势搓洗着虞金诚的五官。

搓洗了五官，老梆子拿来一块干布片儿，将虞金诚的脑袋擦净。虞金诚睁开眼睛，只觉得眼前的世界明亮了几分。老梆子变戏法儿似的拿出一盒药膏儿，依次涂抹着虞金诚的嘴唇儿、眼角还有耳廓。

老梆子涂抹了药膏儿之后突然大声说，你现在觉得怎么样啊？

虞金诚扑通一声跪在老梆子面前，接连不断地叩头，发出咚咚的声音。他拖着哭腔儿说，多谢老前辈救命之恩！多谢老前辈救命之恩！

好啦好啦，你不用感谢我。我看这也是你的造化。要是那小子一盆水泼在你脸上，你早就走畸啦。我就是有天大的本事也救不了你呀。

虞金诚跪在老梆子面前，苦苦哀求着说，老前辈，我姓虞名叫金诚，我真心愿意拜您为师。您老人家一定要收下我这个无能的徒弟！

老梆子突然放声大笑，这笑声震得窗户玻璃发出一阵颤动。虞金诚惊了，立即伏首叩头。老梆子止住大笑说，你快起来吧！我这大半辈子从来没收过什么徒弟，今天既然你我有缘，我就破例收你为徒啦！

虞金诚连忙三叩首，师父，我还不知道您老人家的尊姓大名啊。

老梆子说，在天津卫这块地方，人们都叫我老梆子。我要是到了北平城，人们则叫我老闲人，我要是到了山东济南府，人们就叫我老伙计啦……

这时候，这家客栈的杨掌柜走进门来大声说，老梆子先生，我这儿给您道喜啦。偌大的天津卫，谁都知道您浪迹江湖，从来不收弟子，今天破了例儿，也算是虞金诚的造化。今儿我做东请客，咱们就吃炸酱捞面吧！

杨掌柜话音一落，立即拥进来一群房客，七嘴八舌表示着祝贺。

老梆子转身告诉虞金诚说，我行走江湖，居无定址，偌大天津卫我只能寄宿在杨家客栈里。这几位房客都是我的高邻啊。

虞金诚起身，朝着房客们拱手行礼。老梆子立即说，我新收的这位徒弟偶感风寒身体不适，请老几位对外不要声张，让虞金诚在杨家客栈里静养几天，免得外界打扰。

那几位房客连连点头，一起退了出去。

一连几天，老梆子坐在虞金诚床前，说古论今。虞金诚天生聪慧，用心听着。他知道师父一生闯荡江湖，一字一句均为至理名言。

老梆子说，人生在世，遇到的万般事物，俱有缘由而又万变不离其宗。因此，刘墉陪同乾隆皇帝游天桥。乾隆说，怎么这么多人啊。刘墉说，不，只有两个人，一个叫名，一个叫利。名利二字，牵动天下人啊。

虞金诚问师父，人世间究竟有没有不为名利所牵扯的人呢？

老梆子闭目养神说道，有啊。可惜就是太少啦。男子汉大丈夫除了名利，有时候又往往为情所累，一个情字，又引发了千百年来写不绝道不尽的风流韵事啊。帝王，有偷狎李师师的宋徽宗；草民，有独占花魁的卖油郎；文人呢，有暗恋李香君的侯朝宗，武将呢，有喜爱陈圆圆的吴三桂，古往今来概莫能外。

虞金诚颇有感触地说，师父，我这辈子只想跟着您，学上几手真本领。

老梆子说，好啊！既然我收你为徒，就想把我这几十年闯荡江湖的学识统统都传授给你。尽管这只是一些即问之学，你也要用心学啊。

虞金诚激动起来，起身跪在床上说，我不惜一切代价，一定要将您老人家的传授学到心里。请师父教我吧！老梆子高兴了，说了声好，然后提醒说，金诚啊，我看你运交华盖， 这一程子似乎总要有女人缠绕……

虞金诚连忙请教说，那您看我应该怎么办呢？

老梆子想了想，说这也未必就是坏事。一切都顺其自然吧。好吧，有一本书我要传授给你。

老梆子打开行囊。虞金诚凑上去，看到师父从包袱里拿出一册线装书，书皮上写着四个大字正是：《处世锦囊》。金诚啊，我看你这身架，从前学过功夫吧？老梆子问道。

虞金诚实话实说，师父，我在南开学校读书的时候，跟着国术老师学过几天。

好！你天分不错，理所应当成为一个文武双全的人啊。老梆子越发兴奋，指着《处世锦囊》说，这册书你可要好好学习啊！

就这样一连过了几天。

一大晚上，外面突然下起了大雨，气候一下子凉爽起来。老梆子递给虞金诚一粒赤红色的药丸儿，端来一碗热水让他喝了。虞金诚毕竟受了创伤，脱衣躺在床上，昏昏沉沉地躺在床上竟然睡着了。

第二天虞金诚一觉醒来。阳光扑在窗台上，刺得他睁不开眼睛。其实虞金诚内心颇有几分随遇而安的思想，既然睁不开眼睛，那就闭目养神吧。他闭目躺在床上，心里却乱了起来。他首先想起死去的父亲，继而想起反目成仇的弟弟虞云隆，最后想起为朋友两肋插刀的玉姑。这时候他终于睁开眼睛，翻身从床上坐起。

他看到老梆子的床上空空荡荡，心里犯了寻思。他胸前挂着那枚“天缺一角”的护身符，在胸前悠悠荡荡，明晃晃光闪闪，煞是醒目。

低头看见地上有一行行白沙撒出的大字：金诚啊，午夜时分我得一梦，凌晨时分即决定上路云游。去向不外乎直鲁两省。你安心在客栈里养伤吧，切莫外出行走。我从你的护身符上看出，你必有情遇。好吧，万事皆应顺其自然啊。

虞金诚看罢师父的留言，泪流满面。师父啊，卢振天对我纠缠不休，处处加以迫害，令我无家可归；玉姑为我受尽牵连，使我有亲难投；如今师父又弃我而去，莫非这是老天存心灭我虞金诚啊？

虞金诚突然放声大哭起来。他的哭声一下子惊动了房客们。他们纷纷跑来，高一声低一声劝说着，可是谁也劝说不住虞金诚这发自肺腑的哭声。

就这样，虞金诚的哭声犹如杜鹃啼血，竟然持续到黄昏时分，渐渐气竭声歇。

一连两天，虞金诚闭门不出。客栈小伙计一日三餐给他送饭。渐渐地，虞金诚恢复起来了。他本来就遭人暗算受了伤，加之老梆子把他一人撂在杨家客栈，仿佛成了孤儿。他躺在床上，心里寻思着。我一介书生，总算叩拜老梆子为师，有了几分前程。可他老人家却离我而去，没了踪影。站在人生十字路口上，我虞金诚究竟应当去向何方呢？

白天，大街上传来报童的吆喝声。虞金诚好几次都想招呼杨家客栈的小伙计上街为他买几份报纸，可还是忍住了。他知道此时自己不宜接触外界。老梆子曾经对他说过这样的话，闭目塞耳不用心，人世间万物皆无。是啊，人世间万物皆无，你还能有什么烦恼呢？虞金诚渐渐懂得了老梆子的人生哲学。人这一辈子谋取生活，不就是闪躲腾挪嘛。

虞金诚其实并没有忘记玉姑。这是一个好女人啊。我虞金诚每逢难关，她总会悄然出现，援之以手。玉姑的真心实意，虞金诚心里是清清楚楚的。尤其独自躺在杨家客栈里，他越发思念这个曾经给自己带来温暖的女人。倘若明天天气好，我就去玉华春看望玉姑。这样想着，虞金诚渐渐睡着了。

杨家客栈的小伙计推门走进来，快步走到床前，叫了一声虞先生。虞金诚睁开眼睛，应声问他什么事情。小伙计说外面有人看您来啦。自从被人往脸上抛了生石灰，虞金诚心里有了警惕。他翻身坐起，四处寻找着防身的武器。

小伙计笑了，说这人又瘦又高，一看就是个生意人。小伙计话音未落，有人推门走了进来。虞金诚抬头一看，不禁脱口喊道，哎呀，原来是您啊钦三先生！

钦三先生快步走到床前，满脸悲喜交集的表情。他一把抓住虞金诚的手，叫了一声大少爷，眼睛就流了下来。

钦三先生，您怎么跑来啦？虞金诚紧紧拉住他的手，问道。

小伙计给钦三先生拉来一只凳子，请他坐下。钦三先生说，大少爷，我前几天就听说你被别人拍了生石灰，可就是找不到你的住处。虽然说正昌商行散了摊子，可是我心里一直惦念着你们哥儿俩。老东家托付我的事情，我理应尽力啊！

虞金诚立即问道，钦三先生，我爹咽气之前他跟您有什么托付啊？

钦三先生连忙伸手擦去眼泪，说老东家去世之前托付我照应你们哥儿俩，可我如今是心有余而力不足啊。

您不要难过了钦三先生，我现在不是挺好吗？虞金诚安慰着这位从前的账房先生，故意做出身体十分强壮的样子。

大少爷啊，我听说你在街上被人拍了生石灰，心里咯噔一下。我跑到玉华春饭庄去打听，玉姑也说不出你的下落。这几天我在街面上扫听，可巧有人看见你被老梆子救走了，住进了杨家客栈。我就赶到这里来了……

虞金诚动情地说，玉姑是好人啊。明儿我就去告诉她，我身体没事儿。省了她提心吊胆惦记着我啊！

大少爷，我看玉姑那儿你是不要回去了。这几天街面上一群混混儿传言，说玉姑要是胆敢再收留你，他们就放火烧了玉华春饭庄。

虞金诚听罢叹了一口气说，玉姑她是受了我的牵连啊。钦三先生，您说那卢振天已然夺回了正昌商行，那为什么还是跟我过不去呢？

钦三先生终于笑了。大少爷啊，您跟卢玉洁的事情，外面颇有传闻啊。再者说，那卢振天一定是看出你是卧薪尝胆的人物，恨不得一下子除去您这个心头大患。您对卢振天必须严加提防。玉华春饭庄那样的地方，人多嘴杂，属于是非之地。既然如此，我看您必须另投去处啊。

您说得太好啦。钦三先生，请您顺便转告玉姑奶奶，就说我虞金诚性命无虞，让她放心勿念。她对我的一番情意，我终生不忘。等我避过这个风头，一定登门致谢。

钦三先生起身抱拳说，大少爷您真是一个明白人。既然如此我就放心了。今后假若您有个磕磕碰碰的，无论绊在什么地方尽管捎个信儿来，我马上赶到！大少爷，你就多多保重吧。

虞金诚起身送别钦三先生，眼睛里含着激动的泪水。他缓缓在屋里走动着，伸手抚摸着胸前的“护身符”，思忖起来。

我师父从这一块“天缺一角”的银元上看出我的心思，大胆断言我必有情遇，这到底是什么意思啊。我必有情遇，我的情遇究竟在哪里呢？

这时，虞金诚猛然想起当年在南开学校的时候读过的古希腊悲剧《俄底浦斯王》，不禁打了一个寒战。天啊，古希腊悲剧里的俄底浦斯王为了逃避宿命悲剧，毅然出走，远离家园。多年之后当他自以为战胜了命运的安排，决心返回家园的时候，终于知道宿命悲剧早已降临自己头上了。

读书人就是这样，从俄底浦斯王联想到自己。莫非师父一语成谶，我的情遇即将降临？可卢玉洁不出数日即身为人妇了，庭院深深，胜似关山阻隔，我与她今生今世恐怕难再相见，还会有什么情遇可言呢？倘若我的情遇不是卢玉洁，那又会是什么人呢？

莫非是玉姑不成？此时，虞金诚感到“俄底浦斯王”的阴影已经笼罩在自己身上，一股复杂的滋味涌上心头。他独自踱步，自言自语着。这时候夕阳西去，他从床头小桌儿的抽屉里拿出一面小镜子，注视着自己。

虞金诚，你的宿命又是什么呢？

他这样追问着自己，却不知道答案在哪里。他自幼接受新式教育，并不迷信命运。此时他却不得不相信命运的不可捉摸。他将那面小镜子放回抽屉里，一眼看见里面有个纸包儿。伸手从抽屉里拿出这个沉甸甸的纸包儿，打开一看是两块银元。啊，这一定是师父给我留下的，以备不时之需。手捧两块银元，虞金诚决心明天一大早儿就离开天津，前往直鲁两省寻找师父。心中主意已定，心情反而一下子轻松下来。他的行李存放在玉华春饭庄，此时是浑打浑身，只能空手儿上路，唯一不能丢失的就是老梆子留下的那册《处世锦囊》了。

第二天一大早儿，虞金诚收拾停当走出房间。身上有两块银元，心里不慌。他走到院子里叫了一声掌柜的，那老杨立即应声从水房里走了出来。

他向杨掌柜告辞，说是外出谋事由儿去了，然后对杨掌柜的多日关照表示感谢。杨掌柜呵呵笑着，招呼小伙计给虞先生结账。小伙计似乎胸有成竹，转身拿来账本儿笑嘻嘻说老梆子真是神仙啊。

你说什么？虞金诚听罢不解，朝小伙计询问。这时候杨掌柜递过来一碗茶水，说一大早儿我就烧开水沏了茶，今儿就以茶代酒为虞先生送行吧。一路顺风一路顺风。听杨掌柜这样说话，虞金诚越发摸不着头脑了。

杨掌杨说，虞先生啊你师父临走之前留下了房钱，不多不少正好结到昨儿晚上。由此可见你师父能掐会算绝非凡人啊，他已然断定你今天一大早儿就走。这房钱是不多不少啊。

虞金诚大惊失色。他尽管从心眼儿里佩服老梆子，却不敢想象师父竟然具有如此精确的掐算能力。出于尊敬，他只得在心里暗暗认为自己是一个凡夫俗子，根本不能理解老梆子的高深境界。

杨掌柜又告诉他说，老梆子早年在蓟县万松寺出家，法名木鱼，还俗之后来到天津以老梆子自诩，其实还是木鱼的意思。木鱼不就是梆子嘛。老木鱼就是老梆子啊。

哦，原来是这样啊。虞金诚听罢客栈杨掌柜的介绍，心中对师父的经历增加了几分了解。客栈的杨掌柜让小伙计拿来一顶草帽儿给虞金诚戴在头上，一直送他走出客栈大门。

虞先生啊，这顶草帽儿你就戴着吧。记住我说的话，一个人出门在外，无论穿着打扮还是言谈举止，一定要大众化才是。你要是显出几分各色，一路上弄不好就被人家盯上了。你一旦被人家盯上了，那可就麻烦了。

多谢杨掌柜教诲。虞金诚朝着对方深深鞠了一躬，转身走了。杨掌柜和小伙计站在客栈门口儿，一路目送虞金诚远去。

虞金诚走了不到半个时辰，一辆胶皮从远方疾驶而来，吱地一声停在杨家客栈门口。玉姑穿着一身青绸儿，满脸焦急地跳下车来。她抬头看了看客栈的招牌，然后脚步匆匆跑了进去，叫了一声掌柜的。

客栈的杨掌柜迎上前来，说您是玉华春饭庄的玉姑奶奶吧？虞金诚他已然走啦。

玉姑掏出手绢擦着汗水，然后沉着脸色说，掌柜的既然你知道我是玉华春饭庄的玉姑，为嘛不早点儿告诉我虞金诚住在这儿呢？你这是存心跟我过不去啊！

杨掌柜笑了，我说玉姑奶奶您怎么明白人说糊涂话呢，干咱们这行生意最忌讳多嘴多舌，这事儿您可怪不着我啊。

玉姑也觉得怪不着人家杨掌柜，转而问他虞金诚去了什么地方。杨掌柜说兴许是直鲁两省吧。玉姑又问他，虞金诚的伤是不是全好了，表情很是急切。

杨掌柜慢条斯理说，没事儿！虞金诚被人家拍了生石灰，多亏人家老梆子挺身相救啊，立马儿拿出土法子治伤，结果虞金诚一点儿毛病也没落下。玉姑奶奶，这工夫我估摸虞金诚奔了老龙头车站，您要是找他呀还得赶紧。

玉姑不敢怠慢，说了声谢谢转身跑出杨家客栈，一步迈上胶皮大声说着，东车站！东车站！

胶皮车拉着玉姑，一路朝着海河方向跑去。

44 娘娘宫

一晃，就是一年时光。四季轮回，秋天又悄悄来临了，天津东门外的宫南大街上，上香的人们行走在清爽的秋日里，来到娘娘宫大门口儿。提起天津卫的娘娘宫，还得从当年的海船航运说起。宋朝末年出生在福建莆田的林默娘，史书说她“生而神异，有殊相，能知人祸福，拯人急难”，她只活了二十七岁即升天，被人们称为海神。浙闽粤沿海的渔民奉她为“天妃”，台湾及澎湖列岛的船家供她为“妈祖”。

自从元代南粮北运改走海路，南方船队千里迢迢驶进大沽口，一路上风险很大，沉船事件时有发生。当时的天津名为“海津镇”乃是重要的卸粮码头，南方运来的粮食卸在这里，然后转运元大都，也就是今天的北京。林默娘生于南方，然而她的神灵则随着千里樯帆北上，保佑着船家的性命。水手们传说夜航遇到狂风巨浪，海天随即升起一盏盏红灯，这便是天妃妈祖前来救难。因此南来北往的船家们遂在天津海河两岸建立庙宇，称为“天妃宫”。建于一三一六年的坐落在大直沽的天妃宫称为“东庙”，多年之后被八国联军战火所毁。建于一三二六年的坐落在三岔河口小直沽的天妃宫称为“西庙”，幸免于难保存下来，俗称“娘娘宫”。除了三岔河口的娘娘宫，陈家沟子一带还有一座娘娘庙。总而言之在中国北方只有天津卫这地方供奉妈祖娘娘。然而，事情还是起了变化。

人家林默娘原本是保佑船夫渔民的海神，落户三岔河口之后受到天津群众的顶礼膜拜，渐渐被改了身份——变成送子娘娘。同时增加豆浆哥哥和王三奶奶诸位本埠神灵，天妃宫内涵扩而大之。从此以后，前来天妃宫跪拜祈祷一帆风顺的赤脚船老大，逐渐变成焚香乞求生儿育女的花袄小媳妇。这正是本埠文化与外来神灵的融溶。天妃宫这座庙宇的主题悄然遭到替换，万里航行的劈风斩浪变成了三尺炕头的分娩声声呻吟。

既然海神妈祖已经转业成为送子娘娘，天妃宫的“娃娃”应运而生。天妃宫大街也随即出现几家“娃娃铺”，这种泥巴生意，一本万利，火爆兴隆，形成了天津卫民间独有的“拴娃娃”习俗。

拴娃娃的习俗是这样的。一位小媳妇婚后不孕前来求子，跪拜娘娘祈祷早得贵子。娘娘宝座前面的供案上摆着一只只泥娃娃，小媳妇起身上香许愿，起身走到功德箱前掏钱捐了香火。此时站立一旁的道士故意闭目养神，悠然击磬。小媳妇则趁机伸手偷得一个泥娃娃，揣进怀里转身疾去。她快步走出正殿随即从怀里掏出一根红绒绳儿将娃娃拴住，谨防走失。这种偷偷摸摸“拴娃娃”的场面弄得空气十分紧张，其实道士只是佯作不知而已。人家小媳妇捐了香火钱，从供案上拿走一个娃娃实属公平交易。

小媳妇拴娃娃回家，娘娘保佑翌年喜得贵子，这泥娃娃可就是“大哥”了，新生婴儿则排行在二，是弟弟。随着弟弟的成长，年年都要将“娃娃大哥”送到天妃宫大街上的娃娃铺去“洗”。所谓“洗娃娃”就是花钱从娃娃铺里换个新的“娃娃大哥”回来。天长日久年年洗，娃娃大哥也渐渐长大成人，最后穿上长袍马褂，留起胡子变成大伯伯，逢年过节全家供奉。年复一年娃娃大哥甚至被“洗”成了全家的老太爷——享受着儿孙满堂的天伦之乐。一直到弟弟终老，娃娃大哥这才被家人厚葬升天。当年天津卫四世同堂的家庭很多，因此百岁高龄的“娃娃大哥”并不鲜见。

由于几乎家家拥有“娃娃大哥”，因此天津卫的男孩儿在家行大的极少。当时天津大街上若是两位素不相识的男子初次结交，拱手行礼彼此互称“二爷”。为什么互相称呼二爷呢？因为大爷乃是蹲在家里供案上的泥胎娃娃大哥。那时节大街上天津男人与外埠老客儿矫情起来，也总爱挑起大拇哥自称“天津卫娃娃”，其时这只是炫耀城里人的身份，并不是将自己比喻为一块儿泥巴。

这就是天津卫娃娃大哥的掌故。这就是三岔河口娘娘宫里求子风俗的由来。

此时正是民国二十三年的初秋，一早儿一晚儿天气乍凉，人们外出着了秋装。这一天上午，东门外宫南大街拐进来一辆黑色小汽车，一下子引起了人们的注意。

天津这地方开埠很早，天津人什么样的洋玩意儿都见过。可那毕竟是在海河下游的租界里。天津华界仍然是中国领土，生活之中洋里洋气的东西，还在少数。况且娘娘宫不比西式教堂，纯粹是天津风俗。平日往来这里的车辆，胶皮居多。

娘娘宫这条大街上，真正热闹起来那必须是临近过年的时候。天妃宫大街上热闹非凡。卖闷葫芦的卖吊钱儿的卖灯笼的卖簪花儿的卖窗户眼儿的，不一而足。无论宫南还是宫北，平时还是比较冷清的。因此这辆黑色小汽车一驶进宫南大街，自然成了景致。

这辆黑色小汽车停在娘娘宫大门外。开车的司机是一个中年男子，白净子。他停稳之后推门下车，连忙伸手拉开小汽车的后门。这时候人们看到一双黑色高跟皮鞋缓缓落地，一位身穿灰色法兰绒西式大衣的年轻太太走出汽车。她围着一条紫色头巾，因此只露出一张清丽秀美的脸庞。看热闹的人们小声议论着，发出一阵轻轻的赞叹。

她踏着嗒嗒作响的高跟鞋，快步走进了娘娘宫大门。

白净子司机拉开车门坐在驾驶室里，耐心地等待着。他举止端正，目不斜视，一看就是在大宅门里服务。人们围观这辆小汽车。这位司机不驱不赶，不言不语坐在车里，似乎陷入了沉思。

依照天津人的习惯，平日里前来娘娘宫求子的小媳妇，要么跟着婆婆一块儿来，要么由娘家妈陪同，顶不济还有姊妹伴随。独来独往的几乎没有。今儿这位独来独往的年轻太太乘坐小汽车前来求子，那肯定不是出自寻常百姓人家。天气并不太凉，她穿得显然厚了一点儿。于是人们越发猜测不已。天津闲人的好奇心理，全国名列第一。

那位年轻太太走进大殿，朝着娘娘的宝座走来。她身段周正，有着一双美丽的丹凤眼。站在大殿里，她抬头注视着神圣的娘娘，目光之中流露出强烈的渴求。

道士立即击磬，大殿里的空气越发神圣而凝重。她毛腰跪在娘娘神像前面，摘下头上围巾，开始叩拜了。

她头发乌黑，梳着新式发型。道士闭目击磬，表示祝福。她叩拜完毕起身走到供案前，虔心虔意给娘娘敬了三炷香，然后走到功德箱前面，从怀里掏出一卷儿钞票。击磬的道士趁机睁眼一看，一愣，立即闭目。她将这一卷儿钞票投进功德箱，沉甸甸发出咚地一声。这时候她扭脸看了一眼摆在供案上的一只只娃娃，表情踌躇起来。

道士听到功德箱里发出如此沉甸甸的声响，立即睁开眼睛咣地一声击了磬。这金石之音竟然吓了她一跳，扭身离去，快步走出大殿。

等候在娘娘宫大门外的司机看到大少奶奶走出娘娘宫大门，立即下车为她拉开车门。大少奶奶脸色苍白坐在车里，居然气喘吁吁。

您没事儿吧大少奶奶？司机小心翼翼问道。

我没事儿。被称为大少奶奶的年轻太太坐进车里伸手拉了拉紫色头巾，那样子好像怕冷似的说，金哥啊，开车吧。

被称为金哥的司机并没立即发动汽车，他寻思了寻思，轻声问道，大少奶奶，您拴娃娃了吗？

没有。

司机金哥惊异地回头看着她，说大少奶奶您怎么没拴娃娃呢？您这一趟可是专程来拴娃娃的啊。

我害怕。那道士当当当一敲磬，我就更害怕了，不敢伸手从供案上偷那个娃娃啦。大少奶奶说着，竟然抽泣起来。

司机金哥苦笑着说，大少奶奶，那可不是偷啊，那是拿。您不是捐了功德钱吗？捐了功德钱就应当从供案上拿一个娃娃。我说大少奶奶，您嫁进李家已经一年啦，您不知道大少爷心里有多着急啊。因为老爷已经在教会里立了遗嘱，您知道吧？

大少奶奶点了点头，眼里噙着热泪说，金哥啊你进去到大殿里替我拿一个娃娃来吧。反正我已然捐了功德钱。

司机金哥叹了一口气，说了声好吧。他推门下车，朝着娘娘宫大门里走去。

一群看热闹的闲人，有男有女有老有少，围绕着这辆黑色小汽车久久不肯散去。一个老婆子伸手敲着车窗玻璃大声问道，你是洋教李家的儿媳妇吧？你是洋教李家的儿媳妇吧？

坐在汽车里的年轻太太被这位老太婆问得无处躲避，只得朝着车外点了点头，嗯了一声。站在车外的老太婆笑着说，我的眼力没错，我记得去年你出阁的时候也是这种秋凉天气，九月初九吧？记得当时我们还站在马路边儿看热闹呢。这一晃就是一年光景，你嫁到洋教李家挺好吧？

年轻的太太无可奈何地点点头，然后扭过脸去紧紧闭上了眼睛。

老太婆站在车外对看热闹的人们说，她是英租界洋教李家的儿媳妇，就是李家的大少奶奶啊。她娘家哥哥是针市街上盛昌商行的东家卢振天，她在娘家当小姐的时候乳名儿叫小洁。这小洁出嫁一年了也不知道添喜没添喜啊。

听到自己的身世被老太婆说得如此清楚，坐在小汽车里的年轻太太拉起紫色头巾将脸庞遮得严严实实，似乎不愿意让别人看到自己的面孔。这时候，司机金哥手里拿着一只娃娃从娘娘宫大门里跑出来，三步并作两步便来到小汽车前面。

他伸手拉开后面车门将娃娃递给大少奶奶。坐在车里的大少奶奶怯怯地接过这只娃娃，突然哇地一声哭了起来。

金哥惊了，赶紧钻进车里，立即发动汽车离开了娘娘宫大门，沿着宫北大街朝前开去。

坐在车里的这位年轻太太就是卢玉洁。开车的是李公馆的司机金哥。金哥驾驶着这辆黑色小汽车驶出宫北大街，左转弯朝着官银号方向驶去。这时候卢玉洁停止哭泣吩咐开车的金哥说，我想兜一兜风，你一直朝着鼓楼开吧。

金哥应了一声，驾驶着汽车朝着鼓楼方向开去。

一路上，卢玉洁怀里抱着那只“娃娃大哥”不时地指点着行车路线，金哥在卢玉洁指定的路线上行驶着，心里却好生纳闷。他根本不知道大少奶奶为什么选择这样一条路线兜风。

其实金哥行走的正是当初虞金诚充当车夫拉着卢玉洁行走的路线。这条路线她记得清清楚楚，一生一世也不会忘记。

一年一度秋风送爽。卢玉洁沿着当初的这条路线行走，心情很是激动。身为李家的大少奶奶也就是李文卿的妻子，她承认内心深处仍然思念着至今下落不明的虞金诚。

汽车在天津华界地区兜了一大圈儿，终于朝着英租界驶去。卢玉洁将那只“娃娃大哥”放在身旁，失神地注视着车外的景物。

大少奶奶，您把那只娃娃大哥藏好了吧，这次您来娘娘宫求子可是瞒着大少爷的。金哥一边开车一边叮嘱坐在后排的大少奶奶。

卢玉洁突然打了一个冷战。

45 李家的烦恼

天主教是不允许离婚的。因此作为一个虔诚的天主教徒除非丧偶一生只能有一次婚姻。李守基就是这样一个虔诚的天主教徒，丧偶多年仍然没有续娶。他中年发迹成为富翁，拥有自己独资的天津首善贸易公司，居住在英租界伦敦道的一座小洋楼里，谁都认为他是一位事业成功的文明绅士。可生活往往是不甚完美的。李守基的生活也是这样。他的独生儿子李文卿自幼便患有癫痫病，俗称抽羊角风。李守基延请名医为儿子治病，却久治无效，还是不定期地发作。这羊角风一旦抽起来，身体僵直，双眼凝滞，口吐白沫，神志不省，那样子痛苦不堪。这样的孩子成才，那是很难的。

李守基虽然是虔诚的天主教徒，头脑里依然具有浓重的中国传统观念，即传宗接代。他老人家六十岁那年立了遗嘱，这份法律文件由德租界律师汉斯先生保管，内容保密。天主教徒李守基在遗嘱里说，他去世之后其家产直接由李家的第三代人继承。这就是说李文卿必须早日完婚而且顺利生儿育女。李家倘若没有第三代人，李守基百年之后，大少爷李文卿将在遗产继承时遇到莫大的麻烦。

就这样，婚姻与生育自然成为李文卿的头等大事。当然，李守基遗嘱的详细内容，李文卿并不知晓。

既然立了遗嘱，李守基心里有多么着急就只有他自己知晓了。他通过天津著名媒婆满大姑说合给儿子和卢玉洁订了婚，一下子解决了李家第二代人李文卿的婚姻大事。李守基晚年一心向善，却在儿子的婚姻大事上隐瞒了真相。他与媒婆满大姑合谋，根本没有向卢振天说明儿子李文卿自幼患有癫痫病，更没有向卢振天说明癫痫这种顽疾是终身难愈的。

应当说这是骗婚。

李文卿娶卢玉洁，出于宗教信仰李家是在天主教堂举行的西式婚礼。这是卢玉洁第一次见到李文卿，感觉外表还是不错的，中等身材白净面皮，一看就是受过良好教育的年轻人。可新婚之夜，李文卿旧病复发，咕咚一声跌倒在床前，口吐白沫抽起了羊角风。

卢玉洁毫无思想准备，“啊”的发出一声尖叫，披起衣裳从三楼跑到院子里，吓得浑身发抖。她以为自己嫁给了一个魔鬼。李守基自知理亏，派金哥开车送卢玉洁回娘家住了一段时间。备受惊吓的卢玉洁向哥哥卢振天哭诉了新婚之夜丈夫突然发病的恐怖情景，说自己实在难以忍受这种吓人的生活。

妹妹万万也没有想到哥哥听罢自己的遭遇之后竟然哈哈大笑说，玉洁啊敢情李文卿也抽羊角风啊？你还记得吧，当年邻居老马家的二柱子就抽羊角风，不要紧不要紧，犯起病来就那么一阵儿，一会儿过去就没事儿啦。

哥哥这种大大咧咧的态度使得妹妹感到极其意外。有父从父，无父从兄。卢玉洁终日以泪洗面，心中暗暗叫苦。我嫁给这样一个久治不愈的病人，动不动就抽羊角风，哥哥不但不出头给我做主，反而说没事儿。我真的成了无依无靠的弱女子，只得顺应那句俗话，嫁鸡随鸡嫁狗随狗了。

卢玉洁悲观绝望，几乎对生活彻底丧失了信心。然而人在黑暗之中总是企盼光明的。黑暗之中卢玉洁能够感受到的一点点光亮，就是她对虞金诚的一片思念之情。既然心中有了这一片思念，卢玉洁便觉得长夜之中总有那么几只萤火虫飞舞着，给人以光明的无限期待。就这样她在卢家大院一住就是几个月，调养身体。天长日久，她的心理创伤似乎渐渐平复了。

李守基毕竟是天主教徒，心里有愧。他原本以为将卢玉洁送回娘家调养身体，那卢振天一定会打上门来，不依不饶地指责李家瞒病骗婚。他甚至做好了卢家提出离婚的思想准备。然而令他感到十分意外的是卢振天不但没有登门声讨，反而提出择日派车将卢玉洁送回婆家。李守基听到这个消息真是又惊又喜。几个月过去了，他派金哥开车前往天津老城里的大费家胡同，还特意给卢振天带去了一份厚礼。

李家的女管家金嫂随车前往，说是奉命接卢玉洁回到李家继续过大少奶奶的生活。卢玉洁哪里愿意回去。可摊上卢振天这样一个糊涂哥哥根本不给自己做主，她无可奈何之下只得跟随精明强干的女管家金嫂上车，回到英租界伦敦道的那座小洋楼里，继续苦熬她身为人妇的艰难时光。

李家的小洋楼坐落在英租界伦敦道。这座三层小洋楼总共二十几间房子。李守基一人占据二层，三层则是李文卿夫妇的。一层的后院里则住着金嫂一家以及仆人们。这位金嫂的丈夫就是司机金哥。夫妻二人，一个开车，一个当管家。两口子心地纯善，对卢玉洁的不幸婚姻暗暗充满同情。

离开卢家大院乘坐金哥的汽车回到李家，卢玉洁发现这座小洋楼里多了一个年轻的女用人，她名叫桂枝，操着一口河南乡音，一双小圆眼睛滴溜转悠，红扑扑的脸蛋儿上透出几分令人难以捉摸的表情。金嫂告诉卢玉洁，这是老爷吩咐给大少奶奶选配的一个贴身儿丫环。老爷挑来挑去最后选中了这个桂枝。桂枝是新近从河南滑县来到天津的，她老家就是出产道口烧鸡的地方。

这次回来，距离卢玉洁出嫁已经半年多了。然而这座小洋楼对她来说还是显得很陌生。尤其女佣桂枝的出现，使这位大少奶奶越发觉得这座小洋楼只不过是自己生命旅途上的一个驿站而已。

当天的晚饭是西餐。卢玉洁尽管自幼生长在浓重的中国文化环境里，但她还是愿意学习新鲜东西。一张长方形的餐桌，李守基身为一家之主当然坐在前端，李文卿则坐在父亲一侧。他落座之后朝着坐在对面的妻子投来试探的目光。卢玉洁从他的目光里感受到几分温情。

喝奶油海鲜汤的时候，卢玉洁认为味道过于油腻，不由得皱了皱眉头，李文卿看在眼里立即抬手召唤桂枝，说马上给大少奶奶换一份红菜汤吧。

桂枝听罢，满脸迷惑不解的表情，似乎根本不能理解李家大少爷的吩咐。

李文卿没辙，只得轻轻叹了一口气说，这外埠乡下人脑子就是迂啊。

李守基轻轻放下手里的镀银刀叉，用慈祥的目光极其关切地说，玉洁啊，你想吃什么就说，我马上让厨师给你做去。

卢玉洁感到一阵温暖，连忙叫了一声爸爸，说觉得这牛扒的味道很好的。

听了儿媳妇的这句话，年过花甲的李守基欣慰地笑了，扬手吩咐桂枝去厨房叫一份红菜汤来。

身材高挑的桂枝扭动精细的腰肢，往厨房安排红菜汤去了。李文卿的目光跟随着桂枝的背影，一直看到餐室门口儿。

厨师很快就做好了红菜汤，盛在一只碟子里由桂枝端到餐室去。桂枝端着这份红菜汤沿着楼道走向餐室，中途她低头飞快地喝了一口红菜汤，烫得她嘴唇倏地一紧，丝丝吸着凉气。尽管这样她还是顽强地咽下了这口红菜汤，并且认为味道不错。沿着楼道，桂枝大步走向餐室，趁着无人之机她飞快地向红菜汤里吐了一团口水。

餐室门口儿，女管家金嫂不动声色迎上前来，从桂枝手里接过红菜汤。她注视着这个表情慌张的女佣，说桂枝你下去吧。

桂枝听罢金嫂的话，转身就走。这个年轻的女用人身上似乎散发出一股令人难以察觉的骚气。

金嫂将这碟红菜汤端到卢玉洁面前，说大少奶奶啊老爷给您叫的红菜汤来了。卢玉洁朝着充满爱心的公公点了点头，说了声谢谢，然后转脸对自己的丈夫说，文卿我很饱了你替我喝了这份红菜汤吧。

李文卿看了妻子一眼，爽快地答应了，他接过掺有女佣桂枝口水的红菜汤，抄起汤勺儿大口吃了起来。这位大少爷的味觉平时还是很敏锐的，此时却没有察觉出这份红菜汤里的异味。

一碟红菜汤，似乎已经暗暗说明了李文卿与桂枝的气味相投。

晚饭之后，小洋楼里的习惯是全家围坐在桌前，一起喝咖啡。卢玉洁不大适应这种西洋饮料的苦涩味道，坐着喝茶。喝茶之前，金嫂小声告诉她，老爷给大少爷找了一位比利时医生看病，吃药见好，已经好久没有犯病了。她听了金嫂这一番话，轻轻出了一口气。在此之前卢玉洁最害怕的便是李文卿犯病的模样，那真是太吓人了。此时听到金嫂说大少爷这一程子吃药见好，卢玉洁心里踏实了几分。

饮茶之后，李守基起身跟大家说了一声晚安，抄起手杖缓缓走出餐室，上二楼去了。李文卿看着卢玉洁，说咱们也去三楼休息吧。金嫂小声吩咐桂枝去三楼大少爷和大少奶奶的卧室里去铺床。卢玉洁从金嫂的眼神里得知，回到李家的第一个夜晚，自己还是要跟李文卿同居一室的。

这夜晚，卢玉洁合衣躺在床上，心里忐忑不安。李文卿显出几分丈夫的温情，他伸手解开她的衣扣，很耐心的表情。这表情使卢玉洁觉得丈夫是在细心地剥开蚌壳而寻找着珍珠。他一件件剥掉她衣裳，不慌不忙不紧不慢不声不响，动作很是熟练。卢玉洁双眼紧闭，一动也不动。此时她根本不懂得丈夫给她脱衣的动作究竟有多么熟练，因为在此之前没有任何男人如此动手脱掉她的衣裳。

李文卿一件儿接一件儿地脱光了卢玉洁的衣裳，终于看到了妻子白如春雪的肉体。他终于爆发了，好像一辆小火车头呼呼开到卢玉洁身上，一下子将她碾得粉碎。卢玉洁感到浑身冰凉，似乎成了一具躯壳，任凭李文卿揉搓着。李文卿周身燥热难当，使劲儿将她的身体拨成一个“人”字，然后吭吭哧哧喘着粗气，狠劲儿做了起来。卢玉洁只觉得下身一痛，然后脑海一片空白，身体也仿佛变成一个巨大的空洞，虚虚幻幻地升腾起来。她感到一股莫名的痛苦，这种莫名的痛苦是她从来没有经历过的。只觉得这个空洞愈来愈大，最后扩展为没有云彩的天空。

繁忙之中的李文卿碰翻了床头的一杯水。这意外惊吓使得这只小火车头停止喷发蒸汽，气喘不止地坐在床边，捻亮台灯注视着处于虚幻状态的卢玉洁。

这是李文卿娶得卢玉洁以来第一次跟她做爱。他对她的身体很满意。白皙，柔软，有着包容天地的弹性。李文卿喜欢弹性。

这时候，卧室门外突然传来桂枝的低声问话。大少爷，您喝水吗？

李文卿吓了一跳，突然发了脾气。滚！我不喝水，你给我滚！

卧室门外，桂枝的声音消失了。卢玉洁被丈夫的吼声惊醒，蓦地回到现实世界。她扯过被子盖住自己的裸体，问丈夫出了什么事情。

李文卿拉开她遮掩裸体的被子，目光死死盯着她那浑圆而充满弹力的乳房说，没事儿。

说着，李文卿伸手牢牢将卢玉洁搂在怀里说，我要让你怀孕，我要让你生孩子。

卢玉洁腾地红了脸，拉过被子遮盖在自己身上。李文卿拉开被子伸手摸了摸她圆鼓鼓的臀部说，你必须为我生儿育女，这可是一件大事儿啊。

李文卿虽然不知道存放在德租界律师汉斯先生保险柜里的李守基遗嘱内容，但他深知父亲的心思，这就是必须生儿育女，只有这样，他李文卿才有可能顺利继承李氏家产。

从此，卢玉洁与李文卿同居一室而眠。金嫂没有说谎，李文卿的癫痫病吃药见好，确实得到缓解。她与丈夫同床半年时光，他的旧病没有复发。

癫痫病没有复发，可李文卿新添了焦虑症，彻夜不眠。焦虑使得李文卿学会了吸烟，有时候甚至偷偷喝酒。卢玉洁关心丈夫的健康，劝他不要抽烟喝酒。李文卿就以焦虑症为借口，拒绝戒烟戒酒。妻子问丈夫究竟有什么事情值得他如此日夜焦虑不安。李文卿充满怨气地看了她一眼说，你要是给我生儿育女，我就不会焦虑不安啦。

卢玉洁年幼即失怙恃，性格内向却很好强。她听到丈夫指责她不孕，心里很不舒服。秋风再起的时候，她知道自己嫁到李家已经整整一年了。丈夫李文卿也是内向性格，每每与妻子同床，他便不遗余力地耕作着，然而卢玉洁根本没有怀孕的迹象。

李文卿急了，他几次在床上质问妻子为什么不怀孕。卢玉洁被李文卿压在身下接受他的一次次撞击，眼睛里含着委屈的泪水。

我必须为你们李家生儿育女吗？她轻声问着李文卿。

对！你必须为我们李家生儿育女。李文卿咬紧牙关，狠狠说着，仿佛一位输光钞票又急于翻盘的赌徒。

于是，怀孕成为卢玉洁的心头大事。每逢礼拜日她便跟随公公李守基前往天主教堂。她坐在天主教堂里闭目祈祷，请求无所不在的天主赐给她生儿育女的机会。她在心里发出真诚的呼喊，主啊万能的主啊，请您拯救我吧，我永远是您忠诚的仆人。

金嫂似乎了解内情，因此几次暗示这位大少奶奶说，您的怀孕对李家来说非常重要啊。

于是，卢玉洁趁着李文卿外出唐山的机会，让金哥开车拉着她去了娘娘宫。她将自己怀孕的最后希望寄托于普度慈祥的送子娘娘身上。至于那只从娘娘宫拴来的“娃娃大哥”则被她安放在柜子里。她期待着神灵的保佑。

还是没有怀孕。渐渐地，卢玉洁竟然产生了一种负罪心理，认为自己远远没有尽到应尽的责任。我为什么久久不能怀孕呢？有那么几次她甚至主动去抚摸李文卿，以此唤起丈夫的行房热情从而达到受孕目的。然而，她几次得到的却是李文卿鄙夷的目光。

她不明白丈夫究竟是什么心思。

据金嫂向卢玉洁透露，李守基对儿媳妇的迟迟不孕也曾几次表示焦急。卢玉洁不知所措。

46 九九重阳

九月初九为重阳节。天津卫的风俗，重阳节登高寻菊乃是雅事。当年的天津人，以东门外的玉皇阁和海河边的望海寺为登高处。后来，望海寺被洋人改为教堂，玉皇阁被国人改为小学校，天津人登高也就没了好去处，光剩下吃糕干了。

民国二十三年的九月初九，李守基先生心血来潮，决定前往老城里的鼓楼登高。他告诉司机金哥不要惊动旁人，独自前往就是了。金哥只得遵命，一大早儿便擦洗汽车准备上路。上午十点钟，李守基不声不响乘车前往鼓楼。

鼓楼这地方，距离当年李守基的老宅院不远。中国人若是上了年纪，最为思念的地方往往是故国故土故宅。李守基正是这样。他坐在书房里总是回想起当年穷困潦倒的光景，不免欷歔不已。因此他突然决定九九重阳登临天津老城里的鼓楼，颇有晚年感怀的意思。当然，没人知道天主教徒李守基的心思，他进入人生暮年以来，已经开始思索人生的终极意义了。

天津的这座鼓楼坐落在老城里的轴心位置，它早在庚子年间便受到八国联军炮火的攻击，千疮百孔而且历经风雨，已然破旧不堪了。

天津人有九九重阳登高吃糕的习俗，可遇上兵荒马乱民不聊生的年景，怀有如此雅兴者实不多见。金哥开车来到鼓楼附近，找了一个空场停车，拉开车门将李守基搀了下来。李守基不服老，摆手示意金哥不要搀扶，拎着手杖迈开大步从东侧走进了鼓楼。

沿着青砖台阶李守基登上鼓楼。金风迎面吹来，只觉得天高地阔心情为之一振。他伸出手杖从东往西朝前走去，拐过角楼看见一个人的背影。

这是一个西装革履的先生。由于是背影，李守基无法判断这位先生的年龄。李守基停住脚步，站在城墙前注视着远方。

天津老城里的景色，一下尽收眼底。

天津这座老城建于明朝永乐初年，其城墙东西长，南北短，呈算盘形状，因此风水先生称，算盘城，主出商人。果然天津后来成为中国北方第一大商埠。明朝驻守天津的军队统统来自朱元璋的安徽家乡，天长日久渐渐演化出独特的天津卫口音。天津卫的口音跟安徽宿州固镇的口音几乎一模一样，这就是天津卫口音的由来。至于合肥人士李鸿章先生入主直隶总督，则是后来的事情。

李守基站在鼓楼上大发思古之幽情。这时候那位西装革履的先生转过身来。双方都是有身份的人。李守基看到对方手里拿着一束黄色菊花，显得风度翩翩。登高寻菊，真雅士也。两人目光相遇，彼此颔首致意。李守基礼貌地说了一句先生重阳节好啊。那位西装革履的先生立即还礼，说了一句先生重阳节快乐。

这位西装革履的先生显然属于中年人，却颇有人生感慨。他嗅了嗅黄色菊花转身指着远处的北大关说，您看，人间浮华如流水，可人生更是如此啊。

李守基颇有同感，询问对方贵姓。这位西装革履的先生笑着说，免贵姓刘。李守基立即说，刘先生，人生如流水，人活一生不过只是这滔滔流水里的一朵小浪花啊。

刘先生说，这位老先生您说得真好。其实我们人人都懂得人生如流水的道理。可是一旦遇到名利之争，我们又把这个浅显的道理忘得一干二净啦。

李守基连连点头说，是啊是啊，活到我这把年纪应当能够看破“名利”二字啊。今天我重阳登高就是为了激励自己，一心向往天主啊。

刘先生说，老先生，这么说您信教啊？

李守基说，对，我叫李守基，我是天主教徒。

啊，李守基老先生。您是天主教徒，我也出身于天主教家庭。刘先生继续说，我叫刘清岳，清明的清，岳飞的岳。

李守基非常高兴，掂着手杖说，刘清岳先生，重阳登高，巧遇同道，实乃缘分实乃缘分啊。你我都是上帝的仆人。说着，李守基与刘清岳紧紧握手，双方都是欣喜的表情。

刘清岳掏出名片递给李守基说，我还有公务先行一步了，日后还请李老先生多多指教啊。

李守基接过名片表示抱歉，说匆匆忙忙出门儿，身上忘了带名片。

就这样，两位萍水相逢之人再度握手，互相道别。

刘清岳突然想起了什么，拱手行礼说有事情请教。请问李老先生，我有一件事情向你打听。您知道南市的玉华春饭庄吧，去年这家饭庄曾经推出“学生菜”，在天津卫轰动一时，我前去品尝，形式新颖，味道不错。可后来这“学生菜”戛然而止，歇业啦。我几番打听，都说那主灶的大师傅走了，因此停了学生菜。李老先生，您知道那位主灶大师傅的下落吗？

李守基连连摆手表示抱歉，说家住英租界伦敦道，由于年老腿懒，十几年来很少出门，因此不知道南市有玉华春饭庄，更不知道玉华春饭庄曾经推出“学生菜”。

听罢李守基这一番话，刘清岳连声说叨扰叨扰，鞠躬行礼告辞而去，一步步走下了鼓楼。

刘清岳走了。不知为什么李守基顿时感到极其孤单。一水一海洋，一沙一世界啊。伫立良久，他心情感慨地缓缓走下鼓楼，认为今天还是很有收获的。

金哥迎上前来，一眼看到李守基满脸欣慰的表情，心里很是不解。他试探着问道，老爷，今儿鼓楼风景不错吧？

很好。李守基大声说着，一下子抖擞了精神。金哥心里越发迷惑，不知道老爷心里到底有了什么新想法。

坐在汽车里，李守基内心的想法愈来愈坚定了。他坐在后排哼起了京戏。金哥一边开车一边问道，老爷您今天怎么这样高兴啊？

李守基一反年老矜持的风度，竟然毫不掩饰自己的心情说，我自然是高兴啦，因为今天我站在鼓楼看风景，心里一下子明白了一个人生大道理。

金哥驾车驶到英租界伦敦道那座小洋楼门前，缓缓停了车。李守基吩咐说，金哥啊，我下车进家，你马上开车去德租界律师楼把汉斯先生接来，你一定要告诉汉斯先生，说他无论多忙也要到我这里来一趟，因为我有重要事情要跟他商量。

李守基回到家里，坐在客厅里等待着律师汉斯先生的到来。他毕竟上了年岁，坐在沙发上渐渐睡着了。

汉斯先生拎着皮包走进李家客厅。这位来自德国杜伊斯堡身穿米色西装的律师是一位中国通，说得一口带有天津口音的中国话。李守基与汉斯是多年的老朋友。老朋友大步走进客厅，李守基立即惊醒了。

你老啦。汉斯坐在李守基对面的沙发上，毫无表情地说。

是啊，我老了。正是由于我老了，所以我才渐渐把这个世界看得清清楚楚啊。李守基按响电铃叫来了女佣桂枝，吩咐她给汉斯先生沏一杯咖啡。

汉斯先生，今天是中国人的重阳节，九月初九。重阳节登高是我们天津人的风俗，今天上午我去了鼓楼，登高望远，我一下子明白了很多事情，心情豁然开朗，对生活也有了新看法。哦，现在已经中午了，你在我家吃饭吧。我请你吃意大利通心粉好吗？

汉斯毫无表情说，不，我吃你们天津的炸酱面。我听说北平人炸酱，使用黄豆酱，你们天津人炸酱，使用甜面酱，是吧？

对。天津距离北平只有一百二十公里，可生活习惯大不相同。就说吃鱼吧，他们北平人根本就弄不明白哪个是海鱼哪个是河鱼。他们吃喝的习惯跟随满洲旗人，最喜欢吃肉。你们德国人也喜欢吃肉吧？我看你啊应当去北平当律师，跟他们一样的口味。天主教徒李守基就这样滔滔不绝地说着。

汉斯满面狐疑地注视着李守基。李老先生，今天你怎么变得这么爱说话啦？平常你是一个沉默寡言的人啊。

李守基笑了说，汉斯先生，我今天站在鼓楼上，真的是醍醐灌顶啊。告诉你吧，汉斯，今天我要修改我的遗嘱。

德国律师汉斯先生表情平静地说，好啊，既然你老人家醍醐灌顶啦，我遵命修改你的遗嘱就是了。

李守基表情严肃起来，他口气郑重地说，汉斯先生，我这次修改遗嘱的主要内容是百年之后遗产如何分割。

这时候，桂枝满脸堆笑地走进客厅，躬身将那杯热气腾腾的咖啡摆在汉斯先生身旁的茶几上，然后转身走到书柜前面，拿起一块儿抹布擦拭起来。

汉斯先生问道，关于遗产分割，你有什么具体想法吗？

我当然有具体想法。我是这样想的，如果李家有了第三代人，那么在我百年之后，我财产的百分之五十由我的孙子或孙女继承，我的另外百分之五十财产嘛，统统捐给天主教会。

汉斯先生听罢，仍然面无表情。李老先生，我对你表示敬意。你们中国人这样做，其实是很不容易的。我只是想知道这是你的最后决定吗？

李守基抬起头来看了看正在擦拭书柜的女佣，说桂枝你下去。桂枝只得放下手里的抹布，快步退出客厅。

汉斯先生说，李老先生，我不知道你为什么坚持将遗产传递给李家的第三代人。李文卿先生是你的亲生儿子嘛。

李守基解释说，我将家产直接递交给李家的第三代人，就是为了将家业传承下去。汉斯先生，我这样做恰恰是为了李氏的家业不在第二代人手里就败光了啊！

汉斯先生点了点头说，李老先生，你很聪明啊。不过，我这里有一个问题向你请教，假设令郎在生育方面遇到麻烦，请原谅我只是假设，也就是说李家没有出现第三代人，那么百年之后你将如何分割自己的遗产呢？

李守基一下子就被汉斯先生问住了，一时不知如何回答。

汉斯提出了这个极其严峻且无法回避的问题，然后静静等待着李守基的回答。

李守基当然知道，无论是面对上帝还是面对律师，自己都必须回答这个尖锐的问题。

李守基缓缓站起，注视着窗外的阳光说，汉斯先生，我现在回答您的问题，请您将我的最后决定写进我的遗嘱，如果李家没有出现第三代人，那么我百年之后就将自己的全部遗产捐给天主教会。

汉斯似乎并不感到意外，他起身走到写字台前，开始修改李守基的遗嘱。李老先生，你今天作出这样一个决定对你儿子李文卿来说是不是太残酷了？

不，我只知道我是上帝的仆人。李守基语气坚定地说着。

汉斯笑了笑说，那么，我只能预祝令郎早得贵子啦。

桂枝悄悄站在客厅门外，侧耳偷听着，心中一阵阵吃惊。哎哟，敢情老爷不愿意把家产传给大少爷啊！既然大少奶奶已经娶进家门，她还不能给大少爷生几个孩子呀？

47 桂枝

华历九月十七是财神诞辰。天津卫的习俗，每逢财神爷过日生，以活鲤鱼、鲜羊肉和三鲜捞面供奉。一旦祀礼完毕，一群人便拥向河边，哗地一声将一大盆活鲤鱼倒入河里，谓之放生。放生就是行善，既然你行了善，财神爷就会关照你了。

九月十六这天一大早儿，英租界伦敦道李家小洋楼附近很是安静。李家是一幢花园洋房，院内一大片草坪，绿树掩映。两扇黑色大铁门上开了一小窗口，那是给每天清晨的送奶工人预备的。小窗口旁边安着一只电铃按钮儿，有人叫门按动电钮儿就是了。这天上午不到九点钟，一只胖乎乎的小手便按响了电铃。

看门人老柴正好闹肚子蹲在厕所里。桂枝腿勤，一串儿小跑前来开门。桂枝站在门里大声发问，谁呀？

大门外面站着胖姐儿。卢振天一大早儿就把胖姐儿从卢家大院打发出来，前往李家小洋楼接大小姐回娘家住上几天，说是明儿祭祀财神爷。

胖姐儿隔着大铁门，简单说明了来意。桂枝终于吱扭一声开了门，目光里却充满了敌意。

胖姐儿瞟了一眼桂枝说，你是谁呀堵在门口儿，老柴呢？这时候老柴从厕所里跑了出来，呼呼喘着来到了大门口。

哎呀，敢情是胖姐儿啊！你又来接大少奶奶啦？老柴认识胖姐儿，强忍着肚子疼痛热情地说着。胖姐儿笑了笑，趾高气扬地走进大门。

老柴前面引路，带着胖姐儿走进楼里。胖姐儿回头看了看桂枝，小声问老柴说，这土妞儿谁呀站在那直眉瞪眼的就跟别人欠她八百吊钱似的？

老柴息事宁人地说，她叫桂枝，是从河南乡下来的女用人。胖姐儿轻蔑地笑了笑说，我还以为从哪儿弄来了一位格格呢。

老柴带着胖姐儿拜见了女管家金嫂。金嫂又带着胖姐儿去见了老爷。胖姐儿能说会道，先给李守基请了安，又转达了卢振天的问候，最后说明了来意——明天是财神爷的生日，卢大少爷要接卢大小姐回娘家住几天。

李守基当然不会反对，而且还委派李文卿送儿媳妇回娘家。李文卿推说公司有急事，匆匆走了。李守基只得派金哥开车送大少奶奶回娘家。胖姐儿嘴甜，说那我就替卢大少爷谢谢亲家翁啦。

金哥驾着那辆黑色小汽车载着卢玉洁和胖姐儿驶出英租界伦敦道的李家小洋楼，朝着华界开去了。

卢玉洁前脚走，桂枝后脚就溜进了大少奶奶的卧室，四仰八叉地往那张宽大的席梦思软床上一躺，咿咿呀呀哼唱起河南家乡的越调《姑娘我今年二八岁》。

女管家金嫂无意之间走了进来，十分惊讶地注视着这位反仆为主的桂枝。

桂枝，你疯啦？你给我起来！金嫂大声喊着。

桂枝蓦地停止哼唱，一翻身从席梦思床上爬起，朝着金嫂一撅嘴说，我没疯啊，金嫂你疯了吧？

金嫂气得走上前来，伸手给了桂枝一巴掌说，好哇你敢跟我犟嘴啦，其实我一句话就能辞了你！桂枝我问你，这大少奶奶的席梦思软床是你能躺在上面的吗？

桂枝不敢恋战，起身便走。哼！总有一天我能躺在这张席梦丝软床上睡觉的！

桂枝，那你就做一辈子美梦吧！金嫂朝着桂枝的背影大声喊道，然后动手拾掇着被桂枝弄得乱七八糟的席梦思软床。

桂枝一口气跑到院子里的香椿树下，呜呜哭了起来。

哼，你们就等着吧，有朝一日我当了娘娘，一个个都让你们骑了木驴！桂枝咬牙切齿地说着，内心对身边人们充满了仇恨。说一千道一万，桂枝最为痛恨的就是卢玉洁。

你闭眼睡觉我也闭眼睡觉，你蹲着撒尿我也蹲着撒尿，凭什么你当大少奶奶我当用人？卢玉洁你等着我的，有朝一日我让你当用人，我当大少奶奶！这样幻想着，桂枝破涕为笑，觉得肚子饿了。桂枝饭量很好，遇上白面馒头她一人能吃三个。

卢玉洁走了，桂枝倒不轻松了。金嫂不让她闲着，指派她去后面花房里擦玻璃。桂枝幻想着有朝一日飞黄腾达，心中告诫自己一定要克制，小不忍则乱大谋。这词儿是她在家乡戏台底下听来的，如今终于派上了用场。

李文卿中午没有回家。黄昏时分他给家里打来电话，告诉父亲说公司有应酬晚饭在外面吃了。于是，晚饭时分李守基独自坐在餐室里，显得有些孤单。人老了，有时候很愿意身边有人说一说话。金嫂便派金哥陪坐一旁，一主一仆有一搭无一搭聊着。金哥告诉老爷，今天上午送大少奶奶回娘家，看到卢家大院为了九月十七祭祀财神，准备了六十六条活鲤鱼，宰了两只大绵羊，还预备了八十斤面条儿。李守基吃了一只小面包，然后喝汤。金哥又问老爷，明天九月十七，您的公司怎么不祭祀财神爷呢？

轻轻放下汤勺儿，李守基和颜悦色回答，金哥儿啊我是天主教徒，我只能信奉上帝。一个信奉上帝的人不能一仆二主。

金哥懂了，轻轻点头不言声了。

金嫂这时候轻轻走进餐室，请问老爷晚间有什么吩咐。

李守基用餐巾擦了擦嘴角不慌不忙地说，该关的窗你关了，该锁的门你锁了，到了晚上十点钟你别忘了关灯，光留院子里的一盏灯就行了。另外不要忘记把汽车开进车库里去。

金嫂认真听着，并且连连点头。每天晚餐之后金嫂都要这样向老爷请示。李守基每天都要将这番话重复一遍，从来不带差样儿的。

说罢，李守基起身缓缓离开餐室，前往书房。这也是他多年养成的习惯，晚餐之后不做任何事情，一心一意读书。李守基出身低贱而且自幼缺乏正规教育，因此中年之后他格外注重自身的文化修养，恨不得立即甩掉“洋教李”留给人们的暴发户名声。他不光自己读书，即使李文卿患有癫痫顽疾，他仍然坚持送儿子进入英租界工商学院读书，一丝一毫也不打折扣。

李守基可谓用心良苦。他认为，儿子生病那是天命，然而儿子读书成才却是人事。因此李守基书房里悬挂的条幅上只有六个大字：顺天命，尽人事。

晚间九点钟，李守基离开书房前去洗漱，然后回到卧室歇息。这时候，女管家金嫂率领男女用人们开始巡视，该关窗的关窗，该锁门的锁门，该关灯的关灯。该做的事情一样儿一样儿都做了，她让用人们散去了，自己坐在门厅里的一张椅子上，歇着。她毕竟也是三十几岁的人了，一天到晚忙里忙外，也觉得累了。

桂枝不声不响走过来，给金嫂端来一杯茶。金嫂毫无表情地看了她一眼，接过茶杯喝了一口。这茶水不凉不热，很是可口。

桂枝啊，你今儿白天胆子太大啦，躺在大少奶奶床上竟然还敢跟我犟嘴。你疯啦？金嫂又喝了一口茶，审问着桂枝。

桂枝谄笑着，不言不语装出一副小可怜儿的样子。金嫂的口气软了下来，警告桂枝说下不为例。桂枝立即点头，说记住了。

金嫂满脸倦容地叹了一口气说，门房儿老柴闹病歇了，今儿晚上我替他守门吧。

金嫂啊，您累了一天了快回去歇息吧，我替你坐在这儿值更。你放心只要大少爷回来，没等他按电铃儿我就跑去开门啦。

金嫂注视着桂枝，问道，为什么电铃儿没响你就跑去开门呢？

桂枝回答说，深更半夜的电铃儿一响那就把老爷给惊醒了，惊醒了老爷，第二天大少爷非挨骂不可啊。

金嫂终于笑了，认为桂枝这丫头确实挺机灵的。她打了一个哈欠说，好吧你就替我值更吧，你可不要偷懒儿，你要是把老爷给惊醒了明天我非罚你不可。

金嫂说着，起身回屋休息去了。

桂枝望着金嫂的背影小声说，哼，你这小娘儿们巴不得早早回屋钻被窝儿，让金哥粗胳膊搂着你睡觉。

夜色愈来愈浓重了。桂枝搬了一张椅子离开一楼门厅，朝着大门口儿走去。这时候她似乎有些害怕，不由自主地回头看着院子里的那盏灯。她还是穿越了院子里的草坪，将椅子搬到了那两扇大铁门近前，坐了下来。她坐在门里，门外便是英租界的伦敦道。茫茫夜色下，桂枝那单薄的身体显得更加单薄，几乎被吞没了。她挺直腰肢坐在椅子里，侧耳倾听着大门外的风声。

时间，不声不响流逝着。夜，愈来愈深了。人间沉浸在睡梦里。两扇大铁门之下的黑暗中，女佣桂枝仿佛成为一尊雕像，一动不动地凝固在了夜色里。

子夜时分。远远隐隐传来一阵脚步声。桂枝一激灵，立即站起身来打开大门上的小窗口，屏住呼吸向外面张望着。

一辆胶皮车缓缓停在大门外。车夫放低车把，转身从车座上扶起一个来。这个人摇摇晃晃下了车，随手递给车夫一张钞票。车夫接过钞票说了声谢谢，伸手去搀扶。这个人摆了摆手说，你走吧你走吧。车夫抄起车把，拉着胶皮走了。

此人就是李文卿，他喘着粗气来到大铁门前，脚下仿佛踩着棉花。这时候大铁门的小窗口里传出桂枝气足有力的声音，大少爷，您回来啦！

李文卿被这突如其来的声音吓了一跳，含糊不清地问了一句，谁呀？大半夜的吓人呼啦的！

桂枝一边开门一边说，大少爷您千万不要按门铃儿，您一按门铃儿老爷就醒啦！老爷醒了可就知道您大半夜才回家啊。

李文卿嘿嘿笑着说，桂枝你说到我心里去啦，这一路上我就犯愁，犯愁叫不开大门。嘿，敢情你一直在这儿等我啊？

桂枝迎上前来，搀扶着李文卿压低声音说，大少爷，我在大门里等了两个时辰啦。您喝酒啦大少爷？这喝酒可伤身体啊我扶您进去吧。

走进大门，李文卿满嘴酒气。桂枝轻轻关了大铁门，锁好，转身伸手挽住大少爷的胳膊，顶着夜色朝着小洋楼走去。院子里的那盏电灯还亮着，照耀着他与她的身影。李文卿两只脚仿佛踩着两只小船，心里却寻思着，这个女用人真是善解人意啊。

李文卿的卧室在三楼。为了不发出响动惊醒李守基，桂枝毛腰蹲在李文卿身前，十分麻利地脱去了他脚上穿的两只厚底儿皮鞋，轻轻说要是惊醒了老爷你和我就都完啦。李文卿被桂枝的细腻感动了，不由得伸手去抚了抚她的脸蛋儿，满脸大孩子似的笑容。桂枝任凭大少爷抚摸着，拎着他的一双皮鞋快步走进一楼门厅。

一走进一楼门厅，桂枝反身拉住李文卿的手，说大少爷你上楼的时候千万不要发出响动啊。李文卿似乎清醒了几分，甩开桂枝的手说咱们上楼吧咱们上楼吧。

沿着楼梯，桂枝蹑手蹑脚爬上二楼。二楼是李守基居住的地方。她回头向李文卿挥了挥手，他也像一只大动物一样爬了上来。二楼最为危险。桂枝突然搂住李文卿的脖子，不言不语。李文卿顿时脸色苍白起来，内心颇为惊讶。他压低声音说，桂枝你胆子太大啦。你们河南人啊，男的胆子最大的要数袁世凯，他敢称帝；女的胆子最大的就数你啦，你敢在这种时候搂我。

桂枝达到了目的，乐了，满脸欢喜地拉起李文卿的手，离开二楼沿着楼梯向三楼攀去。两人很快就到了三楼。李文卿长长出了一口气，觉得安全了。桂枝拥着他走近卧室，马上就要开始撒娇。李文卿推开卧室门，回头却将桂枝挡在门外。

桂枝，天这么晚了，你快点儿回去休息吧。明儿一大早你还得起来干活儿呢。李文卿的酒醒了，恢复了大少爷形象。

什么？桂枝瞪大眼睛注视着这位大少爷，仿佛注视着一个陌生人。李文卿的突然拒之门外，令她感到非常意外。

大少爷，您怎么不要我伺候您啦？桂枝当然不愿离去，这样试探着。在此之前，河南妞儿认为今夜完全能够顺利进入大少爷卧室。

啊，我洗洗就睡了，用不着你伺候啦。李文卿说着，朝着桂枝摆了摆手。他心里毕竟明白，自己是大少爷，桂枝是女佣。

大少爷，我有话要跟您说！桂枝突然激动起来，眼睛里充满了泪水。

李文卿看到桂枝即将流出的泪水，心里反而越发冷静了。桂枝，你眼泪汪汪的这是怎么啦？我可没怎么着你啊。

普天之下的大少爷有着一个共同的毛病，那就是时刻警惕着身旁的女佣，严防她们像膏药似的贴在自己身上。此时的李文卿同样怀着这种心理，注视着情绪激动的桂枝。

大少爷，我告诉您吧，今天白天我在客厅门口儿听见老爷跟汉斯律师说话，老爷请他修改遗嘱，说他百年之后如果李家没有第三代人就把全部遗产捐给天主教会！

真的！这次轮到李文卿吃惊了。桂枝你一定是听错了吧？

我没听错！大少爷您要是不信就去问老爷好啦，汉斯先生已经修改了他的遗嘱。

李文卿呆呆注视着桂枝说，原来是这样啊。

大少爷，那大少奶奶为什么就不能给您生个孩子呢？她要是给您生了孩子，那李家的一半儿遗产您就保住啦。

桂枝说着，一头扑进李文卿怀里。大少爷，大少奶奶要是生不了孩子，您就让我给您生一个孩子吧！

你说什么？李文卿紧紧搂着桂枝，仿佛被电流击中了。

48 北洋大戏院

华历九月十七乃是财神诞辰，这一天对于天津华界人士来说是一个重要的日子。天津是中国北方第一商埠，银号林立，商家云集，车来船往，贸易繁华，因此天津卫这地方格外重视财神爷，唯恐怠慢耽误了财运，因此无不虔心祭祀，顶礼膜拜。

就说卢振天吧，一大早儿他就派人给盛昌商行送信儿，说中午捞面，三鲜卤儿，菜码儿是秋黄瓜和绿豆菜，还告诉伙计们敞开肚皮吃，管够。中午时分，盛昌商行的伙计们端着大海碗呼噜呼噜吃着味道鲜美的面条儿，纷纷感谢着财神爷。伙计们心里明白，要不是给财神爷过生日，他们是吃不上三鲜捞面的。卢振天平时为人刻薄，伙计们的伙食以粗粮为主，肚子里没有什么油水。

卢家大院也是三鲜捞面，不过菜码儿更多，秋黄瓜、绿豆菜、煮青豆儿、红粉皮儿、炒鸡蛋，六样儿。其实原本是八样儿菜码儿，不知为什么卢振天给免了两样儿。自从夺得商行成了一方财主，卢振天渐渐变得吝啬起来。去年秋天蓟县老客送了十斤核桃，他舍不得吃，放了一年放出来哈喇味了却不让扔，非说留着冬天烧火用，一只核桃顶一只煤球儿。

小气归小气，卢振天还是买了晚场戏票，说是全家去北洋戏院看李桂春的梆子。天津卫这码头，戏院很多。民国初年天津南市就有了"大舞台"戏院，后来又有燕乐、升平和庆云，有唱邦子的也有唱落子的。其实民国初年，有美国籍房地产商人马约利在法租界兴建了一座大戏院，人称"马鬼子楼儿"。其实本名"北洋大戏院"。后来中国人刘文波接手经营，广邀名角，尽演梆黄，因此名声大振。

白天祭祀了财神爷，卢振天心情很好。他吃罢晚饭，又喝了两碗热茶，就叫罗九备车。罗九当即回禀，大小姐心情不好，大晚上的不愿意外出了。卢振天说不行，今儿是财神爷生日，不听一听响器那可不行。卢玉洁无奈，只得答应了。

这次回娘家，卢玉洁跟胖姐儿说了许多心里话，包括婚后不孕的苦恼。胖姐儿随即向大小姐推荐了西头名医洪小文。卢玉洁似乎对怀孕失去了信心，反应平淡。

我说胖姐儿啊，人生在世不过几十年光景，不孕就不孕吧。有时候我真想出家去做尼姑。跳出三界外，不在五行中，心里就素净啦。卢玉洁情绪低落地说着。

胖姐儿心里当然明白，大小姐对婚姻很不满意，心里一定还想着当初的恋人。

卢振天吆喝着走出卢家大院，叫来好几辆胶皮。卢玉洁带着胖姐儿跟在哥哥后面坐车前往北洋大戏院，看戏去了。

北洋大戏院坐落在法租界。卢振天在这里没有包厢。三辆胶皮车一拉溜来到戏院大门前面，卢振天下车一看四外停着的都是小汽车，回头朝着妹妹说，玉洁啊这一辆又一辆小汽车，你好好看看有你们李家的吗？

卢振天这么一说，卢玉洁随便朝着四处看了看，指着停在远处的一辆黑色小汽车说，就跟那辆一模一样。

其实卢振天只是这么随便一说，并不认为今儿晚上李家也有人来这里看戏。他大步走进戏院大门，一进大厅迎面便遇到一个熟人。那熟人问他有没有包厢。卢振天不好意思地笑了笑，说在南市大舞台呢。那熟人很热情，说匀一个包厢给他。卢振天听罢很是高兴，喜形于色地召唤着妹妹，说咱们有包厢啦。卢玉洁不冷不热哦了一声，牵着胖姐儿的手随着哥哥走上二楼。

熟人匀给卢振天的包厢在戏院二楼左侧突前位置。虽然不如正中位置的好，但总比没包厢强吧。卢振天一边寻找着座位，一边安慰自己。卢玉洁拉着胖姐儿的手跟在后面，不言不语。

坐进包厢，卢振天兴致大增，告诉妹妹匀给他包厢的那人是北马路九河商行的张经理。卢玉洁点了点头，回头朝着正中位置的包厢张望着。卢振天以为妹妹渴了，就派胖姐儿去叫茶房。

这样的公共场合，身为李家大少奶奶的卢玉洁本来不应当东张西望的。因此就连胖姐儿也觉得大小姐今天晚上目光游离心神不定。

茶房送来一壶热茶，卢玉洁却说要咖啡。卢振天笑了，说妹妹你嫁到李家添了不少洋毛病啊。卢玉洁说自从嫁到李家，夜里失眠睡不着，白天就靠喝咖啡提神。胖姐儿小声说那洋玩意弄不好就喝坏了胃。卢振天也表示赞同，咖啡那玩意就跟中药汤子一样，花钱找病。

这时候，卢玉洁再次侧身朝着正中位置的包厢望去，不由得一愣。胖姐儿看到卢玉洁的表情，也随着大小姐的目光朝那里望去。

北洋大戏院二楼的正中位置，总共六个包厢。胖姐儿看到，这六个包厢已经坐满。台上的“帽戏儿”也开演了。这时茶房送来了咖啡。卢玉洁根本没有心思品尝这杯热气腾腾的洋玩意，揉了揉眼睛再次将目光投向正中位置的二号包厢。

二号包厢里，坐着一男一女。那男的西装革履，正在饮茶。那女的穿着一件黑底紫花旗袍，大模大样地坐在男的身旁。

卢玉洁脸色阴沉，小声儿对胖姐儿说，你现在去二号包厢跟前，一定要看清那一男一女到底是谁。

胖姐儿似乎已经有所察觉，悄悄起身走向二号包厢。卢玉洁轻轻叹了一口气，转脸望着戏台。

戏台上的“帽戏儿”是一男一女，女角唱梆子腔，男角唱的是二黄。这种梆黄对唱的方式人称“两下锅”，很受观众欢迎。

卢振天摇头晃脑地听着，一脸陶醉之色。

胖姐儿回来了，板着面孔一声不响坐在卢玉洁身旁。

谁呀？卢玉洁目光投向戏台，压低声音问胖姐儿。

胖姐儿表情镇定，声音却压得更低。大小姐，那男的是你先生李文卿，那女的是你家的用人。

桂枝？卢玉洁非常惊讶地将目光投向二号包厢，恰巧看到桂枝倚在李文卿的肩头。尽管李文卿轻轻闪开了，却满脸微笑。

卢玉洁的脸色刷地变得苍白。其实她知道李家在北洋大戏院有常年包厢，只是没来过。此时她看到李文卿领着桂枝堂而皇之来这里看戏，心里还是极为惊讶的。一个大少爷带着一个女仆人，成双成对外出看戏，这在公共场合是很不适宜的。即使不提倡男女授受不亲，也应当主仆有别吧？倘若主仆混为一谈，岂不乱了纲常？

戏台上的男角卖力地唱着，掀起一个小高潮。卢振天颇为兴奋地挪动着屁股，放开嗓子叫了一声好。卢玉洁趁机站起闪身走出包厢。胖姐儿起身追了出去。

大小姐，您要干什么呀？胖姐儿关切地询问着。

我去二号包厢看一看。卢玉洁轻描淡写说着，朝前走去。

二号包厢里，李文卿跟桂枝谈笑不止，但谈论的都是跟看戏无关的事情。桂枝建议大少爷应当更改头型，如今从上海那边流传过来"飞机式"，很帅气的。李文卿嗯嗯啊啊应承着，表情喜悦。他惊喜地发现自己跟桂枝这种身份的女子在一起竟然如此放松。一不用正襟危坐，就像对待父亲一样。二不用字斟句酌，就像对待卢玉洁一样。三不用衣冠楚楚，就像对待公司职员一样。李文卿此时终于彻底明白了，一个大少爷跟一个大少奶奶待在一起的时候，那是有拘有束的。一个大少爷跟一个女用人待在一起的时候，才是无拘无束的。当然，必须是面对桂枝这样善解人意的女用人。

这时候，桂枝拿了一根竹扦儿扎起一块蜜饯递到大少爷嘴前。李文卿躲闪着。桂枝撒娇地摇晃着肩膀，满脸妩媚。李文卿只得张嘴吮入这块蜜饯，目光投向戏台。

李桂春主演的《南北合》登场了。观众们的情绪一下兴奋起来。

二号包厢门外响起叩门声。桂枝认为茶房续水来了，头也不回地说，进来吧。卢玉洁闻声拉门而入，不言不语站在李文卿和桂枝身后。桂枝仍然娇声娇语地跟大少爷说话，黏糊糊的就像一片撕不开揭不去的粽子叶儿。

桂枝黏糊够了，见茶房站在身后迟迟不给续水，就不乐意了。俗话说，奴才若是得了势，比主子更难伺候。桂枝吧嗒一下撂下脸子拉着长腔说，我说茶房你续水啊。

桂枝来到天津卫不到半年，已然没了河南口音说得一口天津话。其实天津话很不好学，然而桂枝天性聪敏，一学就会。她说的天津话，俨然一个地地道道的天津人了。

茶房还是没有动静。桂枝急了，扭身回头斥责说，我说茶房你傻啦怎么不续水啊……桂枝说着，嘴巴却僵住了。

她看见大少奶奶站在包厢里，表情很是冰冷。桂枝毕竟心虚，慌忙站起，不由自主叫了一声大少奶奶。

李文卿一心一意看戏，听见桂枝叫了一声“大少奶奶”，并未在意。桂枝很机灵，伸手偷偷捏了捏李文卿的肩头，又叫一声大少奶奶。李文卿这时候如梦方醒，回头看到了从天而降的卢玉洁。

这场面很是尴尬，仨人都是无话可说。李文卿不由得叫了一声玉洁，就不知道说什么好了。卢玉洁反而冷静了，看了看李文卿，又看了看桂枝。她觉得李文卿西装革履的样子，没有什么不对的。桂枝身穿的黑底紫花旗袍，却是一派当家太太的风采，这就不正常了。

桂枝，你什么时候添了这件新式旗袍啊？卢玉洁终于发问了。

桂枝撇了撇嘴，却没有回答。卢玉洁转而对李文卿说，文卿啊，这戏院是公众场合，你堂堂李家大少爷带着一个女佣出来看戏，恐怕不太合适吧？再者说咱们是天主教家庭，更不能伤风败俗啊。

桂枝突然发作了。大少奶奶，大少爷出来看戏，带着一个女用人伺候他，这也不为过分啊。再者说我们女用人就是伺候主人的呀。我们要是不伺候主人那不成了白吃饱儿啦！

卢玉洁急了。桂枝！我跟大少爷说话，你随便插什么嘴？你伺候主人是在家里，谁让你跟到大庭广众之下往大少爷嘴里送蜜饯啊，你成何体统！

桂枝居然反唇相讥。我成何体统？你扔下大少爷回了娘家，还不让我伺候他，哼，你算什么大少奶奶！说罢，桂枝起身而去，踏着一双白色高跟鞋冲出包厢走了。

李文卿似乎非常关心桂枝的去向，起身去追。他冲出包厢一头撞在胖姐儿怀里，又返了回来。胖姐儿跟进包厢尖刻地说，哎哟我说大姑爷啊，那桂枝什么时候成了你的心头肉啊？这又是旗袍又是高跟鞋的，好大的派头啊！

胖姐儿，你不要胡说八道！李文卿恼羞成怒，指责着胖姐儿。

茶房来了，满脸堆笑说请勿大声喧哗。卢玉洁觉得这种场面实在丢人现眼，拉起胖姐儿转身就走。

李文卿很是没趣，哼了一声坐在包厢里，端起茶杯喝了一口凉茶。他东顾西盼，一时不知如何是好。这时他听到隔壁包厢里传来声声议论。

这洋教李家的大少爷拈花惹草的怎么也不挑个地方呢？跑到戏院里来啦。

是啊，好像还跟女用人弄到一块儿去啦？这臭鱼烂虾也不忌口，逮嘛吃嘛，真没身份。

听说李文卿他太太不生养。我看这毛病兴许就在李文卿自己身上。

李文卿实在听不去了，起身出了包厢，满脸羞惭地走下二楼。

茶房追在他身后小声说，先生赏光，小费小费。

随手甩给茶房一张钞票，李文卿快步走出北洋大戏院。

北洋大戏院门外，桂枝满脸得意地举着一只大糖堆儿，正吃着呢。

李文卿走上前去，小声斥责着这个女用人。桂枝！你越来越不像话啦，你怎么敢跟大少奶奶顶嘴呢？

桂枝终于彻底露出恶女的本来面目。哼，她母鸡不下蛋，你还护着她！反正我陪你睡了觉，你看怎么办吧。你要是非让我在她面前低头，我就找老爷说理去！

什么！你还要找老爷说理去？李文卿看到桂枝竟然如此嚣张，一时气得双唇颤抖。

桂枝继续进攻说，大少爷我告诉你，我光脚的不怕她穿鞋的，你要是逼急了我，咱们就到教堂说理去，我知道老爷是天主教徒。

这时候，李文卿终于后悔了。我为什么跟桂枝睡觉呢？她此时已然变成一块烫手的山芋——捧也捧不住，扔也扔不掉。

北洋大戏院门外，金哥驾车停在李文卿身旁。还没等这位大少爷上车，桂枝一扭腰肢拉开车门钻了进去，俨然女主人的派头。

桂枝坐在车里俨然主人身份给金哥发布命令说，你不要直接开车回家，我要坐车兜风。你往梨栈那边开，沿着海河直奔德租界！

李文卿坐在桂枝身旁，不言不语。

49 一场秋雨一场凉

卢玉洁走出北洋大戏院，金哥的小汽车已然疾驶而去。卢玉洁扬手叫了两辆胶皮说是去英租界伦敦道。两个车夫点头哈腰应承着。就这样两辆胶皮卢玉洁在前，胖姐儿随后，一溜小跑儿朝南去了。

尽管卢玉洁性格绵弱为人礼让，一旦目睹李文卿跟桂枝依偎在北洋大戏院包厢里成双成对的情景，她也是无法容忍的。

一路上，卢玉洁暗暗落泪。自己嫁给这个李文卿，原本是很不情愿的。虽说他的癫痫顽疾吃药见好，但性情依然怪异，根本不懂得什么夫妻感情，更不要说爱了。既然如此，那就嫁鸡随鸡嫁狗随狗吧。可是她万万没有想到自己的丈夫竟然生出了花花肠子，不知从什么时候开始跟女用人桂枝弄到一起。最令她难以容忍的是他竟然带着女用人进入北洋大戏院那样的公共场合，任意败坏门风。今晚发生在二号包厢里的一幕活剧，纵然使得卢玉洁受到打击但也使得她内心坚强起来，坐在胶皮车里她已然冷静下来，心里有了主意。

夜色里，两辆胶皮一前一后到了李家小洋楼门前。胖姐儿唯恐大小姐过于激动，跳下车就来劝慰卢玉洁。胖姐儿意外地发现大小姐的表情异常平静，就跟没事儿人似的。卢玉洁不言不语付了车钱，下车之后走到门前立即伸手按响了门铃。灯光将她的身影投映到两扇大铁门上，气氛很是沉重。胖姐儿小声问大小姐您没事儿吧。卢玉洁淡淡一笑，说没事儿。

桂枝跟随李文卿外出了，前来开门的自然是金嫂。这位女管家看到在大少奶奶突然归来，表情很是意外。卢玉洁打了一个手势，示意金嫂不要惊动老爷。

一楼客厅里，卢玉洁坐在沙发上环视着四周。回娘家几天，她便觉得这里的一切都变得十分陌生。金嫂送来一杯茶水。卢玉洁把茶水递给胖姐儿，告诉她坐一边儿喝去。

卢玉洁朝着金嫂笑了笑，说李文卿带着桂枝去北洋大戏院看戏，这事儿老爷知道吧。金嫂听罢一愣，连忙摆手说老爷不知道这事儿。卢玉洁似乎放心了，叹了一口气说，大少爷跟女用人弄到一起去了，这真是败坏家门的丑事儿，金嫂你看这件事情应当怎么办呢?

大少奶奶您这是给我出难题啦，您是主人，您说这事儿应当怎么办就怎么办吧。金嫂试探着说。

卢玉洁脸色越发凝重起来。金嫂啊，这座小楼我是不能住啦，俗话说眼不见心不烦。马路对过那座小楼不是空着吗，你去把它租下来吧，派上几个伙计好好拾掇一下，三天之后我就搬到那里去住。

这时门铃响了。金嫂起身走出客厅前去开门。卢玉洁知道是李文卿回来了，心情反而平静下来。

李文卿走进客厅，看见卢玉洁坐在沙发里，表情顿时尴尬起来，一时不知说什么才好。桂枝紧跟着走进客厅，这位女用人一眼看见卢玉洁，哼了一声扭摆着腰肢噔噔上楼去了。

胖姐儿实在看不去了。金嫂，这桂枝怎么就跟吊死鬼似的，一夜之间成了精啦!

卢玉洁摆了摆手拦住胖姐儿，转脸对李大少爷说，文卿啊，你不必慌张，你跟桂枝的事儿我是不会去跟爸爸讲的，他老了，我不能打扰他，更不能惹他生气。至于你处何安置桂枝，那完全是你自已的事儿。但有一件事情你是躲避不过去的，咱俩必须一块儿去检查身体。我嫁给你一年多了没有怀孕，你跟我一起去法租界的麻大夫医院彻底查一查，看看究竟是我的毛病还是你的毛病，真相大白了，你也不要给我背黑锅，我也不要给你背黑锅。

李文卿慌张地点了点头，说好吧好吧，事情总有真相大白的时候。然后转身跑上楼去了。

卢玉洁指着李文卿的背影说，金嫂啊，你是这里的管家，大少爷跟女用人弄到一块儿去了，你们都是有责任的啊。

大少奶奶，我是管家，可我管不了大少爷啊。金嫂连忙为自己辩解着。大少奶奶，您说的马路对面那座小楼确实闲着呢，它叫金鸟别墅，金鸟别墅的主人住在德租界，明儿我就去办这件事儿。可万一要是租不下来呢？

金嫂啊，我为什么要租住马路对面的金鸟别墅呢？我的心思你应当明白，李家是天主教徒，天主教徒是不许离婚的。我要是从此回娘家去住，那可就一去不回啦。我要是一去不回，这李文卿家不家业不业的到底算是怎么回事儿呢？我可不愿意伤了老爷的心。

金嫂连连点头说，大少奶奶，您的意思我明白，我知道您受了委屈，您受了委屈仍然为大少爷着想，您真是好人啊。

你不要说我是好人，我这样做也是为自己着想。我既然是李家的大少奶奶，那么只能李文卿不仁，不能我卢玉洁不义。卢玉洁说着转过脸去，金哥啊，你现在开车送我回卢家大院，我去拿一些日常使用的东西。金嫂你听着，三天之后我从娘家回来就带着胖姐儿搬到马路对过的金鸟别墅里去住。我说的话你都记住了吗？

金嫂立即点头说，您说的话我记住啦，我一定按时把金鸟别墅拾掇干净了。

天色已晚。外面下起了淅淅沥沥的小雨。天津卫俗语说，一场秋雨一场凉。胖姐儿担心大小姐着凉，脱下自己身上的绣花大袄给卢玉洁披上。金嫂受到感动，说胖姐儿是用人桂枝也是用人，可俩人大不一样啊。胖姐儿气狠狠地说，桂枝她没羞没臊，根本不算人数儿。

金嫂无奈地叹了一口气说，她没羞没臊，可大少爷偏偏喜欢她啊。

卢玉洁叹了一口气说，这真是没办法的事儿啊。

金哥开着小汽车，载着卢玉洁和胖姐儿离开英租界伦敦道李家小洋楼，送大少奶奶回娘家了。

第三天一大早儿，金哥开着小汽车到天津城里大费家胡同，说是来接大少奶奶回家。卢玉洁到哥哥房里跟卢振天告辞，还嘱咐哥哥少抽烟少喝酒，一定要善待伙计们。卢振天正给绿毛龟子喂食，妹妹的话语全成了耳旁风。卢玉洁摊上这样没心没肺的哥哥，心里挺伤感的。她没有把丈夫变心的事情告诉哥哥。她知道哥哥若是上来愣劲儿弄不好就要闹出大事儿。怀着一腔惆怅，卢玉洁带着胖姐儿坐在金哥的小汽车里，驶往英租界。

汽车沿着南马路驶入日租界的旭街。这条大街是电车道，乃繁华之地。胖姐儿平时很少进入外国租界，坐在车里东瞅西瞧似乎看不够大街两侧的景致。卢玉洁满腹心事，闭目养神。

汽车从美琪大戏院门前驶过去。卢玉洁偶尔睁开眼睛，突然看到一个男子熟悉的身影从路西的大华商场走出来，西装革履的打扮。她心头猛然一惊。汽车疾驶而过她立即回头去看——那男子已经拐进旁边的胡同里，身影消逝了。

这不是虞金诚吗？卢玉洁心里寻思着，觉得自己心儿跳得极快，呼吸也急促起来。这不会是虞金诚吧？我听说他离开天津之后去了塘沽，从塘沽又去了井陉煤矿。我嫁到李家已经一年多了，没听说虞金诚回到天津啊。

汽车驶离大华商场很远了，卢玉洁仍然回头去看。金哥察觉了她的行动异常，一边开车一边小声询问大少奶奶您有何吩咐。卢玉洁冷静下来，轻轻叹了一口气，说没事儿你开车吧。

汽车驶出日租界进入法租界，驶出法租界行驶在英租界中街上，两侧净是银行，什么横滨正金啊，美国花旗啊，英国麦加利啊，法国中南什么的，数也数不清。胖姐儿脑袋就跟拨浪鼓似的，一派看不够的样子。

自从认识虞金诚，我还没见他穿过西装。这一定是我一时眼花认错了人啦。卢玉洁重新闭目养神，心情却难以平静。她思念虞金诚，并且将这种思念深深埋藏在心底。

过了墙子河，驶进英租界伦敦道，卢玉洁告诉金哥将汽车直接开到李家院子里。金哥说大少奶奶您不是搬到金鸟别墅去住吗。卢玉洁笑了笑说，无论住在那里我还是李家的媳妇啊。

金哥遵命将汽车直接开进李家院子里。正值秋风萧萧的季节，满地尽是枯叶，一经踩在脚下便是沙沙作响。卢玉洁下车之后站在院子里，抬头望着三楼卧室的那两扇宽大的窗子。她知道，这两扇窗子可能永远不会属于自己了。转念一想，身为李家媳妇可自己的心灵从未归属于这里，随即释然了。

她来到二楼李守基的书房门外，轻轻叩了两声，推门走了进去。她知道此时李守基正在书房读书。李守基的习惯是读书时间完全可以会客。

卢玉洁坐在李守基宽大的书桌前面，叫了一声爸。李守基朝她投来慈祥的目光，叮嘱她一场秋雨一场凉，一定要及时增添衣裳，千万不要着凉。卢玉洁心头一热，觉得这位天主教徒很有爱心，如果李文卿能够赶上他爸爸一半儿，她也就心满意足了。

她告诉公爹，自己这一阵子身体不适，为了清心静养今天就要搬到马路对过儿的金鸟别墅去住了，特意前来禀报。李守基听罢稍有迟疑，随即嗯了一声说好啊好啊，为了调养身体搬进金鸟别墅，一街之隔，这倒方便照应。卢玉洁应声站起，朝着李守基躬身行礼，说，爸爸，我回去啦。李守基目送儿媳妇走出书房，不由得叹了一口气。

沿着楼梯走到一楼，卢玉洁抬头看到桂枝双手叉腰站在一楼大厅里，满脸杀气。她心里纳闷，不知道这桂枝正在跟谁怄气。这时候桂枝迎面走来，伸手指着卢玉洁的鼻子，大声责问起来。

一大早儿就跑到老爷书房里去了，你是去告大少爷的状啊？我告诉你，老爷他是不会听信你的一面之词的！你既然不生孩子，还有什么脸面在这里当大少奶奶？我看你早该让位啦！

卢玉洁根本没有想到这个女用人竟然说出这样难听的话，她一时气得浑身颤抖，却说不出一句话来。

胖姐儿冲上前来，伸出双手朝着桂枝脸上抓去。桂枝躲闪着，被胖姐儿抓出两道血痕，立即大哭大叫起来。

金嫂唯恐二楼的老爷听到这哭闹声，走上前来劝阻桂枝。谁也没有想到桂枝干脆一屁股坐在一楼大厅的地板上，双手乱抓，双脚乱蹬，撒泼了。

李文卿出现了。他快步跑进一楼大厅叫了一声桂枝。桂枝坐在地板上撒泼，根本不予理睬。李文卿终于急了，照着桂枝的屁股狠狠踢了一脚。他穿的是一双黑色三截头儿皮鞋。这一脚踢得很重。

桂枝立即止住哭声，抬头注视着李文卿，叫了一声大少爷。李文卿满脸怒气指着这位女用人压低声音说，你给我滚！你给我滚！

桂枝从地板上爬起，溜了。

卢玉洁平静下来，苦笑着对自己的丈夫说，文卿，我搬到马路对过金鸟别墅去住了，我跟你说的事情你可不要忘了啊。

你不就是要去检查身体嘛？我看有你下不来台的时候！李文卿有些恼羞成怒，一甩手转身就走。

文卿，我不害怕检查身体，我劝你也不要害怕。你不是急着要孩子吗？只要医生说我不会生养，那时候我一定会给你一个交代的！卢玉洁说完，转身走出一楼大厅说，胖姐儿啊，咱们现在就把东西搬到金鸟别墅里去！

李文卿脸色苍白，沿着楼梯无精打采地走上了三楼。

外面，又下起了小雨。满地落叶在雨点儿的打击之下显得更加衰败，衬托着李文卿的心情。

一连两天，李文卿躲在自己房间里不出来，就连桂枝也不得近前。女管家金嫂担心大少爷的癫痫病复发，几次前去敲门。李文卿嫌烦，拒绝开门。金嫂又来了，站在门外大声说，大少爷，我已经替您跟法租界麻大夫医院预约了检查身体的日子。

李文卿立即开门，目光里饱含焦虑地注视着金嫂问道，你预订什么时候？

金嫂笑了笑说，大少爷这事儿你拖不过去，明天就跟大少奶奶去麻大夫医院检查身体吧。您不就是盼望着生孩子吗，我想人家麻大夫一定会有办法的。

李文卿无可奈何地点了点头说，我绝不能让李家的财产全都归了天主教会。

金嫂趁机劝说，那您也不能胡闹啊，您毕竟是大少爷，桂枝毕竟是女用人。这事情要是传出去，多让人家见笑啊！

第二天，金哥开车载着李文卿和卢玉洁前往法租界新学书院对面的麻大夫医院。一路上，卢玉洁不言不语，李文卿无话可说，小汽车里仿佛坐着两个哑巴。金哥将这两个哑巴送进麻大夫医院大门，然后坐在车里看画报。

由于金嫂提前打了电话，因此麻大夫特意从德租界请施密特医学博士前来会诊。麻大夫是法国人，名叫麻尔罗。关于李文卿太太的不孕症，已经引起麻大夫和施博士的高度重视。

临近中午时分，坐在汽车里耐心等待的金哥看到大少爷和大少奶奶一前一后走出麻大夫医院大门，立即打开车门迎候着。李文卿毛腰钻进车里，说了声真麻烦。卢玉洁则不言声。金哥开动汽车，李文卿没好气地说，哼，三天之后还得再跑一趟。

卢玉洁不卑不亢说，只要大夫能够说出个子丑寅卯来，三天之后再跑它八趟我也乐意。

第三天上午，李文卿和卢玉洁再次乘车来到法租界麻大夫医院。这时候法国的麻大夫和德国的施博士已经在门诊室等候着。

李文卿愁眉苦脸的样子，等待着这两位洋医生的判决。

施博士说，我们专门请教了日本同行小野博士，李太太的不孕症嘛，我们认为主要病因就是李先生的精子成活率太低，几乎无法令配偶受孕。

啊？卢玉洁瞪大眼睛，惊讶地注视着施博士。

李文卿急了。您说什么，检查了半天合着主要毛病在我身上啦！这不可能吧施博士？

麻大夫接过话题说，李先生您不要激动。我知道，你们中国人的传统观念往往将不孕症的责任一股脑都推到女人身上，好像男人从来不承担责任。其实这是没有任何科学依据的。受孕是男女双方的事情，没有卵子不行，没有精子也不行。责任不可能只在女人一方。不过，您的精子成活率并不完全排除受孕的可能性……

您不要安慰我啦！什么并不完全排除受孕的可能性，我知道你们洋人说话总是这样拐来拐去的，其实是说我死路一条！

施博士耸了耸肩膀，然后摊开双手说，李先生，我非常抱歉，我的诊断与麻大夫和小野博士的一样，那就是您使配偶怀孕的可能性，确实很小很小。

李文卿站起说了声谢谢，大步冲出门诊室。

卢玉洁走上前来一把拉住施博士的手说，请您告诉我，我丈夫他真的一点指望也没有了吗？

德国医学博士施密特摇了摇头说，愿上帝保佑你们吧。

麻大夫最后说，你们中国人有纳妾的文化传统，我的意思是说如果李先生跟另外一个女人结合，那并非没有受孕的可能。因为人跟人是不一样的。当然，我只是说存在这样一种可能。

50 井水不犯河水

打从法租界麻大夫医院回来，李文卿情绪极其低落，咣地一声将自己反锁在三楼浴室里不出来，仿佛一只绝望的海龟。嗲声嗲语的桂枝几次站在门外献殷勤，均遭到这位李大少爷的呵斥。桂枝哪里知道李文卿在麻大夫医院受到沉重打击，还以为自己失宠了呢。

桂枝趁机坐在卢玉洁的梳妆台前，玩命儿往嘴唇上抹口红。

虽然李文卿生长在信奉洋教的家庭里，但他身上还留存着中国传统夫权思想，一是急于生儿育女以得到财产继承权，二是将妻子不孕的责任完全推到卢玉洁身上。麻尔罗、施密特以及小野三位外国名医的诊断结论，一下打击了李文卿头脑里的大男子主义。

精子成活率不足——他的心理几乎崩溃了。

然而，李文卿不甘心。傍晚时分，他悄悄溜出三楼浴室，不声不响下了楼，走进了二楼父亲的书房。这时候，李守基正在挥毫练字。

李守基是天主教徒，他站在书桌前挥笔在宣纸上写下这样两行魏体汉字：天堂很远啊，它在你心里；天堂很近啊，它在云边。

李文卿看着父亲写出最后一个“边”字，对这内涵颇深的两行汉字并不在意，焦急地叫了一声爸爸。

李守基放下手中毛笔，抬头注视着自己的儿子。这时候李文卿突然觉得父亲老了，确实应当订立遗嘱了。

文卿啊，我正要找你呢。坐吧坐吧，这里有一件重要事情我要告诉你。李守基说着，表情越发严肃起来。

您说吧，我听着呢。李文卿以守为攻，板着面孔等待父亲亮出底牌。

出乎李文卿意料，李守基并没有提及订立遗嘱的事情。他老人家缓缓走到窗前，指着一街之隔的金鸟别墅说，文卿啊，你跟玉洁是不是闹别扭啦？我听说她已然搬到外面去住了，是吗？

是的。玉洁她性格内向，往往性绪郁闷，那就让她搬出去住一阵子吧。李文卿故意轻描淡写，表情很是轻松。

噢，原来是这样啊。那边每天有厨师给玉洁做饭吗？这天气渐渐冷了到时候玉洁房间的壁炉能生火吗？文卿啊，既然是夫妻就应当相敬如宾，你现在就跟我去金鸟别墅看望一下玉洁吧。李守基充满关爱地说着。

我不去，我不去。李文卿使劲儿摆了摆手，表情冷若冰霜。

李守基哦了一声，似乎明白了几分。好吧，既然如此那我就自己去金鸟别墅看一看她吧。

您也不要去！李文卿突然发作，大声喊道，爸爸，我不去，您也不要去。今天我就是要问一问您修订遗嘱的事儿，我是您的儿子，您必须跟我有一个交代！

一丝悲凉的表情从李守基脸上掠过，很无奈的样子。他重重叹了一口气，缓缓落座。好吧，那我就跟你说一说我修订遗嘱的事情吧。

李文卿难以控制自己情绪，脱口问道，我是李家第二代人，可您为嘛要把遗产直接传给李家第三代人呢？

李守基不急不躁地解释，文卿啊，咱们李家属于暴发户，当年发家全凭我趁着庚子之乱捡了一个大便宜。俗话说，暴发户最容易出败家子。你自幼体弱多病娇生惯养，没有经过什么摔打。我担心你难以自立。因此，我在遗嘱里将一半儿家业直接传给李家第三代人，这正是万全之策啊。文卿你好好想一想吧，今后只要你生儿育女有了李家第三代人，即使你一辈子游手好闲无所作为，无论什么时候也有儿女们赡养，因为我将家产直接传给了他们啊。文卿啊你不要误会，这可是我的一片苦心啊。

低头听着父亲说话，李文卿的面孔渐渐涨得通红。李守基以为自己一番话说得儿子羞愧难当，话语不由停了下来。

李文卿突然抬起头来，目光里饱含着愤怒大声说，您说得轻巧，我这一辈子要是没儿没女呢？我这一辈子要是没儿没女，您把家产全部捐给天主教会，到时候您撒手闭眼升进天堂了，可您让我没依没靠两手空空去喝西北风啊？

李守基随即笑了。文卿啊，你已经成家立业娶了媳妇，这一辈子你怎么会没儿没女呢？我可盼望着明年抱上一个大胖孙子呢。

李文卿狠狠一跺脚，说了一句您太自私啦，便气哼哼跑出父亲书房。

我太自私啦？李守基万万也没有想到一谈到遗产，儿子的情绪竟然如此激动。李文卿的拂袖而去，一下子触动了李守基。他老人家一动不动地坐在书桌前，思忖着。这真是怪事儿。我请来汉斯先生修改遗嘱内容，文卿他怎么一清二楚呢？

金嫂悄悄走进书房，给老爷送来了晚餐之前的英式柠檬茶。李守基抬头注视着这位女管家说，金嫂啊，我决定修订自己的遗嘱，这难道错啦？

金嫂笑了笑说，老爷，这是您的家事，我们外人是不便参言的。不过，您修订遗嘱的内容只有您和律师知道啊，可大少爷从哪里得知的内情啊？我想一定是有人偷听啦。

李守基对此不以为然，缓缓起身说道，文卿这人就是糊涂，我将家业直接传给李家第三代人，那第三代人不都是他的儿女嘛。这个道理文卿怎么就弄不明白呢？

金嫂试探着说，我想大少爷肯定是弄明白了。只是结婚一年多了，还迟迟不见大少奶奶怀孕。再者说大少爷年纪轻轻的，也不能明年就纳妾吧？

不能纳妾！不能纳妾！我们是信奉天主教的家庭，我怎么能同意文卿纳妾呢？李守基大声说着，抄起手杖朝着书房门口走去。

老爷，您这是干什么去啊？金嫂关切地询问。

金嫂，我现在想去金鸟别墅看望玉洁，你前面带路啊。李守基伸出手杖敲击着地板说。

老爷，您现在千万不要去金鸟别墅。大少奶奶她说了，这几天心烦意乱谁也不愿意见。老爷啊过几天我安排好了，您去看望她也不迟啊。金嫂焦急地阻拦着。

李守基寻思着，扭脸询问金嫂说，文卿跟玉洁这小两口儿之间，兴许有什么事情瞒着我吧？

您放心吧，这小两口儿之间什么事儿也没有。金嫂说得斩钉截铁。

没事儿就好。我就是盼望早一天见到李家的第三代人啊。李守基情绪稳定下来，询问金嫂晚饭吃什么。金嫂说，今儿晚饭是家常熬鱼，海下那边有人送来一条三尺多长的黄鲇；焖米饭是今年新小站稻米，还有鲜蘑菇汤和大直沽的玫瑰露酒。

可是吃晚饭时餐桌前没见李文卿的身影。李守基立即沉下脸色向金嫂追问儿子的下落。金嫂急中生智，说大少爷去金鸟别墅跟大少奶奶一块儿吃晚饭了。

李守基听罢，欣慰地呼出一口气，破天荒地提出喝一杯玫瑰露酒。桂枝上前拿起酒瓶给老爷斟了酒，装出若无其事的样子。

李守基喝了玫瑰露酒，脸上渐渐有了红润之色。他放下酒杯对金嫂说，既然大少奶奶这一阵子住在金鸟别墅，你一定给她雇一个好厨师做饭，俗话说人是铁饭是钢，大少奶奶虽然年轻可这身体也要保养啊。还有，天气渐渐凉了，那金鸟别墅烧不烧暖气啊？要是烧暖气就赶紧买煤。我认识一个煤场经理，你给他打一个电话就行啦。

桂枝站在一旁伺候着，听了李守基这一番充满亲情的话语，偷偷撇了撇嘴表示不屑。

金嫂有苦难言。她情急之中谎称李文卿去了金鸟别墅，那是慌不择词。可她万万没想到竟然歪打正着，一语言中——李文卿果真去了金鸟别墅。

原来，黄昏时分李文卿负气走出父亲书房，情绪低沉地在院子里转悠了两圈儿。长痛不如短痛。这时候他蓦然感到已经到了自己跟卢玉洁摊牌的最后时刻。于是，他走出家门横过马路，三步并作两步跑进了一街之隔的金鸟别墅大门。

听见脚步声，胖姐儿从楼里跑出，迎将上来。李文卿根本不把这个女用人放在眼里，睬也不睬。胖姐儿毫不示弱，刷的一声从袖口里抽出一只铜质“痒痒挠儿”，横身站在李文卿面前。

我说大姑爷，你一声不吭就这么硬闯进来，以为这是你自己家呀，你就不怕我拿你当臭贼给轰出去啊？

李文卿一愣，没想到一个女用人竟敢阻拦自己。于是他毫不示弱地说，我来金鸟别墅找自己的老婆，这还用跟你一个女用人禀报啊？

胖姐儿嘿嘿冷笑说，没错，一个女用人不是已经当了你的家啦！你快回去跟她禀报吧。

李文卿气得脸色苍白，伸手指了指胖姐儿，双唇颤抖着说不出话来。胖姐儿紧紧握住沉甸甸的“痒痒挠儿”，满脸野气。李文卿想不出办法，只得气哼哼说，好吧，你去跟你家大小姐禀报一声，就说我李文卿有话跟她说！

金鸟别墅二楼的一扇窗子打开了。卢玉洁站在窗台里大声说，胖姐儿啊，你让他到一楼客厅里说话吧。

胖姐儿立即应声，引导着李文卿走进一楼门厅。李文卿环视着四周，似乎对这里的一草一木都很感兴趣。

一楼客厅里。李文卿坐在沙发里等待卢玉洁的到来。他伸出手指弹了弹玻璃茶几，觉得货色不错。他心里寻思着，这金鸟别墅到底是什么背景啊？

卢玉洁身穿普通的毛蓝大褂，面无表情地走进一楼客厅。李文卿没有想到卢玉洁居然一身学生打扮，不由自主地站了起来，表情很是惊诧。卢玉洁看到李文卿的这种表情，不由得也惊诧起来，上下打量着自己以为穿错了衣裳。

哎哟，原来你还有这种女学生打扮啊？李文卿不酸不凉地说。

我本来就是女学生出身。当初我在杨柳青读到初中二年级，被迫辍学了。卢玉洁坐在李文卿对面的沙发上，表情不卑不亢，吩咐胖姐儿给李文卿端茶。

好啦，茶就免了吧。无事不登三宝殿，今儿我有话要跟你说。李文卿说着，环视着这间宽大明亮的客厅说，这金鸟别墅主家是谁啊？

卢玉洁摇了摇头说，我不知道，它是金嫂出面租下来的。我听说主家好像住在德租界十二号路，是一银行家。

你在这里住着挺舒服吧？李文卿注视着卢玉洁，问道。

卢玉洁苦笑了。文卿啊，做人不能不讲道理。你另有新欢，而且她还是我的女用人，你说我应当怎么办呢？我没有别的办法，我只能搬出来住啦。

胖姐儿手持铜质“痒痒挠儿”说，大小姐您不要跟他废话，我看他是黄鼠狼给鸡拜年——没安好心！

卢玉洁生气了，抱怨地说，你怎么这样跟大姑爷说话呢？胖姐儿你出去吧。

李文卿气得脸色一阵红一阵白，盯视着胖姐儿。胖姐儿不怕李文卿，却不敢跟卢玉洁顶嘴，转身气哼哼走出了客厅。

金鸟别墅的一楼客厅里，只有李文卿和卢玉洁两人。正是秋风扫落叶的天气，这一对站在婚姻悬崖边的夫妻开始了艰难的对话。这是一场没有第三者在场的谈判。无论李文卿还是卢玉洁，两人均对婚姻前景感到绝望。

李文卿脸色阴沉地告诉卢玉洁，他父亲已经请汉斯律师修订了遗嘱，如果他不能生儿育女那么这一辈子恐怕就得不到遗产了。因此，他必须有儿有女。如果他没儿没女，父亲就会将李家财产全部捐给天主教会。

卢玉洁听着，眼睛里渐渐噙满了泪水，内心似乎承受着极大的委屈。她紧紧咬着嘴唇，不言语。

李文卿反而有理了，大声指责卢玉洁说，你倒是说话啊光掉眼泪有什么用啊！

卢玉洁低声反击着说，你让我说什么啊？咱俩不是已经去麻大夫医院检查了身体嘛。我也恨不得给你生五男二女一大群孩子。可这事儿也不是我能做主的。文卿你心里明明白白，你说我有什么办法呢。

是啊，你没办法。可我也没办法啊。既然如此你就在这里住着吧，从今往后咱们井水不犯河水。

什么叫井水不犯河水啊？卢玉洁听出李文卿话里有话，呼地站起追问着对方。

井水不犯河水就是从今往后你不要埋怨我，我也不要埋怨你。李文卿闪烁其词。

我从来没有埋怨你啊。什么叫井水不犯河水，这话今天你必须给我说清楚。卢玉洁继续追问，不肯罢休。

好啦。你就在这里住着吧。我保证你不缺吃不缺喝，金嫂每天都会关照你的。你这里没有做饭的厨子吧？明天你让金嫂在报纸上登广告，招一个能做满汉全席的大师傅，你想吃什么就让他给你做什么。这种好日子，真是赛过神仙啊。李文卿一边说着一边起身，作出撤退的准备。

卢玉洁急了。文卿，你这人怎么不讲理呢？我真不明白你究竟是什么意思！我告诉你，你急着生儿育女并不过分，最过分的是你不能找一个女用人给你生孩子吧？这也有辱门风啊！

李文卿恼羞变成愤怒，突然提高嗓门大声说，卢玉洁，我告诉你吧，这一辈子我不能两手空空去喝西北风。你要是能给我生一个孩子，那你就是我的大恩人。你要是不能给我生一个孩子，那就别怪我情尽义绝啦！

今儿晚上我来跟你睡觉！李文卿说罢，走出一楼客厅快步跑了。

卢玉洁气得追了两步，伸手指着丈夫的背影说，李文卿，你这人怎么不讲理呢？你没本事，你让我怎么给你生孩子啊！你还跟我井水不犯河水，这真是斯文扫地啊。

胖姐儿跑进一楼客厅，搀住卢玉洁说，大小姐啊，李文卿这人越来越混账啦，您千万不要跟他置气。

卢玉洁坐在沙发上脸色泛白，自言自语：井水不犯河水，李文卿啊李文卿，亏你说得出口啊。谁是井水？谁是河水？明明是你自己没本事生孩子却倒打一耙，我卢玉洁反而成了罪人。李文卿啊李文卿，我住进金鸟别墅只是图清静，可你这是存心让我守活寡啊……

大小姐，您可千万不要想不开啊。胖姐儿扑腾一声跪在卢玉洁面前说，大小姐我告诉您，车到山前必有路。既然李文卿不仁不义，您也就犯不着跟他动真格的啦！我说这话您明白吗？

卢玉洁连忙毛腰扶起胖姐儿，连连点头说，胖姐儿，我心里特别难受……

51 多事之秋

李文卿一连三天没回家，其实是睡在金鸟别墅。他做困兽犹斗状，拼命向卢玉洁播种以图收获。金嫂一向报喜不报忧，因此没有将大少爷离家不归的消息告诉老爷。李守基对此似乎毫无察觉，一日三餐都让桂枝送到书房里，说是全神贯注抄写天主教经文，外人切莫打扰。

金嫂松了一口气。

第四天上午，李文卿却从外面打回电话，强烈要求父亲更改遗嘱，家产必须由李家第二代人直接继承。李守基气得浑身颤抖，哆哆嗦嗦放下了电话，一下犯了心脏病。

当天下午，汉斯律师匆匆赶到李家小洋楼。他告诉卧床养病的李守基先生，昨天李文卿情绪冲动地找到律师事务所要求全文披露遗嘱内容。这位德国籍律师摊开双手说，李老先生，我接受您的委托修订遗嘱，没想到引起你们父子如此强烈的家庭冲突，我只能表示遗憾。据我所知，中国人的习惯都是子承父业，您为什么不将家产直接传给您的儿子也就是李家第二代人呢？如果您现在改变主意，我敢说李文卿先生马上就会安静下来的。

汉斯先生，我虽然老了，但我头脑非常清楚。我是不会改变主意的。其实文卿他应当明白，我将家产直接传给李家第三代人，完全是为他着想啊。我身为人父用心良苦，儿子不但不领情反而无理取闹，我的儿子真的伤透了我的心啊。

李老先生，您的儿子是不是遇到了难以解决的问题？比方说您的儿子担忧自己不能生儿育女，比方说您的儿子对自己的婚姻生活丧失了信心，比方说您的儿子……

好啦好啦，请您不要打比方了汉斯先生。李守基躺在卧室床上摆了摆手，阻止了这位德国律师的一连串假设。汉斯先生，我的遗嘱已经铁定了，一字一句也不能改动了。如果我的儿子再到您的律师事务所吵闹，您就向他公布我的遗嘱。谢谢您啦。

汉斯先生告辞走了。李守基从床上坐起，拄着手杖走出卧室。楼道里，他看到桂枝快步离去的背影，满脸疑惑之色。这个桂枝又来偷听啊？这样想着，他伸出手杖咚咚咚使劲儿敲击着地板。

金嫂立即跑来了，以为这里出了什么大事情。李守基吩咐金嫂备车，立即送他去法租界的麻大夫医院。

金嫂连连点头，伸手搀扶李守基。李守基躲闪着说，金嫂你现在就给麻大夫打电话，请他准备一间病房，我心脏不舒服，我必须住院治疗。

当天下午，李守基住进了法租界麻大夫医院一间宽敞明亮的病房。麻大夫带领两位助手来到病房，笑眯眯地告诉李守基，健康是上帝赋予我们的阳光，然而疾病却是黑暗的魔鬼。我们必须驱走魔鬼的黑暗，享受上帝的温暖。

李守基笑了，很是开心。他感谢麻大夫给他带来了快乐心情。

李守基已经换上住院病人的衣裳，这衣裳是白底蓝杠的图案，看上去老顽童似的，有点儿可笑。金嫂不敢发笑，小心翼翼问道，老爷，您有什么吩咐吗？

好啦。我一住进这间病房，心情就安定下来了。俗话说，眼不见，心不烦。既然我从家里躲出来，图的就是清静。金嫂啊，这几天家里无论发生什么事情你都不要告诉我。我的话你明白吗？

哦，明白明白。金嫂连连点头，寻思着李守基这番话的真正含义。

金嫂啊，我听说前几天文卿和玉洁一块儿到麻大夫医院检查了身体，是吗？李守基突然问。

是啊是啊。金嫂表情慌张地回答说，大少爷和大少奶奶的身体都挺好的。年轻嘛，身体是不会有什么大毛病的。即使大少爷有抽羊角风的毛病，如今吃药不是也大见好转了吗？

李守基躺在病床上闭目养神，不说话了。

金嫂却一时不知如何是好了。

离开法租界麻大夫医院，一路上金嫂犯了寻思。这李家真有意思啊，先是大少奶奶搬到金鸟别墅去住了，紧跟着老爷又住进麻大夫医院，大少奶奶若是整天不着家，这李家小洋楼莫非要唱空城计啊？

当天的晚餐由于主人不在，李家的小餐厅里空空荡荡。厨房里大师傅老顾烧了一锅大白菜，主食是糙米饭。金嫂指挥着人们就餐，心里还是纳闷不止。

门房儿老柴一口气吃了四碗饭，颇有阎王不在家小鬼得自由的感慨。金嫂向老柴打听大少爷的去向。老柴咀嚼着说，根本没见到他的影子。

桂枝端着饭碗说，大少爷要是出了事儿，我看你们怎么跟老爷交代！

大师傅老顾噎了桂枝一句，大少爷要是出了事儿，我看你怎么跟老爷交代！

金嫂走到院子里，坐在假山旁边陷入了沉思。老爷突然住进了法租界麻大夫医院，还跟我说无论家里发生什么事情都不要告诉他。这到底是什么意思呢？

金哥端着一碗饭菜走来，问她为什么不吃饭。金嫂说心情烦乱没有胃口。

金哥呵呵乐了，一屁股坐在妻子身旁，不说话。

金哥金嫂这两口子，祖籍山东。丈夫粗壮敦实，属于车轴汉子。妻子身材高挑，精明强干。俗话说，聪明一世，糊涂一时。此时的金嫂正是这样。面对多事之秋，她就是绞尽脑汁也弄不明白李守基葫芦里究竟卖的什么药。

外表粗犷的金哥，头脑却很清楚。他端着饭碗问金嫂，你说天主教徒不许离婚，天主教徒的儿子也不许离婚吧？

金嫂点了点头，说那是。

大少爷好像不能生养吧？金哥继续问道。

反正大少奶奶嫁过来一年多了，他也没让她怀上身孕。金嫂答道。金哥继续说，大少爷离婚离不得，大少奶奶怀孕怀不得，老爷遗嘱改不得，这三件事情系成一个死疙瘩，你说怎么解开呢？

我哪里知道啊。金嫂使劲儿摇了摇头。

是啊，老爷只好躲出去。听命由天啦。金哥一板一眼说着，颇有一眼望穿云海的智者风度。

金嫂瞪大眼睛注视着自己的丈夫，极其惊讶地说，哎呀，我的天，这么多年我拿你当泥胎，敢情你是一尊真佛啊！

金哥端着饭碗说，吃饭吧吃饭吧，既然老爷自己躲出去了，我看就没有解不开的死疙瘩啦。

你说这话是什么意思？金嫂追问着。我这一夸你是真佛，你就要重塑金身啊？不要拿糖做醋啦有什么话你就全说出来吧。

我不说。你就睁大眼睛看着吧，反正大少爷不闲着，大少奶奶也不会闲着。这就叫哥儿俩种庄稼——各人收各人的麦子。

金嫂不问了，从金哥手里接过那一碗饭菜，大口吃了起来。

吃罢午饭，大师傅老顾开始准备晚饭了。他的工作就是一天三顿饭。然而他不知道大少爷今晚是否回家吃饭，心里犯愁，只得向金嫂询问。金嫂说，你就按照大少爷回家吃饭作准备，这叫有备无患。

当天晚饭李文卿果然没有回来。仆人们聚集餐室旁的小屋里，一人手里端着一只饭碗，吃着。桂枝盛了一碗米饭，然后将一大勺青菜浇在上面，大步走进了餐室。

她毫不犹豫地坐在主人位置上，吃了起来。仆人们一起拥到餐室门口，惊诧地注视着这位胆大妄为的女用人。

桂枝大口吃着，偶尔抬头看到餐室门外站着一群人，表情惊异地说，你们都聚到门口儿看我干嘛？

金嫂走进来笑着问道，我说桂枝啊，这是你吃饭的地方吗？

这不就是老爷和大少爷吃饭的地方嘛？嘻嘻，我坐这儿吃饭挺好的。哎，金嫂你去给我端一碗汤来吧。

金嫂又说，桂枝啊桂枝这可不是你吃饭的地方啊。俗话说主仆有别，我劝你赶紧端着饭碗换个地方吧。

桂枝啪地一摔筷子说，我偏偏在这儿吃饭！就是大少爷回来了他也不会把我轰出去吧？

金嫂朝着两个男仆人递了一个眼色转而对桂枝说，可惜大少爷不在家啊，我现在就把你轰出去！说着一招手，命令那两个男仆人把桂枝拉出去推到院子里，让她凉快凉快。

桂枝坐在院子里的水泥地上，双脚蹬地哇啦哇啦哭闹不止。金嫂又说，快拿一大馒头整个儿塞她嘴里，堵上！

这一招儿果然奏效，自以为是的桂枝再也没有发出响动。

晚饭之后，金嫂站在院子里望着一街之隔的金鸟别墅。深宅大院树木掩映，但她还是看到了二楼一扇窗户里露出了灯光。这就是大少奶奶的卧室吧？金嫂这样猜测着，心里很有感慨。唉，一个家庭就这样莫名其妙地一分为三了。老爷住进医院，大少奶奶移居金鸟别墅，大少爷早出晚归甚至彻夜不归。天有不测风云，人有旦夕祸福。真不知道李家明天能够变成什么样子。金嫂的这种担忧深深影响了她的情绪。她告诉看门人老柴，注意门户，当心炉火，然后便歇息去了。

临近晚间十一点钟，李文卿终于满嘴酒气地回来了。桂枝站在大门口儿等待着，冻得浑身哆嗦。李文卿趺趺撞撞走进小洋楼里，根本没有理睬桂枝。桂枝追随着说，大少爷深更半夜您这是干什么去啦？夜黑风大您可别冻坏身子啊。

李文卿仍然不理睬桂枝，沿着楼梯摇摇晃晃走到三楼，走进自己的卧室。他径直走近窗台撩开窗帘推开窗子，远远望着一街之隔的金鸟别墅，自言自语。

卢玉洁啊卢玉洁，你不生孩子，我爸爸不改遗嘱，这样下去我可就走投无路了。我要是走投无路，那可什么事情都做得出来啊！李文卿说着关上窗子，脱下鞋子咣地一声扔到角落里，赤着双脚在卧室里走来走去。

桂枝托着一杯热茶走进来说，大少爷，这夜里外边可冷呢，您喝一杯热茶暖暖身子吧。说着，她走上前来。

李文卿挥手一扫，茶杯摔到地上。

桂枝扑通一声跪在地上。大少爷，不就是大少奶奶不怀身孕嘛，我求求您啦您千万不要折磨自己啦！

李文卿猛然一怔，转脸问道，你怎么知道我的心思？

桂枝抬起头来热烈地注视着李文卿。您的心思我当然知道。因为我心里装着一百个一千个一万个大少爷……

李文卿拉着桂枝的手说，你不要跪着啦，站起来说话吧。

桂枝叹了一口气，表情悲哀地说，大少爷心里的苦处，我一清二楚。大少奶奶娶进门一年啦，也怀不上孕。老爷又急着要见到李家第三代人，这可就委屈您啦。

李文卿不说话了，继续在卧室里走来走去。桂枝试探着说，大少爷您不要难过，我愿意一辈子都伺候您！

桂枝走到李文卿面前，突然大声说道，大少爷！大少奶奶不是怀不了孕吗？我愿意给您生一个大胖小子！真的，我愿意给您生十个大胖小子！

李文卿愣了，瞪大眼睛注视着这位女用人。

桂枝一头扎进李文卿怀里，抽泣起来。大少爷！我说的话您听见了吗？您听见了吗？

李文卿激动起来，躬身将桂枝抱起，使劲儿抛到了床上。桂枝顺势拉灭床头灯光。黑暗里，她听到了李文卿急促的呼吸声，偷偷笑了。李文卿扒光了桂枝的衣裳。桂枝扯过一件衣裳，捂在身上。

李文卿脱掉自己的衣裳抬头朝着天花板大声喊道，卢玉洁你自愿搬到金鸟别墅去住了，这可就不怪我啦！

说着，李文卿猛地朝前一扑，狠狠地砸在桂枝身上。

桂枝挺身迎击，与李文卿缠成一团。李文卿还没有发力，桂枝便发出一阵夸张的叫床声。这缺乏实质内容的叫床声无遮无拦地弥散开去，灌满了这座三层小洋楼。

黑暗里李文卿心里说，我要是能让你怀上孩子，大少奶奶何必住到马路对面的金鸟别墅去呢。

住在后院里的金嫂并没有睡觉。她披衣坐在床前，躺在身旁的金哥早已进入梦乡。她倾听着桂枝这一声声刺破夜幕的叫床声，重重地叹了一口气，伸手推醒了汽车司机。

当家的你听见了吗，这桂枝有多么不要脸啊，就跟母狗叫春似的。金嫂无奈地说。

金哥被妻子弄醒，睡眼惺忪不说话。

金嫂又说，这老爷住院不在家，大少爷造了反啦。

金哥突然笑了。老爷为什么去住院啊？我看就是为了让大少爷自己在家里造反呗！

金嫂思忖着，然后极为赞同地点点头说，你说得对，李家当务之急是生个孩子，可大少爷他能行吗？

唉，法国大夫德国大夫日本大夫都说不行。不过这种事情最难说。你还记得我表哥吗，结婚六年不生养，死心啦，托人去唐官屯抱养了一个，可转年我表嫂就怀上啦。金哥说着，翻身呼呼睡去了。

那就但愿如此吧。金嫂毫无倦意坐在床头，自言自语，大少奶奶真是一个苦命人啊。

第二天上午，早餐时间谁也不敢去叫大少爷吃早点。因为昨夜桂枝小题大做的喊叫声无人不晓，因此仆人们不言不语吃着早饭，一个个好像中了瘟疫似的。

看门的老柴小声对人们说，你们别听桂枝昨儿夜里大喊小叫的，兴许她自己躺屋里闹肚子疼呢。大少爷怎么会看得上一个庄稼妞儿呢。

吃过早饭，金嫂来到一街之隔的金鸟别墅。这里新雇来的看门人叫二明，老实巴交的模样。胖姐儿听见动静迎出来打招呼，金嫂说我给大少奶奶请安来啦。

二楼阳台上出现了卢玉洁的身影。这位大少奶奶一袭素白长裙显得冰清玉洁。她稍微提高嗓音说，金嫂啊，看起来我要在这里长期住下去了。你今儿就跑一趟报馆吧，给我登一个聘请厨师的广告。

金嫂仰头望着大少奶奶问道，您是认鲁菜啊还是认淮扬菜？

卢玉洁毫无表情地说，我不认鲁菜也不认淮扬菜，我认本埠厨子。

胖姐儿立即说，对，我家大小姐最喜欢吃本埠菜。

52　一年之前

一年之前的秋天里，走投无路的虞金诚离开天津这座城市，独自踏上前往直鲁两省寻找师傅的道路。他的脸庞经过烧伤竟然没有留下明显疤痕，真是奇迹。他知道师傅老梆子是一位隐居民间的天外高人，十分值得学习。然而自己人生道路究竟走向何方，他心里还是朦朦胧胧的，没有准稿子。

迎着秋风沿海河行走，他远远看见了法国桥。过了法国桥就是天津老龙头火车站。庚子年间义和团攻打外国租界地，就是在这儿跟俄国军队进行了一场恶战。虞金诚望着海河里嘟嘟嘟行驶的小火轮，不禁想起自己在太古码头扛大个儿的经历，心里一热。去直鲁两省，我是坐火车呢还是坐火轮呢？

虞金诚站在海河东岸远远望见进出老龙头车站的火车冒出的白烟，最后还是决定乘船走海路先去烟台，进入山东地界再寻找师傅。

太古码头的小火轮，多数是跑山东的，也有去牛庄的，牛庄就是营口。虞金诚买了“芝罘号”火轮的船票，二等舱。

坐在候船室里，一位身穿蓝布大褂儿的中年男子凑上前，表情神秘地说，这位先生，您满脸煞气一定是走了背运，我免费奉送您几句话吧。

虞金诚抬头看看对方的蓝布大褂儿，心里说怎么到处都是身穿蓝布大褂儿的人呢？这人世间好像没了别的颜色。

算命先生继续说，您山根有水，滋润天地，可此乃瓶颈之相啊，瓶颈者，介于凶吉之间也。女子主凶，即凶；女子主吉，就吉。

虞金诚紧攥着手里的小馒头，目光盯着蓝布大褂儿问，凶，能怎么样？吉，又怎么样？

算命先生故意制造悬念：凶亦曲曲折折，吉亦曲曲折折啊！

该上船了。

“芝罘号”客轮的二等舱很高级，外面一间小客厅，里面是一间睡房，还配有洗手间。身穿蓝色制服的船长先生专门前来拜访，祝二等舱客人旅途愉快。虞金诚恍然大悟，原来“芝罘号”客轮没有一等舱，他是这艘轮船里最为尊贵的乘客了。他连连对船长表示感谢。

开船了。虞金诚洗了手又洗了脸，顿感浑身轻松，推门走上了左侧甲板。这时，行驶在海河主航道上的“芝罘号”已经过了小刘庄浮桥。虞金诚仍然一身学生装束站在左侧甲板上，观赏两岸风光。

“芝罘号”轮船顺水而下行驶在海河主航道上，可刚刚过了小刘庄浮桥便碰到了麻烦。

一只驳船载着一只大型铁罐，说是搁浅了，就这样挡住了“芝罘号”的水道。船长十分着急，担心涨潮之前赶不到大沽口，跑到客轮船头大声给驳船上的水手们出主意，说先把大铁罐卸了，驳船自然浮起来了。驳船上的水手们纷纷点头，说货主马上就来了。

虞金诚看到一群搬运社的汉子站在河岸上，嘻嘻哈哈好像在看戏。一个矮胖矮胖的西洋人跑来了，哇啦哇啦说了一大堆西洋话。无论驳船上还是河岸上，没人能懂。那位西洋人越发着急，指手画脚继续大声说着，好像一只怪鸟啾鸣。虞金诚站在“芝罘号”左甲板上，远远听懂了大意，便操着英语大声应答。矮矮胖胖的西洋人听到“芝罘号”客轮上有人懂英语，激动得又蹦又跳，小孩子似的。这西洋人不由自主朝前跑了几步，穿着皮鞋站在水里大声邀请，请那位懂得英语的中国先生担当我的翻译吧。

“芝罘号”船长显然精通英语，沿着左甲板大步走过来笑着赞扬虞金诚说，您的英语讲得真好，这是标准的伦敦口音。

喂！请那位懂英语的中国先生担当我的翻译吧。那矮矮胖胖的西洋人没有听到“芝罘号”的回应，又焦急地朝着河里走了几步，一眨眼那水便没了膝盖——这虔诚而迫切的心情已经接近自杀境界了。

虞金诚看到这番场景立即慌了，赶紧操着英语大声喊道，好啦好啦，那就请您把我接到岸上去吧。那矮矮胖胖的西洋人听罢，站在齐腰的河水里大声欢呼起来。哇，感谢上帝！

“芝罘号”船长颇为惊诧地注视着虞金诚。尊敬的二等舱先生，这还没出大沽口呢，你的船票可废啦。虞金诚无可奈何地说，您看那洋人急得五官都挪位了，我是受过教育的人，我不能袖手旁观吧。

矮矮胖胖的西洋人竟然亲自摆着一条小船儿靠近“芝罘号”操着德国口音的英语大声喊叫着。我的伟大的中国翻译先生，请您沿着软梯下船吧，我是您仆人！

顺着软梯下到小船儿上。“芝罡号”船长再次大声喊道，这位先生您的船票废啦！虞金诚站在小船儿上朝着小火轮挥了挥手说，你们开船吧，我自己游到烟台去！

矮矮胖胖的西洋人则奋力摇桨驶到海河岸边，那感恩戴德的表情仿佛驾船前往天堂。站在河岸上的汉子们毫无表情地注视着这个从天而降的英语翻译，似乎怀有几分敌意。

上了岸，矮矮胖胖的西洋人原来是一个工作狂。他上岸之后一把拉住虞金诚哇啦哇啦说起来，向虞金诚介绍着大铁罐的情况。虞金诚耐心听着，终于明白了事情的来龙去脉。“芝罘号”呜呜地鸣了两声汽笛，似乎向二等舱乘客道别，沿着海河主航道朝着大沽口驶去了。虞金诚目送着远去的轮船，听着包含德国口音的英语，连声说“夜夜”。

原来这位矮矮胖胖的西洋人乃是德士古洋油公司高级雇员纳森，负责在天津海河左岸田庄附近建立煤油供应站。这只大型油罐其实是油罐，直径六米，横卧长度二十八米。卸船之后这只卧式油罐距离煤油供应站还有半公里路程。当务之急，先卸船。

站在岸边的汉子们都是搬运社工人。为首的中年汉子身材消瘦腰板挺拔，目光却很冷漠，搬运工们都叫他樊大爷。虞金诚立即将纳森先生的卸船命令翻译给这位樊大爷。那位身穿蓝袄蓝裤的樊大爷听罢板着面孔说，那就卸船吧，可卸船之后怎么办呢？

虞金诚将中国人的疑问翻译给德国人。纳森先生根本不予答复，极不耐烦地大声说卸船卸船。

那就卸船吧。樊大爷的面孔好像是黄铜铸的。他指挥着一群搬运工卸船。将那只巨型油罐从驳船里卸到岸上，没有机械只凭人力，那难度是很大的。纳森先生的表情也沉重得很。

樊大爷对虞金诚说，请你问问纳森先生还有什么吩咐。虞金诚就去问了，然后转告樊大爷。纳森先生要求你们立即卸船。

樊大爷指着纳森对虞金诚心平气和说，你告诉纳森先生，我们干活儿的时候请他闭嘴不要说话。

樊大爷卸船的方法很别致，他带领搬运汉子们在河畔地方挖出一个并不很深的大坑，然后指挥大家动手铲出了一条长长的简易坡道。驳船与河岸平行停靠着，随着波浪一起一伏。樊大爷发力很巧，趁着波涛拍岸之际，嘿哟一声指挥人们一起拉动绳子——只见那只巨型油罐离开驳船沿着长长坡道，不紧不慢不慌不忙滚动到距离河畔不远的大坑里去了。

德国人看到中国人如此简单便卸了船，伸手朝着樊大爷挑了挑大拇指说了一声好。这个德国人只会说两句中国话，一句是好，一句是不好。樊大爷还是毫无表情。他一定认为矮矮胖胖的纳森先生只是一口水缸而已。人跟水缸那是没话可说的。

纳森先生指着樊大爷对虞金诚说，你翻译给他们，说赶紧把大油罐送往煤油供应站工地，越快越好。

樊大爷叫来一辆四轮“地牛儿”，这就是陆路运输的车辆。樊大爷指挥人们立起“拔杆”。“拔杆”上安装了滑轮，这就是中国人的起重机了。

“拔杆”立起不久，就陷了。海河沿岸的土地都是当年李鸿章的军队疏浚河道吹泥填地形成的软土，根本不能承受重力。这里距离德士古公司的煤油供应站工地，还有一华里。纳森先生看着越陷越深的“拔杆”，急得咬牙跺脚，然后咿咿呀呀说出一大堆英语。

樊大爷走上前来跟虞金诚说，你告诉这洋人，我们心里也着急，可着急管屁用啊！这拔杆一立起来就往地里头陷，咱们就是把油罐弄到地牛儿上也走不动道儿。我看啊，这事儿就是玉皇大帝来了也没办法。

樊大爷说着一个箭步跳到高坡上，双手叉腰注视着搬运汉子们。

一个搬运汉子扯着嗓子喊道，樊大爷我们都归你管，您老人家有嘛话就跟我们直说吧！

樊大爷挥了挥手说，咱们是汗珠子掉地上摔成八瓣儿，挣钱最辛苦！因此我问一问你们大伙，这活儿是崴了泥啦，咱们还干不干啊？

虞金诚马上将这句话翻译给纳森先生。纳森先生一听到即将停工的消息，那面孔腾地涨成一块红布，扭动着肥胖的身躯一步冲上高坡，从怀里掏出一沓子钞票大声喊叫，不能停工不能停工！

搬运汉子们看见钞票，七嘴八舌说樊大爷这事情就由您做主吧。

樊大爷沉下脸色说，我可做不了主！不是我不愿意做这个主，是咱们现在谁也做不了土地爷的主。这地面就跟发面饽饽似的，一踩一个坑儿，这大铁罐十几吨的分量，就是千年的乌龟也驮不动啊！

说罢，樊大爷一挥手，说了一声散伙吧，人们嗡地一声散去了。

樊大爷也扬长而去，把纳森先生"摔"在这里，不管了。

纳森先生顿时见傻，嘴巴半张眉头紧锁目光呆滞，眼巴巴看着四散而去的搬运汉子们，一时不知所措。

虞金诚突然觉得纳森先生挺可怜的，就用英语说了一句"请您不要伤心"。纳森先生注视着虞金诚，激动之下向这个年轻的中国人敞开了自己的心扉——哇啦哇啦诉说起来。

他会讲英语，但是德国人。他供职的德士古洋油公司只给他三天期限必须把这只大型油罐运到煤油供应站的工地。他不远万里来到中国淘金，其实是为了偿还一笔债务。他下定决心在中国打拼三年还清债务，然后光明正大返回故乡杜伊斯堡。今年是他来到中国的第二个年头，可面对大型油罐的紧迫工期，倘若拖延他只能接受惨遭解职的命运了。

纳森先生请您不要灰心丧气，我一定会帮助您的。请把您的桅灯给我用一下好吗？虞金诚说。

好吧，这只桅灯里燃烧的正是德士古洋油公司的煤油，但愿你能够起死回生，保住我在这家大公司为期三年的工作合同。纳森先生低声说着。

天色渐渐暗了。虞金诚饿了，匆匆忙忙吃下纳森先生的两片面包，提着桅灯到田庄去了。

田庄是一座邻河村庄，附近有两座棉纺厂而且离俄租界不远，因此开化比较早。虞金诚提着桅灯大声吆喝着，说是招募壮工，明天一大早儿河边集合，两天一块大洋。田庄的男人们一听就惊了，根本不相信天底下有这种好差事，纷纷嚷嚷起来，说今儿晚上不睡觉了现在大伙就去河边聚齐。虞金诚灵机一动，当场答应了。一时间田庄热闹起来，汉子们点燃一支支苇把子，一群人火光冲天地朝着河边汹涌而去。

一个黑脸壮汉指着虞金诚大声说，两天一块大洋？你要是说话不算话，我们大伙就把你扔海河里喂王八！

听田庄汉子这么一说，虞金诚心里一虚。是啊，这干两天活儿发一块大洋的主意我可没跟纳森先生禀报啊。古语云，将在外君命有所不受。我就告诉纳森先生说，中国人只要遇到大事讲究先斩后奏。

人们果然聚集在海河边，而且越聚越多。纳森看到一支支火把照耀之下的一张张陌生汉子面孔，立即慌了。他来到天津之后听人讲过咸丰年间火烧望海楼以及庚子年间义和团攻打紫竹林外国租界的故事，以为田庄的汉子们举着火把寻衅滋事来了，脸色吓得煞白。

虞金诚手里拎着桅灯跑上前来禀报了事情原委，纳森先生这才开始镇定下来。虞金诚把自己先斩后奏招聘壮工的事情也告诉了他，翻译成英语的大意即“先斩就是先把一只鸡杀了，后奏就是把鸡吃了然后说味道很好，并且认为这只鸡该杀”。纳森先生听了先杀鸡后吃鸡的比喻，似乎明白八九分道理，大声强调必须三天之内将大油罐运送到德士古公司的煤油供应站的工地。

虞金诚操着英语大声说，上帝保佑我们！

夜色深重起来。虞金诚大声吆喝了一声，人群一下静了。这时候樊大爷出现了，站在人群里不声不响观察着。虞金诚站在大油罐前面，注视着火把照耀下的汉子们，一时不知说什么好。汉子们满怀期待注视着他，等待他的发号施令。

樊大爷突然大声说，两天一块儿大洋，你这是撒呓挣说梦话吧？

人们嗡地一声骚动起来。纳森心有余悸，操着英语告诫说，虞先生你必须控制局面，不要重演义和团的悲剧。

虞金诚高高举起桅灯，迈开大步朝前走去。他一边行走一边撒下一道白色粉末，一路朝着煤油供应站工地方向延伸而去。汉子们举着火把跟随着，谁也不明白这是什么意思。纳森先生更是猜测不出虞金诚用意何在，倒想起了跑马圈地的殖民时代。

纳森先生加快脚步紧紧跟随在虞金诚身后，一个劲儿询问他这是干什么。虞金诚一路撒下的白色粉末划出了长长的一道白线，终止在煤油供应站工地。虞金诚站在高处大声说，田庄的老少爷儿们，你们出过河工吧？这就跟出河工一样，你们沿着这道白线挖吧，挑出一条三丈宽五尺深的大水沟，就行。人手不够，就去郑庄招人！

干吧，两天一块儿大洋，谁偷懒耍滑装傻充愣，我一个子儿不给！

人们立即欢呼起来。这欢呼声里充满了因金钱而劳动的热情。

第三天上午，那条三丈宽五尺深的大水沟挖成了。虞金诚在干活儿的人群里看见樊大爷的身影，但他佯装不知。既然大水沟已经挖成了，那就掘堤引水吧。一声令下海河水汹涌而入，哗哗灌满了这条一路通往煤油供应站工地的大水沟。

属于德士古洋油公司的那只大油罐渐渐漂浮起来了。二十条绳索紧紧拴住这只令人惊讶的庞然大物，嘿哟嘿哟沿着大水沟朝着煤油供应站的工地缓缓漂浮而去。

纳森先生激动不已。他做梦也没有想到一个中国年轻人竟然帮助他解决了一个在他这个外国人看来难于登天的大问题。他扑上前去紧紧拥抱了虞金诚，大声称赞他是“中国第一”。

樊大爷不声不响走上前来，毫无表情地注视着这个年轻人。虞金诚态度友好，笑着说请老前辈多多指教。樊大爷拱手行礼，说请虞先生屈尊赏脸，今儿晌午到我家吃一顿便饭。这突然的邀请很是出乎虞金诚意料，一时不知是接受还是谢绝。

面对这位搬运工首领的盛情邀请，虞金诚还是答应了。

樊大爷的家是一座小小的四合院，看上去挺清静的。虞金诚按时到达，樊大爷沏茶待客，并没有什么客套。请客吃饭，桌面比较简单，只摆着一小碟黑瓜子，一小碟白瓜子，还有一壶白酒，说是大直沽高粱。这时虞金诚闻见从厨房里飘出一股奇香，令人胃肠振奋。他虽精通厨艺，但在主人面前不能外露。樊大爷敢情不善言辞，一个劲儿请虞金诚喝茶，并无正经交谈。虞金诚只得张口探询，询问樊大爷有什么吩咐。这时候樊大爷淡淡一笑说，萍水相逢深感庆幸，只想请虞先生吃一顿家常便饭，四菜一汤略表心意，绝无他事讨扰。

果然是四菜一汤。樊大爷亲手给虞金诚斟酒。不善饮酒的虞金诚不便推辞，就饮了一盅。端菜端汤的是一个姑娘。樊大爷主动介绍说，这是女儿佩娟。虞金诚朝着佩娟小姐笑了笑，算是打了招呼。佩娟小姐也朝着虞金诚笑了笑，礼尚往来而已。佩娟小姐给客人和父亲各盛了一碗白灿灿的大米饭，便坐下一起用餐了。很显然这是一个父女相依为命的家庭，注满了浓浓的生活气氛。

席间，佩娟小姐还几次给虞金诚夹菜，一次是红烧丸子，又一次是清蒸鲩鱼，第三次是青椒豆腐丝。最后还给他盛了一碗紫菜汤。虞金诚吃得津津有味，颇有人间处处是天堂的感觉。

樊大爷自始至终遵循“吃无言、睡无语”的人生原则，保持着餐桌上的沉默。虞金诚心里想，沉默是金，价格高贵；沉默也是石头，坚不可摧。

就这样吃了一顿午饭。虞金诚放下筷子站起身来，表示谢意，然后告辞出来。樊大爷站在家门口，目送这位年轻人远去的身影。

虞金诚离开樊家朝着德士古煤油供应站工地走去，心头一派茫然。这时候大油罐已经抵达煤油供应站。纳森先生一派轻松，不由吹起了口哨。虞金诚向他告辞，说后会有期。纳森深深沉浸在成功的喜悦里，如梦方醒。他得知虞金诚即将离去，立即拿出纸笔伏在煤油供应站的木桌前，用德文给虞金诚写了一封推荐信。虞金诚不懂德文。纳森告诉他，这封推荐信是写给井陉煤矿克劳斯先生的。井陉煤矿坐落在河北省西部，距离山西不远。

谢谢您的推荐。虞金诚拿着纳森先生的推荐信，告辞了。

53 受聘

一年之后，又是深秋时节。一列客车驶进天津西站，火车头呼呼吐出一串白烟停靠在二号站台。小贩们拥上前去，叫卖着食品。

这列客车来自河北石门，它自西向东走石德线，在德州转入津浦路，一路北上到达天津西站。列车停稳了，乘客们争先恐后下了车。站台上一时热闹起来。坐在六号车一等车厢临窗座位的乘客并不着急，他目不转睛注视着车窗外拥挤的站台人流，不由得长出一口气，表情颇为感慨。唉，我总算回到天津啦。

茶房来了，说到站了先生请您下车吧。这位乘客仍然沉浸在深深的思绪里，一派不能自拔的样子。

先生，天津西站到了。茶房再次说着，然后伸手从行李架上取下这位乘客的皮箱，满脸堆笑。

这位西装革履的乘客就是从井陉归来的虞金诚。他手里拎着一只天津人称为“文明棍儿”的手杖，缓缓起身跟随茶房走出车厢。

站台上，虞金诚赏了茶房小费。由于小费数目不小，受宠若惊的茶房执意将他的皮箱送到出站口，连声致谢。他拎着皮箱随着人流出了站，注视着天津西站外的秋日风景。

秋风迎面吹来，有的树木已经开始落叶了，风景里暗含着萧索。西装革履的虞金诚掂了掂手里的文明棍儿，那气质显出几分超越年龄的绅士风度。一个车夫跑上前来，伸手接过皮箱，叫了声爷。虞金诚毫无表情，给人以冷硬之感。短短一年，他似乎经历了人间炼狱，习惯了冷眼观看人生。车夫点头哈腰引着这位年轻绅士走到一辆胶皮前，请他上车。

这位爷，您去哪儿啊？车夫恭恭敬敬问道。

虞金诚坐在胶皮车里，一时犯了寻思。是啊，我去哪儿呢？天津是我的家乡，天津有我的弟弟虞云隆，天津也有我的相知玉姑，天津更有我的心上人卢玉洁，故乡明月，可我却无枝可依。这样想着，虞金诚指着远处的法国桥对车夫说，你就朝前跑吧。

虞金诚心里盘算着，应当先找一家旅馆住下，再作主张。一年以来，他在井陉煤矿当司秤员，很长见识。汉斯先生的突然去职，使他也受了牵连，只得离职返回天津。由于事发突然，他对自己今后的生活尚无具体计划，只得走一步看一步。

胶皮车过了法国桥，向左转沿着海河朝上游走去。秋天的海河向东流，急流滚滚却也不露声色。虞金诚同样不露声色，坐在车里注视着奔向大海的河水，心里还是很亲切的。

毕竟是故乡的海河啊。

车夫一边拉车一边询问，这位爷您要去什么地方啊。虞金诚指着前面说，你就朝前跑吧，只要到了地方我会叫你停下来的。

胶皮车一路朝着日租界方向跑去。穿过了曙街、旭街，车夫沿着宫岛街向西跑去。日租界的一条条街道，一掠而过。这时到了明石街。虞金诚看到一家挂着“富士”招牌的大旅社，就叫车夫停住脚步。车夫跑得气喘吁吁，放下车把擦着满脸大汗。

虞金诚下了胶皮，随手付车钱。车夫连声道谢，毛腰将皮箱拎进富士大旅社。一个日本侍者拦住车夫，气哼哼说了一句日话。虞金诚伸手接过皮箱，示意车夫离去。

你这是富士大旅社，我要住在这里。虞金诚操着中国话，一板一眼地说。日本侍者又说了一句日语。虞金诚改用英语说，你们在中国开设旅店就应当讲中国话。日本侍者显然不懂英语，一头雾水地注视着虞金诚。

一位领班模样的日本男子走上前来，操着流利的中国话说，这位先生，你要住宿吗?

虞金诚笑着说，你们这里是富士大旅社，我当然是来住宿的。

领班男子奸笑着说，好吧，既然您非得住在这里，我就热烈欢迎您入住富士大旅社啦。

黄昏时分，虞金诚住进了坐落在日租界的富士大旅社。

这是一座庭院式的旅社。走过天井，沿着游廊从一间间客房门外走过，虞金诚在日本侍者的引领之下来到自己的房间。房间完全是日本式样的，木质拉门，一进屋就是榻榻米，只得赤脚。坐了一天火车，他感觉累了，四处寻找着浴室。这时候，日本侍者拉开木门走进，送上一份晚餐。虞金诚从榻榻米上坐起，看了看以生冷为主的日式晚餐，不禁摇了摇头。

日本侍者朝着虞金诚投来疑问的目光。

虞金诚皱着眉头说，世界上最好吃的还是中国菜！中国菜最好吃的还是我虞金诚烧制的四菜一汤！

日本侍者冷笑着退了下去。虞金诚拿起筷子吃了几口日式饭菜，真是难以下咽。

天色已晚，月光满窗。虞金诚独自躺在榻榻米上，轻轻抚摸着挂在胸前的银元护身符，处于沉思之中。这时候，院子里传来一阵声响，好像有人吵吵嚷嚷。

他放弃沉思，起身拉开木门，穿上鞋子来到院子里。

月光下，一位中年男子在两个日本浪人的挟持之下，奋力反抗着，操着英语大声喊叫，我是中国的采矿专家，我从来就不吃你们的日本料理……

这英语发言纯正，很是动听。这时候虞金诚听到那两个日本浪人哇啦哇啦说了一串日语，情绪很是粗鲁。

中年男子继续操着优美的英语说，我是被你们日本人劫持来这里来的，即使是商战，你们也不能虐待一个中国采矿专家！

虞金诚走上前去操着英语说，这位先生，如果您是中国人，我可以给你做中国菜。

这位中年男子抬头一眼看见虞金诚，随即兴奋起来。我当然是中国人！这两个日本浪人不懂英语，咱们就用英语交谈吧。我是英商开平矿务局的采矿专家，我的名字叫刘清岳。

虞金诚用英语说：啊，密斯特刘……

一个日本浪人走上来一把推开虞金诚，操着日语大声说，不许你们交谈，不许你们交谈。

刘清岳目光一亮，伸手指着虞金诚大声说，我想起来啦！你是一位厨师，去年我在玉华春饭庄还吃过你的“学生菜”呢！我要了一菜一汤，菜是漂母烩什锦，汤是韩信鱼鳞汤。

虞金诚恍然大悟，连连点头说，对！一菜一汤，我记得您，我还记得您英语很好，真是标准的伦敦口音。刘先生您需要帮助吗？

两个日本浪人扑将上来，将刘清岳架走了。虞金诚气急了，操着华语大声警告说，刘先生是采矿专家，你们日本人这样做是违反国际法的！

院子里渐渐安静下来，完全没了声响。

虞金诚气哼哼地回到房间，自言自语。这真是岂有此理，这真是岂有此理。

日本领班拉门走了进来，操着中国话说虞先生晚上好。虞金诚转身注视来者，终于明白这富士大旅社绝非寻常之地。

虞先生，由于您无意之间介入了我们的一桩生意，因此您三天之内不能离开这里。我的话您听明白了吗？日本领班微笑着说。

你们占领了东三省，还没有占领全中国啊。我是中国人，你们凭什么限制我的自由？虞金诚大声责问。

虞先生您不要激动。这里是日本租界地，就等于我们大日本帝国的海外领土。其实，我们只想请刘清岳这位采矿专家吃一顿日本料理，您偏偏介入这件事情。我认为这是您咎由自取。不过我可以保证你这三天的人身安全。希望您好自为之啊。请问您还有什么要求吗？

虞金诚无可奈何地叹了一口气说，我只要求能够看到当天的报纸，中文的英文的都行。

嘿嘿，我们只能给您提供日文报纸。日文是世界上最为优美的文字。我们强调亚洲同文。日本领班满脸坏笑地说着。

果然，第二天一大早日本侍者就送来了《大东亚日报》。虞金诚不懂日文，就按照汉字的意思猜测着。

唉，也不知道开平矿务局的刘清岳先生到底怎么样啦。他心里惦记着那位落难的采矿专家，只觉得度日如年。

早餐送来了，还是日式。虞金诚急于打听刘清岳先生的情况。日本侍者不理不睬，一派毫无表情的样子。

虞金诚故意压低声音说，哑巴。日本侍者扭脸投来不满的目光说，你不要骂人好不好。

你不是哑巴啊。虞金诚得意地笑了。

一连三天就这样过去了。虞金诚除了吃饭就是睡觉，竟然感觉自己胖了。他躺在榻榻米上寻思着。我离开故乡一年多时光，没承想回到天津竟然一步迈进日本租界被软禁起来，变成笼子里的一只小鸟儿。真不知是凶是吉。第三天一大早，日本领班来了，板着面孔。

虞先生，我实话告诉你吧。像你这样的闯入者，十有八九是不能从这里走出去的。今天你却是一个例外。不过我要特别提醒你，从今往后一定要管住自己的嘴巴，对任何人也不要提起你在富士大旅社度过的三天美好时光。如果你管不住自己的嘴巴，我们当然有办法替你管住嘴巴的。我的话你听明白了吗？

虞金诚点了点头，说你们为什么要放我回去呢。日本领班笑了笑说，这就是你的造化了。如果从佛教宗旨解释这件事情，那一定是你苦海未尽。你活着就是苦海未尽。你说呢？

是啊，我活着就是我苦海未尽。虞金诚再次点了点头，表示十分赞同日本领班的观点。领班先生，我可以走了吗？

你喜欢吃日本料理吗？日本领班突然发问。

不喜欢。虞金诚摇了摇头。

你是一个诚实的人。不过诚实的人更应当管住自己的嘴巴。你现在可以离开这里啦。

走出富士大旅社的大门，虞金诚脚踏晨曦行走在日租界小马路上，还是不知去向何方。他漫无目的沿着明石街走到尽头，便进入南市了。南市属于华界，就是中国人的地方。进了南市虞金诚遇到一大声吆喝的报童，便掏出零钱买了一份《九河时报》拿在手里，大步朝前走去。走了一会儿远远看见南市华楼了。

说起华楼，首先要说一说南市。民国初年，这里还是一片开洼。早在庚子事变之后，因为这里邻近法日两国的预备租界，逐渐形成无人管理的空白地带，竟然变为“开发区”。驴头马面秃神瞎鬼一拥而来，一夜之间这里就成了淘金之地。不到十年光景，火啦。南市的饭馆无数，菜谱上除了清蒸人肉，什么美味佳肴都有。南市的妓院遍地，推开一扇门硬往里走，保你遇不到良家妇女。南市也有报馆书局，报纸上刊登的皆为谣言，譬如说南市一家旅馆里住着一位三条腿的硬汉，走路犹如蜻蜓点水——其中一条粗腿乃是阳具。书局呢，印出的小册子净是春宫与金枪不倒的药方，算是以副养文。戏园子演杂耍儿，女艺人上台头一件事儿就是亮出两只乳房，说是给观众“喂奶”。放眼南市这地方，人市儿卖鬼，鬼市儿卖人，鸟市儿卖驴鞭，鱼市儿卖姨太太们用的“葛先生”。驴唇不对马屁股，这正是南市的各色之处。

南市也不乏高雅之处，这华楼便是。投资兴建这座娱乐大厦的不是别人，乃是大清宣统皇帝的舅父良揆。帝制瓦解溥仪逊位，各人找各人的饭辙。良揆大人身为皇亲国戚也没了“铁杆儿庄稼”只得下海经商赚银子，自己养活自己。

华楼有餐饮也有娱乐。它的西餐厅，天津人叫洋饭店。虽说本地老少爷儿们肚子里都有一挂好下水，但是面对灯红酒绿的西餐厅，只见刀子叉子摆在桌上，有女招待陪坐，还是颇为新颖的。华楼还有台球房，两位绅士一人手里举着一根杆子，中国人乍看以为是旱地钓鱼，其实俩人轮换着去捅台子上那一堆花花绿绿的木球。华楼还设有茶社，成为著名的交际场合。

西装革履的虞金诚走到华楼茶社门外，从怀里掏出一副眼镜缓缓戴上，一下子成了学者模样。这眼镜，玳瑁镜框，水晶镜片，明眼人一看就知道它的价值。虞金诚拎着皮箱走进华楼，跑堂伙计立即迎上前来接过皮箱，朝着临窗的座位走去。

无论喝茶还是吃饭，虞金诚都喜欢临窗的位置。

临窗坐下，他叫了一壶上等香片。天津人喜欢香片，其实就是茉莉花茶。茉莉花茶的香气非常符合天津人的肠胃，因此大受欢迎。相比之下，绿茶、红茶在这里却没多大市场。

喝着香片，虞金诚开始看报了。《九河时报》趣味不低，但仍属市民阶层的读物。第四版是连载小说《落红记》，旁边则是一幅醒目的广告“高尚家庭诚聘厨师”。

毕竟当过那么一阵子厨师，虞金诚看罢不由动了心，埋头阅读起来。哦，坐落于英租界的高尚别墅诚聘擅长本埠菜的厨师一名。虞金诚看到联络电话是5594，一时动了应聘的念头。因为他在返回天津的火车上巧遇一位江湖术士，此公竟然声称是老梆子的师弟，于是虞金诚只得以师叔相称。这位师叔告诉虞金诚，一“9”一“5”乃是他今年的吉祥数字，无论何时遇到都必须牢牢攥住不撒手。此时面对电话号码里的一个“9”两个“5”，虞金诚踌躇了。

跑堂伙计来续水了。虞金诚指着《九河时报》上的广告向伙计打听这件事儿。这跑堂伙计是熟人，笑着告诉虞大少爷这广告已经连续刊登十几天了，看来还是没找着合适的厨子。

你们这里有电话吗？

跑堂伙计引领着虞金诚来到茶社经理室。经理得知虞金诚打电话应聘，满脸疑问。他不相信西装革履手持文明棍儿的虞金诚竟然应聘烧菜做饭的大师傅。虞金诚告诉经理这电话他不会白用的。茶社经理笑了笑，表示我并不心疼电话费，只怀疑虞金诚不会去当厨子。

这样说着，茶社经理拿起电话筒摇通了5594号码，喂了一声问对方是不是金鸟别墅，然后说有人应聘厨师。茶社经理说罢便将电话筒递给了虞金诚。虞金诚在井陉煤矿当司秤员的时候，经常打电话，因此熟练地接过电话筒喂了一声。此时他听到电话筒里传出一个悦耳的女声。他当然不知道这是金嫂。

我应聘，我是专做本埠菜的厨师。虞金诚不急不躁地说。

哦。请问先生贵姓？电话里金嫂问道。虞金诚说免贵姓虞。金嫂很爽快，当即约定下午两点钟在华楼茶社见面。

放下电话，虞金诚好生惊奇，她怎么知道我在华楼啊。茶社经理哈哈大笑说，那位女管家每次约见厨师都在华楼茶社。

既然约定下午两点钟，虞金诚中午没动地界儿，派跑堂伙计出去从五和楼叫了一盘三鲜炒面，吃饱之后坐在华楼茶社里消磨时光。

他突然想起富士大旅社的那位刘清岳先生，又指派伙计到中原文具店买来信封信纸，伏案给开平矿务局写了一封信：“开平矿务局大鉴：余日前住宿日租界富士大旅社，偶遇贵局采矿专家刘先生，似有身陷樊篱之嫌，我就此询问日方人士，皆搪塞之词。余为华人，采矿专家刘先生亦为华人。华人同祖同心。故此特禀报贵局明察此事，火速营救为荷。”

他赏了跑堂伙计小费，将这封信送到南市小邮局立即发出。小伙计走了。虞金诚独自坐在茶馆里，心里空空落落的。每逢这种时候，他就悄悄将手伸进内衣里，摸一摸挂在胸前的“护身符”。这一年时光他离开天津流落外埠，只有这枚“天缺一角”的银元挂在胸前，久而久之产生肌肤相亲之情，安抚着一个男人枯燥而孤寂的心灵。

不知不觉就到了两点钟。一辆小汽车停在华楼大门外。车上款款走下一位妇人，这就是金嫂。跑堂伙计随即将金嫂引进华楼大堂，远远指着临窗的茶社说，您请吧，那位先生就是您约见的厨子。

金嫂远远看着虞金诚，脸上掠过一丝惊奇。虞金诚看见金嫂，起身迎上前来，表情不卑不亢。金嫂看了看虞金诚说，您就是电话里的那位虞先生吗？我看您怎么一点儿也不像厨师啊。

我擅长本埠菜。虞金诚不急不躁说。

本埠菜，本埠菜不就是八大碗儿吗？拆烩鸡呀海杂拌儿什么的。金嫂不动声色地反问。

您说错了。本埠菜可不是八大碗儿。八大碗儿那是天津码头菜，粗食。我做的本埠菜跟天津码头菜是完全不同的。“龙凤呈祥”这道大菜，您一定没听说过吧？

金嫂愣了愣，目光随即紧紧注视着虞金诚。听你这么一说，你好像真的会做本埠菜？既然如此，我很想领教一下你的手艺，虞先生你能跟我走一趟吗？

虞金诚毛腰拎起皮箱说，受聘于人，无论上天堂还是下地狱，我都悉听尊便啦。

不知为什么，见多识广的金嫂一见到虞金诚便认为这是一个很有来历的人物。尽管这是初次见面，却仿佛打了一辈子交道了。这种感觉，怪怪的。

54 本埠菜

举凡大宅门，高贵者自然高贵，卑贱者自然卑贱，尊卑之间的界限十分严格。就说楼顶露台吧，下人那是绝对不得进入的。院子里的石桌石椅，也不是给仆人预备的。就连主人平时行走的楼梯，下人更是不得僭越。这就叫主仆有序、尊卑有别。

走进金鸟别墅的门房，金嫂已然这样叮嘱了虞金诚两遍。门房的二明站在一旁鸡啄碎米一般点头，附和着金嫂，表明大宅门的规矩那是牢不可破的。虞金诚觉得二明这人挺厚道，就问他喜欢吃什么菜。金嫂表情冰冷地说，虞先生现在是试工期，我们还没说正式聘用你呢。

拎着皮箱，虞金诚住进金鸟别墅前院的一间小平房。这间小平房的隔壁就是烧水做饭的厨房。金嫂果然是一个精明强干的女管家，盐打哪儿咸，醋打哪儿酸，一切都说得清清楚楚。虞先生我告诉你，金鸟别墅可是大宅门，大宅门里规矩多。做饭的时候你在厨房里，不做饭的时候你在自己房间里，这就是规矩。大宅门里不该你去的地方，一定不要去；大宅门不该你看的地方，一定不要看；大宅门不该你问的，一定不要问。试工期三天，该留用你那自然就留用了，不该留用你我们也不会耽误你的前程。我说的话你都听明白了吧？

虞金诚点头说听明白了，然后问金嫂吃饭的主人是喜欢清淡还是喜欢甜咸。金嫂说，你的意思我明白。一天三顿饭我都会给你下达菜谱的，你照着菜谱做菜就是了。

虽然颇有几分神秘兮兮的感觉，三天的试工期还是这样开始了。当天晚饭，金嫂给虞金诚下达的菜谱是“全素席”。虞金诚当即写了一张单子，金嫂派小伙计外出采买青菜豆腐。

黄昏时分，虞金诚坐在厨房里择米。这是天津南郊出产的“小站稻”，颗粒饱满晶莹如玉，乃是当年李鸿章小站练兵屯田种粮的好品种。好品种也难免混入沙土。虞金诚认真择拣着，心里却思谋着金鸟别墅的主人究竟何许人也。

外出采买的小伙计回来了。总共买了十几宗东西，光豆类食品就有五六样儿，腐竹，香干儿，素帽，鲜豆腐，还有香菇竹笋小白菜儿什么的，篮子里装得满满当当。虞金诚跟伙计搭话，说辛苦啦。伙计咿咿啊啊叫了两声，原来是个哑巴。虞金诚暗暗笑了，派一个哑巴上街买东西也真是难为他了。

荤菜有荤菜的做法，素菜有素菜的路数。不过当年天津也有荤菜素烧之说，譬如红烧鳝鱼丝其实是香菇丝代替，黄焖牛肉其实是豆腐冒充，芫爆鸡丝自然是豆腐丝，糖醋排骨更不会是猪身上的东西了。虞金诚看着一篮子青菜豆腐，突然奇想。是啊，我在井陉煤矿当了一年司秤员，已然很久没做那几个拿手好菜了。今天就让我一试身手来它一个素烧荤菜吧。这样寻思着，他不由得兴奋起来。厨师做菜也凭心情，心情兴奋烧制出来的菜肴味道自然不错。他拿出小刀子坐在案前，在香干儿上刻出一条条小鱼儿，在竹笋上刻出一只只小鸟儿。

金嫂来到厨房。虞金诚知道这位女管家前来视察，就问她做几个人的饭。金嫂想了想，说主人是四菜一汤，六点钟开饭。下人们的饭茶照着四个人预备，干饭熬白菜就行。

小火儿焖上大米饭。虞金诚动手准备主人的四菜一汤了。香菇烧竹笋，取名“姐妹花”。小白菜烩豆腐，取名“清清白白”，面筋烧素帽，取名“二君子”，最后一道则是素制“龙凤呈祥”，龙是香干儿做成的小鱼儿，凤是竹笋做成的小鸟儿，惟妙惟肖。四菜之后，是腐竹酸辣汤。

晚间六点钟，四菜一汤及时出炉。那个小伙计拎着红木提盒来了，将这四菜一汤装进提盒送到金鸟别墅的那座小洋楼里去了。虞金诚不言不语，抖动烧勺做了一大盆醋熘儿白菜，专供下人们享用。他擦了擦额头汗水，咕咚咕咚喝了一碗茶水，歇息一会儿。

看门儿的二明来了，憨厚地笑着，自己动手盛了一海碗米饭，然后往大海碗里舀了两大勺儿醋熘儿白菜，端走吃去了。

哑巴伙计也来吃饭了。他满满地盛了一碗大米饭，又在大米饭上满满地浇了一层醋熘白菜，蹲在厨房里大吃起来。虞金诚看到这种吃相，觉得好笑，就给他盛了一碗腐竹酸辣汤。哑巴连连摆手，好像不敢喝似的。

哦，原来这是主人的汤。主人的汤，下人是不能喝的。这样想着，虞金诚不觉伤感起来。我虞金诚堂堂南开中学毕业生，家道中落苦苦挣扎在社会底层，这是多么不公平啊。

哑巴伙计很快就吃完了，放下碗筷起身离开。外面的天色已经黑了，虞金诚伸手揿亮厨房电灯，目送着哑巴走出厨房。他看见后院那幢小洋楼里闪出一人影，那身姿好像女子。这女子快步朝着厨房奔来。虞金诚心头一阵好奇，就站在厨房门口等待着。

果然是一年轻女子。她径直跑到厨房门口，停住脚步气喘吁吁注视着这位厨师。虞金诚颇为不解，就问这位年轻女子有什么事情。

这年轻女子极其惊诧地啊了一声，转身就跑。虞金诚越发感到奇怪，不由得朝前追赶了两步，站在院子里呆呆注视着她远去的背影。

好似蜻蜓点水，那年轻女子就这样跑回小洋楼里去了。

这到底是怎么回事儿呢？虞金诚内心充满狐疑。莫非是我做的饭菜出了什么毛病？不会的。我做的饭菜不会出什么毛病的。他坐在厨房里寻思着。百思不得其解。这时候他猛然觉得那位年轻女子有几分面熟，便绞尽脑汁陷入了回忆之中。

金嫂来了。她问他为什么不吃饭。他蓦然从回忆世界里返回，连声说不饿。金嫂审视着他，似乎很想从他的表情里读出真实内容。他很想向金嫂打听那年轻女子是谁，一时难以张口。

你真的是厨师吗？金嫂突然发问。虞金诚点了点头，说自己曾经是玉华春饭庄的大师傅。金嫂若有所思说，今儿你做的本埠菜果然与众不同，大少奶奶感到非常满意。

大少奶奶……虞金诚不由脱口问道，大少奶奶是谁啊？

大少奶奶是谁？大少奶奶就是大少奶奶呗。金嫂表情冷峻地说着，环视着这间厨房。

你到底在哪里学的本埠菜？金嫂询问着。虞金诚这时候似乎渐渐明白了这里的主人是谁，表情既兴奋又紧张。

明儿的早点，大少奶奶还是吃素。这素食你怎么安排啊？金嫂转换话题，再度发问。虞金诚寻思着说，你不是说一天三顿饭你都给我下达菜谱吗？我看明儿的早点还得由你做主。

金嫂注视着虞金诚，一时难以反驳。她缓和了口气说，我一时半会儿也想不出做嘛样儿的素食，既然你是厨师这事儿你就看着办吧。

既然这样，这事儿我就做主啦。虞金诚轻描淡写说着，心里仍然继续寻思着。

金嫂走了。虞金诚独自在厨房里走来走去，绞尽脑汁回忆着。

啊！我想起来啦，那年轻女子就胖姐儿啊。他想到这里情不自禁地激动起来。既然是胖姐儿，那么金嫂所说的大少奶奶一定就是卢玉洁啦。这真是无巧不成书啊。我从井陉返回天津无处可去，应聘充当厨师竟然神差鬼使来到金鸟别墅，这金鸟别墅的女主恰恰就是卢玉洁！怪不得刚才胖姐儿跑来看我呢，这一定是卢玉洁从素菜荤烧的“龙凤呈祥”里认出是我虞金诚的手艺。俗话说有缘千里来相会，无缘对面不相识。这就是缘分啊，这就是天缘地缘三生缘啊。

天色晚了，金鸟别墅的院子里静寂无声。高大的杨树光影婆娑。虞金诚急不可耐地走出厨房。后院里那幢小洋楼的二楼窗户里泻出一缕灯光，偶尔有人影晃动。这就是卢玉洁吧？虞金诚的目光变得热烈起来。玉洁她跟胖姐儿住在这里，那么她的丈夫呢？她婚后的生活幸福吗？虞金诚思忖着，内心充满了对卢玉洁的思念之情。

第二天早晨，虞金诚为女主人制作的早点是甜咸味道的小烧饼和杏仁茶。上午八点钟，哑巴伙计挎着红木提盒来到厨房取走大少奶奶的早点，径直送到那幢小洋楼里去了。虞金诚坐在厨房门口儿，回忆着当初在卢家大院给卢玉洁制作杏仁茶的情景。那时候，卢玉洁茶不思饭不想，于是一碗清香的杏仁茶便成为他与她之间的纪念。是啊，往事如烟。然而他坚信杏仁茶一定牢牢留在卢玉洁的记忆里，一生不可磨灭。今天的这一碗杏仁茶散发的清香，必然引发当初的美好回忆，同时告诉卢玉洁，虞金诚就在不远的地方。

一会儿金嫂就来了，满脸和气地告诉虞金诚，说你这个厨师被金鸟别墅录用了。

那杏仁茶的味道怎么样？虞金诚关切地问道。

不错呀。要是味道不好大少奶奶也不会同意录用你啊。金嫂说罢再次强调了“约法三章”。你一定要记住金鸟别墅的规矩，大宅门里不该你去的地方，一定不要去；大宅门不该你看的地方，一定不要看；大宅门不该你问的，一定不要问。

面对金嫂的再次提醒，虞金诚笑了。这时候他只能远远看见后院那幢小洋楼的二楼层阳台上出现了一个人的身影。卢玉洁——这是虞金诚曾经多么熟悉的身影啊。

金嫂环视着左右，不知虞金诚为什么笑了。虞先生，我还不知道你叫什么名字呢？金嫂突然问道。

我叫虞心。您以后不要叫我虞先生，厨师嘛，您叫我虞师傅就行。

虞心？这名字挺好啊，愉心又愉意。金嫂盯视虞金诚，意味深长地说。

金嫂走了。

第二天夜里，虞金诚睡在厨房隔壁的房间里，懵懵懂懂听到有人轻轻叩击窗户。他翻身坐起问了一声谁。窗外一女声说“虞先生，你起来吧”。虞金诚以为是女管家金嫂，急忙穿衣开门。

门外并不是金嫂。虞金诚揉了揉眼睛，认出她是胖姐儿。

虞先生，有人要见您，您现在就跟我走吧。胖姐儿压低声音说。

有人要见我？虞金诚困惑地注视着站在夜色里的胖姐儿，一时不解其意。

胖姐儿示意虞金诚不要出声，马上就跟她走。虞金诚不再犹豫，跟随着胖姐儿朝着后院小洋楼方向走去。

小洋楼里黑着灯。胖姐儿路熟，引领着虞金诚走进小洋楼的前厅，转身低声对他说，虞先生您不用害怕，今天夜里金嫂不在，这座小洋楼里只有大小姐一个人。

虞金诚顿时明白了，心头不由得一阵激动。大小姐？大小姐不就是卢玉洁吗。虽然卢玉洁已经成为李家大少奶奶，但胖姐儿仍以大小姐称呼卢玉洁。此时胖姐儿指着楼梯说，大小姐的卧室在三楼，您一直上楼去就是啦。

大小姐她好吗？虞金诚关切地问道。黑暗里胖姐儿忍不住笑了，虞先生您真是个书呆子，您抬腿上楼一眨眼的工夫不就见到大小姐了嘛。

谢谢你，胖姐儿。虞金诚说罢放轻脚步，上楼去了。

他到达三楼的时候，心儿咚咚跳着，仿佛血液都要凝固了。没有灯光，三楼的前厅一派昏暗。这时候突然烛光一亮，他看到一个身穿白色长裙的女子手举烛台走出卧室。

玉洁！虞金诚禁不住一声大叫，大步冲上前去。

卢玉洁手持闪光的烛台好像一位白衣天使，轻轻叫了声“金诚”。虞金诚应声，一把将她搂在怀里。

烛台咣当一声脱手落地。天地一下变得黑暗。黑暗之中，两个内心充满真情的恋人紧紧地拥抱在一起。

金诚，我还以为这辈子再也见不你啦！卢玉洁轻声哭泣起来。

玉洁啊，苍天有眼，我们又见面啦。虞金诚激动地吻着心爱的女人，内心充满感恩地说着，然后抱起卢玉洁，走向床边。

玉洁，今天是什么日子？虞金诚轻轻问着。

卢玉洁想了想，说今天是九月十八。

九月十八？今天真是一个好日子啊。虞金诚感慨地说。

卢玉洁深情地说，金诚，从今夜开始你就让我做一次真正的女人吧。

玉洁，你觉得我是一个软弱的男人吗？

不。卢玉洁摇了摇头说，你是一个做大事业的男子汉。

窗台上摆着一盆红色月季花。

55 卢振天探营

盛昌商行开业以来，生意不错。南货北贩，北货南贩，一年多时光就这样过去了，卢振天志得意满，总是满面春风的样子。秋高气爽的季节，他的饭量更好了，一顿饭能吃六十个饺子，而且饺子馅是一个肉丸儿的。

这几天盛昌商行从福建进了一批棕绳，光等着往东北发货呢。卢振天心情不错，倒背着双手在盛昌商行里散步。这盛昌商行的前门开在针市街上，它的后墙却临着南运河。因此地势很大。卢振天从商行前院溜达到商行后院，消化胃里的食物。

大管家罗九跟随着主子，满脸堆笑说，我说卢大少爷啊，咱们盛昌商行让您给治理得，这才叫生意兴隆，财源滚滚呢。

卢振天笑了。罗九你真会拍马屁。哎，我跟你打听一个人，虞金诚这一年多时光跑到哪儿去啦？

罗九摇了摇头说，这小子兴许跑到爪哇国去了，这一年多根本就没听见虞金诚的音讯。

虞金诚算是彻底败了。他弟弟虞云隆有消息吗？卢振天又问。

罗九报告诉说，那虞云隆更没出息，今儿出赌场明儿进妓院，已然成了臭狗屎啦。

卢振天情绪高涨起来，吩咐罗九备车，他要去英租界看望妹妹卢玉洁。其实打早就说去看望妹妹，这一忙乎商行的事情，就给搁下了。卢振天说备车，其实是花钱找谢记汽车行租一辆小汽车。为什么花钱租车呢？卢振天太好面子。洋教李家有小汽车，进进出出威风八面。他去看望妹妹，更不能丢了面子。因此卢振天对罗九说，不能让洋教李家瞧不起我们卢家，咱也坐着小汽车去。这样，也给我妹妹挣来了面子。于是，他派罗九找谢记汽车行租了一辆黑色小汽车，外带司机。

谢记汽车行的小汽车来了，停在盛昌商行门外，等候着。小汽车毕竟是稀罕物儿，引来人们围观。卢振天大摇大摆走出来，哈哈大笑着。就这样，这辆黑色小汽车载着他，一路朝南疾驶去了。

穿过北门内大街，出了南门脸儿，小汽车左拐沿着南马路行走，到了南门东一下坡就进了南市。卢振天坐在车里猛然想起，虽然捎了海味可还得给妹妹买两盒点心。这时候他看见一家点心铺便高喊停车，派罗九下车去买礼品。

卢振天坐在小汽车里，一眼看见玉华春饭庄就在附近，推门下车，大步来到玉华春饭庄门前。小翠儿可巧从里面走出。卢振天让她把玉姑叫出来。

小翠儿鄙夷地看了看卢振天说，你是谁啊说话这么大口气！

这时候，玉姑闻声走出玉华春饭庄大门。哎哟这是谁啊，坐着四个轱辘就来啦！

卢振天得意地说，玉姑奶奶，你跟我去转一圈儿吧，这小汽车又快又稳当。

玉姑揶揄地说，我可消受不起。你还是留着自己享用吧。

哎我说玉姑奶奶，这一年多啦我怎么没听见虞金诚的消息呢，你说这小子钻到耗子洞里去了吧？

玉姑不卑不亢说，你耐心等着吧，虞金诚指不定什么时候就给你拜年来啦！

罗九抱着一蒲包儿鲜货回来了，夹肢窝底下还夹着两盒点心。

卢振天瞪了玉姑一眼，毛腰钻进小汽车里，大声说开车开车。

小汽车出了南市进入日租界，沿着墙子河朝着法租界驶去，法租界以北就是英租界。小汽车驶过墙子河上的张庄大桥，前面不远就是英租界的伦敦道了。卢振天坐在车里寻思着，妹妹玉洁嫁到李家已然一年多了，也不知道她跟李文卿的日子究竟过得怎么样。李文卿从前有抽羊角风的毛病，后来听说治好了。治好了抽羊角风的毛病就应该生儿育女了，怎么迟迟不见动静呢？

自从夺得商行成了东家，卢振天深知自己已然是颇有身份的社会人物了，因此成熟了许多。他比过去更加懂得人情事理，更懂得关心妹妹了。这次他租赁一辆小汽车前来看望玉洁，恰恰体现了身为兄长的爱心。

小汽车停李家大门外。罗九跑下车去，伸手按响了门铃儿。一会儿工夫，看门的老柴从小孔里露出脑袋。看见门外停着一辆黑色小汽车，老柴立即开了门。卢振天从在车里说，这他妈的就叫狗眼看人。

小汽车开进院儿里。桂枝跑上前来大声询问。你们是干什么的？大摇大摆就开进院儿子里来啦！

卢振天推门下车，嘿嘿笑着注视着桂枝说，你不认识我啦？请快去禀报一声吧，就说卢振天前来看望李老先生！

桂枝似乎并不买账。哼，我家老爷昨天才从医院回家，今儿根本就不会客。

罗九打开小汽车后备厢，从里面拿出两大条鱼翅子。就这样，这位大管家手里拎着海味，怀里抱着鲜货，夹肢窝里夹着点心盒子，那样子十分可笑。

卢振天沉下面色说，什么会客不会客啊，我是卢振天，你家大少奶奶卢玉洁是我妹妹。

桂枝转身就走。哼，大少奶奶有什么了不起的！

卢振天怔了，望着桂枝背影说，我操，这女用人架子不小哇！

金嫂跑了出来，朝着卢振天打招呼，连声说欢迎稀客。卢振天指着远去的桂枝说，金嫂啊，这女用人逮谁给谁脸子看，一定是后边有人给他戳着吧？

其实说者无意。金嫂听了却只得尴尬地一笑，无法回答。自从桂枝陪李文卿上床睡觉，气焰便十分嚣张，任何人她都不放在眼里。金嫂说了声对不起，引领着卢振天走进李家小洋楼。

卢振天急性子，手里拎着两条鱼翅问道，金嫂啊，我妹妹呢？我妹妹呢？

娘家哥哥问得急，金嫂只得实话实说。她转身指着一街之隔的金鸟别墅说，大少奶奶这一阵子住在外面啦。

什么？卢振天一听就急了，一跺脚一瞪眼说，合着我妹妹给打入冷宫啦？怪不得女用人也这么张狂呢，敢情小鬼当家啦！不行，我得跟你家老爷理论理论。

这卢振天是一个粗人。这粗人要是急了，那是不讲情面的。他伸手将鱼翅递给罗九，一声不吭甩开大步“噔噔噔”上了二楼，径直奔向李守基的书房。

金嫂追在后面，说你千万不要惊动了老爷。

卢振天大步走进书房。李守基正挥毫作画，抬头看见卢振天突然到来，立即打着招呼。

卢振天一副江湖派儿，拱手行礼道，姻丈大人，别来无恙啊？

李守基迎上前来，连声表示欢迎。卢振天顺势坐在沙发里，立即板起了面孔。金嫂赶来，吩咐桂枝送茶。可回头却看根本不见桂枝身影。卢振天趁机大声说，你还让桂枝送茶啊，人家恐怕已然不是丫环了吧？

卢振天冷眼看事，无意之间却道出真情。此言一出，李守基首先心虚了，连忙命令金嫂亲自给客人沏茶。

金嫂无奈，只得苦笑。

卢振天说话更加坦率。李老先生，我们卢家小门小户，玉洁自幼缺乏父母关爱，有时候难免任性，我还要拜托姻丈大人耐心调教啊。

李守基连连摇手：哪里哪里，玉洁知书达理，贤惠稳重，与文卿相敬如宾，夫妻和美啊。

卢振天啪地一拍手，翻脸说道，既然如此，我妹妹为什么住到外面去啦？这明明是打入冷宫啊。你看一看吧，你家女用人就跟疯狗似的，见人就咬。我看这里有文章！

金嫂端着热茶返回，劝卢振天不要着急，有话慢慢说。

卢振天得理不让人。金嫂啊，既然李老先生说我妹妹知书达理，贤惠稳重，跟李文卿相敬如宾夫妻和美，那为什么她要住在外面呢？这一番话问得金嫂无法回答，只得眼巴巴看着李守基。李守基在麻大夫医院里住了二十多天，其实就是为了躲清静，没承想昨天出院回家今天卢振天便拍马杀到，打了他一个措手不及。

原来这几天玉洁住在外面啊？李守基开始装傻充愣，立即成了一个大好人。金嫂啊，大少奶奶为什么住在外面啊，你赶快请她回来住吧。

金嫂看到李守基开始做戏，立即配合起来。老爷您昨天出院不知详情，大少奶奶其实就是换一换环境，说搬出去小住几天就回来。既然这样，这现在就去请大少奶奶回来吧。

好啊好啊。李守基大声表示赞同。金嫂得令，转身就走。此时李文卿不明内里，一步迈了进来，几乎跟金嫂撞了一个满怀。

卢振天犯了地赖脾气，他看见李文卿出现立即霍地站起身来，哈哈一笑说，妹夫啊，你真是大忙人啊，这次我总算见到你啦！

看到卢振天在场，李文卿愣住了。卢振天的突然出现，实在出乎李大少爷的意料，因此一时不知如何回答。尤其李文卿看见卢振天伤残的左手，心里更是平添几分惧怕。这时卢振天走上前盯着李文卿，目光如炬。

卢振天高声问，妹夫啊，我妹妹她好吗？

李文卿嗯嗯啊啊，朝后退了两步，不知如何搪塞。这时候李守基给儿子解围说，文卿啊，金嫂去金鸟别墅接玉洁了，你还不跟着一块儿去啊！

李文卿如释重负，应了一声转身就跑了。

卢振天嘿嘿笑了，转身对李守基说，您老人家是一家之主，您可不能让我妹妹在你家受人欺负啊！

李守基连忙摆手说，你放心好啦，我是天主教徒，天主教徒是信奉天下博爱的。我怎么能让玉洁在这里受人欺负呢？

您是李老爷，我就怕李老爷管不了李大少爷的事儿。卢振天站在窗台前，注视着院子里的秋天景色。这时候，他看见妹妹卢玉洁在金嫂的陪同下从一街之隔的金鸟别墅里走出，缓缓过了马路。

不知道为什么，卢振天看见妹妹的身影立即激动起来。他一语不发走出李守基书房，迈步大步走下楼梯，跑出去迎接自己的妹妹。

他此时已此猜出，妹妹的婚姻并不美满。

卢玉洁走进院子，远远看见卢振天就叫了一声哥哥。卢振天跑上前去，叫着妹妹的名字。卢玉洁看见武孔有力的哥哥仿佛见到了救星，终于嘤嘤哭了起来。

哥，金嫂说你来啦，非要我回来住不可。哥，要不是你来啦，我一辈子也不会回来住的。卢玉洁十分委屈地说着。

你为嘛住在外边呀！这里是你家，你是这里的大少奶奶，你不住在这里，说不定哪个小逼丫头就篡了你的位！我说的话你懂吗？

卢玉洁使劲儿点了点头。

金嫂一旁轻轻说，卢大少爷，您言重了，哪里有人敢欺负大少奶奶呀。

卢振天借势大声嚷嚷着。是啊，要是有人胆敢欺负大少奶奶，我就把她填到灶眼儿里去！

金嫂笑了。她知道卢振天浑身江湖气息。这种江湖气息，李守基是不怕的，因为李守基年轻时候就混迹江湖。可李文卿就不同了，李文卿是少爷羔子。少爷羔子没事儿便罢，有事儿就怕。

就这样，卢玉洁阴差阳错地回到了李家，重新住进三楼。这时候，她已经对“四菜一汤”产生了深深的依赖。

她知道，无论住在家里还是住在外面，自己今生今世已经离不开“本埠菜”了。

56 玉姑寻人

入秋以来，玉华春饭庄的生意异常火爆，几乎天天客满。小翠儿颇为高兴地对玉姑说，玉姑奶奶我看玉华春应当改名玉华秋，这秋天生意就这么火爆，太好啦。尽管如此，玉姑还是愁眉不展，笑不起来。

这阵子一连好几天了，她天天梦见虞金诚。要么站在海河边，要么坐在茶馆里，反正都是大庭广众之下。既然大庭广众之下，玉姑在梦里几乎没有机会跟虞金诚说话。一觉醒来，更是遗憾。唉，已经一年多了，虞金诚这人音讯全无啊。

内心的思念好比永无止境的煎熬，玉姑实在支撑不下去了。她思来想去，认为只能登报寻人。就这样，一天上午她独自一人来到《九河时报》社门前。

大门紧锁，《九河时报》没人。玉姑不死心，站在门口儿等着。一个长胡子老头儿坐在门墩上。秋天的阳光洒在他脸上，老头儿似乎在闭目养神。

老先生，我劳您大驾打听一下，这《九河时报》怎么没人啊？

白胡子老头儿睁开眼睛，瞥了玉姑一眼说，昨儿还是呢，今儿就不是了，黄啦。

玉姑听罢很失望，自言自语说，黄啦？这么多年它不黄，偏偏等到我想登寻人广告，它却黄啦。我真个苦命人啊。

白胡子老头儿说，你是命苦，可不是苦命人。

玉姑笑了笑，十分友善地说，老人家您这话我就听不懂了。我命苦，怎么就不是苦命人呢？

我看得出，你一辈子衣食无虞，这怎么能说你是苦命人呢？

老人家，我不是苦命人，那命苦又怎么讲呢？

你一辈子衣食无虞，苦劳苦作，这算不上苦命人。你要是一辈子苦心，那就算是苦命人啦！

玉姑显然受到震撼，认为这是高论，立即请教说，老人家，我有眼不识金镶玉，可我看得出您是一位天外高士。请问你贵府何处啊？白胡子老头儿哈哈大笑。我是一个没用的老朽啦！有道是浮云游子意，落日故人情。不知道你登报寻找什么人啊？

玉姑斟酌着说，我想要寻找一位昔日知己。

既然是知己，那就应当知己知彼啊。依我看来，你只知己而不知彼啊。

老人家，您的话说到我心里去了。我寻找的那位昔日知己，我还真不知道他的心思。但是，我还是把他当成了知己啊。

由此看来，你是性情中人啊。那么我就为你测一测吧。你寻找的那位知己，阳气甚盛，此时他位于天津东南方向，浑身为一团清气所笼罩。俗话说，日出而作，日落而息，此时阴阳交合一派平和之相啊。

玉姑听着，表情紧张起来。老人家，您说阴阳交合，是说他跟女人在一起吧？您说他为一团清气笼罩，是说他处境危险吧？

你不用过分担心。阴阳平衡，万象归一。不出十日，你的那位昔日知己，他必然归还啊。

白胡子老头儿说罢，起身离去。玉姑追赶着问道，老人家老人家，他已经出走一年多啦，不出十日真的就能回来？

老梆子呵呵笑了。

请问您尊姓大名啊？玉姑感激不尽，大声问道。

天津人管老头儿叫老梆子，你就叫我老梆子吧。白胡子老头儿说罢，拐进一条小胡同，走了。

玉姑心里七上八下的，朝着玉华春饭庄方向走去，心里对老梆子的断言，将信将疑。

第三天下午，玉姑为了排遣时光，派小翠儿去将佟三姐和余大妹子请来。三缺一，三人就在玉华春饭庄大堂里摆开麻将桌，拐磨玩儿。

余大妹子指着丫环小翠儿说，玉姑啊，小翠儿要是会打牌就让她上桌儿吧，反正三缺一。

小翠儿连连摆手，表示自己不会打牌。佟三姐不酸不凉地说，人家小翠儿年纪轻轻一身清白，哪能跟咱们似的，吃喝赌抽样样精通。

小翠儿理直气壮地解释说，我真的不会打牌。你们三缺一就缺呗，兴许一会儿就有人来啦。

小翠儿话音未落，玉华春饭庄门外停下一辆产胶皮。只见车上坐着一位西装革履的先生，怀里抱着一盆红色月季花。他跳下车来，从车夫手里接过一只皮箱，拎着。

小翠儿眼尖，站在大堂里就看清了来者的身份，轻轻说“虞金诚回来啦”。玉姑听罢，呼地站了起来，差一点儿带翻了麻将桌。余大妹子与佟三姐的目光对视了一下，彼此心照不宣。

行啊，这一回玉姑奶奶又受了病啦。小翠儿低声嘟哝着。

玉姑又惊又喜快步冲出玉华春饭庄大门，出门便情不自禁地喊了一声“金诚，你可回来啦”。

仿佛从天而降的虞金诚此时站在大门口儿，无声无语向玉姑微笑着。玉姑抢上前来接过他手里的皮箱说，你还傻站着干嘛，赶快进去吧。

她引着怀里抱着一盆红色月季花的虞金诚，走进了玉华春饭庄。佟三姐和余大妹子同时迎上前来。余大妹子指着鲜花说，虞先生您洋派啊，这盆儿鲜花是送给谁的啊？

虞金诚看着自己怀里抱着的红色月季花说，这是我养的，然后递到玉姑面前，玉姑显得十分兴奋，接过这盆儿鲜花捧到鼻子前面闻了闻说，哎哟这花儿还有香味儿呢。

小翠儿气得哼了一声，表示无声抗议。

余大妹子说，哎哟，我说虞大少爷，你这一猛子扎到哪去啦？一年音讯全无，急得玉姑差点儿登报寻人啊。

虞金诚解释说，我这一年去了外埠，这不又回来了嘛。

好啦好啦，你一路辛苦，赶紧到后院儿去休息吧。

虞金诚朝着余大妹子和佟三姐打着招呼，拎着皮箱走向玉华春饭庄的后院。小翠儿望着他的背影说，合着玉华春饭庄成了他的旅店啦，只要没地方住就跑到我们这儿寻宿啊。他得意的时候呢？他得意的时候肯定忘恩负义！

玉姑指着小翠儿说，你闭嘴吧。你怎么就跟虞金诚过不去呢？你见了他就跟见了仇人似的。

佟三姐说，玉姑啊，小翠儿还不是为了你好。咱们这样的女人，一旦动了真情，这一辈子可就为情所累啦。

玉姑解释说，虞金诚是一个落拓书生，如今他无家可归，我只想帮他一把。

佟三姐说，玉姑啊，依我看呀人家虞金诚压根儿就没跟你交心。你可不能再冒傻气啦。

玉姑一笑置之说，人家读书人说话讲究之乎者也，他跟咱们就是不一样。

余大妹子说，反正该说的我们都说了，你也不是三岁小毛孩子，大主意自己拿。好啦，你的人回来了，我们走啦。

玉姑表情尴尬，一时不知说什么好。

玉华春饭庄后院的一间小屋里，虞金诚正在洗脸。玉姑抱着那盆儿红色月季花走进来，将它摆在窗台上，站在虞金诚身后说，前天我遇见一白胡子老头儿，他算卦说你十天之内必然归来。真准啊，果然你就回来啦。

虞金诚回头注视着玉姑。玉姑顺势扑到他怀里。俩人热烈地亲嘴儿。小翠儿站在院里隔窗看见那盆儿红色月季花，就大声咳嗽着。玉姑根本不管，继续热烈亲吻着心爱的男人。

金诚，你告诉我，这一阵子你是跑到哪儿去啦？一个猛子扎得无影无踪，让我想得好苦啊。

虞金诚不知如何回答，只得转脸躲闪着。玉姑急于得到答案说，你哑巴啦？我问你呢。你怎么跟没了魂儿似的，心里有事吧？

虞金诚闪烁其词，没事儿没事儿，这一年多我去了外埠啊。

玉姑说，外埠？可那白胡子老头儿算出你住在天津东南方向。这东南方向是外国租界啊。金诚，你跑进外国租界干什么呀！

虞金诚满脸歉意地说，我当初走得急，没来得及跟你打个招呼。玉姑，这一年多时光我去了井陉煤矿当司秤员。我今天在老龙头车站下的火车。你知道井陉煤矿吗？

我不知道。我就知道你一年多时光没了下落。玉姑伏在虞金诚怀里，深情地说。

虞金诚将目光投向窗台那盆儿红色月季花，若有所思。玉姑哪里知道，这盆儿鲜花是虞金诚从金鸟别墅带回来的，这一花一叶都留存着他与卢玉洁的一段温情纪念。

此时玉姑深情地说，金诚啊，这一次回来你可不能再走了吧？

虞金诚似乎没有听到玉姑讲话——他的心思已经飞到另外一个地方去了。

57 血溅赌场

三友宝局里，一派乌烟瘴气。赌运不佳的虞云隆满面疲惫之色，困兽犹斗般坐在赌桌前。

宝倌儿喊道：押吧，押吧，一会儿就开宝啦。

虞云隆脸色涨得透红，一股脑将钱袋子押在三门上，自言自语说，操他娘的，胜败在此一举啦。

一般宝局都是上下二层楼的格局。赌徒们在一楼押宝，“做手”则在二楼一间小屋里制作宝盒儿。宝盒做好了，直接从二楼传下来，中间不经二手。宝倌没事儿的时候，就躺在小屋里抽大烟，绝对不跟外界接触，因此保障了公平公正。

二楼的宝盒儿传了下来，一个小伙计端着宝盒走到赌桌前。宝倌儿大声宣布开宝，然后打开宝盒。

去一，不要三，开二门儿啦！宝倌儿大声喊叫出来。

虞云隆脸色好似猪肝。他妈的，老子输光啦。

吉小楼影子般出现在虞云隆身后。我说虞二少爷，俗话说，胜败乃兵家常事。您别着急，先喝一碗茶水洇洇嗓子。

虞云隆满脸沮丧，哼了一声起身走出三友宝局。

三友宝局门外。一个穷困潦倒的汉子走上前来朝着虞云隆大声叫道，爸爸！爸爸！

情绪低落的虞云隆一怔。哎，谁是你爸爸？

穷困潦倒的汉子伸出一只脏手说，您是我爸爸啊，您是我爸爸啊。

虞云隆气得一跺脚说，这会儿你就是管我叫祖宗，我也没钱给你啦！你快找别人讨去吧。

虞云隆说着，转身就走。

穷困潦倒的汉子望着虞云隆的背影大声说：穷鬼，你不是也赌了一个精光吗？你这样儿的给我当孙子我都不要！

虞云隆听到这话气得五官挪位，转身指着三友宝局说，我是穷鬼？今儿我非把三友宝局拿下来不可！你们就等着吧。

虞云隆说完，匆匆离去。

吉小楼走出三友宝局，冷笑着注视虞云隆远去的背影。这小子就会说大话压寒气儿！

虞云隆只觉得热血沸腾，冲撞着他的心。他盲目行走着，不由得来到一条铁匠聚集的小街。一只铁匠炉火光闪闪，叮叮当当的打铁声此起彼伏，好不热闹。虞云隆走到一家专门打制刀具的铺子门口儿，看见店铺迎面墙上挂着各种各样的刀子，有砍刀，有铡刀，还有攮子。他似乎受到吸引，迈步走了进去。

虞云隆站在柜台外面，注视着各式各样的刀子。店铺老板站在柜台里问道，这位爷，您是打算杀人还是打算宰猪？

虞云隆的目光呼地被点燃了，仿佛喷出一股子火苗儿。

店铺老板一脸奸笑地说，我这儿是老字号，刀刀削铁如泥。

虞云隆指着挂在墙上的一把牛耳尖刀说，我不削铁，我割肉。

店铺老板从柜台里取出一把柳叶儿尖刀：你要是割肉，就买这一把吧。它带在身上也方便，该出手的时候，一眨眼就见了血。

虞云隆突然笑了。老板我没钱，你赊账吧。

店铺老板也笑了。我知道，有了这把刀子你才能有钱。好吧，我赊账啦，你割肉的时候这把刀子要是钝了，我包退包换！虞云隆接过这把柳叶儿尖刀，瞪着店铺老板说，您放心吧，我不割别人的肉！

一把柳叶儿尖刀插在绑腿里，虞云隆离开铁匠铺，一路寻找着小酒馆。这时候迎面走来了钦三先生。虞云隆不予理睬，大步走了过去。钦三先生看见虞云隆脸色异常，就大声叫着“虞二少爷”。虞云隆并不回头，走远了。

一家小酒馆里，虞云隆喝了半斤老白干儿。结账时他说赊账。小酒馆的掌柜咂着舌头，表示无奈。出了小酒馆，他径直朝着三友宝局走去。

吉小楼和卢振天坐在三友宝局后院喝茶。他俩都是这家宝局的股东，因此经常见面。这时，小伙计跑来报告说虞云隆回来了。吉小楼告诉卢振天，虞云隆这一阵子连战连败，就差把裤子送进当铺了。卢振天哈哈大笑，说虞金诚太深沉，虞云隆太莽壮，哥儿俩一对败家子。吉小楼认为，虞云隆今天输急了眼，恐怕不会善罢甘休。这时候小伙计又跑来报告，说虞云隆把最后一张银票押上了。

听罢，吉小楼放心不下，走出后院前去观战。卢振天继续喝茶，坐在太师椅里哼唱着京戏《借东风》。

宝倌儿亲自给虞云隆端来一碗茶，说虞二少爷，今儿您这是二进宫啊。

虞云隆立即反驳，你以为我没“稍子”吧？告诉你，二爷我把银票拿来啦！我赌的是古丁。说罢，便将银票押在三门上。

吉小楼站在暗处，注视着情绪激动的虞云隆。他妈的，这小子今天是玩了命啦。别说你押上最后一张银票，你就是把亲爹押上了，我们也照样开宝啊。

二楼传下来“宝盒儿”。宝倌儿接在手里，表情很是庄严。虞云隆抬头瞥了一眼宝盒儿，抑制着自己的情绪。

宝倌儿打开宝盒儿，大声宣布，去一，不要四，开在三门儿啦！

虞云隆一拍大腿呼地站起来，哈哈大笑。

归啦。一声吆喝。一张银票和一堆银元，立即堆集在虞云隆面前。

吉小楼从暗处走出，踱到虞云隆身后，阴阳怪气地说，虞二少爷，我看您还是见好就收吧！

虞云隆回头看了看吉小楼，嘿嘿冷笑一声。这是哪来的蝲蝲蛄叫唤啊？

吉小楼听罢，脸色泛白，一言不发转身走了。

虞云隆得意地笑着，伸手将赢来的银元银票一股脑全押在二门上，然后大声喊，接着押啊，我还是赌古丁！

似乎预感出事，三友宝局的打手们纷纷聚拢上来，不声不响站到虞云隆身后。

虞云隆转身看着四周说，赶紧开宝啊开宝啊，你们是等雷呀还是等雨呀？

宝倌儿笑着说，虞二少爷您别着急啊，这做宝盒可不是蒸包子，一会儿就出一屉。人家做手不从二楼传下宝盒，我们也没办法呀。

点燃一颗烟卷儿，虞云隆焦急地等待着。

宝盒终于从二楼传下来。宝倌儿轻轻将宝盒放在桌面上，然后环视赌桌说，还有押宝的没有？

此时的赌桌前，仅剩虞云隆一人。这次押宝，其实已经成为虞云隆跟三友宝局的赌局了。

宝倌儿打开宝盒，亮出骰子，然后大声喊道，去一，不要二，开在四门儿上来啦！

话音没落，虞云隆押在二门上的银票和银元，一股脑被宝局伙计敛走了。

虞云隆双手颤抖了，呼地站起红着两眼大声喊叫说，你们再端一只宝盒来，我接着押！

虞二少爷，您最后一张银票都输了，还拿什么押啊？宝倌儿满脸堆笑说着。拿什么押呀？

虞云隆顺手从绑腿里摸出一把柳叶儿尖刀。

赌桌前的空气仿佛一桶被点燃的汽油，腾地炽热起来。人人都觉得浑身被烈火烤着，失去了水分。

吉小楼快步走上前来，伸手拍着虞云隆的肩膀说，虞二少爷，你这是要炸赌啊？

虞云隆转身盯了吉小楼一眼。炸赌？咱爷儿们不干那事儿。操，我接着跟你押宝！

吉小楼问道，你浑打浑身，还有嘛东西可押啊？

虞云隆挥起柳叶儿尖刀往自己左腿上一划，挑下一条鲜血淋淋的肉。吉小楼，这条肉有半斤吧？我押在一门啦，赌的还是古丁！

宝倌儿吓得往后退了两步，说您这是玩命啊。

虞云隆转脸吼道：吉小楼！我押上钱，你赢我的钱；我押上银票，你赢我的银票，现在我押上我大腿的肉，你怎么不敢赢啦？你小子也从大腿上割下一块肉来给我押上！

吉小楼被激得脸色泛白，一咬牙：你就是押上一颗人头，老子也不含糊。开宝！开宝！

一只宝盒儿已经从二楼传了下来。宝倌儿颤巍巍端来宝盒，放在赌桌上，一时说不出话来。

虞云隆指着押在一门上的人肉说，你开宝呀，傻啦？

宝倌儿打开宝盒，亮出骰子，人们发出一声惊叹。宝倌儿扯着嗓子大声宣布说，开宝啦，去二，不要三，开在一门上啦！

赌场上一时鸦雀无声。

虞云隆哈哈大笑。吉小楼，我赌的是古丁，你陪我两条鲜肉吧！说罢，一挥手将柳叶儿尖扎在赌桌上。你说吧，割你左腿呢，还是割你右腿呢？

吉小楼面脸惨白。全场仍然寂静无声。虞云隆从赌桌上拔出刀子，握在手里。吉小楼突然笑了，朝着身后的伙计说，你们赶紧去拿云南白药啊，先给虞二少爷止了血，有嘛事儿回来再说！说着，吉小楼压低声音对虞云隆说，虞二少爷，您跟卢振天有仇，也犯不上跟我过不去啊。

虞云隆根本不买账，起身振臂一呼。好啦好啦，今儿你们老少爷儿们都睁开眼睛看一看，我这一身肉膘子，还够赌几回的？

吉小楼极其狡猾，故意大声喊道，这事儿闹大啦，赶紧请卢大少爷出场吧！吉小楼一边喊叫一边离开赌场跑进了后院。

云南白药来了。虞云隆拒绝包扎，索性一伸腿儿躺在赌桌上，哈哈大笑起来。

卢振天，我躺在这儿等你！你有种就割下两条鲜肉给我，今天这事儿就算了。你要是不敢割肉，就包赔十倍的银子给老子！

人们等待着，最终也没见卢振天的人影儿。

虞云隆躺在赌桌上，竟然打着呼噜睡着了。

58 虞二起家

话说吉小楼跑进三友宝局后院，向卢振天报告说虞云隆从大腿上挑了一条鲜肉押宝，玩命啦。卢振天心不在焉。吉小楼继续说，虞云隆赢了古丁。卢振天还是心不在焉，说赢了就赢了吧。

吉小楼终于急了，大声喊道，虞云隆押的古丁，你从自己大腿上割两条鲜肉赔他啊？卢振天听罢，呆呆注视着吉小楼，傻了。

我说吉小楼啊，虞云隆赢了古丁，我凭什么从自己大腿上割肉赔他？你脑子有毛病啊！

卢大少爷，我脑子没毛病，你脑子也没毛病。我看是虞云隆脑子有毛病。俗话说，愣的怕横的，横的怕不要命的。这一次虞云隆掏出刀子就从大腿上割肉，我看他真是不要命啦！当年您挥刀砍下自己两节手指头，不是也不要命嘛！

卢振天张口拦住吉小楼的话头说，你别提我的事儿。虞云隆他要命不要命跟我有什么关系？我现在是商界绅士，我活得比谁都在意。这三友宝局平时是你支撑门户，你吉小楼今天怎么连一个虞云隆都对付不了啦？说着，卢振天站起身来，想溜号。

你别走！吉小楼板着面孔追了两步说，卢振天，这三友宝局也有你的股份，你不能当甩手掌柜的呀！

卢振天颇为无赖地笑了，三友宝局有我股份，这不假。那你的意思是让我从大腿上割下两条鲜肉赔给虞云隆？这不是笑话嘛！

吉小楼追问说，那依着你的意思这事儿咱们怎么办呢？

这小事儿一桩，你自己看着办吧。卢振天说罢，从后门溜走了。

吉小楼望着远去的卢振天，满含轻蔑地说，姓卢的，你穷的时候胆大包天不怕死，一刀剁下两节手指头；摇身一变如今成了富商，就他妈惜命如金，变成了废物点心！

黄昏时分，虞云隆大腿上缠着绷带，仍然躺在三友宝局的赌桌上，令人毫无办法。吉小楼没辙，最后只得找到苗六爷。这位苗六爷已经退出江湖，号称虞云隆的师傅，其实只是顶着一个名义而已。然而吉小楼还是将他老人家请来了。

虞云隆毕竟曾经跪哭于苗府门外，因此见到苗六爷出现还是给足了老人家面子。他起身离开三友宝局的赌桌，规规矩矩给苗六爷行了大礼。苗六爷很是识相，并不过分卖弄所谓师傅的身份，他只是劝说虞云隆适可而止，人在江湖行走，千万不要把事情弄到不可收拾的地步。

苗六爷就这样进行了调解。他劝说虞云隆回家养伤，以免影响三友宝局的生意。他要求三天之内吉小楼代表三友宝局给虞云隆一个答复，总而言之一定要全力补偿虞云隆大腿的损失。

虞云隆故意装出大无畏的样子说，我虞云隆什么补偿都不要，我只要卢振天从大腿上割下两条鲜肉给我摆在这里喂苍蝇！

吉小楼无可奈何说，我说虞二少爷啊，那卢大少爷要是乐意从大腿上割下那两条鲜肉来，我可就用不着在这儿跟您没完没了说好话啦！

虞云隆脸色一沉指着吉小楼的鼻子说，既然卢振天那小子尿啦，他在我眼里就不算人数啦。今天我是看苗六爷的面子给你下个台阶儿，好吧，三天之内我在家里候着你呢！

既然虞二少爷这么痛快，我先表示一下吧。吉小楼说着，让堂倌儿端来一只盘子。虞云隆一眼瞥见盘子里摆着自己输掉的那张银票和一沓子现钞，就装没看见。

吉小楼说，虞二少爷，这张银票呢，完璧归赵，您拿回去吧。这一千元钞票您拿回去养伤吧。

虞云隆突然板起面孔说，操，你这是打发要饭花子呢？

吉小楼满脸和气说，虞二少爷您真是个急性子，我还没说完呢。从今往后，您每月从三友宝局拿一份儿，这是江湖的规矩。

苗六爷一旁听着，满意地笑了。

虞云隆故作惊讶。哎哟，我的天呀，我虞云隆可受之有愧啊！

苗六爷及时说，云隆啊，俗话说不打不成交。你要是觉着这事儿就这么办啦，就让吉小楼雇车送您回家静养吧？

虞云隆起身拱手行礼。不用不用，不用兴师动众。我这点儿小伤，两条腿就能走回去。

苗六爷欣慰地说，云隆啊，这次你大闹三友宝局也好，这样一来你在江湖上可就成了名啦！

虞云隆颇为自得地朝着苗六爷深深鞠了一躬说，多谢您老人家栽培，云隆我先走一步啦！

说罢，虞云隆一把将银票和现钞揣在自己怀里，转身大步走出三友宝局。

三友宝局门外。那个穷困潦倒的汉子还是蹲在那里，等待着有人施舍。他看见虞云隆大步走出三友宝局，不觉得一怔。

虞云隆朝他招了招手。过来过来，你叫爸爸啊。

这穷困潦倒的汉子不明就里，怯生生走上前来，尝试着叫了一声“爸爸”。虞云隆听罢哈哈大笑，挥手扔给他一张钞票说，好儿子！好儿子！

一石激起千重浪。一大群要饭花子拥上前来，纷纷叫着“爸爸”。虞云隆极其得意，一路朝前行走，随手将一张张钞票抛向空中。过往行人惊讶地注视着这位挥金如土的好汉。

虞二少爷，你真是好汉子，天津卫你独一份啦！有人大声称赞。

虞云隆站在马路上大声宣讲着，极其得意的样子。这钞票都是卢振天那小子孝敬我的。我一条鲜肉换他两条鲜肉，他尿啦！

一路行走一路宣讲，虞云隆一下就崛起了——成为一名众人敬佩的江湖新秀。他在回家的路上还听到这样的赞美之词——嘿！这虞云隆敢切敢剌，真比他哥哥虞金诚强多啦！

虞云隆回头对人们说，你们甭跟我提虞金诚，他是尿货不是我哥哥！

第三天虞云隆走出家，一瘸一拐做出战场拼杀大腿负伤的样子，上了电车。他在官银号下车，一路招摇过了金钢桥不觉来到金家窑一带。这里曾经聚集着一家家的鱼锅伙，行帮风气堪盛。虞云隆来到河北小关，突然看见一群小混混拥上前来，以为遇见闹事的，心里不由紧张起来。这一群小混混走到他面前，竟然吵吵嚷嚷要尊他为老大。虞云隆毫无思想准备，一时不知道如何是好。

你们认识我啊？他试探着问道。

您不就是大名鼎鼎的虞云隆虞二少爷吗？您在三友宝局大腿刺肉押宝的事儿啊，已然被河北鸟市说评书的杨瞎子编成段子说了出去，红啦红啦！

虞云隆乐了，说是杨瞎子红啦还是我红啦？

一个小混混儿翻了翻眼皮说，操，都红啦！

虞云隆哈哈大笑说，不是我红啦是卢振天尿啦！

小混混们七嘴八舌议论着，都说卢振天本来就是一尿海。

虞云隆顿时来了精神，说大伙聚在一起干一番大事，就跟梁山好汉似的。我这次在三友宝局里割肉押宝，已经把天津卫这块码头全都震啦！不过我心里有个念想，那就是恢复我家正昌商行的老字号，跟卢振天的盛昌商行对着干！

一小混混抢着说，到时候把卢振天的盛昌货给吞了，那才是正办呢。

虞云隆更高兴了，哈哈大笑指着这个小混混说，你小子赛过水泊梁山的智多星吴用，等跟我把正昌商行的老字号恢复起来，就封你当总管！

这一群小混混簇拥着他们的英雄人物虞云隆，说是要找一家小酒馆喝酒庆贺。

过了狮子林桥，他们朝着西方方向走去。这一带的海河边，有菜市有鱼市，十分热闹。一个鱼贩子大声吆喝着，海——梭——鱼！

虞云隆兴致高涨起来。弟兄们，新鲜的海梭鱼下来啦，走哇，我请你们去南市的玉华春饭庄，大直沽高粱酒，干饭熬鱼！

一群小混混跟随着虞云隆，大摇大摆走过来。一路上行人们纷纷躲避着。天津卫的老百姓谁愿意招惹这样一群秃神瞎鬼呢。

一路行走，这一群人终于进了南市牌坊。说起南市乃是大恶霸袁文会的地盘儿。袁文会人称袁三爷，早年加入青帮属于“悟”字辈，他和弟弟袁文德在芦庄子开设宝局，广敛钱财鱼肉乡里，可谓作恶多端无人敢惹。虞云隆一群人大摇大摆进了南市，立即有人给袁三爷报信儿，说有一群生脸儿进了南市，莫非是来滋事的。躺在烟榻上的袁三爷久出江湖吃透了天津卫，当即断定这是一群还没有出码儿的巴巴渣子，说了声“别搭理这一群屁泥”，继续抽大烟了。

就这样，虞云隆率领这一群屁泥长驱直入来到玉华春饭庄门前。虞云隆一挥手大声说，雅座儿！雅座儿！立马儿给我摆开两桌酒席。跑堂的小伙计不敢怠慢，点头哈腰引着虞云隆一群人走进玉华春饭庄的大雅间。

玉姑呢？虞云隆摆出一副大爷派头，就好像他是皇上二大爷似的。跑堂伙计回答说，玉姑奶奶在后院洗衣裳呢，我现在就给您请去。

你叫玉姑亲自给我们沏茶，我要上等香片！虞云隆高声喊着。

哎哟，这么大嗓门儿我还以为来了卖唱的呢！敢情这是虞二少爷呀。玉姑挓挲着两只湿手从后院走进大堂。

虞云隆见到玉姑，更加趾高气扬说，玉姑你赶快给我预订两桌酒席。

你吃完饭去赶火车呀？玉姑故意问道。你要是不赶火车，这不成了碎催子了吗？我说虞二少爷，两桌酒席不至于把你烧成这样儿啊。

玉姑的迎面抢白，一下噎得虞云隆直翻白眼儿，无话可讲。他点燃一支烟卷儿，嘿嘿笑了。

玉姑其实也不愿意跟虞云隆把关系弄戗了。她立即缓和下来，笑着问虞云隆这一程在哪儿发财呢。一听“发财”二字，虞云隆立即来了精神，仿佛手里有了印钞票的机器。

我告诉你吧玉姑，我打算恢复正昌商行的老字号，一定要把卢振天的盛昌商行给压下去！到时候，我领着这一帮兄弟竖起大旗，那是财源滚滚啊。

这可是好事儿啊。玉姑表示赞赏，同时想到了虞金诚。她心里爱着虞金诚，因此借机在虞氏兄弟之间说和。我说虞二少爷，你恢复正昌商行老字号，单枪匹马可不行。俗话说，上阵父子兵，打虎亲兄弟。你哥哥要是能跟你摽在一块儿，那就没有干不成的事儿啦。

你甭跟我提“虞金诚”这三字儿！我虞云隆孤独一枝，从来就没有他这个哥哥。虞云隆满脸不悦地说着。看来他对哥哥虞金诚的怨气，一年多来丝毫也没有减少。

你们毕竟是一奶同胞的亲兄弟啊。玉姑叹了一口气，转身朝后院走去。虞云隆猛然想起一件事儿，大声叫住了玉姑。哎，这一年多来你见到虞金诚了吗？

玉姑内心还是没拿虞云隆当外人。她抬手指着后院，面带微笑地说，老二，你哥哥这一程就住在这儿啊。

真的！虞云隆立即兴奋起来。玉姑，既然我哥哥既然住在这里，你知道我们正昌商行的老匾在哪儿吗？

玉姑并不认为这是虞金诚的秘密。老二，正昌商行的老匾已经当了床板，你哥哥天天睡在上面。我在上面还给他铺了两条褥子呢。

虞云隆转身朝着后院冲去。玉姑不解地望着闻风而动的虞云隆，起身跟着跑进后院。

大步跑进后院，虞云隆径直闯进虞金诚的小屋。小屋里只有一张床和一张桌子。他伸手撩起褥子，一眼看见黑底金字的“正昌商行”老匾，突然放声大笑起来。

这是天意啊！虞家祖传老匾到底让我给找着啦。我虞云隆就是粉身碎骨也要重新挂起正昌商行的老匾。虞金诚你这个尿货，这祖传的老匾你竟然压在身下，你真是虞家的不肖子孙啊！

虞云隆哈哈大笑着，突然这哈哈大笑变成了嗷嗷大哭，虞云隆跪在床前一把鼻涕一把泪，竟然哭得如丧考妣。

玉姑站在一旁不知所措。老二，你这是怎么啦？

这么一问，虞云隆反而停止了哭泣，抹去泪水起身掀开褥子拉出这块老匾，转身拖出房间。

老二，你把你哥哥的床铺拆了，他往哪儿睡觉啊？

虞云隆抱起老匾，表情郑重。玉姑，这正昌商行的老匾是万万不能落在虞金诚手里的。他这种没囊没气的东西只能辱没了祖宗！

老二，无论如何，你们一笔也写不出两个虞字来。你哥哥一会儿就回来，你们哥儿俩见了面好好商量一下，千万不要掰生啊。

我告诉你玉姑，我看啊，这一笔还真能写出两个虞字来！虞云隆抱着正昌商行的老匾挤出小屋儿，一下将窗台上的红色月季花碰落，啪地一声落在地上摔成八瓣儿。虞云隆根本不管，大步穿过玉华春饭庄的大堂，直奔大门口而去。

玉姑心疼那盆儿红色月季花，立即毛腰捧起，将这株并不健壮的月季花移栽到另外一只花盆儿里。

这时候，虞金诚身穿蓝布大褂，稳稳当当走进了玉华春饭庄。他抬头看见虞云隆，不禁愣住了。

兄弟，你这是干什么啊？虞金诚脱口问道。

虞云隆怀里抱着老匾大声说，谁是你兄弟，你给我闪开！

这时虞金诚终于看清弟弟怀里抱着正昌商行的老匾，顿时腾地变了脸色。云隆，你可不能拿走这块老匾啊！

虞云隆反而冷静下来，嘿嘿一笑说，今天我是来这儿吃饭，没承想遇到了正昌商行的老匾，这就叫天意。我实话告诉你吧，我要恢复正昌商行的老字号，重振祖业！

虞金诚和气地说，云隆啊，你要重振祖业这是好事儿。可这正昌商行的老匾你是万万不能拿走的。兄弟，你要是恢复老字号就照这样子去做一块新匾吧。

不行！这正昌商行的老匾必须归我。虞云隆瞪着眼睛大喊起来。

一群小混混儿闻声从雅间里拥了出来，大声嚷嚷着。虞二少爷，谁敢跟您奓翅！你说一句话，我们现在就废了他！

虞金诚看了看这一群小混混，终于苦笑了。他诚恳地说，云隆啊，指着这样一群人你能重振祖业？这条道路你是走不通的。

你放屁！一个小混混冲上前来，抡起胳膊就朝虞金诚打来。虞金诚似乎颇有几分功底，侧身闪开了。

虞金诚，你根本不想恢复祖业，却死气白赖占着正昌商行老匾。我告诉你吧，我跟你不共戴天！说着，虞云隆抱起正昌商行老匾就走，几步冲出玉华春饭庄大门。

一群看热闹的闲人立即围拢上来，免费观赏着这一场兄弟之争。

虞金诚追出玉华春饭庄大门，抢先两步站在虞云隆面前张开双臂拦住去路。

虞云隆怒不可遏，满脸肌肉抖动不止。虞金诚，你要是拦着不让我走，我可要溅你一身血啦！

云隆，我跟说句心里话吧。为了从卢振天手里讨回这块大匾，我忍气吞声到卢家大院做了半年伙计，那是当牛做马啊。我实话告诉你，正昌商行的老匾就是我的命根子，你不能拿走。你不是说要溅我一身血吗？好吧，我先溅你一身血！

虞金诚说着，一头朝着正昌商行的老匾撞去。

金诚！玉姑吓得花容失色。

虞金诚的脑袋咚的一声撞在老匾上，摇摇晃晃倒下去，鲜血迸流。他踉踉跄跄站起，伸手指着正昌商行老匾说，它它它是我的命根子！

虞金诚说完，扑腾一声倒在地上。鲜血汩汩流着。

虞云隆大惊失色，竟然一时不知所措。他万万也没有想到一向软弱的哥哥竟然一头撞来。这时玉姑扑上前来，大声哭了。金诚！你这是干什么啊？金诚！你这是干什么啊？

那一群小混混顿时见傻，一时不知是进是退，只好呆呆注视着以死相拼鲜血迸流的虞金诚。

虞云隆丢下老匾，朝着小混混一挥手说，走！

玉姑抱起虞金诚，大声喊叫着。金诚，你醒醒！金诚，你可不能死啊！

一辆挂着333牌照的小汽车疾驶而来，停在玉华春饭庄门前。坐在车里的袁文会摇下车窗玻璃看了看鲜血迸流昏迷不醒的虞金诚，小声说了一句话。

拿脑袋撞匾啊？这小子是一条汉子。

袁文会的小汽车绕了一个弯儿，疾驶而去了。

小翠儿从玉华春饭庄里冲出来，朝着远处拼命喊着。胶皮，送医院！送医院啊！

59 陷害

自从卢振天在三友宝局败给了虞云隆，心里闷闷不乐。他咬牙切齿地告诉大管家罗九，一定要伺机报复，彻底收拾一下虞云隆。罗九善解人意，暗暗委派小臭儿监视虞氏兄弟的动向。这一天小臭儿从外面跑回来报告消息，说消失已久的虞金诚露面了，住在玉华春饭庄后院。

罗九寻思着，心里有了计策。他向卢振天禀报，说报复虞云隆的大好时机到来啦。卢振天听罢，很不以为然。虞金诚早就是败军之将了，我主要是想整治一下虞云隆。卢大少爷，我知道您打算整治一下虞云隆，可咱们一时找不到他的把柄啊。如今虞金诚回来了，咱们朝他下手。哥哥倒霉，弟弟不能袖手旁观吧？这叫引蛇出洞，也叫一箭双雕。

卢振天想了想说，一箭双雕是不错，可怎么才能引蛇出洞呢？

罗九嘿嘿笑了。我早就想好啦。这第一步棋，您先去警察局报案，就说盛昌商行失盗，丢了十大包猪鬃……

什么时候丢的？卢振天问。

您就说九月十八半夜，两三点钟的时候。罗九构思着。

卢振天不解地问，对，就说九月十八半夜。可第二步棋呢？

罗九得意地说，第二步棋？第二步棋就是警察逮人啊！

好！你真是个鬼难拿啊。卢振天哈哈大笑起来。

第二天中午，罗九在天一坊饭庄宴请天津市警察局第三分局的马队长。马队长手下一百多号警察，管辖着老城厢和南市。罗九毕恭毕敬给马队长夹了一只红焖大虾说，我家卢大少爷本来打算亲自出面请您吃饭。可盛昌商行的事情缠得他脱不开身，就让我先陪您坐一坐。咱们有情后补吧。

马队长已经微醺：有情后补？罗九爷你有嘛事儿就明说吧，省得我一会儿喝高了，嘛事儿也记不住，就连这红焖大虾也白吃了。

罗九又给对方夹了一只香酥鸡腿儿说，刚才我不是跟您说啦，就只当是我们盛昌商行丢了十大包猪鬃……

马队长说，什么？盛昌商行丢了十大包猪鬃！这到底是谁偷的？

罗九急了。嘿！盛昌商行根本就没丢猪鬃。我们是假装九月十八半夜丢了十大包猪鬃……

马队长咕咚喝了一口白酒说，噢，你们根本就没丢猪鬃，现在是假装丢了猪鬃。我听明白啦。好吧，你接着说，我接着喝。

罗九急了：马队长，我看您真是喝高啦。

马队长放下筷子嘿嘿笑了。我一点儿也没喝高。操，不就是想法子陷害虞金诚嘛。这事儿你包在我身上吧。

好！马队长您真是智勇双全啊。罗九举起酒盅说，这事儿就拜托啦，来，马队长我敬您一盅！

罗九一仰脖子，干了。他心里说，万事俱备，虞金诚你小子就等着倒霉吧。

就在罗九宴请马队长之时，虞金诚躺在玉华春饭庄后院小屋里养伤。他脑袋上缠了一圈儿白纱布，面无血色。

玉姑端来刚刚煎好的汤药说，金诚啊，这药是活血化淤的，你趁热喝热了吧。

虞金诚强打精神接过这一碗汤药，咕咚咕咚喝了下去。看着虞金诚喝了汤药，玉姑终于叹了一口气。唉，我真没有想到，你居然把正昌商行的老匾当成了自己的命根子。

唉，云隆他不应当动手抢匾。这块老匾本来也不该落到他手里啊。虞金诚意味深长说着，一眼看见摆在窗台上的那盆红色月季花，目光一亮。玉姑向他解释说，那天虞云隆进屋抢匾，一下碰翻了这盆儿月季花，我又换了一只花盆儿，救活了。

虞金诚十分感激地抓住玉姑的手，说了声谢谢。

玉姑坐在虞金诚身旁，满含深情地说，金诚啊，我心里有一件事儿总想跟你说一说。虞金诚立即摆了摆手说，玉姑，你待我恩重如山，今生今世恐怕也难以偿还，我只能来世给你做牛做马啦。

你怎么这样说话呢？玉姑不高兴了，板起了面孔。虞金诚以为玉姑要向他表明心意，一时不知如何应对，只得把手里的药碗递给玉姑。玉姑接过药碗说，金诚啊，我打算把玉华春饭庄送给你。男子汉大丈夫没有立锥之地，这可不是长久之计啊。

虞金诚听罢非常吃惊。玉姑，玉华春饭庄是你辛辛苦苦创下的产业，这可使不得啊。

玉姑诚恳地说，这几年我奔波劳碌，也想歇一歇啦。金诚，这一年多你漂在外面，寄人篱下多不容易啊。这玉华春饭庄就算我卖给你啦。你以后要是赚了钱，就把本钱还给我。这样你也就有了安身立命的地方，从今往后就堂堂正正做人吧……说着，玉姑竟然热泪盈眶了。

虞金诚激动地抓住她的手。玉姑！你对我太好啦……

玉姑难以自持，一头扎进虞金诚怀里。俩人紧紧拥抱。

门外响起小翠儿的声音。玉姑奶奶，您快出来吧。玉姑奶奶，您快出来吧。

玉姑离开虞金诚的怀抱，小声说，唉，小翠儿这孩子就是不愿意让我跟你在一起。你听，她这又召唤来了。

我没有得罪小翠儿啊？虞金诚很是不解。

不知为嘛，小翠儿非说你这人不地道。她跟我说，哪个女人爱上你哪个女人一辈子倒霉。

虞金诚苦笑着说，小翠儿小小年纪怎么就跟算命先生似的？

玉姑起身走出小屋，迎头就问站在院里的小翠儿。嘛事儿呀你就跟催命似的？

小翠儿禀报说，大堂里来了一群警察，说是要见一见虞金诚。

你告诉他们虞金诚不在这儿，这事儿不就结了嘛。玉姑不悦地说。

马队长嘿嘿冷笑着走进后院说，这是谁呀大白天说瞎说，虞金诚不在这儿？今儿我倒要看一看他在什么地方。

玉姑很江湖，立即笑着说，哎哟这是哪一阵香风把马队长给吹来啦？小翠儿啊赶紧沏茶啊。马队长，我陪您大堂里坐吧。

马队长摆了摆手。玉姑啊，今儿这事情你不要掺和，咱们公事公办，我跟虞金诚说话。

虞金诚头上缠着绷带从小屋里走出，脸色苍白地说，我是虞金诚。

马队长一挥手说，好！我逮的就是你虞金诚。来人啊，把这个粽子给我捆上，带到局所儿里蒸去！

玉姑马上叫嚷起来。哎，马队长，你凭嘛随乱抓人啊！

虞金诚也辩解着说，我是良家子弟，你们是不是弄错啦？

虞金诚，我们是弄错了还是弄对了，你到局所儿里不就知道啦？请吧虞大少爷，你可别让我跟你费事儿！

玉姑拟上前来挡住虞金诚。不行，这事儿不弄白了我不许你们逮人！

马队长大声说，玉姑，你要是妨碍公务，我就连你一块儿逮！说罢一挥手，几个警察一哄而上将虞金诚摁住了。玉姑冲上前去，马上就被两个警察架到一旁。

虞金诚大声说，玉姑！你不要拦着他们，咱们脚正不怕鞋歪，我跟他们走一趟就是啦。

玉姑冷静下来，朝着虞金诚点了点说，好吧金诚，你先跟他们走一趟，我马上托人把你保出来！

玉姑，你别忘了给那盆儿月季花浇水。虞金诚说罢跟着警察走了。

虞金诚被押进警察所，马队长茶不喝一口烟也不抽，立即开始审问。虞金诚沉着面孔坐在条凳上，心里寻思着自己突然被逮的原因。他越想越不对头，认为这里面大有文章。

你叫嘛名字啊？马队长开始审案了。

虞金诚抬头看了看马队长，不说话。

虞金诚，你怎么不说话呢？马队长急了。

虞金诚笑了笑说，我看你们这是存心谋害好人！

虞金诚了，我坐这儿审案子，问你一句，你就回答一句。你说有人存心谋害你，你有理就辩呀！你怎么老太太吃山芋——闷口啦？

虞金诚叹了一口气说，那你问吧。

马队长精神抖擞起来。好，这就对啦。虞金诚我问你，这一程子你跑到哪儿去啦？

虞金怔一怔，哪一程子？马队长随手拿起“月份牌儿”看了看。我问你，九月十八那天你在哪儿啊？

九月十八？这我就记不清了。反正自打离开天津，这一年多来我都在井陉煤矿当司秤员。

虞金诚，你先别把话说绝了，你再想一想吧，九月十八那天你究竟在什么地方？

九月十八那天我究竟在什么地方？虞金诚思忖着，暗暗回忆起来。

马队长点燃一颗烟卷儿，光等着拍惊堂木呢。

九月十八？虞金诚心里咯噔一下，脑袋嗡地一声就大了。天啊，九月十八我在金鸟别墅啊。没错，我跟卢玉洁同床而眠是在九月十九的夜里啊。记得玉洁深情地说让我们记住今天这个日子吧。这样想着，虞金诚猛地出了一身冷汗。今天警察将我抓进来而且上来就追问九月十八的事情，莫非卢玉洁那边出了什么事情？

马队长哪里知道这位虞大少爷的心思。他悠悠抽着烟卷儿，瞥了一眼陷入沉思的虞金诚。

无论玉洁那边出了什么事情，我都不能招认九月十八那天夜里的事情，玉洁毕竟是有夫之妇，我不能坏了她的名声啊。

怎么样啊虞大少爷，九月十八那天夜里你究竟在什么地方，现在想起来了吧？

虞金诚坚定地摇了摇头说，马队长，我想不起来了。

马队长终于笑了。好！我实话告诉你吧，有人报案说九月十八那天夜里盛昌商行丢了十大包猪鬃。还有人看见那十大包猪鬃是你偷的。你还有什么话说啊？

虞金诚愣了，霍地站起指着马队长大声叫嚷起来。你胡说，我从小到大从来没偷过东西。你别说十大包猪鬃，就是一块儿糖我也没偷过！

你别叫唤啦！你嗓门儿大怎么不去跟驴比赛啊？马队长啪地一拍桌子说，虞金诚我告诉你，你说你没偷盛昌商行的猪鬃，好吧，你现在给我举出一个证人来，让他证明你九月十八那天夜里在什么地方！

我……虞金诚一时语塞。

嘿嘿。马队长获胜地笑了。既然你举不出证人，那就招供吧。九月十八夜里你是怎么从盛昌商行偷走十大包猪鬃的？

我没偷！我没偷！虞金诚又气又急，扯着脖子喊叫起来。

来人啊！马队人一拍桌子说，你们先把虞金诚给我关进小黑屋里去，明儿再发落他！

这时候，大街上已经传出来了，说虞金诚偷了盛昌商行十大包猪鬃死不认罪，警察局让他举出证人证明他九月十八夜里究竟在什么地方，虞金诚没词儿。

这消息，正是卢振天叫大管家罗九四处散布的，说是传得越广越好。卢振天恨不得立即弄臭了虞金诚。这样，虞云隆就会出场。只要虞云隆出场了，这事儿就好办啦。为此，卢振天特意委派小臭儿蹲在局所附近，只要虞云隆跑来保释虞金诚，就诬告弟弟伙同哥哥一起偷盗盛昌商行的十大包猪鬃，这样就把虞氏兄弟一起给灭了。

小臭儿在警察所大门外下午蹲到第二天一早儿，也没见到虞云隆前来营救虞金诚，南来北往的消息他倒听到不少。于是小臭儿自作主张跑回卢家大院给主子报信儿，说虞家老二绝对不会营救虞家老大。

你怎么知道的？卢振天反问小臭儿。

小臭儿告诉卢振天，大街上的人都说虞家兄弟早已反目成仇。卢振天思索着说，即使兄弟反目成仇也不能见死不救，这一笔写不出两个虞字啊。

罗九一步迈进来说，这一笔有时候就是写不出两个虞字。虞云隆跟虞金诚，那是形同水火啊。

卢振天听了这话，站起身来响响地说，好吧，这次便宜了虞云隆，我就朝虞金诚一人下手啦！

乘坐一辆胶皮，卢振天兴冲冲来到警察所。马队长受了贿，严格遵守“收人钱财，与人消灾”的规矩，起身相迎。卢振天拱手行礼道了声辛苦，询问案情进展如何。马队长说，您来得正好，我把虞金诚从号儿里提出来，咱们是警察、失主、盗贼，三头对案！

不一会儿工夫，两个警察就将虞金诚押了上来。虞金诚脸色惨白，头发蓬乱，毫无表情地看了看卢振天，不说话。

卢振天笑着说，虞大少爷，这一年多没见啦，你挺好的吧？

虞金诚还是不说话。卢振天故作惊讶说，马队长，人家虞大少爷出身清白知书达理，良家子弟啊！你说九月十八半夜是他偷了盛昌商行的猪鬃，我可不信！

马队长紧密配合说，您不信，我还不信啊。可我们拘查了二十多号人，人人都能说出九月十八半夜的去处，个个都有证人。只有这位虞大少爷，你让他举出证人，他举不出来，你让他说出案发当时身在何处，他说不出来，再者说，人家罗大管家九月十八半夜在盛昌商行后院看见虞金诚啦！您说这猪鬃不是他偷的，能是谁偷的？

罗九指着虞金诚说，对，我九月十八半夜上厕所，明明看见他钻进了盛昌商行的后院！

虞金诚咧了咧嘴，苦笑着说，这是存心陷害啊！我浑身是嘴，也说不过你们啊。

马队长霍地站起，沉着脸色说，你说存心陷害你，可我们有目击证人啊。你现在举出证人当场证明你九月十八没偷猪鬃，我立马儿放了你！

我说虞金诚啊，你家道中落，可再穷，你也不应当干那偷鸡摸狗的事儿呀！这真是斯文扫地啊。

罗九也跟着起哄说，虞金诚，你兜儿里没钱花就跟我们卢大少爷伸手，保管赏你百八十块的，你何必半夜去偷猪鬃呢？

马队长说，虞金诚，我给你最后一个机会，现在只要有人作证，证明你九月十八半夜在别的地方，我照样判你无罪。

我没证人。虞金诚怒视着马队长。

那就不能怪我了。马队长一挥手说，我只能把你送到警察局交给上峰发落啦。

咣当一声门响，玉姑冲了进来。

马队长急了。哎哎，这是警察所，玉姑你要私闯公堂啊！

玉姑怒气冲天，伸手指着马队长说，你胡说八道！明明是你们私设公堂，还反咬一口啊？我告诉你，你假公济私今儿我跟你没完！

卢振天假惺惺说，玉姑奶奶，我丢了猪鬃，你跑来算哪一道呢！这儿没你嘛事儿吧？

玉姑满脸杀气，嘿嘿笑了。虞金诚根本没偷猪鬃，你们这是陷害好人。

陷害好人？有谁能证明虞金诚是好人？马队长阴阳怪气说。

玉姑大声说，我！

罗九抢先反问，玉姑，你能证明九月十八半夜虞金诚在什么地方？我可不信！

玉姑指着罗九的鼻子说，你闭嘴！别说九月十八半夜，就是九月十八白天我也能证明！实话告诉你们吧，九月十八前后十几天，无论白天黑夜我都跟虞金诚在一起！你们不是非得找证人吗？姑奶奶我就是证人。

马队长急了眼，跳着脚说，嘛玩意儿？九月十八前后十几天，不论白天黑夜你都跟虞金诚在一起？嘿嘿，你俩到底怎么回事儿啊？

我俩到底怎么回事儿？这还用说嘛，虞金诚就是我养的汉子！白天一块儿吃，夜里一块儿睡，既然他是我养的汉子，那么走遍天涯海角，这证人我是当定啦！

虞金诚大惊失色。玉姑！你不要这样啊……

玉姑泪流满面反复说着，虞金诚就是我养的汉子！我告诉你们吧，谁要陷害我养的汉子，我就跟谁玩命！

马队长与卢振天，面面相觑。

罗九连连摇头，无可奈何地说，玉姑你疯啦？

玉姑尖声喊叫着，我没疯，虞金诚就是我养的汉子！九月十八那天我跟他一块儿睡觉，我作证，我现在就给你们签供画押！

马队长叹了一口气，压低声音对卢振天说，这事儿闹的，怎么半路杀出个程咬金呢！

玉姑冲上前拉起虞金诚的手说，走！金诚你跟我回家啊。

60 同时怀孕

卢振天前来探望卢玉洁，得知妹妹身为李家大少奶奶竟然住在外面，对李守基很是不满。卢玉洁虽然搬回了李家小洋楼，然而她与李文卿的婚姻已经名存实亡。尤其桂枝的乘虚而入，更是加快了这桩婚姻的死亡步伐。这仿佛一场正在彩排的戏剧，一步步走向终结。

金嫂看得清清楚楚。只是李守基对这件事情的态度令人费解。这位李老先生似乎对即将发生的婚变视而不见，一天到晚坐在书房里看书写字，几乎要成仙了。

端着一杯英国红茶走进书房，金嫂看到李守基坐在沙发里闭目养神。这位女管家进退两难。

你在红茶里给我加一片柠檬吧。李守基闭着眼睛说。

是啊，秋燥，加一片柠檬，败火。金嫂端着红茶转身就走。李守基又说话了。

金嫂，这几天大少奶奶身体如何啊？

金嫂想了想，说挺好，然后补充说，昨天大少奶奶到教会医院检查身体去了。我听说好像大少奶奶有喜啦。

什么！李守基睁开眼睛，极其惊异地注视着金嫂。这是真的吗？

好像是真的。金嫂似乎是在躲避着什么，小心翼翼回答着。

这么大的事情你怎么不告诉我呢？李守基颇为不满地审视着金嫂。你告诉我，这到底是不是真的？

老爷，我还是把大少爷给您请来吧。这件事儿大少爷比谁都清楚。金嫂说着，端着红茶快步走出书房。

李守基一扫颓态，起身踱步，自言自语着。大少奶奶怀孕，这应当是真的吧？我们李家三代单传必须延续香火啊。假若给我生一大胖孙子，玉洁就是李家的大功臣啊。上帝保佑！

这时候，李文卿无精打采地走进父亲书房，手里拿着一张当天的《九河时报》。

李守基满脸欣喜地迎上前去大声说，文卿，这么大的喜事你怎么不告诉我呢？

李文卿还是懒洋洋的样子。我能有什么喜事啊？

金嫂端着加了一片柠檬的红茶走进书房说，大少爷，就是大少奶奶怀孕的喜事啊！

李文卿尴尬地笑了笑。噢，这事儿呀，这事儿我也是刚刚听说的。

文卿啊，这可是咱们家的大喜事啊！李家三代单传，这次一定要延续香火。玉洁怀孕，你一定要尽到做丈夫的责任。保胎，一定要保胎！保胎期间不能出现丝毫差错。我的话你听见了吗？

听见了。李文卿面无表情说着。李守基则兴奋不已，吩咐金嫂把那瓶一八七三年的葡萄酒打开，庆祝大少奶奶怀孕。

李文卿说，您的心脏不好，麻大夫建议您不要饮酒。

不不不，人逢喜事精神爽，我万病皆无啊。金嫂你现在就去地下室拿酒吧。李守基说着走到书桌前，铺开宣纸提笔挥毫写出“良辰喜事美景”六个大字，喜不自禁的表情。

李文卿坐在沙发里，继续看着《九河时报》。

金嫂端着一只托盘走进来。托盘里是两杯紫红色的葡萄酒。李守基伸手端起一杯酒。李文卿无奈，也端起一杯酒。

说了声干杯，李守基一饮而尽。李文卿踌躇一下，也干了杯。

李守基满脸喜气问道，文卿，这一八七三年的葡萄酒味道如何？

李文卿只吐出一个字——苦。

放下酒杯，李文卿转身走出父亲书房。他沿着楼梯上了三楼，不声不响走进卧室。

卧室里，卢玉洁身穿宽大睡衣坐在床前。李文卿无声无息走进来，吓了她一跳。她抬头看着丈夫径直走到窗前，轻轻叫了一声“文卿”。

李文卿注视着窗外景色说，你昨天去医院检查身体，为什么不叫我陪你一起去呢？心里有鬼吧。

卢玉洁不说话，起身坐到梳妆台前，注视着镜子里自己的面容。

李文卿继续追问说，你怎么能怀孕呢？

卢玉洁对着镜子说，我怎么就不能怀孕呢？

你忘啦，好几家医院都说我没有这种本事，你怎么能怀孕呢？李文卿单刀直入。

卢玉洁终于转过身来，朝着丈夫投来一瞥。谁说你没有这种本事？你没有这种本事怎么还跟桂枝睡在一起啊？

李文卿气得脸色煞白。你这是强词夺理！我跟桂枝睡觉，可我也没让她怀孕啊？可你怀孕了，你跟哪个野汉子睡觉啦？

文卿，其实咱们已然成了名义夫妻啦，你何必跟我过不去呢？你跟我离婚吧，我明天就回娘家！

你回娘家？没门儿。我爸爸已经给我下达了命令，保胎。你现在成了李家的宝贝蛋儿。我告诉你，我跟桂枝的事情，你管不着！你肚子里的野种到底是哪个男人的，你必须跟我说清楚！

这时候一声门响，桂枝竟然大步噔噔走了进来。

卢玉洁惊了，注视着桂枝说，你怎么闯进来啦？

桂枝反仆为主说，这一阵子大少爷心情不好，我得好好照顾他！说着，她转而对李文卿说，大少爷您别生气，我陪您到花园里走一走吧？

金嫂闻声赶来，大声斥责着。桂枝，你这样做太过分啦，你现在就给我滚出去！

李文卿此时却说话了。金嫂，你吵吵嚷嚷的干什么啊？你住口！

桂枝一边撤退一边说，金嫂，别看你是这里的大管家，你也管不着我的事儿！

金嫂气得浑身发抖，双手捂着脸呜咽着跑了出去。

金哥跑来，站在卧室门外说，大少爷，老爷请您去呢。

李文卿顿时怯了，小声询问什么事儿。金哥禀报说，老爷决定周末在家里举办一个party，现在就得打电话通知亲朋好友啊。

李文卿说，我爸爸最喜欢清静最反对热闹，他老人家也弄起了周末party，这到底是怎么回事儿呢？

金哥面无表情地说，大少爷，其实明天就是星期六啦。

李文卿叹了一口气，起身走出卧室朝着父亲书房走去。

第二天下午，坐落在英租界伦敦道的李家小洋楼里渐渐热闹起来。一拨拨颇有身份的客人来到这里，出席以李守基名义举办的party。

一楼前廊两侧摆满了鲜花，主要是紫菊。客人们走进大厅，首先听到悦耳的古典音乐。身着礼服的李文卿迎上前来，强作欢颜表示欢迎。金哥与金嫂也都穿上白色的侍者服装，端着托盘为客人们送来饮料。

西装革履的先生们手里端着白兰地三五一群，站在一起交谈着，谈话内容不外是洋行里的生意。太太们则聚拢在沙发前，谈论着外国租界里的新鲜事物。关于李守基老先生的遗嘱，她们还是略知一二的，于是李家大少奶奶怀孕的消息，自然成为这里的最大新闻，议论纷纷。哎，这李家大少奶奶一怀孕，那李文卿心里一块石头总算落了地吧？这一次无论生儿生女，都是财产遗承人啊。

是啊，李守基老先生更高兴啊，这大少奶奶要是给他老人家生一个大胖孙子，李家三代单代也就后继有人啦。

李家大少奶奶这次怀孕，真是太重要啦。我看完全可以说她肚子里怀了一个无价之宝啊。

这时候，身穿长袍马褂的李守基被人们簇拥着走下楼梯，引起一阵小小的欢呼。德国律师汉斯走上前去说，李老先生，如此重大场合您为什么不穿西服呢？

李守基笑着说，我毕竟是一个中国人嘛。

一位身穿紫绒旗袍的女士立即说，好啊，既然大家都是中国人，那么我建议今天就玩一个中国式的游戏，您看可以吗？

李守基满脸欢喜问道，什么中国式游戏啊？

立即有人捧出一只大口儿玻璃瓶子，说是抓阄儿的游戏。李守基看到这只大口儿玻璃瓶子里放着已经做好的二十几只纸阄儿。身穿紫绒旗袍的女士笑着说，李老先生请您抓阄儿吧。请问，您是希望生男呢还是希望生女呢？

汉斯先生说，李老先生接受西方文化熏陶，恐怕没有重男轻女的思想吧？

李守基毫不掩饰自己的想法，说尽管我接受西方文化，可我还是希望李氏香火不绝啊!

李文卿站在一旁沉着面孔注视着父亲。

李守基兴致高涨说，好吧，那我就抓阄儿。说着，伸手从大口儿玻璃瓶子里抓出了一只纸阄儿，转身递给汉斯先生。

汉斯先生说，李老先生，依照中国习惯，您心里许个愿吧。

李守基闭合双眼，心里默念着。汉斯先生在众人目光的照耀下缓缓打开纸阄儿。人们看到纸阄儿里写着一个“男”字，哇地一声欢呼起来。李守基睁开眼睛，热泪盈眶。

人们欢呼起来，互相碰杯，纷纷向李家预祝大少奶奶早得贵子。

李守基大声对客人说，玉洁怀孕身体不适，因此不能出来给大家敬酒，抱歉了。这时候大厅里舞曲响起。人们兴致勃勃，开始跳舞了。

仆人们忙得不可开交。金嫂环视四周，寻找着桂枝的身影。她一眼看见了桂枝——竟然坐在角落里的沙发上悠然自得地喝着果汁。

金嫂不禁怒火满腔，避开人们的目光，快步绕到桂枝面前，强抑怒火低声质问，桂枝啊，你是主人啊还是仆人啊?

桂枝坐在沙发里嘻嘻一笑说，金嫂啊，你说我是主人呢还是仆人呢?

金嫂口气倏地变得冷硬，伸手指着桂枝鼻子说，我告诉你桂枝，即使大少爷把你宠到天上去，你也是一个仆人。今天的party，你得给我规规矩矩干活儿，你听见了吗?

桂枝气得呼地站起身来说，我干活儿去，金嫂你太过分啦!

金嫂噗地吐了桂枝一脸唾沫说，出席今天party的都是社会名流，你身为女佣就得规规矩矩干活儿去，别坐在这儿跟我装洋蒜!

桂枝一挥手打翻金嫂手里端的托盘，哭叫着冲出大厅。音乐声声，掩盖了桂枝的脚步声。坐在大厅角落里的李文卿闷闷不乐地喝着香槟酒。他无意之间一抬头，看见桂枝快步冲出大厅的身影。李文卿不由得站了起来，追了出去。

天津英租界的道路修建，完全仿照西方城市交通模式，树木繁茂，行人不多，很是僻静。李文卿追出家门，环视四周，已经没了桂枝的身影。他只得朝着东边追去，心情非常焦急。一位英国巡捕站在路口，紫色缠头，络腮胡须。李文卿知道这是印度人，只得操着英语询问桂枝的下落。

印度巡捕说好像有人跑过去了。李文卿继续向东边大步追去。

又追出两个路口，马路上还是不见人影。李文卿泄了气，停住脚步暗暗抱怨起来。桂枝啊桂枝，今天是我父亲的party，你又哭又闹这不是让我下不来台吗?你真是农村的丫头不懂事啊。

李文卿寻不到桂枝，只得返身朝回走。

其实，桂枝出门之后是向西边跑去的。她跑了一程猛然感到恶心，蹲在马路边的一棵梧桐树下，哇哇呕吐起来。一位英国巡捕走过来指责她破坏了环境卫生，还要把她带到工部局去。桂枝一听害怕了，只得忍住呕吐，起身继续朝前跑去。拐过一条横街，她便昏倒一家挂着红十字标志的小医院门前。两个护士装束的嬷嬷走出小医院，看见昏倒在门外的中国女子，立即将她抬到小医院里去了。

当天晚上，还是不见桂枝回来。李文卿愁眉紧锁，在大厅里焦急地踱步。金嫂走上前来说，大少爷您不用着急，金哥正给工部局打电话寻人呢。我想无论如何桂枝也不会走远的，一会儿就能找到她的。

李文卿恼羞成怒，反唇相讥，金嫂，你怎么知道我心里挂念着桂枝呢？你又不是我肚子里的蛔虫！

您千万不要激动。金嫂不卑不亢说，大少爷挂念桂枝，这是主人挂念仆人，主人挂念仆人这是主人的德行啊。再者说，大少奶奶也吩咐了，一定要我们全力寻找桂枝，大意不得。

李文卿颇感意外。什么，大少奶奶也知道桂枝跑啦？

这种事儿您说大少奶奶她能不知道吗？金嫂笑着说。

这时候，金哥大步跑进一楼大厅大声禀报说，大少爷，桂枝她有下落啦！

李文卿喜出望外，不由站起身问道，真的？

真的。桂枝现在躺在一家教会小医院的急诊室里，大夫说是没有什么危险。

李文卿立即穿上风衣。金哥啊，你开车拉我去小医院，我要亲眼看一看桂枝的真实情况。

金嫂走上前来劝阻。大少爷，女用人的事情，您不必亲自出面。再者说，这种事情您亲自出面也不太方便呀。我看，这事儿您就交给我去办吧。

李文卿固执己见说，不行，我要亲自去接桂枝回来。

金嫂面无表情说，大少爷，您是主人，主人要有主人的身份，这事儿您就回避吧。

李文卿无奈，只得脱下风衣说，好吧好吧，你快去快回吧！

院子里，金哥的小汽车已经发动了。金嫂披上一件毛衣快步走出一楼大厅，拉开车门坐进小汽车里。

李文卿追出一楼大厅，站在院子里无言地望着小汽车疾驶而去。

金哥驾驶着小汽车，心里很担忧。他告诉金嫂，大宅门里最怕男主子跟女仆人之间有染，一旦有了这种事情必然家宅不宁。如今李家就是这样。桂枝自以为是，整天张牙舞爪的，从来也不把大少奶奶放在眼里。金嫂说，大少奶奶怀了孕，对老爷来说这是好事儿，对大少爷来说就不是好事儿了。这一次李公馆面临大乱，弄不好就得家破人亡啊。

小轿车停在教会小医院门前。金嫂推门下车，跑了进去。一位嬷嬷迎上前来，操着英语问金嫂有什么事情。金嫂会说几句简单英语。她说明来意，这位嬷嬷立即引着她走进急诊室。

金嫂看见桂枝躺在急诊室的病床上，脸色苍白。她问桂枝身体怎么样，桂枝抽泣起来。

金嫂用不甚流利的英语向当班女医生询问桂枝的情况。当班女医生操着流利的英语介绍着桂枝的病情。

金嫂惊诧之中改成汉语说，您说什么，她怀孕啦！妊娠反应……

金哥挤进急诊室操着汉语说，嬷嬷，您有没有搞错啊？桂枝她是李公馆的一个女佣，她怎么会怀孕呢？

当班医生通过金嫂翻译听懂了金哥的话语，她反问说，上帝从来没有说过女佣不能怀孕啊？

金嫂连连摇头，苦笑着说，我的天啊！桂枝居然也怀孕啦……

桂枝躺在急诊室病床上听到自己怀孕的消息，突然放声大笑起来。

你疯啦？金嫂厌恶地看了看桂枝一眼。

桂枝从病床上爬起说，金嫂你才疯了呢。我要回家！我要回家！

金嫂抢白说，你一个女用人不明不白怀了孕，你还有脸回家啊？

桂枝理直气壮说，我为李家大少爷怀了孩子，我不丢脸，我光荣！

金哥极其惊异地注视着桂枝。什么，你怀的是大少爷的孩子？这真是怪事儿啊！

哼，这有什么大惊小怪的？我肚子里怀的就是大少爷的孩子。

金哥自言自语说，好几个大夫都说大少爷没有让女人怀孕的本事啊。

金嫂果断作出决定。好吧，那就先把桂枝从医院接走，有什么事情咱们回去再说。

桂枝得意地笑了。这就叫苍天有眼！我真的怀孕了，这个孩子是我送给李家的最好礼物。

离开医院，金哥不言不语驾驶着小汽车，原路返回。桂枝坐在后排，表情极其兴奋。金嫂警告说，桂枝我告诉你，一进李家小洋楼不许你大声说话，你要是把老爷吵醒了我可不饶你！

桂枝不屑地说，金嫂，你不要对我这么凶。我只要为大少爷生下一个大胖小子就有出头之日了。到那时候还不知道谁是主子谁是仆人呢。

金嫂不说话了。

金哥说了声到了。老柴开了大门，小汽车驶进院子里。金嫂拉开车门对桂枝说，桂枝，我告诉你的话你记住了吗？

桂枝根本不管那一套，推门下车站在院子里大声说，我现在就要见大少爷！我现在就要见大少爷！

深更半夜的，你有什么事情明天再说！金嫂企图制止桂枝。

桂枝声音愈来愈大。我肚子里怀着大少爷的血脉，我要亲自给他报喜！

金哥压低嗓音说，桂枝啊，你要是把老爷吵醒了，就鸡飞蛋打啦！

桂枝听罢立即指着金嫂说，对！我现在要喝鸡蛋汤，金嫂你马上给我做去！

金哥啐了桂枝一脸唾沫说，他妈的，你这就成精啦！

桂枝哇地一声大哭起来。

李文卿从一楼大厅里跑出来，连声说着，桂枝你回来啦？桂枝你回来啦？

桂枝扑上前去一头扎在李文卿怀里。大少爷！我怀了您的孩子，金哥金嫂一路上恨不得弄死我！

李文卿大惊失色。什么？你怀了我的孩子！桂枝你说什么……

桂枝破涕为笑不说话，故意回避着李文卿的追问。

李文卿转过脸去疾声向金哥金嫂询问着。你们快告诉我，桂枝她说的是真话吗？

金嫂面无表情地点了点头。金哥也面无表情地点了点头。

李文卿难以置信地眨了眨眼睛，突然转身脚步噔噔冲上楼去。他一口气攀上三楼，吮当一声推开三楼卧室，冲了进去。

卢玉洁侧身躺在床上。李文卿的突然冲入吓了她一跳，立即翻身坐起。文卿，你这是怎么啦？

李文卿伸长脖子，仿佛一只好斗的小公鸡。这只好斗的小公鸡满脸蛮不讲理的表情。卢玉洁，你说我让你怀不上身孕，可桂枝怎么就怀上了身孕呢？你说这到底是怎么回事儿？

卢玉洁满脸茫然。文卿，我不明白你说的什么，你把我弄糊涂啦。李文卿咬牙切齿说，我把你弄糊涂啦？我看是你把我弄糊涂啦！现在桂枝已经怀上了我的孩子！你凭什么说我没有让女人怀孕的本事？

这是好几家医院里的大夫们说的，也不是我说的啊。如果你能育，那我就能孕，这是好事儿啊。夫妻结婚不就是生儿育女嘛。

你住口！这么说我倒成了一个小丑？我告诉你吧，桂枝怀上了我的孩子。你呢？你怀了一个野种！

卢玉洁低头哭了起来。文卿！你既然能够让桂枝怀上你的孩子，你为什么不让我也怀上你的孩子呢？文卿你不能不讲道理啊！

李文卿被妻子问得哑了口，转身跑出三楼卧室，脚步噔噔下楼去了。

这时候夜色深沉，女管家金嫂已经将桂枝安排在后院一间平房里歇息了。李文卿离开三楼卧室走进一楼大厅。金嫂和金哥正在等候他的到来。

李文卿吩咐说，从明天开始就要给桂枝吃保胎丸，一定要买乐仁堂老字号的。

金嫂点了点头说，大少爷，您吩咐的事情我一定认真去做。不过有一句话我必须当面说出来。即使您不愿意听，我也要当面说出来。李文卿连连点头，表示愿意听。

金嫂继续说，桂枝怀孕的事情，我知道必须瞒着老爷。俗话说纸里包不住火，请大少爷提前准备，总这样瞒着不是长久之计。

好吧，你有什么话就都说出来吧。李文卿催促着。

您一定要嘱咐桂枝，不要动不动就大喊大叫的，好像她是李家第一大功臣似的。还有一句话我必须说出来。大少爷，桂枝肚子里怀的到底是不是您的孩子呀？

李文卿受到强烈震动。金嫂，你说什么！

金嫂正色直言说，我请大少爷三思，这血脉之事，万万马虎不得啊。

李文卿陷入沉思，自言自语说，这桂枝难道还有别的男人吗？

金嫂终于达到目的。大少爷，我只是提醒您一下，这骨血难辨，您一定要验明真身啊。

李文卿抬头看了看金嫂，然后又看了看金哥，踌躇不定地说，桂枝她不会有别的男人吧？

61 有凤来仪

晚秋的天气里，南市的饭馆生意火爆。永元德的羊肉馅饼依然热卖，涮锅子隆重上市了。有钱的阔主儿涮锅子，当然一家人围坐在一只紫铜炭锅儿前面，其乐融融。一般食客心疼那几个木炭钱，可就没有这么讲究了。于是南市几家涮羊肉馆纷纷推出“共和锅”以满足大众胃口。这所谓“共和锅”是这样的：一张空心儿大桌子，中央摆着一只美孚洋油桶制成的煤球炉子，炉子上坐着一口六印大铁锅，开水哗哗沸腾着。大铁锅里放入一圈儿马口铁打成“隔断”形成一只只“格子”，一位食客占据一个“格子”，自己涮自己的羊肉片，随来随吃，随吃随走。这种共和锅，一桌儿坐了十几位食客，谁也不认识谁，只是共用一锅沸水而已，羊肉片永远是自己的。正可谓“我坐锅之左，君坐锅之右，一锅开水三生缘，自己涮自己的肉”。当然，偶尔也有羊肉片越界“串门儿”的时候，那就自认倒霉了。

虞云隆最爱吃涮羊肉。这一天晌午，他的几个“隔教”朋友请他到永元德二楼吃涮锅子。吃着喝着，一个朋友讲起了警察抓捕虞金诚的事儿，他摆了摆手表示自己对虞金诚的故事不感兴趣。

这个朋友还是讲了起来，说卢振天买通警察局马队长逮了虞金诚说他偷了盛昌商行的东西，真实目的是为了引蛇出洞，牵出虞云隆然后一举歼灭。可没承想半路杀出一个玉姑奶奶，口口声声说虞金诚是她养的汉子，结果把虞金诚从局所儿里给保出去了。

这一段哥哥的故事，虞云隆竟然听得入了神，手里的筷子不知不觉也掉到地上。他突然端起酒盅一饮而尽，起身说有事先走一步，便下楼走出永元德饭庄，朝着西边散步而去。此时的虞云隆动了心思。尽管他内心蔑视自己的哥哥，然而玉姑对虞金诚的一往情深，他还是受到强烈震动。玉姑奶奶并非等闲之辈，她一眼相中虞金诚必然有她的道理。莫非虞金诚果真属于胸怀大志而郁郁不得志的韩信那样的人物？这样思索着，虞云隆还是冷笑了。他绝不相信哥哥属于“君子报仇十年不晚”之类的人物。哥哥天生胆小，尿货一个。

过午的阳光照耀在虞云隆的脸上，挺舒服的。他信步拐进荣业大街，朝着玉华春饭庄走去。玉华春饭庄大门口儿，挂着两只大红条幅，一只条幅上写着“新任经理虞金诚先生迎宾”，另一只条幅上写着“特聘厨师虞金诚先生主灶”。饭庄门外立了一尊冲天匾，上面写着“本埠菜”三个大字，隆重推出的特色菜肴是：漂母什锦肉，韩信鱼鳞汤，洪武爷排骨，亲娘烩鸡丝，干爹炖面筋。

不远处，聚集了一大群看热闹的南市闲人，你言我语，议论着。

虞云隆混入人群里，支棱起耳朵听着。听着人们的议论，他终于再次受到震撼。原来玉姑为了扶持虞金诚，从今天开始将玉华春饭庄的经营权完全交给了这位虞大少爷——也就是说虞金诚已然成为玉华春饭庄的二东家。

人们议论纷纷，说什么的都有。有人说玉姑乃红颜知己，命中注定能够协助虞金诚成就一番大事业。也有人说虞金诚财色双收，卖油郎独占花魁，但毕竟还是扶不起来的阿斗。更有人说小白脸儿大多数靠不住，虞金诚一旦得势恐怕就会原形毕露。然而，无论人们如何议论玉姑，虞云隆还是被这位天津姑奶奶乐于助人的侠义之风所感动。他挤出人群往回走，遇到一家小酒馆便一步迈了进去。

老梆子坐在小酒馆里，手握一只锡壶正在自斟自饮。虞云隆一屁股坐在老梆子对面，一张嘴就叫了四壶白干儿。老梆子撩起眼皮看了看虞云隆，说喝酒就一壶一壶地叫，一上来就叫了四壶酒，过了。虞云隆说自己酒量很大，四壶酒根本打不住。

老梆子笑了，说能喝一江一湖也应当一壶一壶地叫，俗话说一生十、十生百嘛，四生什么呢？

虞云隆被问住了，一时无法回答对方的提问。老梆子笑吟吟喝下最后一盅酒，起身离去。虞云隆望着老梆子的背影，向小酒馆掌柜打听老梆子是谁。您还不知道那位老先生是谁啊？他就是四海漂泊大名鼎鼎的老梆子啊。

老梆子？我怎么不知道这人啊。虞云隆端起酒盅，自言自语着。

这时候，老梆子快步走到玉华春饭庄大门外。一大群看热闹的南市闲人仍然聚集在这里，继续议论着。老梆子混在人群里，认真听着。

小臭儿也隐蔽在人群里观察着。此时人们的议论还是褒扬玉姑义举者居多。老梆子频频点头，似乎很有同感。

这时候，一辆白色小汽车驶来，停在玉华春饭庄大门前。车门终于打开，走下一男一女。老梆子并不认识这一男一女，只觉得这是一对父女。漂泊四海行走九州的老梆子果然很有眼力，这一对父女正是刘清岳和刘宛珍。

刘清岳今天身着蓝色西装。他的女儿刘宛珍则是一身学生装束。刘清岳指着“玉华春饭庄”的招牌告诉女儿，他当初就是在这里吃到天津“学生菜”的，印象很深。

玉姑满面春风迎上前来，立即指派跑堂伙计将刘氏父女领进雅间。然后她站在饭庄门口大声对看热闹的人们说，诸位请进吧请进吧，你们就是不吃饭也应当喝一碗热茶啊。

老梆子大步走出人群，哈哈大笑给玉姑道着辛苦。玉姑看着老梆子说，这位老先生您好面善啊。噢，我想起来啦，那天我去报馆刊登寻人广告，您给我算过卦！

老梆子十分高兴地说，你记得我，我记得你，这就是缘分，这就是缘分啊。

玉姑请老梆子进去吃饭，老梆子摇头谢绝。玉姑请老梆子进去喝茶，老梆子随即应允，大步走了进去。走进玉华春饭庄大堂，老梆子在角落里选了一张小桌子，坐了。玉姑献上一碗热茶。老梆子慈祥地注视着玉姑说，今天一经此处，我料定你一定有事情要问我，就随你进来喝上一碗热茶吧。

您老人家料事如神，我真的是有事情要向您老人家请教。玉姑说着，竟然红了眼圈儿。老梆子似乎已经看出底细，告诫玉姑无论何时不可勉强行事。

玉姑点了点头说，前些天您给我算卦，说他交了桃花运，今天我只想问您一句话，他的桃花运是交在别处呢还是交在这里呢？

老梆子和颜悦色地说，此等人生大事，老朽不敢妄加评断。不过我要告诉你一句话，心诚则灵啊。我听别人说你宁可自己蒙诟也要为金诚洗冤，不遗余力把他从警察局保了出来，这就是义举啊，我很是佩服很是佩服。

老人家，我做这种事情并不是为了别人夸赞啊。玉姑解释说。老梆子站起身来说，你做得对啊，这就叫心诚则灵。

玉姑送老梆子走出玉华春饭庄大门，连声说多谢老先生指教。老梆子脚步极快，一眨眼的工夫便远去了。望着老梆子远去的身影，玉姑暗暗叹了一口气。心诚则灵，我的心难道还不诚吗？

玉华春饭庄的雅间里，刘清岳手里拿着菜谱给女儿讲解着天津菜的来历。他颇有几分学究风格，因此讲解起来就像授课。刘宛珍好奇地听着。

天津这地方乃是水旱大码头。从元朝以前就有了海运，如今九河下梢的内河运输更是繁忙。天津卫的烹饪门派众多，一是码头菜，它的主要对象是迎来送往，因此注重色味俱浓，直鲁两省的北派风格很是明显。还有一路是外埠菜，它是随着人流物流从南方流传过来的，譬如说淮扬菜就是这样。

刘清岳说着，跑堂伙计已经开始上菜了。刘宛珍惊异不已，说我们慕名而来还没有点菜啊。刘清岳更是纳闷，告诉跑堂伙计一定是弄错了。跑堂伙计笑而不答，报出“万木逢春”的菜名儿，就退出了雅间。刘氏父女面面相觑，一时不明真相。

一会儿工夫，又有两个热菜上桌儿，依次是“福禄寿喜”、“天降好运”。

刘宛珍十分活泼地说，爸，这就是天上掉下来的馅饼吧。

刘清岳受到女儿情绪的感染，操起筷子说，好啦，那就既来之则安之吧。

虞金诚叩门之后笑吟吟走进雅间说，对不起，这几个菜都是我安排的，不知合不合您的口味？

刘清岳激动地站起，伸出筷子指着虞金诚说，我又见到你啦，这真是太好了。珍珍，这位先生就是我跟你说起的那个年轻人。

虞金诚自报家门说，我姓虞，我叫虞金诚！

刘清岳继续说，我被日本浪人扣留在富士大旅社，就是这位虞先生给开平矿务局写信。开平矿务局以此为据跟日方交涉，我这才获得了自由啊！

刘宛珍端起茶碗，落落大方地说，虞金诚先生，我叫刘宛珍。谢谢您救了我父亲！我一生都不会忘记虞先生的勇敢精神！今天让我以茶代酒，向您表示真诚的谢意！

刘清岳更加激动，执意喝上一盅白酒。虞金诚吩咐跑堂伙计端来一壶热酒，说是直沽高粱酒。

三人端起酒盅，干了。虞金诚注视着刘宛珍说，今天认识刘小姐，我很高兴。好啦，后面还有几个菜，刘老先生，刘小姐，请二位慢慢用吧。

虞金诚离开了雅间。刘宛珍放下筷子问父亲，想不到华界还有如此优秀的青年才俊，虞金诚为什么安心于厨房啊？

刘清岳意味深长地笑了。珍珍，很多有志青年都是从社会底层奋斗出来的啊。

刘宛珍颇有感慨地说，我觉得虞金诚这样既有正义感又有才干的年轻人，无论是在社区还是在农村都应当获得上进的机会。

刘清岳很有同感说，是啊，我们应当给虞金诚创造这样的机会。

这时，跑堂伙计吆喝着又送来一道热菜并报出菜名：有凤来仪。

有凤来仪？刘宛珍听到这道菜肴的名字，若有所思的表情。爸爸，这有凤来仪翻译成为英语怎么说呢？

刘清岳情不自禁笑了，珍珍，你自己翻译吧。

刘宛珍努力翻译着，今天有凤凰似的女子前来访问？

刘清岳呵呵笑了。

不知为什么刘宛珍腾地红了脸，一下低下头去。

刘清岳伸出筷子说，珍珍啊，这么好吃的菜咱们快吃吧！

万木逢春、福禄寿喜、天降好运、有凤来仪。这四道菜肴，味道确实别具一格，个性鲜明。吃惯了大饭庄的刘清岳细心品味着，认为这四道菜肴说明虞金诚是一个内心充满创新意识的年轻人。刘宛珍吃惯了西餐，此时也吃得津津有味，连声说好吃好吃。

托盘里摆着一盆热汤，虞金诚走进雅间。刘宛珍心情极好，当头就问这又是什么菜啊。虞金诚笑着说这是一个汤。

什么汤啊？刘宛珍继续问。

这个汤的名字叫“喜相逢”。虞金诚意味深长地说。

好！喜相逢就是好。刘清岳击掌称赞。虞先生，你辛苦啦，请坐请坐，咱们聊聊天吧。

对不起刘老先生，我厨房里还有事情呢。改日我请您喝茶好吗？

好吧。咱们改日再聊也行。刘清岳说着拿出一张名片递给虞金诚。虞金诚双手接过认真看着。

请问，您供职的开平矿务局，那里是一片很大的天地吧？虞金诚不无向往地问着。

刘清岳点了点头说，煤炭是人类文明赖以生存的重要资源啊。

刘宛珍突然操着英语问道，虞先生你愿意到开平矿务局工作吗？

虞金诚愣了愣，然后操着英语回答说，开平矿务局需要我这样的厨师吗？

刘宛珍咯咯笑了起来。爸爸，难道虞金诚先生永远就是一个厨师吗？您为什么不介绍他去外国洋行当一个英文翻译呢？

刘清岳哈哈大笑说，珍珍，你为什么不介绍虞金诚先生去当英文翻译呢？

虞金诚窘迫地说，请二位用汤吧，喜相逢。

刘清岳颇有含义地说，好！有凤来仪，喜相逢。

62 应 聘

开平矿务局下设华北售煤处。华北售煤处的总办是纳森先生。纳森先生决定在华北售煤处之下设立天津售煤所，负责天津沿河地区乃至上游诸县的煤炭销售。纳森先生召集几位华人董事开会，请他们推荐年轻而干练的人才。刘清岳出席了这次会议。纳森先生说，根据中国国情应当挑选中国人担当天津售煤所要职。刘清岳认为纳森先生说得很对，就在会议上热烈鼓掌。纳森先生将推荐候选人的权力交给了刘清岳，并叮嘱万勿滥竽充数。然后纳森先生宣布散会。

刘清岳下班回家将这个消息告诉了女儿。刘宛珍眼睛一亮说，爸爸，你怎么不推荐虞金诚啊。

刘清岳故作惊讶地说，咦，我怎么把虞金诚给忘了呢？他能讲一口流利英语，又具有一定的社会经验，而且还能烧一手好菜，我看他还是非常合适的嘛。

刘宛珍高兴地跳了起来，跑到厨房给爸爸冲了一杯红茶。她在热气腾腾的红茶里加了糖，然后端到父亲面前说，爸爸，您老人家真是慧眼识英才的伯乐啊。

刘清岳哈哈大笑说，有人在我面前全力推荐嘛。

刘宛珍不好意思了，红了脸。爸爸，我可没有别的意思啊。我就是认为社会应当为青年人才提供机会。

刘清岳单刀直入问道，珍珍，你好像对虞金诚很有好感啊？

刘宛珍大大方方回答说，对，我觉得虞金诚很有才华。如果我没有看错的话，他不但有才华，而且人品也很好。您说呢爸爸？

刘清岳欣慰地注视着女儿说，珍珍，我非常同意你的观点。

第二天，刘清岳便将虞金诚推荐上去了。纳森先生在电话那头沉吟片刻，说明天面试吧。刘清岳随即打电话将这个消息告诉了刘宛珍。电话里的女儿活像一只快乐的小鸟儿。

刘宛珍通知虞金诚第二天一早儿在开平公寓大门口见面。刘宛珍远远看见一辆挂着九道捐牌的胶皮朝这里跑来，便迎上前去。

虞金诚跳下胶皮，朝着刘宛珍无声地笑着。她吃惊地看到虞金诚穿着一件薄薄的蓝色棉袍。晚秋天气，一早一晚确实有了凉意，可也不至于穿棉啊。刘宛珍觉得虞金诚的装束实在不合时宜，就忍不住咯咯笑了起来。虞金诚知道这是棉袍惹的祸，就主动解释说昨儿晚上把衣裳都洗了，措手不及，今天一早儿只好穿着棉袍就来了。

刘宛珍不无担忧地说，虞金诚先生今天可是面试啊。

开平公寓的看门人跑来禀报，刘清岳先生打来电话说面试地点在“唐山号”货轮。刘宛珍当即叫了两辆胶皮，朝着太古码头疾驶而去。

海河的主航道上，一艘挂着“米”字旗的轮船缓缓朝下游方向驶去。坐在胶皮车里虞金诚想起自己去年在太古码头搭乘“芝罘号”的情景，心头不由掠过一丝惆怅。唉，一年多时光就这样过去了，没家没业，无依无靠，我虞金诚仍然是一个破落子弟。

胶皮驶进太古码头，“唐山号”停靠在码头边。刘宛珍率先跳下胶皮，那身姿一看就是学校田径运动员。她指着“唐山号”对虞金诚说，你是优秀青年，我祝你成功！

虞金诚朝着刘宛珍笑了笑，沿着舷梯走上“唐山号”轮船。刘宛珍站在码头上，热烈地朝他挥手。

虞金诚心头一热，心里非常感激刘宛珍对他的支持。然而他知道此时不能分神，必须全神贯注对付洋人的“面试”。

沿着舷梯攀上去，他踏上“唐山号”轮船的甲板，看到这里的海河水面宽阔，轮船来来往往，一片繁忙景象。

刘清岳先生迎上前来，笑眯眯看着虞金诚，说你怎么穿了一件棉袍啊。不等回答，他转身引领着虞金诚走向船头。虞金诚远远看到一大群西装革履的先生站在那里，心情不由紧张起来。

身披风衣的纳森先生与董事们一起站在船头，不言不语注视着身穿蓝色棉袍的虞金诚。虞金诚的这种装束，一下引起了纳森先生的注意。

虞金诚抬头看见身材粗壮的纳森，立即愣住了。咦，这不是德士古洋油公司的纳森先生嘛，一年不见他怎么成了华北售煤处的总办啊？纳森先生注视着虞金诚，一派素不相识的样子。虞金诚渐渐醒悟了。是啊，此一时，彼一时。于是他暗暗告诫自己，只要纳森将自己当做陌生人对待，自己就不要主动提起去年帮助纳森运输油罐的事情。

刘清岳将虞金诚领到纳森先生面前，微笑着作了介绍。虞金诚操着英语向纳森先生问好，俨然陌生人的口吻。

这时候，这艘“唐山号”开动了，渐渐离岸而去。

纳森先生突然操着英语问道，年轻人，你懂得水吗？

虞金诚显然没有思想准备，一时语塞。然而他扭脸看了看奔流东去的河水，还是作出了回答。小时候我祖母告诉我，水是用来喝的。中学时代，阿基米德先生在课本里告诉我水的浮力定律。现在我可以告诉您水是什么，能够让船漂起来同时也能够使船沉下去的，就是水。

船头一派静寂。董事们不言不语，一起听着。刘清岳脸上掠过几分紧张表情，他毕竟希望虞金诚今天能够顺利过关。

船下是哗哗流淌的海河水。

纳森先生板着面孔继续发问，年轻人，你懂得煤吗？

纳森说罢，伸手指着远方一艘突突冒着白烟的小火轮。你知道它烧的是什么煤吗？

虞金诚遥遥望着小火轮的烟囱，表情平静。这艘小火轮烧的是开平出产的烟儿煤。

纳森追问着，你为什么说它烧的是开平出产的烟儿煤呢？

虞金诚毫无掩饰地说，我曾经在一户人家当了半年仆人。主人派我把一堆大煤块儿砸成小煤块儿，就是开平烟儿煤。后来我做了饭馆厨师，炉灶里烧的也是这种开平烟儿煤。

纳森脸上掠过一丝难以察觉的笑意。年轻人，你能告诉我开平烟儿煤有什么优点和缺点吗？

虞金诚认真思索着，然后说开平烟儿煤的主要缺点就是冒烟，开平烟儿煤的优点是热力持久。

纳森终于笑着说，年轻人，我初步决定录用你了。你明天上午九点钟到开平总务处去找汤姆先生吧。汤姆先生一定会及时给你安排工作的。纳森说着指了指岸边问道，年轻人，我现在要求你立即回到岸上去，你会怎么办呢？

虞金诚当即回答说，如果没有汽艇也没有舢板，那我只能依靠自己了。说着，虞金诚抬腿跨过甲板，纵身跳入深秋的海河里。

虞金诚很快就浮出水面，奋力朝着海河左岸游去。这时候，他听到轮船甲板上响起一阵热烈掌声。

刘宛珍站在岸上，又蹦又跳大声欢呼着。

中午，刘宛珍在起士林西餐厅请虞金诚吃饭，说是庆祝面试成功。虞金诚跟刘宛珍喝了一瓶葡萄酒，心情振奋。午后俩人并肩走出起士林西餐厅，这时虞金诚已经冷静下来。

其实今天的面试并没有什么结果。他若有所思对刘宛珍说。刘宛珍抬头看着他，表情非常激动。虞金诚，我平时在学校里接触的都是动不动就被胜利冲昏头脑的小男生。因此，我非常欣赏你的冷静和成熟。

虞金诚苦笑了。宛珍小姐，其实我既不成熟也不冷静，只是在生活里遇到了几次挫折而已。

这就是难得的资本啊。刘宛珍深切地说着。

第二天上午九点钟，身穿灰色西装的虞金诚按时来到开平总务处。长长的楼道里一位服务生走过来用英语问他有何公干。他说求见总务处的汤姆先生。服务生走进一间“奥飞斯”通禀了一声，然后告诉他站在“奥飞斯”门外等候。虞金诚就这样等候着。两小时过去了，办公室里终于有人喊了一声“进来吧”，是英语。虞金诚不慌不忙走进去，看见一位身躯肥胖的外国人坐在一只宽大的沙发里，脸色阴沉。

您是谁？肥胖的外国人好像警察审问犯人。虞金诚报出自己的姓名，然后问对方是不是汤姆先生。对方极不耐烦地点了点头，问虞金诚究竟有什么事情。

虞金诚只字不提纳森先生，只说是来这里找工作的。汤姆先生唔了一声，突然改用汉语问他懂不懂英语。虞金诚也改用汉语回答说，我懂一点儿英语。

汤姆先生突然改成英语问道，你会打扫楼道吗？

你们英国人打扫楼道跟我们中国人打扫楼道有什么不同吗？

汤姆先生终于笑了。好，你也懂得幽默啊？不过中国人像你这样具有幽默感的并不很多。你已经被录用了。

虞金诚继续说，你还没有告诉我英国人究竟怎么打扫楼道。

你听好。汤姆先生板着面孔说，你是我录用的清扫工。请注意，你每天清晨七点钟上班，主要清扫开平公寓的楼道和电梯间。晚间六点钟你还要上班，主要清扫开平矿务局大楼的会客厅和“奥飞斯”，这是你全天的工作。中间你可以休息，每周发薪。我说的话你听明白了吗？

虞金诚当然感到意外。我明明应聘于开平售煤处，怎么一下变成了开平公寓的清扫工呢？他觉得这里大有文章，心情反而平稳下来。于是他笑着告诉汤姆先生说，你说的话我听明白了。

汤姆先生似乎沉不住气了，主动询问虞金诚还有什么事情要问。虞金诚摇了摇头说，我没有任何事情要问啦。

汤姆先生脸上浮现出几分迷惑的表情，就这样注视着虞金诚。

虞金诚走出汤姆先生的“奥飞斯”，这位刚刚被录用的清扫工心态越发平稳。即使被聘为开平公寓的清扫工这又有什么不好呢？我真的应当从零开始。他走出开平矿务局大楼，沿着英租界马路朝前走去。这英租界与华界相比，那是清静了很多。尤其中午马路上更是没有什么车辆和行人。虞金诚行走在幽静的林荫道上，脚步渐渐缓慢下来。

他想起了卢玉洁。

大胡子印度巡捕迎面走来。虞金诚用英语向对方问好。大胡子印度巡捕说，哇，您的英国话比我讲得好。

虞金诚幽默地说，您的印度话一定比我讲得好。

双方同时笑了。

虞金诚向印度巡捕打听金鸟别墅，并且谦虚地表示自己对英租界的街道不太熟悉，请指教。印度巡捕指着远处说，从这里去总督路，然后向左拐过了约克道，就是金鸟别墅了。

按照印度巡捕指引的方向，并没有找到金鸟别墅。这时他想起金鸟别墅坐落在伦敦道，就向一位送奶工人询问方向。

终于找到了伦敦道。这时候马路上没有行人，虞金诚独自走着，心里突然空荡荡的。他突然决定访问金鸟别墅完全出于一种心理冲动。他渴望故地重游。他渴望旧梦重温。

不知不觉已经来到金鸟别墅的院子门前。抬眼看到院里那幢熟悉的小洋楼，虞金诚激动起来，禁不住轻轻地“啊”了一声。他想起自己身为厨师与卢玉洁在金鸟别墅里共同度过的美好时光，不禁怀有几分感伤。他思念卢玉洁，同时深知她是有夫之妇，他与她之间隔着一道高耸入云的大山，而这座大山是今生今世无法跨越的。此时，他只想站在金鸟别墅外边，看一眼院里生长的树木，吸一口院里飘出的空气，如此而已。院子里一派萧索的景象，虞金诚看出卢玉洁已然不在此地居住了，心情越发沉重。

李家小洋楼与金鸟别墅一街之隔。这时候，李文卿手里拎着网球拍子从院子里走出，一眼看到金鸟别墅门前站着一个陌生男子，隔着马路投来疑问的目光。

尽管女佣桂枝怀了自己的孩子，但李文卿仍然认为卢玉洁肚子里的胎儿来历不明。因此他对妻子充满怀疑，一直暗暗搜寻着破案线索。

关于李文卿，虞金诚是只知其名未见其人。李文卿同样不认识虞金诚。然而，素不相识并不妨碍这两个男人之间构成一种微妙的关系。这种微妙的关系激发了李文卿的直觉。他径直走过马路，朝着陌生男子打着招呼。陌生男子不动声色，应声注视着网球爱好者李文卿。

先生，请问您是找金鸟别墅吗？李文卿颇有含义地问道。

虞金诚迎面回答说，对不起，我只是路经此处。请问您是找金鸟别墅吗？

李文卿越发起疑，注视着虞金诚说，您好像对金鸟别墅很感兴趣。请问您需要我帮助您吗？

虞金诚摇了摇头，说了声再见，转身大步走了。李文卿若有所思地注视着虞金诚渐渐远去的背影，自言自语着。

卢玉洁啊卢玉洁，我就是上天入地也要把那个男人挖出来。

走出一个街区，虞金诚看到前面有一座街心花园，便找了一只石椅坐下歇脚。我敢断定刚才那位先生就是李文卿。卢玉洁为什么要嫁给这样一个阴阳怪气的男人呢？怪不得她的婚姻生活不幸福啊。可惜卢玉洁是有夫之妇，李文卿又属于不许离婚的天主教家庭。这就是命运的残酷，卢玉洁只能听天由命了。

叫了一辆胶皮，虞金诚坐在车里一时不知去向何方。既然刘氏父女没有主动跟我联系，我就不要给人家再添麻烦啦。这样想着他告诉车夫去华界南市。这时候虞金诚终于意识到无论他在生活里遇到大喜也好大悲也好，南市玉华春饭庄后院的那间小屋永远是他避风的港湾。

回到玉华春后院他向玉姑告假，说这几天不能料理饭馆里的事情。玉姑很懂事，不加询问就答应了。看到玉姑如此爽快，虞金诚反而不好意思了。可一时又不便解释，他索性就这样了。

第二天一大早儿，虞金诚给那盆儿长势良好的红色月季花浇了水，然后穿戴整齐出了玉华春饭庄后院。迎着晨风悄悄走出一个路口他才扬手叫了一辆胶皮，朝着英租界开平公寓疾驶而去。

玉姑不声不响站在玉华春饭庄门外，注视着虞金诚远去的背影。

一连三天，虞金诚都是这样早出晚归。中间休息他就到英租界公共图书馆里看书，他对《中国人的生活》这本书很感兴趣，从中懂得了许多道理，于是爱不释手。饿了就吃一口面包，渴了就忍着。他如饥似渴地阅读着，似乎又回到了学生时代。

有人将一瓶水放在他桌上。他沉浸在《中国人的生活》里，完全忘记了自己身居何处。渴了，他抄起瓶子拧开盖子就喝，目不转睛继续读书。一册四十万字的厚书，他第四天的黄昏时分竟然读完了。

六点钟还要上班，他抬头看了看图书馆角落里的大座钟，五点一刻了。他站起身来准备离开阅览室。

这时候他发现身旁坐着一位读者。侧脸一看，竟然是刘宛珍小姐。

虞金诚一时不知如何是好。刘宛珍笑着说，我已经在你身旁坐了两小时了，而且你还喝光了我的一瓶水。

真是对不起。虞金诚不好意思地笑了笑。刘宛珍问他这几天为什么没有跟她联系。虞金诚回答说，一则工作很忙，二则不愿打扰她。刘宛珍问他，汤姆先生给他安排了什么工作。虞金诚心里一下就明白了，笑着说清扫工。

什么？他们给你安排的清扫工！刘宛珍大声说着。虞金诚示意她不要大声喧哗，这里是公共场合，然后起身拉着她走出图书馆。

他与她并肩走在英租界的马路上。这里距离英租界的中街不远。中街是金融区，大街两侧都是外国银行。刘宛珍显然对汤姆先生安排虞金诚做清洁工很有意见，表示强烈不满。虞金诚极其低调地表明了态度，自己即使做一辈子清扫工也没有什么不好。英美国家的百万富翁里不乏出身贫寒者，都是从底层一步步爬进了上流社会。刘宛珍很惊讶，问他真是这样想吗。虞金诚说上班时间到了，立即告辞朝着开平公寓方向跑步而去。

刘宛珍望着虞金诚奔跑的背影，心情很是激动。

虞金诚气喘吁吁跑进开平矿务局大楼，此时正好六点钟。他急急忙忙换上杏黄色工作服，拎起扫帚就去清扫二楼会客厅。

二楼会客厅里的会议刚刚结束。一群西装革履的先生陆续走出会客厅大门，继续交谈着。虞金诚听到他们正在议论煤炭价格，立即想到即将成立的天津售煤所。他站在楼道里注视着走出会客厅的人们，竟然一眼看到了一个似曾相识的身影——李文卿。当然，此时虞金诚并不知道此公就是卢玉洁的丈夫。

走出会客厅的李文卿并没有发现虞金诚。李文卿身为经营煤炭生意的贸易公司的年轻经理，他的目光绝对不会投向一位清扫工的。李文卿夹着公文包走向电梯间。虞金诚则拎着扫帚走进二楼会客厅。

他意外地看到纳森先生独自一人坐在会客厅里，正在埋头阅读一份什么文件。

不知如何是好。他远远注视着纳森先生，终于操着英语低声问道，先生我可以开始清扫了吗？

随便。纳森头也不抬头便回答了虞金诚的请示。他轻轻挥起扫帚，开始扫地了。水磨石的地面，光润平滑，使人想起大理石。这座开平大楼里的人们的确非常文明。烟蒂在烟缸儿里，纸屑在纸篓儿里，只有雪茄的烟雾飘散在空气中，四处弥漫着。在这里做清扫工并不十分劳累。虞金诚打心里喜欢上了这个地方。

纳森先生收拾文件，起身离开会客厅。他无意之间朝虞金诚投来一瞥，不由愣住了。虞金诚毫不理会，继续低头扫地。

纳森先生重新落座，点燃一支雪茄。年轻人，请去给我端一杯水好吗？

对不起先生，我是清扫工。打水必须进入水吧。清扫工是不允许进入水吧的。

哦。纳森先生突然笑了。年轻人，我们以前见过面吧？

虞金诚不卑不亢地回答，是的。几天之前我在“唐山号”轮船上跟您见过面。

我们在“唐山号”轮船之前好像也见过面吧？纳森先生故作沉思状。

纳森先生，如果您认为我们在“唐山号”轮船之前见过面，那么我们就见过面。如果您认为我们在“唐山号”轮船之前没见过面，那么我们就没见过面。

为什么？纳森先生兴味盎然地问道。

道理非常简单。因为你是强者，我是弱者。在强者与弱者的游戏里，弱者只能遵守强者的规则。如是您已经忘记了有人帮您运输那只大油罐，那么我只能遵守强者的游戏规则，不会主动向您提起那只大油罐的。

纳森先生突然更换话题说，年轻人，你的英语讲得确实很好。你在井陉工作顺利吗？

多谢纳森先生当年的推荐。这一年多时间，我在井陉煤矿充当司秤员，如今我回到了天津。这就是中国人的乡土观念。

西方人也有乡土观念。好啦，你继续扫地吧。纳森先生操着英语继续说，年轻人，你知道天津的锅巴菜是怎么回事儿吗？如果你知道它的来历，有时间给我讲一讲，好吗？

虞金诚点了点头说，全中国只有天津这地方有锅巴菜。

纳森夹起公文包说了声再见，匆匆走了。

晚间七点多钟，虞金诚完成了当天的清扫工作。他洗手擦脸，脱掉黄色工作服换上自己的衣裳，行走在开平矿务局大楼里。这时候，背后有人喊他。

他回头看到汤姆先生，就问了一句晚上好。汤姆先生表情很是古怪，从上到下打量着虞金诚，操着英语说明天你不用来这里上班啦。

虞金诚装作没有听懂的样子说，怎么，我被您解雇啦？

我可没有权力解雇你。当初让你当清扫工，是纳森先生的命令。如今不让你当清扫工，也是纳森先生的命令。好吧明天上午十点钟你到纳森先生的“奥飞斯”去报到吧。我的使命已经完成了。

虞金诚笑了。

走出开平矿务局大楼，街上已然灯火阑珊。这时候，他一眼看到刘宛珍身穿白色衣裙站在马路对面的一株大树下，向他挥手。

他横过马路大步走上前去。

刘宛珍大声说，虞金诚，我祝贺你完成了这次特殊的考试！

虞金诚装傻充愣说，什么特殊的考试啊？我这个清扫工被解雇了，还不知道明天纳森先生给我派什么活计呢。

刘宛珍眨着一双纯洁的大眼睛说，事到如今你还不明白！你是狡猾啊还是愚蠢啊？

我一定是愚蠢呗。虞金诚含而不露地回答着，一任深秋的夜风吹乱自己的头发。

对不起，这就是纳森先生独特的招聘方式。刘宛珍略表歉意地说。

此时，虞金诚在心里暗暗说道，谢天谢地谢人，我虞金诚就这样进入了英租界。

63 告别南市

半夜时分，虞金诚拎着一只蒲包回到南市玉华春饭庄。蒲包里是鲜货。天津卫管水果叫鲜货。这一蒲包水果是刘宛珍送给他的，说是广东水果。虞金诚住在玉华春饭庄后院，因此他必须穿越前厅。店堂里值夜的伙计可能睡着了。虞金诚轻轻叩门不管事儿，只得用力挥拳“砰砰砰”捶门。里面终于有了响动。虞金诚没有料到前来开门的是玉姑。

玉姑笑着说，金诚，这么晚回来你可要当心着凉啊。

虞金诚心头一热，几乎难以承受玉姑的真情关爱。他手里拎着蒲包进门，反问玉姑这么晚了怎么还没歇息。玉姑说攒了一牌局，佟三姐和余大妹子正在后院打麻将呢。

还有谁啊？虞金诚问。玉姑说没有别人。虞金诚意识到这牌局是三缺一，就说你们仨人拐磨啦。其实玉姑深更半夜耗着不睡，就是为了给虞金诚开门。可她不愿意明说，只随着虞金诚走进后院。

既然深夜有客，虞金诚索性借花献佛捧着一蒲包鲜货走进玉姑的房间，请佟三姐和余大妹子吃水果。果然桌上摊着麻将牌。两位女将嘴叼烟卷儿正在喷云吐雾。

玉姑打开蒲包看到里面的鲜货，有洋桃龙眼蜜柚什么的，认为虞金诚挺给自己作脸的，就笑了。佟三姐吸了一口烟说，怪不得这碗里的茶叶都立着呢，敢情有贵客临门啊。余大妹子撇了撇嘴说，虞金诚可不是客人，人家是玉华春饭庄的大堂经理外加主灶名厨。佟三姐连连点头说，对对，虞大少爷是主人，咱姐俩才是这儿的客人哪。

听着这几句话，虞金诚尴尬地搓着双手，一时进退两难。

佟三姐说，虞金诚这儿三缺一，你快来凑一把手儿吧。

虞金诚不好意思地说，对不起我不会打麻将，你们玩儿吧，我先回去啦。说着，转身走出玉姑房间。玉姑毫不犹豫地跟了出去。

一前一后走进虞金诚居住的小屋，玉姑说你累了一天啦休息吧。说着动手给虞金诚铺床。她撩起褥子看了看充当床板的正昌商行老匾说，你还睡在它上面啊。虞金诚指着“正昌商行”四个金字说，我睡在它上面，心里就有一股子劲头。

玉姑一边铺床一边说，我看你这是效仿越王勾践，住在这间小屋里卧薪尝胆呢。

听了玉姑这两句话，内心孤独的虞金诚感觉遇到了知音，霎时激动起来。他一把抓住玉姑的手说，我堂堂七尺男儿，一定要恢复正昌商行老字号，把属于自己的东西重新夺回来！

玉姑投来深情的目光说，我早就看出你胸怀大志啦。你虞金诚跟虞云隆的性格，大不相同啊，就不像亲哥俩似的。你弟弟的心思全在脸上挂着，一看就知道。你是心里有事儿嘴上不说，外表就赛一只绵羊，内心呢其实是一只猛虎！

玉姑的这番话，虞金诚字字入耳，他猛然冷静下来，缓缓松开玉姑的手，满脸谦恭表情。

虞金诚说，我天生胆小，别说心里没有老虎，我就连一只老鼠也没有啊。

无论老虎还是老鼠，男子汉大丈夫只要胸怀大志，早晚有成事的那一天。玉姑说着扭过脸，似乎对虞金诚的这种言不由衷很不满意。

金诚啊，这几天你好像有什么事情要跟我说，今儿你就说了吧，省了憋在心里难受。

虞金诚一愣，随即重重叹了一口气，似乎怀有难言之隐。

你心里有话就明说吧，不要吞吞吐吐的就跟受气包儿似的。

其实玉姑这番话里多少含有一丝揶揄成分，她爱憎分明性格爽快，因此对虞金诚欲言又止的态度很难理解。也许虞金诚感到了这种压力，终于说了实话。

玉姑，我想出去闯一闯，这玉华春饭庄里的事情我就帮不上你的忙啦。

哦。玉姑听罢低头不语。

玉姑，你说话啊，难道我出去闯一闯不对吗？俗话说好男儿志在四方。我不能守着灶火炒菜煮汤一辈子吧？

玉姑受到极大震动，眼窝儿湿润起来。金诚啊，我聘你担当饭馆经理和主灶厨师，其实就是为了将来把玉华春饭庄交给你掌管啊。我心里有个念头，那就是两好凑一好，这一辈子守着玉华春饭庄好好过日子。如今看来，这两好恐怕没法儿凑成一好啦。那一年多时光你去了外埠，回来之后我不觉得你心里有了人。这一程子你又早出晚归的，我就知道这里留不住你啦。你是读书人出身，胸怀大志也是常情。像我这样的女人，根本配不上你。唉，人活一世，草木一秋。你奔自己的前程，我不怪你。你出云闯一闯吧，假如在外面遇到迈不过去的关口儿，我玉姑永远接着你！

虞金诚扑通一声跪在玉姑面前，泪水流淌。玉姑，你的心思我全都明白，可是我的心思你就未必全清楚了。我欠你的这份情，恐怕今生今世也还不完啊。现在我只能告诉你，我这一辈子的道路只是刚刚开始。我虽然进了开平矿务局天津售煤所，可我不知道今后能走到哪一步。无论我走到哪一步，你玉姑在我心中的分量都是没人能比的。为了你，今后我什么事情都能做，可我就是不能跟你两好凑成一好啊！

玉姑也扑通一声跪在他面前。金诚你不要说了，你的心思其实我都明白。你不甘心做人下人，你要做人上人。你要把你丢失的东西全都夺回来。既然这样，你就朝前走吧，一定咬住牙关别回头！华界这地方浅水困蛟龙，天津售煤所才是大地方，你就往租界里奔吧！从今往后无论你变成嘛样子，我都不会不认你这个人的！

虞金诚与玉姑抱头大哭。摆在窗台上的那盆红色月季花，不声不响注视着这对激动万分的男女。

隔壁屋里，佟三姐与余大妹子相视而坐，抽着烟卷儿。此时哭声传来，迅速充满夜空。

佟三姐不为所动，听见了吧，这王金龙一回来，那屋里就唱上玉堂春啦。

余大妹子冷静地说，玉姑这人真是不明白，你跟虞金诚动哪门子真情啊？这才叫聪明一世糊涂一时呢。

佟三姐连连摇头说，女人啊，就怕动了真情。女人一动真情，就离倒霉不远啦。

余大妹子掐灭了烟头儿说：你说这男人里头有好人吗？

佟三姐撇了撇嘴说，有哇。可特别少。十年八年也出不了一个。

余大妹子并不认同，问道，你给我举一个，哪有好男人。哎你说宋江算是好男人吧？

佟三姐嘿嘿笑着说，可宋江他把阎婆惜给杀啦。

这时候隔壁的哭声停止了。

余大妹子又问道，那千里走单骑的关云长算是好男人吧？

佟三姐点了点头说，对，关羽跟两位嫂嫂从来不动邪念。

玉姑推门走进来。她已经擦去了泪痕，朝着两位姐妹笑了笑。

佟三姐问道，玉姑，没事儿啦？

玉姑点头说没事儿了。余大妹子又问道，那咱仨接着拐磨吧？

不啦。我得给金诚收拾行李，明儿一大早他就要走啦。

佟三姐与余大妹子，面面相觑。

你俩接着喝茶吧，我自己慢慢拾掇着。玉姑说着打开衣柜，从里面拿出一件件衣裳，自言自语道，这件春绸大褂是我在元隆布店给他扯的料子，新做的还没上过身呢。这件小棉袄天一凉就该穿了，它里面絮的可是真正丝棉啊……

玉姑突然轻声唱起了京戏，是《杜十娘》里头的唱段。

佟三姐伸手抹了一把眼泪。余大妹也抽泣起来。

玉姑扭脸看了看这两位姐妹，强作欢颜说，这事儿谁也不能怨，只能怨我自己，只能怨我自己心里还有这份真情。

说着，玉姑朝前一扑，一头扎进佟三姐怀里。

姊妹三人拥抱在一起，号啕大哭。

余大妹子一边哭泣一边说，玉姑！为了让你落一个肃静，你听我一句话，你就跟虞金诚结拜吧，你义姐，他义弟，这样你就彻底死心啦！

玉姑摇了摇头说，我这心里除了他，早就装不下别人啦！

第二天上午十点多钟，虞金诚西装革履走出玉华春饭庄。他手里拎着一只大皮箱，头上还戴了一顶黑色礼帽。

这一只大皮箱里装满了玉姑给他添置的衣裳。虞金诚留给玉姑的，只有摆放在小屋窗台上的那盆儿红色月季花。

玉姑并没有出来为心爱的男人送行。因此外人也不知道虞金诚的这次出行究竟意味着什么。只有小翠儿悄悄溜出来，瞪大一双眼睛看着虞金诚在玉华春饭庄大门口坐上一辆胶皮。

小翠儿突然冲上前去，指着坐在车里的虞金诚说，姓虞的！你可把玉姑奶奶给害苦啦。除了你这个臭狗屎，玉姑奶奶这辈子也不会看上第二个男人啦，虞金诚，你这是作孽啊！

虞金诚坐在车里，脸上挂着两滴清泪。车夫问他去什么地方。他不说话，车夫朝前跑了几步。他自言自语，十年河东十年河西，南市可是个好地方，我虞某人一定要杀回来！

掏出怀表看了看，他告诉车夫去单街子口。他已经约了钦三先生在白记饺子馆见面。他进入英租界之前，一定要跟这位老账房先生聊聊。他总觉得钦三先生肚子里有话没吐出来。

白记饺子馆店铺不大，隔教。虞金诚走到门口儿抬头看了看清真牌匾，说了声老字号啊，表情很是感慨。他这身儿打扮来白记饺子馆这种地方，少见。华界地面西装革履的人，不多。于是，虞金诚就好像骆驼站在了羊群里。

钦三先生很守时，已坐在门口左侧的一张桌子旁等候着。虞金诚一走入白记饺子馆钦三先生立即起身叫了声大少爷。毕竟是老东老伙了，虞金诚觉得心头热乎乎的。

双方落座。跑堂伙计跑来招呼。虞金诚点了一壶白酒几样凉菜，饺子则随叫随煮。

钦三先生说，大少爷您大忙的还约我出来是有什么急事吧？虞金诚表示没有急事只想坐下来说说心里话。

这时十几个“杂霸地”闯了进来，大声嚷嚷给他们腾地方。钦三先生继续说着，不以为然。

大少爷，既然今天咱们坐在一块儿，我倒有几句要紧的话跟你说。钦三先生从腰里摸出一只长方形的小匣子，红木的。

跑堂伙计满脸愁云伸长脖子凑到虞金诚耳旁说，这位爷，你看来了十几位吃地面儿的，非得让大伙给他们腾桌子，我也没有办法啊。

钦三先生勃然作色道，我们点了菜要了酒，你却让我们腾桌子，这是哪家子的规矩啊！

为首的“杂霸地”吹胡子瞪眼，催促着给他们腾地方。几个胆小的顾客不言不语起身溜走了。

钦三先生，这儿太热闹了，咱们换一地方吃饭吧。虞金诚颇为大度地站起身来。钦三先生只好收起红木匣子，起身随着虞金诚走出白记饺子馆。

跑堂伙计心里不落忍，追出来赔着好话。虞金诚笑了，说我把针市街的正昌商行都腾给别人了，更别说在这儿给你腾一张桌子啦。

走出单街子，就近找了一家老西儿面馆。这里挺清静，没几个食客。虞金诚跟钦三先生落座。钦三先生不无感慨地说，大少爷像您这种身份的人屈尊来这样的小面馆吃饭真是不容易啊。虞金诚一笑而已，不说什么。他点了两份凉菜要了一壶白酒，开门见山向钦三先生说出自己内心的想法。

钦三先生真诚地说，大少爷，您的苦处我心里明明白白。老先生去世之后，您受了太多的委屈，丢了正昌商行一时间您成了天津卫著名尿货。可我从来不认为您天生胆小。

虞金诚为钦三先生斟了一盅酒。钦三先生，今天我看到卢振天跟虞云隆闹事，觉得特别没意思。男子汉大丈夫站在当街破口大骂，就以为自己是英雄好汉了。其实呢，就跟两只小蛐蛐斗嘴似的。斗来斗去也是两只小秧子。

大少爷，打老先生在世的时候我就看出您是一个心高志大的人。您什么时候打算东山再起，只要有用得着我的地方，我是招之即来啊！

虞金诚颇有遇到知音之感。好，那我就先敬您一盅！

俩人干了一盅。钦三先生又从怀里拿出那只红木小匣子，随手摆在桌上。大少爷我告诉您吧，二少爷前几天来找我，说是正昌商行重新开业，请我做账房先生。说实话这是我的老行当，可我还是婉言谢绝啦。

轻车熟路老行当，您干嘛要谢绝呢？

二少爷这人有点有勇无谋，他哪有什么财力啊就急急忙忙跟人家卢振天对台打擂，我看前景难料啊。再者说假使恢复正昌商行老字号这也是您大少爷的事儿，他二少爷不正宗啊。

虞金诚思索着，说钦三先生，俗话说“没吃过猪肉不能没见过猪走”，我这是深感腹内空空，今天专门向您讨教啊。

钦三先生试探着问，大少爷，莫非您打算东山再起继承祖业接着做商行的生意？

我如今在开平矿务局华北售煤处下面的天津售煤所做事。虞金诚伸手从怀里掏出一个骰子往桌上一撒。这骰子转了三圈儿，稳稳停在钦三先生面前。

虞金诚说：钦三先生，您看这骰子上面的点数儿，一个比一个大。人心，也是如此啊！

钦三先生看着虞金诚，频频点头说，是啊，天大地大也没有人心大。不过，有一件事儿我不知道当讲不当讲……

您说吧。自打我父亲去世，我总觉得有件事情您没跟我交代。您要是觉得今天够火候了，就告诉我吧。

钦三先生环顾四周，端起红木小匣子。他的手突然颤抖起来，仿佛正要开启一个巨大的秘密。

虞金诚捺住钦三先生的手。钦三先生，您不用急着打开这只红木匣子。您还记得我父亲的遗愿吗？

钦三先生眯缝着眼说，我记得老先生生前许了愿，要在南运河上修建一座浮桥。

钦三先生，我一定要完成先父的遗愿！虞金诚说得斩钉截铁。

钦三先生激动地注视着虞金诚。既然如此，我看这层窗户纸也到了捅破的时候啦。说完，钦三先生缓缓打开了那只红木匣子。

虞金诚目不转睛。钦三先生，这是我父亲的遗嘱吗？

没错，正是老先生的遗嘱。大少爷，您现在就冲西边发一个誓吧，您发誓保守遗嘱里的秘密。

好吧，我发誓。虞金诚低声应着。

钦三先生压低声音说，虞大少爷我说您吧，您跟虞二少爷之间的那些恩怨，这辈子恐怕是解不开啦！

果然不出我之所料，您说吧，我洗耳恭听。虞金诚眼神里流露出一股冷峻的光芒。

64 恢复老字号

盛昌商行斜对面有一座闲置多年的大院儿，前几天有人进进出出，说是在这儿存放货物。对此，罗九并未在意，也就没向卢振天禀报。卢振天除一日三餐之外，精心喂养着那两只绿毛龟。

一天上午，针市街上突然热闹非凡。一群乐手吹吹打打走过来，紧跟着噼噼啪啪响起了一阵鞭炮声。罗九闻声赶来。只见硝烟刚刚散去，一块黑底金字大匾随即缓缓升起，悬挂在一街之隔的大院门楼上。罗九定睛细瞧，心头不由一惊。这块大匾上刻四个颜体大字：正昌商行。罗九“啊呀”一声，转身跑回了盛昌商行。

卢振天稳坐太师椅上，正摇头晃脑哼唱着京戏《四郎探母》。罗九一头撞进来，吓了他一大跳。

你吃耗子药啦？卢振天极其不满，呵斥着这位大管家。

罗九报告说一街之隔的那座大院儿突然挂出了正昌商行的牌匾，又奏乐又放炮的好像开业大吉似的。

怪事儿！正昌商行明明改成了盛昌商行，怎么又冒出一个正昌商行啊？罗九你这是撒呓挣吧。

罗九特别委屈，说耳听为虚，眼见为实，您赶紧出去瞧瞧吧，光听我说就跟聊斋似的。

你就是聊斋，我才没那闲工夫去看呢。卢振天继续给绿毛龟喂食，满脸不屑的表情。

一阵喜气洋洋的乐曲声从外面传进屋来，卢振天立即停止给绿毛龟喂食，侧耳细听。

罗九趁机进言，卢大少爷，这不是存心给您添堵吗！

卢振天呼地站起身来。他妈的，我看看去！

针市街上，前来祝贺正昌商行开业大吉的人流不断，一时间堵塞了交通。一阵喜乐之后，身穿长袍的虞云隆直立门前，朝着人们拱手行礼。

各位来宾各位朋友，今天是敝号重新开业的大喜之日。我在这儿借诸位送来的祥瑞之气，说几句心里话。大家知道，我们正昌商行这两年遭了大难，家破人亡啊。可虞某人大难不死，今日东山再起！大家已经看到了，正昌商行，我这是老字号新牌匾。老字号是祖传的，新牌匾是因为正昌老匾落在了一个没囊没气的人手里。这个没囊没气的人就是虞金诚。哎今儿是喜庆日子，不提那个堵心丸也罢！各位来宾各位朋友，我虞云隆明人不做暗事。今天我挂上正昌商行的牌匾，就是为了继承祖业，重振雄风！今后还望三老四少五方八面，多多关照啊！

卢振天大步走出盛昌商行大门，伸出伤残的左手哈哈大笑。这笑声惊动了半条针市街，人们刷地将目光投向这位放声大笑的卢大少爷。

卢振天不笑了，扯开大嗓门说，哎，正昌商行已经被我收回改成盛昌商行啦，今儿怎么又冒出一个正昌商行啊，别是小老婆儿养的吧？

人们觉得有趣，轰地一声笑了起来。

虞云隆毫不示弱，迎着卢振天大声说，这还没到二八月呢，我怎么听见闹狗啊！

罗九冲上前去说，虞云隆，男子汉大丈夫说话用不着念讪音。当面锣对面鼓，有什么话就明说吧！

虞云隆从伙计大杠子手里接过一只紫砂茶壶，润了润嗓子说，我说罗九啊，就是轮一百年也轮不到你说话。你给我闭住你的屁眼！

卢振天跨步将罗九挡在身后。虞云隆，有话你就冲着我说吧。

虞云隆走上前来，两眼充满血丝。姓卢的我告诉你，天底下只有一个正昌商行，姓虞。你盛昌商行才是小老婆养的呢。

卢振天手下的伙计从盛昌商行里冲出来，人人手持镐把。

正昌商行的伙计们以大杠子为首，呼啦一声也都抄起了白蜡杆儿，准备大打出手。

卢振天满脸笑容说，打架咱可不外行。今儿是单挑儿啊还是砸团儿啊？

虞云隆冷笑着说，卢振天，你点吧，我随着你！

两边的伙计紧紧握住手里的家伙，只要一声令下就动手了。

一辆胶皮疾驰而来，刷地停在针市街上。身穿蓝色西装的虞金诚坐在车上，高喊一声住手。

紧张的空气一下子缓释了，人们注视着这位突然到来的虞大少爷。

虞金诚从胶皮上跳下来，使劲儿挥着手说，你们都散开吧！你们都散开吧！

虞云隆迷惑不解地说，虞金诚，你这个尿货跑这儿干嘛来啦？

卢振天奚落道，我说虞大少爷，你不是天津卫有名的尿货吗？你赶紧给我躺一边去省了溅你一身血！

虞金诚受着这种夹板气，脸色煞白双唇颤抖。他终于控制不住自己的情绪，大声喊叫起来。我告诉你们二位吧，你们大动干戈关我屁事儿！我这一辈子这是最后一次给你们劝架。从今往后你们俩就是打出人头狗头，我也管不着这种闲事儿啦。

罗九站在一旁听了虞金诚这一番话，不由怔了怔。

虞云隆指着虞金诚的鼻子说，这儿用不着你来冒充好人，姓虞的跟姓卢的从来就是不共戴天的冤家！

卢振天一挥手说，对！姓卢的跟姓虞的不共戴天！

虞金诚无可奈何地叹了一口气，转身走了。

两边的伙计立即朝前拥去，骂骂咧咧推推搡搡，大战在即了。

虞金诚快步向西走去。一家店铺门口儿停着一辆装满酒糟的驴车。毛驴正在吃草料，老实巴交的样子。一个乞丐蹲在店铺门前，贪婪地吸着一只烟头儿。

虞金诚灵机一动，走上前去看了看满车酒糟，自言自语说你们都说我是尿货啊。他招招手把乞丐叫过来，从怀里掏出一块银元递给乞丐。乞丐一辈子没摸过银元，惊了。虞金诚顺手把拴驴的缰绳递给乞丐，小声告诉他把这车酒糟卸在盛昌商行大门外。说罢，朝着驴屁股就是一拳。驴车随即朝前跑去。乞丐愣了愣，攥紧银元大步跟了上去。

这时候，虞云隆的伙计跟卢振天的伙计，已经动起了手。

乞丐驱赶着一辆满载酒糟的驴车沿着针市街冲了过来。那毛驴似乎受了惊，骤然加速挣脱了乞丐手里的缰绳，从西向东狂奔而来。

无人掌管的驴车颠簸着冲到盛昌商行与正昌商行之间，这时车槽突然大开。满车酒糟哗地四处涌流，顿时布满大街。两拨正在斗殴的伙计，当即被这气味扑鼻遍地横流的酒糟分隔开来。

那乞丐早已转身逃走了。

虞云隆气得跳脚，面孔涨红大声吼叫着。卢振天我操你八辈儿祖宗，今天是我正昌商行开业之喜，你弄来一车酒糟这是存心给我添堵啊！

卢振天也破口大骂。虞云隆你不要倒打一耙。这一车酒糟明明是你们虞家人弄来的，分明是想熏臭了我家的财神！

大杠子向虞云隆报告说，不好啦，警察来啦！

果然，马队长领着两个警察赶来了。这是谁在这儿扰乱治安啊？

罗九率先告状说，虞云隆弄来一车酒糟洒在当街上，扰乱治安！

虞云隆反驳说，马队长你别听他胡吣，这车酒糟明明是卢振天弄来的！

马队长哈哈一笑。你说是他弄来的，他说是你弄来的。这就是包公转世也断不清你们这场官司。好吧，你们跟我往局子里走一趟吧！

虞云隆没辙。卢振天也没辙。俩人一前一后，跟着马队长走了。

虞金诚站在一家水铺里，不声不响看着马队长领着两个冤家远去的背影，脸色越发苍白。他紧紧咬着自己的嘴唇，好像是在极力压制自己的情绪。就这样过了一会儿，他快步走出水铺，往西去了。

有生以来，虞金诚第一次充当隔岸观火的看客。他说不清自己为什么要这样做。总而言之他做了，心里竟然尝到一种快感。他认为这是自己一次十分重要的人生经历。从此他便出发了，尽管不知路在何方。

他从刚刚开业的正昌商行门前走过，瞟了一眼黑底金字的牌匾“正昌商行”。其实这只是一块新匾，根本代表不了正宗老字号。要想恢复正昌商行老字号，谈何容易。真正的正昌商行，非我虞金诚莫属，别人都是不算数的。

走出针市街，一路上听到人们议论酒糟洒满针市街的事儿，他心里很有一种成就感。一箭双雕，卢振天跟虞云隆一起被警察带走了，这事儿挺有意思。这时候，一个四五岁的小男孩迎面跑来。虞金诚随手从身旁地摊上抽了一支糖堆儿递给这小孩儿。小孩儿接过糖堆儿，乐了。虞金诚蹲在小男孩儿面前压低声音说，小孩儿小孩儿我告诉你啊，那一车酒糟是我洒在针市街上的，警察倒把卢振天和虞云隆给带走啦，嘿嘿。

小男孩儿哪里听得懂虞金诚这一番得意扬扬的话语，小嘴儿一张啃着挂满冰糖的红果儿，跑了。

虞金诚付了糖堆儿钱，根本不要小贩找回的零钱，起身就走了。小贩望着他西装革履的背影说，操，这位爷是真阔呀还是充阔呀？

虞金诚走近北门脸儿，轻轻叹了一口气。唉，其实虞云隆只是一只披着狼皮的羊啊。

65 同时分娩

生活似乎一如既往，平静如水。即使偶有轻风掠过，也只是吹皱一池秋水，风景依旧。然而，李文卿的焦虑心理好似一只愈吹愈大的气球，随时要胀爆他的胸膛。

毕竟有两个怀孕的女人占据了李文卿的全部生活。卢玉洁身为李家大少奶奶，挺着大肚子住在三楼。桂枝身为女仆，即使肚子再大也只能居住在后院一间平房里，处于隐蔽状态。

纸里是包不住火的，何况女人的大肚子。隐蔽在后院平房里的桂枝更是满腹怨气，认为李文卿委屈了她。有一天上午，桂枝索性腆着大肚子站在院子里，大声嚷嚷起来。

李文卿啊李文卿，她卢玉洁怀了孕住在小洋楼里，我桂枝怀了孕为什么住在后院小屋里啊？老天爷啊，我的命咋这么苦哟……桂枝大声喊叫着，竟然号啕大哭起来。

李文卿闻声赤着双脚从楼里跑出，伸手捂住桂枝的嘴巴。你疯啦？难道还嫌天下不乱啊！

桂枝索性侧身坐在地上，撒泼了。

李文卿气得浑身发抖，书生气十足地说，桂枝！你看人家袁世凯是河南人，当了大总统，你也是河南人，成了泼妇！

桂枝根本不管什么圆世凯还是方世凯，哭闹声更高了。

李守基拄着手杖出现在二楼书房的阳台上。李文卿唯恐父亲得知此事，慌里慌张拖起桂枝。桂枝看到李守基出现了，更加放肆了，索性躺在地上，冒充死尸。

李守基站在阳台上大声问道，文卿，这到底是怎么回事！那个大肚子女人是谁啊？

桂枝立即坐起来说，老爷，我是桂枝，我是桂枝呀！您知道吗，我肚子怀了大少爷的孩子！老爷，我为你们李家传承香火，您可得给我做主啊。

什么！李守基惊得几乎喘不上气，只觉得一阵眩晕，摇摇晃晃倚在阳台栏杆上。

金嫂冲上阳台，搀扶李守基回书房去了。

李文卿抡起胳膊给了桂枝一记耳刮子。桂枝，这都是你给我惹的祸！这都是你给我惹的祸！

书房里，李守基躺在沙发上仰天长叹。主子与用人私通，果然不出我之所料啊！果然不出我之所料啊！说着，李守基脸色惨白呼吸急促起来。

金嫂害怕了。老爷，您千万不要生气着急啊！既然出了这种事情，您生气着急也没有用啊。

李守基气力微弱地说，主啊，我的主啊，请给那迷途的羔羊指引方向吧，重新给他们信念和道义，主啊，宽恕他们吧……

李守基昏了过去。

金嫂以为李守基死了，放声大喊起来。金哥跑进书房，急中生智端起茶碗朝着老爷头上泼去。这一碗凉茶竟然把李守基给泼醒了，睁开眼睛注视着金哥金嫂。

金嫂看到老爷活转过来了，激动得泪流满面。

你们不要哭了，我还死不了。李守基轻轻说着。金嫂叫金哥马上去请医生，然后给李守基身后塞了一个枕头。

李守基卧在沙发里继续说，金嫂，桂枝怀孕已然大了肚子，你是大管家你为什么不告诉我呢？

老爷，我也有我的难处啊。您说我是大管家，可我毕竟是下人啊。这种事情大少爷要求大伙保密，谁敢说啊。

主啊，为什么家宅不宁啊。李守基叹了一口气，呼吸再度急促起来。金嫂急迫地说，老爷老爷，一会儿金哥就把大夫请来啦。大夫来了给您打针吃药，您的身体马上就好起来啦。

李守基闭上双眼，等候医生的到来。又过一会儿，金哥噔噔噔跑了进来。金嫂迎上前去焦急地询问，大夫呢？大夫呢？

金哥气喘吁吁说，嘿！我把大夫请来啦，可是还没上楼大少爷就把大夫劫到后院去了，说是先给桂枝检查一下身体。

金嫂气得一跺脚。大少爷怎么这样呢！难道老爷还没有一个女佣重要吗？

唉，不肖之子，不肖之子啊。李守基躺在沙发里轻轻说出这样一句话。

那位医生终于走进二楼书房，立即拿出听诊器给李守基检查身体，首先听了听心肺功能。李守基闭目养神，呼吸渐渐变得均匀。

大夫，一楼那位孕妇的情况怎么样啊？李守基睁开眼睛轻声发问。

医生略显惊诧，然后如实回答，哦，她的情绪很不稳定，我给她打了一针镇静剂。

金嫂打断这个话题，大夫，您看老爷的身体没大碍吧？

医生不说话，翻开李守基的眼睑看了看，又用力握了握他的手，然后收起听诊器。

李老先生，我给您开了药，请您按时服用，还是安心静养吧。

金嫂很不放心。大夫，老爷的身体真没事儿吧？

李老先生这次昏倒，主要原因是精神受到强烈刺激。老年人身体虚弱，往往难以承受外界的突然打击。李老先生您好好休息吧，明天我再来看您。

金哥送医生下楼去了。金嫂马上端来一杯水说，老爷您吃药吧，大夫说您身体没事儿，我现在扶您回卧室，吃了药睡上一觉就好啦。

金嫂啊，你去把大少爷给我叫到这里来。李守基固执地说。

金嫂连连摆手说，老爷老爷，大夫说您不能再受强烈刺激啦。

李守基神色坦然说，你把大少爷叫来吧。你不把他叫来我是不会吃药的。

金嫂叹了一口气，转身走出书房去叫李文卿了。

阳光爬上窗户，使劲儿往玻璃上镀着金色。李守基静静躺在沙发里，盯着天花板。他突然苦笑了。

李文卿大步走进书房，径直走到父亲面前，扑通一声跪下。李守基坐在沙发里摆了摆手说，我们是天主教家庭，父子之间不用儒教大礼，你站起来说话吧。

李文卿跪在父亲面前说，您骂我吧，反正这次是我做错了事情！

李守基摸了摸手杖，口气很是冷静。文卿啊，事已至此，你打算怎么收场啊？

事已至此，我听从父亲指教。李文卿起身，耷拉着脑袋站在父亲面前。不过，既然桂枝怀了孕，无论如何我也不会要她堕胎的。

你的意思是让桂枝生下这个孩子？李守基问道。

李文卿的态度坚决，朝着父亲点了点头。

文卿，你身为大少爷却让女佣怀了孕，这是一件多么伤风败俗的事情啊！按理说我是不会原谅你的。可事情已经到了这种地步，你说怎么办呢？你说桂枝必须生下这个孩子，那她的名分呢？我是不赞成你纳妾的，再说玉洁也怀了身孕，即使我同意你纳妾你也没有纳妾的道理啊。

爸爸，这件事情就由您裁决吧。反正桂枝肚子里怀的是李家骨血。不管她有没有名分，我都会接受这个孩子。

文卿，你这样说话就没有道理了，难道玉洁肚子里怀的不是李家骨血吗？如果上帝赐给我们李家两个孩子，我只能认为这是上帝的恩典。我一定平等对待这两个孩子。但是我必须告诉你，玉洁永远是李家大少奶奶，而桂枝的身份就是女佣。这是不容更改的规矩。

李文卿默默听着，不言语。

文卿，你说话啊。李守基催促着儿子。

李文卿终于朝着李守基深深鞠了一躬。爸爸，谢谢您对我的宽容。

好吧，那就让我们共同祈祷这两个孩子能够平安落生吧。李文卿缓缓起身，眼里噙着泪水。

李文卿转身退出。金嫂快步跑进书房服侍着李守基。

李守基老泪纵横，金嫂啊，我们李家三代单传，我盼望隔辈人已经很多年啦！

金嫂小声说，老爷，您一定要告诉大少爷，不能让桂枝继续胡闹下去了。如果这样胡闹下去，人家大少奶奶的脸面往哪儿搁呢？

李守基点头表示赞成。是啊，金嫂你一定要细心照顾大少奶奶。

金嫂走出李守基书房，下楼来到一楼前厅，李文卿迎上前来大声说，这一程子你一定要好好照顾桂枝啊。每天都要让她喝牛奶吃鸡蛋，还要喝一杯果汁。我的话你记住了吗？

金嫂叹了一口气说，大少爷，桂枝要是给李家生一个男孩儿，这里可就盛不下她啦。

李文卿不高兴了。金嫂！桂枝的名分我自有安排，这事情也轮不到你操心啊。

金嫂淡淡一笑，说了声对不起，转身就走。

李文卿追了两步说道，金嫂，我有一件事儿问你。大少奶奶住在金鸟别墅的时候，是你给她登报聘请的厨师吧？

金嫂脸上掠过一丝紧张神色，嗯了一声。李文卿追问说，那厨师是谁啊？

是谁？就是一厨师呗。金嫂闪烁其词。李文卿冷笑了。那厨师姓什么？他是哪家饭庄的？

金嫂寻思着说，他好像不是饭庄的，姓什么我一时想不起来啦。他在金鸟别墅只做了七八天的饭，大少奶奶就搬回来住啦。

李文卿哼了一声，板着面孔去后院照顾桂枝了。

日子，就这样一天天过去了。

一天清晨，进入临产期的卢玉洁出现阵痛。金嫂慌了，四处寻找李文卿就是找不到。金哥告诉金嫂李文卿一定在桂枝屋里。金嫂恍然大悟，转身跑进后院，远远听见桂枝的呻吟声。

进入临产期的桂枝也出现了阵痛现象，发出一阵阵疼痛的叫声。

李文卿走出桂枝房间，看见金嫂说了声你来得正好，就命令她马上送桂枝去产科医院。金嫂告诉他大少奶奶临产了。李文卿沉着脸不说话。金嫂返身跑了回去。

李守基身穿长袍拄着手杖下楼，站在院子里吩咐金哥马上开车把大少奶奶送到产科医院去。金嫂跑过来说大少爷吩咐先送桂枝。

李守基很不高兴。主仆有别嘛，还是先送大少奶奶吧。

桂枝平时张狂不已，很多人都恨她。这时金哥巴不得先送大少奶奶，立即把小汽车开了过来。金嫂搀着卢玉洁下楼来了。李文卿从后院跑来，大声埋怨着金哥。

金哥辩解说老爷吩咐先送大少奶奶去医院。李守基拄着手杖走上前来大声说，文卿啊，玉洁临产了你马上陪她去医院吧。

李文卿无可奈何，拉开前门坐进小汽车里。卢玉洁挺着大肚子在金嫂搀扶下，终于坐进小汽车里。

金哥启动了小汽车，一路驶向英租界的圣保罗医院。这是一家教会医院，以产科为主。一路上伴随着卢玉洁疼痛的呻吟声。金哥驾车疾驶，停在医院门前。

一位护士嬷嬷开门走出医院，一眼看到卢玉洁挺着大肚子从小汽车里走出，马上行动起来。很快卢玉洁被送进 G 病房，接受例行检查。

李文卿站在 G 病房门外，小声问护士嬷嬷，请您告诉我，这里还有没有更好的产科房间？

护士嬷嬷告诉他这里最高级的病房是 F，但花费很高。如果您愿意将太太从 G 转入 F，现在就是可以搬过去的。

李文卿连连摆手说，一会儿还有一位孕妇住进来，我为她预订 F 病房。

护士嬷嬷惊讶地看着李文卿。您家里还有一位孕妇？中国真是擅长生育的国家啊！

李文卿乘坐金哥驾驶的小汽车，急速返回。他下了汽车径直朝着后院跑去，远远听见桂枝的叫骂声，正经一个泼妇。

我告诉你们这一群势利眼，有朝一日姑奶奶成了李家的少奶奶，我就一个接一个整治你们！你们都是兔子尾巴——长不了啦！

桂枝你不要闹了，我给你预订了最高级的病房，现在就送你去圣保罗医院。你要是给我生一个男孩儿，你这一辈子就是李家大功臣！李文卿大声说着，伸手搀扶着她。桂枝突然哭泣起来。文卿啊文卿，全世界只有你一个人疼我啊！

李守基站在二楼书房的阳台上，不声不响看着院子里的这个场面。

就这样，桂枝在李文卿的亲自护送下，住进圣保罗医院最高级的 F 病房。桂枝问他卢玉洁住在哪里，李文卿说隔壁 G 病房，G 比 F 低一等。

桂枝很满意，躺在床上睡着了。李文卿悄悄走出 F 病房，在楼道里踱步。他几次从 G 病房门外走过，并没有推门进去探视卢玉洁。他坚决认为这个女人肚里怀着野种。

护士嬷嬷走过来，请李文卿去医生嬷嬷的“奥飞斯”谈话。他跑回 F 病房看了看，这才放心地跟随着护士嬷嬷走进大夫嬷嬷的“奥飞斯”。

大夫嬷嬷是个老太太，操着流利的中国话说，这位先生请恕我直言发问，您是有两位太太吧？

李文卿面有窘意说，您让我怎么说呢……

大夫嬷嬷介绍着情况。我为您的两位太太检查了身体。我认为她们的产期几乎是相同的。因此，我在这里预祝您的两位太太顺利分娩。

李文卿连声致谢。

大夫嬷嬷又说，我有一句话要说，每个人在上帝面前都是平等的。请您公平对待您的两位太太，因为她们都是女人，她们都需要男人呵护。

李文卿满面难堪之色，连连点头。

当天夜里，守候在楼道里的金嫂疲劳难当，倚在长椅上睡着了。一个护士嬷嬷跑来告诉她，生啦。金嫂冲到产房门外大声询问谁生了。大夫嬷嬷笑着告诉她，大少奶奶生了，生了一个男孩儿。金嫂激动地拍手说，大少奶奶生了一个男孩儿。这时她听到产房里传出婴儿的哭声。

金嫂跑去给李文卿打电话，报告大少奶奶分娩的好消息。李文卿打着哈欠在电话里询问桂枝的情况，金嫂回答还没有生。

李文卿要求金嫂只要桂枝生了马上打电话报喜。金嫂答应着放下电话，很为卢玉洁抱不平。

产房里又传出婴儿的哭声。金嫂心里十分惦念卢玉洁，找到大夫嬷嬷要求探视产妇。大夫嬷嬷似乎很同情遭受丈夫冷落的卢玉洁，竟然点头答应了，但必须穿上白色罩衣戴上白色口罩。

金嫂又惊又喜，立即按照医院的要求做了，快步走进产房，一眼看见卢玉洁躺在产床上，脸色极其苍白。她看见金嫂，默默流下眼泪。

金嫂叫了一声大少奶奶，俯身给她道喜。卢玉洁热泪滚滚说，我还没有看见孩子呢。站在一旁的护士嬷嬷说，产妇分娩的时候，昏迷过去了。金嫂也很想看一看孩子。

护士嬷嬷几经踌躇，终于走进婴儿房，很快就抱出一男婴，直接送到卢玉洁面前。卢玉洁接过来抱在怀里，激动得说不出话来。金嫂凑上前去摸了摸婴儿的小手儿，看到左手腕上长一颗黑痣，便连声夸赞长得周正。卢玉洁感慨万千，激动地注视着孩子还是说不出话来。

大夫嬷嬷来了，颇为严厉地斥责护士嬷嬷随意就把婴儿抱出来。护士嬷嬷自知不妥，立即从卢玉洁怀里接过婴儿抱走了。

大夫嬷嬷对卢玉洁说，祝贺您喜得贵子，但是只有哺乳的时候才允许把婴儿抱出来。

突然传来桂枝的尖叫声，大夫嬷嬷转身就走。金嫂追着问是不是桂枝要生了。大夫嬷嬷说必须马上准备接生。

金嫂跑去给李文卿打电话，说桂枝临盆了。电话里李文卿兴奋地叫了一声，说马上就到。

卢玉洁生产之后二十分钟，桂枝也生产了。李文卿乘坐金哥驾驶的小汽车赶到圣保罗医院的时候，桂枝已经顺利地完成了任务。

婴儿房里的两张婴儿床里，躺着李家新添的两个男孩儿。李文卿很不放心，找到大夫嬷嬷要求特别护理。大夫嬷嬷颇有含义地说，你放心吧，这两个孩子我们是一视同仁的。无论是大太太还是二太太生的孩子，我们也希望你能够一视同仁。

清晨时分，金嫂向李守基报告了李家喜得两个男孩儿的消息。李守基站在阳台上闭目默诵着，感谢上帝恩典，感谢上帝恩典……

66 风水宝地

打从虞云隆恢复了正昌商行的字号，针市街的空气就紧张起来。正昌商行坐南朝北，盛昌商行坐北朝南，对门是冤家。这一条大街原本生意兴旺，人来车往，出货进货，热闹非凡，有时候就显得狭窄了。

这一天上午，一位东北老客儿乘坐胶皮来到针市街，一路东瞅西瞧驶到正昌商行门前，操着一口东北话询问盛昌商行在啥地方。东北口音有“齿音字”，盛昌与正昌发音接近。正昌商行的小伙计灵机一动，就把这位东北老客请了进来。虞云隆乐了，连声夸赞小伙计。

这位东北老客是来购买火碱的。二百斤一桶装的，张口就要五百桶。正昌商行从来不做化工生意，可虞云隆为了抢断盛昌商行这笔生意的财路，宁可不赚钱派人专门去洋行里采购，最终做成了东北老客这笔生意。东北老客很是满意，说下次还来正昌商行上货。

这消息很快传到了盛昌商行。卢振天听罢小臭儿的报告，气得一跺脚说，虞云隆这小子光天化日之下就敢绝我财源啊，我卢某人跟他不共戴天！

罗九一旁献言，同行是冤家，自古皆然。这同行加对门，就是冤家加冤家啦。卢振天将手里的紫砂壶啪地一声摔得粉碎，那就抄家伙打架呗！罗九连忙说鲁莽不得。

卢大少爷，上一次虞云隆跟您叫板，也不知从哪儿跑来一辆驴车洒了满街酒糟，警察局各打五十大板，末了既罚了正昌也罚了盛昌。依我之见，这件事情只能智取不能强攻。

卢振天指着罗九说，你有屁快放！

罗九点头哈腰说，我放，我放。你听我说啊，当年风水先生掐算了一番，夸咱们盛昌商行正是这条街的龙背，占尽了滚滚财源啊。没承想虞云隆这小子在咱们斜对面戳起一正昌商行，这就等于是挖了龙心。挖了龙心这里就成了漏斗。风水尽失啊。咱们盛昌商行无论有多大财源，全都拢不住啦！

卢振天急了。你说的这些我都知道，我问你有什么法子！

罗九嘿嘿笑了，说有一条妙计献上。卢振天听罢罗九献上的这条妙计，乐了。

好计！这可是一条好计！你现在就去北开给我找十几个泥瓦匠来。今儿夜里悄悄进料，明天一早儿悄悄动工，这事儿一定不要走漏风声，保密！一旦完工，你再去买十几辆破排子车。

这一次轮到罗九不懂了。卢大少爷，您让买破排子车干嘛呀？

到时候你就知道啦。卢振天故弄玄虚说。

罗九一点就透，连连点头说遵命遵命。小臭儿站在一旁不解地问，卢大少爷您雇泥瓦匠是要盖楼房啊？

卢振天说，小臭儿啊，你一定给我盯紧了那个虞金诚，我就是对他放心不下。

小臭儿表示为难。卢大少爷，好多人都说虞金诚从玉华春后院搬走了，后进英租界混事由儿去啦。您说他进了英租界，我怎么盯啊？

卢振天略感意外。哦，虞金诚会放几句洋屁就进了英租界啊？小臭儿你别急，虞金诚是一只丧家之犬，他在哪儿也混不长久。

夜色降临了，两辆大车拉着砖瓦沙石驶进盛昌商行。天气已经凉了。卢振天亲自指挥卸车，满脸大汗。卸了车，他回到账房坐着，喝茶嗑瓜子儿，一宿没睡。一大早儿他就派伙计买来大饼果子，给泥瓦匠们预备着。一会儿那十几个干活儿的就来了。看见吃食，为首的大工匠冲着卢振天一抱拳，您有什么吩咐就说，我们没二话。卢振天笑着说，我没有别的意思，你们不言不语把活儿干啦，我是顿顿管饭，你们他妈的三天给我完工就行。

这十几个泥瓦匠吃饱了肚子，开始干活儿了。

这盛昌商行的大门开在针市街，它的后墙则临着河沿大街，地势开阔。罗九给卢振天献的妙计，就是在这道后墙上开设一座大门，将盛昌商行的大门从针市街改到沿河大街，这样一下就甩开了正昌商行的干扰，把虞云隆晾在旱地儿上了。

一会儿工夫，这一群泥瓦匠就在盛昌商行大院的后墙上拆出一个门洞，马上扯过一块苫布罩在上面。卢振天望着这座门楼儿的雏形，颔首微笑了。

第二天上午，泥瓦匠们已经开始修建这座门楼了。罗九一旁鼓劲儿说，这座后门儿最有风水，你们活儿干得漂漂亮亮，我家大少爷就有赏！

黄昏时分卢振天来了。他对泥瓦匠们说，我看了黄历，明天必须完活儿！只要你们按时给我交活儿，一人赏一块大洋。

第三天一大早儿卢振天来了。为首的大工匠撩开苫布请卢大少爷过目。卢振天看到这座门楼宽阔高大，很有气势，就呵呵乐了。

新建的盛昌商行大门，紫漆。大门外一派开阔。高高的门楼临着沿河马路。不远处正是古老的南运河。这里地势便利，视野开阔，正是吞吐货物的好地方。

卢振天叫来俩木匠，在两根门柱上各安一副对联，都是正宗花梨木刻制的。他手里儿捏着一把紫砂茶壶，喜滋滋地欣赏着。

右手上联——登楼远眺银山座座满天映。左手下联——临河凝眸金潮滚滚泛海流。横批——盛世昌明。

罗九率领一群人站在一旁高声喝彩。卢振天说，做生意就得讲究风水。当年马谡山顶上扎营，让人家断了水路，结果大败而归，还让孔明给斩啦。如今咱们做生意更离不开水啊。水是什么？水是财啊！咱们这座大门儿临近河边，四通八达，从今往后盛昌商行必然是财源滚滚流不尽哇！

罗九说，卢大少爷，咱们这一改大门，从今往后咱跟虞云隆的“过节”就算完啦？

卢振天阴阴一笑说，我不是让你弄来十几辆破排子车吗？你把它们给我往针市街上一停，堵道儿呀。我要让虞云隆的货物进也进不来，出也出不去！明白了吧？

高！卢大少爷的玩意儿就是高！罗九挑着大拇指极尽赞美之词。

卢振天得意地喝了一口茶。

过午时分，虞云隆坐在账房里打盹儿，大杠子跑进来，说针市街堵了，运货的大车全都卡门口儿就是出不去。

虞云隆咕咚咕咚喝完了一碗茶，抹了抹嘴说，遇到鬼打墙啦？

大杠子说，比鬼打墙厉害，已经堵了一个多钟头啦，您快出去看看吧！

跑出正昌商行大门，虞云隆看见十几辆破排子车停在盛昌商行门前。造成交通堵塞。拉车的汉子们坐在墙根儿懒洋洋晒着太阳。一看就是磨洋工呢。

虞云隆急了，大声朝着拉车汉子喊道，你们都他妈的坐在这儿念经呢？马上给我把道儿闪开！

一个拉车汉子说，虞二少爷，我们等着在盛昌商行装货呢，您让我们把道儿闪开，我们怎么装货啊？

另一个拉车汉子说，您又不是警察，您说闪道儿我们就闪道儿啊？再说，这条针市街也不是你们家自己的，我们凭嘛给你闪道儿啊。

虞云隆急了，挽起了袖子。

大杠子低声告诉虞云隆，这一群拉车的都是卢振天雇来的，存心在咱们门口儿起腻，堵塞交通。

虞云隆不明白，寻思着说，卢振天他堵了咱们正昌的大门，不也堵了他们自己的大门吗？他们脑子有毛病吧！

大杠子说，他们脑子没毛病。卢振天已然给盛昌商行改了大门，走货出货一律都走河沿大街的新大门，那地方又宽敞又豁亮！

虞云隆不禁怔了。他奶奶的，这一招儿咱们又输给卢振天啦！

虞二少爷，咱们把这十几辆皮排子给他砸了吧？我就不信羊能上树！

虞云隆摇了摇头，卢振天已经画好了圈儿，就等着咱们往里蹦呢。咱们可不能中了他的奸计。君子报仇，十年不晚！

大杠子脑子一根筋。虞二少爷，这事儿您打算撂十年啊？

你出虚恭！我恨不得明天就把盛昌商行给烧了。虞云隆咬牙切齿说。

远处传来一阵鞭炮声。盛昌商行庆贺新大门落成，请来一群吹鼓手，呜哩哇啦一个劲儿奏乐，全是喜兴的曲子。

大杠子小声说，要是虞大少爷在，有他帮您出主意就好啦。

你给我闭嘴。我告诉你，今生今世我没有虞金诚这个哥哥。虞云隆指着大杠子的鼻子说。

67 威廉和吉米

年逾古稀的李守基先生虽是虔诚的天主教徒，但也照样注重家族的香火传承。李家喜得两个男孩儿，他的内心十分激动，拄着手杖在书房里一边踱步一边自语：这是上帝的恩赐啊，这是上帝的恩赐啊。

当天下午李守基向金嫂打听两个男孩儿的情况。金嫂说三天之后就可以出院。李守基当即表示他要亲自前往医院迎接两位爱孙出院。

度日如年。李守基一天天盼望着，终于盼到两位爱孙出院的日子。李守基一大早儿即洗漱完毕，整装待发。

金哥到书房请李守基下楼，他看到老爷容光焕发地端坐在书桌前，不禁大为惊叹。老爷，您今天好像年轻了二十岁啊。

人逢喜事精神爽嘛。李守基拎起古藤手杖，随金哥下楼去了。

坐在小汽车里，李守基竟然小声哼唱起了京戏。金哥不敢怠慢，稳稳把车开到圣保罗医院大门前。

金嫂跑上前拉开车门，搀扶老爷下车。李守基下车便问，文卿呢？金嫂犹豫着答道，大少爷在F病房陪伴桂枝呢。

李守基问，大少奶奶住在什么地方？金嫂说G病房。李守基说先去G病房吧。

圣保罗医院的楼道里，大夫嬷嬷迎面走来。李守基很有礼貌地给大夫嬷嬷鞠了一躬，连声致谢。

大夫嬷嬷还礼说，李老先生我知道您信仰天主教徒，您喜得两个孙儿，正是上帝的恩典啊。

大夫嬷嬷随后邀请李守基去婴儿室。李守基说这几天盼星星盼月亮，恨不得立即看见这两个孩子。说着，他拎起手杖跟到婴儿室门外。

大夫嬷嬷说，李老先生请您稍候。

婴儿室里两个护士嬷嬷正在核对床位号码。一个护士嬷嬷说，这两个婴儿同一天出生，又都是男孩儿，咱们可不要弄错啊。另一个护士嬷嬷说，这两个女人同时为一个男人生孩子，而且生的都是男孩儿，真是百年不遇的巧合啊。

大夫嬷嬷走进，说请李老先生看一看他的两个爱孙。两位护士嬷嬷一人抱起一个婴儿，前后脚走出婴儿室，步入阳光明媚的护理间。

李守基快步上前，表情甚是激动。一个护士嬷嬷抱着一个婴儿递给他，说这是先出生的男婴。

李守基接过来抱在怀里，哦，先出生的，这是玉洁生的这是玉洁生的，好啊好啊。

金嫂说，老爷，这是大少奶奶生的，您看这孩子一双眼睛多亮啊。李守基连连点头，乐得合不拢嘴。又一个护士将另一个婴儿递给李守基。金嫂小声说，这是桂枝生的。

李守基还是满脸喜气，连声说好。他左臂抱着一个婴儿，右臂抱着一个婴儿。看看这人，又看看那个，不由喜泪纵横。大夫嬷嬷带头鼓掌，以示对这位老人的祝贺。

李守基点头致谢，多好的孩子啊，一定要精心养护，一定要精心养护啊。

两个护士上前接过两个婴儿，又抱进了婴儿室。李守基问大夫嬷嬷，产妇和婴儿是不是可以出院了？大夫嬷嬷笑着点点头说，七天之后我们会到贵府给两个婴儿检查身体的。

李守基还是连连说好，仿佛成了一个老小孩儿。这时李文卿跑来了，伸手搀着父亲说，您去看一看桂枝吧，她知道您老人家亲自接她出院，高兴极了。

我还是先去看一看玉洁吧。李守基拄了拄手杖，走出护理室。

两位产妇，两个婴孩儿，一起出院了。这是充满喜庆的一天。李家三代单传多年，上帝同时赐给李家两个小天使，使这座小洋楼一下子生气勃勃。李守基更是喜不自胜，挥毫泼墨写下一幅字儿：喜从天降。

他是天主教徒，他的“天”当然是上帝。他坚决认为自家的喜事是上帝赐予的。

李文卿走进父亲书房，满脸怨气。爸爸，桂枝不能住在后院的小屋里啦！桂枝现在是哺乳期，还得给她配一个女用人啊。

李守基停下毛笔，抬头看着李文卿说，桂枝本来就是一个女用人，即使她给你生了孩子我也不同意她搬到楼里来住，因为毕竟主仆有别啊。

李文卿一肚子怨气，不说话。李守基继续说，文卿啊，我已经给你这两个孩子取了名字。大少奶奶生的孩子，叫李哲，李哲是哥哥。桂枝生的孩子，叫李智，李智是弟弟。你看好吗？

好吧。李文卿心不在焉地点点头。李守基兴致很好，说天主教家庭的孩子必须有洋文名字。李哲叫威廉，李智就叫吉米。

李文卿敷衍着，说好吧好吧。李守基察觉到儿子情绪不高，就把金嫂叫了进来。他告诉金嫂，一会儿等人聚齐了，咱们在书房里拍上一张全家福。

金嫂应声，跑出书房叫人去了。李文卿轻轻叹了一口气，颓唐地坐在沙发里。

金嫂引着卢玉洁来了。卢玉洁怀里抱着自己的孩子朝着李守基笑了笑，很含蓄的样子。

桂枝怎么还不来啊？李守基问金嫂。金嫂一时不知如何回答，搪塞着。金哥站在门口如实禀报，桂枝她不愿意来。

李守基极力克制着内心的怒火，转脸对儿子说，文卿你去把桂枝叫来！你告诉她，这次拍全家福是我给她一个机会，难道她想在后院的小屋里住上一辈子啊？

李文卿不吭声，起身走出书房去后院召唤桂枝。

很快李文卿跑了回来，满脸沮丧地说桂枝不来，又说除非大少奶奶亲自去请她。李守基气得嘴唇发抖，说家里怎么添了这么一个祸害呀。卢玉洁不声不响将怀里的孩子递给金嫂，起身走出李守基的书房。

金嫂与金哥面面相觑。

李守基叹了一口气，情绪激动地指着李文卿说，你太太这么贤惠，你偏偏不放在心上，却跟一个女佣弄到了一起，真是辱没门风啊！

看门的老柴进屋禀报，说鼎章照相馆的师傅来了。李守基压着火气说，请鼎章的师傅上楼吧。鼎章的师傅走进书房架好照相机，准备拍摄“全家福”。

书房里的气氛沉甸甸的，无人言语。一阵急急的脚步声，卢玉洁抱着桂枝的孩子走进来，后面紧跟着桂枝。

卢玉洁笑着对李守基说，爸，咱们照相吧。

李守基内心非常感激卢玉洁，当着照相师傅他不便说什么，只轻轻说了声谢谢。

金哥动手将沙发搬到前面。李守基落座。卢玉洁将桂枝的孩子递过来，李守基右胳膊抱着李智，也就是吉米。金嫂抱着李哲也就是威廉走过来，递到老爷的左胳膊上。不知道为什么金嫂咦地叫了一声，似乎遇到了十分令人惊讶的事情。

人们忙着准备照相，谁都没有留意金嫂的异样表情。只有李文卿疑惑地看了一眼金嫂，并没有说话。

李守基乐呵呵坐在沙发里，右胳膊抱着老二，左胳膊抱着老大，喜滋滋地说，我有了两个孙儿啊。

李文卿站在父亲身后，他的左边站着卢玉洁，右边站着桂枝。由于正值哺乳期，这两个女人胸脯挺得高高的，充满了母性。李守基得意忘形地说，我已经给这两个孩子取了名字，我左手抱着的是李哲，英文名字叫威廉；我右手抱着的是李智，英文名字叫吉米。你们可不要弄混啦！

鼎章照相馆的师傅趁机拍下了这一张意义非常的“全家福”。金嫂和金哥是外人，站在书房门口看着。金哥小声说，李哲的英文名字叫威廉，李智的英文名字叫吉米，哎哪个是老大哪个是老二啊？

金嫂表情郑重地说，你闭嘴，这种事情弄错了可就麻烦啦。

拍罢“全家福”，李守基意犹未尽，抱着两个孙儿大声说，你们都给我听着，这两个孩子过“百岁儿”的时候，我要在维格多利西餐厅宴请亲朋好友，咱们一定要热闹一番！

金嫂身为女管家，带头鼓掌。

天津人所说的“百岁儿”就是婴儿出生一百天的纪念日。金嫂掐算掐算日子，已然临近过年了。

李守基心气儿很高，说就是不过年也要给两个孙儿过这个“百岁儿”。他要求金嫂这几天就去维格多利把西餐厅预订下来。为了缓解父子间的紧张关系，李守基同意将二楼西侧的一间房子腾出来，让桂枝带着孩子搬进去。李守基这样做完全出于对孙儿李智的疼爱。至于桂枝，她在李守基心目中仍然是一个女用人而已。

拍完“全家福”合影之后，金嫂前去预订维格多利西餐厅的餐间。维格多利西餐厅的领班非常惊讶，问金嫂为什么提前二十天就预订二楼大餐厅。金嫂笑了笑，不知如何回答。她匆匆返回向李守基复命。李守基兴致极好，亲自列出一个名单，叮嘱金嫂明天就向相关人士发出请柬。

金嫂忙碌了一天，够累的。当天夜里她却失眠了，翻来覆去睡不着。金哥趁机将她搂在怀里，企图做爱。金嫂毫无兴致，长长叹了一口气。

你怎么啦？金哥性急地问。

金嫂在黑暗中忧心忡忡地说，我告诉你吧，我也说不明白这到底是怎么一回事儿，那天我被吓了一跳。

金哥大大咧咧说，你就不要自己吓唬自己啦。

真的，我发现了一个秘密。金嫂极其担忧地说着。

68 我是虞金诚

李文卿突然忙碌起来，说公司里有几笔大生意，主要是代理煤炭和木材交易。一连数日他都是早出晚归中午不见面儿，就连李守基也看不到儿子的身影。

其实李文卿每天上午在公司上班，下午就外出充当侦探去了。他坚决认为李哲绝对不是自己的亲生儿子。卢玉洁住在金鸟别墅期间一定接触了另外一个男人。这个男人究竟是什么人，正是李文卿要弄清楚的。这件事情他瞒着父亲，一丝一毫没有向老人家透露。他知道如果将真相告诉父亲，老人将难以承受这个巨大的打击，甚至出现不测。

李哲的亲生父亲到底是谁呢？李文卿陷入胡思乱想的苦海里，不能自拔。然而事情终于有了线索，那就是必须找到卢玉洁居住在金鸟别墅期间聘用的厨师。金嫂在李文卿的追问下闪烁其词，这越发加重了他的疑心。李文卿暗暗发誓，即使大海捞针也要找到那个厨师。他无法容忍号称李家大长孙的李哲竟是个野种。

其实李文卿的外出调查还是比较顺利的。他找到金嫂刊登招聘家庭厨师的《九河时报》，并且找到了这家报社。一个醉醺醺的汉子坐在报社门外，大声告诉李文卿，无论找人还是找鬼，去南市华楼喝一壶茶就是了。李文卿知道华楼那地方，乘坐一辆胶皮就去了。

西装革履的李文卿走进华楼茶社，跑堂伙计迎上前来，满脸堆笑地打量着这位生脸儿客。

李文卿平时出入英法租界酒吧，对华界茶馆也不陌生。他径直走到临窗的位置，选好一张桌子落座。他哪里知道自己这一程子竭尽全力遍寻不到的那个人，当初就坐在这里饮茶。

跑堂伙计凑过来，询问这位先生喝嘛茶。李文卿说龙井。跑堂伙计试探着说，天凉了还是喝香片好啊。李文卿看了一眼跑堂伙计，轻轻将一张钞票放在桌上。你还没喝茶怎么就结账啊？跑堂伙计颇为不解。李文卿说这是赏金。跑堂伙计惊了，环视四周表情警觉起来。

我想聘一个专做本埠菜的厨子。李文卿说着，突然看见几位生意场上的熟人走进华楼茶社，只得起身打招呼。这几个熟人是专做焦炭生意的，热情地邀请李文卿一桌儿喝茶。李文卿婉言谢绝，说单独有事儿不能奉陪。这时候，那位跑堂伙计拎着铜壶往别桌儿斟水去了。

跑堂伙计回来了，给李文卿的茶壶里续了水，表情颇为感慨。看来是钞票起了作用，跑堂伙计滔滔不绝说了起来。

这位爷，如今本埠菜可吃香啦，从去年就有专门招聘本埠菜厨师的，价码儿还不低。我记得有一位西装革履的先生坐这儿喝茶，他就是专做本埠菜的厨师。看了报纸他打电话应聘，主家派来一位女管家到这儿面试，一见面就成啦。

西装革履的先生？女管家？这一连串的形象使得李文卿警觉起来。伙计，那位西装革履的先生他姓嘛？

姓嘛我不知道，反正是熟脸儿，那身份是一位大少爷。这大少爷身份的人若是当了厨师，一定是家道中落，没饭辙啦。

李文卿思忖着，缓缓从怀里掏出一张相片递给跑堂伙计。你见过她吗？跑堂伙计接过金嫂的相片，一惊。就是这女管家，去年有一天她从这儿招走了一个专做本埠菜的厨师，还西装革履呢。

你知道去什么地方能够找到那位专做本埠菜的厨师吗？李文卿又往桌上扔了一张钞票。

跑堂伙计压低声音说，您去玉华春饭庄访一访吧，那饭庄的东家名叫玉姑。

有了这个线索，李文卿毫不犹豫走出华楼茶社，当街叫了一辆胶皮，说是去玉华春饭庄。车夫二话不说朝着西边跑去了。

没到饭口时间，李文卿告诉车夫没到玉华春饭庄门口儿就停车，他要遛一遛。车夫就在玉清池的南大门停车，说一转角儿就是玉华春饭庄。

这玉清池乃是天津市最大的澡堂子，一座大院落，四层楼里设有男部女部，还有男女同浴的“对盆儿”。李文卿生长在英租界，洗澡经常去法租界的

"华清池"，因此对坐落在华界南市的"玉清池"还是比较陌生。

玉清池的东大门坐落在荣业大街上。一老头儿坐在门洞里打盹儿。李文卿从这里走过，老头儿突然抬起头来注视着他。

李文卿不由得停住脚步，也注视着这个衣着朴素的老头儿。

你找人还是找东西？老头儿突然发问，手里捏着一根牙签儿。

我没事儿，溜达溜达。李文卿敷衍着，并不说实话。这老头儿眨着眼睛笑着说，那你就溜达去吧，我告诉你凡事不必过于认真。你非要弄明白的事情，弄明白了又能怎样呢？自寻烦恼罢了。

老头儿这一番话仿佛一颗钉子打进了李文卿的心。他疑惑地看了看对方，弄不明白这老头儿究竟如何看透了自己的心思。

李文卿不知道这老头儿就是人称"老梆子"的天外高人。他围绕着老头儿转了一圈儿，还是走开了。

老梆子轻轻叹了一口气，坐在门洞里继续闭目养神。

十一点多钟，李文卿走进玉华春饭庄。这时候顾客不多，跑堂伙计为李文卿选了一张清静桌子落座。送上一碗热茶，跑堂伙计笑眯眯叫了一声爷。李文卿叫他把玉姑请来。跑堂伙计一时难以看透这位顾客的身份，表情略有迟疑。

自从虞金诚离开玉华春饭庄，玉姑心情郁闷，茶不思饭不想，仿佛大病一场。她无心打理饭庄生意，说是外聘一位经理。她万万没有想到小翠儿此时站了出来，说愿意代替玉姑管理大堂。玉姑躺在床上笑了，说小翠儿你这小毛孩子跟我说笑话啊。小翠儿急了，声称自己今年虚岁十九了。玉姑听罢一愣，屈指一算果然如此。小翠儿长得矮小，因此人们总认为她是个十五六岁的孩子。

玉姑奶奶您就让我试一试吧。兴许我的能耐不比您小。小翠儿苦苦哀求道，玉姑奶奶，我要是有本事把这一大摊子事儿管起来，您往后不就省心了嘛。反正我也不打算嫁出去了，就在这儿跟您一辈子啦。

小翠儿的一番话，蓦然打动了玉姑。她经历了风风雨雨，从来没有憷头。唯独遇到虞金诚她心生爱意，爱而无获的巨大打击使她品尝了人生失败的滋味，领悟了人间冷暖世态炎凉。正是在这种心境之下，玉姑终于发现小翠儿的难能可贵。这丫头爱憎分明立场坚定，只要她认定你是她主子，便一心不二地忠诚，一生一世也不会改变。譬如她对虞金诚的态度，无论玉姑多么喜爱这位家道中落的虞大少爷，小翠儿从来不因此而改变自己对虞氏"小白脸儿"的看法。她坚决认为虞金诚这人靠不住。

小翠儿感动了玉姑，终于同意将临时管理饭庄的权力交给这丫头。李文卿走进玉华春饭庄，正是小翠儿接过管理大权的第一天。

跑堂伙计原本去后院向玉姑禀报。小翠儿迎面走过来，不动声色地询问跑堂伙计出了什么事情。跑堂伙计远远指了指李文卿。小翠儿吩咐跑堂伙计不要惊扰玉姑奶奶，然后径直走到李文卿身前，拉一张凳子坐下了。

李文卿抬头看了看小翠儿，一时不知来者何意。身材瘦小的小翠儿笑了笑，说这位先生您找玉姑奶奶有什么事情啊。李文卿还是不明白小翠儿何许人也，还是执意要见玉姑。

对不起这位先生，玉姑奶奶不是您想见就能见的。我是这大堂领班，您有什么就跟我说吧。小翠儿不卑不亢说。

哦，既然如此我就向您讨教吧。李文卿颇为礼貌地欠了欠身子，声称自己此行前来专程寻找一位擅长做本埠菜的厨师，据说这位擅长做本埠菜的厨师曾经在玉华春饭庄主灶，因此前来打听。

小翠儿想了想，说以前有一位会做本埠菜的厨师在这儿挂牌，不过他并不是勤行出身，他的烹饪手艺都是在学校伙房里学会的，应当归入学生菜。

这位学生出身的厨师叫什么名字？李文卿急忙问道。

您是他的恩人还是他的仇人？小翠儿突然发问，而且面带微笑。

听到仇人这个字眼儿，李文卿一下激动了，几乎难以抑制自己的情绪说，在我找到证据之前，我不能说他是仇人。

小翠儿反而不笑了，注视着李文卿。这位先生，我冒昧问您一句，您是住在租界地吧？

对，我住在英租界伦敦道。李文卿一览无余地说。

俗话说，常赶集没有遇不到的亲家。既然住在英租界里，您迟早会遇到这个人的。

李文卿笑了。请你告诉我，这个人叫什么名字？

他叫虞金诚。您有机会应当尝一尝他烧的本埠菜，那味道还是挺地道的。小翠儿轻描淡写地说着。

李文卿起身，朝着小翠儿深深鞠了一躬，说了声永远感激您，转身走了。

小翠儿注视着李文卿远去的背影，自言自语着。虞金诚啊虞金诚，看来这位先生跟你有仇，你好自为之吧。

李文卿乘坐胶皮返回英租界，一路内心充满焦虑。虞金诚，你就是上天入地穿山下海我也要找到你。

回到家，李文卿径直走进一楼前厅，寻找金嫂。金嫂正在厨房安排晚饭。两位哺乳期的女人吃什么，老爷肠胃不和吃什么，金嫂一样一样向厨师交代着，显得很忙。

李文卿站在厨房门外，不言不语注视着金嫂。金嫂交代完了，抬头看见站在厨房门外的李文卿。

大少爷，您找我有事儿啊？金嫂伸手擦了一把额头上的汗水，问道。

李文卿不无刻薄地说，金嫂你真是大忙人啊。依我看请虞金诚来这儿当厨师，这厨房的事情恐怕就不用你操心啦。

金嫂愣了，一时不知如何回答。

你怎么不说话呢金嫂？李文卿一步跨进厨房。

厨师很是知趣，立即闪身走开了。李文卿得理不让人，继续追问。金嫂，你怎么不说话呢？

大少爷，您让我说什么呢？金嫂勉强笑了笑。

我让你跟我说一说虞金诚的事情！那天我问你金鸟别墅的厨师姓什么，你说忘了。当时我就看出你心里有鬼。现在我把虞金诚的名字说出来了，你也该跟我实话实说了吧？

大少爷，我是下人，你要我说什么？主人家里的事情，甭说我不知道，我就是知道也不能随便说话呀。金嫂颇有经验地辩解着。

好吧，你以为你不说我就不知道啊？我告诉你吧，我迟早要把这件事情弄得水落石出。李文卿说完，噔噔噔上三楼找卢玉洁去了。

金嫂自言自语，主子之间乱七八糟的事情，这跟我有什么关系。

三楼卧室里，卢玉洁坐在床边抱着孩子正在喂奶。李文卿推门走进，她下意识地转过身去，掩住乳房，给了丈夫一个背影。自从李文卿有了桂枝，卢玉洁便成为多余的人。久而久之，夫妻之间形同路人。李文卿望着妻子的背影嘿嘿笑了，突然发问。

哎，你知道去什么地方能找到虞金诚吗？

卢玉洁似乎没有听见丈夫的发问，继续给怀里的孩子喂奶。

李文卿急了，大步转到卢玉洁面前。我问你到什么地方能找到虞金诚！

卢玉洁毫无表情地看着丈夫说，你说什么？

好啊卢玉洁，你学会了要蔫土匪啦！李文卿气得脸色煞白，跳脚喊叫起来。你说，你跟虞金诚到底是什么关系？

卢玉洁似乎对丈夫的兴师问罪无动于衷，表情平静地注视着怒气冲天的李文卿。虞金诚是谁啊？

李文卿面对不动声色的妻子，毫无办法，伸手指着妻子大声说，你就这样跟我装傻充愣吧！你就这样跟我装傻充愣吧！他仿佛一只气急败坏的小公鸡，无处发泄沮丧的情绪。

文卿，你不要这样激动嘛。卢玉洁轻轻说道。

李文卿指了指天，然后指了指地，几乎咆哮起来。卢玉洁！你不要伪装好人儿啦，我告诉你吧你早晚要下地狱的！李文卿说着冲出了卧室，下楼去了。

屋里突然安静下来，只能听到母子的呼吸声。卢玉洁紧紧抱着怀里的孩子，嘤嘤哭了起来。

金嫂推门走进来，表情冷静。大少奶奶，您没事儿吧？

卢玉洁停止哭泣，伸手抹着泪水说，我没事儿，我没事儿。

金嫂走上前来从她手里接过孩子抱在怀里，意味深长地说，大少奶奶，无论家里发生什么事情，您可都要为孩子着想啊。

卢玉洁颇为坚定地点头说，你说得对，我不但现在为了孩子活着，将来也为了孩子活着。

大少奶奶，我能帮您做点儿什么吗？金嫂真诚地问道。

谢谢你金嫂，我自己的事情，还是自己做吧。卢玉洁从金嫂手里接过孩子，深情地注视着。人活这一辈子，就跟西天取经的唐僧一样，必须经历九九八十一难才成啊。

金嫂舒心地笑了。大少奶奶，真没想到您这样开通，这我就放心啦。

庆贺"百岁儿"的日子终于到来了。金嫂送出四十八张请柬，并且包下了维格多利二楼的餐厅。李守基兴致很高，清早起床就让金嫂给他找出长袍马褂，穿戴整齐坐在书房里，悠悠哉进入了祖父的角色。

卢玉洁站在三楼阳台上，大声召唤金嫂。金嫂急急忙忙跑上三楼，请问大少奶奶何事。卢玉洁询问是否给娘家哥哥送了请柬。金嫂啊地一拍大腿，说我怎么把卢大少爷给忘啦！

卢玉洁吧嗒撂下脸子说，金嫂怎么连你也以为我娘家没人啊？要是这样下去桂枝可就更长精啦。

金嫂连连道歉，表示现在就派金哥开车去请卢大少爷，一定要他出席今天中午维格多利西餐厅的"百岁儿"喜宴。

听说金嫂出现疏忽怠慢了卢振天，李守基很不高兴。他说无论如何大少奶奶为李家生了一个大胖小子，是功臣，今天"百岁儿"宴会就是给功臣庆功，怎么能够忽略了人家卢大少爷呢。面对李守基的斥责，金嫂连连表示认错，可心里却很有怨气。李守基亲自拟定的邀请名单上明明没有卢振天的名字，此时金嫂只得充当替罪羊。这位女管家心里明镜儿，李守基对卢振天不屑一顾。大鱼瞧不起小鱼。尽管这位老爷同样出身寒微，虾米照样瞧不起淤泥。

金哥开车回来了，气喘吁吁跑上二楼书房禀报说，卢大少爷出门去山东谈生意了，过几天回来。李守基叹了一口气，说这就没有办法了。

李守基乘车前往维格多利西餐厅。同车的还有卢玉洁母子。桂枝母子只能在家等候第二趟汽车来接。李守基坐在小汽车里不时向卢玉洁道歉，说一旦卢大少爷从山东回津，他一定专门设宴谢罪。卢玉洁看到李守基态度如此诚恳，就被感动了。卢玉洁这样的女人，往往容易被感动。

维格多利的二楼餐厅，前来参加“百岁儿”宴会的已经三十多人，气氛渐渐升温，人们聚拢上来，纷纷夸赞卢玉洁的孩子长势喜人。

卢玉洁幸福地笑了。

打扮得花枝招展的桂枝是乘坐第二趟车抵达维格多利西餐厅的。来宾们对李守基不避家丑竟然允许女用人母子出席“百岁儿”宴会感到非常惊讶，私下议论李家老爷被喜得隔辈人的欢乐冲昏了头脑。身穿蓝缎团花旗袍的桂枝更是喜不自禁，频频向来宾们微笑致意。尽管她乘坐第二趟汽车来到维格多利餐厅，可这毕竟说明老头子已经认可了她的地位。桂枝欢欣鼓舞地认为不出几天自己就会成为李文卿的二太太了。她抱着孩子紧紧站在李文卿身旁，俨然夫唱妇随的样子。

李文卿怀着复杂的心情致辞，深切感谢上帝恩典，赐予阳光的同时又赐予两位小天使的降临，同时感谢了来宾们的到场。李守基坐在沙发里满怀欣喜地注视着热烈场面，仿佛一个老小孩儿。

“百岁儿”宴会开始了。李守基起身祝酒，一下子推出了宴会的第一个高潮。这位老爷平时滴酒不沾，今天却一下喝光了一杯红酒，引得一阵掌声。

人们尽情开饮了。李文卿显得比较被动，端着一杯红酒却不知所措。李守基不高兴了，要求儿子向来宾们逐一敬酒。李文卿快快起身，走向德国律师汉斯，说了声干杯。

汉斯先生小声说，李大少爷，您喜得二子，这一下您就不用担忧令尊大人的遗嘱啦。

李文卿强笑着，端着酒杯朝前走去。这时候，两位身穿白色制服的服务生突然抬着一只巨大的花篮走进餐厅。这只突然出现的花篮高达两米，由几百朵紫色玫瑰缀成，煞是鲜艳。它的进场一下子使得来宾们惊异不已，不由得欢呼起来。

李文卿更是很奇怪。手持酒杯走上前去，询问这只花篮的来历。一位服务生说这是一位先生派人送来的，表示祝贺吧。

那位先生他姓嘛？李文卿疑心乍起，不由将目光投向餐厅门口。桂枝毫不知趣，抱着孩子快步走到李文卿面前，扯着大嗓门儿问道，文卿文卿，这是谁给咱们送来的鲜花啊，比俺老家庙会上的花车个头儿都大。

李文卿压低声音训斥，桂枝你给我滚回去，这儿不是你老家的庙会！

说罢，李文卿扭头继续注视着餐厅门口。

一位西装革履的先生走进来，手里捧着一只精美的盒子，满脸微笑的表情。李文卿越发看不明白，快步迎上前去颇为紧张地问道，这位先生，是您送的花篮吧？

这位先生笑了笑，侧身闪开道路，微笑着站在一旁，明显是在等候主角的出场。

终于，主角出场了。这是一位身穿蓝色长衫的先生，脸上戴着一副墨镜，款款走进餐厅大门。

李文卿站在挡道的位置上，呆呆注视着来者。来者微笑着跟李文卿打招呼，说的是英语。李文卿懂得英语，只是不知这位先生何许人也。

手捧精美礼盒的先生显然是这位主角的随从。这位主角绕过李文卿，径直朝着李守基老先生走去。李守基坐在沙发里，也弄不明白来者何人。卢玉洁抱着孩子坐在公爹旁边的沙发上，脸色倏地白了。

来者站在李守基面前，躬身与这位老先生握手，说恭贺您老人家喜得孙儿，恭贺您孙儿健康吉祥。李守基企图从沙发里站起还礼，来者轻轻按住老先生，说您请坐。说着，他转身从随从手里接过那只精美的礼盒，轻轻打开从里拿出一对金光闪闪的长命锁。

卢玉洁低头不语，坐在沙发里紧紧抱着怀里的孩子。来者走到她面前，说了声恭喜，伸手捧起这一对长命锁。

卢玉洁终于勇敢地抬起头来，目不转睛地注视着他。他热烈地与她对视，毫不回避。

全场一下静寂下来，人们的目光都关注着这个场面。李文卿毫无思想准备，一下僵在那里。

我是来祝贺孩子百岁儿的。来者微笑着，轻轻打开金锁佩戴在孩子胸前。卢玉洁抱着孩子从沙发里站起，一时语塞说不出话来。

李守基终于站起来说，请问这位先生贵姓啊。这时李文卿也凑上前来说，请问这位先生您在哪儿高就啊。

来者抬手缓缓摘下黑镜，露出一双炯炯有神的眼睛说，我在开平矿务局华北售煤处供职，请多多关照。说着，从怀里掏出了名片。

李守基接过对方名片说，你如此厚礼，我们受之不得啊。

请李老先生不要客气，今后我们在生意场还要交往嘛。说着，虞金诚又递给李文卿一张名片，然后斩钉截铁说，我叫虞金诚。

啊！李文卿听到这个名字不由倒吸一口凉气，双手颤抖着接过对方名片。

还请日后多多关照。虞金诚说着伸手摸了摸卢玉洁怀抱的孩子的小脸蛋儿，朝着李守基微微欠身行礼，说了声告辞，转身又款款走了。

李守基与李文卿，面面相觑。这时，李守基已经想起当年的订婚宴席，这位虞金诚是卢家大院的“家厨”。这种出身的人竟然进入英国公司成了白领绅士，可见此人不可小觑。

李守基问儿子，文卿，你认识这位虞先生吗？

李文卿连连摇头说，我今天头一次见到这个人。

都是生意人，以后恐怕要经常打交道的。李守基不以为然地说着。

李文卿扭脸看了一眼卢玉洁。这时桂枝毫不知趣地说，文卿文卿我问你，刚才那人送给李哲一对长命锁，为什么没有李智的？

李文卿瞪了桂枝一眼，气得起身走出餐厅。桂枝似乎并不甘心，抱着孩子追了出去。

卢玉洁已经镇定下来，她俯身亲了亲怀里孩子的小脸蛋儿，深情地注视着挂在孩子胸前的长命锁。

“百岁儿”宴席继续进行。突然，桂枝抱着孩子又跑回餐厅，大声喊叫着。

不好啦，不好啦，大少爷又抽羊角风啦！桂枝哭了起来。

金嫂第一个跑出去，一眼看见李文卿躺在楼道里，口吐白沫四肢僵直，癫痫病又犯了。

唉。金嫂叹了一口气，告诉身旁的人们不要慌张，大少爷一会儿就缓过来了。

桂枝抱着孩子借机坐在地上，干号起来。为什么卢玉洁生的孩子有长命锁，我生的孩子就没有长命锁啊！老天爷你太不公平啦……

李守基拎着手杖走出餐厅站在楼道里看着这令人难堪的场面，吩咐金哥立即开车送李文卿去法租界的麻大夫医院。

来宾们拥出餐厅，颇为不满地谴责趁机闹事的桂枝。桂枝根本不在乎，把孩子递给金嫂，坐在地上继续撒泼。

李守基极其尴尬地跺了跺脚，然后伸出手杖指着桂枝说，我没想到你是一个泼妇！

李守基精心准备的“百岁儿”宴会，就这样堵心地结束了。

69 家宅不宁

李家的生活平静，其实隐藏着一场危机。这场危机随着时光流逝愈来愈近，终于不可避免了。

“百岁儿”宴会之后，卢玉洁精神恍惚，神情木讷，终日足不出户，内心陷入对虞金诚的无尽思念之中，不能自拔。桂枝更加疯狂，有时躺在床上装病，有时坐在楼梯上哭哭啼啼，每天进食量却很大，经常深夜加餐，弄得厨师无所适从。李守基面对这样两个女人，毫无办法。

既然出现这种难以收拾的局面，金嫂就从外面请来两个年轻保姆，帮助两位母亲照管孩子。这两个年轻保姆一个叫大兰，一个叫二兰，都是唐山口音，很能干也很能说。初冬的晴朗天气，阳光爬满窗户，很暖也很灿烂。大兰抱着李哲，二兰抱着李智，经常在二楼的楼道里走来走去，接受阳光抚摸。有时候李守基很想看一看孩子，就招呼一声。老爷一声召唤，两个保姆马上就抱着孩子走进老爷卧室，很便捷的。两个孩子开始蹒跚学步了，这给李守基带来很大乐趣。

下午时分，二楼的阳光最好。两个保姆一个抱着李哲一个抱着李智，沿着长长的楼道训练孩子走路。两个孩子穿着一模一样的衣裳，俨然一对孪生兄弟。大兰二兰为了排遣时光，不停地聊天儿。

大兰的唐山口音，穿透力很强。二兰说话调门很高。两人的聊天儿内容就这样扩散开来。

大兰说，俗话说虎生九子，子子不同。你看李哲，长得多像大少爷啊。李智呢，就不太像了。

二兰说，俗话说，养儿随叔，养女随姑。还有的男孩儿长得跟舅舅一个模样呢。李智长得不像大少爷，这也不是什么怪事儿。

这两个年轻的保姆对李家的秘密毫不知情，只是闲聊而已。

李文卿身穿睡衣突然出现在二楼，朝着两个保姆冲过来，伸手指着她们大声吼叫起来，近乎歇斯底里。

你们胡说八道！你们胡说八道！

两个保姆吓得脸色煞白，连连朝后退着，一时不知道冒犯了什么天条。

金嫂闻讯赶来。两个保姆看到来了救兵，立即哭泣起来。

李文卿浑身发抖难以自持。哼，你们还敢哭？金嫂，你今天就把这两个保姆辞了，辞了！

大少爷，她们犯了什么错啦？金嫂小心翼翼问着。

这两个长舌妇，我永远也不想看到她们啦！金嫂，你让她们马上滚蛋！李文卿说罢，气呼呼转身离去。

金嫂注视着李文卿的背影，转身问两个保姆。你俩实话实说，这到底是怎么啦？

两个保姆面面相觑。大兰说，金嫂，我们对天发誓，我们没招他没惹他，大少爷冲上来就骂人！

二兰补充说，我们牵着孩子小手儿学走路，说李哲长得很像大少爷，李智长得不像大少爷，可没说别的犯歹的话呀。

金嫂无奈地摇了摇头。你们还没说犯歹的话呀？行啦行啦，你俩明天就卷铺盖回家吧。

大兰急得哭了。金嫂您是大管家，您说我们到底哪句话犯了条律呀？就是死，也让我们死个明白吧。

二兰苦苦央求。金嫂，我们从老家出来找个事由也不容易。您去求求大少爷让我们留下吧。

金嫂叹了一口气说，其实这事儿也不怪你们。我尽力留下你俩吧。

这时候，李哲和李智同时哇哇哭了起来。大兰抱着李哲，二兰抱着李智，沿着楼道走动起来，一个劲儿哄着孩子。

看门的老柴跑上二楼，说恒昌洋行的经理看望老爷来了。金嫂叩了叩李守基的卧室，禀报着。卧室里传出李守基的声音，说请到书房待茶吧。

老柴跑去开门了。一辆黑色小汽车驶进来。恒昌洋行的经理走出汽车。身后的秘书手里拎着探视病人的一大盒滋补品。

为了不打扰老爷接待客人，大兰和二兰抱着孩子来到一楼大厅里，站在窗前继续晒太阳。

李哲和李智已经不哭了。

李守基在书房里接待了恒昌洋行的经理。恒昌洋行是李家的重要生意伙伴，因此李守基叫来李文卿一旁作陪。李文卿身穿一身米色西装，头发却蓬乱不堪，那样子看着挺狼狈的。

恒昌洋行的经理只是礼节性拜访，对李守基表示慰问之后，闲聊了一会儿便起身告辞了。为了表示对恒昌洋行的感谢之情，李守基执意亲自送这位经理下楼。

李守基拄着手杖送客人下楼，李文卿一旁搀着父亲。李守基不服老，拒绝儿子的搀扶。这时候，突然传来一声尖叫，桂枝披头散发冲进一楼前厅，大声哭闹着，口口声声说不愿意活啦。

李文卿连忙制止说，桂枝，你不要胡闹了，你马上给我回屋儿去！

桂枝属于“人来疯”。李文卿前来劝解，反而激起了桂枝哭闹的高潮。她索性坐在地上，准备打滚儿。

李守基极其尴尬，只得连声对客人说不好意思。

李文卿大声喊道：桂枝，你不要闹啦！你这样闹下去，对谁都没有好处！

桂枝根本不听，继续哭闹。

恒昌洋行经理随口问道，她是谁呀？

李守基立即回答说，一个女用人，一个女用人。

桂枝听罢就急了，伸手指着李守基说，我是女用人？你胡说八道！我给你们李家生了一个大胖小子，那是正宗骨血！哼，你们凭什么让我不明不白不人不鬼啊？我要你们李家明媒正娶，你们要是不给我一个名分，我就一头撞死在这儿啦！

客人实在听不去了，大步走出一楼前厅，来到小汽车近前。李文卿快步跟上，表情很窘。

恒昌洋行的经理颇为知心地说，文卿啊，这样的女佣你还留她干什么？辞了吧辞了吧，做生意可就怕家宅不宁啊。

桂枝竟然冲了出来，奔向李文卿然后伸手撕扯自己的头发，哭叫着。我不活啦！你不给我一个名分我现在就死在你面前啊！

恒昌洋行的经理带着秘书赶紧钻进小轿车，告辞了。

望着驶远的小汽车，李文卿急了，转身踢了桂枝一脚。桂枝被踢之后，愣了愣，干脆躺在地上，哭叫着打滚儿。

金嫂跑上前来大声禀报，老爷气得犯病啦。李文卿马上跑进一楼前厅，看到父亲坐在沙发里，气喘吁吁，脸色苍白。

爸爸，您别生气，您千万别生气啊。李文卿自知理亏，紧紧抓住父亲的手。李守基喘着粗气说，文卿啊，这样的女人你还留着她干什么？天长日久这就是一个祸害啊！

李文卿说，爸爸，您容我想一想行吗？

金嫂端来一杯水。李守基的喘息渐渐平稳下来，他转向金嫂说，你马上给李智雇一个奶妈。我不能让李智再吃桂枝的奶水了。这种女人的奶水喂养出来的孩子，长大之后一定成为低贱的人！

金嫂点头应命，转身走开去打电话了。

李守基坐在沙发里，闭目养神，不去理睬李文卿了。

桂枝是自动停止哭闹的。她扭摆着去了厨房，吩咐厨师给她蒸两个甜豆包儿。厨师说没有豆馅儿只能蒸糖包儿。桂枝极其不满地哼了一声，走了。她从二兰怀里讨回李智，抱着上楼睡觉去了。她的催眠曲，粗声大嗓，很是粗放：狼来啦，虎来啦，和尚背着鼓来啦！

李智在这位粗俗不堪的母亲怀抱里，睡着了。一看孩子睡着了，桂枝伸手打开床前的一只果盒，从果盒里捏出一块儿果脯放在嘴里，咀嚼着。她的吃相很不雅观，表情却很得意。吃罢果脯，又拿出一袋英国奶粉，自己动手沏了一杯，摆在桌上凉着。她坚决认为自己不久就要被扶正了，因此格外保重身体，唯恐营养缺乏。

晚饭之后，李文卿照例来到父亲书房，问候晚安。这里的空气沉重而凝固。李守基面无表情坐在沙发里。

金嫂走进来将茶杯放在茶几上，想趁机进言。李守基挥了挥手，示意金嫂下去。金嫂应命，退了出去。

李守基叹了一口气说，文卿啊，咱们现在是家宅不宁啊。这样下去，我也活不了太久啦。

李文卿毕竟是儿子，听了父亲的话心里很不舒服，就劝慰父亲不要生气。

李守基继续说，事情明明白白摆在这里。桂枝为咱家生了一个男孩儿，有功，功不可没。可如今李智已经蹒跚学步了，你面临决断啊。

李文卿不解地反问，我面临什么决断？

文卿啊，桂枝虽然给咱家生了孩子，可咱们这种家庭是万万不能娶她这样的女人做媳妇的。

李文卿点了点头，表示认同父亲的观点。

桂枝这种人，粗俗，急躁，没有文化，缺乏教养，李智如果交给这样的母亲抚养，那将来肯定添一身坏毛病啊。文卿，我的话你听明白了吗？李文卿点了点头。爸爸，依您的意思怎么办呢？

李守基旗帜鲜明地说，当断不断，必受其乱。我的意思非常明白，桂枝应当离开我们家啦！

李文卿叹了一口气，寻思着说，桂枝这一程子闹得家宅不宁，我也挺堵心的。好几次想把她从家里赶出去，好几次下不了这个决心。今儿既然您做了主，我遵命。不过您得给我时间，我想方设法给桂枝安排一个好去处。她走了，家里也就太平啦！

李守基欣慰地笑了。男子汉做大事业，就得当机立断，你千万不能让一棵树挡住一片森林啊。

李文卿走出父亲书房，来到二楼桂枝的卧室。李文卿一进门，李智被惊醒了，哇哇哭了起来。李文卿连声说吉米别哭吉米别哭。桂枝撇了撇嘴说，我就叫不惯这洋名字！说着她爬上床去撩起衣襟从怀里掏出雪白滚圆的乳房，给孩子喂奶。

看着这诱人的乳房，李文卿似乎倒了胃口，转身朝外走去。桂枝大声问道，这么晚了你不睡觉还往哪儿跑啊？

李文卿回头看了桂枝一眼，觉得这女人挺可怜的，就叹了一口气，心里一阵难受。

他信步来到三楼推门走进卢玉洁卧室，不由一惊。屋里光线昏暗，卢玉洁蓬头垢面坐在床前，目光呆滞。自从“百岁儿”宴会虞金诚突然出现，而且当众送来鲜花和金锁，这无疑充满了英雄气概。虞金诚的行为一下子勾起了卢玉洁的美好遐想。

我要是跟虞金诚生活在一起多好啊。他才是真正的男子汉，他才是真正的伟丈夫，他才是真正的有情人。今生今世我要是能够变成一只小猫儿小狗儿也要依偎在他身旁啊。就这样无穷无尽的胡思乱想，使得卢玉洁神情恍惚目光迷离，终日里坐在屋里自言自语。

卢玉洁看了一眼李文卿，转脸朝着墙壁继续喃喃自语，你是一个多么好的人啊，有情有义有胆有识就是没有缘分啊。

李文卿注视着卢玉洁，觉得这个女人已经彻底毁了。

李哲睡在床上，睡梦里咯咯笑了起来。

70 卢振天叫板

华历十月二十五，俗称“皮袄生日”。天津民间以这一天的阴晴求卜一冬的天气，此日若晴，则一冬凌，此日若阴，则一冬温。上午时分，李守基站在书房窗前注视着外面灿烂的阳光，心情却很不晴朗。

太阳爬满窗台，李守基派金嫂将儿子叫到书房里，颇有分量地叹了一口气。文卿啊，这一连二十几天过去了，你怎么没有动静啊？

李文卿艰难地笑了笑说，爸爸，我总得给桂枝找一个合适的去处吧。这种人命关天的事情，也不是三天五晌就能找到合适去处的。

哦。李守基似乎明白了儿子的心思，坐在沙发里挥了挥手，那意思是说你可以走了。李文卿不肯走，还要继续解释，其实是越描越黑。

李守基不耐烦了，说你走吧你走吧。李文卿只得停止解释，怏怏离开父亲书房。李文卿的心思只有他自己知道，一是他不忍心弄走桂枝，二是给桂枝找一个合适的去处，也不容易。

上午十点多钟，看门的老柴禀报有人来访。金嫂一听是卢振天来了，出门热情接待。

一楼客厅里，金嫂当头就告诉来者，大少奶奶身体不适，还没起床。卢振天沉着脸色，说话很冲。

我告诉你金嫂，今儿我不是来这儿聊大天儿的。我妹妹嫁到李家名义上是大少奶奶，其实整天受气。这几天我听说就连女用人也敢欺负我妹妹。这就太难啦。你现在就把李文卿给我叫出来，我要当面问问他！

卢振天是一粗人，说出话来一句顶一句。金嫂知道这种人是说得出做得到的，弄不好就动手打人。于是，她满脸堆笑，劝慰着卢振天。

卢振天根本不听这一套。金嫂，你是女管家，我妹妹在这儿受气，你心里一清二楚。你是下人，今天你也用不着为你主家遮着盖着。别看李家住在英租界里有钱有势，我姓卢的就是不怕这一套！

金嫂说，卢大少爷您先别着急，听我慢慢禀报。你说的那个女用人她叫桂枝。她给大少爷生了一个儿子，这座小洋楼就盛不下她啦！一天到晚哭哭啼啼骂骂咧咧，弄得四邻不安鸡犬不宁。我说这桂枝啊是个祸头！

卢振天啪地一拍桌子，站起身来。金嫂，你这么一说我全明白了，我妹妹倒霉就倒在这桂枝身上啦。好哇，她不是祸头吗？我先把她这个祸头给办啦，不就万事大吉了嘛！

金嫂激动起来，说卢大少爷您要是能把这祸头给办啦，大少奶奶可就重见天日啦！

卢振天说，操！桂枝不就是一女用人嘛。金嫂你把我妹妹请下来，我要问候问候她。

金嫂知道卢振天是个愣子，她不敢违命，立即起身上楼，轻轻叩开三楼大少奶奶卧室，进门就报喜。我说大少奶奶呀，您娘家哥哥看您来啦！

窗帘没有拉开，因此阳光被挡在外面，卧室里光线略显昏暗。李哲睡在床上，酣态可人。卢玉洁坐在床边，一动不动仿佛一尊雕像。

金嫂走上前来，轻声轻语说，大少奶奶，我说话您听见了吗？

卢玉洁从静止状态里被召回现实世界，嗯了一声。金嫂颇为喜悦地说，大少奶奶，您娘家哥哥卢大少爷看您来啦！

大少奶奶面无表情说，哦，我哥哥来啦。

金嫂为了唤起卢玉洁的活力，大声说，卢大少爷这次来，就是为您拔创来啦，他说一定要整治整治桂枝！

卢玉洁思忖着说，要是这样，就不必啦。金嫂你受累告诉我哥哥，就说我不舒服还没起床，请他自便吧。

金嫂极其意外，急忙说，嗨！您哥哥来了您怎么不见面呢？您是他亲妹妹，您心里有什么委屈跟亲人念叨念叨，总比闷在自己肚子里强吧？

大少奶奶摇了摇头。金嫂啊，我不愿意把我哥哥也搅进来。你告诉我哥哥，我挺好的。你一定要留我哥哥吃饭，他平常最爱吃大马哈鱼熬汉萝卜，金嫂你一定要叫厨子做这个菜，吃干饭吃馒头都行，当然最好是吃干饭。

金嫂无可奈何，叹着气退了出来。她从三楼下到二楼，看见李文卿走进了桂枝卧室。

一楼客厅里，金嫂告诉卢振天，说大少奶奶特意叮嘱留哥哥吃饭，还点了马哈鱼熬汉萝卜这道菜。卢振天笑了，说吃饭就吃饭，不过必须请李大少爷陪着。

金嫂面有难色。卢振天说着站起身来，金嫂，我让李文卿陪吃饭那是看得起他！你现在就叫他出来，我倒要看看他哪儿来的这么大架子？

这事儿我可承担不起。金嫂说着，上二楼请李文卿去了。

金嫂在桂枝卧室门外告诉李文卿，如果今天他不跟卢振天见面，恐怕就不好收场了。

李文卿怯了，他深知卢振天的混混儿脾气，只得跟随金嫂下楼来到一楼客厅，硬着头皮会见自己的大舅哥。

卢振天坐在沙发里看见李文卿走进来，突然哈哈大笑说，李大少爷，我卢某人见你一面真不容易啊！

李文卿尴尬一笑，说了声不敢不敢，欠身坐在对面沙发里。

卢振天开始慷慨陈词。李大少爷，今儿咱们客套不讲，废话少叙。你们家里的事情我也听说了。我妹妹卢玉洁是你明媒正娶的夫人。那桂枝算个什么东西？他给你生了儿子，我妹妹也给你生了儿子啊。今天咱们有一说一，有二说二，你说一句痛快话吧，你要桂枝，我就把妹妹接回家去。你要我妹妹，就赶紧把桂枝那烂货从这里清除出去！

卢振天说罢，嘿嘿冷笑着将伤残的左手摆在身旁的茶几上。李文卿！你给我听清楚了，我不许你欺负我妹妹。除非你给我剁下两根儿手指头！

李文卿一惊，连连摆手说，有话好说，你别耍混混儿这一套啊。

你不要跟我酸文假醋，我卢某人天生就是袍带混混儿，我要的就是袍带混混儿这一套！

既然你动粗口，那我只能告辞啦。李文卿说着起身就走。

你站住！你不哼不哈就这么走啦？没门儿！卢振天站起，走上前去，伸手揪住李文卿的衣领。

金嫂跑进一楼客厅，说卢大少爷不要动火，我家老爷二楼书房有请。卢振天听说李守基有请，随手搡了李文卿一把，极其蔑视地哼了一声，迈开大步走出一楼客厅，脚步噔噔上楼去见李守基了。

金嫂拉了一把李文卿，快步跟随着卢振天上了二楼。

卢振天大步走进二楼书房，朝着坐在沙发里的李守基一抱拳说，亲家翁，我是一粗人，我知道你们李家瞧不起我卢某人，可是你们要是任意欺负我妹妹，你们就连粗人也不如，全都是假斯文！

李守基笑了笑，极力保持着高贵者的姿态。卢大少爷你不要性急，咱们有话慢慢说吧。你请坐，金嫂看茶啊。

卢振天一屁股坐在李守基对面的沙发里。亲家翁，你就打开天窗说亮话吧！

金嫂亲自端来一杯热茶送到卢振天面前。卢振天接过热茶，一仰脖子就喝光了。金嫂惊了，说卢大少爷你不怕烫嘴啊。

卢振天冷笑了。我死都不怕，还怕烫嘴啊。

李守基示意李文卿坐在自己身旁的沙发里，然后请金嫂离开书房。

书房里，只有李氏父子和卢振天，三个人。李守基轻轻叹了一口气，心情似乎很是沉重。

卢大少爷，既然咱们是亲家，事情就好商量，你告诉我这事儿你心里是怎么想的，咱们合计合计，好吗？

好啊，你儿子欺负我妹妹，你说怎么办吧。我知道你们家大业大财神大，可我们也不能随便让你们欺负啊。卢振天说话劲头儿很冲，一派无所畏惧的样子。

好吧，卢大少爷既然要我打开天窗说亮话，我就开门山见吧。你说文卿欺负你妹妹，我看清官难断家务事，小两口儿之间的事情，咱们还是不要过多参与。这一程子桂枝闹得家宅不宁，很讨人嫌。我从来都认为她只是一个女用人，即使文卿纳妾也轮不到她头上。桂枝生了李智，那是李家的骨血。卢大少爷我告诉你吧，我留子不留母的。你要求我立即清除桂枝，我也恨不得立即清除，可总得找一个合适的地方呀。

卢振天突然哈哈大笑。亲家翁，您就甭跟我绕脖子啦。您要是真心清除桂枝，这事儿包在我身上！什么静海啊武清啊我随便就能给她一个好人家，过一辈子太平日子。

李守基听罢缓缓站起，指派李文卿从书桌抽屉里拿出一沓钞票。卢大少爷，既然如此，这件事情就拜托你啦。你一定要给桂枝找一个体面人家。千万不要闹出人命官司。

卢振天伸手将钞票挡了回去说，亲家翁，这事儿我不要钱！只要文卿从今往后别欺负我妹妹就行啦。

李文卿连连点头说，一言为定一言为定。

大事谈妥了。李守基休息了。李文卿陪同卢振天来到一楼餐厅，准备吃饭。卢振天挥了挥手说，妹夫啊既然事情都说妥了，你就不要陪我啦，我愿意一人吃饭。

就这样，李文卿被卢振天轰走了。卢振天满脸欢喜地坐在餐桌前，四盘热菜依次上桌，其中一盘是大马哈鱼熬汉萝卜。

金嫂亲自送来酒盅。卢振天指着大马哈鱼里的黄豆说，厨子怎么知道我爱吃这一口儿？

金嫂笑着说，这还不是大少奶奶告诉的。

卢振天抄起筷子一边吃一边说，我妹妹起床了吗？她要是起床了你就赶紧告诉她，就说从今往后再也不会受气啦。我这几天就把那个祸头给办啦！

金嫂一激灵。卢大少爷，你别是说笑话吧？

卢振天不高兴了，我骗我自己，我还能骗我妹妹吗？

金嫂激动起来：我现在就告诉大少奶奶去！

卢振天起身拦住金嫂，慢着慢着。这事儿不能让我妹妹知道！玉洁她从小啊就心软，她要是知道了那烂货的下场，非得让我饶了桂枝不可！那可就不好办啦。

金嫂连连点头说，我明白我明白。我看对待桂枝这样的人就不能心太软！卢大少爷，到时候你也不能心软啊！

卢振天举起残手，表示决不手软，然后对金嫂说，你现在把我那大外甥李哲抱出来让我看一看啊。

金嫂点头说，李哲半岁多啦。

卢振天性急问道，李哲长得像我妹妹，还是像我妹夫啊？

金嫂一时语塞，主动更换了话题。卢大少爷，我现在就去叫保姆把孩子抱来。

这时候，大兰和二兰抱着孩子从餐厅门外走过。金嫂一声召唤，两个保姆返身走了进来。卢振天立即起身哈哈大笑。金嫂啊，这俩宝贝哪个是李哲啊？

金嫂以守为攻说，卢大少爷你眼力好，你猜一猜吧。

卢振天指着二兰怀里的孩子说，这孩子眼睛长得像我妹妹，依我看他是李哲！

没人说话。卢振天十分得意地追问二兰说，这孩子是李哲吧？我的眼力就是好啊！

二兰摇了摇头说，不，这孩子是李智。

卢振天目光疑惑地看了看大兰怀里的孩子，又颇为迷惘地注视着二兰怀里的孩子。什么？他是李智啊！

金嫂一语双关说，是啊，有时候我也弄不清楚哪个是李哲哪个是李智。

71 清除桂枝

夜深了，金嫂打着灯笼沿着院墙巡视着。金哥跟在她身后，充当保镖。他发现一处角门没锁，十分惊异。金嫂告诉丈夫这是她故意做的，这几天夜里有人要来，弄走那个祸头。

金哥问金嫂怎么知道这几天夜里有人要弄走祸头。金嫂低声说，卢振天那天喝酒的时候说的。

金哥表示怀疑，卢振天是一混混儿，他的话你还信啊？

金嫂也不解释，说好啦好啦咱们回去睡觉吧。金哥笑着说，我早就困乏啦，这眼皮都快粘到一起啦。

抬头注视着满天星星，金嫂感叹一声。我盼着桂枝马上滚蛋。可一想起这女人的命运，我心里又沉甸甸的。这就叫死生由命，富贵在天啊。

金哥与金嫂一前一后，回去睡觉了。

夜色更深了。桂枝还没睡，她躺在床上撩起衣襟亮出滚圆的乳房，给孩子喂奶。其实李智应当断奶了，桂枝信奉家乡的习俗，说是多吃娘奶长得结实。看上去李智就是比李哲长得壮实。这令桂枝非常满意。有时候她甚至盼望李哲短命夭折，那样李智就成宝贝疙瘩了。

临近晚间十一点钟，桂枝给李智喂完奶，躺在床上和衣睡着了。朦朦胧胧她梦见自己成了李家女主人，坐在太师椅上发号施令，丫环送来一碗参汤她一挥手打落地上。

门外传来两声猫叫。桂枝被惊醒了。她翻身从床上爬起，睡眼惺忪环视着四周。

门外又传来两声猫叫。桂枝一扭屁股下了床充满怨气地说，死猫！又不是二八月叫春，叫唤什么呀。

门外的猫叫愈来愈响，继而发出猫爪子挠门的声响。

桂枝趿拉着一双布鞋，朝着卧室门口走去。死猫，再叫唤我就宰了你！说着，她开了门。

门外伸进来一只戴着黑色手套的大手，一把捂在桂枝嘴上。这个可怜的女人猝不及防，呜了一声便被拖了出去。

这是两个蒙面男人，一前一后抬着桂枝下了楼，走出一楼前厅来到院子里。桂枝挣扎着，一个蒙面男人朝她嘴里塞了一颗药丸儿，然后捏住她鼻子。桂枝一喘气就将药丸儿咽下去了。

一蒙面男人说，这药儿一发，她就睡过去啦。咱们走吧。

两个蒙面人抬着桂枝穿过院子钻出角门。外面停着一辆小汽车。车门开了。桂枝被塞进小汽车里。车里坐着蒙面的卢振天。

桂枝挣扎着说，你们饶了我吧！

卢振天小声询问那两个蒙面人，她怎么还说话呢？一个蒙面人说，那药劲儿还没发作呢！

卢振天一挥手，小汽车一溜烟开走了。这辆小汽车驶出英租界关卡，进入日租界，出了日租界，朝着华界一路驶去，前往小西关儿方向去了。

桂枝没了力气，躺在小汽车里仿佛睡着了。卢振天嘿嘿笑着说，桂枝，这一次我一定给你找一享福的地方！

天色蒙蒙亮了，小汽车停在一座大院门外。四周冷冷静静的没有人烟，就跟聊斋似的。

第二天清早，李守基拄着手杖来到一楼餐厅，戴上老花镜坐在餐桌前看起了报纸。放下报纸他说，从打今儿开始全家人一起吃早饭吧。金嫂心领神会，转身上楼知会去了。

过了一会儿，李文卿便出现在餐厅，不声不响坐在父亲身旁。又过了一会儿，卢玉洁来到餐厅，金嫂抱着李哲跟在后面。李守基看到李哲，一下子兴奋起来。他从金嫂手里接过孩子，抱在怀里。李哲已经学会了走路，于是就在爷爷怀里闹哄着，企图挣脱。

李守基抱着李哲就是不放手，呵呵笑着。

卢玉洁无精打采坐在李守基对面，不言不语注视着这个场面。一大盘蛋糕端上桌子，李哲停止哭闹伸手抓起一块，吃了起来。

李守基觉得这孩子挺好玩的，大笑起来。李文卿瞟了一眼大快朵颐的李哲，面无表情地端起一杯牛奶，喝了起来。

卢玉洁突然说话了。文卿，空着肚子喝牛奶不易消化，你还是先吃点东西吧。

李守基看到儿媳神智正常，越发高兴起来。文卿啊，玉洁说得对，空肚子不能喝牛奶。

李文卿无奈地拿起一块蛋糕，气呼呼吃了起来。

李守基这时候突然问金嫂，咦，桂枝呢？

李文卿低头注视着卢玉洁。卢玉洁低头注视着李哲。李哲低头注视着蛋糕。没人回应李守基的提问。金嫂注视着这个无声无息的场面。

这时候，一个蹒蹒跚跚的男孩儿光着屁股出现在餐厅门口。卢玉洁大吃一惊说，李智！你怎么光着屁股跑出来啦，李智你妈妈呢？

冻得浑身发抖的李智哇的一声哭了起来。李文卿走上前去毛腰抱起只有十八个月的李智问，吉米吉米，你怎么自己跑出来啦？

李智叫了一声爸爸，继续大哭不止。

李守基不慌不忙问金嫂，金嫂，桂枝呢？她怎么能让李智光着屁股跑出来呢！

金嫂遵命上楼去了。不出片刻时间，金嫂手里拿着小裤小袄回来了，一边给李智穿衣服一边说，桂枝不在屋里，这一大早儿她跑哪儿去啦？

李守基催促儿子。文卿啊，你快去看看吧，桂枝到底跑到什么地方去啦？

李文卿起身跑出去了。金嫂给李智穿好衣服说，李智你不要怕，从今往后大少奶奶就是你的妈妈啦。

卢玉洁不明内情地问道，金嫂金嫂，你说什么你说什么？

金嫂自知失口连忙搪塞，我说李智你不要怕，大少奶奶去给你找妈妈。

李文卿回到餐厅，表情并不焦急地说，爸爸，桂枝屋里没人，后院角门开着。看样子是半夜出了什么事情。

李守基反问，什么，昨儿夜里你没跟桂枝住在一起？

李文卿摇了摇头说，昨儿夜里我睡在奥飞斯，没回家。

金嫂突然插嘴说，老爷，大少爷，大少奶奶，这桂枝会不会自己跑啦？

餐室里充满了心照不宣的气氛。只有卢玉洁一无所知，颇为善良地说，文卿啊，你赶紧打电话向英租界工部局报案吧，寻人要紧啊。

李文卿不言不语，低头坐在餐桌前，一时没有台词。

李守基终于拍板了。文卿啊，桂枝毕竟是个粗俗不堪的女用人，心野，我看她或迟或早总要跑的，跑了就跑了吧。也免得她闹得家宅不宁。就是李智这孩子太可怜啦，这么小就失去了母亲。

李文卿抬起头来说，含义颇深地说，李智毕竟是我亲生儿子啊！

卢玉洁说，桂枝一个大活人咱们还能找不着啊？即使真的找不到桂枝，这两个孩子就由我抚养了，无论是李哲还是李智，我都会当成自己的亲生儿子对待。

李守基很满意，点头称赞着大少奶奶。无论如何也不能委屈了孩子。咱们英租界不是有幼稚园吗？白天送李哲李智去接受教育，傍晚接回来。这种西式教育对孩子成长很有好处。

李文卿起身说，好哇，就这样吧。金嫂说，我今天就去找幼稚园。

一场风波就这样过去了。桂枝就像一滴水落入大海一样，永远地消失了。

三天之后，李哲和李智开始上幼稚园了。每天清早一辆皮篷三轮车来接，傍晚时分一辆皮篷三轮车送回。这两个男孩儿早出晚归，小大人儿似的。

72 选 址

虞金诚被任命为华北售煤处下设的天津售煤所的经理，纳森先生请他在西湖饭店吃饭。没有第三人。饭菜很简单，一份牛排，一份沙拉，一杯水。这菜谱充分体现了纳森先生的简约风格。埋头吃着，纳森先生突然笑了，主动提起为德士古洋油公司运输大型油罐的往事。

虞金诚放下刀叉说，其实我只是运用了阿基米德的浮力定律而已。

你是中国人，别人也是中国人，为什么他们不懂得运用阿基米德浮力定律呢？纳森先生问。

因为我接受过西式教育。因为我学过数学和物理学。因为我没有忘记我所接受的教育。

纳森先生笑了。虞先生，你喜欢中国人吗？

虞金诚思索片刻，拿起刀叉说，我是中国人，我喜欢我自己。

其实你已经是一个非常西化的中国人了。纳森先生说罢，放下刀叉。虞金诚随即放下刀叉。

但是，你骨子里还是一个中国人。你看，我不吃了，你也放下了刀叉。这就非常中国化了。纳森先生说着，叫来服务生结账。

虞先生，你为什么不抢着付账呢？你们中国人不是经常抢着付账嘛。纳森先生笑着问。

您是西方人，我必须遵循西俗跟您打交道。今天是您请我吃饭，当然由您付账。

很好。纳森先生似乎非常欣赏虞金诚，站起身来拍着他的肩头说，你去选址吧，三天之内必须向我报告。十天之内天津售煤所必须开张营业。

纳森先生走出西湖饭店，匆匆乘车走了。虞金诚目送自己的上司远去，抬头看见刘宛珍站在马路对面，手里举着一支鲜艳的糖堆儿。

虞金诚笑吟吟走过马路，热烈注视着刘宛珍。你怎么知道我在这儿吃饭？

我看过柯南道尔的福尔摩斯探案集。你的一举一动都在我的监视之下。刘宛珍活泼地说着，伸手将糖堆儿递到虞金诚嘴前。虞金诚窘了，躲闪着。刘宛珍咯咯笑着，张开小嘴儿咬下一颗红果儿，再次将糖堆儿递到虞金诚嘴前。

虞金诚只得咬下一颗红果儿，咀嚼着。刘宛珍高兴了，小鸟儿一样跳跃着。宛珍，纳森先生要求三天之内确定天津售煤所的地址，你陪我走一走吧。我还是想把天津售煤所的地址定在英租界。

刘宛珍想了想，说你这个想法很好。开平矿务局坐落在英租界，华北售煤处也坐落在英租界。为什么这样呢，因为英租界交通便利金融发达，非常适合事业的发展。

宛珍，英租界的地理我不太熟悉，选择楼盘事关重大，你充当我的参谋长吧？虞金诚做出求援的表情。

刘宛珍爽快地从糖堆儿上咬下一颗红果儿。虞金诚一招手叫过来开平矿务局的小汽车。俩人钻进车里，出发了。

俩人并肩坐在小汽车后排，认真观看着大街两侧的大楼。不知为什么虞金诚激动起来，悄悄抓住刘宛珍的手，紧紧握着。

刘宛珍当然很愿意这样，便顺势依靠在虞金诚的肩膀上。小汽车慢慢行驶着，朝着伦敦道方向开来。

来到一座公馆的门前。虞金诚率先下车，颇有绅士风度地为刘宛珍拉开车门。

刘宛珍心情很好，显得活泼可爱。她指着路旁一座洋楼说，这是一位银行家的别墅，可惜他已经破产了。

虞金诚思忖着说，根据中国民间的风水学说，这座洋楼充满破败之相啊！

虞金诚与刘宛珍上车。小汽车朝前驶去，到达了金鸟别墅门前。

刘宛珍活泼地从车上跳了下来，跑到金鸟别墅门前，表情显得兴奋。

下午的阳光照耀在金鸟别墅大门上。虞金诚走下汽车，看到大门上“金鸟别墅”四个金光闪闪的大字，不禁怔住了。哦，他终于认出了这幢对他来说写满故事的小洋楼。

刘宛珍兴奋异常：金诚，这可是一个好地方啊！

刘宛珍的声音惊动了金鸟别墅的看门人。大铁门上的小角门缓缓打开，露出看门人苍老的面孔，二位，请进吧。

虞金诚这时候看到，门旁挂着一个牌子，写着四个大字“此楼招租”。虞金诚只得随着刘宛珍走进大门。苍老的看门人前面引路，朝着主楼走去。虞金诚的脚下，踩踏着去年冬天积存的落叶。

苍老的看门人说，二位随便看一看吧。这楼出租。租期可长可短。有意就请留下联系电话。

刘宛珍显然很喜欢这里，称赞这幢小洋楼很好，天津售煤所要是设在这里，保证财源滚滚，生意发达！

虞金诚大步走进楼里，沿着楼梯快速攀上三楼。他三步并作两步奔向那间卧室，独自品味回首往事的滋味。

那一张大床仍然摆放在房间的中央。阳光投射在窗头，昔日情景恍惚如昨。虞金诚就这样站在床前，不言不语。

卢玉洁仿佛站在面前，温柔地注视着他。虞金诚渐渐激动起来。

卧室门外传来刘宛珍的声音。金诚，我可以进去吗？

虞金诚被刘宛珍召回了现实世界。他打了个激灵，转身望着卧室门外。刘宛珍朝他灿烂地笑着，一步走了进去。

你站在这儿好像一尊石雕似的，我都不敢进来啦。刘宛珍笑着说，我觉得这幢小洋楼非常适合天津售煤所使用。就说这个房间吧，做你的“奥飞斯”就很好嘛。

虞金诚环视着四周说，宛珍，你真的这样认为吗？

刘宛珍突然大声说，金诚你看，这墙上写着四个大字呐！

虞金诚抬头果然看到临窗墙壁上写着四个血红大字：今生难忘。

刘宛珍好奇地凑上前去，仔细观看着。咦，这红色字迹好像是用鲜血写成的。

虞金诚已经认出这是卢玉洁的笔迹，今生难忘！他只觉得眼前一片模糊，心儿一阵疼痛。

金诚金诚，你怎么啦？刘宛珍关切地问着。

虞金诚抚了抚额头说，我的头有些疼。咱们走吧。

刘宛珍伸手挽起虞金诚的胳膊说，你一定是劳累过度了，我送你回去休息吧。

虞金诚下意识地躲闪着刘宛珍。刘宛珍惊异地说，你这是怎么啦金诚？

走出金鸟别墅大门，已经是黄昏时分了。刘宛珍看见一街之隔的一座大门前面停着一辆厢式货车改装而成的篷顶小汽车，上面写着三个大字“幼稚园”。刘宛珍知道，这是英租界幼稚园每天接送孩子们的专用车辆。

金嫂从大门里跑出来，从车上抱下一个男孩儿，然后又抱下一个男孩儿。司机朝着金嫂打了一个招呼，开车走了。

金嫂左手领着李哲，右手领着李智，转身朝着李公馆大门走去。不知道为什么她回头向着一街之隔的金鸟别墅投来一瞥，看见虞金诚站在马路对面。

金嫂一时不知如何是好。

虞金诚朝着金嫂招了招手，笑了笑。

金嫂示意李哲朝着虞金诚招手。李哲毕竟是小孩子，一时不能领会金嫂的意图，只是隔着马路呆呆望着虞金诚。

虞金诚眼窝潮湿了，抑制着自己内心的感情。

金嫂领着两个小孩儿，快步走进大门里去了。

刘宛珍已经站在小汽车旁边，为虞金诚拉开了车门。

金鸟别墅的看门人追出来问，先生，这幢房子您相中了吗？你要是相中了请给房主打电话吧。

虞金诚突然问道，前年你不在这里看门吧？

对，我是去年才来这里看门的。先生，这房子您相中了吗？

虞金诚转身钻进小汽车。刘宛珍跟随着坐在后排。

小轿车开动了。虞金诚脸色煞白——他伸手松了松领带，喘了一口气。

小汽车拐了一个弯，朝前驶去。刘宛珍突然轻声说道，金诚，过去的事情就让它过去吧。

虞金诚没有想到刘宛珍竟然如此善解人意，内心很是感动。这时刘宛珍主动抓住他的手说，无论怎样，我都会跟你在一起的。

虞金诚也抓住刘宛珍的手。宛珍，你怎么不问一问我的过去呢？

刘宛珍笑了。金诚，我们肯定不能拥有共同的过去，但是我们能够拥有共同的未来啊。

虞金诚动情地说，宛珍，谢谢你！

小汽车驶到开平公寓大院里。刘宛珍提出今天一起吃晚饭，虞金诚便陪她一起下了车。刘宛珍跟父亲住在开平公寓三楼的一套大房子里，厨房的窗户对着英租界菜市。

刘宛珍跑进父亲书房，仿佛一只燕子飞了进来。刘清岳放下手头的工作资料，微笑着。珍珍，今天你怎么这样高兴啊？

刘宛珍一口气说着，我们在英租界找到了一处房子，就是坐落在伦敦道上的金鸟别墅！

虞金诚也走进书房接过话题说，金鸟别墅的房主是一位破产的银行家，急于出租。

刘清岳沉思着，金鸟别墅？我知道它坐落在伦敦道上，那是一幢很好的小洋楼。我想起来啦，纳森先生的吉祥物就是一只金鸟。好啦好啦，天津售煤所的地址就定在金鸟别墅吧，金诚啊，明天你就去交订金，争取早日挂牌营业。

虞金诚立即拍手说，这真是巧合，我不知道金鸟是纳森先生的吉祥物啊。

刘宛珍拿来三只高脚玻璃杯，当场斟满香槟酒说，来吧，让我们祝贺华北售煤处选址成功！

刘清岳小声对女儿说，珍珍，我发现你们感情发展很快嘛。

爸爸！刘宛珍腾地红了脸。

刘宛珍自告奋勇，下厨做饭。她制作的当然是简单西餐。其实虞金诚很想给刘氏父女制作一顿中餐，可不知道为什么刘清岳先生只字不提当初专程前往玉华春饭庄品尝“学生菜”的往事。因此虞金诚也就不便主动请缨了。他心里寻思着，身为开平矿务局天津售煤所的经理竟然当过饭馆厨师，这毕竟不属于值得炫耀的光辉经历吧？看来，我应当将出身往事统统封存入库了。

三只高脚杯斟满了红葡萄酒。刘清岳端起酒杯说，来吧，今天咱们三人在一起吃饭，我很高兴。

虞金诚端酒杯，准备碰杯。这时客厅里的电话响了，一下子冲击了刘清岳的情绪。刘宛珍放下酒杯，跑去接电话了。刘清岳和虞金诚端着酒杯，等待着三人碰杯。

刘宛珍从客厅跑回餐厅，朝着刘清岳说，爸爸，开平公寓门卫打来电话说楼下有一位女士来找虞金诚。

虞金诚惊讶极了。什么，一位女士找我？

刘宛珍点了点头。对，一位女士找你，说是有急事。

刘清岳十分热情地说，天冷了，那就请那位女士上楼来吧。

不不。虞金诚放下酒杯连忙站起。还是我下楼去吧。说着，他抱歉地朝着刘宛珍笑了笑，起身走出去了。

刘宛珍很有教养，送虞金诚走出家门说，如果需要我的话，你就打上来一个电话吧。

迎着晚风虞金诚走出开平公寓朝着大门口跑去。他实在猜不出究竟是哪一位女士来访。透过门卫室的玻璃他一眼看到一个熟悉的身影，啊！是玉姑。

玉姑也看见了虞金诚。她从门卫室快步迎将走出，叫了一声金诚。虞金诚一时不知说什么好，搓着双手注视着她。

金诚，你一起这么多天也没有消息，我真是惦记你啊。玉姑当头说道，眼睛里闪动着泪花。

噢，我这一程子特别忙，根本顾不得回去看望你们。玉姑，你有什么事情吗？

玉姑有几分失望。金诚，我没事儿就不能来看一看你啊？

玉姑，你真的没事儿啊？虞金诚追问了一句。

金诚啊，我没事儿是不会来打搅你的。玉姑扭脸望着远处灯火，情绪一下低落下去。

你到底有什么事儿啊玉姑？虞金诚心里不踏实，催问着。

玉姑咬了咬嘴唇，泪水就被她咬了回去。她镇定下来，看了看虞金诚说，我长话短说吧，卢振天不是给盛昌商行改了大门吗，虞云隆吃了亏，憋了一肚子火，这几天纠集了一群混混儿非得跟卢振天打一架。

哦。虞金诚一听是这种事情，心里反而稳定下来。玉姑愈说愈着急。金诚啊，这要真的动手打起来，那一定是人命关天的大事儿啊。你明天回去一趟，给他们劝解劝解吧。

虞金诚立即摆手说，我可劝解不了，卢振天不听我的，虞云隆更不听我的。再者说明天我有公务大事，哪里有时间管这种闲事儿啊。

玉姑惊异地看着虞金诚，内心非常失望。她极力克制着自己的情绪，勉强笑着说，金诚啊，我知道你忙。那你就忙吧，我跑来给你送信儿，也耽误了你的工夫。你回去吧我走了。金诚，你一人在英租界打拼，一定要多多保重身体啊。

说罢，玉姑转身走了。虞金诚朝前追了两步，猛然站住，不声不响注视着玉姑远去的背影。

73 冤家路窄

金鸟别墅渐渐热闹起来。一群工匠驻扎进来，清扫、粉刷，随后运来一车车桌椅箱柜。入夜，这里灯火通明，工匠们加班工作，一座破旧不堪的小洋楼一下子焕发青春，迎接着开业大吉的曙光。

卢玉洁站在自己卧室窗前，默默注视着一街之隔的金鸟别墅的繁忙景象，看着看着她突然啊地叫了一声，转身拿起羊皮披肩快步走下楼去了。

一楼前厅里她遇到金嫂。这位女管家问大少奶奶要去什么地方。卢玉洁一时不知如何回答，支支吾吾地走了。金嫂眼巴巴望着卢玉洁的背影，走出院子上了街。

横过马路，卢玉洁来到金鸟别墅大门外，看见一块刻着“天津售煤所”字样的铜牌已经挂在门柱上。两个工匠正在安装电灯。

卢玉洁轻声念叨着，天、津、售、煤、所。咦，这里不是金鸟别墅吗？

一个工匠推出一车垃圾说，现在是里外装修一新，过几天开业大吉就是开平矿务局天津售煤所啦。

卢玉洁表情疑惑地问道，里外装修一新，你们把三楼卧室也给装修啦？

工匠们笑了。什么卧室不卧室的，我们连厨房都拆啦。

听了这话，卢玉洁表情顿时焦急起来，说了声这我可得进去看看，快步走进大门，进了主楼。

她沿着楼梯一直攀上三楼，往事历历在目。一步步走进那间充满阳光的大卧室。几个工匠正在擦玻璃。他们看见走进来一位大少奶奶模样的女子，很是惊讶。

卢玉洁如入无人之境，径直走到临窗那面墙壁前，目光猛然变得凝滞。

这面墙壁写着四个大字，血红血红的，你们把它弄到哪里去啦？卢玉洁指着临窗墙壁，神情紧张地质问几个工匠。

一个工匠说，我们几人都是睁眼瞎，不识字。您还是去问工头儿吧。

素来性格温顺的卢玉洁表情蓦地变得很狰狞，责问工头儿在哪里工头儿在哪里。工匠们慌了，一时无法应对。

你们现在就把工头儿给我找来！快去！卢玉洁大声喊叫着。

工头儿就在隔壁，闻声赶来了。卢玉洁伸手指着工头儿说，你说，那四个血红的大字呢？你说！

工头儿也被吓住了，急忙解释写着“今生难忘”四个血红大字的墙皮已经被刮下去扔了，这间屋子已经粉刷一新了。

你说，那墙皮扔到哪里去了？你拿墙皮来给我看一看！卢玉洁情绪渐渐失控，神经变得不正常了。

工匠们小声提示，千万不要招惹这位太太，她脑子一定受过刺激。工头儿越发害怕，小声说那墙皮早就扔到垃圾堆里去了，无论如何也找不到啦。

卢玉洁目光哀怨，喃喃自语着，一点儿痕迹也没留下，一点儿痕迹也没留下……

卢玉洁茶呆呆地走出金鸟别墅大门，此刻李文卿正站在马路对面注视着她。她并未发现丈夫的身影，只是一步步横过马路，沉浸于往事中不能自拔。

李文卿忍无可忍，突然发作了。你对金鸟别墅恋恋不舍，心里一定特别怀念那一段甜蜜时光吧？

卢玉洁猛然清醒了，表情淡然。文卿啊，我这一辈子就成你的罪人了。

李文卿气不忿地说，我们在上帝面前，都是罪人。

卢玉洁终于有了新的想法，说，文卿啊，你如果觉得我十恶不赦，你就应当跟我离婚啊。

李文卿嘿嘿冷笑说不。

那你就把我轰回娘家去吧。我天天看不见你，你也天天看不见我，那样多好啊。

你以为桂枝走了我就会饶了你吗？今生今世我是不会放过你的！

文卿，你的想法太残酷啦。这样下去你会毁灭的。你不但毁灭了自己，也毁灭了别人。卢玉洁勇敢地说出这一番话，感到内心一阵轻松。她苦笑了。是啊，该说的话就是要说出来。

李文卿没有料到柔弱的妻子居然说出如此有力的话语，只得眼巴巴看着卢玉洁，无言以对。

李文卿遭到卢玉洁的反诘，心里气鼓鼓的。他横过马路走到金鸟别墅大门外，看到“天津售煤所”的牌子，心里又起了疑。

这天津售煤所什么时候开张啊？他问安装电灯的工匠。安装电灯的工匠站在脚手架上说，什么时候开业？这事儿您得去问天津售煤所的经理。

天津售煤所的经理是谁啊？李文卿追问着。

安装电灯的工匠跳下脚手架，大声说出三个字，虞——金——诚。

李文卿的脸色刷地变白了。他仿佛触电似的，转身离开金鸟别墅，朝家走去。原来如此啊，怪不得卢玉洁说话有了底气，虞金诚已经杀到马路对面来啦。

走进院子，李文卿迎面遇到金嫂。李文卿突然嘿嘿笑了。金嫂觉得这笑容里隐藏着一股股寒流，挺吓人的。李文卿指着一街之隔的金鸟别墅说，天津售煤所这几天就要开业了，你去花市订做两只花篮，到时候我要亲自给虞金诚送去。

虞金诚！金嫂吸了一口凉气，惊了。

对，天津售煤所的经理就是当初的小厨师虞金诚。他做煤炭生意，我也做煤炭生意，从今往后恐怕天天打交道啊。李文卿说罢，大步走进楼去。金嫂呆呆望着这位大少爷的背影，心里暗暗打鼓。

我的天啊，这就叫不是冤家不聚头。李大少爷心胸狭窄，一条道跑到黑，认准了李哲不是他的孩子，咬住大少奶奶就是不撒嘴。虞大少爷外表文弱，可就凭他敢在“百岁儿”宴会给孩子送来长命锁这件事儿，足以看出他的外软内刚。这两个男人要是遇到一块儿，那可就热闹啦。金嫂这样想着，只觉得两脚发软，一屁股坐在台阶上。

金哥擦洗着汽车玻璃，远远看见妻子坐在台阶上，手里拿着抹布跑了过来。你怎么堆灰这儿啦？他笑着问她。

金嫂说你快拉我起来吧我这两条腿就是不听使唤。金哥拉金嫂站起来。金嫂表情紧张地说，这可不是好兆啊这可不是好兆啊。

金哥小声说，我也觉得大少爷天天盯着跟大少奶奶玩命。喝雷子捣撇子呗。其实呢李哲未必就是别人的孩子。

金嫂意味深长地说，是啊，李哲兴许还是大少爷自己的孩子呢。

没错，我也觉得李哲长得很像大少爷，不是别人的孩子。金哥点燃一支烟卷儿说。

金嫂告诉金哥，明天上午开车去土城花圃订购鲜花，天津售煤所开业那天大少爷要亲自去送花篮。

这时候，看门的老柴跑来告诉金嫂，说有客人来访。金嫂知道来访者大多是预先约好的，一时猜不出来者何人，就跑到门房打开大门上的小窗朝外看了看。

金嫂一惊。天啊，虞金诚！她连忙吩咐老柴打开大门。虞金诚西装革履站在大门外，手里拎着一只公文包。

你好，我是天津售煤所的虞金诚，开业之前特意前来拜访高邻。

金嫂审慎地反问说，李家有老爷和大少爷，请问您要见哪一位？

哪一位肯赏光，我就见哪一位吧。虞金诚说着从公文包里拿出一只小盒子递给金嫂说，这是敝公司开业志喜的小礼物，送给您，不成敬意。

金嫂接过小盒子，连声说无功岂能受禄，然后领着客人走进院子里。虞先生，您容我去禀报一声吧。虞金诚跟随着金嫂走进一楼前厅，坐在沙发里等待着。

金嫂快步上了二楼西侧楼道，轻轻叩响了大少爷卧室。自从走了桂枝，心绪不佳的李文卿就住在这间卧室里了。

李文卿开门听了金嫂的禀报，连连摆手说我不见他我不见他。金嫂解释说，虞金诚是以天津售煤所经理的身份前来拜访的。李文卿仍然连连摆手，表示拒绝会见。

大少爷，您不是让我预备花篮儿前去庆贺开业嘛，怎么人家登门拜访您倒不见啦？

我不舒服，我头疼！李文卿大声喊叫起来，气急败坏的样子。

金嫂只得走向二楼东侧楼道，来到老爷书房门前，向李守基禀报。李守基似乎对发生在虞金诚与李文卿之间的矛盾冲突一无所知，欣然同意会见来访者。当虞金诚走进李守基书房的时候，这位老先生站在门口欢迎他。

虞金诚彬彬有礼，走进房间先给老前辈李守基深鞠一躬。李守基和蔼地与他握手，表示欢迎。每逢来了贵宾，金嫂都要亲自送茶。这一次也不例外。她端着一杯香茶走进老爷书房，看到李守基与虞金诚交谈甚欢的样子。

虞金诚说天津售煤所是做煤炭生意的，李老先生是做煤炭生意的老前辈，希望多多指教。李守基谦逊地表示，自己退出煤炭生意场多年，公司已经交给李家第二代人掌管。说着，李守基指派金嫂将李文卿请来。金嫂当场禀报说，大少爷不舒服，躺在卧室里休息呢。

听说李文卿不能出场会面，来访者似乎兴致锐减，从公文包里取出一份请柬双手递给李守基，说敝公司定于华历十一月十四上午十点钟开业大吉，敬请光临。

好吧，承蒙虞经理不弃，老朽一定到场祝贺贵公司开业大吉啊。说着，虞金诚又从公文包里拿出三只小盒子说，这是敝公司开业志喜的小礼物，不成敬意，您一只，大少爷一只，大少奶奶一只，做个纪念吧。

虞金诚起身告辞了。李守基请金嫂替他送客。金嫂送虞金诚走出一楼前厅。虞金诚漫不经心地问道，大少爷身体不适，大少奶奶还好吧？

金嫂没有想到虞金诚如此发问，犹豫着说，其实大少奶奶身体也不太好。

虞金诚不言不语走到大门口，转身郑重其事对金嫂说，身体不好总要有人关照，那就拜托您啦。

这种意味深长的拜托，金嫂当然不敢应答，只是支吾了一声。

送走了虞金诚，金嫂回到老爷书房。李守基戴着老花镜小孩子似的依次打开那三只小盒子，观赏着天津售煤所的小礼物。

这是三枚一模一样的镀金别针，槐叶儿一般大小。这别针可用于男人的领带也可用于女人的胸饰，一举两得。其图案则是一只金鸟踏在一枚银元上，展翅欲飞。

李守基感叹一声说，如今年轻人做生意就是注重交际啊，公司还没开业，小礼物就送上门来啦。这只金鸟也很吉祥，脚踏银元，说明金融基础丰厚，金鸟展翅高飞，一飞冲天嘛。说着，又表情疑惑起来。咦，这只银元怎么缺了一角啊？

金嫂走上前去俯身细看，果然那只金鸟儿脚踏的小银元缺了一角儿。李守基看了看另外两只别针，同样都缺了一角儿。哦，原来这是故意设计的啊。

离开老爷书房，金嫂回到自己房间。她打开虞金诚送给的小盒子，看到里面同样是一只金鸟儿别针，而且金鸟儿脚踏的小银元同样缺了一角儿。看来，天津售煤所无论长幼尊卑高低贵贱，一律赠送相同的小礼品。这很好，我最瞧不起看人下菜碟儿的势利小人。心里这样想着，金嫂挺佩服虞金诚的为人。

大少奶奶要是见到虞金诚送来的小礼物，她会怎么想呢？她一定非常感动的。这图案毕竟记载着金鸟别墅啊。然而金嫂哪里知道，这世界上能够读懂天缺一角银元故事的，只有卢玉洁一人。

74 卖入娼寮

那天深夜绑架桂枝，卢振天亲自出马。平日里无论什么事情他都当甩手掌柜的，唯独这件事情他必须亲自动手。他这样做，完全是为了妹妹卢玉洁。

卢振天认为，只要除掉桂枝这祸害妹妹就有好日子过了。

动手绑架桂枝的前一天，卢振天悄悄去了河东小郭庄一家地下小药铺。这家地下小药铺表面是杂货铺，暗中贩卖各种不法药品。卢振天花了半块大洋买了一颗小药丸儿。这种药丸儿俗称“醒不了”，口服一颗足以让人睡上三天。卢振天将桂枝架上小汽车之前就将这颗“醒不了”塞进她嘴里。平时能嚷能叫的桂枝，这一下彻底安静了。

卢振天给桂枝换了几个住处，最后安排在天津郊外一个叫刘家房子的地方。一间小黑屋里只摆着一张木板床，桂枝身穿农妇花棉衣躺在床上，张嘴求救却发不出声音。她只能无声地哭了。

铁链子一响，门被打开。屋里的光线顿时强烈起来。桂枝吓得一激灵，缩在床角，不敢动弹。卢振天脸上戴着墨镜，一串大步走了进来。桂枝浑身颤抖，活像一只受惊的小兔子。卢振天坐在床边，伸手拍了拍桂枝的肩膀。

桂枝姑娘，对不起啊，这几天让你受委屈啦。

桂枝不敢抬头，抽泣着。卢振天摸了摸桂枝的脸蛋儿问，你还认识我吗？

桂枝立即摇头，假装不认识。卢振天继续说，我实话告诉你吧桂枝。你天生就是一个贱货，你不要痴心妄想当李家的二少奶奶！我们把你从李家弄出来，这都是李守基李文卿父子俩的主意。我呢想办法在庄子上给你找了主儿，你跟人家规规矩矩过日子吧。

桂枝连连摇头，表示反对。

卢振天哈哈大笑说，我知道你在大户人家当丫头，养得细皮嫩肉的，吃不了农村的苦。好吧，那我就在城里给你找了个去处。这可是个好地方！桂枝呀你就等着享福吧。

桂枝鼓起勇气朝着卢振天投来问询的目光。你是不是要杀了我？

卢振天冷笑说，杀你还不如杀一只鸡呢！我一定给你找个好人家，嘿嘿，到时候你就知道啦。今天我可告诉你，你要老老实实听从安排，别给我添乱。你要是给我节外生枝，当心我拿你当鸡宰了！

卢振天说罢，起身大步走了出去。

桂枝伏在桌上嘤嘤哭了起来。

卢振天站在院子里小声对手下人说，你们去侯家后一带，找一家窑子把她卖了吧。记着，中间必须倒一道手，一倒手咱们就露不了馅儿啦！

两个手下连连点头。

乘坐胶皮回到盛昌商行，卢振天喝了一碗水睡了一觉，叫来了保镖大金牙。他小声吩咐了几句话，告诉大金牙明天一大早儿就去李家送信儿。末了他又嘱咐大金牙，明儿一定要快去快回，用不着跟李文卿那小子废话。

大金牙退下去了，罗九跑了进来。他报告说一街之隔的正昌商行正在新建库房，脚手架子搭得老高。卢振天问罗九，虞云隆这小子扩建库房从哪儿弄来的钱啊。

罗九如实禀报，说是大通钱庄贷款。

卢振天蔑视地笑了。虞云隆这小子是谁的钱都敢花呀！他找大通钱庄贷款，猴年马月还上啊。

卢大少爷，您可不要小瞧虞云隆。这小子野心大着呢。他扩建库房就是打算垄断本埠的竹器生意，一下子把咱们盛昌商行给压下去！

卢振天不以为然。你让虞云隆做美梦去吧！他有勇可是无谋，有胆量可是没钱，休想垄断本埠的竹器市场。再者说，自从咱们把大门改在河沿大街，风水一下子就转到咱们这儿来啦，下一步我要让虞云隆在竹器市场上死无葬身之地！

罗九奉承说，卢大少爷，我总觉着您料事如神好比周瑜转世。

卢振天急了。你放屁！我要是周瑜那我早晚不得让诸葛亮给气死啊？我不是周瑜，我是评书孙庞斗智里的孙膑。

罗九说，孙膑可是瘸子啊。

噢，那我是谁呢？卢振天一时没了主意。

您是孔明啊！罗九大声说。

当天晚上，卢振天得到消息，说有一家窑子同意接收桂枝。尤其当老鸨子听说桂枝是哑巴时更是拍手表示欢迎，还说了一句俏皮话：哑巴嫖哑巴——隔着门缝吹喇叭。

卢振天笑了，伸出伤残的左手夹上一颗烟卷儿。

75 开业大吉

金嫂禀报说，卢振天派人前来送信。李文卿迟疑了一下，还是同意见面了。一会儿工夫，送信的人走进一楼小客厅。这是一个粗鲁之人，大嘴一咧露出两颗大金牙。一看这两颗大金牙，李文卿就烦了。

大金牙朝着李文卿一抱拳，说李大少爷我给您请安啦。

信呢？李文卿坐在沙发里傲慢地问道。

口信儿。大金牙看到李文卿屁股卧在沙发里不动窝儿，不卑不亢答道。卢大少爷让我给您送来口信儿，他说请您放心勿念。

李文卿笑了笑说，他让我放什么心，勿什么念啊？

卢大少爷说您交办的事儿他早就办妥了。那货已经送到香河县去啦，是正儿八经的庄户人家。

那货，那什么货？李文卿明知故问。

这我可就不知道啦。卢大少爷这么说的，我就这么跟您学舌。不添多一字儿，不减少一字儿，原汤原味。李大少爷我禀报完啦，您还有嘛吩咐啊？

李文卿低头想了想，然后指着客厅角落里的摇柄式电话机说，卢大少爷给我打个电话不就完了吗，干嘛还差你跑一趟啊？

大金牙笑了。李大少爷，这事儿您只能去问卢大少爷，我是跑腿儿的。说着又一抱拳，告辞。

李文卿长长呼出了一口气，告诉金嫂赏给大金牙车钱。大金牙并不推辞，接过一块银元，走了。

这时候，窗外传来一阵鞭炮声。李文卿充耳不闻，问金嫂香河县离天津有多远。金嫂想了想说，在北京东边，一百多里地吧。

这时候，外面传来的鞭炮声更加猛烈。金嫂主动说，大少爷您安排给天津售煤所赠送的开业花篮儿，金哥一大早儿就送过去啦。

噢，天津售煤所今天开业啊！李文卿如梦方醒，不由站起身来。这时楼梯上传来一阵脚步声——李守基拄着手杖走下楼来，进了一楼前厅。

我一听这爆竹声就知道今天是天津售煤所开业的日子，前两天虞金诚经理专程登门拜访。俗话说有来无往非礼也，文卿啊，你代表我参加他们的开业仪式吧。

李文卿无精打采地应了一声，转身走出一楼客厅。金嫂立即小声告诉李守基，说有人送信儿说桂枝到了香河县。李守基装聋作哑，反问金嫂什么是“细白线”。香河县成了细白线，金嫂意识到自己多嘴多舌即将惹祸，就坡下驴说广货铺来了“细白线”。

李文卿走出一楼前厅来到门房儿。看门的老柴慌忙给大少爷让座儿。李文卿不坐，站在门房里透过玻璃窗注视着一街之隔的天津售煤所开业仪式的热闹场面。

燃放爆竹之后，一支西洋乐队不停地演奏着，现场气氛热烈。前来参加开业仪式的嘉宾们一拨接着一拨。虞金诚身着一身银灰色西装，胸前领带上佩戴着一枚金光闪闪的别针，很醒目的。

我现在还不能完全肯定你是我今生今世的最大敌人，但是我对你已经充满敌意了。李文卿脸色阴沉站在门房里远远望着虞金诚，心里这样说着。看门的老柴一时不知大少爷是何用意，抄着双手站在一旁。

金嫂跑来了，说老爷催了。李文卿瞪了金嫂一眼，只得走出大门横过马路，一步三摇来到天津售煤所开业仪式现场。他一眼看到以李守基名义赠送的花篮儿摆在大门口最为显眼的地方，心里却高兴不起来。这时虞金诚迎上前来，表示感谢也表示欢迎。

李先生，敝公司在玉华春饭庄设有庆贺开业的酒宴，敬请赏脸光临啊。虞金诚热情地说着。

多谢多谢。开业酒宴我就不参加了，我代表家父恭喜贵公司大发财源。李文卿说着客套话，目光紧紧盯着虞金诚胸前佩戴的那一枚金鸟儿别针。

虞先生的金鸟儿别针很别致啊，这是您亲自设计的吧？李文卿问道。虞金诚说了声请多多指教，连忙转身接待下一拨来宾了。

看了看前来祝贺的嘉宾，李文卿发现几乎人人胸前佩戴着金鸟儿别针。看起来这虞金诚还是蛮有号召力的。

李文卿告辞了。

这时候开来了两辆大客车，奔驰牌。人们一眼认出这是投入营运不久的公共汽车，每天四趟从渤海大楼驶往英租界跑马场。虞金诚当场向来宾们宣布，今天庆贺开业的酒席设在玉华春饭庄，请大家上车就座吧。

人们发出一声惊叹。这一声惊叹包含着两层内容。一是天津售煤所开业大吉竟然租来两辆崭新的奔驰牌公共汽车，真是大排场。二是英商天津售煤所开业酒席竟然设在华界玉华春饭庄，令人大感意外。

关于将公司开业酒宴摆设在哪里，曾经发生了一场争论。无论是刘清岳还是华北售煤所同仁们，一致认为英商天津售煤所开业酒宴理所应当设在英租界，譬如说利顺德大饭店。虞金诚另有不同见解，坚持将开业酒宴设在天津华界，于是引起一片哗然。争论双方难以达成统一，最后只得报告纳森先生，请他定夺。

虞金诚用英文给纳森先生写了报告，详尽说明了将天津售煤所开业酒宴设在玉华春饭庄的理由。纳森先生读了他的报告，当即表示同意，并且夸赞虞金诚具有长远的战略眼光。

反对者纷纷大跌眼镜，却不敢对纳森先生的最终决定提出疑义。

两辆奔驰牌大客车满载着出席开业酒会的宾客，径直驶往天津华界。一路上没人说话，因为谁都认为天津华界属于无人问津的低档地区，更不要提天津的南市了。这就叫匪夷所思。

沿着首善大街，天津售煤所的两辆大客车驶入荣业大街。这里平日很少见到如此庞大的汽车，小孩子们尾随着，一路欢呼不已。

玉华春饭庄大门口。一条红色横幅高高挂在饭庄门前："开平矿务局华北售煤处天津售煤所开业酒会”。

虞金诚提前到达了，他西装革履率领众人站在饭庄门口迎接来宾。

玉姑、佟三姐、余大妹子站在角落里，望着盛大的场面，表情很是激动。

余大妹子小声说，玉姑啊这虞金诚可是有心人啊，他把开业宴会设在玉华春饭庄，你在天津卫可是露了大脸啦！

佟三姐跟着说，虞金诚到底没有忘恩负义，他还记着你对他的好处呢。

玉姑内心非常满足。她当初送给虞金诚一份情一份爱，根本没有企图什么回报，可如今虞金诚竟然将如此重大的宴会安排在玉华春饭庄，玉姑的心情如同春风送暖，喜不自禁。

一个女人最大的心愿就是她所爱的人在重大时刻能够想起她。玉姑认为虞金诚已经做到了，而且做得很好。

两辆大客车停稳，来宾们一拨拨下车，都是颇有身份的人士。虞金诚站在玉华春饭庄门口躬身欢迎，时而与来宾握手，时而向来宾抱拳，礼数周全。

玉姑站在大门里，忘情地注视着意气风发的虞金诚。趁着没人，她快步走出大门压低声音对虞金诚说，金诚金诚，你西装革履的身份，就不要抱拳行礼啦。

虞金诚转身朝着玉姑笑了笑，又去接待来宾了。

玉姑追上去小声说，金诚啊，你跟云隆毕竟是兄弟，你给他送帖子了吗？

虞金诚连连点头说送了送了。

玉姑返回饭庄大门里，看到佟三姐和余大妹子，她从怀里掏出手绢，擦着眼泪。

佟三姐说，玉姑你哭嘛呀，人家来宾都看你啦。

玉姑连忙擦干眼泪说，我想起虞金诚当年无家可归的样子，再看一看他今日的风光，真是打心眼里高兴啊！

余大妹子也很感慨。是啊玉姑，虞金诚有今天的风光，全凭你当初的帮衬啊。

余大妹子说，我看只要虞金诚能够出人头地，你玉姑就是死了也愿意吧？

玉姑十分诚恳地点头承认说，我心里是这样想的。

佟三姐站起身来大声说，干脆我去跟虞金诚说说，让他娶了你吧！

玉姑极其严肃地说，你算了吧，我还得等到来世啊。

参加天津售煤所开业酒会的来宾们陆续走进玉华春饭庄。这种场面已经惊动了南市。小报记者出现了，伸头探脑；看热闹的闲人出现了，小臭儿混在中间；就连乞丐头子魏小辫儿也出现了，没敢打响牛胯骨；总而言之，南市这地方除了大混混儿袁文会还没人见过这么宏大的场面。

两辆大客车停在一旁，震住了先得月和聚合成的人气。这时候两辆黑色小轿车一前一后驶到玉华春饭庄门外。说起小汽车，平时南市只有袁文会一辆。华界人士从未见过这样的高级小轿车，因此发出一阵惊呼，就好像月亮掉到地上了。

第一辆小轿车里走出刘清岳。虞金诚立即迎到车前，与刘清岳先生握手。刘清岳高兴地说，天津华界也是一个很大的煤炭市场。你今天在这里举办开业酒会，很受纳森先生的好评啊。

第二辆小轿车里走出纳森先生。今天他特意穿了一件中国式长袍，表示极大的友善。看热闹的人们头一次遇见洋人穿中国衣服，又一阵惊叹。

虞金诚惊喜不已，迎上前来说，纳森先生！多谢您对我的大力支持啊。

纳森先生与虞金诚握手。虞先生啊，我对你大力开拓天津华界煤炭市场的想法，很赞成啊。多年以来我们轻视了这个市场，是你及时提醒了我们。

不远处，卢振天的一伙人已经逼近玉华春饭庄大门口。卢振天看到从小轿车里走出一个身穿长袍的洋人，不由一怔。

大金牙悄悄从怀里掏出了一包沙土，自告奋勇说，卢大少爷，你让我先上去，我这包沙土给虞金诚来一个满脸花！只要他迷了眼，咱们就往死里打他。

卢振天一把拉住大金牙的手说，你先别动手，我看一看再说。

罗九一旁急忙问道，卢大少爷您这是怎么啦，机不可失，时不再来啊。

卢振天远远看着纳森与虞金诚热烈握手的场面，心里一怯。他无奈地摇了摇头说，撤吧！说完转身挤出人群，大步朝回走去。

大金牙紧紧追赶着。我说卢大少爷，您怎么不让我动手啊？您一声令下我立马把玉华春饭庄砸啦！

卢振天扭身朝着大金牙脸上啐了一口唾沫。你们都懂个屁！天津卫几百年来就有一句老话儿，说混混儿不斗官府，中国人不斗洋人。你们还记得火烧望海楼吧？杀了法国神甫丰大业，末了呢十七个中国人上了法场。你们没看见跟虞金诚紧紧握手的那个洋人啊，大有来头！

卢振天说罢，独自走了。

大金牙抹着脸上的唾沫星子，小声说，明明是你卢大少爷越变越尿，还扯上洋人遮羞脸儿！

罗九自言自语，如今的卢大少爷可不是当年挥刀断手的卢振天啦。

小臭儿低声嘲笑，这人一有了钱，胆子就小啦。我觉着卢大少爷如今见谁怕谁。

这一拨企图闹事儿人马就这样溃退而去了。

此时，玉华春饭庄二楼雅间里，虞金诚陪着纳森先生聊天儿。墙上挂着“风筝魏”的风筝和杨柳青年画。纳森对中国风土人情很感兴趣。指着风筝操着生硬的中国话说，这一是一飞一行一器。

虞金诚就给纳森讲了一个民间传说。西汉张良是刘邦的谋士。他深知楚人思乡心切，就乘坐一只大风筝飞上天空，以箫管吹奏楚人的曲子，一下乱了楚营的军心，吹散了百万大军。

纳森先生听罢连声叫好，说张良是一个好谋士。你虞金诚也要做一个好谋士啊！

刘清岳立即说，金诚你一定要成为纳森先生的好谋士啊。这句话恰似点睛之笔。

虞金诚当场表态，端起一盅酒说，纳森先生，为了天津售煤所的事业发展，金诚愿效犬马之劳！

纳森先生欣慰地笑着，示意他继续说下去。虞金诚说，天津是中国北方第一大商埠，自从一九零二年袁世凯担任直隶总督实行新政开发河北以来，天津华界面积不断扩大，工厂剧增，耗煤量逐年上升。只要认准这个市场，天津售煤所必将大有作为。

好吧，为了这个市场，我们干杯吧！纳森提议，众人站起响应。

这时候，玉华春饭庄的开业酒宴达到高潮。玉姑特意安排的菜谱，受到普遍欢迎。譬如素菜“清清白白”、“姊妹花儿”、“哥儿俩好”，这纯粹是当初虞金诚“学生菜”的内容，玉姑都保留了。还有“漂母什锦肉”、“韩信鱼鳞汤”、“洪武爷排骨”、“亲娘烩鸡丝”、“干爹炖面筋”什么的，皆为玉华春独家经营的华界“本埠菜”，来宾们久居租界很少接触，一时颇感新鲜。

玉姑知道，如今虞金诚担任了天津售煤所经理，是个绅士了。因此她只字不提虞金诚是“学生菜”的创造者。她甚至认为虞金诚应当抹去这段下厨主灶的历史，重新做高贵人。

这时候，虞云隆大摇大摆出现在玉华春饭庄的大门口，手里拿着一份请柬。

虞云隆装模作样向伙计打听，劳驾我跟您打听一下，这儿是玉华春大饭庄吗？

伙计认识虞云隆，伸手往里一指说，虞二少爷，您快请进吧。

虞云隆装傻充愣，反问说，虞二少爷？谁是虞二少爷呀？

伙计笑呵呵说，您是虞二少爷呀！

虞云隆立即翻了脸。我上边儿没有哥哥，这虞二少爷是从哪论的？

伙计满脸堆笑说，虞金诚就是您的亲哥哥啊。他是虞大少爷您就是虞二少爷呗。

虞云隆得理不让人。噢，敢情虞金诚是我亲哥哥。既然他是我亲哥哥，怎么不出来见一见他亲弟弟呢？

虞大少爷在雅座里陪着纳森先生呢。伙计解释。

虞云隆将手中请柬扔在地上。好啊，虞金诚吃了洋饭发了洋财，我就甭在这儿跟着凑热闹啦！

虞云隆说着转身就走。

伙计望着虞云隆远去的背影说，虞二少爷这不是存心找碴儿嘛。

下午两点半钟，天津售煤所的开业酒会宣告结束。来宾们乘坐那两辆奔驰牌大客车返回英租界，再次引起人们围观。纳森先生乘坐小轿车离去，他对虞金诚的表现十分满意。

虞金诚送走了一拨拨来宾，独自坐在大堂角落里，不言不语。玉姑悄悄走来，站在桌前。虞金诚抬头看到玉姑怀里抱着一盆红色月季花，便惊异地问道，玉姑，你这是干什么啊？

金诚，我知道你喜欢它，你这盆儿月季花我一直给你养着，没死。现在我就把它当做礼物还给你吧。我祝你事业发达，前程无限。

谢谢，谢谢。虞金诚连声说着。他喝了不少白酒，颇有几分醉意。他起身接过红色月季花，紧紧抱在怀里，朝着后院走去。

他快步走进那间小屋。小屋光线不强，他顺手揿亮电灯。灯光之下虞金诚的西装革履与房间的简陋陈设成了鲜明的对照。

这里的摆设没有任何变化，跟当初一模一样，显然是玉姑的痴心保留。虞金诚激动起来，脱了西装上衣，解开领带，注视着曾经睡过的那张小床。

玉姑站在院里问道，金诚，你喝茶吧？

虞金诚小声念叨着。你们谁也不要打扰我，你们谁也不要打扰我。说着他将怀里的花盆放在窗台上，目光里噙着泪水。

虞金诚抄起桌上的一碗冷水，咕咚咕咚喝了下去。

天津售煤所已经成立了，我虞金诚终于走出这一亩三分地，有了更为广阔的天地啦。

说着，虞金诚伸手撩起床上的褥子，下面露出正昌商行老匾。

虞金诚抚摸着“正昌商行”四个金字说，今儿夜里我必须睡在这张祖传老匾上！

虞金诚横身躺在“正昌商行”大匾上，喃喃自语。

凡是属于我的东西，我一样不差都要拿回来！我告诉你们，我虞金诚是正昌商行的正宗传人！我不是尿货，凡是欺负过我的人你们等着吧，我要一个一个收拾你们!

虞金诚突然号啕大哭。

玉姑冲进来，紧紧搂住触景生情而情绪失控的虞金诚。她感觉自己的乳房被一块硬物硌了一下——这正是虞金诚内衣里“天缺一角”的护身符。不知内情的人当然认为这只是一枚普通银元。

76 虞云隆逛窑子

虞云隆大摇大摆出席天津售煤所的开业酒会，来到玉华春饭庄大门口扔了请柬，气哼哼返回了。这事儿有人告诉了虞金诚，这位虞大少爷叹了一口气，似乎十分珍惜手足之情。

这一天，虞金诚坐着小汽车前往天津东站六号门，拜会了王三角并且办理车皮事宜。办完了事儿他告诉司机前往南市。于是，过了法国桥沿着海河右岸疾驶而去。

小汽车停在华楼附近，身穿蓝缎棉袍的虞金诚下了车，转脸告诉司机不用等候，空车回去吧。司机对南市这种地方怀有戒心，提醒经理一定要多加小心。虞金诚暗暗笑了，大步走进华楼茶社。

还是那熟脸儿跑堂伙计，叫了一声爷便伸手擦净了一张桌子，请虞金诚落座。我说伙计，你知道我是谁吗?

知道。从前您是一应聘的厨子，如今您是天津售煤所的经理。我避尊者讳，从前的事儿我永远不提啦。有一件事儿我从来没跟您说过，今儿猛然想起来啦。跑堂伙计说着，呵呵笑着。

你说吧。说着虞金诚将一张钞票放在桌上。跑堂伙计一看面额，惊了。

我告诉您吧，前一阵子来了一位先生，年岁不大，西装革履的，看着很有身份。他跟我打听聘用厨师的事儿，我一听就知道他寻找的是您。

这人谁呀? 虞金诚猜出是李文卿，故意问道。跑堂伙计伸手拿起钞票说，后来我一打听才知道他是英租界李家的大少爷。

虞金诚听罢立即换了一个话题，问跑堂伙计去什么地方能够找到虞云隆。跑堂伙计想了想，说虞二少爷经常在文华斋喝酒，就是南市东兴大街上的那家二荤馆。

看了看手表，虞金诚起身离开华楼茶社，往西去了。

这东兴大街的北端是南马路，南端正冲着东兴市场的开明电影院。

东兴大街由江办督军李纯的东兴房地产公司开发，因此叫东兴大街。而李纯创立东兴房地产公司，则因为他儿时受穷，家住水梯子大街的东兴里。李纯发迹之后，江苏一带流传这样的民谣：会说天津话，就把洋刀挎。可见乡情之重。李纯字秀山，他给南开中学捐了一座礼堂，取名秀山堂，至今犹在。李秀山后来暴死在南京任上，死因成为不解之谜。李纯死了，可南市的东兴大街还在。东兴大街上有上平安戏院，还有文华斋饭馆。

文华斋饭馆的店面不大，这里的辣豆儿最拿手，下酒儿正合适。拿手的饭菜儿是炖面筋，被天津人说成“独面筋”。

虞金诚走进文华斋，一眼看见虞云隆坐在角落里，正在自斟自饮。文华斋掌柜的并不认识虞金诚，迎上前来打招呼。虞金诚指着虞云隆的背影说，给他添俩好菜，我结账。说完，虞金诚远远地选了一个位置，落座了。

一会儿工夫，跑堂伙计端着“九河活鱼”摆在虞云隆面前。虞云隆一愣，说，你弄错了吧。跑堂伙计笑了，指了指坐在远处的虞金诚。虞云隆转身看见虞金诚，端起“九河活鱼”摆在地上，说，喂猫吧。

顾客们看到这场面，纷纷投来好奇的目光。虞金诚并不介意，起身走到虞云隆桌前，一屁股坐在对面。

这时候，跑堂伙计又端上来一盘“拆烩鸡”，说，给您添了俩菜。

虞云隆冷笑一声说，虞大少爷啊，你这是救济穷人哪！

虞金诚友善地笑了，说，你不要火气冲天，这年头凭火气既不能发财也不能致富，还是心平气和为好。

你有嘛事就说吧，我忙着呢。虞云隆喝了一口白酒，态度依然强硬。

虞金诚摆了摆手说，今天我找你不是跟你套近乎，我不是你哥哥，你也不是我弟弟，从今往后咱们就是两姓旁人。

好哇！我巴不得这样呢，有你这么一个尿货哥哥，真是丢了我八辈子人。虞云隆又喝了一口白酒。虞金诚，你有话就说吧，不要憋在屁眼里。

这话说得非常难听。虞金诚刷地白了脸色。虞云隆手里端着酒盅，等待虞金诚发作，然后动手。可是虞金诚没有发作，脸色渐渐平复了。

虞云隆啊，我今天找你只说一句话，你不是跟卢振天对着干吗？只要你别败在他手里，无论用钱用物用人我随时接济你。

说罢，虞金诚起身走了。虞云隆放下手里的酒盅，呆呆望着虞金诚的背影，满脸疑惑表情。

他妈的，虞金诚是尿货啊，他从来都是劝我不要招惹是非，今儿怎么上赶着撺掇我跟卢振天对着干呢？这么说太阳从西边出来啦。虞金诚还说他跟我成了两姓旁人，真他妈的怪事儿。

虞云隆寻思着，继续喝酒。这一顿酒他独自喝到下午三点钟，结账的时候，掌柜的告诉他，你哥哥已经结了。

他不是我哥哥！虞云隆说着走出文华斋饭馆，脚底下仿佛踩着棉花套子，迷迷糊糊朝着北面走去。

走到南马路正好来了一辆白牌电车。白牌电车围城转，虞云隆喷着酒气上了电车，叮叮当当奔官银号去了。

坐在电车里，虞云隆心里愈来愈不是滋味。他毕竟是一个极好脸面的男人。如今虞金诚当上了英商天津售煤所经理，混出了人样儿。可自己虽说开着正昌商行，却是几个人的股份，而且还拉着一屁股债。这就叫借钱买藕吃——口口都有窟窿。这样想着，虞云隆挺堵心。

心情不佳，就去寻开心。虞云隆在官银号下了电车，不辨南北随意朝前走去，就这样拐进一条烟花柳巷。此时还不到妓女拉客时分，娼寮门前显出几分冷清。虞云隆沿着小街朝前走去，来到香翠楼门前，只觉胃里一阵恶心，扑到墙角哇地一声呕吐起来。

鸨母迎将出来说，这是谁倒在我家门前啦？我还以为是个赶考的举子呢。一“茶壶”出来伸手将虞云隆搀进“香翠楼”，坐在过厅的太师椅上。茶壶给他端来一碗茶水，喝了，渐渐缓了过来。

几个妓女嘻嘻笑着，走到虞云隆面前。虞云隆大襟上沾着呕吐的残渣，气味难闻。他环视着四周问道，谁把我搀进来的？

鸨母：干嘛？你还要三堂会审啊？

虞云隆急了，喊道：我问是谁把我搀进来的？

茶壶急忙答道，是我。

虞云隆看了看茶壶，从怀里掏出一张大钞票说，赏你啦！

茶壶将钞票接在手里，连声致谢。

鸨母乐了。我看这意思，这位爷您是个耍儿啊？我给您找个没破身的青倌儿，今儿这宿让她伺候伺候您。

虞云隆张狂起来，我看你们这儿都是破货！

鸨母笑着走上前来，您还别说，我这儿可巧有一个囫囵的，还没挂牌呢，取名大翠儿。您不尝尝鲜儿？

虞云隆犯了匹夫之勇，哼，老子就想尝尝头一口儿！

虞云隆在茶壶的引导之下，上了二楼。沿着楼道走过天井，虞云隆沿着走廊走向深处，酒劲儿渐渐消退了。鸨母跟了上来，煞有介事地说，这大翠儿还没挂牌呢，我保证她是个黄花大闺女！

说着，鸨母将虞云隆推进一间小屋，说了声“稍候”。一会儿工夫，身穿花裤花袄的姐儿走了出来。鸨母伸进脑袋来说，这就是青倌儿大翠儿！

虞云隆目光定定注视着这个大翠儿。大翠儿站在虞云隆面前，低头不语。

鸨母又伸进脑袋来说，这是大翠儿头一遭接客儿。大翠儿啊，今儿是你的好日子，你就全心全意伺候这位爷吧，我保你错不了。

鸨母走了。虞云隆说，你就是大翠儿啊？

大翠儿朝着虞云隆笑了笑，不说话。

虞云隆起了疑心，你怎么不说话呢？哑巴啦！

大翠儿使劲儿只得朝着虞云隆笑了笑。虞云隆也笑了，我怎么看你活像一良家妇女呢！

大翠儿走上前来，依偎在虞云隆怀里。

嗨，你还挺来劲儿啊！虞云隆嘿嘿笑了，似乎对这位青倌儿挺满意。此时他哪里知道，这位花名大翠儿的妓女不是别人，正是从李守基家失踪多日的女佣桂枝。

大翠儿动手给虞金诚脱衣服，满脸妩媚的表情。

虞云隆显然不是嫖妓的老手，面对大翠儿一时不知如何下手。

虞云隆问道，大翠儿，我是你接的第一位客人吗？

大翠儿点了点头。

虞金诚猛地将大翠儿推倒在床上，动手脱她的衣裳。大翠儿并不反抗，眼睛里却含着浅浅的泪水。

半夜虞云隆蓦然醒来，看到大翠儿正手持烙铁给他熨烫衣裳。他呕吐之后弄脏了衣襟，已经被大翠儿洗得干干净净，而且熨得平平整整。

他一下喜欢上了这个青倌儿。喂，我赎你从良，你愿意跟我走吗？

大翠儿转身，朝着这位嫖客淡淡一笑说，这位爷，您借给我两块大洋行吗？我保证还给您。

两块？我给你十块！说着，虞云隆扔给大翠儿一张洋钱票。大翠儿接在手里，连连致谢，一头扎进虞云隆怀里。

这一宿，虞云隆终于尝到了官人今夜多欢的滋味。他心里说，人世间敢情还有让男人如此魂飞魄散的女人啊。

第二天上午，虞云隆找到鸨母说，你说大翠儿是个青倌儿，可她不是黄花大闺女啊！

鸨母倒打一耙，大声说，你跑这儿找黄花大闺女啊？这不是笑话嘛。我说大翠儿是青倌儿那意思是说她头一次挂牌接客儿。你要是找贞女烈妇呀，坐电车五站地，去四座坟义女祠啊。

虞云隆被鸨母顶得说不出话来，只得换词儿说，这青倌儿不错，活儿好，还知道疼人。

鸨母嘿嘿笑了。你来逛窑子不就是玩一玩嘛，疼人不疼人你也不打算娶她呀！

虞云隆一板一眼说，告诉你，我就是打算娶她！说着他从兜里掏出几张钞票，这是订金，你说个数儿吧，明儿我给你送钱来。

鸨母惊诧地看着虞云隆。这位爷，你真是性情中人啊？

虞云隆乐呵呵说，你以为我赎不起她呀？咱们是公平交易，我不坑你，你也别宰我。买卖自有公道！

这位爷，您不是跟我闹着玩吧？你娶个傻丫头有什么用啊！

这你就甭管啦。告诉你把大翠儿给我保管好喽，轻拿轻放。明儿我给你送钱来！

鸨母笑了。既然你撂下了订金，大翠儿就是您的人啦。我保证不动她一根毫毛。不过，大翠儿的身价可不低啊。

虞云隆伸手抓住鸨母的右手。鸨母的右手往袖口里一缩——俩人的手指就在袖口里动弹起来。牲口市场上买牛买马买骡子，都是这样讨价还价的，双方以手语交谈，以此避免第三者介入，因此具有很强的私密性，这种手法也称“苏州码子”。如今商讨大翠儿的身价竟然也用上了这种袖口手段。

经过一番讨价还价，虞云隆大摇大摆，走了。

鸨母数了数订金，寻思着说，这位爷八成是个棒槌吧？可大翠儿她从哪儿学来的这般功夫呀，一贴身儿就把客人迷住啦！我得赶紧把大翠儿的门锁上，省得煮熟的鸭子又飞啦。

这时候，花名大翠儿的桂枝坐在桌前咬破手指在一块素白手绢上写了“我被卖到香翠楼”七个字，然后将一只苹果和一张洋钱票包在手绢里，推开了窗户。大翠儿探出身子，朝着楼下张望着。

可巧，一辆胶皮从楼下跑过来。

大翠儿喊道，车夫！车夫！你把这个苹果送到英租界伦敦道李公馆，里面十块大洋就归你啦！

楼下车夫停住脚步，一听十块大洋就动了心，问道，姐儿，那苹果交给谁呀？

大翠儿高兴极了，说交给英租界伦敦道李公馆李大少爷李文卿。

车夫寻思着，说你得把那一张洋钱票先扔下来！

大翠儿打开手绢，拿出面额十元的洋银票，攥在手里。车夫，你别拿了钱就跑，那样你可不坑了我啦！

车夫说，姐儿，天地良心啊！你扔吧。

大翠儿将攥成一团儿的洋钱票扔了下去。车夫连忙毛腰捡起，嘿嘿笑了。他抬头朝着大翠儿说了一声回见，拉起胶皮就走了。

大翠儿哭了。

“茶壶”咣当一声破门而入，一把堵住大翠儿的嘴巴。

鸨母随后走了进来，板着面孔说，大翠儿啊你这孩子怎么不知道好歹呢！你就是插上老鹰的翅膀也飞不出我的掌心啊。

“茶壶”把大翠儿摁在床边。鸨母走上前来挥手给了她一个嘴巴子。人家那位爷交了订金，这几天就赎你出去做媳妇，你跑，这不是断我财路吗？

鸨母越说越气，又给了大翠儿一个大嘴巴子。血，顺着她的嘴角流了出来。

大翠儿捂着脸，就是不哭。

77 娶了窑姐儿

腊八那天，天气特别冷，冻裂了地面，冻裂了人手。天津卫歇后语说，腊八的孩子——动（冻）手动（冻）脚的。这一天的天津民间有喝腊八粥的习俗。腊八粥内容广泛，有江米、青豆、薏仁米、小米、珍珠米、桂圆、莲子、百合、白果、栗子、鸡头米、花生米、菱角米、小枣儿、杏仁、榛子、桂花、白糖……煮成一锅，不一而足。这一天富户豪门还要搭棚舍粥，广为布施以结善缘。佛教说，腊八乃是释迦牟尼的得道日，是日河北大悲院香火极盛。居士们则坐在家里往门外抛出一颗颗红豆，嘴里还念叨着：“缘咧！缘咧！”谓之“结缘豆”。孩子们东奔西跑争相接取结缘豆，据说可以消灾祛病，普结善缘。普结善缘，这是天津人的一大追求。

虞云隆这人就是二二乎乎的。明明天津俗语说，腊八腊八，冻死俩仨。可他偏偏选择了这一天娶亲办喜事。其实腊八这天结婚也是他在腊七那天突然决定的，一时心血来潮，就说明天娶媳妇。

正昌商行的伙计们一听虞二少爷结婚，当然高兴，就盯着坐席喝酒。可一听说娶的是一窑姐儿，就都伸了舌头。纷纷议论说王八瞪绿豆——对上眼啦。

其实虞云隆不是傻子。他选定腊八结婚是为了掩人耳目——他暗中撬了盛昌商行一笔大生意。他坐在家里当新郎官儿，大杠领着一伙计去卸货，神不知鬼不觉转运保定府。这就是评书《前汉演义》里说的，明修栈道，暗度陈仓。《三国演义》里也有这样的事儿，邓艾瞒着姜维，暗度阴平。

虞云隆的计谋，有一半儿是从评书里学来的。他听评书，坐在场子里一双眼珠子瞪得都快流出来了，那叫全神贯注。他最佩服的人不是姜子牙也不是诸葛亮，而是《三侠剑》里的傻小子贾明。傻人有傻福。聪明人反被聪明误。这就是虞云隆的人生哲学。

腊八上午十点钟，一顶花轿出现在北门外大街上，引起路人关注。有人知道这是窑姐儿从良，七嘴八舌议论不止。

谁家娶了个窑姐儿啊？

正昌商行的东家，虞云隆呗！

这时，花名大翠儿的桂枝坐在轿里伸手撩开轿帘儿，朝外张望。

人群里站着胖姐儿。她听说花轿里坐着从良的窑姐儿，又听说这窑姐儿嫁的是虞云隆，更是好奇。大翠儿撩起轿帘朝外看了看，胖姐儿一眼认出是桂枝，大惊失色，转身就跑。跑了两步她又站住了，自言自语说，不对啊，桂枝什么时候成了窑姐儿啦？

胖姐儿低头往回走，一头撞上罗九。罗九问她出了什么事儿。她告诉罗九，桂枝不知什么时候成了窑姐儿，坐着花轿从良嫁给了虞云隆。罗九一惊，故作镇定说一定是胖姐儿花了眼。胖姐儿疑疑惑惑地走了。罗九撒腿追花轿去了。

卢振天早上喝了腊八粥，开始给绿毛龟喂食。这两只龟子已经长得碗口那么大了，看着挺欢实。罗九一串小碎步儿跑进来，气喘吁吁地说大事不好啦。卢振天喂龟的兴致被打搅了，不高兴地说，我就腻味你说话跟拉风箱似的，你把气儿喘匀实了再说！

卢振天继续喂龟，说罗九啊，我给这两只小龟起了名字，这只大点儿的呢叫虞金诚，那只小点儿的呢叫虞云隆。等他们长大了，就成了两只王八啦！

罗九的呼吸趋于平静，继续报告说，卢大少爷，虞云隆今天娶媳妇啦！

卢振天立即挖苦说，不是高老庄招亲吧？

罗九说不是，卢大少爷你猜新媳妇是谁啊？桂——枝！

卢振天扔掉手里的龟食，哈哈大笑，敢情虞云隆娶了一个窑姐儿啊？好啊好啊，这可真是应了那句老话儿，大傻巴娶了个小破货！

卢振天坐在椅子上哈哈大笑——笑得一时难以控制自己。

罗九不笑，他毫无表情地注视着大笑不止的卢振天，等待着。卢振天依然大笑不止——笑得流出眼泪。

罗九突然大声喊道，您别笑啦！

卢振天受了惊，笑声戛然而止，一瞪眼大声说，你瞎叫唤什么？这又不是驴棚！

罗九激动起来。卢大少爷，当初我劝您把桂枝嫁到香河县找个良家子弟，您不听，非把她卖到妓院。现在可好啦，她被虞云隆赎了身。卢大少爷您是聪明一世，糊涂一时啊。这桂枝她是个活口啊！她要是把事情真相告诉虞云隆，您就是拐卖良家妇女呀！

卢振天恍然大悟，呆呆看着罗九，完全没了主张。罗九也叹了一口气。卢振天走到玻璃缸前面，伸手将那只小个儿绿毛龟抓出来，扔在地上。

小个儿绿毛龟缩头缩爪，伏地不动。卢振天指着地上的小龟大声说：虞云隆，难道这次我要输在你的手里不成？

罗九认为是时候了，嘿嘿一笑说，您不要着急，我倒有一个办法。

卢振天急了：他娘的，有屁快放！

我到河东地道外走一趟吧。罗九凑到卢振天耳旁，小声说了几句。

说完，罗九就坐上一辆胶皮，奔了河东地道外。

河东的老龙头火车站，因庚子年间义和团攻打外国租界而闻名于世。这里原本叫旺道庄，自从修建老龙头火车站，就有了地道外，铁路术语“下九股”。这里历来是社会底层藏污纳垢的地方，人称黑旗队的混混儿沿着铁路又偷又抢，为害一方。鲜为人知的是这里还有一家小药铺，表面文明经商，暗里专门出售为非作歹的药品，人称“老君府”。这里卖一种致人哑音的药粉子，俗称“一口闷”。

走进“老君府”，柜台里小伙计满面笑容问道，这位爷，您啦用点儿嘛呀？

罗九板着面孔说，不用客气，请你们掌柜的出来说话吧。

小伙计面有难色，这恐怕不方便吧。

罗九说，这么说你家掌柜的住在紫禁城里啦。

小伙计做了一个抽大烟的姿势说，你候一候，行吗？

罗九急了，说告诉你们掌柜的，干脆让他改抽白面儿吧！那玩意快极了，一口儿就行啦。

老君府的掌柜从里面走了出来。哎哟，这哪阵风儿把您给吹来了，有失远迎有失远迎。

罗九压低声音说，我想买一种专治话痨的药粉子，有吗？

您是说“一口闷”啊？那东西如今可不好讨唤啦！缺宝儿，缺宝儿啊。老君府的掌柜面有难色。

罗九笑了。缺宝儿你卖缺宝儿的价钱，不就结了嘛。

老君府的掌柜说，好！有您这句话就行。您可别怨我宰您啊。

你少废话吧，拿货来！罗九咣当一声朝着柜台上扔了几块大洋，差点给柜台砸个坑……

话说虞云隆，为了娶亲成家他特意在城里报功寺胡同租赁了一座小院儿，布置好洞房。他不怕别人笑话他娶了个窑姐儿，他大言不惭地跟大伙说，历来都是有本事的人娶窑姐儿，没本事的人才娶良家女子呢。往远里说有宋徽宗玩李师师，侯方域玩李香君；往近里说有贝勒载振玩翠喜，袁世凯玩英子，我虞云隆娶大翠儿不但不丢人，这才叫风流佳话。

人们一时无话可说。

新婚洞房的一派火红景象。新媳妇大翠儿顶着红色盖头，盘腿端坐床上。

院子里几个婆子忙忙乎乎，准备举行一个仪式。

虞云隆身穿新郎官儿服装——长袍马褂，坐在新房对面的屋子里与一群朋友大声说笑。

院子里一个婆子大声喊叫，娘娘庙的金碗请来了吗?

一个伙计大声回答，金碗已经到胡同口儿啦!

又一个婆子大声问，那御河水预备好了吗?

另一小伙计大声回答，早就预备好啦!

一个婆子大声问，白糖跟精盐预备好了吗?

几个伙计齐声回答，白糖甜，精盐咸，一样儿不缺都预备好啦!

一辆彩车停在院子门口儿，虞云隆跑出去，伸手将一个童男一个童女从彩车上抱了下来。

童男在左，童女在右，合力提着一个小巧玲珑的竹篮儿走进院子。新郎官儿跟在童男童女后边，大声吆喝：娘娘来给换魂啦！娘娘来给换魂啦!

一群看热闹的人站在院子外面纷纷议论着“换魂汤”。

这换魂汤属天津卫的老规矩。举凡窑姐儿从良，必须从娘娘庙请来金碗，金碗盛着御河水，御河水里放上白糖和精盐，这就叫换魂汤。从良的窑姐儿必须喝下这碗换魂汤，入了洞房才真正变成良家妇女。娘娘庙跟来了一位师傅，他亲手将一撮子白糖一撮子精盐还有一撮子白色粉末放进那只金碗里，然后斟进了清洌的御河水。

众人簇拥着虞云隆走到新娘面前。虞云隆手捧金碗，递到大翠儿面前。大翠儿顶着红色盖头，双手接过金碗。

一个婆子撩起盖头，只露出新娘的一双红唇。这婆子协助新娘子将金碗送到大翠儿唇边。

新娘子喝下金碗里的换魂汤，然后吧嗒着小嘴儿，表示香甜。

众人拍手欢呼。婆子说，这一下真的成了良人啦!

虞云隆满意地笑了：一个也不能走，都留下喝喜酒!

喜酒摆了十三桌。有人告诉虞云隆这数字不吉利。虞云隆说洋人的玩意儿咱们不信。

夜晚入了洞房。虞云隆满面酒意地躺在床上。新娘子端来一杯茶水，声音沙哑地说，当家的，你喝点儿茶水吧。

虞云隆翻身坐起疑惑地看着新娘。大翠儿，你嗓子怎么啦？

大翠儿并不知道自己即将失音，笑着对虞云隆说，你别叫我大翠儿，你另给我起一个名字吧？

虞云隆也不知道大翠儿即将失音，伸手挠了挠头皮说，是啊，既然从良了就不应该叫你大翠儿啦，可我给你起个嘛名字呢？

大翠儿嗓音越发沙哑地说，你就叫我桂枝吧。

虞云隆听不清她的声音，急切地询问说，你说的嘛呀我怎么听不清呢！

大翠儿指了指自己的喉咙，流着眼泪却说不出话来。

虞云隆急了。大翠啊，你怎么哑巴啦！

大翠儿使劲儿点了点头。

八成有人下药儿了吧？虞云隆暗暗寻思着，紧紧攥着拳头，却不知道打谁。他思忖良久，虞云隆心里有了数儿。于是，他狠狠擂了自己胸口一拳，然后扯着脖子大声喊叫着，姓卢的，这事儿我跟你没完呀！

78 兄弟情仇

临近过年了，虞云隆指挥伙计们往新落成的库房的大墙上贴“福”字，图一个来年喜兴。虽说新娶的媳妇洞房之夜变成了哑巴，虞云隆毕竟还是扛住了。虞云隆胸怀大志，那就是一定要压倒卢振天的盛昌商行。同时，他派人四处暗访，寻找新婚之日给媳妇投药的仇人。既然惨遭人暗算吃了哑巴亏，没有证据那是无法报复的。

虞云隆倒背着双手在新建的库房里溜达着，大声跟伙计们说话。伙计们，咱们正昌商行的生意越做越大，今年不错，明年更好。不过有好事儿也有堵心事儿，我新娶的媳妇刚入洞房就成了哑巴！这事儿我必须查一个水落石出。

大杠说，对！这事儿一定要查一个水落石出！

一个小伙计跑来报告说，卢振天领着一群人找上门来啦！

大杠立即脱掉上衣，准备迎战。他妈的，上次没让他们占了便宜，今儿又找上门来啦！

虞云隆摆了摆手说，你们不要冒失，我就不信他卢振天能龇出一丈二尺的尿来！叫他进来吧。

卢振天独自哈哈大笑着走进正昌商行的账房。

虞云隆端坐在太师椅上说，卢大少爷，我跟你是井水见河水，各沏各的茶，这年不年节不节，你有何贵干啊？

虞二少爷，我听说你新库房落成，就不兴我来贺喜啊？

好啊，贺吧贺吧。虞云隆突然话锋一转，我媳妇一夜之间成了哑巴，这事儿你不会不知道吧？

卢振天顿时变了脸色。你结婚啦？这事儿你怎么不说一声儿呢，我无论如何也得随礼呀。你、你媳妇成了哑巴这跟我有什么关系？我压根就不知道！

你不知道？好啊，有朝一日我查出那个下药的人，我看你姓卢的怎么跟我交代！

卢振天伸出伤残的左手，指着虞云隆说，你不用说大话压人。今天我是陪着大通钱庄的经理找你讨账来的！你扩建库房找人家借了钱，腊月里到了你还债的日子，你忘记啦？

我跟大通钱庄的事儿，关你姓卢的屁事儿！虞云隆毫不含糊地说。

这时，卢振天突然吹响一个怪里怪气的口哨。一个身穿棉袍的中年男子不慌不忙走进账房。虞云隆抬头一看，此人正是大通钱庄的伍先生。

伍先生，您多咱跟卢振天混到一堆儿来啦？虞云隆很不理解。

伍先生尴尬地笑了笑，说虞二少爷你还钱的日子到了。当初咱们签的贷款合同，写的就是年底之前还钱。

不对啊。当初签合同的时候，你说这叫友情借款，到时候手头不宽裕，还款时间可以缓一缓。伍先生，你怎么说话不算话呢？

虞二少爷，我是说过友情借款。可您知道我是二闺女带钥匙——当家不主事儿。如今我想帮你也使不上劲儿。这年底还钱的事儿，恐怕您是拖不过去啦。

伍先生，您怎么狗脸说翻就翻呢？前几天你还说自己是大通钱庄的大拿，说一句话能占十句话的地方，今儿怎么一下变成二闺女啦？操，你那嘴还是嘴吗？

虞云隆你不要出言不逊！伍先生急了，脸色一板大声喊叫起来。

对，虞云隆你欠债不还，还要二皮脸啊！卢振天也跟随大声喊叫起来。

这一喊叫，就如同发出了信号。呼啦啦，一群人走进了正昌商行的账房。穿黑制服的有警察，穿西服的有律师，还有什么都没穿光着膀子的打手。

虞云隆急了眼。我操，你们这是串通一气存心黄了我的商行啊。

卢振天冷笑着说，虞云隆我告诉你吧，今儿就是冲你来的。你要想打架，这儿有警察送你进局子；你要是想打官司，这儿律师陪你说理；我要想耍滚刀肉不还钱，这是有账主子等着你呢。无论你上天还是入地，我都奉陪到底！

虞云隆没辙了，叹了一口气说，你们说这事儿怎么办吧！

伍先生慢条斯理地说，腊月二十三就是小年儿啦。我限你五天之内还钱。要是五天之内不还钱，你新建的这座库房可就抵押给我们大通钱庄啦！

虞云隆气疯了。伍先生我操你妈妈！你这是存心坑我呀！当初你要是这么说，我就不找你借钱啦！

卢振天在一旁讽刺挖苦，明明贷款合同上就是这么写的，虞二少爷您怎么满口喷粪呢？

伍先生又说，虞二少爷你可听明白了，五天之内大通钱庄要是不见你还钱，可就不客气啦。

卢振天一声吆喝，这一行人大摇大摆打道回府了。

虞云隆气得一屁股坐在台阶上，呼呼喘着粗气。

大杠凑上来小声说，虞二少爷，这眼看着就要过年啦，他们这是把您往绝路上逼啊！

天无绝人之路！虞云隆说着独自上了街，四处借钱去了。他沿着四面城走了一圈儿，碰了一路钉子。这时候他心里渐渐明白了，除了一群酒肉朋友，自己根本没有挺身相助的患难之交。我究竟到哪去借钱呢？思来想去，只有翟成义一人。

虞云隆马不停蹄奔向河西谦德庄，遍访了十几条胡同，终于在三义庄一带找到了翟成义。

这翟成义开着一间馒头铺，小生意。他双手沾满了面粉，对虞云隆的突然造访感到意外。虞云隆说明了来意，翟成义笑了笑，说那只能把这家馒头盘出去了。虞云隆一下受到感动，又觉得即使翟成义卖了馒头铺也只能是九牛一毛。翟成义不知如何表达自己的哥儿们义气，就从笼屉抓出几个热气腾腾的大馒头，递给虞云隆。

面对翟成义的一片真心，虞云隆苦笑了。他拎着一兜子大馒头，告辞了。

唉，我平日里结交的净他妈的是穷朋友啊。虞云隆乘坐胶皮返程，想起自己苦心新建的库房即将抵押给大通钱庄，心情沉重起来。那大通钱庄的伍先生真是可恶，不但逼债而且还跟卢振天狼狈为奸，我恐怕以后要掉到他们手里了。

这样想着，虞云隆就想起了虞金诚。我如今要想保住新建的库房，必须借钱还上大通钱庄的贷款。可找谁借钱呢？如今只有虞金诚一个人了。我已然跟虞金诚断了道儿，成了两姓旁人，如果张嘴找他借钱，我可就栽在他手里啦。

一路想着，胶皮到南市。虞云隆选了一个清静的地方下了车，手里拎着一兜子大馒头，毫无目标地朝前走去。

迎面跑来一个要饭的，伸出一只脏手说大爷行行好吧。虞云隆随手将一兜子馒头扔给这个叫花子，对方一惊，然后跪在地上连连叩头。

天津卫这地方有一种叫花子，沿街乞讨，嗟来之食并不自己食用，而是摆摊出售“堆儿饽饽”。西广开一带掏钱买这种“堆儿饽饽”的都是穷人，不怕脏，吃饱了就行。因此这个叫花子接到虞云隆的一兜子白面大馒头，如同抱了一个金娃娃，转身就跑。

虞云隆来到东兴市场，里面有好几家书场。找到茅房解了手，他进了一家小书场。小书场有规矩，小孩儿听书不花钱，但必须贴墙站着，这样既不占座儿也不挡道儿，因此也培养了一批未来的观众。虞云隆不是小孩儿，找了个座儿一屁股坐在那儿，听书。

此时小书场里说的正是“后战国”，越王勾践卧薪尝胆的事儿。虞云隆越听脑子越开窍，啪地一拍大腿起身走出了小书场。

他妈的，我也要学一学越王勾践，卧薪尝胆，十年生聚，重整霸业，大丈夫能折能弯，我现在我就找虞金诚借钱去！

为了给自己壮胆，虞云隆一边走一边说，哼，我找虞金诚借钱那是看得起他！

回到正昌商行，虞云隆坐在账房里又犯了犹豫。他妈的，难道我必须舍脸去求虞金诚借钱不成？唉，我身旁要是有一位谋士就好了，一旦遇到困难也能出主意想办法。这时候他想起了钦三先生。当初正昌商行重新开张的时候我找过这位老先生，可他就是不肯再次出山。

一夜失眠，虞云隆在床上烙饼，反复寻思舍不舍这一张脸皮。天大亮了，他终于决定还是去英租界天津售煤所找虞金诚张嘴借钱。

一大早儿，虞云隆吃早点，为了战胜难为情的心理，他吃了五套煎饼果子，喝了三碗豆浆，出门之前又吃了两个麻酱烧饼。

大杠站在一旁很不理解地问，虞二少爷从明儿起您是不是把斋啦？

你胡说，咱又不是隔教，我把哪家子斋啊。我今天出门办事儿，这一顿吃下去，顶到天黑啦。

吃饱了喝足了，虞云隆叫了一辆挂了六道捐牌的胶皮，前往英租界天津售煤所。一路上他打着饱嗝，好像把八辈子的粮食都吃了。遇到一卖糖堆儿的，他停车拿了一支，为了消消食。车夫暗笑，这位爷一大早就消食，您就盯着上厕所吧。

果然，过了张庄大桥虞云隆便后门告急，颇有随时失守之趋势。他坐在胶皮车里憋得屁股乱颤。车夫笑着告诉他前面不远就是圆茅房了。虞云隆听罢大喜，无论圆茅房方茅房，我能卸货就是好茅房。

说起这“圆茅房”，就是当年英租界最为著名的圆形公共厕所。它不当不正竟然坐落在黄家花园五岔路口的中央。如厕者无论从何处走来，都得横过马路走到五岔路中央出恭。这“圆茅房”的选址不知出自何人之手，真是匪夷所思。

出了公共厕所，虞云隆从心里承认英租界这地方干净整洁，怪不得虞金诚削尖脑袋往这里挤呢。重新坐上胶皮，奔金鸟别墅去了。

沿着伦敦道一路小跑，很顺利找到了挂着天津售煤所招牌的金鸟别墅。跳下胶皮付了车钱，虞云隆走到别墅大门口，被门卫给拦住了。

这位先生请问您有什么事情啊？门卫穿着天蓝色制服，那形象就跟英国皇家卫队似的。

我叫虞云隆，我找虞金诚。虞云隆大大咧咧说着，满不在乎的样子。门卫走进门房拿起电话，禀报有客人来访。

一会儿，钦三先生迎将出来。虞云隆一看是这位老伙计，便惊讶地说，您怎么跑到这儿来啦？

钦三先生和蔼地说，二少爷，大少爷聘请我主管华账房，我不能不识抬举啊。

虞云隆极其不满地说，那我聘您当正昌商行的账房先生您怎么不去呢？

彼一时此一时，彼一时此一时。钦三先生笑呵呵回答说，二少爷这是哪阵风儿把您吹来啦？

我来看一看虞金诚，您前面给禀报一声吧。说着，虞云隆大摇大摆走进天津售煤所大门，俨然这里的常客。

虞二少爷，你有什么吩咐先跟我说一声儿，我好给虞大少爷禀报啊。钦三先生紧紧跟随着，询问底细。

您把虞大少请出来吧，我有事儿当面跟他说。虞云隆走进一楼客厅，一屁股坐在沙发里，说是等候接见。

这一等候，就是半小时。虞云隆沉不住气了，一连抽了三支烟卷儿。钦三先生亲自给他端来一杯茶，陪坐一旁。

钦三先生，你们天津售煤所的生意做得挺大啊？虞云隆问。

小本生意罢了。虞金诚走进客厅，满脸微笑说。见哥哥走进来，虞云隆只得起身，点头致意。虞金诚径直走到虞云隆旁边的沙发前，落座，显出几分大气，然后不慌不忙问，云隆啊，我万万也没想到你肯赏脸光临敝公司啊。

啊，其实也没嘛事儿。我从这儿门口路过，一看天津售煤所的牌子，就一步迈进来啦，嘿嘿。

你要是没嘛事儿，我手头正在起草一份合同，就不陪你啦。你喝茶你喝茶。虞金诚说着，起身告辞。

哥，我有点儿事情跟你说一说。虞云隆终于撑不下去了，起身说道。

噢，有什么事情你就说吧，自家弟兄不用客气。虞金诚重新落座，不冷不热的表情。

我手头急用一笔钱又一时拆兑不开，你能抬我一把吗？

这很容易啊。虞金诚再次站起，指着钦三先生说，明天吧，明天我让钦三先生给你送去，云隆你看好吗？

我还没跟你说借多少钱呢。虞云隆心中暗暗欢喜，外表装出一副平静的模样。

多少钱都行。云隆明天你给钦三先生打个电话吧，一问就明白啦。虞金诚说着走出客厅，上楼去了。

虞云隆难以掩饰心头喜悦，由钦三先生送出天津售煤所的大门。虞二少爷，刚才虞大少爷不是说了嘛，明天您给我打个电话，无论用多少钱都好商量。

那就有劳钦三先生费心啦。虞云隆扬手叫了一辆胶皮，走了。

钦三先生注视着远去的胶皮车，突然不远处传来了一阵鞭炮声。钦三先生抬眼望去，好像一街之隔的斜对面有家公司开业。商人总是关注周边环境，钦三先生走过去观察。

这一家正在庆贺开业的公司挂着“津沽煤炭公司”的牌子，门前聚着一群人，一律都是陌生面孔。一个经理模样的中年男子正在操着纯正的山西话致辞。

回到天津售煤所，钦三先生看到虞金诚手里拿着台球杆从二楼走下来，说是去后院打台球。钦三先生想起虞云隆借款的事儿，就问明天是提现金还是给支票。虞金诚很不耐烦地说，咱们哪有闲钱给虞云隆啊。钦三先生一愣，说既然您已经告诉借款了，那明天如何回复虞云隆呢。

你就告诉他今天我刚刚签了一份合同，咱们公司银根吃紧实在没有回旋余地，请他另想办法吧。

那好吧。钦三先生似乎突然受到了打击，精神一时颓唐起来。

钦三先生，我只能这样做啦，我跟虞云隆那小子虽说一笔写不出两个虞字，可如今毕竟是两姓旁人啊。我做生意从来不找别人借钱，我也最讨厌动不动就伸手找别人借钱的人！

说着，虞金诚拿着球杆往后院打台球去了。钦三先生坐在院子里的石椅上，不言不语寻思着。唉，自从我把虞荫堂的遗嘱交给了虞金诚，他一下就变啦。人啊，就是这样儿。

这时候，不远处又传来一阵鼓乐声。钦三先生拉回思绪，起身朝着后院走去。打从入主金鸟别墅，虞金诚就在后院建了一间球房，并且在伙房里供奉灶王爷的画像。

球房里，虞金诚一人打着台球。钦三先生知道虞金诚从来都是独自打台球的，真正应了那句哲言：一个人最大的对手就是自己。

钦三先生站在台球案子后面，不声不响等候着。虞金诚极其投入地打着球，仿佛进入了另一个世界。

您还有什么事情吗？虞金诚突然问道。虞云隆的事情就那么办了，您不要为他说情。

我不是为虞云隆来的。我想告诉您，一街之隔的斜对面有一家公司开业了，挂出的招牌是津沽煤炭公司。

哦。您知道它是什么背景吗？虞金诚似乎受到触动，问道。

经理操着山西口音，我一看他就是前台人物。身后背景一时还不清楚。

虞金诚心事重重地说，来者不善啊！

虞金诚放下球杆，转身穿好西装上衣，钦三先生咱们一起去看一看吧。

俩人走出天津售煤所，一起来到津沽煤炭公司附近，观看着热闹的开业仪式。钦三先生，您看这津沽煤炭公司是不是冲着我来的？

钦三先生思忖着说，虞大少爷，自从老东家过世，您的情况我就不太清楚了。不过根据我的经验，您的对手应当分成两类，一类是因生意而结仇，一类是因私事而结怨。无论是结仇还是结怨，津沽煤炭公司都是您生意上的对头，今后的竞争一定是非常激烈的。

虞金诚点了点头说，竞争我不怕。只是明枪易躲，暗箭难防啊。

第二天上午，虞云隆给钦三先生打来电话，说下午派人去取支票，同时奉上借据。钦三先生告诉他，敝公司昨天签了一份合同，有一笔大生意压力很大，银根吃紧，恐怕难以效力了。

电话里虞云隆极其意外地啊了一声，竟然无语，然后哦了一声就挂断了电话。

三天之后，无钱还债的虞云隆将正昌商行新建的库房抵押给了大通钱庄。又过了两天，大通钱庄经理亲自押车送来一批货物存放在正昌商行新建的库房里。原来，大通钱庄将这座库房转租给了卢振天的盛昌商行。

他妈的，合着我虞云隆辛辛苦苦给卢振天那小子修建了一座库房。操，这不是鸡孵鸭子白忙活吗？

哼，无论虞金诚还是卢振天，咱们是骑驴看唱本儿——走着瞧吧。

79 开门红

腊月二十三，天津卫俗称过“小年”，从这一天开始天津人便进入了过年状态，准备正月初一过“大年”。

虞金诚很有个性，他偏偏选在腊月二十三这一天召开天津售煤所的客户恳谈会。天津市华界几大煤栈的经理同时出现在金鸟别墅的会客室里。虞金诚热情接待，执后辈礼仪。这令煤栈经理们很是感动。

博乐煤栈经理说，敝号坐落在河北三条石，那里有六十多家铁工厂是我们的用户。我们那里用煤无论冬夏，也不分淡季旺季，用煤量不减。如果天津售煤所的价格公道，我们还是愿意从你们这里进煤的。

京合煤栈经理说，今年冬天的订单就不用说了，明年开春只要天津售煤所批发，我们愿意零售。

金海煤栈经理附和道，我们零售，从明年开始就从你们这里批发就是了。

虞金诚突然问道，诸位前辈，你们跟津沽煤炭打过交道吗?

几位煤栈经理纷纷摇头，表示根本不知道有这么一家公司。

博乐经理说：津沽售煤所经营的除了开平煤，还有井陉煤吧?

虞金诚笑了，点了点头。

客户恳谈会结束了，参加会议的煤栈经理们手里拎着礼包纷纷告辞而去。唯独博乐煤栈经理留下来，与虞金诚共进腊月二十三的“小年”午餐。

虞金诚之所以对博乐煤栈的经理情有独钟，那是因为此公除了开平煤又提出零售井陉煤的愿望。虞金诚曾经在河北与山西交界的井陉煤矿当了一年司秤员，因此他很想在经营开平煤的同时悄然从事井陉煤的生意。

天津售煤所小餐厅，装潢考究。虞金诚与博乐煤栈的经理相对而坐，酒杯里斟的是开胃红葡萄酒。

博乐煤栈的经理是个白白胖胖的中年男子，举手投足都显出对生活的十足信心。

津沽煤炭公司的老板姓什么呀?虞金诚突然问道。

博乐煤栈经理一愣，然后连连摇头说，我不认识他呀。

虞金诚又说，津沽煤炭公司前几天开业，我想他们迟早也要邀请您的。

博乐煤栈经理不高兴了。我不认识津沽煤炭公司的人。虞先生您说这话什么意思?

对不起，我的意思很明白。您要是做生意，就在天津售煤所与津沽煤炭公司之间选择一家。

虞经理，只要你的报价合理，我当然选择天津售煤所啦！我的博乐煤栈，每年都要销售一两千吨煤炭呢。

虞金诚仔细询问，依您这么说北开一带都用您的煤炭啊？

博乐经理嘿嘿一笑说，从我父亲那一代博乐煤栈就占据了北开一带，如今远到北仓汉沟都用我的煤炭。

虞金诚举起酒杯说，失敬了，那就让咱们共同开辟一个煤炭新时代，好吗？

博乐经理举起酒杯说，好啊，我这个人就喜欢跟爽快人做生意。

那好，一会儿咱们就签字吧，您是天津售煤所开业以来签订的头一份优惠合同！

两只盛着桃红色葡萄酒的玻璃杯轻轻碰在一起，发出清脆的声音。

午餐之后，双方签订了一份煤炭供应合同书。供方在合同书里写明煤炭价格以订单日期为准。供货日期延误一天罚款百分之十，延误两天罚款百分之二十，延误三天呢，罚款百分之三十……

钦三先生站在一旁说，依此类推，延期供货第十天的时候，天津售煤所的一千吨煤炭就等于白白送给了博乐煤栈啊！

虞金诚毫不在意地说，做生意讲的就是诚信嘛。况且我们是不会延期供货的。

博乐煤栈经理连连拱手行礼说，虞经理有魄力。既然如此，我可就签字生效啦！

虞金诚一伸手：请吧！那一千吨开平煤，我保证按时送到博乐煤栈的码头！

合同书一式两份，博乐煤栈经理告辞而去了。会客室里只有虞金诚和钦三先生。

虞大少爷，您跟博乐煤栈签订的合同，对咱们十分不利啊。

虞金诚站在窗前思考着说，我这样做是为了打开华界市场。你看吧，不出三天保管有人找上门来，要跟咱们签订供货合同。

钦三先生点头称是，说大少爷做生意胆子就是大。不过胆子大风险也大。

钦三先生，博乐煤栈靠近北开码头。水路运输费用也不高。只要做到按期交货，这天津北部的市场就算打开了，权当开门红吧。

钦三先生：做生意就是要担风险。您一定多加小心啊。

会客厅门外的练习生叩门报告，外面来了一位名叫李文卿的先生，求见虞金诚经理。

虞金诚听罢皱起眉头。这位李文卿真是如影随形啊！我不知对方来意如何，钦三先生您先替我抵挡一下吧。

虞金诚说完推开会客室里的一扇门，退入内室。

练习生领着身穿一身灰色西装的李文卿走进会客室。身穿棉袍的钦三先生连忙起身，表示有失远迎。

钦三先生作自我介绍，我是天津售煤处的庶务总管。此时虞金诚先生外出不在，不知您有何指教。

李文卿似乎觉得挺失望的，表示既然一街之隔成为近邻，今天只是礼节性拜访，希望虞金诚先生拨冗赏光到寒舍做客。

我一定把您的美意转告虞金诚先生。钦三先生极其恭敬地说。

李文卿面无表情地告辞，起身走出会客室。钦三先生毕恭毕敬送到大门口。

钦三先生回到会客室，虞金诚已经坐在沙发里喝茶了。他当头就对钦三先生说，我有一个直觉，津沽煤炭公司正是李文卿开的。

钦三先生并不反对这个说法。您跟李文卿先生之间的事情，我们局外人是感觉不到的。

虞金诚十分诚恳地说，钦三先生，您说得一针见血啊！

钦三先生说，过了年就要为博乐煤栈准备货源了，东货场如今没有现货，恐怕正月初十之前也没有现货。

时间很宽裕，您大可不必着急。虞金诚很有信心地说着，起身又去后院打台球了。

一位练习生在楼道里遇见他，捧着一盆红色仙客来说，这是刘宛珍小姐委托小白楼鲜花店送来的，说是祝贺天津售煤所生意开门红。

虞金诚很受感动，伸手将这盆红色仙客来抱在怀里。这时候，他的心头一阵冲动，抱着这盆花跑进院子，大声招呼司机。

我应当向一个女人求婚。只有这样我才能够摆脱一个个笼罩在我心头的女人身影，不论是卢玉洁还是玉姑。虞金诚心里这样想着，毛腰拉开小轿车车门，坐进车里。

既然跟博乐煤栈生活签订了第一份合同，天津售煤所也就开门红了。生意上的开门红，却丝毫没有改变我的生活。我内心挂念着卢玉洁，同时承受着玉姑对我的深情厚谊，她们是两个好女人。这两个好女人使我徘徊不前，固守自己的生活圈子。我必须改变，改变生活的同时也改变自己。我必须拥有新的生活，尽管这样做我既愧对卢玉洁也愧对玉姑。

婚姻完全能够改变一个男人的生活状态，除此之外，我别无选择。

一路上思谋着，小轿车驶到开平公寓大门前，虞金诚说了声停车。司机将小轿车停靠在马路边。

我应当向刘宛珍小姐求婚，可时机尚未成熟啊。虞金诚坐在车里寻思着，一时拿不定主意。

虞金诚开门下车。跟开平公寓一街之隔就是开平矿务局大楼。他横过马路走向开平矿务局大楼。

来到二楼刘清岳的“奥飞斯”门前，虞金诚轻轻叩了两下。里面传出请进的声音，他推门走进去。

刘清岳精神焕发地站在办公桌前，哈哈笑着说，金诚啊，我正要给你打电话表示祝贺哪，祝贺你天津售煤所开门红啊！

面对前辈的赞美，虞金诚竟然羞涩起来。多谢您的栽培，也多谢刘宛珍小姐的帮助。

表达了谢意之后，虞金诚一时语塞。其实他来刘清岳办公室是向这位前辈表明自己心迹的，那就是向刘宛珍求婚。

可是，虞金诚并没有开口。他似乎缺乏直面生活的勇气。刘清岳亲手给他斟了一杯英国红茶。虞金诚忽然没头没脑地说，啊，今天腊月二十三，很快就要过年啦。

刘清岳笑眯眯注视着他。虞金诚继续说，博乐煤栈的供货时间定在正月初五。

什么，正月里还做生意啊？天津人的习俗元宵节之前是不做生意的。刘清岳很惊诧。

虞金诚魂不守舍地问，宛珍她明年还去英国留学吗？

刘清岳反问，你说呢？

80 破 五

既然博乐煤栈要求正月初五供货，钦三先生就知道这年是过不成了。他经商几十年，遇到这种生意还是头一遭。从除夕夜到正月初三，他心思挺重。即使初一吃了素馅饺子，心里也不素净。

天津卫的风俗，正月初二一大早儿迎财神。普通人家迎财神，就是供奉活鲤鱼一尾，鲜羊肉一盘，屋内焚香三炷，户外燃放一挂鞭炮。为什么供奉羊肉呢？传说财神的侍者是一回族人。钦三先生也是这样做的。他燃放鞭炮的硝烟还没散尽，卖水的就来了，手里举着一把柴火，大声说进柴啦进柴啦，柴与财音近，进柴就是进财。两挑儿水灌满了水缸，称之为“进财水”。天津人将水比喻为财，九河下梢，水多财旺。

初一饺子初二面，初三合子往家转。钦三先生度日如年，恨不得立即到了初五才好。他心细如丝，正月初四这天就跑到东货场看了看，一列列车皮甩进道叉子，哗啦啦卸下乌黑锃亮的开平煤。钦三先生心里踏实多了，找到调货员说了声拜年，递上货单的同时给调货员塞了一个红包，预订了起运的时间，明天上午就开始。

调货员说，您可真够勤谨的，这大年初五就做生意啊。钦三先生很会说话，表示“笨鸟先飞以勤补拙而已”。他乘摆渡从河东回到河西。海河结了冰，不能行船。只有渡口破了冰，一条木船摆渡过往行人。踏上海河西岸，钦三先生叫了一辆胶皮，一路小跑回到英租界天津售煤所。

虞金诚外出拜年刚刚归来，够累的，此刻正坐在天津售煤所会客厅里歇着。钦三先生见到虞金诚，一五一十向他禀报了东货场的情况。虞金诚说，好哇，明天车辆运煤到海河边，只要装了船不出两个钟头就能到达博乐煤栈的码头啦。

钦三先生笑了，告诉这位虞大少爷明天是正月初五，海河一派冰封，哪里行得船啊。

虞金诚听罢腾地红了脸，很不好意思地笑了，说那就装车走旱路吧。然后他拍了拍额头对钦三先生说，我这一程子脑子不好使唤，就好像缺了一根弦儿似的。

这做生意啊既费心又耗神，大少爷您可不要操劳过度伤了身子啊。

我有一位师傅，人称老梆子，可惜去向不明。此时他老人家如果在场，一定能够治好我现在的毛病。

大少爷您哪有什么毛病啊。钦三先生说，您不要心思太重就是啦。

第二天是正月初五，此时的天津人仍然沉浸在过年的气氛里，尚未完全苏醒。博乐煤栈要求正月初五供应到货，说是为了抢占年后的煤炭市场。

正月初五，天津风俗称“破五儿”。这一天是吃饺子的日子。吃饺子就要剁肉馅儿，因此家庭主妇手持菜刀“当当当”剁肉馅儿，俗称“剁小人”。剁了小人也就剁好了肉馅儿，动手和面揉面做饺子皮儿，全家聚在一起包饺子，一边捏饺子皮儿一边说“你闭嘴你闭嘴”，谓之“捏小人嘴”。此时捏住了小人嘴，全年就没人说你坏话了。于是正月初六开门大吉。也有的家庭主妇正月初五这一天故意找出几件旧衣裳拆一拆，这叫“拆小人”。总而言之，天津卫极其痛恨小人。平时遇到遭人暗算的事情，就叫“犯小人”。小人不得人心，因此正月初五这天，小人便成为天津市卫的最大敌人，全市共诛之，全民共讨之。其实，小人一个没减少，兴许还增多了。

正月初五一大早儿，钦三先生来到东货场，只见一堆堆乌黑锃亮的开平煤，却不见脚行的车辆。他找了一圈儿，总算找到三辆大车的把势，还都不乐意接活儿。

哪有破五儿这天干活儿的？您可真是各色。这三位车把势颇为不满，甩手站着说起风凉话。

钦三先生说，正月初五干活儿，早是早了点儿，可咱们是一年的主顾啊。你们是愿意歇一天呢还是歇一年呢，自己掂量掂量吧。

这一番话说得那三位车把势没了词儿，只得答应马上装车。

找了几个干活儿的往大车里装煤，钦三先生跑去给天津售煤所打电话，禀报东货场一时缺少运煤车辆的紧急情况。虞金诚接电话说，李守基老先生竟然亲自登门拜年，一时难以抽身，叮嘱钦三先生继续寻找运煤车辆，赶紧往博乐煤栈运煤。

钦三先生沿着东货场的大墙一路寻找着，就是见不到车辆的影子。他心里起急，满头大汗。这到底怎么回事儿呢？就说今天破五吧，也不至于一辆车也找不着啊。

脚行小头目儿韩狗儿，嘴里叼着烟卷儿迎面走来，满脸不屑一顾的表情说，您啦这是干嘛呀？四处乱转悠就跟打兔子似的。

我找车！钦三先生大声说道，你们这一年都不打算吃饭啦？这放着拉煤一千吨的活儿不干，人都跑爪哇国去了吧？

韩狗儿说，操，人都回家包饺子去啦！您偏偏破五这一天运煤，这不是自找倒霉吗？回见吧您。

说罢，韩狗儿转身走了。钦三先生一时没了主张，又跑到东货场门房去打听。看守门房的老头说，今儿你在这儿租不着车，明儿你在这儿也租不着车，后儿你在这儿还是租不着车。

这到底为什么呢？钦三先生急了。

这时候，那三辆大车已经装满了煤炭，钦三先生连忙写了一条送货单，催促他们马上送往地处北开的博乐煤栈。三辆大车就这样上路走了。

一辆小轿车驶进东货场，卷起一阵尘烟。看门的老头儿乐呵呵说，你看车来啦，可这小轿车它运不了煤啊。

小轿车还没停稳，虞金诚就推门下了车，身子一歪摔在地上。他奋力爬起，朝着钦三先生跑来。

钦三先生，那李守基给我拜年，可他屁股太沉啦，一坐就是一个钟头，我心里急坏啦。虞金诚摔得满身是土，气喘吁吁说。

大少爷您别急，我看这事儿您急也没用。钦三先生说着，递给看门的老头儿一支烟卷儿，你为什么说我们在这儿租不着车呢？

看门老头儿接过烟卷儿，不慌不忙说出了事情真相。我告诉你们吧，从腊月二十八那天，就有人往拉车的家里送馒头，说是提前拜年。拉车的都是粗人啊，可粗人不傻，都知道天底下没有白吃的馒头，就问有何指教。送馒头的人告诉大伙，正月初八之前不要去东货场拉活儿，坐在家里不要外出。只要听话，正月十五还来送元宵呢。本来正月十五之前东货场就没嘛活儿，拉车的根本也没打算出来溜达，就坐在家里吃馒头呗。

那为什么还有三辆大车在这儿呢？虞金诚抢着问道。

这还用问呀，那一准是馒头没送到，致气呗。馒头没吃上，元宵也就没啦。看门的老头儿说着，又伸手找钦三先生讨要烟卷儿。钦三先生随手扔给他一张钞票，说你自己买去吧。

虞金诚沉思着说，这是预谋啊，先划一个圈儿让我往里蹦。

我看，博乐煤栈嫌疑最大。钦三先生说，大少爷您想一想，哪有正月初五供货的？他们是存心挑选的这个日子。提前还给东货场拉车的送了馒头，把他们拴在家里不出来。依照签订的合同，这一千吨开平煤，迟到一天就白白损失一百吨煤款。博乐煤栈获了大利啦。

不，博乐煤栈后头还有人。虞金诚寻思着，可我就不信今天破五在这东货场就找不到运煤的车辆。走，咱们找他们脚行头目去！我就不信活人还能让尿给憋死！

看门的老头儿哈哈大笑说，这位大少爷你太年轻啦，活人有时候就是让尿给憋死的。

虞金诚一愣，气得无话可说。

此时，已经临近正午时分。钦三先生跟随虞金诚坐在小轿车里，一直开到河东小郭庄的一座小院子门前。韩狗儿就住在这里。

开车的是金哥。虞金诚派他去叩门，自己坐在车里摇下车窗玻璃，等待着韩狗儿出现。钦三先生忧心忡忡，叹了一口气。

韩狗儿出现了，走出家门满不在乎地站在小轿车前面，嘴里叼着一根牙签儿。虞金诚从车窗里伸出胳膊指着韩狗说，你们脚行放着大活儿不干，把车辆都弄没了，你这是成心跟我过不去吧？

韩狗儿被虞大少爷的气势给镇住了，连声表白这事儿跟他毫不相干。虞金诚表示现在就去找脚行的马三爷理论。韩狗儿心里害怕，终于说了实话。

我告诉您吧虞大少爷，不光有人往拉车的家里送馒头，还有人往养车的车主家里送银元呢，说正月初八之前一律不要出车。您说这事儿能怨我吗？

你知道是谁往车主手里送银元吗？虞金诚急声问道。

韩狗儿笑了笑，虞大少爷这事儿还用问，一定是您的仇人呗。他们要是跟您没过节儿，干嘛又是馒头又是银元的往里搭呢。

虞金诚说，谢谢你啦，韩狗儿，咱们后会有期。

韩狗儿追着小轿车说，虞大少爷我告诉您，干脚行的都讲信义，无论拿了馒头还是拿了银元，您正月初八之前去哪儿也找不着车。初八初八，合子加八。我劝您还是吃完合子再说吧。

过了初八我就赔大发啦。虞金诚坐在小轿车里说，博乐煤栈经理不是我的仇人，我那仇人一定藏在幕后呢。

钦三先生越发着急说，这眼瞅着天就黑了，河里冻冰不能行船，货场里运煤没有车辆，咱们跟博乐煤栈订签订的合同就是悬在头上的一把利剑啊。

司机金哥突然说，偌大天津卫，他们不会都送了馒头和银元吧？咱们换一个地方试试，兴许就有车啦。

钦三先生说，对方走的是绝杀棋局，他们不会轻而易举给你留活路的。即使有车恐怕一时也凑不齐那么多辆。我看这事儿弄不好就得拖过正月初八。那样咱们就白白损失三百吨煤款啊。

虞金诚突然大声喊叫起来。有啦！我到河东田庄找樊大爷去！金哥，你开车走俄租界，现在咱们就去田庄。以前我跟樊大爷一起运过洋油公司的大铁罐。他是大把势！

就这样，正月初五的晚上一辆小轿车停在田庄搬运社首领樊大爷的小院门前。

樊大爷住在小院的正房里。钦三先生手里拎着一包鲜货走进来，朝着躺在床上的樊大爷躬身行礼，报出自己的名姓。半身不遂的樊大爷根本不认识来者，一时表情疑惑。

樊大爷的女儿佩娟很有礼貌地请钦三先生落座，转身斟水沏茶。

您认识虞金诚吗？钦三先生问。

虞金诚？樊大爷摇了摇头。

虞金诚这时快步走进屋里，来到床前朝樊大爷拱手行礼说，樊大爷，我就是虞金诚啊，您老人家不认识我啦？

樊大爷立即笑了，原来是你啊，咱们两三年没见面了吧？今天登门是不是遇到难事啦？

虞金诚难过地说，我想不到您病成这个样子。

樊大爷哈哈大笑，我躺着动不了，可说一句话就占地方！你有什么难处就说吧。我就佩服你这种会说外国话的小伙子，就连洋人也得高看你一眼。说吧说吧，用不着不好意思。

虞金诚蹲到床前，紧紧抓住樊大爷的手说，您是搬运社的当家人，天津售煤所进了一千吨开平煤，没想到我让人家给算计啦。眼下是走水路不能行船，走旱路没有车辆，我今天贸然登门是求您帮我一把，把那一千吨开平煤运到北开去！

樊大爷再次哈哈大笑说，你别看我瘫在床上，这是一句话的事儿。我现在就派人把大巴掌叫来。

佩娟朝着虞金诚点头微笑，算是打了招呼，然后去叫大巴掌了。

大巴掌是谁啊？虞金诚小心问道。

樊大爷告诉他虞金诚，大巴掌是他师弟。不出一会儿工夫，大巴掌跟随着佩娟推门进屋。这果然是一条壮汉。

大巴掌龘声龘气说，师哥，你叫我有嘛事就说吧。

樊大爷指着虞金诚说，他有一千吨开平煤停在东货场，你就是人搬肩扛也要给我送到地方！

大巴掌乐了，说腊月二十九那天有人传过信儿来，说正月十五之前不要接东货场运煤的活儿。

钦三先生惊声说，有人出黑手，果然没给我们留活路啊。

大巴掌问虞金诚什么时候动手。没等虞金诚回答，躺在炕上的樊大爷抢先说了话。你吃了破五儿的饺子就去召唤人，立马儿动身，就是半夜赶到东货场，也要动手装车！

虞金诚“扑通”一声跪在樊大爷床前，给这位古道热肠的天津汉子磕了一个响头。樊大爷说，我受你一拜，日后你要是当了皇上可就折了我的寿啦！

夜里，东货场里一派热火朝天的场面。大巴掌带领着汉子们挑灯夜战，挥动铁锨往“地牛儿”里装满了一车车开平煤。凌晨时分，大巴掌亲自驾辕，带领一队十八辆地牛儿，出了东货场上路了。虞金诚赤膊拉套，也上阵了。

夜风迎面吹来，很冷。汉子们却是大汗淋漓。沿河马路上，一辆辆“地牛儿”载着煤炭朝前走去。一人驾辕，十二个伙计弓身拉套。为首的大巴掌一时兴起，扯起嗓子唱起了拉车的歌谣。

> “河里没有船呀，照样能过年啊！”
> “地上跑大车呀，一路十八坡啊！”
> 拉车的汉子们一起跟随着哼唱。
> “过坡又上岗呀，完活儿领大饷啊！”
> “吃饱喝足被窝儿里躺呀，放屁嘣嘣响啊！”

弓身拉套的虞金诚听着这粗野雄浑的拉车号子，蓦然回想起当初自己在太古码头扛大个儿的经历，不禁热泪盈眶。

正是丑末寅初的时辰，以大巴掌为首的运煤车队抵达博乐煤栈大门前。

看门守夜的一时不知所措，跑去给经理报信儿。博乐经理正搂着小老婆睡觉，猛然被打了一个措手不及。他披衣起床，还是不相信虞金诚的运煤车队到了。姓虞的又不是齐天大圣，他从哪儿弄来的车辆呢？

博乐煤栈经理跑到煤栈大门口，迎面遇到虞金诚。虞金诚大声说，实在对不起啊，搅了你的美梦啦！

这一语双关的开场白，弄得博乐煤栈经理表情尴尬不已，连声道着辛苦。他叫守夜人打开大门，自己则钻进经理室偷偷打电话去了。

这位白白胖胖的煤栈经理手持电话筒压低声音说，大事不好啦！我也不知道虞金诚从哪儿弄来的车辆，一共十八辆地牛儿，这大半夜就给我送货来啦。是啊，我也是从被窝儿里爬出来的。你原计划不是拖死虞金诚吗？现在看来是拖不住了，他已经顶上门来啦。我说，这一千吨煤可是您让我买的，事已至此您得一包到底呀！

电话里传出一个男人的声音，你不要着急。既然那一千吨煤炭送来了，你就都收下吧，明儿我派人给你送钱去。不过这事儿必须保密，万万不可走漏风声！

博乐煤栈经理心里踏实了，放下电话转身跑到院子里大声说，虞经理亲自送货上门，敝人真是有失远迎啊，请卸货吧请卸货吧。现在算是正月初六了，我在这儿给大伙拜个晚年吧。

虞金诚当然知道此时已经是正月初六的凌晨了。这意味着他损失了一百吨煤款。然而他还是笑了，仿佛一个落水上岸的幸运儿。

要是没有樊大爷出手相援，我还不得在水里泡上三天啊。虞金诚这样想着，并不认为自己败了。

81 当面摊牌

过了正月初八，大街上干活儿的人渐渐多了起来。初八吃合子，称“合子加八”，也称“合子拐弯儿”。天津人为什么对合子情有独钟呢？因为这里蕴涵着发财的意思。商家做生意，如果所获利润与所投资本恰恰相等，那么俗称“合子利”。譬如说投入资本十元恰恰赚来了十元利润，十对十就是合子利。而拐弯儿之意，系指十一、二十一、三十一，依次类推。于是合子拐弯儿的意思便很明显了——投入十元资本，希望赢得十一元甚至二十一元乃至三十一元的利润。吃合子的原始意义，就在于此。初八吃合子，乞求发财，而且是拐弯儿发大财。这是商埠心理。

初八这一天，东货场附近果然热闹起来，拉车的汉子一个个出现了，东张西望寻找着活计。正月里他们在家里憋着没出来，此时好似羊群出圈，四处寻觅青草吃。

一个刀疤脸儿拉着排子车，一眼看见脚行小头目韩狗儿，询问正月十五有人往家里送元宵是不是真事儿。韩狗儿说，你不用等到正月十五，现在你张开大嘴等着，一会儿工夫吧唧一声就有一个大馅饼掉你嗓子眼儿里啦。

刀疤脸深信不疑，因为腊月二十八有人给他家送了馒头，说只要正月初八之前待在家里别出去，正月十五还有人赏给元宵。因此他就盼着呢。

一辆胶皮驶到东货场大门口，一位身穿裘皮大衣的女子腰肢一摆下了车。刀疤脸一看，认出她是玉华春饭庄的女东家玉姑奶奶，就凑上前去打招呼，连声拜年。天津人认为，不出正月十五都可以拜年。

玉姑看了看刀疤脸说，您怎么还没混出一人样儿来呢？这拉车也太辛苦啦，风里来雪里去的。不过，有人白白送你大馒头吃，蹲在家里也值啦。

没错，腊月二十八有人犯豆子，挨家给我们拉车的送馒头，玉姑奶奶你知道这主家是谁吗？

玉姑说，我不知道，可你知道啊。这么着吧，你要是知道送馒头的主家是谁，今儿晚上你就叫上一桌人去玉华春，我请客啦。

玉姑奶奶，你说的是真话？我可是土命人，心实啊。

只要你敢去玉华春，就得把实话给我撂在桌子上。你说，送馒头主家到底是谁？

刀疤脸犯了寻思，哎你一个开饭馆的打听这事儿干嘛？

我乐意！你管得着嘛。玉姑突然强硬起来。

好吧好吧，今儿晚上我们一桌子人玉华春饭庄见面！你可得把酒菜预备好啦。到时候你问嘛我们说嘛，没一个打锛儿的。

那就不见不散吧。玉姑笑着说。

你是不是替虞金诚打听消息。我听说这一次他赔了一百吨煤款啊。刀疤脸突然问道。

你怎么得了话痨啦？我看今儿晚上的饭局还是免了吧，你一人找个地方叨叨去吧连饭都不用吃啦。玉姑沉下脸说。

怨我怨我。今儿晚上玉华春饭庄，不见不散不见不散。刀疤脸拉着排子车，走了。

第二天是正月初九，天阴风大，路上行人很少。一大早儿一辆胶皮载着玉姑来到天津售煤所大门外。玉姑下车之后按响了门铃，身穿制服的看门人跑出来，询问玉姑有何贵干。玉姑自报家门并说明来意，被引入了一楼会客厅，坐在沙发上等待虞金诚的接见。

虞金诚身穿背带裤白衬衫，心事重重走进一楼会客厅。玉姑立即站起身来，叫了一声金诚。

虞金诚从沉思中走出，望着玉姑一时说不出话来。玉姑走上前来注视着他，小声说金诚你穿这么单薄你不冷吗。虞金诚说不冷，就请玉姑落座，然后亲手给她沏了一杯茶。玉姑啊，天气这么寒冷你怎么跑来了，有什么急事吗？

说着，虞金诚坐在玉姑对面，递给她一支香烟。

玉姑惊奇地说，金诚，您学会抽烟啦？

虞金诚苦笑了。心里事儿多，有时候就抽一支，放松放松。这不正月初五就遇到一件怪事儿，我一连几宿睡不着觉，还没捋清呢。

玉姑环视着会客厅，然后压低声音说，金诚，你说的是正月初五你遭人暗算的那事儿吧？这件事情的幕后指使者，我已经大体给你摸清楚了。

虞金诚随手搓碎一支香烟，什么！你已经大体摸清楚了，谁呀？

津沽煤炭公司。玉姑一板一眼说，我是从拉车的汉子们嘴里打听出来的，没错。

虞金诚站起身来，在会客厅里往返踱步，若有所思说，这津沽煤炭公司的主人究竟是谁呢？

玉姑起身说，这我就不知道了。金诚，我饭馆里事情很多，我回去了。金诚啊，生意场如战场，你一定要多多保重啊。

虞金诚深受感动。玉姑，你是专程给我来送信儿的吧？谢谢你啦！你总是在我遇到困难的时刻挺身而出，你让我跟你说什么呢？

你嘛都别说了。金诚你记住，无论你胜了还是败了，玉华春饭庄永远是你的老家啊！

虞金诚紧紧抓住玉姑的手。玉姑笑着，轻轻闪开，再次叮嘱他多多保重，告辞走了。

追出一楼会客厅，虞金诚执意派小轿车送玉姑回去。玉姑推辞着，快步走出天津售煤所大门，扬手叫了一辆胶皮。

寒风阵阵吹来。玉姑乘坐胶皮远去了。虞金诚望着她远去的背影，心里很是惆怅。玉姑对我实在太好了。只要我遇到挫折，即使故意不告诉她，她也会随时察觉到的，而且一定会不言不语地为我做事情。这是多么难得的红颜知己啊。可惜我一次次冷了她的心。这一辈子我欠玉姑的感情债真是太多太多了，往生来世我也难以还清啊。

心里这样想着，虞金诚转身返回金鸟别墅，走进天津售煤所大门。

回到一楼会客厅，他还没落座，钦三先生就跑进来，禀报大门外李文卿先生求见。

虞金诚心情烦乱，摆手说不见不见。钦三先生说，您送玉姑出门，李文卿已经看见啦，您不见他，没有理由推辞啊。

好吧。虞金诚似乎想起了什么，我正要会晤这位李文卿先生呢。请他进来吧。

钦三先生放心了，转身走出一楼会客厅，前往大门口迎接李文卿。李文卿一身乳白色西服，精神饱满地走进天津售煤所的院子，浏览着这里的景致。

这里以前是金鸟别墅，贱内前年曾经在这里住了一段时日。李文卿说着，观察着钦三先生的脸色。

钦三先生并不搭话，引领李文卿步入一楼会客厅。

正月里大吉大利，李先生前来拜访一定会给敝公司带来好运啊。虞金诚迎上前主动与李文卿握手。正月里，李先生一定做成了几笔大生意吧？

李文卿随口搪塞着，哪里哪里，我能做成什么大生意啊！

落座之后，虞金诚突然发难。李先生，津沽煤炭公司的生意就很红火嘛。

李文卿一愣，津沽煤炭公司？

虞金诚突然朗声大笑起来。

李文卿表情茫然，你说的津沽煤炭公司我并不了解啊。这家公司好像就开设在咱们这条街上吧？

虞金诚认为已经探得底细，立即更换了一个话题说，不知道李先生大驾光临有何指教啊？

李文卿似乎仍然沉浸在“津沽煤炭公司”的迷惑之中，神情恍惚。虞金诚心里暗暗笑道，这有抽羊角风毛病的人脑子就是太慢。他拿出香烟递给对方说，李先生请吸烟啊。

接过一支香烟拿在手里，李文卿若有所思说，我有一笔大生意跟你谈一谈。你知道法租界电灯房吗？

我知道，就是法租界发电厂啊。虞金诚全神贯注回答着。

李文卿继续说，法租界发电厂新增了一台锅炉，下月十号就要试车发电。从今往后这座发电厂每月用煤至少要六百二十吨。

虞金诚微笑着反问，李先生，津沽煤炭公司每月供应法租界发电厂六百二十吨煤，这很好嘛。

李文卿又是一愣，说虞先生你总把津沽煤炭公司挂在嘴边上，你一定是这家公司的股东吧？

虞金诚笑里藏刀说，李先生你不要再做戏了，我又不是三岁小毛孩子。你既然来了就不用绕圈子，干脆就把真实来意说出来吧。

李文卿抬头看了看站在一旁的钦三先生。虞金诚立即请他回避。钦三先生一边走出会客厅一边说，虞大少爷，无论如何您也不能着急上火啊。

一楼会客厅里只有虞金诚和李文卿俩人。虞金诚啪地点燃一支香烟，表情很是平稳。李先生，您有话请讲吧。

李文卿摆弄着手里的香烟，目光低垂注视着会客厅地板。

虞先生，我今天登门拜访只想告诉你一个消息。无论对你对我这都是一个非常重要的消息。李文卿突然抬头说，我们是天主教家庭，礼拜天我们必然去教堂的。前几天我的太太卢玉洁在教堂向神甫做了忏悔，请求上帝宽恕她。她终于承认她住在金鸟别墅期间，曾经在那里背叛了她的丈夫。

虞金诚听罢霍地站起，手里夹着香烟快步走到窗前。

依照天主教教义，卢玉洁是一个有罪的人，但是她忏悔了。李文卿望着虞金诚的背影，继续说着。

注视着窗外光秃秃的树木，虞金诚语气坚定地说，就算卢玉洁是罪人，那么也只能由上帝惩罚她，你是不可以欺负她的。因为你不是上帝。

我不是上帝，可我是上帝的信徒。你也不是上帝，你更不是上帝的信徒。你就等着接受惩罚吧。李文卿说完，起身快步走出一楼小会客厅。楼道里，他几乎跟钦三先生撞了个满怀。钦三先生不失礼貌地说，李先生您走好啊。

李文卿克制着激动的情绪，不言不语走了。

钦三先生连忙走进一楼会客厅，看到虞金诚面色惨白地坐在沙发里，正在大口吸着香烟。

虞大少爷，您不要这样吸烟啊，很伤身体的。钦三先生小声劝慰着。虞金诚突然叹了一口气说，我很想念我的江湖师傅老梆子。他老人家一定能够解开我心头的疙瘩啊。

钦三先生似乎猜出了虞金诚的心事，一时不知如何劝慰他。

您现在去给金嫂挂一个电话吧，就说我想跟她聊一聊。虞金诚吩咐钦三先生说。

这样恐怕不妥吧？钦三先生小声问。

既然李文卿当面摊牌了，我还有什么可怕的？您以拜年为由给金嫂打电话，有什么事情我替她承担。

钦三先生走出一楼会客厅，打电话去了。虞金诚坐在沙发里，闭目养神，心里却乱哄哄好像爬满了小虫儿。李文卿既然前来摊牌，就说明卢玉洁处境不妙啊。我怎么才能帮助她呢？

好像有人走进一楼会客厅，脚步很轻。虞金诚没有睁开眼睛，继续闭目养神。猛然之间，一双手从背后蒙住他的双眼。

谁？虞金诚急声问道。

身后响起咯咯笑声。那人故意憋着嗓子说话，你猜猜我是谁？

他听出这是刘宛珍的声音，心头一热，立即抓住她的手。刘宛珍松开双手躲到一旁。虞金诚扭身去看，刘宛珍一身运动装束，咯咯朝他笑着。

刘宛珍说，你坐在这儿闭目养神，我还以为是一江湖老者呢！

虞金诚笑着问，你跑来干什么呀，宛珍？

刘宛珍颇为认真地说，我来祝贺你正月生意开门红啊。

有人设了陷阱，我差点儿掉进去。就这样我还亏了一百吨煤款呢。

没事儿。只能说你少赚了一百吨煤款。是吧？

对。虞金诚欣慰地笑了。

钦三先生神色慌张地跑进来说，大少爷电话挂通了，正好是金嫂接的电话。您抓紧时间快去说话。

虞金诚受到钦三先生的感染，表情略显紧张，跟刘宛珍说了一句请稍候，就跑出去接电话了。

刘宛珍见气氛如此紧张，就问钦三先生出了什么事情，钦三先生随口搪塞，刘小姐，这没出什么事情。

刘宛珍神色疑惑地环视会客厅，说你们这样神秘兮兮的不会是跟黑帮做生意吧。

钦三先生继续遮掩说，刘小姐，这一定是您的错觉。

刘宛珍越发怀疑。你们好像遇到了什么严重的问题，我觉得虞金诚跟李文卿的关系好像很不正常。

不是不是。钦三先生只得斩钉截铁地回答。其实，钦三先生心里还有另外一个秘密，那就是虞金诚正在跟京合煤栈的经理谈判。京合煤栈经理决定经销外埠出产的井陉煤炭。由于虞金诚在那里担任过司秤员，熟人多，好办事儿，于是小心翼翼地答应了。

天平矿务局下设的天津售煤所竟然经营外埠煤矿出产的煤炭，这是天大的风险也是天大的秘密，当然不能让任何人知晓，尤其是刘氏父女。

82 金嫂的心事

其实金嫂心里一直搁着一件大事儿，没人知晓。甚至金哥也不知道。金嫂心里装着的这件事情确实很大，有时甚至压得她一时喘不过气来——究竟谁是李哲，究竟谁是李智。

自从没了桂枝，李家也没了哭闹声，表面太平了。李哲和李智两个孩子分别交给两个保姆照管，倒也算是健康成长。卢玉洁的神经毕竟经受不了刺激，有时候清醒如常，有时候却迷迷糊糊的，梦游似的。金嫂冷眼旁观，发现李文卿对李智极其疼爱，视若掌上珍宝。对待李哲就大不相同了，冷若冰霜甚至充满敌意。

正月里，钦三先生打来电话说是拜年，金嫂就预感到后面有人。果然钦三先生将电话转给虞金诚。虞金诚在电话里还是以拜年为借口，口气却显出几分冷硬。

话锋一转，虞金诚在电话里向金嫂打听卢玉洁的身体状况，金嫂回答说大少奶奶身体尚可，只是有时精神恍惚，叫人揪心。虞金诚拜托金嫂多多关照大少奶奶，这时金嫂便感觉虞金诚已经大胆地将卢玉洁视为自己珍爱的女人了。

小少爷很好吧？虞金诚在电话里询问李哲的情况，金嫂回答说小少爷挺活泼。李文卿对李哲也很好吧？虞金诚突然发问。金嫂一时不知如何回答，嗯嗯呀呀搪塞着。

金嫂，我拜托您细心关照大少奶奶和小少爷，李文卿要是胆敢任意欺负这娘儿俩，希望您能够随时告诉我。虞金诚越说越大胆，干脆说出了这一番令人禁忌的话语。

金嫂小心翼翼听着，一句话也不敢说。这时候她终于认为小少爷李哲与虞金诚先生之间似乎存在着一种亲密关联，否则虞金诚绝对不会说出这样一番话语。

放下电话，金嫂呆呆坐在一楼前厅的沙发里，发愣。莫非这李哲真是卢玉洁与虞金诚的骨血？转念一想，又认为这种微妙的关系那是谁也说不准的，有时候一辈子都是雾里看花。

在此之前，还有一个问号久久悬挂在金嫂心头：谁是李哲？谁是李智？金嫂清清楚楚记得，她第一次在婴儿室里见到李哲，这孩子左手的手腕儿长着一块桃形黑记。婴儿出院时这个左手的手腕儿长着一块桃形黑记的李哲竟然变成了李智。当时金嫂就暗暗认为护士嬷嬷抱错了，却不敢吱声。她不敢吱声是害怕引起家庭风波。这件事情就这样拖延下来。

金嫂接到虞金诚电话之后，这个沉重的问号再次横亘在心头。她坐在一楼前厅的沙发里寻思着，认为弄清谁是李哲谁是李智乃是当务之急。金哥跑来了，召唤金嫂赶紧上楼，说两个保姆给李哲、李智洗澡，大少奶奶神情恍惚，就连谁是威廉谁是吉米都分辨不出来啦。

金嫂听罢心事更重了，自言自语说，是啊，我看没人说得清谁是李哲谁是李智。

金哥不解地看着妻子，哎你这话我怎么越听越糊涂呢?

唉，我更糊涂。金嫂起身上楼去了。

正月十五是上元节，小闺女打灯笼，小小子放花炮。全家吃元宵，这“年”就过去了。金嫂暗暗拿定主意一定要去一趟圣保罗医院，找到当初给卢玉洁和桂枝接生的大夫嬷嬷，争取弄一个水落石出。

金嫂终于找了一个理由，声称自己得了妇女病。天津民间正月里有不看病的习俗。金嫂是天津人，因此她只得耐心等待。其实天津卫正月里还有很多禁忌。譬如正月里剃头死舅舅。

二月二，龙抬头。是日，天津卫讲究吃“煎焖子”。焖子其实就是粉块儿，热锅里煎了，浇上麻酱汁儿和大蒜汁儿，吃罢就龙抬头了。过了二月二，也标志着彻底出了正月。天津人重新进入日常生活。

二月初三，金嫂独自去了圣保罗医院。

倒也没有经历什么周折，金嫂顺利地找到了那位接生嬷嬷。您还记得我吗？金嫂坐在接生嬷嬷诊室里，微笑着问对方。接生嬷嬷迟疑地看着她，摇摇头。金嫂记性很好，当即说出李哲和李智的出生日期，并且请接生嬷嬷回忆一下当时的情况，因为她怀疑这两个孩子的身份颠倒了。接生嬷嬷说只要你能够准确说出婴儿的出生日期，我们这里都是有病历可以查阅的。金嫂暗暗高兴，心里说租界医院的洋嬷嬷跟天津卫的接生婆就是不一样。

一个护士嬷嬷领着金嫂来到医院二楼的病历室，从“出生婴儿档案”柜里取出一叠子卡片，翻阅着。

护士嬷嬷取出两份卡片，告诉金嫂两个婴儿出生在先的英文名字威廉，中文名字李哲；随后出生的婴儿英文名字吉米，中文名字李智。金嫂笑着告诉她，这两个婴儿的名字没有错，恐怕这两个婴儿被抱错了。如果真的抱错了，那么李哲就成了李智，李智就成了李哲。

护士嬷嬷听明白了，依照卡片号码从另一只抽屉里分别找出了两份“脚印档案”，递给金嫂观看。金嫂非常惊讶，原来在这里出生的婴儿圣保罗医院都留有红色印泥的“脚印”，它如同一个人的指纹，能证明你的身份。

金嫂仔细看着写有李哲名字的右脚印，然后又看了看写有李智名字的右脚印。中国人看手指纹，民间有“斗”和“簸箕”之说，无外乎是敛财与散财的区别，属于老百姓习俗。看来脚趾纹也是这样的。金嫂很聪明，从桌上墨水瓶里拿起蘸水笔在自己手心里分别记下了两个婴儿的右脚趾印图形：李哲是簸箕、斗、斗、簸箕、簸箕；李智却是斗、斗、簸箕、簸箕、斗。

看到金嫂记下了两个婴儿的脚趾印图形，护士嬷嬷笑着告诉她，根据“脚趾印”辨别婴儿身份，这是非常可靠的方法，毫无差错。腊月里就来了一位拄着手杖的老先生，仔细查看了这两个婴儿的脚印图形，并且做了记录。

什么！金嫂大惊失色，瞪大眼睛注视着护士嬷嬷。你是说腊月里来的那位老先生仔细查看了李哲和李智的脚趾印图形？

护士嬷嬷微笑着点头说，是的，他老人家走路不太方便，但是头脑非常清楚，记性很好。这位老先生还详细询问了有关生育方面的知识，虚心请教，一丝不苟。

这位老先生都请教了哪些生育知识啊？金嫂急切地问道。

护士嬷嬷抱歉地笑了笑，说已经记不清了。

金嫂懵懵懂懂走出圣保罗医院，双腿发软就坐在医院门前的石阶上，心情仍然无法平静下来。老爷来过了，这就是说他已经察觉了几分蛛丝马迹。他是怀疑孩子身份有误呢还是怀疑李哲的血统呢？天啊，这位李守基老先生真是聪明绝顶精明过人啊，居然不显山不露水地变成一个侦探。平时李家看起来风平浪静，其实并不平安啊。

回到李氏小洋楼，金嫂不言不语装出天下太平的样子，就连她丈夫金哥也不知道她去了圣保罗医院。

当天吃罢晚饭，金嫂执意亲自给两个孩子洗澡。保姆大兰和二兰说昨天给孩子洗了澡。金嫂勃然作色，你昨天吃了饭，今天怎么还吃饭啊？洗！

李哲和李智还都不到两岁，走起路来都是摇摇晃晃的，看着很可爱。李智左手的手腕确实长着一块桃形黑记。金嫂看在眼里，不由叹了一口气。她毛下腰去，一手牵着一个孩子走进了洗澡间，砰地一声关上门。大兰二兰跟随到洗澡间门外，面面相觑。

李哲和李智当然不愿意天天洗澡。果然，洗澡间里传出了两个孩子的哭声。

之后，大兰和二兰竟然听到从洗澡间里传出了金嫂的抽泣声。

这到底出了什么事情？

大兰和二兰永远也不会知道，此时的洗澡间里已经揭晓了一个令人震惊的重大秘密。

我的天啊，事到如今这怎么办啊。站在洗澡间里的金嫂望着两个赤条条的孩子，心情极为沉重。

83 短兵相接

天津小白楼最初属于美租界，美国人不思治理，后来将它托管给英国，渐渐成了英租界。这小白楼附近有一家小巴黎咖啡厅。有时候刘宛珍喜欢坐在临窗的位子喝咖啡，窗外是英租界的繁华景象。

正是喝下午茶的时候，刘宛珍约了虞金诚在小巴黎咖啡厅见面。她提前到达，叫了一份点心吃了，然后耐心等待着男朋友到来。

服务生送来一束鲜花，刘宛珍一看是紫红色玫瑰。她以为这是虞金诚送来的，环视四周寻找他的身影。

李文卿穿了一套紫红色西装走上前来，叫了一声刘小姐。刘宛珍感到意外，看着摆在桌上的紫红色玫瑰说，李先生这是您送的？

李文卿说祝你下午快乐，顺势拉了一把椅子坐在桌前。

刘宛珍告诉李文卿，她正在等待虞金诚先生。李文卿笑了笑，表示他要谈论的人恰恰就是虞金诚。

刘宛珍很天真地说，那您就跟我谈吧。不过我有这样的印象，虞金诚跟您打交道的时候，好像不太自然。您与虞金诚之间是不是存在什么隔阂？

李文卿暗暗欢喜。刘宛珍的提问，正中下怀。李文卿沉吟一声，欲言又止。

刘宛珍很天真也很有教养，连忙表示说，抱歉，这个问题让您为难了，我们换个话题吧。

不，我就是要谈这个话题的。不过对我来说这是个痛苦的话题。我发誓在此之前没人知道我深埋内心的秘密。我要给你讲述一个故事，这是一个丧失尊严的男人的故事。

什么？刘宛珍惊诧地注视着李文卿。对不起，我无意之间触及了您的伤痛，请原谅。

不。刘小姐您没有触及我的伤痛。真正造成我内心伤痛的不是别人，恰恰是您的男朋友虞金诚！

什么什么，说虞金诚伤害了您？这不会吧。刘宛珍瞪大眼睛看着李文卿，完全不相信的样子。

虞金诚是一个人面兽心的伪君子！李文卿突然激动起来。刘小姐如果您不介意的话，请换一家咖啡店，让我这个被虞金诚严重伤害的人跟您从头讲起！

刘宛珍表情茫然，摇头拒绝了。

我太太卢玉洁心情不好，曾经独自住在金鸟别墅调养身体。有一天，有一个禽兽不如的男人来到金鸟别墅。他勾引了我的太太，竟然做出那种苟且之事，从此在我身上投下耻辱的阴影，使我今生今世难以洗清。

说到这里李文卿难以控制自己的情绪，啪地一拍桌子说，这个禽兽不如的男人就是虞金诚！

刘宛珍受到刺激立即站起身来说，李先生，我们换一家咖啡店吧，因为我是这里的熟客。

好啊。李文卿知道自己成功了，叫来服务生结了账，十分绅士地引导着刘宛珍离开了小巴黎咖啡厅。咖啡厅临窗的桌上，遗留下那一束紫红色的玫瑰。

刘宛珍朝着达文波道方向走去，她知道在犹太俱乐部附近有一家清静的小咖啡馆。李文卿紧紧跟随着，并且试图展示自己的绅士风度，伸手去挽刘宛珍的胳膊。

刘宛珍的情绪受到强烈刺激，此时大脑一片空白。她茫然朝前走着，拐进都柏林道的一家希腊人咖啡馆。

一个紫布包头的印度人为这两个客人拉门。刘宛珍选了角落里一张桌子。侍者送来两杯热咖啡的时候，李文卿已经开始了他的倾诉。

刘小姐，我是一个受到严重伤害的男人。妻子背叛了我，我却蒙在鼓里。我太太生了一个男孩儿，取名李哲。最让我感到耻辱的是，我根本不知道李哲的真正父亲是不是我。你说我能怎么办呢？我只能忍辱负重，心中郁闷无处诉说。

李文卿讲述着这个故事，竟然泪流满面。

刘宛珍听得脸色惨白。李先生，您说的这个人面兽心的男人真的就是虞金诚？

我知道您是不会轻易相信我的。因此我并不强求您同情我。但是我太太已经在教堂向神甫做了忏悔。她还写了悔过书，您看看吧！李文卿说着，从西服里掏出卢玉洁精神混乱状态下书写的“悔过书”递给刘宛珍。

刘宛珍看了看写有卢玉洁签名的“悔过书”，泪流满面。

李文卿故作激动地抓住刘宛珍的手说：宛珍小姐，我请您到我家里去当面听一听卢玉洁的控诉！

刘宛珍起身冲出咖啡馆。

李文卿追出咖啡馆大门，望着刘宛珍越跑越远的背影。是啊，她的背影写满了悲伤。李文卿长长喘出一口气，扬手叫了一辆胶皮，回家去了。

刘宛珍一路小跑来到开平矿务局大楼门前。她踌躇不已，极力说服自己不要相信李文卿的一派胡言。

不。李文卿说得有理有据而且当场拿出了卢玉洁的“悔过书”，我不能不相信这一切都是真实的。我虽然跟虞金诚相恋，可仔细想一想，我对他并无深刻了解啊。中国谚语说，知人知面不知心。英国谚语说，一片树叶遮住了一片森林。我虽然难以接受这个残酷的事实，可我必须告诉父亲，虞金诚是一个可怕的人！

这样想着便渐渐坚定了信心，刘宛珍走进开平矿务局大楼，叩响了父亲办公室。

走进父亲办公室，刘宛珍哇地一声哭了起来。她一边哭一边说，一口气说出了虞金诚的丑恶行径。

刘清岳眉头紧锁，脸色铁青，紧紧攥住手里的水杯。

刘宛珍哭泣着说，爸爸，我为什么爱上了一个卑鄙的男人呢？

宛珍，你真的亲眼看到了卢玉洁的悔过书吗？

我亲眼看到了。刘宛珍语气坚定地回答着。

好吧，你是一个从善如流疾恶如仇的姑娘，如果你相信自己是对的，那么爸爸决不干涉你的抉择。

刘宛珍扑到父亲怀里哭泣着说，谢谢爸爸！

办公桌上的铃声响了。刘清岳应了一声。一位文书走进来报告说虞金诚先生求见。

刘清岳注视着女儿，请她作出决定。刘宛珍情绪激动地说，我是不会见他的。

刘清岳伸手指着办公桌后面的一扇门说，那你进去休息一会儿吧。

刘宛珍起身走进那一扇门里，只听她啪地一声扣上门闩。刘清岳坐在办公桌后面，大声说请进吧。

虞金诚焦急走了进来，叫了一声刘先生。

你有什么事吗？刘清岳表情平静地问道。

对不起刘先生，我打扰您了。今天我约了宛珍在小巴黎咖啡厅见面，我因为一笔生意去晚了。我看见她的位置上摆着一束鲜花，服务生告诉我她跟一位先生走了。我跑了一下午也没有找到宛珍，请问刘先生知道宛珍在哪里吗？

哦，宛珍好像听到了你过去的几件事情，情绪波动很大。我看你不要急于寻找宛珍，等过几天她的情绪渐渐稳定了，你们坐下来谈一谈。好吗？刘清岳不冷不热说着。

我现在就想跟宛珍谈一谈。

刘清岳勃然作色说，虞金诚先生，您不要强人所难嘛。

不，我必须向宛珍小姐说明原因。有人看到她和李文卿在一起。我断定李文卿说了我坏话。这种坏话是不能相信的！

你不要激动虞金诚先生，我告诉你宛珍今天是不会见你的。你需要冷静，她也需要冷静。假设你们之间存在什么误解，那么消除误解只能依靠时间。如果你们之间根本不存在误解，那么你就更不用这样着急了。

虞金诚极其无奈地摇了摇头。宛珍小姐为什么不给我一个向她当面解释的机会呢？

好吧，但愿你能够赢得当面向她解释的机会。

刘先生，既然如此我就告辞了。我还有一句话要告诉您，我断定李文卿是津沽煤炭公司的后台老板，博乐煤栈事件极有可能是他一手策划的，其目的就是一闷棍打死我。刘先生，这就叫同行是冤家啊。

说着虞金诚向刘清岳深深鞠了一躬，转身走出奥飞斯。

刘清岳似乎受到虞金诚最后这番话的震动，皱着眉头坐在办公桌后面思索着。

刘宛珍不声不响从那一扇门里走出来，眼角残留着泪痕。

刘清岳沉吟说，宛珍啊，同行是冤家。这话说得好像有几分道理。你是不是该约虞金诚谈一谈？

刘宛珍态度坚决地说，不！我再也不愿意看见他啦。

第三天上午，虞金诚接到紧急通知，来到开平矿务局华北售煤处会议室参加会议。纳森先生讲话说，天津售煤所成立半年以来，同仁们初步在天津地区打开了局面。但也遭遇了博乐煤栈那样的陷阱。为了继续拓展天津华界市场，华北售煤处决定委派高级工程师刘清岳先生担任天津售煤所的总监理。诸位一定要提高警惕，深刻吸取正月初五博乐煤栈的教训。

接受任命之后，刘清岳即席发表讲话。虞金诚心里明白，纳森先生已经将掌管天津售煤所的权力剥离了一半儿，交给了刘清岳。

会议结束之后，纳森先生匆匆离去。刘清岳走上前来与虞金诚握手说，希望今后密切合作，开拓天津售煤所的新局面。

面对如此客套，虞金诚苦笑了。此时，他知道自己既丧失了刘宛珍的信任也丧失了纳森先生的信任，只得承受着双重打击。

于是，他注视着刘清岳说，刘总监理从今往后请您多多指教。

走出华北售煤处的会议室，心情不佳的虞金诚快步来到大街上。他叫了一辆胶皮径直奔向伦敦道，找李文卿去了。他坐在车里自言自语说，既然你李大少爷敢在刘宛珍面前败坏我，那我虞大少爷也敢去你府上会晤你！虞金诚感觉到自己热血上涌，两侧太阳穴突突涌动着，脑袋好像就要爆炸似的。

春季干燥的天气里，满脸涨红的虞金诚沿着英租界伦敦道来到李宅大门外。看门的老柴眨着一双小眼睛盯着虞金诚，表情颇为惊讶。虞金诚立即意识到自己的失态，从西服口袋里掏出名片递给老柴，请他禀报一声。

等了好一会儿工夫，老柴终于回来了，好奇地看着虞金诚说，您以前来过吗？我家大少爷看了您的名片，脸色刷地白了，寻思了老半天这才同意让您进去啦。

虞金诚的心情平静了几分，然后装出心不在焉的样子问老柴，你家大少奶奶身体好吗？

还好，就是有时候悝悝悸悸的，神经不太正常。老柴如实说道。

老柴前面引路，走进了一楼前厅。李文卿已经传话请虞金诚在一楼客厅里稍候。一楼客厅里，金嫂端着茶具走了进来。她机警地环视着四周，然后压低声音说，您怎么来啦虞先生？

虞金诚平静地看着金嫂，说是特意前来拜会李文卿先生。金嫂似乎想说什么，欲言又止。虞金诚压低声音说，李文卿一定不会轻易放过卢玉洁，请您多多关照她吧。

金嫂点了点头，说了一声阿弥陀佛。这时候，李文卿换了一身蓝色西装，咳了一声走进一楼会客厅。

虞金诚起身，不言不语跟李文卿握了握手。李文卿突然阴阳怪气说，金嫂，今天不用你照应，你把大少奶奶请到这里来吧。

金嫂充满警惕地说，大少爷，您请大少奶奶有什么事情啊？

多嘴！这是你能问的吗？李文卿沉下脸色说。说罢，李文卿转脸笑着说，请虞先生千万不要见笑。我家的这位女管家天生愚钝，总是难以调教啊！

金嫂无奈地看了虞金诚一眼，起身走出客厅去请大少奶奶了。

李文卿看到金嫂走出会客厅，就问虞金诚突然前来有何贵干。

俗话说，有来无往非礼也。你到天津售煤所拜访我，我当然要回访啦。李老先生贵体安康吧？

家父午睡了，不能亲自接待你，抱歉了。不过我觉得虞先生好像不是专门前来看望家父的吧？

李大少爷，您不是差遣金嫂去请大少奶奶了吗？我当然要见一见她啦。虞金诚的目光牢牢注视着李文卿，自从博乐煤栈事情之后，我就知道李大少爷对我很是关照。既然如此，你我之间那就常来常往吧。

李文卿也激动起来。虞少大爷，其实我根本不愿意见到你。我恨不得你搬到爪哇国去才好呢。可是你就是纠缠在我身边，这就怪不得我啦。

李大少爷，你一定是津沽煤炭公司的后台吧？你在生意上暗暗跟我较劲，反而倒拉一耙说我跟你纠缠不休。虞金诚的情绪也有些激动，但还是极力控制着。

这时候，金嫂引领着面容憔悴的卢玉洁走进一楼会客厅。虞金诚看到昔日恋人，不由自主站起身来迎上两步，惊讶地注视着卢玉洁。

卢玉洁看到虞金诚，轻轻地啊了一声，似乎对他的到来感到意外。然而她并没有表现出什么惊慌。长久不幸的婚姻生活，使得她麻木了许多。

李文卿站起身来，故意嘻嘻笑着说，你俩是老熟人，我就不用介绍了吧？小孩儿百岁儿的时候，虞先生不是亲自送来了长命锁吗？

听到“长命锁”这三个字，卢玉洁似乎清醒了几分，她再次抬头看了看虞金诚，目光里含着几分热度。虞金诚心里有些伤感，尤其是看到卢玉洁从一个端庄秀丽的女人变成一个呆滞木讷的女人，更使他的心情沉重不已。

落座之后，李文卿示意坐在身旁沙发里的卢玉洁说，大少奶奶，大名鼎鼎的虞金诚先生百忙之中光临寒舍，你快给人家斟茶呀！

金嫂立即将茶盘端来，里面摆着茶壶和茶杯。

李文卿呵斥说，金嫂啊我说过了，这里用不着你多手多脚。

卢玉洁起身端起茶壶往茶杯里斟着热茶。虞金诚如坐针毡，注视着可怜憔悴的卢玉洁。

李文卿继续当着虞金诚的面羞辱卢玉洁。虞金诚先生，贱内就这样呆头呆脑，根本不会接人待物，请多多原谅啊。

虞金诚笑了，话锋突然一转，李先生其实也不会接人待物。就说你跟我的关系吧，只不过是生意场上的对手而已，你大可不必非得请出夫人，亲自沏茶斟水。

李文卿哈哈大笑，站起身来说，虞先生不要客气，你是贵宾啊。我不但请贱内出来给你沏茶斟水，还要请你看一看孩子呢。金嫂，请你现在就把两个孩子领来，今天就让虞金诚先生痛痛快快看个够！

听到“孩子”二字，卢玉洁似乎受到强烈触动，失手打翻了一只茶杯。李文卿小题大做借机训斥，你怎么连沏茶倒水都做不好，真是没用的东西！

李先生，你这样做不觉得有失绅士风度吗？虞金诚压低声音以避免卢玉洁听到。

李文卿也压低声音说，你来一趟很不容易，既然见了大人，我也让你看看孩子。虞先生，这正是我的绅士风度啊。

金嫂左手领着李哲右手领着李智，怯生生走进了一楼会客厅。李哲与李智的面孔并不相像，却有几分相似。这就越发显得扑朔迷离。这世界上只有这位女管家真正知道哪个是李哲哪个是李智。她此时的心情很是紧张，唯恐出现什么乱子。

李哲和李智站在一楼会客厅中央，东张西望。虞金诚注视着这两个孩子，一时不知谁是李哲谁是李智。李文卿笑着说，请虞大少爷仔细看看这两个孩子吧！

卢玉洁身子一歪，脑袋咚地一声撞在茶几上——昏了过去。

84 祸不单行

自从占领了正昌商行的新建库房，卢振天心里别提多美了。还是罗九头脑清醒，几次提醒卢大少爷，虞云隆一身混混脾气那是不会善罢甘休的。

早春的天气，乍暖还寒。一大早儿卢振天发现那两只绿毛龟死了。他心里挺别扭，喝茶也没有味道。招来罗九告诉他派俩伙计把这两只绿毛龟找个地方埋了。罗九使劲儿咳嗽一声，就好像是京戏里叫板。卢振天听熟了这一套，就告诉他有话快说用不着站这儿运气。

罗九笑了笑，说话了。我说卢大少爷您的两只绿毛龟不是死了吗？这一笔账您一定得记在虞云隆身上啊。从今往后您无论遇到什么倒霉事儿都认为这是虞云隆害的，只有这样您才能一年三百六十五天都提防着他。盛昌商行的江山也就稳啦。

咦，你小子说得有道理啊！卢振天听罢很受启发，不由得高兴起来。没错，这两只绿毛龟就是虞云隆那小子给害死的！我卢振天跟他姓虞的不共戴天。

这就对啦。罗九嘿嘿笑了。

咱们一定要严加提防，可又不能光提防，瞅准了咱们再弄他虞云隆一下子。

罗九表情认真地说，您的意思我明白，那桂枝虽然哑巴了，可她还是一个隐患啊。

小臭儿手里拿着一只信封跑进来，呼呼带喘就跟什么地方着火似的。卢振天不乐意了，斥责小臭儿失礼慌张根本不像大宅门的伙计。小臭儿憋得满脸通红，进退两难的样子。

罗九机灵，从小臭儿手里接过信封从里面抽出一纸信瓤儿，看了几眼脸色刷地变了。

卢大少爷，大小姐受伤啦！罗九将信瓤儿递给卢振天。

大小姐到底怎么受的伤啊？卢振天霍地站起，接过信瓤儿看着。

小臭儿终于说话了。我也不知道这封信是谁送来的，就塞在门缝儿里。我一看上面就写一句话，卢大小姐受伤了。一害怕就给您送来啦。别的事儿我可什么都不知道哇。

这字儿写得不错啊。卢振天没有什么文化，却能看出这是一手好字儿。写这封信的人，一是有墨水儿，二是知情人，罗九你说这是谁呢？

罗九也低头寻思着，可绞尽脑汁也寻思不出写信的人究竟是谁。然后无论是卢振天还是罗九，永远也猜不出这封信恰恰是虞金诚用左手写的。

好啦好啦，你马上让阿黄把胶皮拉出来，我现在就往英租界跑一趟。我妹妹要是真的受了伤，我就把她接回来住几天！卢振天说着穿起了棉袍，心急火燎的样子。

车夫阿黄是新近雇来的，瘦脸儿细胳膊，只有两条腿粗壮异常，好像天生就是拉车的坯子。阿黄拉着胶皮等候在卢家大院门口儿，随时准备出发。

急性子的卢振天对车夫阿黄的麻利劲儿很满意，撩起棉袍下摆一屁股坐在胶皮里，说了声走。阿黄提起车把两脚用力一蹬，就奔下边去了。天津人称租界一带叫“下边”。

果然是一路下坡，胶皮进了日租界横过宫岛街，沿着明石街往南跑到当年僧格林沁开掘的墙子河边，才用了半个多钟头。十分钟之后到了黄家花园的圆茅房，沿着伦敦道就过来了。

看门的老柴认识卢振天，连忙打开大门让阿黄拉着胶皮进了早春的院子。卢振天很高兴，当即赏了老柴一盒红锡包烟卷儿，连声说谢谢大舅爷。金嫂迎上前来。卢振天低声打听自己妹妹的情况，金嫂伤感地告诉他大少奶奶磕破了脑袋。卢振天甩开金嫂，大步走进一楼会客厅。李文卿从二楼窗户里已经看到了卢振天的到来，他脚步噔噔沿着楼梯跑下来，向卢振天赔着笑脸。这就叫一物降一物，李文卿打心里憷卢振天。

妹夫，你把我妹妹请下楼吧，我要见一见她。卢振天开门见山。

李文卿说，玉洁刚刚睡下，您有什么急事儿吗？

有急事儿。卢振天两眼一瞪，露出混混儿本色。我要是没急事儿，跑这儿干嘛来呀？

行啊，那就让金嫂把玉洁从楼上请下来吧。不过我先告诉你，你妹妹受了一点儿轻伤，不碍事。

我妹妹在你们家怎么总是受伤呢？今天我得跟你说道说道。

你跟我说道说道？好吧，我倒要让你说道说道，你究竟把桂枝弄到哪里去啦？

卢振天心里一虚，随即镇定下来。我告诉你吧，桂枝嫁给一位少爷，如今住在青砖大瓦房里，有人疼有人爱可是享了大福啦。

我不信！李文卿愤愤不平说。

怪不得你长年累月虐待我妹妹呢，敢情你小子心里还是惦记着那个小保姆啊。既然如此我今天就把玉洁接回去，住上十天半月再说。

李文卿不以为然说，好啊，你让你玉洁把李哲也带上，莫说住上十天半月，就是住上十年八载也行！

卢玉洁头上缠着白色纱布牵着李哲走进一楼会客厅。

妹妹，你没事儿吧。卢振天起身迎上前去，关切地探问。

哥，我没事儿。卢玉洁见到娘家哥哥，立即眼泪汪汪的样子。

好啦，有什么事儿咱们回家再说。卢振天伸手摸了摸小外甥的脸蛋儿。金嫂一旁说，派金哥开车送你们吧。

李文卿闪烁其词说，哎哟，汽车坏啦。

妹妹，我带来一辆胶皮，你坐阿黄的车先走，我在大街上叫一辆，几步就追上你们啦。

金嫂送卢玉洁来到大门外，小声嘟哝着。汽车明明好好的，大少爷为嘛说坏了呢？

卢玉洁异常清醒地说，不是汽车坏了，是人心坏了。

卢振天大大咧咧说，我不跟李文卿这少爷羔子一般见识。阿黄啊，你拉着大小姐和小少爷先走，一路上多加小心啊。

阿黄拉着胶皮载着母子俩，走了。

卢振天望着远去的胶皮，转脸问金哥和金嫂。你们跟我实话实说，我妹妹是不是有什么把柄落在李文卿手里啦？

金哥与金嫂面面相觑。我们是下人，您这样问真是难为我们啦。

卢振天摇了摇头，说了声回见，沿着伦敦道朝前走去。走出几步远，来了一辆胶皮。他坐上这辆车，追赶妹妹去了。

一路疾走来到卢家大院门。阿黄停稳，叫了一声大小姐回来啦。胖姐儿闻声跑了出来，搀着卢玉洁下了胶皮。看到母子俩，胖姐儿哭了。大小姐你怎么瘦成这样啦？

阿黄拉起胶皮，拐入卢家大院旁边小胡同。小胡同里有卢家大院的一扇角门。角门外面有一车棚。卢振天的胶皮常年停放在这里。阿黄停放了胶皮，哼哼着京戏走了。

大杠头戴一顶草帽，掩着半个面孔匆匆从这里走过，草帽底下一双眼珠子滴溜乱转。

卢玉洁走进卢家大院一看到那株石榴树，哇地一声哭了起来。小毛孩子李哲受到惊吓，也跟着哭了起来。

回到卢家大院，卢玉洁果然踏实多了。第三天她摘去了缠在额头的纱布，心情渐渐好转。李哲还不到两岁，不懂事却贪玩儿。他叫喊着出去打网球，这不啻给卢振天出了一道难题。其实在李家李哲也打不了网球，只是把网球当成足球踢一踢罢了。

卢振天给小外甥买了一只拨浪鼓，李哲果然不闹了。这时胖姐儿提出建议，应当让阿黄拉上大小姐出去散散心。

这主意好！大小姐在李家窝着，心情不好。如今回到咱们卢家大院，保管喜气洋洋。胖姐儿啊，你就陪着大小姐出去溜达溜达吧。

阿黄去车棚里取车，远远看见有人从车棚里出来，低头走了。阿黄看了看胶皮车，也不往心里去。他清扫车座擦亮了扶手，就拉车来到大门口儿等候。

正昌商行的伙计大杠躲在远处，看见卢玉洁抱着李哲坐上了阿黄的胶皮。胖姐儿兴奋地说，大小姐，您还记得三年前咱们坐车去逛庙会吗？那次的车夫是虞金诚……

胖姐儿自知语失，立即闭嘴，跑到大街上叫了一辆胶皮，坐上去跟随在卢玉洁的车后，一路走去了。

卢玉洁抱着孩子坐在胶皮里，陷入对往事的回忆。是啊，三年前虞金诚拉车去逛庙会，那时还没有李哲呢。

车夫阿黄听着，不言不语。

今天是二月二十九，民间传说为观音诞辰，因此白昼演戏以庆贺。上灯之后，天津有燃放盒子的习俗。盒子者，焰火也，也称盒子灯。盒子灯种类繁多，有太师图、八仙上寿、海屋添筹、鱼龙变化、宝塔莲灯、葡萄架、高粱地……燃放升空，花团锦簇，陆离闪烁，远近围观者无不啧啧称奇。是日，东南城角的草厂庵善男信女供奉大士神像，还有庙会，热闹非凡。民国年间的日常生活，充满了世俗的乐趣。

围着四面城转了一大圈儿，为了兜风散心。卢玉洁将李哲紧紧搂在怀里，观赏大街上的风光。李哲常年住在英租界，没见过围城转的白牌电车很是惊喜，还以为是一只巨大的柜子叮叮当当行走着。胖姐儿的车子跟在后面。她并不知道，后面还跟随着一辆胶皮，虞云隆派伙计大杠坐在车里，盯梢儿。

南马路边有一茶摊，老梆子坐在这里喝着大碗茶。他看见这三辆胶皮依次行驶过去，看出这里有事。他站起身来手搭凉棚朝前望去，说这三辆胶皮是一码事儿啊。

草厂庵的庙会，并不十分热闹。这可能跟一年之前大军阀孙传芳在居士林被施剑鞘刺杀不无关系。毕竟是血溅佛堂，令人惨不忍睹。卢玉洁久居家中并不知晓外面情况，她兴致不减，让阿黄停车，她牵着李哲小手儿下车，由胖姐儿陪着去逛庙会了。

阿黄将胶皮车放下，倚靠在车里看着一本小说。这情景，很像当年充当车夫的虞金诚。

卢玉洁进了庙会，胖姐儿抱着李哲跟在她后面。经过一个叫卖儿童长命锁的摊位，卢玉洁受到触动，注视着一对长命锁，目光充满痴迷。胖姐儿催促她，她极不情愿地朝前走去。

走过一条长长的庙会街。卢玉洁似乎沉浸在往事的回忆里，不能自拔。胖姐儿担心大小姐过于劳累，劝她往回走。卢玉洁很听话，转身就朝着阿黄停车的方向走去。

车夫阿黄坐在胶皮车里，埋头看书。卢玉洁远远望去，一下出现了幻觉。她以为这是充当车夫的虞金诚坐在那里看书，时光便瞬间倒流了。她拉着李哲的小手儿指着远处说，威廉你看啊你看，那就是你亲爹啊。李哲不懂事，抬头看着浑身颤抖的母亲。卢玉洁继续说着，那就是你亲爹啊，那就是你亲爹啊！

李哲呆呆望着神色迷离的母亲。

胖姐儿哭了，紧紧抓着卢玉洁的手说，大小姐啊，您要是这样下去，非得受病不可呀！

卢玉洁目光呆滞地看着胖姐儿说，我的命怎么这样苦呢？老天爷为什么让我认识了虞金诚呢？

胖姐儿小声嘱咐车夫阿黄，大小姐心情不好，你拉车径直回家吧，不要再转悠啦。

阿黄点头称是，拉车朝着回家的方向跑去。南马路上此时并不十分拥挤，阿黄跑得飞快。卢玉洁搂着李哲坐在胶皮车里。胖姐儿乘坐的胶皮车紧随其后。这时候，一辆胶轮大车迎面驶来。阿黄向右面一闪——可巧他的左车轮突然脱落，胶皮顿时失去平衡，向左倾覆了。卢玉洁腾空而起。李哲人小体轻从母亲怀里甩了出去，咚地一声落在大街上。迎面驶来的胶轮大车隆隆而过，车轮从李哲胸前轧了过去。一股鲜血从李哲嘴里涌出来。

大街中央一片血肉模糊。卢玉洁挣扎着爬起来，发出一阵尖叫声。李哲！

李哲！

看见李哲被轧为两截儿的身体，卢玉洁一下昏死过去了。

胖姐儿被吓傻了，呆呆注视着李哲流血的身子。

大杠跑上前来看了看李哲的尸首，心里一喜，转身撒腿就给虞云隆报信儿去了。

85 车毁人亡

劝业场附近的国民饭店二楼临着绿牌电车道的房间里，一笔关于井陉煤炭巨额交易的谈判正在进行之中。出于保密原因，现场只有虞金诚与京合煤栈老板，另加两杯余温尚存的咖啡。

隶属开平矿务局的天津售煤所并不经营外矿的煤炭，虞金诚决定经营井陉煤炭，当然损害了开平矿务局的利益。然而虞金诚还是完成了与京合煤栈老板的谈判，并且当场签订合同。供货方为天津售煤所的虞金诚，订货方为京合煤栈老板，名叫金泽实。

为了预祝合作成功，金泽实从楼下餐厅叫来了酒菜。双方碰杯敬酒，互相祝贺。从国民饭店告辞出来，虞金诚为了保险起见，来到英租界中街的中法工商银行验证了金泽实的支票，看到预付金真实有效，他才放心，然后去邮局给井陉方面发了一封电报。完事之后他从英国工部局大楼门前走过，突然很想到法租界的中心花园坐一坐。他喜欢那里的优雅环境。

坐在法租界中心花园里，他心情很不平静。他知道自己瞒着上司做了一件损公利己的事情。这笔生意如果成功，他能赚到很多钱，但严重损害了公司利益。因为天津售煤所经营的完全是自产煤炭，从不代人做嫁衣裳。是啊，我为什么要这样做呢？虞金诚坐在公园石雕前苦苦思索着，企图从中找到答案。

莫非由于我在与刘宛珍恋爱的道路上遭受挫折，产生了逆反心理？莫非我觉得自己愧对卢玉洁从而不惜铤而走险毁灭自己？莫非对寄人篱下的生活心生烦倦有意摆脱上司的控制？莫非莫非莫非……

百思不得其解。他起身离开法租界的中心花园，朝西边走。已经下午时分了。一路走着虞金诚还在思考这个问题。过了墙子河他蓦然明白了：我冒险经营井陉煤炭，是因为我心里存着个念头啊。这个念头驱使我奋斗，这个念头驱使我渴望赚到一笔大钱。只要赚到这一笔大钱，我就能够恢复正昌商行老字号了。我不但要恢复正昌商行老字号，还要重振虞家雄风，实现先父遗愿，在南运河上修建一座虞家浮桥！

这样想着，虞金诚内心冲动了，突然抬头大声喊叫起来，好像一只受伤的野兽。

你们都给我听着，你们天津卫的老少爷儿们都给我听着，我虞金诚不是尿货！凡是属于我的东西我一丝一毫都要拿回来，凡是不属于我的东西，我一丝一毫也不允许落在别人手里。卢振天你这个王八蛋你就等着吧，有朝一日我必然要让你光着屁股滚出天津卫，有朝一日我必然要让你知道，你卢振天才是天津卫最大的尿货！

他的喊叫声太吓人了。一位英国巡捕走过来，操着英语询问虞金诚是不是遇到了什么困难。面孔扭曲的虞金诚渐渐冷静下来，从受伤的野兽恢复了人样儿。他根本不理睬英国巡捕，转身快步走了。

走到天津售煤所大门外，钦三先生迎将出来，似乎焦急地等待很久了。虞大少爷您可回来啦，刘清岳先生已经在会客室里等候多时啦。

什么！虞金诚听罢一惊，以为井陉煤炭的事情暴露了。他随即冷静下来，认为自己并没有将这笔订金一股脑电汇给井陉煤矿，谈何暴露呢？没事儿。

走进金鸟别墅会客室，虞金诚朝着坐在沙发里的刘清岳鞠了一躬，因为刘先生已经担任了天津售煤所总监理，必须毕恭毕敬才是。刘清岳站起身来，说是要看一看天津售煤所的经营账目。虞金诚说了声遵命，转身吩咐钦三先生去取账册。

金嫂快步冲进会客室，一脸惊恐表情。钦三先生知道金嫂的身份，当头就说金大管家您怎么来啦。金嫂身子一弯几乎支撑不住，抽泣起来。刘清岳从未见过这种阵势，以为有地方失了火。

虞金诚连声询问金嫂到底出了什么事情。金嫂极力止住哭泣，叫了一声虞先生您一定要挺住啊。

你说吧金嫂，无论什么事情我都能挺住。

警察局给李文卿打来电话，说是出了车祸。我一听就跑来啦！金嫂鼓足勇气说出这句话。

虞金诚一惊，谁，谁出了车祸？

金嫂越发紧张，几乎喘不上气来。大少奶奶出了车祸。胶皮车的车轴断了，李哲被轧死了，大少奶奶精神受了刺激，说是疯啦！什么？虞金诚木头儿似的，呆呆注视着金嫂。

钦三先生慌了，喊了一声虞大少爷，然后伸手抓住虞金诚的胳膊。

虞金诚一动不动，好像从木头人儿变成石头人儿。

虞金诚自言自语，李哲死啦，玉洁疯啦……

说着，虞金诚摇摇晃晃站不住了，身子一歪昏倒在沙发前面。

刘清岳扑上来，大声喊叫说马上送医院。钦三先生跑去叫车了。

金嫂一边哭一边说，虞先生啊，我就担心您挺不住，您果然昏过去啦。您以为李哲是您骨肉啊？不是不是。我告诉你吧，李哲跟你没有关系，虞先生您赶快醒过来吧，李哲跟您没有关系。

刘清岳惊了，拉起金嫂大声问道，您说什么，李哲跟虞金诚没有关系？

金嫂用力点点头说，对，没有关系！

昏迷之中的虞金诚被送到麻大夫医院的时候，渐渐清醒过来。他泪流满面，躺在病房里不言不语。

钦三先生陪伴在一旁，表情悲切。他看到虞金诚清醒过来，立即去叫麻大夫。这时候刘宛珍闻讯赶来，轻轻走进病房，几步来到病床前。

虞金诚看到刘宛珍，轻轻说了一声对不起。刘宛珍平淡地笑了笑说，你安心静养吧，身体还是最要紧的。

麻大夫来了，手持听诊器为虞金诚检查了一番，叮嘱他只要安心静养，身体就会渐渐康复的。

一定是为了安慰虞金诚，钦三先生伏身病床前告诉虞金诚，卢玉洁受到刺激，或迟或早也会康复的。同时钦三先生特意告诉虞金诚，金嫂说李哲跟他并没有血缘关系。

谁也没有想到，钦三先生这一番话不但没有安慰虞金诚反而刺激了他。他猛地坐起，双眼充满血丝说，钦三先生！无论李哲是不是我的骨肉，可他都是卢玉洁的儿子啊！一个母亲眼睁睁看着儿子惨死在车轮下，你说她还能活下去吗？事到如今，我无论顶着一个多坏的名声，也要去看望卢玉洁！

刘宛珍站在一旁静静听着，不声不响。

这样说着，虞金诚下了床，他赤着双脚向病房门口跑去，被刘宛珍一把拉住，告诉他还没穿鞋呢。

虞大少爷，您不能出去，麻大夫嘱咐您卧床静养，不能激动。钦三先生阻拦着。

蹲在床前系紧鞋带儿，虞金诚穿上外套对刘宛珍说了一声“谢谢你来看我”，转身走出病房。钦三先生追出去，向麻大夫报告了。

麻大夫在医院大门口追上了虞金诚。虞金诚朝着这位外国医生深深鞠了一躬说，您不要拦着，我是一定要去看望卢玉洁的。因为我不是石头，我是人。

刘宛珍站在一旁，不声不响听着。

乘坐一辆胶皮，虞金诚来到城里二道街大费家胡同的卢家大院。他蓦然想起当年这里就是自己的家宅啊，心头不禁一阵灼热，好像吞下一块火红的炭团儿。

小臭儿看到虞金诚的出现，一愣，转身跑进去报信儿了。虞金诚走进卢家大院，径直奔向他很熟悉的客厅。当年，这里是他的书房；当年，这里曾经举办宴会；当年，他在这里充当厨师并且亲自给卢玉洁上汤。当年的事情真是太多了，如今已然物是人非。

走进客厅，虞金诚看到李文卿在场。这位李大少爷在场，虞金诚并不感到意外。卢振天却对虞金诚的出现备感意外，起身大声责问说，虞金诚，我家出了事儿你跑来干嘛呀?

出了这么大的事儿，虞金诚当然要跑来啊。李文卿阴阳怪气地说着，话锋一转朝着卢振天大声说，我告诉你吧，虞金诚跟卢玉洁有奸情！李哲就是他跟你妹妹的孽种！

卢振天惊呆了，缓缓走到虞金诚面前，伸手揪住他的衣领说，虞金诚，你告诉我，李文卿他说的是真事儿吗？男子汉大丈夫敢做敢当，你现在就跟我实话实说。

虞金诚毫不犹豫地点了点头说，这就是命运。这一辈子我要是不爱上她，这一辈子她要是不爱上我，我们就不会有这么悲惨的结局。

卢振天挥手给了虞金诚一拳。虞金诚摇摇晃晃却没有被击倒，嘴角流出鲜血。

李文卿，你也过来打我一拳吧！虞金诚大声喊叫起来。如果没有我，你也不会这么长久折磨卢玉洁，来吧，你也过来打我一拳吧！如果你一拳能把我打死，那真是太好啦！

李文卿慌了，坐在太师椅不停地搓着双手，一时不知如何是好。

你们就一起动手打死我吧！今天你们要是打不死我，有朝一日你们一定会后悔的！真的，你们有朝一日一定会后悔的！虞金诚疯了似的吼叫起来。

卢振天被虞金诚的这种面孔惊呆了，竟然不知如何处置这种局面。大金牙带着两个打手冲进来，扭住疯狂的虞金诚。这时卢振天终于大声说，把虞金诚给我轰出去！把虞金诚给我轰出去！

虞金诚被两条大汉扭送出去了。卢振天坐下，呼呼喘着粗气。不知道为什么，卢振天对虞金诚颇有刮目相看之感。

李文卿坐在太师椅上掏出手绢擦着满脸汗水说，我一定要告官，我一定要起诉虞金诚奸污良家妇女。

卢振天冷笑了。李大少爷你先歇一会儿吧，你戴了绿帽子不怕难看，我还不愿意坏了我妹妹名声呢。行啦行啦，眼前我妹妹的身体最要紧，虞金诚那小子咱们饶不了他！

李文卿放下手绢说，弄断车轴这事儿，你说能是谁干的呢？

这还用问啊，虞云隆呗。自从我占了他的新库房，自从他娶了桂枝……卢振天猛然觉得自己说走了嘴，立即打住。

什么！李文卿呼地站起，脸色倏地泛白了。你说虞云隆娶了桂枝？这到底是怎么回事儿？

嘿嘿，你不要着急嘛李大少爷。你是我妹夫，你说我骗谁也不能骗你呀。当初我告诉你桂枝嫁给了良家子弟，怎么样，我没骗你吧？他虞云隆无论如何也是士绅后代吧？这事儿咱们就算扯平了。你不要惦记着桂枝了，我也不追究你虐待我妹妹的事儿了。

罗九出面打圆场，李大少爷，当务之急是找到毁车害人的凶手，您跟卢大少爷不能内讧啊。说着，罗九拿出一把钢锯，前几天有人看见大杠多次在卢家大院门口儿转悠，盯着咱们那辆胶皮车。我在车棚里发现了割断的锯条和铁末子，这都是证据。还有，阿黄已经跑啦！

阿黄跑啦！卢振天使劲儿一拍大腿说，这就对了，阿黄是大杠的内应。咱们只要抓住阿黄，一准供出大杠，阿黄供出大杠，那虞云隆的官司就吃定啦！

这时候，院子里传出卢玉洁撕心裂肺的哭声。小臭儿跑进来报告说，虞金诚冲进后院去看望大小姐啦！

卢振天并没有起急，反而叹了一口气说，这小子倒有几分情义！

李文卿颇为不满地瞪了卢振天一眼说，我不信奉中医，还是把玉洁送到麻大夫医院去吧。

卢振天想了想，点头同意了。你跟我妹妹毕竟是夫妻。这事儿你做主。不过从今往后你要是再敢不拿我妹妹当人对待，我跟你可就不客气啦。至于你找虞金诚报仇，到时候我会帮你一把的。我给你出一个主意吧，你去法院状告虞金诚勾结其弟虞云隆，毁车害命杀死男童李哲，以消除私生子的证据。

李文卿听罢，冷笑了，说卢大少爷真是江湖老手啊。说罢起身告辞，声称马上派汽车来接卢玉洁，去住麻大夫医院治疗。

卢振天伸手拦住对方，说了一声慢着，然后狠狠地眯起眼睛说，你李文卿跟卢玉洁毕竟是原配夫妻，她受伤躺在屋里，你一眼不看就走了，你这样做也太不地道啦！

噢，我想玉洁她受了这么大刺激，还是让她一个人静养为好吧。说着，李文卿拱了拱手，大步走出去了。

卢振天气得扔掉手里的烟卷儿，随手又点燃一颗。罗九劝道，李文卿跟大小姐的夫妻缘分已尽，您就不要强求他啦。

小臭儿又来报告，说虞金诚跪在大小姐房间门外，不言不语就跟石头儿一样。

今儿先让他滚蛋，这辈子我、我一定要报这一箭之仇！卢振天气愤地说，没想到虞金诚这小子居然把我妹妹给弄了，真他妈的让我一点儿脸面都没有啦。

这不怨您啊。我只能怨大小姐跟虞金诚动了真情。罗九说。

罗九啊，今儿我说走了嘴，李文卿已经知道桂枝落到虞云隆手里啦。这事儿总归是一个隐患啊。

是啊，这事儿总归是一个隐患啊。罗九意味深长地说，万一桂枝说出是咱们把她卖到窑子里去啦，这事儿可就大了。这罪名叫卖良为娼啊。

卢振天恼羞成怒说，当初我说把桂枝卖到关外去，你们非说太远。好啊，现在近在眼前，傻了吧？

您别着急，这事儿我想办法。罗九说。

小臭儿报来最新消息，说虞金诚在大小姐门外“当当当”一连磕了三个头，起身走了。

卢振天走出客厅，大步走向二道院。他远远看到卢玉洁目光呆滞，怀里抱着一只大布娃娃走出了门外，口中念念有词：李哲啊，你睡觉吧，你是妈妈的好孩子。李哲啊，你睡觉吧，你是妈妈的好孩子……

唉，我妹妹这辈子算是毁啦。

86 师徒邂逅

清朝中叶大运河在鲁南地区已经淤死，然而直隶境内尚未废航。冰雪消融开了河，天津南运河里又有了航运。

天气暖和，人间万物还阳，就连阴沟里也散发出冻结了一冬的潮气，给这座城市带来并不美好的味道。

四月初八乃是佛祖诞辰，谓之浴佛，是日断屠。也就是说无论屠夫宰牲还是家庭杀鸡，这一天都是不可以的。这是天津卫沿袭多年的风俗。

这一天过午，太阳当头人们心里暖洋洋的。天津城北南运河畔开了一家茶馆，牌匾“结缘”。春天里人们忙碌起来，坐下喝茶的人还是不少。虞金诚身穿蓝布大褂来到这里，站在河畔打量着东去的河水，内心不由伤感起来。当初父亲在世时率领全家祭河的场面历历在目，那是何等排场啊。如今回想起来不过两年多光景，却仿佛经历了百年风雨。

一只大船满载南货缓缓靠岸。船主急急忙忙走上码头，大步来到结缘茶馆。这位操着山东口音的船主还没坐稳，虞云隆的大伙计大杠便跟随进来，满脸堆笑地递给船老板一颗烟卷儿，道了一声辛苦。

船老板见多识广，当然懂得礼下于人必有所求的道理，请大杠有话明说。大杠小声告诉船老板，他知道这一船南货走到中途买主儿变了卦，因此正昌商行决定收购。船主自然愿意出货。大杠伸出右手抓住船主右手，双方不言不语在袖口里“谈”了起来，你来我往，讨价还价。

虞金诚坐在结缘茶馆角落里，不动声色观看着这场交易。大杠并不知道黄雀在后，笑呵呵告诉船主回去向东家禀报一会儿就送订金来。船主点头应允，目送大杠走出茶馆。

虞金诚起身走过去坐在船主的桌旁，说你这一船南货我要了。船主看了看他，说已然跟一位先生谈妥了，正在等待订金。

我不付订金，我直接付给你全款。虞金诚不紧不慢说着，从怀里掏出一张银行支票，递给船主。船主见虞金诚随身带着银行支票，一下子起了疑，笑着说现货现钱，不收支票。

好吧，我付给你现金。你跟我去取吧。虞金诚爽快地说。船主迟疑了，似乎对虞金诚的身份很是怀疑。虞金诚不高兴了，沉着脸色质问对方为何有生意不做。船主笑了笑，说你这不是做生意。

我怎么不是做生意？虞金诚问道。船主指出要害说，你知道我这一船南货是什么成色吗？不知道。不知道出手就买，这就不是做生意了。再者说普天之下做生意的人，哪有不讨价还价的？因为我对您很不放心，请您多多包涵。

船主一番话说得虞金诚哑口无言。他认识到自己的言谈举止确实不是生意人的样子。于是他拱手说了声得罪，快快起身走出结缘茶馆。

金诚，你别来无恙啊？身后传来一声问候。虞金诚似乎受到强烈震动，猛地转身叫了一声师父。

老梆子穿了一件非僧非道的灰色袍子，站在阳光里看着昔日徒弟，笑了。

大步走上前去，虞金诚给师父深深地鞠了一躬，表情很是激动。师父，您这一走就是两年多，我可真想您啊。师父，这一来您可不要走啦，此时正是用人的时候。

老梆子乐呵呵说，好吧，既然见了面，我便有话跟你说。你就在这结缘茶馆请我喝一壶茶吧。

虞金诚不好反对师父的建议，跟随老梆子重新走进结缘茶馆。虞金诚看见船主仍然坐在那里喝茶，便请师父在一张临窗桌子落座。老梆子风采依然，古铜色的脸庞洋溢着老当益壮的生气。

金诚啊，我知道你是做煤炭生意的，为什么非要买人家那一船南货呢？老梆子说着，伸手指了指茶馆门口。虞金诚顺着师父的手势望去，看到大杠脚步匆匆回来了，满头大汗。

老梆子远远望着大杠说，金诚啊，其实你不是要做南货生意而是跟这个人斗气，对吧？

您说得对。虞金诚不好意思地承认了。

你跟这个人有过节吧？可我看他只是一小角色啊。你堂堂天津售煤所经理，不应当跟这种人一般见识的。

师父，这人名叫大杠，他是虞云隆手下的大伙计。卢振天断定大杠在胶皮车上做了手脚，轧死了李哲，害疯了卢玉洁。可是车夫阿黄跑了，手头没有大杠害人的证据。今天偶然在这里遇到大杠，我就想坏了他的生意。可没想到我出手过于大方，船主居然怀疑我是拆白党，反而不成了。

老梆子哈哈大笑，连连拍手说孺子可教也孺子可教也。虞金诚反倒被师父的朗声大笑一时弄得摸不着头脑，尴尬不已。

金诚，你真是人才啊。这件事情你能够看得清清楚楚，说得明明白白。只是你复仇心切，往往怀着斗狠的念头，这才是大忌啊。

这时候，大杠领着那位船主出了茶馆，走了。

听了老梆子这一番话，虞金诚思索着，然后反问说，师父，当初卢振天抢走我家产业还派人往我脸上抛石灰，这是仇啊！您说这样的事情我要是不放在心里，人世间还有“报仇雪恨”这四个字吗？您不要我怀着斗狠的念头，可男人要是没了这份血性还是男人吗？

唉。老梆子听罢连连摇头说，当初你被石灰所伤住在杨家客栈养伤我就跟你说过，男人这一辈子往往为情所累为情所伤，如今看来你还是沿着这条道路走了下来。我年轻的时候在女人身上吃了大亏，就是用情太甚啊。金诚你告诉我，你心里最最放不下的是哪个女人？

师父，其实这两年我只遇到了三个女人，卢玉洁、玉姑、刘宛珍。扪心自问，觉得哪个女人我也放不下。可转念想一想，其实哪个女人我都放得下。您说这是怎么回事儿呢？

老梆子缓缓站起，目光凝视着远方，然后缓缓坐下，表情凝重起来。金诚啊，我知道这是你的心里话。因此我猛然明白了，有人为情而生，有人为情而死。你却不同啊，你心里最大的念头不是一个情字而是一个仇字啊。因此，你浑身杀气太重，旁人难以近身啊。

说着，老梆子潸然泪下，紧紧抓住了虞金诚的手。师父！虞金诚激动起来，一时无语。

跑堂伙计拎着铜壶续水来了，一下冲散了悲怆气氛。虞金诚倏地冷静了，低下头寻思着，然后诚心诚意问道，师父，您老人家说得对，这两年我表面平静，其实那个仇字烧得我五内俱焚啊。师父，难道我已然无药可医啦？

老梆子点了点头。金诚啊，你现在恨不得立马儿找到阿黄抓住证据，可你想过没想过，那大杠做事分明是受了虞云隆的指使。最后你抓到的元凶正是你一奶同胞的亲弟弟啊！

虞云隆不是我亲弟弟！虞金诚一板一眼地说。

什么！老梆子一惊，虞云隆不是你亲弟弟？哎呀呀，这倒是出乎我的意料啊。

师父，钦三先生手里有我父亲的遗嘱，专门交代了事情真相。我不是虞云隆的亲哥哥，虞云隆更不是我父亲的亲儿子。我孤独一枝。

那虞云隆的出处呢？老梆子好奇地问道。

虞金诚面有难色。师父，我不想过早泄露父亲的遗嘱。您老人家多多原谅吧。

这是你家私事，不说也罢。不过我要嘱咐你几句话，无论骨血不骨血，得饶人处且饶人，不可以斩尽杀绝啊。老梆子很通情达理。

您老人家的教诲我一定牢记在心。师父，我想请您去我的天津售煤所做客，看一看英租界的风光。

不啦。倘若你我师徒缘分未尽，有朝一日还是要见面的。这茶的味道不错，那咱们就趁热分别吧。

这时候，虞金诚流下了眼泪，哽咽着叫了一声师父。老梆子起身走出茶馆。虞金诚结了茶资，追了出去。

南运河畔，大杠已经指挥着人们开始卸船了。看到虞金诚走出茶馆，大杠远远审视着，表情很是警惕。

老梆子远远看着大杠微笑着说，唉，这人是死相啊。

师父您还有什么指教吗？虞金诚亦步亦趋。

那我就给你支一招吧！你不是想找到那车夫阿黄吗？其实那车夫此时必然藏在一个什么地方，而且不会太远，太远就鞭长莫及了。你可以四处声张，说已经抓住阿黄啦。消息传开大杠必然心急如火跑到车夫藏身的地方去看，他这一看就露了馅儿，你跟踪掏窝儿吧，一逮一个准儿。

虞金诚朝着老梆子又深深鞠了一躬说，多谢师父指点迷津！

老梆子哈哈大笑着走了。

87 暗下杀手

大杠长了出息，一个人从码头上买回来一船南货，而且特别便宜。虞云隆很高兴，说正昌商行少了一草包多了一个能人，特意赏了大杠一件皮袍儿，还说到时候给他娶个媳妇。大杠一高兴，跑出去喝酒了。虞云隆一看天色不早了，离开正昌商行回家去了。

桂枝虽然哑了，可这一丑遮不了百俊。桂枝很会做饭，尤其包饺子她能包出二十八种馅儿，有荤有素。她的饺子，虞云隆吃一次撑死一回，已经死了一百多次了。不光会做饭，桂枝还特别会伺候男人。即使没当过正儿八经的窑姐儿，她在床上也称得起尤物。由于她是哑巴，叫床没音儿，劲头儿反而更猛。虞云隆对此非常满意，颇有“采得桂枝花一朵，胜过天下满园春”的味道。

天擦黑儿时分，虞云隆走进家门一瞅，桂枝又包饺子呢。禁不住心中大喜，便暗暗计划着吃了饺子喝了饺子汤，一定搂着桂枝好好睡一觉。

饺子下锅的时候，虞云隆住的小四合院大门一响，有客人来访。他趿拉着鞋将出去，一看来者是虞金诚。

这位不速之客的出现令虞云隆很感意外，他站在院子里不冷不热说道，哎哟，你这混洋饭儿的大经理怎么跑到我家来啦？

虞金诚指着屋里说，云隆啊，咱俩屋里说话行吗？

不行。虞云隆坚决地摇头拒绝。虞金诚你有话就这儿说吧。

这时候，桂枝端着一盘子热气腾腾的饺子从厨房里出来，一抬头看见虞金诚，不由得愣在那里。虞金诚一眼看见桂枝心里也是一惊，低头寻思着，终于想起面前这位女子竟然是李家女佣。

当初小孩儿“百岁儿”宴会上，虞金诚给李哲送去长命锁，桂枝见过他一面。此时四目相对，双方身份各异，颇有隔世之感。虞云隆跟桂枝挥了挥手，她端着饺子进了屋，不露面了。虞云隆表情焦躁地说，虞金诚你有嘛事儿就说吧，我听着。

虞金诚郑重地告诉虞云隆，说他特意前来有两句话忠告，一是卢振天为了抓到元凶正在寻找车夫阿黄，听说卢家已经逮着他了，车夫阿黄如实招认了谁是毁车伤人的幕后指使。二是告诫虞云隆多多当心家宅安全，以防有人下手报复。当面说完这两件事儿，虞金诚扭头就走。

你先别走！虞云隆追了两步，一把拉住虞金诚的胳膊。虞金诚转身看了看虞云隆，知道对方心虚了。

虞金诚我问你，你说车夫阿黄被卢振天逮住了，这事儿跟我有嘛关系？

云隆啊，但愿这件事儿跟你毫无关系。你要是真的跟这件事儿毫无关系，就算我杞人忧天了。虞金诚坦然说着，态度很是友善。

那你嘱咐我当心家宅安全，这又从哪儿说起呢？虞云隆追问着。

俗话说，冤冤相报何时了。虞家跟卢家的深仇大恨，恐怕没有烟消云散吧？卢振天盯着你，你也没放过卢振天，多加小心就是了。你就只当我多嘴吧。

说完，虞金诚告辞走了。

虞云隆站在院子里，眉头紧锁寻思起来。回到屋里，虞云隆大声对桂枝说，你一定记住我的话，从今往后外面的东西一概不吃，无论是炸糕啊糖堆儿啊还有崩豆儿瓜子儿嘛的。你这嗓子就是有人害的。嘴给身子惹祸的道理，你懂吗？

桂枝哑归哑，耳朵没聋，她听罢丈夫叮嘱，眼泪汪汪地连连点头。

虞云隆蘸着“独流”老醋，埋头吃起了饺子。

当晚八点多钟，卢家大院的伙计小臭儿在卢家大院门缝儿里又捡到一封信。他不敢怠慢，拿着信就往卢大少爷屋里跑去。

卢振天坐在客厅里正在听留声机里放出的“借东风”，随手接过小臭儿递来的这封信，继续欣赏诸葛亮登坛台的唱腔。等到孔明借了东风登船跑回夏口，卢振天打开信封一看，倒吸一口凉气。

“只要盯住大杠，顺藤摸瓜就能找到阿黄。抓到阿黄交给警察局，就能供出幕后元凶。报仇雪恨，机不可失。”

小臭儿叫来罗九。卢振天对这位大管家说，你看看这封信吧，然后咱们拿个主意。罗九接过信看了看，寻思起来。

卢大少爷，这封信的笔迹跟上一封信相比，出自一人之手。上一封信我怀疑是虞金诚写的。现在看来这两封信都不是虞金诚写的。

你怎么敢保它不是虞金诚写的？卢振天问。

卢大少爷您想一想，这封信的矛头明明是冲着虞云隆来的。盯住大杠就能抓住阿黄，抓着阿黄就能供出虞云隆。这封信要是虞金诚写的那不是存心害他弟弟嘛？不能不能。

有道理。卢振天点了点头。他哪里知道这封信仍然是虞金诚用左手写的。

这时候院里又传出卢玉洁的哭声。唉，我妹妹的仇一天不报，我这心里就一天不得安宁。这封信咱们不知是真是假，可我宁可信其有不信其无。罗九啊，你亲自带着小臭儿去盯着大杠，一旦发现阿黄的藏身之处，就报告警察局抓人。这车毁人亡的案子轰动了天津卫，警察局不敢怠慢的。

您说逮着阿黄他会招供吗？罗九表示没有把握。卢振天嘿嘿笑了。天底下没有不招供的。动刑呗。阿黄供出大杠，大杠就能供出虞云隆，人证物证俱在，虞云隆他浑身是嘴也摆脱不去罪名。你们动身吧。我现在就去警队找马队长，这一宿我陪他喝酒，只要有了线索，随时动手抓人！

罗九和小臭儿遵命，乔装打扮成外乡人模样。俩人顶着夜色出了卢家大院朝着热闹地方走去。什么地方热闹？南市那地方热闹。尤其那地方小酒馆很多，大杠应当是常客。

沿着南门东下坡，进了南市罗九一眼看见虞云隆的身影。他小声告诉小臭儿跟上，于是便尾随而至进了一家挂着“夜里欢”野幌子的小酒馆。

大杠果然正在里面痛饮。罗九隔着窗子看见虞云隆坐在桌前跟大杠耳语着。大杠听罢表情惊愕，手里端着酒盅不知如何是好。

虞云隆又说了几句，起身走出小酒馆，匆匆走了。

大杠端起酒壶一仰脖子喝干了，起身结了账，摇摇晃晃走出小酒馆，往南边走去了。

咱们跟上他。罗九小声叮嘱着小臭儿，不远不近跟在大杠身后。前面来了一辆胶皮，大杠招手上了车，继续朝南驶去。天色已晚，大街上一时找不到胶皮，罗九急了，带着小臭儿一路小跑，跟踪着那辆胶皮。上了南关老街，终于看见了胶皮，罗九一先一后叫了两辆，循着大杠的背影，向南往海光寺方向而去。

到了炮台庄，顾名思义就是以前有炮台的地方。大杠下了车，摇摇晃晃走进一条横街。罗九放走一辆车，叫另一辆车的车夫远处等着，悄悄带领小臭儿跟了上去。

前面有一家小杂货铺，此时已经关门打烊。大杠脚步不稳来到门前，使劲儿咳了两声。小杂货铺里亮了灯，门也开了，走出一个年轻女子。她看见大杠就叫了一声大哥，然后回头对屋里喊道，阿黄呀，大杠哥看你来啦。大杠急了，指着年轻女子说，你别喊了！要是让别人听见就坏啦。哎，阿黄没事儿吧？

阿黄露头说，我没事儿呀，大杠哥。大杠瓮声瓮气说，这就怪啦，怎么外面都说你被卢家逮着啦？操！大半夜让我白跑一趟。

阿黄还是怕了，小声问到底出了什么事情。大杠说，当家的以为你出事儿了。没出事儿更好，不过你得换一个地方，不要在这儿住啦。

阿黄恋恋不舍看了年轻女子一眼，说明天我搬家吧。

罗九躲在暗处小声告诉小臭儿，留在这儿盯着阿黄，千万别让他溜了。说完罗九转身往回跑去，呼呼喘着粗气坐上那辆胶皮，直奔马队长的警队去了。

凌晨时分，阿黄被警察从被窝儿里拎出来，赤条条被擒。进了警队这位车夫就招了，供出了二十块大洋和大杠。大杠被抓进警队的时候，嘴里还含着半个烧饼没有咽下去。一顿毒打，他终于没有扛住，哭号着在口供上按了手印儿。幕后元凶终于浮出水面——虞云隆策划指使了这一起车毁人亡的重大案件。

虞云隆也被警察堵在被窝儿里。桂枝拎着茶壶从水铺沏茶回来，看见丈夫被警察押着，茶壶脱手掉在地上，无声地哭了。虞云隆一边穿衣服一边嘱咐桂枝，一定要多加小心，千万不要轻信外人。

这时候，虞金诚赶到了，独自一人，衣着却很有派头。虞云隆系紧裤腰带叹了一口气，说谢谢你昨天的忠告，可惜还是晚了。虞金诚指着桂枝说，虞云隆你放心吧，我一定会关照你媳妇的。虞云隆被感动了，叫了一声哥哥。

虞金诚板着面孔说，别这么称呼，我跟你是两姓旁人。

虞云隆一愣，就这样被警察带走了。

桂枝呆呆坐在桌前，就跟傻子似的。虞金诚轻轻拍了拍她的肩膀说，你现在处境很不安全，我带你找一个地方住吧。

桂枝对男人们充满警惕，立即摇头拒绝。这时候院子里有公鸡打鸣，这是她平时饲养的几只鸡，三母一公。她脱手摔碎的茶壶的瓷片迸落四处，院里汪着残存的茶水，一只母鸡喝了几口，倒地死了。

虞金诚指着地上的死鸡让桂枝看。桂枝一看就吓惊了，朝后退了两步。虞金诚大声说，这是有人害你灭口！你现在就跟我走吧。

桂枝居然会写字，顺手拿起一瓶醋，伸出手指蘸着醋汁在桌面上写道：你不害我？

我要是害你还用亲自出马？我随便找一个人就把你弄死啦。你待在这儿不走，一定还有人来害你！

桂枝听罢点了点头，慌里慌张跟着虞金诚走了。

什么地方最安全呢？虞金诚这时候才认识到天下只有玉姑后院的那间小屋最安全。他叫了两辆胶皮，径直来到玉华春饭庄。一路上他唯恐被人发现，做贼似的。

已经很多天没有见到虞金诚了，玉姑看到他领来一个女子，颇为不解。小翠更是充满敌意，一个劲儿拿白眼球儿盯着虞金诚，气哼哼的样子。

虞金诚悄悄告诉玉姑，他领来的这个女子是李文卿的用人桂枝，哑了，现在是虞云隆的媳妇。

玉姑已经听说虞云隆犯了案，进了警察局，却不明白虞金诚将桂枝弄到这里的真实意图。虞金诚知道桂枝受到惊吓，必须镇定下来，就请玉姑陪着桂枝。他外出约请记者去了。

天津卫的小报记者们，一年三百六十五天都盼望着天下大乱。天下不乱，他们就没事儿干。虞金诚找到《国事报》记者骆小山，请他约请《白话报》和《九河时报》几位记者，明天上午九点钟在玉华春饭庄大堂喝茶，届时有重大新闻发布。骆小山一听就乐了，转头又问这重大新闻跟日本人有没有关系。虞金诚说没有关系。骆小山终于放心了，说小报记者就是惹不起小日本儿，前几天《半夜服》记者姚壮阳就被日本人暗杀了，尸体给扔到了海河里。

回到玉华春饭庄的后院，玉姑告诉虞金诚，说桂枝已经安静下来了。他请玉姑预备二尺白布和一瓶红药水儿，一会儿有用。

桂枝躺在那间小屋里。虞金诚一进来她从床上坐起，抬头观望着。他说跑出去打听虞云隆的案子，挺重，弄不好得判二三十年。桂枝一听眼泪又涌了出来，孟姜女似的。虞金诚劝她别哭，虞云隆的案子，有救，这个救星就是你桂枝。

桂枝停止哭泣，眼巴巴看着虞金诚。

玉姑送来了白布和红药水儿，站在一旁看着桂枝。

虞金诚继续说，桂枝现在只有你能救虞云隆。你想想你是怎么离开李家的？离开李家你落到什么人手里了，最后又怎样嫁到虞云隆家里？只要你一五一十写出来，虞云隆就有救啦。

我怎么听不明白呢？玉姑一旁插了嘴。

虞金诚说，桂枝一定是被卢振天从李家绑架出来的！这当然是为了卢玉洁。可虞云隆是从窑子里把桂枝买回家做媳妇的，这就证明卢振天不光绑架人口而且还卖良为娼！这绑架人口加上卖良为娼你们知道是什么罪过吗？这是蹲大狱的罪过。卢振天的后半辈子就甭想出来啦。

桂枝脸色一喜，似乎受到了鼓舞。玉姑却有不同见解。你把卢振天送进大狱，这也救不了虞云隆啊！车毁人亡就是车毁人亡嘛。虞云隆照样儿难逃罪名啊。

被玉姑问得难以自圆其说，虞金诚朝着桂枝挥了挥手说，反正把卢振天摁到泥儿里，虞云隆就能松一口气。虞云隆叫我哥哥，我能不救他吗？

桂枝点了点头，伸手蘸着红药水儿开始写“血书”了。这血是假的，然而血书里的案情却是铁证如山。桂枝如实写出她在房间里被几个蒙面人拖了出去，呼救也没人应声。那为首的蒙面人就是卢振天。她被关在一间小黑屋里，后来被卖到一家妓院，头一天挂牌就被虞云隆嫖了，几天之后被虞云隆娶回家，中毒成了哑巴。她认为是卢振天害怕她说出卖良为娼的真相，派人下药儿使她永远不能说话。

二尺白布，桂枝蘸着红药水写得满满当当，遇到不会写的字儿，虞金诚就教给她。这封血书看得玉姑眼泪汪汪，连声说做女人真是太倒霉啦。

拿到桂枝的“血书”，虞金诚安慰桂枝安心调养身体，一定不要悄悄跑出去。桂枝，外面有人盯着害你呢，你不要忘了院子里的那只死鸡。

当天夜里，正昌商行的仓库失火。大火不但烧光了那一批南货还烧光了大片房屋，只剩下一个黑糊糊的空场子。正昌商行的伙计们都说这火是卢振天派人放的。虞云隆和大杠一起进了警察局，盛昌商行乘虚而入就动了手。

罗九围着大火烧过的废墟转了一圈儿，高声大嗓辩解，清者自清浊者自浊，这事儿赖不到盛昌商行头上。

虞金诚是半夜回到玉华春饭庄的，他没想到玉姑坐在大堂里等他，吓了一跳。玉姑告诉他傍晚时分刘宛珍来找他了，说是有事儿要谈一谈。虞金诚对这消息似乎毫无兴趣，拿了一只大碗四处找凉水喝。

金诚，你没事儿吧？玉姑关切地问道。

我没事儿。你放心吧，玉姑，明儿我还要忙乎一天，你歇着吧。明儿一上午有记者来采访，天不早了我去睡啦。

玉姑站起身注视着他。金诚，你独来独往好像在干一件大事儿，我怎么觉得你变了呢。我觉得你在撒狠儿，我觉得你在撒狠儿干着一件人所不知的大事儿。这件大事儿一下子就能毁了很多人，是吗？

虞金诚注视着玉姑，眼窝儿里渐渐溢满了泪水。玉姑，我是败家子，我是尿货，我是寄人篱下的奴才，我已经忍耐好几年了，这就像一场噩梦一样缠着我。我必须做完这件大事儿，真的，请你不要问啦。

玉姑叹了一口气，起身走了。虞金诚突然激动起来，大步冲上去伸出胳膊从身后搂住玉姑，突然低声哭泣起来。

玉姑一动不动，任虞金诚从身后紧紧搂着她。虞金诚的几滴清泪落入她的发簪里，她毫无知觉仿佛大堂里的一根立柱。

第二天上午，十几位记者聚集在玉华春饭庄大堂。虞金诚请出桂枝跟记者们见了面，然后当众宣读了那份“血书”。

全场哗然。没人不认为这是天津卫的一大新闻。记者们抢着给手持血书的桂枝拍照，说是一定刊登在明天报纸头版。

虞金诚对记者们说，这就叫社会公案自有社会公断，卢振天先生是在劫难逃了。

当天下午，罗九就被警察逮走了。当天晚上，只身离家的卢振天在天津北站候车室里遇到两个身穿便衣的警察，十分客气地请他走一趟。他手里的火车票，作废了。

转天，天津市有二十几家报纸刊出“绑架妇女卖良为娼”案件嫌疑犯落网的消息。卢振天、罗九的名字以大号字体刊登在显赫位置，一时间成为街谈巷议的名人。

另有几家报纸同时刊出卢玉洁“车毁人亡”案件元凶被捕的消息，主犯是大杠，幕后元凶为虞云隆。

天津卫被这两宗重大案件的舆论弄得沸沸扬扬，像开了锅一样。

88 同归于尽

春天未到，风沙先至。就在满天刮大风的天气里，从卢家大院传来了坏消息。这坏消息传来，李家陷入一派沉寂的气氛里。李文卿从卢家大院回来就向父亲禀报了卢玉洁发疯、李哲丧生的情况。李守基保持沉默。

李守基去老西开天主教堂做了祈祷。无论大人还是孩子，灵魂都应当进入天国。金嫂心里惦念着大少奶奶，可又不敢有所行动，就这么一天天耗着。这一天上午没刮大风，李文卿手里拿着网球拍，领着小李智走到院子，教这孩子打网球。两岁的孩子就连球拍也握不住，可见李文卿的兴致高涨。

李文卿抛起一只网球，挥拍狠狠一击，那网球高高飞去——越墙而出。李智看到网球飞走了，哇地一声哭了起来。

李文卿烦了，斥责李智。这时候虞金诚手里拿着那只网球走进大门，满脸微笑注视着李文卿。

李大少爷，这是您的网球吧？它砸到我的小轿车上啦。

李文卿迎上前去，注视着面容疲惫的虞金诚说，虞先生今天不是专门送网球来的吧？

是啊，今天我来既有公事也有私事。说着，虞金诚一眼看见满脸泪花的小李智，伸手摸了摸他的小脸蛋儿。

李文卿充满敌意地说，虞先生你一身晦气，请别碰我的孩子。

我怎么一身晦气呢？虞金诚又摸了摸小李智的脸蛋儿，笑着问道。

大人疯了，孩子死了，这还不叫晦气啊？反正谁屁股上生疖子谁心里知道呗。

这么说李大少爷屁股上没生疖子？那好啊，既然你没生疖子，那咱们就坐下说吧。

别，咱们就站在这儿说吧。李文卿极其抵触地说，根本不让虞金诚走进小洋楼。

虞金诚点燃一支香烟说，前几天也有一个人这样拒绝我，第二天就被警察给逮走了。今天你也拒绝我，这很不好。

李文卿既好奇又好斗地问道，你说的那人是谁啊？

谁？虞云隆啊。虞金诚爽快地回答。

李文卿很是意外。虞云隆是你弟弟啊，你怎么这样幸灾乐祸呢？

虞金诚非常蔑视地盯着李文卿。天网恢恢，疏而不漏。面对恶人，我必须大义灭亲啊。好啦，我今天来这儿不是给你上课的。那我就先跟你说公事吧。你利用博乐煤栈暗算我，差一点儿让我栽了跟头。后来你又打出津沽煤炭公司的牌子，隐藏在幕后跟我对着干，还跟我大谈法国电灯房的煤炭生意。今天我郑重通知你，生意场上公开竞争，我奉陪到底，你不用掖着藏着！

李文卿急了。虞金诚，从那天你就说我是津沽煤炭公司的后台。告诉你我根本不知道这家公司姓甚名谁。我警告你不要往我身上泼污水！

小李智迈着小小的步子，跑回小洋楼去了。

虞金诚睬都不睬李文卿的反击，继续说着。我说完了公事，跟你说私事吧。你还记得桂枝吧，她从这里消失之后，你心里一直惦念着她。她被卖进妓院，后来从良嫁人，成了哑巴。今天我完璧归赵，把她给你送回来啦。

什么！李文卿没有想到桂枝的回归，惊讶得瞪大眼睛，注视着大门口。果然，桂枝出现了，天津售煤所的汽车司机将这位多灾多难的女子从小轿车里请出，送进李宅大门。桂枝目光呆滞步伐迟缓，一步步朝着李文卿走来。

李大少爷，卢玉洁疯了，你还不娶这位桂枝当你的大少奶奶啊！虞金诚提高嗓门大声说着。

李文卿吓得倒退了几步，转身就跑，一眨眼就跑进了那幢小洋楼。

虞金诚哈哈大笑，转脸对桂枝说，你去小洋楼里找他吧，从今往后你就是这里的大少奶奶啊。

桂枝呆呆望着虞金诚。虞金诚的脸庞渐渐涨红了，突然巨声吼叫起来。桂枝！你去啊你去啊，你已经是这里的大少奶奶啦！你去找李文卿，你让他今天就娶你！

金嫂闻声跑来，表情非常紧张。她从来没有见到虞金诚如此凶悍的样子。她担心虞金诚发狂闹事，小声说虞大少爷你不要着急，我有重要事情告诉你。

桂枝一步步朝着小洋楼走去。她似乎已经认为自己是这里的大少奶奶了。这是她多年的梦想。

虞大少爷，我告诉你吧，李哲不是你的儿子，其实落生之后就弄错了，李智才是你跟大少奶奶生的儿子呢！金嫂说得又轻又快，仿佛从嘴里射出一串串子弹。

虞金诚疑惑地看了看金嫂，好像没听明白。金嫂小声重复着。虞大少爷你的孩子真的没死！你的孩子就是李智。

这时候，突然传来一阵哈哈大笑——李守基拄着手杖走出小洋楼，奔这里走来。这位李老先生步履轻捷笑声响亮，仿佛一下子年轻了十岁。虞金诚似乎被这意外景象所震慑，呆呆望着李守基走过来。

虞金诚！你把桂枝送回来，这意思是说物归原主吧？不过我要告诉你，人世间往往难以做到物归原主。你看李智这孩子，他是物，你是主，这辈子恐怕也不会物归原主了。李守基底气极足，走到虞金诚面前大声说着，红头涨脸很是激动。

虞金诚四处寻找着李智的身影，表情迫切起来。李守基拄着手杖站在虞金诚面前，满脸戏弄的表情。我告诉你吧，文卿对津沽煤炭公司一无所知，老朽我才是它的幕后老板。我成立津沽煤炭公司就是为了跟你天津售煤所对着干的。正月初五博乐煤栈的陷阱，也是我专门为你设计的，可惜你只踏进一只脚，至今令我耿耿于怀。我说的话你都听明白了吧？

虞金诚拍了拍手说，李老先生如此老谋深算，真是令人佩服啊。

嘿嘿，我儿子斗不过你，我还斗不你吗？你知道当年我是怎样发家的，我是天津卫六月十八的财主。你知道六月十八是嘛日子？暴发户的日子！

好！姜是老的辣，可老姜也有烂的时候啊。您老人家多多保重吧。您不是津沽煤炭公司的后台老板嘛，那咱们就在生意场上继续斗吧。你不妨再当一把暴发户，让我们后辈晚生也大开眼界呀。

李守基脸色蓦地阴沉下来。虞金诚，恐怕你没有大开眼界的机会了。你以为你还能蹦跶几天？你不是把桂枝给文卿送回来了嘛，好吧我们收下了。可你的儿子你休想从这里领走。我要让你难受一辈子！

李智真的是我儿子？虞金诚环视四周，寻找着李智的踪影。

金嫂一旁小声说，虞大少爷，李智真的是你儿子。

没错。李守基伸手捋着胡须，得意地说着。我看了圣保罗医院的档案，当时护士嬷嬷抱错了，那脚印儿足以说明李智是卢玉洁的孩子。可惜孩子的母亲已经疯啦。

虞金诚激动起来。既然李智是我的孩子，我就要把他抚养成人！李守基，你把孩子还给我！你要是扣住李智不还，我就去法院告你。

你年轻气盛，攥拳头拉硬屎，说大话使小钱，不懂得舌头中风的滋味。

你去法院告我？你有嘛证据。你跟卢玉洁是合法夫妻？你只是一个万人指责的奸夫罢了！你伤害了我们李家，你也伤害了卢玉洁和李智，还有南市开饭馆的玉姑，你将来一定要下地狱的！

地狱？虞金诚脸色惨白反问说，你以为你就能上天堂啊？

虞金诚啊，无论天堂还是地狱，李智既是我的最后一张活牌，也是你的最后一张死牌！你就等待死期吧。李守基越说越激动，不停地挥动着手杖。

李守基，你不要张牙舞爪地忘了自己还能喝几碗稀饭。尽管李智被你扣在手里，可李文卿的儿子毕竟死了吧？我的儿子还活着！这正是我的最后一张活牌，也正是你们的最后一张死牌。咱们就骑驴看唱本——走着瞧吧。

你说李智是你儿子，谁信？将来就连李智也不信。因此我要在有生之年把李智培养成你的敌人，我要让他长大成人亲手向你讨还这笔债务，我要你死也不能瞑目。虞金诚你懂了吗？

虞金诚确实受到这番话的打击，只得淡淡一笑说，既然如此，我没有别的办法，只能祝您老人家早早升入天堂啦。

李守基再次哈哈大笑说，姓虞的，我能不能升入天堂，只有上帝知道。你是一定要下地狱的！你摸着自己心口想一想，你毁了多少人的好日子啊！我告诉你吧你的厄运刚刚开始，一会儿你就知道煤是什么颜色啦。

虞金诚不再说话，默默转身走出李家大门。他猛然看见刘宛珍站在大门口，旁听了这一场人生活剧。

宛珍，我听说你去南市玉华春饭庄找过我，这几天我很忙，就没有给你打电话。你找我有什么事儿吗？

刘宛珍神色黯然地摇了摇头，说已经没有什么事儿了。然后她满脸迷茫的表情注视着虞金诚，欲言又止。

你有什么话就说嘛。虞金诚并不了解此时刘宛珍内心的痛苦，若无其事地说着。

刘宛珍声音颤抖着说，虞金诚啊虞金诚，你到底是一个什么样儿的人呢？这太可怕了……

宛珍，我不愿意向你作出任何解释。我内心非常喜欢你，可我是一个悲剧人物。现在我终于明白了，我其实不是为了爱而活在这个世界里的。我的话你明白吗？

横过马路，虞金诚走进天津售煤所大门。钦三先生已经等候在门房里，满脸不安神色。虞金诚故作镇定，询问钦三先生出了什么事情。

钦三先生手里拿着一份报纸说，卢振天进去了，虞云隆也进去了，人们议论纷纷啊。

听了钦三先生的报告，虞金诚不以为然，大步走进楼里，上楼进了奥飞斯。他随手将自己反锁在屋里，独自坐在写字台前，就这样默默坐到了下午。

我的进展十分顺利，尽管我为此付出极大代价。我打败了卢振天，我整治了虞云隆，我进入了英租界成了年轻绅士。然而我有得有失，玉洁疯了，亲儿子被扣在仇人手里，宛珍认为我是一个令人生畏的人，玉姑对我很失望，李家父子认定我是一个可恶的奸夫。但是，我正在讨回原本就属于我的东西，我要让全社会都知道我虞金诚的拳头并不松软！

他重新振作起来，起身给京合煤栈挂了一个电话，他要询问井陉煤炭的进度，这是一笔神不知鬼不觉的秘密生意。

京合煤栈没人接电话。他按了一下电铃，要服务生送一杯咖啡。服务生并没有送来他所需要的咖啡，而是通知他刘清岳总监理来了，请虞经理立即去一楼会议室开会。

你把咖啡送到一楼会议室吧。虞金诚说着走出奥飞斯，快步下楼走进一楼会议室。

刘清岳和刘宛珍坐在会议室里。虞金诚走进来，刘宛珍立即站起，说是公务回避。她走出会议室的时候朝着昔日恋人投来一瞥——这目光里既有悲悯也有哀怨更有深深的绝望，好似一只小鹿被猛兽吞噬之前对这美丽世界的最后告别。

虞金诚受到刘宛珍目光的刺激，惊恐地看着刘清岳。这位总监理面无表情地说，纳森先生要我通知你，撤销你天津售煤所的职务，同时你也被开除了。

长桌上摆着一份合同书。虞金诚看到这正是他跟京合煤栈老板签订的关于井陉煤炭的协议书。

服务生送进来一杯热气腾腾的咖啡。

还要我向你解释撤职的原因吗？刘清岳板着面孔问道。

虞金诚摇了摇头，突然笑了。原来京合煤栈的后台老板也是李守基啊。我终于落入了他为我设计的第二个陷阱。

你为什么要背叛自己供职的天津售煤所呢？刘清岳不解地问道，你已经成为英租界的白领阶层，有房有车有恋人，而且还有远大的前程，你这究竟是为什么呢？

因为我需要钱，因为我需要很多很多的钱。

你用钱做什么？刘清岳越发不能理解坐在面前的这位曾经令他极其欣赏的年轻人。

我要恢复祖产，我要重新挂起正昌商行的牌匾，我要再振虞氏雄风，我要光宗耀祖，我要光荫子孙，我要把属于我的东西统统拿回来，我要把不属于我的东西统统摆放在山尖儿，坐在一旁看着他们涉水越岭去拿那永远也拿不到的东西，我要……

刘清岳啪地一拍桌子。你不要说了，走吧！

虞金诚停止说话，端起那一杯咖啡，喝了一口。这咖啡已经凉了。

我终于知道了，你原来是一个内心极其疯狂的人。你走吧，请你远远离开宛珍，走得越远越好！刘清岳站起，做了一个送别的手势。

虞金诚咽下这一口冰凉的咖啡，走出会议室。他知道刘宛珍站在楼道远端，因此故意不向右边看，大步走到院子里。

钦三先生追过来，表情紧张。虞大少爷，您是不是鸡飞蛋打啦？

本来就没有鸡，本来就没有蛋。虞金诚告诉钦三先生打起铺盖卷儿回家。钦三先生说，刘清岳先生说了，留用我。

虞金诚突然笑了，只觉得好像听了一段非常可乐的相声，从心里感到好笑。

回到南市，虞金诚来到玉华春饭庄从后院小屋里找出那一张两年以来充当床板的“正昌商行”的老匾，抱着走进大堂。玉姑看到他这个样子，似乎并不感到意外，却很关心这块大匾魂归何处。

玉姑，我没有赚到那一笔大钱，心里的那念头一年半载看来难以实现。我还得继续苦苦煎熬下去啊。虞金诚勉强笑着，表示着信心和决心。

小翠儿跑过来指着虞金诚说，你抱着大匾赶紧走吧，你走了可千万别回来呀。我家的玉姑奶奶总算熬出头了，你前脚儿走我们后脚儿就吃喜面，庆贺走了一大祸害。

虞金诚扛着祖传大匾一路行走，来到卢家大院。小臭儿也被警察带走了。树倒猢狲散，只剩下大金牙守在这里，忠心不改的样子。大金牙看到虞金诚来了，一时拿不定主意究竟是欢迎还是拒绝，就呆呆站在院里看着这位不速之客。胖姐儿跑了出来，一见到虞金诚就哭了，说大小姐还是恍恍惚惚的，不见好转。

放下大匾，虞金诚马上跟随胖姐儿进屋看望卢玉洁。卢玉洁坐在梳妆台前，嘴里还在念叨着李哲的名字。虞金诚已经激动不起来了，他坐在她身旁轻轻说，咱们的儿子没死，李哲不是咱们的儿子，李智才是。卢玉洁充耳不闻，继续念叨着。

胖姐儿重重叹了一口气，领着虞金诚走出卢玉洁的房间。这时候大金牙递来一张宣纸，说昨天一老头送来的。虞金诚接在手里一看字迹知道这是老梆子写的：“失子惊疯，自古有之。据民间传说最为有效之方法，将惊疯女子送到郊外农宅清心静养，与旧时情郎朝夕相伴日夜相守，双双沉浸在美好时光之中而忘乎所以。如此调养，耐心伺候，康复尚存一线希望矣。”

谢谢师父啊。虞金诚收起这封信，扛起大匾走出卢家大院，朝着正昌商行的废墟走去。

一路上有人尾随其后，虞金诚停住脚步一看，此人正是南门外澡堂的伙计猴七儿。猴七儿说，我听说你进了英租界成了绅士，今儿怎么变成这样儿啦？命苦啊。

那你就当我保镖吧。虞金诚说着来到废墟场，放下大匾伸手指着那几根尚未烧毁的房檩说，猴七儿你去雇两个木匠来，说是打造一门楼儿，工钱好说。猴七儿说，听你说话这口气，兜里有钱啊。

大钱没有，小钱儿咱还是有几个的。你别忘了买几挂鞭炮，约几个吹鼓手，老酒买它几坛子来！说着，扔给猴七儿几张大钞票，就跟扔出一团烂纸似的。

第二天上午十点钟，一座空空荡荡的门楼矗立在正昌商行的废墟场上，看着挺孤单的。十几个吹鼓手组成的乐队滴滴答答吹打起来，说是庆贺挂匾大吉。人们惊诧地四处寻找着，不知开张的商号坐落在哪里。这时候，那一张黑底金字的“正昌商行”老匾在一阵震耳欲聋的爆竹声里高高升起了，然后稳稳当当悬挂在这座两个木匠连夜打造起来的门楼上。

人们小声议论着。这不是小孩儿过家家吗？合着只有一座空门楼子就等于恢复祖业啦，这纯粹是一只眼睛的判官——瞎鬼。

猴七儿倒挺美，竟然真的成了虞大少爷的铁杆随从。一个大将一个兵，显得特别精明强干。

挂匾仪式并没有草草收场，虞金诚站在门楼前面大声宣读那份钦三先生交给他的先父遗嘱。

看热闹的人越来越多，药房掌柜、炸糕铺伙计、扛大个儿的汉子、小饭馆的厨子、妓院的茶壶、拉胶皮的车夫……各色人等，不一而足，围成一个大圈子，仿佛是在观看马戏。

人群里站着玉姑。当年的四月二十八她挤在南运河边的人群里观看虞金诚宣读“祭河神赋”，如今只觉得恍如隔世了。

钦三先生跑得气喘汗流，终于赶来了。他是历史见证人。

虞金诚大声宣读先父遗嘱了。

“此记：虞卢两家合伙开办正昌商行，乃生意伙伴。民国一九一二年农历四月二十八，余随卢德发长途贩运南货行至静海境内翻船，德发遇难身亡，余与德发之妾赵氏幸免于难。平安返津余即纳赵氏为侧室，并独得正昌商行全部股份。殊不知赵氏已怀德发遗腹子，半年之后顺利产子取名云隆，从余姓。实为卢德发之骨血。德发正室韩氏，生子振天、生女玉洁居住津西古镇杨柳青，余平日不曾周济，素无往来。扪心自问，每每不安，竟夜不能寐。今韩氏赵氏俱作古矣，德发嫡出之子卢振天寻访旧怨打上门来，余当奉还正昌商行于卢氏之后，以求良心自安。今立遗言，托钦三先生保管，一嘱吾儿金诚谨言慎行，自立于世。再嘱云隆适时认祖归宗，恢复其卢姓。振天与云隆，实为同父异母之手足，万万不可骨肉相残矣！”

人群嗡的一声炸了，七嘴八舌议论起来。

金嫂站在人群里，小声哭了。唉，这怎么就跟一场噩梦似的。

一个拉胶皮的车夫没听明白，就问这到底是怎么回事儿，经身旁一小学教师讲解终于弄明白了。这个车夫站出来大声发问说，虞大少爷，你其实早早就知道卢振天跟虞云隆是同父兄弟，你成心不告诉他们吧？

虞金诚不予回答，大声说挂匾仪式结束，多谢诸位捧场。

几天之后，虞金诚在津西侯台村租了一座农家小院，把卢玉洁从卢家大院接走了，外带着胖妞儿。他安顿了卢玉洁，然后从自己胸前摘下那一枚“天缺一角”的护身符，轻轻戴在卢玉洁胸前。玉洁，它保佑了我，从今往后就让它保佑你吧。卢玉洁抬头看了虞金诚一眼，毫无表情。胖妞儿不言不语注视着这个场面。

转天，卢振天竟然就被警察局释放了。原来是罗九把一切罪名都扛在自己身上了，保全卢大少爷。卢振天对罗九的表现既意外又满意，说回家之后就是拿出全部财产也要保住罗九一条命。

卢振天四处寻找妹妹卢玉洁，没人知道下落。卢振天听说了虞金诚当众宣读遗嘱的事情，明白了自己的身世。他竟然逢人便称赞虞金诚。这小子真够狠的，原先我还以为他是一尿货呢。

一天夜晚，没人知道这一天是虞荫堂先生的忌日，也不知从哪里来了一群棚铺的手艺人，抱着一捆捆江苇，扛着一领领白纸，不声不响动了手，未到一个时辰居然在南运河上扎起一座纸桥，上面还写着四个大字儿：虞家桥。这座纸桥，白灿灿横在河面上，看着让人心里发毛。

虞金诚跪在岸边，轻轻念叨着。先父在天之灵，不孝之子虞金诚给您老人家还愿了，我在这里为您建了一座纸桥，请老人家在天堂安息吧。

半夜无人，有一个小偷儿从这里经过，被这人间鬼蜮的景色吓傻了。此时，虞金诚涉水走到桥下划着一根洋火亲手点燃了这座许诺已久的“浮桥”。腾地一声，火光冲天。

虞金诚跪在河边，号啕大哭。就在这一个男人的哭声里，火光里的那座纸桥化为乌有了。那焦黑的纸屑漂浮在河面上，悄悄向东流去。

这里确实曾经有那么一座浮桥，只是一瞬之间。

结尾赘语

公元二〇〇四年春天，天津市一古董市场里，人头攒动交易兴隆，使人觉得这里是一座金矿。其实说这里是旧货市场更为恰当。废旧胶皮鞋跟候冒的唐伯虎美人儿摆在一起，竟然极其和谐。一位留着山羊胡须的摆摊老头儿以八十元人民币收购到了一张黑底金字老匾，上面依稀得见“正昌商行”四个颜体大字。这老头儿名叫李智，人称李爷。此刻李爷将这一张老匾立在自己摊位前，说是硬木。这时候，一对中年下岗夫妻来到李爷的摊位前，说是下岗再就业开办了一炸糕铺儿，打算买一块硬木做案板。

下岗妻子相中了立在摊位前面那一张老匾，问了问价钱，嫌贵。摊主李爷说硬木就是价码儿高，三层板儿便宜。下岗丈夫有些眼力，认为这是做案板的好材料，经过一番讨价还价，最后以一百八十元成交。李爷净赚一百元人民币。下岗妻子问摊主这老匾上是嘛字儿，李爷回答说不知道。

扛着这一百八十块钱买来的硬木案板回家，下岗丈夫找邻居木匠借了一把刨子，三下五除二就将这块案板给刨平了。“正昌商行”四个大字儿随之消失，变成了刨花儿，被人踩在脚下。下岗妻子乐了，说多好的一块案板啊，可惜有一道裂纹儿。她哪里知道这一道裂纹是当年一个男人的脑袋给撞的。

有了这案板，炸糕铺隆重开业了，夫妻专卖冒牌耳朵眼儿炸糕。据说味道不错，受到广大顾客好评。